Karte über
Europa Anfang
des 13. Jhdts.

Riga

Lund

Lübeck

Frankfurt

Rom

Salerno

Byzanz

Kari Köster-Lösche
Die Hakima

Inhalt

Personenverzeichnis

Hauptpersonen des Romans:

Ymme Emeken	Lübeckerin, Ärztin
Johanna Cornela	Augenärztin in Frankfurt
Berthold der Deutsche	Zisterziensermönch
Cornelius von Fischbach	Ritter bei den Johannitern
Guiraude von Cessenon	Adelige in der Languedoc
Esclarmonde	katharische Ärztin
Rodrigo Ximénez de Rada	Erzbischof von Toledo
Isa ibn Hamdus al-Dschayyani	Philosoph
Zwerg	Diener, Koch des Isa ibn Hamdus
Chaldun	Papierhändler, Leinensammler
Don Zag ibn Yahya	Übersetzer, Vetter von Urraca
Idschaz Sarracin	Edelfrau aus Burgos, Tochter von Ibn Hazm
Ibn Hazm	Münzverwalter König Alfonsos von Kastilien
al-Walid	Arzt, Leiter des Hospitals von Toledo
Abu Bakr	Student, später Arzt
Umm Nuria	Ärztin für Frauen

Nebenpersonen in Lübeck:

Luder	Priester des Herzogs Heinrich
Hodica	weise Frau, Hebamme, Ymmes Ur-großmutter

Albert Emeken	Ymmes Vater, Kaufmann in Lübeck
Kyne Emeken	Ymmes Mutter
Volrad Emeken	Ymmes Bruder
Detlef Camerath	Ratsherr in Lübeck
Everard Scharpenberg	Junker einer unbedeutenden Adelsfamilie
Mosse Haluca	Gewürzhändler

Nebenpersonen in/aus Frankfurt:

Ruth	Johanna Cornelas Gehilfin
Rainald zum Paradies	Patrizier aus Frankfurt
Frau von Berleburg	Adelige

Nebenpersonen in der Languedoc:

Raimond Roger	Vicomte von Albi, Béziers, Carcassonne
Raymond	Graf von Toulouse
Améric von Cessenon	Ehemann von Guiraude
Pierre und Jeanne	Knecht bzw. Magd Guiraudes
Herr von Perhela	Adeliger in Saint-Gilles
Galono	Kardinaldekan
Bruder Thomas	Johanniterritter
Guido von Köln	Tempelritter
Arnold von Citeaux	Zisterzienserabt, Legat von Innozenz III.
Pedro I.	König von Aragon

Nebenpersonen in Toledo:

Don Yahya ibn Yunez	Schreiber des Erzbischofs, Vater von Don Zag
der Muhtasib	Polizeiinspektor, Marktinspektor
Juhannu al-Dschayyani	verstorbener Arzt, Bruder des Isa
Berenguela, Isabella	Dienerinnen des Isa ibn Hamdus
Ibn Daud	Schüler des Philosophen
Urraca	Schülerin des Philosophen
Petronilla	Klientin des Philosophen
al-Qurtubi	Apotheker aus Cordoba
La Roldana	Hebamme
ʿAbdallah	Pförtner im Hospital
Don Abrahen	Arzt in der Judería
Don Enrique	Internist des Hospitals
Abu Chaldun	Vater des Papierhändlers
Ibn Chaldun	Sohn des Papierhändlers
Paulos, Guillem, Octavio	Bewohner des Darb
Domingo Rojo	Spion des Erzbischofs
Hatox	Kranke, Berberin
Juan ben Omar, Sisnando Albanna, Ibn Martin	Studenten der Medizin
al-Dschamyadisch (kastilisch Juan Diaz)	Verwalter des Hospitals

Teil I

Der Weg ins Licht, 1208–1209 n. Chr.

*»Glaubet an das Licht, derweil ihr's habt,
auf daß ihr des Lichtes Kinder seid.«*
Joh. 12, 36

1. Brandstiftung

Von der Burg Alt-Lubika blickte Luder, asketischer Prediger des Herzogs Heinrich, über die tiefen Wälder des Ostens. Vor kurzem erst war er zum Priester geweiht worden, trug seitdem das härene Gewand auf bloßem Leib und aß kein Fleisch. Er war überzeugt, daß er von Gott gerufen worden sei, den Barbarenvölkern das Evangelium zu predigen.

In der Nähe der Mauer hockte schwer atmend die alte Frau, die er beim Werfen von Orakelstäben ertappt hatte, mitten im christlichen Lübeck.

Luder ging zu ihr hin und stieß sie mit dem Fuß an. »Du«, sagte er mit metallischer Stimme, »Weib, ich werde eure blutigen Opferstätten, die Eichen und die Götzenbilder zerstören. Christus wird siegen.«

Hodica sah auf. Sie verstand und sprach Sächsisch. Aber nicht einem christlichen Priester gegenüber. »Zcerneboch, der derselbe wie euer Teufel ist, soll es dir vergelten«, sagte sie. »Vergießt ihr nicht Blut an eurem Altar? Und was sind das für Götter, die du mir da anpreist? Den einen sieht man nicht – der andere hängt hilflos an einem Balken. Bei Svantevits vier Köpfen – ein Gott mit vier Köpfen ist mächtiger als einer mit einem einzigen! Aber ohne Kopf?«

Sie lachte verächtlich. »Behalte du deinen Stammesgott – ich behalte meinen!«

Luder verstand sie nicht, aber er hörte die Widerspenstigkeit in ihren Worten. Diese Abwehr, dieser blinde Kampf der unverständigen Menschen gegen Gott Vater und Sohn waren es, die sein unterkühltes Blut immer wieder zum Sieden brachten. Er hob die Faust gegen die Frau und schrie: »Mit Stumpf und Stiel werde ich eure Götter ausrotten!«

Die Frau erhob sich, säuberte flüchtig ihren Rock. Dann warf sie dem Priester einen kalten Blick zu und verließ den Burghof.

Der Blick der Slawin fraß sich durch das Herz des sächsischen Priesters und traf die Mauer des verfallenden Turms hinter ihm. Steine kollerten herab.

Das war der Teufel.

Luder schürzte seine Soutane und begann zu laufen. »Euch selbst muß man ausrotten, damit eure Götter sterben«, kreischte er hinter ihr her.

Hodica, mittlerweile am Fuß des Burgbergs angekommen, inmitten von Händlern und Bauern, die von oder zur Travefähre strömten, drehte sich um und sah dem fremden Priester entgegen. Sie konnte nicht fortlaufen, das Stechen in ihrer Brust kam immer öfter und gegenwärtig zusammen mit einem wilden Pochen ihres Herzens. Sie streckte ihm die gespreizten Finger wie einem wilden Wolf entgegen, um ihn zahm zu machen. Wie versteinert blieb er stehen. »Dein Kleid und deine Hände werden vor Blut triefen, wenn du vor deinen Gott geladen wirst«, keuchte sie und griff sich an die schmerzende Brust. »Deine Kinder bis ins zehnte Glied wird man an ihren blutigen Händen erkennen. Gewalt werden sie säen, und durch Gewalt werden sie umkommen...« Langsam sackte Hodica zwischen die Karrenspuren auf der Straße.

Der Priester wagte sich nicht näher heran. Während die Lübecker die Frau in einem dichten Kreis umstanden, schritt Luder wie benommen davon. An diesem Tag hatte die slawische Vielköpfigkeit über die christliche Dreifaltigkeit gesiegt.

Ymme Emeken, Tochter des Kaufherrn Albert Emeken zu Lübeck, wurde am selben Februartag sieben Jahre alt, an dem Lothar Conti im Jahre 1198 des Herrn zum Papst gekrönt wurde. »Gott hat mich über die Völker und Königreiche gesetzt, um auszureißen und zu vernichten, aber auch um aufzubauen und zu pflanzen«, verkündete Lothar Conti, als Stellvertreter Gottes nunmehr Innozenz III., in seiner ersten richtungweisenden Rede, aber davon wußte Ymme nichts. Sie wußte auch nicht, daß sie vom Ausreißen und Vernichten mehr zu spüren bekommen würde, als ihr lieb sein konnte.

Heute hatte sie ganz andere Sorgen. Zur Feier ihres siebzehnten Geburtstags aus dem Kloster nach Hause entlassen und erst vor wenigen Minuten angekommen, verbarg Ymme sich hinter dem dichtgewebten braunen Vorhang des Fensters ihres Elternhauses und starrte durch die Dunkelheit hinunter auf die Straße. Sehen konnte sie niemanden. Aber sie hatte das Gefühl, daß die Sache mit Everard noch nicht ausgestanden war.

Everard Scharpenberg entstammte einer adeligen Familie und versäumte nie, lauthals darauf hinzuweisen. Aber er war nur der fünfte Sohn in einer Reihe von sieben und hatte dazu noch vier Schwestern, die standesgemäß zu versorgen waren. Bargeld war bei den Scharpenbergs knapp. Sich selber innerhalb der reichen Kaufmannsschicht von Lübeck standesgemäß zu versorgen, hatte Everard deshalb für das zweckmäßigste gehalten. Aus verschiedenen Gründen paßte gerade Ymme Emeken ihm gut.

Ymme, nicht nur auf den slawischen Namen ihrer Großmutter getauft, sondern auch mutig und widerspenstig wie ihre Urgroßmutter, hatte seinen Antrag kurz und bündig abgelehnt. Als sie durch die Klosterpforte von Preetz getreten war, hatte Everard ihr den Weg versperrt und sie zum drittenmal im Abstand von wenigen Wochen gebeten, seine Frau zu werden, worauf sie wortlos zu ihrem Pferd geeilt und in scharfem Galopp nach Hause geritten war.

Er war zurückgeblieben. Sein unzufriedenes Lachen hatte sie noch im Ohr, und es ängstigte sie.

Ymme lauschte nach unten. Die Eltern unterhielten sich leise und ein wenig beunruhigt. Es war keine leichte Sache, die Ehre einer adeligen Verbindung auszuschlagen. Aber sie würden ihre Tochter nicht zwingen.

Auf der Straße dröhnten Hufschläge, und Ymme zog den Fensterrahmen mit dünngeschabter Ochsenhaut ein wenig auf. Es war ein feuchter Februarabend, ungewöhnlich, fast beängstigend warm, und graue Schwaden wäßriger Luft krochen auf das Fenster zu. Sie sah nur einen Schatten von Mann und Pferd.

Der Reiter mußte in eine der schmalen Seitenstraßen hinter Sankt Marien oder zur Fronerei abgebogen sein; das Geräusch ebbte ab und wurde vom Nebel verschluckt. Erleichtert atmete Ymme auf und begann sich wieder auf den morgigen Tag zu freuen, den sie in Ermangelung eines richtigen Namenstags festlich begehen würde.

Summend stieg sie die Treppe hinunter.

»Eines weiß ich gewiß: Selbst wenn Volrad sonst nichts zu berichten gewußt hätte – was ich mir gar nicht denken kann –, zum Geburtstag seiner Schwester hätte er geschrieben«, sagte der Vater mit besorgter Stimme.

Während Ymme ihre Eltern mit einem tiefen Knicks grüßte und dabei die Augen ihrer bekümmerten Mutter suchte, mußte sie ihm im stillen zustimmen. Ihr Bruder hatte es nie versäumt, sie zu umarmen oder ihr einen mündlichen oder schriftlichen Gruß zum Geburtstag zu schicken. Aber galt das auch für einen jungen Mann, der versuchen wollte, Geschäfte ganz neuer Art zwischen Lombarden und Dänen anzubahnen?

Kyne Emeken streifte ihre Tochter, die äußerlich ihrem Mann nachschlug, innerlich aber ihr selber, mit einem zärtlichen Blick und nickte. Dennoch sagte sie zuversichtlich: »Briefe können verlorengehen, selbst wenn man mehrere mit verschiedenen Überbringern befördert. Wir wollen auf Gott vertrauen, daß er unseren Volrad stets behütet.« Albert Emeken, der Kaufmann, der wie so viele Kaufleute auf den Ruf des Herzogs hin aus seiner sächsischen Heimat nach Lübeck eingewandert war und der so hellhaarig war wie seine Frau dunkel, zog wortlos die Augenbrauen hoch. Seine Frau, die ihm die spöttischen Gedanken vom Gesicht ablas, lächelte ein wenig. »Ja«, sagte sie dann in eigensinnigem Ton, »Gott erwartet viel von uns, wie der Bischof stets betont, wenn er uns Altlübecker von der Kanzel besonders ins Auge faßt. Ich darf dann wohl auch etwas von ihm erwarten!« Albert lachte von Herzen und umarmte seine Frau, die er nach so langer Zeit immer noch wie am ersten Tag liebte. Für einen Moment schienen seine Sorgen verschwunden. »Gott ist kein Kaufmann, Kyne. Hat dir das noch niemand gesagt?«

»Manchmal habe ich den Eindruck«, murmelte Kyne.

Der Vater erwiderte nichts, aber Ymme wußte genau wie er, daß die Mutter unter einer Vergangenheit litt, die nicht ihre eigene war, sondern die ihrer Großmutter Hodica, was jedoch für ein slawisches Herz keinen Unterschied macht.

Kyne war verstummt, und Ymme faßte sie sanft an der Hand. »Mein Geburtstag«, erinnerte sie leise, denn es wurde Zeit zu besprechen, welche Vorbereitungen getroffen worden waren, was noch zu erledigen war und welche Festkleidung sie anziehen sollte. Und dann vor allem: Welche Kaufmannsfamilien und welche ihrer Söhne waren geladen worden? Ymme brannte darauf, endlich zu erfahren, mit wem sich ihr Vater über eine verwandtschaftliche Verbindung geeinigt hatte. All das war schon lange bedacht und geplant und immer wieder verworfen worden, Ymme jedoch nur in groben Zügen durch die Briefe ihrer Mutter bekannt, allerdings ohne die Namen, die Ymme besonders interessierten. Die Nonnen waren berechtigt, die Briefe zu lesen, sie auch zurückzuhalten, wenn es nötig schien, um das Seelenheil ihrer Zöglinge zu schützen. Kyne mochte weder die Nonnen noch deren Neugier und hatte Ymme mehr verschwiegen als mitgeteilt.

Ymme zog ihre Mutter aus dem Vorderzimmer.

Das Haus Albert Emekens war nicht sehr groß und auch nicht so prächtig wie die steinernen Kemenaten, die sich die Strahlendorps und Cossenbodes zwischen Markt und Domkapitel hatten bauen lassen, kaum war die kaiserliche Vogtei fertig geworden. Aber Ymme liebte rauchgebeizte Balken und weißverputzte Gefache – im Gegensatz zu den kalten Steinwänden der Klosterschule, und in dieser Abneigung traf sie sich mit ihrer Mutter, obwohl sie sonst wie ihr Vater gut katholisch war. Frau Kyne sah ihr lächelnd nach und stieg dann hinter ihrer Tochter ins Obergeschoß, das die Familie in seiner ganzen Ausdehnung bewohnte. Keine Ware lagerte dort, aber der fremdartige, geheimnisvolle und lockende Geruch von Waren aus fernen Ländern durchzog das ganze Haus und konnte niemanden im Zweifel lassen, womit Albert Emeken reich geworden war.

Während Ymme vorauseilte, waren draußen vor dem Haus scharfe Hufschläge zu hören, die abrupt verstummten, und kurz danach klopfte jemand an die Tür, daß sie erzitterte.

Eine erschrockene Magd lief herbei, um die Pforte zu öffnen; Frau Kyne und ihre Tochter wandten sich verwundert um.

Die Tür flog auf, im Eingang stand breitbeinig Junker Everard, mit dem fordernden Blick seiner aquamarinhellen Augen, den Ymme nun schon so gut kannte. Erschrocken versuchte sie sich hinter der Mutter zu verbergen. An ihren Quälgeist hatte sie nicht mehr gedacht. »Gott zum Gruß, Kaufmann Albert«, rief Everard, als wollte er verhindern, daß ihm jemand zuvorkam. »Und ich grüße auch die edle Frau Kyne! Und besonders herzlich Jungfer Ymme, der ich allerdings heute schon meine Aufwartung gemacht habe. Ich bedaure, daß sie meinen Begleitschutz ablehnte. Ihrem Knecht traue ich keine große Gegenwehr zu, wenn es hart auf hart kommt. Die Wälder am Brackrader Mühlenberg sind nicht mehr die sichersten...« Sein Kopfschütteln über die Zustände ließ seine modisch gelockten Haare um das bartlose Kinn flattern, und er machte den Eindruck eines aufrichtig besorgten Mannes.

Aber Ymme konnte er nicht täuschen. Sie hatte sich durch ihn bedroht gefühlt, und die Zustände, von denen er sprach, entsprangen nicht der Armut der Bauern, sondern der Langeweile beschäftigungsloser Adelssöhne.

Albert, der mittlerweile aus seinem Warenlager im rückwärtigen Teil des Hauses zurückgekehrt war, trug seine Wachstafeln unter dem Arm. Sein Körper war immer noch der eines kampfgewohnten Mannes, auch wenn sein Haar schon grau wurde, und in seine Hände schien ein Schwert eher zu passen als ein Rechnungsbuch. Everard mußte das gespürt haben, denn seine nervöse Geschwätzigkeit verstummte beim Anblick des Kaufmanns. Ymme schmiegte sich an ihre schlanke Mutter und dankte ihrem Schöpfer, daß sie dem hartnäckigen Junker endlich nicht mehr allein gegenübertreten mußte.

»Ich danke Euch für den freundlichen Gruß, Everard Scharpenberg«, erwiderte Albert und neigte höflich den Kopf. »Hinrich ist gewandter, als man ihm ansieht. Meine Tochter war bei ihm immer gut aufgehoben. Dennoch: Auch für Eure Fürsorge Dank.«

»Wollt Ihr mir nicht einen Becher Wein anbieten, Albert? Ich habe Euch einen Vorschlag zu machen, ein Geschäft auf Gegenseitigkeit – gewissermaßen.« Everard tat einen Schritt in die Diele, zog aber nicht einmal seine wappenverzierte Kappe vom Kopf.

Kaufmann Albrecht blieb reserviert und kühl und wies mit der Hand zu den Stühlen hin, auf denen er seine Besucher zu empfangen pflegte. »Ich wußte nicht, daß Ihr unter die Händler gegangen seid.«

»Das ganze Leben ist ein Geschäft«, versetzte Everard verächtlich und warf sich auf den Stuhl, daß sein kurzes Schwert auf dem Steinboden klirrte. Als die Schlitze seines Rockes auseinanderfielen, wurden seine geradezu frivol engen Beinkleider mit dem Rautenmuster sichtbar.

Kyne setzte ihren Weg nach oben fort; wenn sie sonst auch gleichberechtigt an allen kaufmännischen Unternehmungen der Familie teilhatte – dieses unnütze Glied einer Adelsfamilie interessierte sie wenig. Sie bemerkte nicht, daß Ymme ihr nicht folgte, sondern sich auf eine Treppenstufe kauerte. Aus ihrer Position konnte sie die Männer beobachten, selber aber hinter dem geschwungen ausgesägten Treppengeländer nicht gesehen werden.

Albert klatschte in die Hände, und die Magd, die bereits auf seinen Befehl gewartet hatte, beeilte sich, aus einem großen blauglasierten Krug einzugießen. Everard schluckte, als hätte er in seinem Becher ein hausgebrautes Bier und nicht einen guten trockenen Wein. Beim nächsten Mal den sauren, dachte Albert verärgert, wenn's noch ein nächstes Mal gibt.

»Ich will nicht lange herumreden«, sagte Everard und wischte sich mit dem bunten Ärmel seines Rocks die verschwitzte Stirn. Ymme konnte seine Augen nicht erkennen, aber sie ahnte, daß sie nun diesen eigentümlichen Ausdruck haben mußten, bei dem sie stets das Gefühl bekam, Everard erhebe einen Besitzanspruch. »Worte sollen andere machen. Ich bin ein Mann des Kriegshandwerks mit der Aussicht auf die Reichtümer, die sich jeder Mann erwerben kann, der eine schlagkräftige Hand und das Ohr seines Lehnsherrn hat. Ich biete Euch an, Eure Tochter zu heiraten.«

Ymme schlug die Hände vor den Mund, um ihr Entsetzen zu ersticken. Dieser Wüstling, der mindestens doppelt so alt war wie sie! Einen Handel hatte er vorgeschlagen – und sie war die Ware.

Albert Emeken mußte Ähnliches erwartet haben. Er verzog keine Miene und nickte bedächtig. »Ich habe keine Zweifel an Eurer aussichtsreichen Zukunft, selbst wenn Ihr keinen Anspruch auf die Ländereien Eures Vaters habt. Man hört von hohen Preisgeldern bei Turnieren . . .«

»Oh, was das betrifft«, fiel Everard mit der Rechtschaffenheit des wahren Gläubigen ein, »ich beabsichtige, mich am nächsten Kreuzzug zu beteiligen. Seine Heilige Eminenz, Papst Innozenz, wird die Ritter des Abendlandes demnächst wieder zur Verteidigung der Christenheit aufrufen, hört man. Jerusalem wird endlich aus der Hand der Ketzer befreit werden!« Er klopfte auf die Schwertscheide, und sein Gesicht nahm einen selbstgefälligen Ausdruck an.

»Ohne Zweifel. Wie beabsichtigt Ihr, in diesen ein oder zwei Jahren Eure Frau standesgemäß zu ernähren?«

Ymme rang die Hände. Sollte ihr Vater allen Ernstes auf diesen Vorschlag eingehen wollen? Vor wenigen Minuten noch war sie der festen Überzeugung gewesen, ihr Geburtstag würde durch die Verlobung mit einem Kaufmannssohn der Stadt gekrönt werden.

Everards Lächeln verlor sich, während er den Kaufmann zunehmend nachdenklich betrachtete. »Auch das ist Teil meines Geschäfts mit Euch. Ich möchte, daß Ihr Ymme während meiner Abwesenheit versorgt, als wäre ich selber anwesend. Außerdem möchte ich, daß Ihr Jungfer Ymmes Mitgift in ein kräftiges Streitroß für mich umwandelt, zuzüglich zweier Knechte mit Pferden à fünf Mark lübisch. Für meine und ihre Bewaffnung sorge ich selbst. Als Gegenleistung werde ich Euch das Lösegeld dreier gefangener Ungläubiger ausliefern, sobald ich wieder hier eintreffe. Das ist ein großzügiges Angebot, das müßt Ihr zugeben. Ich denke, später könnte ich in Euer Geschäft einsteigen.« Der Junker wippte ungeduldig mit dem Schwert, als könne er des Kaufmanns Zustimmung dadurch beschleunigen, und die Spitze gab ein helles »Ding-ding« von sich wie ein fernes Kirchenglöckchen. Ymme biß sich vor Nervosität auf die Fingerspitzen. Sie wußte nicht, wieviel ein arabischer Gefangener von vornehmer Abkunft kostete, aber ihr Vater hatte nicht sofort abgelehnt.

Der Kaufmann nahm sich Zeit. »Ich weiß Euer Angebot zu schätzen«, sagte er schließlich. »Jedoch kommt Ihr zu spät. Die Heirat meiner Tochter ist beschlossene Sache, der Ehevertrag ist aufgesetzt.«

»So?« fragte Everard mit einer Stimme, die um einiges heller als gewöhnlich war. »Die ganze Stadt weiß, daß Ihr Euch aus Hochmut mit Detlef Camerath nicht habt einigen können.« Er beugte sich vor und starrte Albert ins Gesicht, während er hämisch fortfuhr: »Ihr zählt eben doch nicht zu den angesehensten Kaufleuten, mögt Ihr auch reicher als mancher andere sein.«

Ymme, die ihren Vater gut kannte, sah, wie er innerlich steif wurde. Seine unstandesgemäße Heirat war noch nach fünfundzwanzig Jahren nicht vergessen, und Leute wie Everard und seine Familie, die zuweilen nicht wußten, wie sie ihre adeligen Kinder durchbringen konnten, sorgten dafür, daß es so blieb.

»Und doch wären die Emekens Euch gut genug, Junker? Liegt es am Geld oder daran, daß Ihr nicht so wählerisch seid?«

Die Lippen des Ritters zuckten. Er schwankte zwischen Verachtung, Wut und seinem Nutzen. Schließlich entschied er sich für den Nutzen, aber sein Tonfall war endlich so kalt, wie es seinem Angebot entsprach. »Also gut«, sagte er. »Ich will offen sein. Ihr braucht einen Schwiegersohn, und ich brauche eine passable Ausrüstung. Sagt, ob Ihr das Angebot annehmen wollt. Es wäre für uns beide von Vorteil.«

Albert Emeken erhob sich. »Nein«, sagte er, und Ymme sank vor Erleichterung in sich zusammen.

In diesem Moment kam Frau Kyne wieder herunter, entdeckte ihre Tochter auf der Treppe und den unliebsamen Gast immer noch auf dem Besucherstuhl. Sie spürte auch die kühle Atmosphäre, die zwischen den beiden Männern herrschte, und trat rasch zu ihnen. »Nun, Junker von Scharpenberg«, sagte sie freundlich, »mag es heute noch zu keinem Geschäft gekommen sein, dann ganz gewiß beim nächsten Mal. Grämt Euch nicht; mancher Anfang ist schwer.« Sie legte ihre Hand begütigend auf des Junkers Arm.

Everard Scharpenberg blähte die Nasenlöcher wie der Drache des Ritters Georg, fand Ymme, als sie seine Wut sah, und hätte beinahe gelacht. Frau Kyne aber, die auf diesen Ausbruch keineswegs vorbereitet gewesen war, trat rasch zurück und sah ihn betroffen an.

»Gegen Euresgleichen wurde vor noch nicht vielen Jahren ein Kreuzzug geführt«, fauchte der Ritter. Ein Geschäft war ihm entgangen, und er hatte sich unter seinesgleichen lächerlich gemacht. »Kaum seid Ihr zum wahren Glauben bekehrt, macht Ihr Euch in der Kaufmannschaft breit, als hättet Ihr den christlichen Seehandel Lübecks selber aufgebaut!«

Albert Emeken atmete tief ein. Er war zu beherrscht, um den Ritter wegen einer solchen Beleidigung zu fordern, und auch zu alt. Aber es konnte nicht angehen, daß ein Lübecker Kaufmann sich von den kleinen Adelsleuten der Umgebung in seinen Rechten beschneiden ließ. Sämtliche Kaufleute Lübecks würden auf seiner Seite sein. »Wenn Ihr die Verunglimpfung nicht auf der Stelle zurücknehmt, werde ich vor König Waldemar klagen«, sagte er schneidend. »Wir sind gute Christen, wie hier jeder bezeugen kann.«

Everard Scharpenberg lachte kalt. »Ich konnte mir ja denken, daß Ihr es mit den Dänen haltet. Meint Ihr übrigens, Eure Frau würde die Feuerprobe bestehen, wenn es hart auf hart käme?«

Ymme konnte einen Schluchzer nicht unterdrücken. Die Feuerprobe! Niemand konnte sie heil an Geist und Seele überstehen. Entweder der Geprüfte war erwiesenermaßen Christ, jedoch tot – oder lebendig und Ketzer.

»Hinaus!« keuchte der Kaufmann. Ymme sah, wie er die Faust hinter der Schreibtafel ballte, und sah seinen Kopf tiefrot werden. Sie bekam Angst um ihren Vater. »Hinaus! Ich verbiete Euch, jemals wieder dieses Haus zu betreten!«

Everard öffnete seine fleischigen Lippen, als wollte er etwas sagen, doch er besann sich eines Besseren. Er wandte sich zur Treppe um und blickte an ihr hinauf. Ymme hatte das Gefühl, als ob er sie durch das Gitterwerk hindurch fixierte, und jäh wurde ihr klar, daß er die ganze Zeit gewußt hatte, daß sie da oben saß und lauschte. Und noch eins wurde ihr klar: Er würde nicht aufgeben.

Während Albert Emeken zornschnaubend selber die Tür aufriß und ungeduldig darauf wartete, daß der Ritter ging, ließ dieser sich Zeit. Sein Blick schweifte von der Treppe über die hölzerne Decke und die warme Holzvertäfelung und blieb schließlich an Frau Kyne hängen. Sie war ungeachtet ihres Alters immer noch wunderschön – ein Mann wie Everard konnte das trotz der Feindschaft, die er ihr entgegenbrachte, nicht leugnen. Ihre unverhohlene Angst gefiel ihm; das bleiche Gesicht ergab einen interessanten Kontrast zu ihrem tief-schwarzen Haar, das ein feiner Schleier bedeckte, und zu ihrem roten Kleid.

Frau Kyne hatte eine instinktive Angst vor diesem Mann, den sie bis zu diesem Tag persönlich nicht gekannt hatte. Schreckensstarr hoffte sie, daß er nun endlich ginge.

»Euer Haus«, sagte Everard mit hoher Stimme, die seine verhaltene Wut verriet, »werde ich nicht mehr betreten. Aber Ihr werdet von mir hören.«

Endlich rührte er sich, und Frau Kyne atmete auf, als er das Haus leiser verlassen hatte, als er gekommen war. Dafür aber schmetterte Albert die Tür hinter ihm zu, und mit lautem Krachen fiel sie ins Schloß. Die beiden Eheleute sahen sich stumm an.

Ymme flog beinahe die Treppe hinunter und umarmte ihren Vater. Sie war so erleichtert, daß sie nichts sagen konnte, aber er verstand sie und strich ihr begütigend über das blonde Haar. »Er ist fort«, sagte er sanft, »glaubtest du, ich könnte einen solchen Menschen für dich auch nur in Erwägung ziehen?«

Ymme schämte sich wegen ihrer Panik, aber sie konnte nicht verhindern, daß in ihrem Herzen Angst zurückblieb und erneut auftauchte, als sie zwei Stunden später vor ihrem Bett stand und sich für die Nacht fertigmachte. Sie war dankbar, daß die Mutter ihrer Bitte zugestimmt hatte, ausnahmsweise nicht bei der Magd im Bett zu schlafen. Sie wäre mit all ihrer Aufregung wegen des Festes und dazu noch der Beun-ruhigung wegen des Ritters für niemanden eine gute Schlafgenossin gewesen.

Ymme Emeken sank auf die Knie vor ihrem Lager und sprach ein inbrünstiges Vaterunser, wie sie es bei den Schwestern im Kloster gelernt hatte, aber je mehr sie sich auf den Text konzentrierte, desto mehr drängte sich das wütende Gesicht des Junkers zwischen Gott und sie. Schließlich kroch sie verzweifelt in die ausgekühlten Woll-decken und versuchte zu schlafen.

Später in der Nacht erwachte Ymme durch ein Knattern, das sie sich nicht erklären konnte; dazwischen brauste der Wind fast mit Sturm-stärke. Sie sprang auf, um aus dem Fenster zu sehen; aber sie hatte ganz vergessen, daß sie im Warenlager schlief, in dem es kein einziges Fen-ster gab. Einen Moment zögerte sie, dann warf sie sich einen Umhang über, tastete sich auf nackten Füßen zwischen Tonnen, Kisten und Ballen hindurch, bis sie die Hintertür gefunden hatte. Noch während sie sich mit dem Riegel abmühte, spürte sie, daß das seltsame Geräusch etwas mit dem Haus zu tun hatte.

Ihre kalten Finger fanden endlich den Sperrhebel.

Als Ymme die Bohlentür aufgezerrt hatte, starrte sie ungläubig in die gelblichrötlichen Wolkenschwaden, die neben dem Haus in die Höhe gewirbelt wurden. Sie stolperte hinaus und blickte nach oben. Ein Feuer hatte beide obere Stockwerke erfaßt, das mittlere am ausgiebigsten. Unten stand nur der Fensterladen des Vorderhauses in Flammen, und ihr Schein warf flackerndes Licht auf zwei gelbe Kreuze, die in den Putz eingeritzt waren.

»Zu Hilfe!« Ymmes Hilfeschrei erstickte im Rauch glimmender Reetbündel, die vom Dach herabfielen und denen sie gerade noch ausweichen konnte, bevor sie funkensprühend auf dem Erdboden zerstoben. Blindlings sprang sie wieder ins Haus zurück, rannte durchs Lager nach vorn und versuchte, die Treppe zu erreichen. »Vater, Mutter!«

Der obere Teil der Treppe brannte bereits. Dort oben konnte sie niemanden mehr warnen oder gar herunterholen. Schluchzend und hustend machte sie kehrt, ergriff von ihren Kleidern, was sie ertasten konnte, und suchte nach der Schatulle ihres Vaters. Er würde erwarten, daß sie sie rettete.

Endlich hatte sie das eisenbeschlagene Kästchen gefunden und in die Kleider eingewickelt. Dann hastete sie ins Freie.

Dort hatten sich inzwischen Männer eingefunden, die unter Gebrüll Befehle gaben, Wasser orderten, Leitern, Sand und Decken. Ymme wurde beinahe umgerannt; benommen ließ sie sich schubsen, bis sie irgendwo im Obstgarten hinter dem Haus auf den nassen Boden sank. Noch immer loderten die Flammen in den Himmel. Es zischte, wenn ein Eimer voll Wasser in die Flammen geschüttet wurde und mit Geprassel verdampfte. Von ihren Eltern, den zwei Mägden und dem Knecht war keiner zu sehen. Der schreckliche Gedanke, daß der Vater sich womöglich nicht schon längst an den Löscharbeiten beteiligte, durchfuhr Ymme.

Im Schutz des uralten Apfelbaums, der zu allen Jahreszeiten ihr Lieblingsbaum gewesen war, streifte Ymme notdürftig einige Kleidungsstücke über. Bruchstücke aller Gebete, die sie kannte, kamen ungeordnet über ihre Lippen, während das Wiehern und das Hufeschlagen der verängstigten Pferde im Nebengebäude, das Geschrei der nervöser werdenden Männer und das Brausen des Feuers immer lauter wurden.

Als ganze Reetbündel, vom Aufwind getragen, glimmend durch die Äste ihres Apfelbaums herabstürzten, floh Ymme aus dieser letzten Zuflucht nach vorn auf die Straße. Dort waren jetzt viele Menschen: ihr bekannte Männer aus der Nachbarschaft und deren halbwüchsige Söhne, hilfswillige oder nur neugierige Handwerker und Kerle aus den hafennahen Gassen, deren gierige Gesichter bereits von der Hoffnung auf Beute sprachen, vielleicht auch auf Plünderung. Hastig suchte Ymmes Blick weiter.

Bei den Männern, die löschten, waren weder Albert Emeken noch Hinrich, der Knecht.

Aber sie sah Everard Scharpenberg – wie ein paar Stunden zuvor hatte er sich breitbeinig aufgebaut und die Hände im Gürtel eingehakt. Er stand so nah an der brennenden Wand des Vorderhauses, daß ihm Schweißtropfen über das gerötete Gesicht liefen. Eimer auf Eimer ließ er an sich passieren; er rührte keine Hand, um zu helfen. Und genau wie im Hause wandte der Junker langsam sein Gesicht und schien in der Menschenmenge nach jemandem zu suchen, und als sein Blick auf Ymme liegenblieb, wußte sie jäh, daß er sie meinte.

Einen Moment lang war sie wie gelähmt.

Dann schlüpfte sie zwischen den Kutten zweier Mönche hindurch, die vom Domkapitel zum Markt hinaufeilten, dankbar für deren flatternde Gewänder, und floh blindlings im Schutze der nächsten Häuser.

Everard, der die Eimerkette umgehen mußte, verlor Zeit, und als er sich umschaute, war Jungfer Ymme von der Dunkelheit verschluckt. Sein Mund erstarrte in einem gehässigen Grinsen; gemächlich schob er sich Schritt für Schritt aus der Zuschauermenge hinaus und suchte dann nach seinem Knecht.

Dieser hatte inzwischen das Pferd des Ritters geholt und wartete gleichmütig in der Fleischhauerstraße auf seinen Herrn. Die Zügel des schweren ritterlichen Pferds und seiner eigenen abgearbeiteten Mähre in den Fäusten, spähte er zum Markt hinauf und konnte zu seinem Bedauern außer dem rötlichen Schein über den Buden der Fleischhauer nichts sehen.

»Es stinkt hier wie in einer Abdeckerei.« Everard suchte in der Sattelrolle nach einem Stück Süßholzwurzel und schob es sich zwischen die Zähne.

»Aber bei Nacht ist es immer schön einsam«, gab der Knecht ohne Unterwürfigkeit zurück und bestieg sein eigenes Pferd.

»Wir gehen auf Jagd«, bemerkte Everard Scharpenberg kauend, und danach war nur noch der Hufschlag ihrer Pferde zu hören, die sie zum Johanniskloster hinunterlenkten, fort vom Marktplatz, auf dem vom Haus des Kaufmanns Albert Emeken schon längst nichts mehr zu retten war und wo die Männer sich inzwischen verzweifelt bemühten, die Häuser der Nachbarschaft und damit ganz Lübeck vor einer Feuersbrunst zu schützen.

Ymme Emeken schlug blindlings den Weg zur Wakenitz ein. Erst als sie die Mühlenbrücke hinter sich und die Stadtgrenze auf der anderen Seite des Flusses erreicht hatte, wurde ihr bewußt, daß der Torwächter nicht anwesend gewesen war. Vielleicht wohnte er mit seiner Familie in der Nähe des Brandherdes und war zum Löschen gelaufen.

Sie nahm die Bardowicker Straße nach Süden, ohne viel darüber nachzudenken. Nur fort mußte sie – fort von der Stadt, in der ihre Familie außer den Cameraths kaum Freunde hatte. Mit ihnen aber hatte sich der Vater zerstritten ... Und Vater und Mutter waren tot. Oder nicht? Ymme preßte ihre Fäuste vor den Mund.

Mühsam setzte sie einen Fuß vor den anderen. Allmählich wußte sie überhaupt nicht mehr, ob sie noch vorwärts kam. Schließlich brach sie zusammen.

Immer wieder wurde das Haus erschüttert, aber sooft sie die Tür erreicht hatte, zog eine gewaltige Kraft sie wieder zurück. Mit einem letzten Aufbäumen gelang es ihr endlich, sich zu befreien, und sie stieß einen lauten Hilferuf aus.

Der Ruf war weder laut gewesen, noch war Ymme gefangen. Als sie zu sich kam, saß sie aufrecht in einem überdeckten Kasten, dessen rumpelndes Rollen ihr die Gewißheit gab, daß sie sich in einem Fahrzeug befand. Ihr sollte es recht sein, sofern es nur nach Süden rollte.

Noch benommen, sah Ymme sich um. Über ihr baumelten an einer Art Holzgerüst Wurzeln von Pflanzen, Bündel getrockneter Kräuter, Beeren an verholzten Ästen, Säckchen neben Säckchen, gefüllt oder halb leer. Die Düfte aller dieser Gewürze und Arzneimittel überlagerten sich, manche kannte sie, andere nicht. Aber sie beruhigten sie unendlich: Everard Scharpenberg war gewiß nicht am Arzneimittelhandel beteiligt.

Plötzlich blieb der Karren stehen. Eine blasse Hand griff um die Kante der Lederschürze, die das vordere Halbrund verdeckte, und zog sie beiseite.

Ymme schlug die Hände vor den Mund. »Der Leibhaftige«, wimmerte sie.

Der Mann, von dem sie nur den Kopf sah, kümmerte sich nicht um sie. Er beugte sich mit geschlossenen Augen vor und küßte ein kleines hölzernes Kästchen, das am Gestell der Wagenplane befestigt war. Sein Bart war lang und schwarz wie Kohle, und schwarze Schläfenhaare setzten sich beiderseits seiner Ohren in gedrehten langen Lokken fort.

Nach seiner kurzen Andacht schlug er die Augen auf und lächelte Ymme freundlich an. »Geht es dir besser?« fragte er langsam, wie überhaupt seine Bewegungen allesamt behutsam waren.

Ymme beruhigte sich allmählich. Nun erkannte sie hinter ihm das Maultier, das vor den Wagen gespannt war, einen schmalen Fahrweg und zu beiden Seiten Wald. Der Mann sprach wie ein Christenmensch, und es gab nichts, was sie im Moment hätte ängstigen müssen. »Danke«, sagte sie erleichtert. »Ihr müßt mich gerettet haben.«

Der Mann, der weder alt noch jung schien, nickte – mehr aus seinen unergründlichen Augen heraus als mit dem Kopf. »Du bist aus Lübeck gekommen. Trotzdem konnte ich dich nicht in die Stadt zurückbringen. Wo es brennt, läßt sich ein Jude besser nicht sehen ...«

Ymme war verwirrt. Was war ein Jude, und was hatte er mit Bränden zu tun? Aber sie wagte nicht zu fragen.

Der Mann wandte sich um, ergriff sein Maultier am Zügel und zog es weiter über den grasbewachsenen Weg, der nicht die große Fahrstraße nach Süden sein konnte. Aber für den Augenblick war es Ymme gleichgültig. Hauptsache, sie legten viele Meilen zwischen sich und die Stadt. Wie sie wieder zurückgelangen und sich nach ihren Eltern erkundigen sollte, war eine andere Sache, und sie würde später darüber nachdenken.

»Auch auf der Hauptstraße läßt ein Jude sich besser nicht sehen«, fuhr der Mann in ruhigem Ton fort, als hätte er ihre Gedanken gelesen. »Und mit einem so hellblonden jungen Mädchen wie dir erst recht nicht. Es ist besser, du schlägst den Vorhang zu. Ich werde dir sagen, wann du still sein mußt.«

Ymme begriff allmählich, daß die Gefahr für sie noch nicht vorüber war. Hinzu kam, daß sie offenbar auch ihren Retter in Gefahr brachte. »Bitte, haltet an!« rief sie, rutschte über die Kante nach hinten und lief an dem zweirädrigen Karren vorbei nach vorn, wo sie dem Juden in den Weg trat. Er war auch mit seinem spitzen Hut kleiner als sie, wirkte aber trotz allem kräftig, was auch von dem langen schwarzen Mantel herrühren konnte, der ihm bis zu den Füßen reichte. Er zuckte die Schultern und brachte sein Maultier mit einem Ruck am Zügel zum Stehen. »Erklärt mir, was das alles zu bedeuten hat!«

Der Mann seufzte. »Was habe ich mir nun angetan? In deinem Alter ist eine Frau meines Volkes verheiratet und hat zwei Kinder. Sie kann die Thora sche-be-Ktaw lesen, über die Mischna und vielleicht sogar die Gemara reden, die Bedika bei Geflügel durchführen und es porschen. Denn es steht geschrieben: ›Rabba, Raw Addas Sohn, sagte, und andere sagen, Rabbi Sala sagte, Raw Hamnuna habe gesagt: Jeden, der eine Frau heiratet, die seiner nicht würdig ist, bindet Elia, und der Heilige, gelobt sei Er, geißelt ihn.‹«

»Ich verstehe Euch nicht sehr gut«, bekannte Ymme verlegen, »aber wenn Ihr wollt, daß es anders wird, müßt Ihr mir erklären, was Ihr meint. Erraten kann ich es nicht.«

Der Jude sah sie aufmerksam an und nickte ernst, als sie geendet hatte. Dann hob er den Kopf und lauschte. Ymme kam es so vor, als ob seine Bereitschaft, ihr zu antworten, von den Geräuschen des Waldes abhinge, und unwillkürlich hielt sie den Atem an und horchte ebenfalls. Wind bewegte die Äste, und ein Bach murmelte irgendwo zwischen den Bäumen. Aller Lärm der Natur wurde gedämpft durch den dicken Morgennebel, aber dieser Morgen war friedlich.

Auch der Mann kam zu diesem Schluß und setzte seinen Hut wieder auf den Kopf. »Es heißt: ›Wenn ein Waisenknabe und ein Waisenmädchen kommen, um sich versorgen zu lassen, so versorge man das Waisenmädchen, und dann versorge man den Waisenknaben, weil es einem Mann eher ansteht, von Tür zu Tür zu gehen, aber einer Frau steht es nicht an, so herumzugehen.‹ Als ich dich fand, hatte ich die Wahl, in dir eine Diebin oder ein Waisenmädchen zu sehen. Ich entschied mich für das zweite, denn es steht auch geschrieben ...«

Ymme kam das ganze Elend der vergangenen Nacht zu Bewußtsein, als ihr das Kästchen wieder einfiel.»Bitte«, unterbrach sie ihn,»hatte ich etwas im Arm?«

»Du hattest einen kleinen Kasten bei dir, den du selbst in der Bewußtlosigkeit nicht hergeben wolltest. Erst als ich ein wenig energisch wurde, ging es... Er liegt gut versteckt unter dem Heu.« Ymme war erleichtert.»Ich will Euch jetzt nicht mehr unterbrechen. Sagt mir nun, was ich wissen muß.« Geduldig begann der Jude seine Erklärung.»Am Vorabend des Pessachfestes wurde Jesus, den ihr Christus nennt, gesteinigt. Er war Jude und wurde nach jüdischem Recht bestraft. Und doch werft ihr Christen uns dies bis zum heutigen Tage vor und verfolgt uns, wo immer ihr uns trefft. Sag selbst: Wie kann ein beschnittener Mann euer Gott sein und alle anderen Beschnittenen des Todes?« Er schüttelte den Kopf, immer wieder aufs neue verwundert über diesen Widerspruch des Christentums; aber das war seine eigene Angelegenheit, nicht die eines unwissenden Mädchens.»Sollten wir zusammen gesehen werden, ein schwarzer Jude mit einer blonden Christin, werden sie mich erschlagen. Was sie mit dir machen, weiß ich nicht. Für dich wird es schlimmer werden als für mich.«

»Dann ist es besser, ich verlasse Euch«, beschloß Ymme spontan, die endlich begriffen hatte, daß dieser Jude zu dem unglücklichen Volk gehörte, das die Schwestern so unermüdlich beschimpften. Die Schwarzen beleidigen Gott, hatten sie gesagt, hütet euch vor Slawen und Juden, sie wollen euch von eurem Glauben abbringen! Wahrscheinlich hatten die Nonnen niemals einen Juden aus Fleisch und Blut gesehen. Aber sie selber wollte die Gutherzigkeit des Juden keinesfalls mit seiner Furcht erkaufen.

»Wie oft hast du schon einen Wolf erschlagen? Weißt du, wie du dich am Leben hältst, wenn später Frost über das Land hereinbricht? Was willst du überhaupt essen? Kannst du giftige Pflanzen von nährenden unterscheiden?« Er lächelte wieder still, tippte mit dem Zügelende auf den Hals des Maultiers und setzte seinen Weg fort, ohne sich nach Ymme umzusehen. Nach einer Weile sagte er:»Man nennt mich Mosse Haluca. Wie ist dein Name?«

Ymme sah ein, daß er recht hatte. Schweren Herzens beschloß sie, seine Gastfreundschaft anzunehmen, bis sie ein Dorf oder ein Anwesen erreicht hatten, in dem sie gefahrlos eine Weile bleiben und Erkundigungen über den Verbleib ihrer Familie einziehen konnte.

Während sie langsam neben Meister Haluca und seinem grauhaarigen Maultier einherging, erzählte sie ihm von ihrem Leben in der Klosterschule, von ihrem Geburtstag, der heute war und der ganz anders hätte verlaufen sollen, und endlich auch von der vergangenen Nacht. Als sie auf Everard Scharpenberg zu sprechen kam, sah sie, daß Mosse Haluca seine Zähne in die Unterlippe grub.

»Vielleicht ist es ein Fehler, der uns beide viel kosten wird«, bemerkte er endlich. Von dem Augenblick an machte er längere Schritte, und das Maultier mußte seine ungewohnte Eile büßen.

Mosse Haluca und Ymme Emeken wanderten Stunde um Stunde durch dichten Wald; unterbrochen wurde dieser nur von nebelbedeckten Sümpfen, die gesäumt waren von lichteren Birkenhainen. Sie trafen weder auf Dörfer noch auf einzelne Häuser. Der Jude wurde ruhiger, je weiter sie Lübeck hinter sich ließen. Ymme nahm zumindest an, daß sie sich von der Stadt entfernten; sie selber war hilflos ohne die Sonne. Ihr Beschützer mußte sich mit dem Instinkt eines Mannes der Straße zurechtfinden können.

Mit der Zeit wurde Ymme immer beklommener zumute. Mußten sie wirklich durch diese menschenleere Gegend? Sogar über einen halbwilden Köhler wäre sie jetzt froh gewesen. Wohin führte sie der Jude? Sie stolperte immer öfter. Allmählich fühlte sie sich völlig verausgabt, spürte weder ihre Füße noch den Hunger vom Morgen, den sie nicht hatte stillen können. Jegliches Gespräch zwischen dem schwarzgelockten Mann und ihr war versiegt. Ymme wußte voll Scham, daß es nicht die Müdigkeit war, sondern das Mißtrauen, das ihr den Mund verschloß. Willenlos taumelte sie hinter ihm her.

Erst am späten Nachmittag, als es bereits dämmerte, wurde Mosse Haluca langsamer. Ymme, die aus ihrer Lethargie aufwachte, begriff, daß er sich nach einem Lagerplatz umsah. Plötzlich war ihr Mißtrauen verschwunden, und der Hunger stellte sich nagend ein, während ihre Augen dem Juden folgten, der ohne Maultier und Wagen das Gelände abschritt.

Endlich war er zufrieden, holte sie und den Wagen von der Straße und schirrte das Maultier ab. Ihr Lagerplatz war nicht weit vom Weg entfernt, dennoch durch dichtes Buschwerk nach drei Seiten abgeschirmt, und die vierte öffnete sich zu einem der vielen Bäche, die die Moore der Gegend speisten.

In kurzer Zeit hatte Meister Haluca einen wohnlichen Platz für die Nacht bereitet und ein Feuer angezündet. Ymme schickte er zum Holzsammeln, als sie darauf bestand, etwas Nützliches zu tun, aber von selbst gar nicht wußte, was das Leben in der Wildnis einem Menschen abverlangt.

»Morgen weiß ich besser Bescheid«, sagte sie mit einem trotzigen Unterton, als sie einen Armvoll Holz neben ihrem knienden Beschützer abwarf.

»Morgen, ja«, wiederholte Mosse Haluca melancholisch, während er behutsam in dürres Gestrüpp über glimmendem Zunder blies. »Wer weiß, was morgen ist?«

Er hat Angst, dachte Ymme verwundert, aber das vergaß sie sofort über den Essensvorbereitungen von Meister Haluca, bei denen sie nur zusehen durfte. Er erlaubte ihr noch nicht einmal Handreichungen, als er verschiedene Töpfe vom Wagen lud und neben dem Feuer abstellte.

Ymme lief das Wasser im Munde zusammen, während er einen großen Vogel, den sie für einen Fasan hielt, penibler als jede Hausfrau zubereitete. Es dauerte lange, bis er ihn geöffnet und ausgenommen hatte, weil er sich viel Zeit nahm, die Schnittstelle des Messers zu mustern, jede Verfärbung der Haut, das Herz, die Leber. Dann schnitt er die Halsadern heraus, wusch das Fleisch am Bach, wässerte und wusch es erneut, salzte es ein und ließ es stehen. Als er zurückkam, sagte er aufmunternd: »Es gibt ein Festmahl heute. In Seiner unendlichen Güte hat Er uns ein makelloses Tier geschickt, gelobt sei Er.«

Ymme, die im Kloster selten Geflügel bekommen hatte, freute sich von Herzen mit Meister Haluca über die Festmahlzeit, die erst fertig war, als es schon stockdunkel war. Zu dem geschmorten Vogel reichte der Gastgeber ihr wohlschmeckendes Pastinakengemüse und einen Becher mit rotem Wein. Das Tischgebet verstand sie nicht, aber sie fügte bescheiden ihr eigenes »Amen« hinzu und war danach sicher, daß auch die Nonnen ihre Gesellschaft gebilligt hätten. Fast sorglos fragte sie mitten im Kauen: »Tut es Euch nicht leid, den Fasan mit mir zu teilen? Allein hättet Ihr daran wohl noch zwei Tage essen können.«

Mosse Haluca strählte sorgfältig seinen Bart, weil er es nicht liebte, wenn sich darin Krümel verfingen, bevor er antwortete: »Rabbi Elieser, der Große, sagt: ›Jeder, der ein Stück Brot in seinem Korb hat und sagt: Was werde ich morgen essen? – der ist nichts als einer von den Kleingläubigen.«

Ymme nickte beklommen. Die Wirkung des Weins verflog bei seinen frommen Worten. Selbst die Nonnen hatten ihr nie wie dieser Jude das Gefühl gegeben, bei allem, was sie taten, nach Gottes Wort zu leben. Und andere christliche Geistliche kannte sie kaum.

Meister Haluca ließ Ymme auch bei der Reinigung der Kochtöpfe nicht helfen, aber er verstand allmählich, daß sein junger Schützling sich zurückgestoßen fühlte. »Es sind meine Speisegesetze«, erklärte er. »Es hat nichts mit dir zu tun.«

Ymme sah ihn dankbar an, ohne das geringste zu begreifen.

Mosse Haluca schüttelte ein wenig den Kopf. Konnte die Klosterausbildung so dürftig sein? Offenbar stammte Ymme Emeken doch aus guter Familie. »Der Unendliche, gelobt sei Er, hat uns Juden nicht erlaubt, alle Tiere zu essen, die die Erde bevölkern. Und für die erlaubten gab Er uns Vorschriften.« Er machte eine Pause, während er über einen brauchbaren Ausweg nachsann. »Wenn du glaubst, daß du ein wenig zu unserer Fahrt beitragen möchtest, würde ich dich bitten, einen Riß in meinem Rock zu nähen. Meine Finger sind nicht sehr gelenkig...« Ohne es eigentlich zu wollen, drehte er die geschwollenen Hände und betrachtete sie. Er handelte schon viele Jahre mit Kräutern und Gewürzen zwischen Venedig und dem Frankenland, und doch hatte er noch nie einen Arzt gefunden, der ihn vom Wasser in den Gelenken befreien konnte. Vielleicht würde er nicht an diesem Wasser, aber doch mit ihm sterben. Gelobt sei Er.

Ymme hatte bereits bemerkt, daß er zuweilen Schmerzen zu haben schien. »Gern«, sagte sie eifrig. »Ich war zwar nicht die beste Altartuchstickerin des Klosters – um ehrlich zu sein, ich war zu ungeduldig –, aber flicken konnte ich recht ordentlich.«

Mosse lächelte in seinen Bart hinein. »Du wirst mir noch ganz unentbehrlich werden. Was habt ihr denn außer Sticken und Flicken gelernt?«

»Lesen, Schreiben, ein wenig Rechnen und, wer wollte, Latein. Die Rechenkünste der Nonnen schienen meinem Vater nicht ausreichend, er hat mich zu Hause zusätzlich über kaufmännische Rechnungslegung und Kredite unterrichtet; mit dem Latein war er zufrieden: ich war die beste von allen Schülerinnen.«

Mosse Haluca war so verblüfft, daß er eine ganze Weile schwieg. Von den Frauen in Venedig, Genua und Marseille war bekannt, daß sie Geschäfte gewissermaßen über die Köpfe ihrer Ehemänner hinweg führten, wozu sie nach Gottes Gebot nicht auf diese Welt gestellt worden waren – aber sie waren Christinnen, und für die galt Sein Gebot nur eingeschränkt. Daß sich jedoch im finsteren Norden, den er selber nur alle paar Jahre und mehr oder minder zufällig aufsuchte, auch solche Bräuche breitmachten, war ihm neu. Und obwohl er also endlich bei diesen Menschen etwas entdeckt hatte, das er verstehen konnte, zitierte er ihr zur Warnung: »Raw Nachman sagte: ›Überhebung ziemt den Frauen nicht.‹«

Ymme senkte den Kopf. Sie fühlte sich erneut abgewiesen, nachdem sie gerade geglaubt hatte, einen Zugang zu seinem verschlossenen Wesen gefunden zu haben. Niedergeschlagen fing sie an, sich einen eigenen kleinen Schlafplatz aus Reisig und Laub zu bauen, und erbat sich dann eine Decke, falls eine übrig sei.

Mosse Haluca schüttelte stumm den Kopf, aber in seinem Verdacht bestätigt wegen ihrer Unwissenheit, was Überleben betraf; er richtete ein Zeltdach aus dickem gewalktem Filz über ihrem Laubbett auf und packte eine Lederdecke darauf. Zum Schlafen gab er ihr einen warmen Fellsack, den sie zunächst ablehnte, weil sie dachte, es sei sein eigener. Wortlos deutete er auf einen zweiten Sack.

Ymme nickte, kniete in ihrem Zelt auf dem Lager nieder und verrichtete ein Abendgebet, das ihr so niemand beigebracht hatte und für das die aufsichtführende Nonne wohl die Peitsche angewandt hätte. Denn in ihrem christlichen Gebet kam ein mitleidiger Jude vor, der ihr das Leben gerettet hatte, und Ymme sah darin überhaupt nichts Erstaunliches, seitdem sie erfahren hatte, daß Christus beschnitten gewesen war.

Als sie am nächsten Morgen durch ein gleichmäßiges Murmeln einer menschlichen Stimme erwachte, schimmerte durch die braune Zeltbahn die Sonne hindurch, und Vögel zwitscherten im nahen Gebüsch. Irgendwo wieherte leise ein Pferd. Wäre sie nicht so unruhig gewesen wegen des Schicksals ihrer Familie, hätte sie den Vorfrühlingsmorgen gewiß genossen. So befreite sie sich nur gespannt aus dem Schlafsack, kroch zum Eingang ihres Zelts und spähte durch die Öffnung hinaus.

In der Nähe stand Mosse Haluca und las mit ehrfürchtigem Gesicht laut in einem Buch, das er zwischen den Händen aufgeschlagen hielt.

Auf seiner Stirn war eine kleine Kapsel mit Hilfe eines Riemens befestigt, und seinen Kopf bedeckte ein gestreiftes Tuch mit Fransen an den Kanten.

Noch während sie ihn still in seiner Andacht betrachtete, zerteilte direkt neben ihm ein Mann mit dem Schwert das Gebüsch und starrte sie an. Auf seinem Gesicht breitete sich ein triumphierendes Lächeln aus.

Everard Scharpenberg hatte Ymme gefunden.

2. Ketzerkreuze

Der Ritter schlug den betenden Mann im Vorübergehen nieder. Während Ymme Junker Everard anstarrte wie ein Kaninchen, auf das die Kreuzotter zukriecht, liefen die vermeintlich letzten Sekunden ihres Lebens ab: mit quälender Langsamkeit drangen Geräusche und Bilder in ihren Kopf.

Mosse Haluca sackte auf die Erde; mit geschlossenen Augen stimmte er sein Sterbegebet an, und Ymme verstand daraus nur das Wort ».. . Israel«. Während an ihrem Arm eine Ameise entlanglief, verstummte er. Auch die frühen Vögel waren nun still.

Dann fiel der Junker wie der Leibhaftige über sie her.

Nachdem er sie aus dem Zelt gezerrt und ihr die Kleider heruntergerissen hatte, verspürte sie noch einen scharfen Schmerz und danach nicht mehr viel. Die Angst und das zufällige Auftreffen ihres Kopfes auf einem Stein ließen sie den Tag ohne Bewußtsein, aber lebend überstehen.

Es gab die Sonne noch, als Ymme wieder zu sich kam, aber sie stand schon sehr tief über den Bäumen. Auch die Welt war nicht untergegangen, aber Ymme wollte es nicht wahrhaben. Sie lag auf dem Rükken, und zwischen den gespreizten Beinen war ihr Unterleib gefühllos. Fassungslos wagte sie erst nach langer Zeit zu ertasten, ob sie überhaupt noch einen Unterkörper hatte.

Zwischen ihren Fingern war plötzlich Schleim und Blut – abgrundtiefer Ekel ließ sie den Kopf abwenden und die Hand zurückziehen.

Scharfer Gestank drang in ihre Nase, und als sie die Augen aufschlug, entdeckte sie zu ihrem erneuten Entsetzen, daß die Quälerei immer noch nicht vorüber war. Neben ihr lag hingestreckt der Schänder in lautem Schlaf. Mit jedem Schnarchton blies er weingetränkte Atemluft aus.

Ymme fühlte Panik in sich aufsteigen.

Sie drückte den Nacken auf den kalten Boden und zwang sich zur Ruhe. Trotzdem wäre sie beinahe in Entsetzensschreie ausgebrochen, als jemand an ihrem Ärmel zupfte.

Dicht neben ihrem eigenen Gesicht preßte sich das verschwollene von Meister Haluca auf die Erde. »Bist du jetzt wach? Wenn du dich bewegen kannst, komm«, flüsterte er ihr ins Ohr.

Ymmes Herz klopfte verzweifelt. Sie würde es vielleicht nicht schaffen. Was, wenn Scharpenberg aufwachte?

Ihre Mutter hatte ihr von Urgroßmutter Hodica erzählt. Sie war steinalt gewesen und war trotzdem gelaufen. Sie hatte sich nicht dem Feind in die Hände gegeben... Ymme ballte die Fäuste und nickte.

Es war leichter, als sie gedacht hatte. Nachdem sie erst einmal auf den Knien lag, konnte sie sich mit Hilfe von Mosse Haluca erheben.

Vor ihren Augen schwankte die Welt und wollte nicht damit aufhören. Aber das Pendel schlug so langsam aus, daß Ymme ihm gut folgen konnte, und an seinem Umkehrpunkt befand sich Everard Scharpenberg. Mit blubbernden Lippen lag er entleert in tiefem Schlaf, neben sich die offene Zinnflasche. Und im dürren Gras sein Schwert...

»Nicht!« flüsterte Mosse Haluca und warf entsetzt die Hände in die Höhe.

Ymme hatte das Schwert bereits in den Händen; mit ungeheurer Kraftanstrengung hob sie es hoch über den Kopf und ließ es auf Everard Scharpenberg niederfallen. »Gelobt sei Er«, murmelte sie und sank zu Boden.

Dasselbe dachte auch die braunhaarige Frau, als Ymme sich erstmals im Bett ein wenig rührte, aber sie sagte es nicht laut. Sie hatte durchaus anderes zu tun, als zu beten, denn sie war eine gefragte Ärztin. Johanna Cornelas Kenntnisse in Augenheilkunde waren so berühmt, daß sie sich dank ihrer ein Haus außerhalb der Judengasse von Frankfurt am Main hatte kaufen können.

Vor einer Woche war Meister Haluca bei ihr eingetroffen, viel früher als sonst und darum auch ohne Fenchel, Apfelblätter und Schafgarbe. Ein wenig Alant hatte er auf halber Höhe des Taunus trotz seiner eigenen Verletzung gegraben, um nicht mit ganz leeren Händen zu erscheinen. Aber Bertramwurzel, Buchsbaumsaft, Rosenöl, Olivenöl und viele andere kostbare Extrakte und Essenzen waren mit dem Wagen verloren gewesen, den er auf der Flucht hatte stehenlassen müssen. Er war niedergeschlagen, aber er ging schnell darüber hinweg.

Dieses Mal war er hauptsächlich gekommen, um ihr eine Patientin anzuvertrauen, die Christin Ymme Emeken, die an Körper und Geist so verletzt war, daß sie nicht ansprechbar war.

Danach hatte Mosse Haluca sich von ihr die Schläfe verbinden lassen und war in seine Heimatgemeinde Mainz zurückgekehrt. Das Leben war gefährlich, aber es ging weiter; er mußte sich neu ausrüsten und wieder in den Süden ziehen. Er und Ymme würden sich wiederbegegnen, ließ er ausrichten...

Frau Cornela saß des öfteren am Bett dieses blonden geschundenen Mädchens, das sich der Welt verweigerte. Kurz vor dem Passahfest sei es geschehen, hatte Mosse Haluca gesagt und dann die Augen bedeckt; unter Tränen hatte er erzählt, daß Ymme einen Mann erschlagen hatte. Er hatte ihr auch das wenige berichtet, was er über sie wußte. Nun war April nach dem christlichen Kalender, den Frau Cornela aus praktischen Erwägungen lieber verwandte, und die Kranke war immer noch nicht endgültig aus ihrem Zustand zwischen Ohnmacht, Traum und Verweigerung aufgewacht.

Frau Cornela hielt Ymme nicht für geisteskrank. Sie strich ihr die blonden Haare aus der Stirn, die dringend einer Wäsche bedurften. Ymme mochte sich aus der Gegenwart zurückgezogen haben, um nicht an die Vergangenheit zurückdenken zu müssen. Sie benötigte etwas, das sie wieder hervorlockte – aber die Ärztin war sich noch nicht klar, was das sein konnte.

Vorerst rief sie Ruth herbei, die gleichzeitig ihre Schülerin war und ihr im Haus zur Hand ging. Ruth setzte sich gehorsam ans Bett der Kranken und fing leise an zu singen. Musik stieß Ymmes Lebensgeister an: manchmal hoben sich ihre Augenlider, und sie blickte für kurze Momente klar um sich. Sie schoben ihr dann schnell Brocken mit weingetränktem Brot und andere leckere Dinge zwischen die Lippen. Aber bisher war ihnen kein bleibender Erfolg beschieden gewesen.

Ruth betrachtete die Fremde trotz ihrer Krankheit mit Mißtrauen. Noch nie hatte Frau Cornela eine Christin aufgenommen. Und stand nicht auch geschrieben, daß eine Tochter Israels einer Fremden keine Geburtshilfe leisten soll, weil sie dann einem Anhänger des Götzendienstes zur Geburt verhilft? Zur Geburt – oder ins Leben zurück: der Unterschied war gering. Dennoch führte Ruth gewissenhaft aus, was Frau Cornela von ihr erwartete.

Johanna Cornela saß mehrere Abende an Ymmes Bett und las bei Kerzenschein. Dann besann sie sich plötzlich darauf, daß Mosse erwähnt hatte, Ymme sei im Kloster gewesen. Nachdenklich schlug sie das Buch zu.

Am nächsten Morgen rief sie Ruth zu sich und hieß sie sich setzen. Während Ruth beunruhigt ihre mütterliche Freundin im Auge behielt, die nervös das Studierzimmer vom Fenster zur Wand und wieder zurück durchquerte, wurde sie von Frau Cornela examiniert: »Hast du behalten, was ich dir über den wichtigsten Grundsatz für Arzt und Ärztin sagte?«

»Dem Kranken niemals zu schaden und immer das Beste für ihn zu tun.«

»Ja, so ungefähr«, stimmte die Augenärztin zu. »Nun hör zu. Ymme Emeken ist vier Jahre lang bei den Nonnen im Kloster gewesen. Ich weiß nicht, ob sie sich wohl gefühlt hat. Fest steht aber, daß sie dort nur Frauen zu Gesicht bekommen hat – diese Welt war der absolute Gegensatz zu dem brutalen Mann, dem sie begegnete. Verstehst du?«

»Ja.« Ruth runzelte die Stirn.

»Ich möchte, daß du das ›Te Deum‹ der christlichen Frauen lernst und es Ymme vorsingst.«

Ruths Augen weiteten sich vor Angst. »Nein!« rief sie. »Das nicht. Das könnt Ihr nicht von mir verlangen!«

Frau Cornela ließ ihre Augen auf Ruth ruhen. Sie hatte es fast befürchtet. Ruth kam aus einem frommen Haus. Dennoch war sie enttäuscht. Die Lehrer der Medizin befinden sich zuweilen im Widerspruch zu den Lehrern des Gesetzes. Wenn Ruth wirklich Ärztin werden wollte, mußte sie das Leben des Menschen über die religiösen Bräuche stellen.

Zwingen wollte sie ihre Schülerin nicht. Aber was dann? Man konnte keinen Christen ins Haus bitten – dann wäre bekanntgeworden, daß eine jüdische Ärztin eine Christin aufgenommen hatte, oder, was noch schlimmer war, es würde sich das Gerücht verbreiten, daß sie eine Christin gefangenhielt. Sie seufzte. »Es ist gut, Ruth. Ich werde es nicht von dir verlangen. Aber sprich zu niemandem davon.«

Ruth schüttelte den Kopf und lief eilig zu ihrer Arbeit zurück.

Seit diesem Tag sang sie nicht mehr gern am Bett der christlichen jungen Frau. Sie tat es, aber sie sah nun immer den Verführer im Bett liegen. Ihre Angst, durch Ymme auf einen falschen Pfad gelockt zu werden, verringerte sich vorübergehend, als sie sie eines Morgens im Bett sitzend vorfand.

Neben Ymme stand mit strahlendem Blick Frau Cornela. An einen Rückfall glaubte sie nun nicht mehr, denn Ymme blickte sich erstmals mit Verstand um.»Ich dachte eben, ich sei in der Kirche zu Preetz. Wo...?« Sie krächzte etwas, und die Ärztin beschwichtigte sie mit einem Handzeichen. Sie durfte weder sich selber noch ihre Stimme allzusehr anstrengen.

Johanna Cornela schickte Ruth fort, setzte sich neben das Bett und sprach lange zu ihrer Patientin. Hauptsächlich erzählte sie von ihrem eigenen Leben; was Ymme geschehen war, berührte sie nicht mit Worten.

Ymmes verstörtes Herz wurde ruhig, als sie dieser Frau zuhörte, die ihr soviel Zeit widmete. Frau Cornela war älter als ihre Mutter, aber sie war trotzdem nicht alt. Obwohl sie viele durchwachte Nächte hinter sich haben mußte, hatte sie sich Frische und neugierige Aufmerksamkeit bewahrt, ohne zudringlich zu sein. Ymme fühlte sich in ihrem Haus geborgen.

Sie erholte sich nun von Tag zu Tag schneller, und bald konnte sie das Bett verlassen. Wenn Frau Cornela außer Haus gerufen wurde, setzte Ymme sich ins Studierzimmer und blickte sich um. Sie bekam die Erlaubnis, die Bücher zur Hand zu nehmen, aber dabei entdeckte sie, daß sie manche gar nicht lesen konnte: die Folianten in hebräischer Schrift, die von hinten her aufgeschlagen werden mußten; die Bücher und altertümlichen Rollen in griechischer Schrift, die von antiken griechischen Ärzten stammten.

Unermüdlich fragte Ymme abends, und Frau Cornela fand allmählich große Freude an den Fragestunden, die soviel ergiebiger als mit Ruth waren. Zuweilen fürchtete Frau Cornela bereits, ihrer jüdischen Lehrtochter zuwenig Zeit zu widmen.

Ihre Vergangenheit erwähnte Ymme nicht und fragte auch nicht nach Mosse Haluca.

So erholte sich Ymme Emeken zwei Monate im Haus der jüdischen Ärztin: während in Frankfurt der Frühling einzog, die Platanen und die Ahornbäume ausschlugen und die Meisen ihre Nester bauten, wurden Ymmes Wangen wieder voller, und ihre graublauen Augen bekamen einen Teil ihres früheren Glanzes zurück.

Aber Ymme wurde unruhig, ohne daß Worte oder Lieder sie hätten besänftigen können. Wenn die Ärztin ihre Krankenbesuche machte, lief sie die Treppe hinauf in die Kammer, schaute von oben in die Fischergasse hinunter, wo die Menschen vorbeihasteten, und traute sich nicht hinunterzugehen. Die Schusterjungen prügelten sich wie zu Hause, die Fischer winkten einladend mit einem zappelnden Aal, die Bäckerlehrlinge trugen rennend die Brote aus, und Ymme wurde von Heimweh erfaßt.

Es fehlte ihr der Mut, sich in Lübeck einer Gerichtsverhandlung zu stellen. Gerechtigkeit erwartete sie nicht – der Junker war tot, sie lebte: das würde den Strang rechtfertigen. Statt dessen schrieb sie zwei Briefe, die sie durch Vermittlung von Frau Cornela einem Erfurter Waidhändler mitgab. Der eine ging mit vielen Fragen an ihre Eltern. Den anderen an Kaufmann Detlef Camerath adressierte sie nur widerwillig. Sie wußte sich keinen anderen Rat – in der Hoffnung, daß er ihn um der ehemaligen Freundschaft mit Albert Emeken willen beantworten würde, falls Albert selber dazu nicht mehr imstande war.

Eines Tages bat sie scheu, ob sie die Ärztin bei einem Krankenbesuch begleiten dürfe. Frau Cornela freute sich von Herzen. Irgendwann in allernächster Zeit, versprach sie.

Im Moment jedoch nicht: im Moment war es zweckmäßig, sich unauffällig zu verhalten. In den letzten Wochen waren einige Todesfälle durch Antoniusfeuer vorgekommen... Sie selbst hielt es für eine Krankheit, ausgelöst durch verdorbenes Getreide, die Frankfurter aber leider nicht. Sie glaubten an Vergiftung durch Ketzer und Juden und beteten zu einem Heiligen um Abhilfe.

Aber all das sagte Frau Cornela nicht. Statt dessen legte sie den Arm um Ymmes Schultern und drückte sie aufmunternd. Fing Ymme erst an, richtig am Leben teilzunehmen, war die vollständige Heilung nicht mehr fern. Außerdem glaubte sie zu bemerken, daß Ymmes Fragen nach medizinischen Dingen aufrichtig waren. Ymme strebte nach Erkenntnis.

Frau Cornela begann, ihr von den Schulen der Wissenschaft in Paris und Montpellier zu erzählen.

Am nächsten Abend fragte Ymme: »Dürfen Frauen dort auch studieren?«

Johanna Cornela wußte sofort, was sie meinte. Sie schüttelte bedauernd den Kopf. »Nur in Salerno, dort lehren keine Mönche.«

»Das ist«, warf Ruth gehässig ein, »vom Haar abhängig, ob du studieren darfst.«

Die Gänsefeder von Frau Cornela machte ein unangenehm kratzendes Geräusch; sie sah vom Pergament auf. Ruth neigte dazu, Dinge von der falschen Seite zu betrachten, von der unwichtigeren...»Das ist bei uns nicht sehr viel anders«, sagte sie ungehalten. »Bei den Christen ist es die Tonsur, bei den Juden sind es die Schläfenlocken, die zum Studium aller Wissenschaften berechtigen.« »Wie kommt es denn, daß Ihr studieren durftet?« wollte Ymme wissen.

»Ich habe bei Azach Abinhalim in Alicante studiert, zusammen mit zwei anderen Schülern. Früher kam der Schüler zum Lehrer, und die Schule war, wo er war; heute kommt der Lehrer zur Universität, und nicht sein Name, sondern ihr Name ist wichtig. Wer weiß, ob es früher nicht besser war.« Johanna Cornela machte eine Pause und las in Ymmes Gesicht wie auf ihrem Pergament, und was sie sah, löste wachsende Zuneigung in ihr aus. Christliche Frauen zeigten im allgemeinen wenig Neigung zu den Wissenschaften. Ymme war anders.

»Wer weder Arabisch noch Kastilisch spricht, sollte Salerno wählen«, riet sie. Diese Schule war eine der besten Medizinschulen des Abendlandes, obwohl sie bei weitem nicht den Stand einer beliebigen Lehranstalt der arabischen Länder erreichte, nicht vergleichbar mit den Universitäten zu Bagdad oder Kairo.

»Ich möchte dorthin«, sagte Ymme entschlossen.

Ab diesem Tag hatte Frau Cornela eine weitere Schülerin. Sie machte mit Ymme einen Lehrvertrag – Ymme bezahlte aus der von Mosse Haluca geretteten Schatulle zwölf Schillinge, dreiviertel lübsche Mark, was fast der Gegenwert einer Kuh war, und damit waren Krankenbehandlung, Essen und Unterweisung abgegolten. Johanna Cornela war zufrieden und Ymme Emeken erleichtert.

»Der Besy gewinnt«, jammerte die Frau und warf den Kopf auf dem strohgefüllten Kissen hin und her.
Hodica griff nach ihren Händen. »Nein«, sagte sie zuversichtlich, »nein! Schau mich an und presse. Du und ich gewinnen. Nicht der Besy.«
Drei alte Frauen umstanden die junge Frau im Kindbett und Hodica, die Heilerin und Kindsholerin. Monoton und mißtönend hoben sie erneut an zu singen, während die junge preßte und schrie, schrie und preßte.
Endlich trat ein Fuß zwischen den Schamlippen der Gebärenden hervor.
Der Gesang brach ab. »Die Rusalken haben es gedreht«, flüsterte eine von den

Alten, und ihre Augen funkelten, während sie sich hinunterbeugte, um sich zu vergewissern.

Hodica achtete nicht auf die mißgünstigen Weiber hinter ihr. Sie wusch ihre Hände mit Aschenlauge, tauchte sie in Heringstran und schob das zudringliche Klageweib fort. Behutsam suchte sie neben dem Füßchen, bis sie das zweite gefunden hatte. »Singt ein Tanzlied«, befahl sie. »Solch kräftige Fersen haben nur Jungen. Er ist ein Glückskind.«

Die Alten wagten keine Widerworte, und die Junge preßte jetzt klaglos. Unter den Klängen eines fröhlichen Liedes wurde ein strammer, gesunder Junge geboren.

Viel später, als die drei Frauen abgezogen waren, der jungen Mutter das gewaschene und gewickelte Kind in den Arm gelegt worden war, kam der Vater. Er grinste stolz. »Wir sind dir dankbar, Hodica.«

»Ja«, sagte Hodica mit einem beklommenen Seufzer. »In den letzten Jahren füllt Svantevit Wiegen und Scheunen bis zum Rand. Hoffentlich werden die Götter der Nachbarn nicht neidisch! Ihr solltet euch bei ihm bedanken.«

Der Hausherr nickte. »Wir werden ihm ein Horn voll Met bringen. Aber – um ehrlich zu sein: es war mehr dein als sein Verdienst. Die drei Krähen hätten den Besy mit ihrem Gewinsel herangelockt, wenn du nicht gewesen wärst . . .«

»Der Mensch ist eine Ganzheit – und du kannst das Ganze nicht heilen, ohne zu wissen, wie es zusammengesetzt ist«, sagte Johanna Cornela. »Frau Hildegard aus Bingen irrt, wenn sie glaubt, die Augen mit dem Firmament vergleichen zu dürfen. Einerseits ist Gottes Werk viel zu erhaben, um ein Ding mit dem anderen zu vergleichen, andererseits hat Er uns in seiner unendlichen Güte in die Lage versetzt, auf einige wenige Dinge Einfluß nehmen zu können. Dazu gehört nach Seinem Willen der menschliche Körper. Aber kann Äbtissin Hildegard auf Sonne, Mond und Wolken Einfluß nehmen? Ich kann es nicht. Die Worte, die sie für einen Körperteil findet, sind die einer Dichterin, nicht die einer Ärztin. Sie meint einen Befund und spricht von einem religiösen Befinden.

Aber darf die Tätigkeit eines Arztes etwa von seinem Glauben abhängen? Sollen Juden, Christen und Muslime unterschiedlich heilen? Nein, Ymme. Für mich ist die Natur selber die große Ärztin – aber nur mit der Unterstützung des Arztes. Wenn der Glaube dem Kranken hilft, mag er glauben. Sogar an die lächerlichen Zaubermittel, die auf allen Gassen verkauft werden. Der große Arzt Soranos, der gerade für uns Frauen so Wichtiges gelehrt hat, war der Meinung, daß Wundermittel – die er in ihrer medizinischen Wirkung für blanken Unsinn hielt – zuzulassen seien, wenn sie den Mut der Frauen heben. Das ist Weisheit – nicht Medizin –, aber sie macht den großen Arzt aus.« Frau Cornela versagte es sich, Ruth darauf hinzuweisen, daß sie selber an Ymme ein Beispiel für die erfolgreiche Behandlung der Seele erlebt hatten. Sie hob den Finger:»Aber merkt euch – nur wer sich auf der Basis sicheren Wissens befindet, darf auf Glauben und Wundermittel in Einzelfällen als Hilfsmittel zurückgreifen. Solange er das nicht kann, ist er ein Pfuscher, ein Betrüger.

Der Kern der Heilkunde also besteht darin, die Art der Krankheit aufzudecken und danach das rechte Heilmittel zu finden. Das zweite wird leichter, je sorgfältiger wir uns um das erste kümmern. Die Voruntersuchung des Patienten kann gar nicht gründlich genug erfolgen! Laß ihn eine Verletzung am kleinen Finger haben – aber es wird trotzdem nützlich sein, seinen Allgemeinzustand zu beurteilen, seine Zunge und die Augen, den Puls und die Ausscheidungen.

Danach setzen wir mit der Diät als dem einfachsten aller Therapeutika an. Sie unterstützt die Heilung in jedem Fall, auch wenn wir dazu noch Arzneimittel benötigen – pflanzliche, tierische, mineralische. Dazu sind möglicherweise Bäder günstig, Luftveränderung, Körperübungen… Es gibt unzählige Formen der Behandlung, und die Erfahrung des Arztes macht die Kunst aus. Deshalb ist auch nach jahrelangem Studium Bescheidenheit für einen Arzt immer eine gebotene Notwendigkeit. Nur wenige Menschen erreichen jemals das Wissen von Hunayn ben Ishaq, der zehn Bücher allein über die fünfzig Krankheitsbilder des Auges schrieb, und von Abu ʿAli Yahya ben Isa ben Gazla al-Bagdadi, der als Spezialist für Augenerkrankungen in Bagdad lehrte.«

Dies war nur eine der Einführungsstunden in die Medizin, wie Frau Cornela sie verstand, und sie beabsichtigte keineswegs, ihre Schülerin damit zu erschrecken, sondern ihr nur den Umfang dessen klarzumachen, was sie sich vorgenommen hatte. Ymme hatte schon verstanden, daß sie viele Jahre würde lernen müssen, allein um ein Buch von Hunayn oder Abu ʿAli lesen zu können – wenn es überhaupt zu schaffen war.

Immer noch scheute sich Frau Cornela, öfter als nötig das Haus zu verlassen, obwohl das Antoniusfeuer wie durch einen Zauber abgeebbt war, und so konnte sie dem Unterricht viel Zeit widmen und auch eigene Studien treiben. Zuweilen sah Ymme ihr über die Schulter, aber sie wagte es nicht oft, um nicht zudringlich zu erscheinen.

Eines Mittags beugte sich Frau Cornela mit gefurchter Stirn und den Händen auf dem Rücken über ein Bündel junger Ähren. »Manchmal denke ich, daß Gift und Heilmittel dieselbe Natur haben könnten. Wahrscheinlich kann nur unser aller Herr das eine vom anderen unterscheiden. Sieh sie dir gut an, Ymme.«

»Roggen kann doch kein Gift sein?« fragte Ymme zögernd, die nicht wußte, worauf ihre Lehrmeisterin hinauswollte.

Frau Cornela zog eine der Ähren aus dem Bündel und kratzte mit einem Hölzchen an einem schwärzlichen Klumpen, der wie ein Bukkel auf den Körnern saß. »Du hast schon recht. Aber dies ist kein Roggen, es ist etwas Fremdes, das mit dem Korn groß wird . . . Ich bin der Überzeugung, daß es mit dem Antoniusfeuer der Christen zu tun hat, aber ich wage nicht, es auszuprobieren. Wer könnte eine solche Verantwortung auf sich nehmen? Absterbende Zehen, Unterschenkel in ihrer ganzen Länge. Andererseits . . .« Sie zögerte lange, bis sie die Vermutung aussprach, die sie schon lange mit sich herumtrug, über die sie aber nirgends in den Schriftrollen und Büchern einen Hinweis hatte finden können: »Ich habe Anlaß zu glauben, daß es Blutungen stillen kann. Einer meiner reichen, geizigen Patienten, gefräßig und durstig selbst während der Behandlung, mußte unbedingt schwarzfleckiges Brot essen, wie es auf einen jüdischen Tisch nie gekommen wäre . . . Merkwürdigerweise hörte die Blutung sofort auf, obwohl ich es vorher vergeblich mit meinen eigenen Mitteln versucht hatte. Falls es stimmt, wäre dies die wichtigste Entdeckung meines Lebens. Ich möchte sie dir schenken.«

Ymme sah Frau Cornela starr an und nickte langsam. Etwas Seltsames war geschehen, etwas Seltenes, und es gab keine Worte, die diesem Geschenk angemessen waren. Sie sprachen nie wieder darüber, aber Ymme hörte nicht auf, an die Arznei zu denken, die Blutungen auf wunderbare Art stillen konnte.

Beim Unterricht saß Ruth neben Ymme, aber sie hatte wenig Freude an den Disputationen, die Frau Cornela und Ymme im Verlauf der nächsten Wochen immer öfter führten. Eines Abends sagte sie: »Es steht zwar geschrieben, daß die kleinen Gelehrten die großen schärfen, so, wie ein kleines Stück Holz ein großes in Brand steckt, aber ich kann nicht glauben, daß Ihr Ymme schon für würdig haltet, Euch ein kleines Stückchen Holz zu sein. Die Ehre habt Ihr mir nach einem ganzen Jahr noch nicht erwiesen.«

Die Ärztin warf ihrer älteren Schülerin einen traurigen Blick zu. Sie wußte, daß Ruth von Eifersucht geplagt wurde, aber auch, daß sie überflüssig war. Ruth besaß kein wirkliches Interesse an der Heilkunst.

»Hast du auch bedacht, was Rabbi Chanina sagte? ›Viel habe ich von meinen Lehrern gelernt, von meinem Kollegen mehr als von meinen Lehrern und von meinen Schülern mehr als von ihnen allen.‹«

Ruth starrte ihre Meisterin sprachlos an. Dann fing sie an zu weinen, und unter dem Schluchzen stieß sie hervor: »Ich wußte nicht, daß Ihr überhaupt einen einzigen Satz aus dem Talmud auswendig könnt. Eure Gedanken sind frommer als Eure Hände. Verzeiht mir.«

Frau Cornela nickte zweifelnd. Ruth wußte vieles nicht.

Ymme war es sehr unbehaglich zumute, und Ruth tat ihr leid. Sie spürte, daß Ruth um die Zuneigung von Frau Cornela fürchtete, um die sie selber gar nicht warb. Sie selbst dürstete nach Wissen; bei den Nonnen hatte sie die Grundlagen erworben, und erst jetzt war ihr klargeworden, wie dürftig sie waren.

Von diesem Tag an schien Ruth nicht mehr eifersüchtig zu sein. Ymme vergaß die Unstimmigkeit allmählich, denn ihr Kopf füllte sich rasch mit Wissen. Bis zu dem heißen Augusttag, an dem der Antwortbrief aus Lübeck kam. Der Waidhändler hatte Wort gehalten; Ymme war ihm dankbar, brach aber innerlich zitternd das Siegel, das nicht von ihrem Vater stammte, und las den Brief.

Geschrieben zu Lübeck am 19. Juli im Jahre des Herrn 1208
Jungfer Ymme, Tochter des Kaufmanns Albert Emeken und der Kauffrau Kyne, verehelichte Emeken zu Lübeck, Gruß und christliche Nächstenliebe!
Ich bedaure zutiefst, mich der unendlich schweren Pflicht unterziehen zu müssen, Euch über den Verbleib Eurer Anverwandten zu unterrichten, die mir einst – in weit zurückliegenden Zeiten – Freunde waren. Schwer, um so mehr, als Ihr große Schuld auf Euch selbst geladen habt durch den gewaltsamen Angriff auf den edlen Junker Everard Scharpenberg, durch Gottes Gnade Tempelritter, Soldat und Mönch der Mutter Gottes.

Der Herr hat seine Hand hart auf Eure Familie gelegt. Aus Gründen, die nur innerhalb Eurer Familie – oder sollte ich besser sagen: Eurer Mutter Kyne und Urgroßmutter Hodica? – bekannt sein können, hat er Euer Haus in Flammen aufgehen lassen, dazu das Nebengebäude, aus dem zwei Pferde befreit werden konnten. Das Haupthaus mit all seinen Waren, der Einrichtung und dem Geld war verloren, ohne daß auch nur ein einziger Nagel zu retten gewesen wäre. Beklagenswerterweise kamen im Feuer alle Menschen ums Leben, die sich im Haus befanden. Selbst Magd und Knecht wurde keine Frist eingeräumt, ihre Sünden zu bekennen und in Demut beim Allmächtigen einzugehen.

Nur den Unschuldigen leitet der Allmächtige allezeit gütig, und so ist es uns erklärlich, daß er Euch, eine junge Klosterschülerin, an die Hand nahm und Euch aus den Flammen hinausleitete. Um so größeres Entsetzen erfüllt uns, das will sagen, mich und den Rat von Lübeck, wegen Eurer Untat, mit der Ihr Gottes Barmherzigkeit auf das schlechteste vergolten habt. Wir sind uns in diesem Punkt einig mit der Familie des beklagenswerten Junkers Everard, mit allen Ratmannen und mit der Geistlichkeit, insbesondere dem hochverehrten Bischof von Lübeck.

Eure Frage nach Eurem Bruder Volrad ist mir unverständlich. Gewiß ist er hier in Lübeck am allerwenigsten zu finden. Ein junger Mann, der wie er dem Geld bis in die oberitalienischen Städte nachläuft – in einer Zeit, in der die christliche Jugend sich unter dem heiligen Kreuz sammelt, um mit Mut und in Demut für unseren Herrn Jesus zu streiten –, wird nicht ausgerechnet dann in die Stadt seiner Väter zurückkehren, wenn der Herr, von gerechtem Zorn erfüllt, wegen der wachsenden Sündenlast ebendieser Väter dem unchristlichen Treiben ein Ende gemacht hat.

Das Erbe des Herrn Volrad kann selbstverständlich jederzeit von ihm eingefordert werden: der Gegenwert der noch brauchbaren Balken und der zwei Pferde wurde vom Rat der Stadt sichergestellt und wird ordnungsgemäß verzinst.

Mit den wehmütigen Gedanken eines ehemaligen Freundes der Familie schließe ich dieses Schreiben und empfehle Euch der Gnade des Herrn.

Ratmann Detlef Camerath zu Lübeck

Ymme wurde kreidebleich und ließ sich auf den nächstbesten Stuhl sinken. Unter den neugierigen Blicken von Ruth, die sich in ihrer Nähe mit Aufräumen und Staubwischen zu schaffen machte und vergebens versuchte, einen Blick auf den Brief zu werfen, blieb sie regungslos bis zum Abend sitzen. Ihre Eltern waren tot und ihr Bruder verschollen.

Als Johanna Cornela im unbeleuchteten Zimmer beinahe über Ymme gestolpert wäre, reichte ihr diese mit qualvoller Miene das Schreiben. Frau Cornela las lange. Es war nicht einfach, die rechtlichen Folgen aller unausgesprochenen Anklagen zu überblicken, vor allem für jemanden, dem die nördlichen Küstenstädte so ganz fremd waren. Bekümmert sah sie Ymme an, die ihr fast wie eine Ziehtochter ans Herz gewachsen war.

Angesichts ihrer nicht gedachten und erst recht nicht ausgesprochenen Vorwürfe fing Ymme haltlos zu weinen an. Dann erzählte sie der Ärztin die ganze schreckliche Geschichte.

Von allen Seiten wurde Ymme geknufft und gestoßen, als sie wenige Tage später Frau Cornela zu einem Patienten folgte. Besonders viele Menschen waren unterwegs, und ihr Ziel war offensichtlich die Stiftskirche, deren Turm Ymme über den Häusern sehen konnte. Aber es machte ihr nichts aus; zum erstenmal war sie als Schülerin ihrer gelehrten Meisterin in deren Fußspuren in aller Öffentlichkeit tätig, das machte sie froh und stolz.

Schon am Weckmarkt hörten sie die klangvolle Stimme eines Mannes, der das Reden gewohnt war. Anscheinend war er der Menge bekannt, denn in den Pausen, die er einlegte, wurde aus einzelnen Rufen von Zuhörern ein Summen, das zum Lärm anschwoll. Schließlich skandierten die Leute: »Oliver! Oliver!«

Frau Cornela machte auf dem Absatz kehrt und schob Ymme vor sich her, während sie ihr ins Ohr flüsterte: »Das ist der Kreuzzugsprediger Oliver von Paderborn, ein Legat des Papstes. Laß uns einen Umweg machen, wir kommen hier nicht mehr durch.«

Ymme hätte dem Legaten gern zugehört, aber nie hätte sie Frau Cornela widersprochen. Mit der steif gehaltenen Schulter voraus bahnte sie sich beiden den Weg gegen den Strom von Bürgern, Fremden, Bettlern, Taschendieben und Krüppeln. Sie kamen nur langsam vorwärts.

»Wir müssen hinaus!« drängte die Ärztin hinter ihr, und Ymme glaubte einen Anflug von Angst zu hören, etwas, das sie sich gar nicht vorstellen konnte bei einer Frau, die, ohne zu zögern, auch nachts Patienten besuchte.

Und obwohl Ymme alle Kräfte einsetzte, wurde sie von den Menschen, die sich wie eine Flutwelle über die Kuppe der alten Maininsel ergossen, plötzlich in die Gegenrichtung getragen.

Ymme geriet in die Nähe des redegewandten Klerikers. In ihrer Sorge, den Schal und Frau Cornelas Instrumententasche nicht zu verlieren, entgingen ihr manche Worte, aber den aufrüttelnden Sinn verstand sie sehr wohl.

»Erschüttert werden die Lande und erbeben, weil der Gott vom Himmel sein Land zu verlieren begann. Unsere Sünden schaffen es, daß dort die Feinde des Kreuzes ihr weiheloses Haupt erhoben haben. Einundzwanzig Jahre ist Jerusalem, die Heilige Stadt, nun in den Händen der Ungläubigen«, donnerte der schwarzgekleidete Prediger und ließ seinen Zuhörern Zeit für einen tiefen Seufzer. »Was tut ihr, tapfere Männer? Was tut ihr, Diener des Kreuzes? So wollt ihr das Heiligtum den Hunden und die Perlen den Säuen geben? Ich sehe euch an, ihr Männer, was ihr denkt: Ist denn der Arm des Herrn zu kurz geworden, daß er keine zwölf Legionen Engel schicken kann – und die Erde wäre frei? Er kann – wenn er will! Aber ich sage euch: Er will anderes! Er sucht eine Gelegenheit zu eurer Rettung. Er blickt euch an, ihr Totschläger, Räuber, Ehebrecher und Meineidige! Er will als Schuldner gelten, um seinen Truppen den Nachlaß ihrer Vergehen und ewige Herrlichkeit zu zahlen. Du tapfrer Ritter, du Mann des Krieges: jetzt hast du eine Fehde ohne Gefahr, wo der Sieg Ruhm bringt und der Tod Gewinn! Bist du ein kluger Kaufmann: einen großen Markt sage ich dir an; sieh zu, daß er dir nicht entgeht. Nimm das Kreuzeszeichen, und für alles, was du reuigen Herzens beichtest, wirst du auf einmal Ablaß erlangen. Die Ware ist billig, wenn man sie kauft; und wenn man fromm für sie bezahlt, ist sie ohne Zweifel das Reich Gottes wert.« Er machte wieder eine Pause, hob die Hände wie zum Segen und rief: »Der Heilige Vater, Papst Innozenz III., ruft euch, er ruft euch alle, jeden einzelnen!«

Es gab einen unbeschreiblichen Jubel auf dem Platz. Vereinzelt wurden Kreuzfahrerlieder und Kirchenlieder angestimmt, Menschen schwenkten Hüte oder Tücher. Manche schaukelten eingehakt nach rechts und links, und das Wogen erfaßte nacheinander immer mehr Reihen. Ymme, die sich dem nicht entziehen konnte, hielt sich an irgend jemandem fest und dachte mit Schrecken an die Kinder und die Krüppel, die eingekeilt waren und weder den Himmel noch die Sonne sahen. Bekamen sie überhaupt genug Luft da unten? Als sie die Ärztin fragen wollte, entdeckte sie, daß Frau Cornela gar nicht mehr bei ihr war und auch nicht in der Nähe stand. Sie waren getrennt worden. In Ymmes Magen machte sich ein flaues Gefühl breit.

Einer der schwarzgewandeten Begleiter des Domherrn gab von einem Hocker herab Zeichen, daß er das Wort begehrte. »Ein Jahr Ablaß für vier Wochen Teilnahme am Kreuzzug!« gellte seine helle Stimme und überschlug sich vor Aufregung und Wichtigkeit, aber noch einmal nahm die Menge den Triumph auf, der in seinen Worten lag, und brüllte ihre Antwort: »Oliver! Oliver!«

In die Menschenmenge trat jetzt Bewegung. Die einen schoben sich langsam fort vom Platz, die anderen drängten zu Oliver von Paderborn, hinter dem die Mönche in seiner Begleitung in aller Eile schmale Tische und Bänke aufgestellt hatten. Die Männer in Kutten setzten sich, spitzten ihre Gänsekiele und winkten dann die ersten nach vorn.

Ymme blieb, wo sie war, ohne verhindern zu können, daß eine Flut von kampfwilligen Männern sie auf die Tische zutrieb, wo es ihr schließlich gelang, hinter einer Bank stehenzubleiben wie im Schutz eines Deiches. Der hagere Mönch in der Zisterzienserkutte, dem sie fast über die Schulter schauen konnte, ließ seinen Blick über die Männer schweifen und zählte mit den Lippen. Als sie selber in sein Blickfeld geriet, blieben seine tiefliegenden braunen Augen an ihr haften, und sie erschrak über den Haß, den sie in ihnen las. Sie war froh, als er sich endlich über das Buch beugte, weil der Freiwillige seinen Namen gleich dreimal herunterrasselte.

Die Mönche notierten die Namen der Pilger in dicken Folianten, und nur wenige konnten mit mehr als einem gekritzelten Kreuzchen ihr Gelübde bestätigen. Danach sprangen sie mit strahlenden Gesichtern von der Bretterbühne herunter, in den Händen das weiße Stoffkreuz, das die Mönche ihnen aushändigten zum Zeichen, daß die Kirche sie als Kreuzfahrer angenommen hatte. Manche Männer fielen sich gegenseitig in die Arme und schrien: »Tod den Ungläubigen!« oder »Tod den Ketzern!«, und danach stiegen wieder Bruchstücke

45

von Kreuzfahrerliedern in die flirrende staubige Sommerluft über dem Stiftskirchenplatz.

Ymme sah es fassungslos mit an. Die große Stadt Lübeck, in der sie nicht einmal alle Menschen kannte, kam ihr plötzlich nur wie ein kleiner Weiler vor, dieses Frankfurt aber wie eine gigantische Welt für sich, bewohnt von Menschen einer Art, die ihr gänzlich fremd war. Unverzüglich begann sie sich aus dem Gewimmel freizukämpfen. Sie boxte und schlug sich durch, und wenn die Menschen mit den erstaunten Gesichtern ihr nicht auswichen, hob sie Frau Cornelas Tasche und schlug drauflos. Als sie endlich in einer schmalen Gasse stand, schämte sie sich für ihren Anfall von Panik.

Ymme atmete tief durch, lächelte eine vorübergehende Frau mühsam an und brachte es dann fertig, in unbeschwertem Ton nach dem Weg zur Fischergasse zu fragen. »Erste rechts und dann zweite links«, sagte diese und brachte Ymme freundlich schwatzend zur Mündung der Fischergasse in die Fahrgasse. Als Ymme ihr dankte, zwinkerte sie ihr mit einem Auge zu. »Wir Christen müssen zusammenhalten, gell? Wo doch die Ketzer solche Bösewichter sind!«

Ymme nickte und hoffte inständig, daß die hilfsbereite Frau nicht bis zu Frau Cornelas Haus mitzugehen beabsichtigte. Oder waren Juden nur in Jerusalem bösartig, aber in Frankfurt nicht?

Sie atmete auf, als ihre Helferin sich schließlich winkend verabschiedete, dann eilte sie zu Johanna Cornelas kleinem Haus. Die Gasse lag in ihrer ganzen Länge im warmen Abendlicht der Sonne, und Ymme freute sich schon auf das Studium der Bücher auf der Bank im verwunschenen Gärtchen hinter dem Haus.

Aber das wärmende Licht erlosch für Ymme, als sie neben der Tür zwei grellgelbe Kreuze entdeckte, die auf die Hauswand geschmiert worden waren. Ihr Herz schlug bis zum Hals, als sie die Tür öffnete. Weder Frau Cornela noch Ruth waren zu Hause. Nur die Katze schmiegte sich schnurrend und hungrig um ihre Beine.

Frau Cornela schlüpfte spät in der Nacht durch die Tür, viel später, als ein einziger Krankenbesuch hätte rechtfertigen können. Ymme, die aus lauter Unruhe weder gelernt noch Licht angezündet hatte, erwartete sie am Fuß der Treppe. »Habt Ihr die Kreuze an der Hauswand gesehen?« fragte sie aufgeregt.

»Ja, gewiß«, antwortete Johanna Cornela bedrückt und umarmte ihre

Schülerin erleichtert. »Ich bin froh, daß du da bist. Ich wußte nicht, ob du es geschafft hattest durchzukommen.«

»Was bedeutet das denn?« rief Ymme.

Die Ärztin erkannte, daß ihre Schülerin weit mehr durch die Kreuze am Haus geängstigt wurde als durch die Vorgänge in der Judengasse, von denen sie möglicherweise auch gar nichts bemerkt hatte. Um Ymmes Sorgen willen unterdrückte sie mühsam ihre eigenen. »Die sind nicht so wichtig«, sagte sie beschwichtigend. »Passiert ist ja noch nichts. Wir werden sie einfach übertünchen.«

»Ihr nehmt das so leicht«, sagte Ymme ungläubig. »Haben sie für Euch keine Bedeutung? Als ich zum erstenmal solche Kreuze sah, brannte unser Haus.«

Frau Cornelas braune Augen weiteten sich, und sie starrte Ymme an. »Du bist doch eine gläubige Christin, wie ich festgestellt habe. Warum malte jemand Ketzerkreuze an dein Elternhaus?«

Ymme griff hastig nach dem Arm der Ärztin und klammerte sich daran fest, als ob sie Schutz suche vor einer Erkenntnis, die sie wie ein Schlag traf. »Ihr glaubt, damit sei gemeint, daß Ketzer im Haus wohnen?« keuchte sie entsetzt. »Menschen, die keine Christen sind?«

»Ja«, bestätigte Johanna Cornela. »Das ist damit gemeint.«

»Unser Haus wurde also angezündet«, stellte Ymme tonlos fest. »Weder hat Heinrich vergessen, die Küchenglut zu löschen, noch meine Mutter die letzte Kerze. Es war Brandstiftung.«

Frau Cornela nickte. Sie tätschelte Ymmes Wange mitleidig, aber dann eilte sie an die Hintertür des Häuschens und zerrte einen Gegenstand aus einem Verschlag. »Du verstehst«, rief sie im Dunkeln, »ich muß jetzt Vorsorge treffen, daß mein eigenes Haus nicht abbrennt.«

Während sie den Bottich ins Haus schleppte, in dem sie ständig für Ausbesserungsarbeiten Kalkputz aufbewahrte, und anfing, diesen aufzurühren, erzählte sie Ymme rasch, warum sie so lange aufgehalten worden war. Sie hatte sich zwar allmählich aus der Menge herausschieben können und war fort gewesen, noch bevor das Einschreiben der Kampfwilligen begann, aber als sie auf dem Rückweg bei einem ihrer Patienten in der Judengasse vorbeigeschaut hatte und endgültig nach Hause gehen wollte, war ihr der Weg abgeschnitten. Beide Enden der Straße waren von aufgeputschten Christen besetzt, die sich anschickten, ihren Kreuzzug in der Frankfurter Judengasse zu beginnen. Der Vorsteher der Gemeinde, als der Älteste und Würdigste, war

47

zu den Leuten hinausgegangen, die von einem Mönch aufgewiegelt wurden und bereits angefangen hatten, Steine in die Fenster der Häuser zu werfen. Vielleicht war es verkehrt gewesen, ausgerechnet ihn, den schriftgelehrten Mann, hinauszuschicken, der mit jedem seinesgleichen stundenlang hätte disputieren können, denn der christliche Pöbel lachte ihn einfach aus.

»Mir sind die Tränen gekommen, Ymme, als ich den alten Mann wehrlos vor ihnen stehen sah.« Frau Cornela schüttelte den Kopf und rührte wütend mit dem Quast im Matsch, der langsam seine schmutziggraue Farbe verlor und weiß wurde. »Sie machten sich einen Spaß daraus, ihn zu quälen, zuerst nur mit Worten, aber dann wurden die kleinen Buben handgreiflich. Unter den Augen ihrer Väter bespuckten sie ihn, und er blieb tapfer stehen und versuchte auch mit ihnen zu reden. Aber was soll ein jüdischer Weiser gegen christliche Gassenjungen schon ausrichten?« Sie blickte schnell auf, als bedauerte sie ihre harschen Worte, aber Ymme war nicht beleidigt.

»Wenn selbst christliche Ritter Frauen schänden, was soll man dann von ihren Kindern erwarten?« sagte sie, bückte sich und nahm der Ärztin den Quast aus der Hand. »Das reicht, den Rest mache ich. Für Eure Hände ist der scharfe Kalk nicht gut. Davon werden die Fingerspitzen gefühllos.«

Frau Cornela erhob sich stöhnend. Immerhin diente ihr Rücken ihr schon vierundvierzig Jahre, und sie war dankbar, wenn er geschont wurde. Jenseits all der Aufregung und Trauer lächelte sie ein wenig über Ymme. »Der gute Mosse hatte eine ganz andere Meinung von dir. Er sagte, du könntest zwar nähen, aber für ein Handwerk seist du wohl doch nicht geeignet.«

»Natürlich bin ich das«, gab Ymme verärgert zurück. »Hätten die Nonnen öfter im Freien geschlafen, statt ihre Kreuzgänge zu weißen, hätte ich auch gelernt, Zelte zu bauen. Ich kann alles lernen, was nötig ist.«

»Das ist gut«, antwortete Frau Cornela leise. »Dann bin ich beruhigt, was deine Zukunft betrifft.«

Ymme hob die Augenbrauen, während Frau Cornela die Vordertür öffnete und vorsichtig hinausspähte. Hatte sie damit etwas Bestimmtes gemeint? Aber die Ärztin, den Finger auf die Lippen gelegt, winkte sie zu sich.

Ymme trug den Bottich auf die Straße und fing in aller Ruhe an, die

Kreuze zu übertünchen. Ihre Angst war vorbei. Sie war Christin. Sollten die Frankfurter nur kommen! Nachdem sie sie mehrere Male sorgfältig überstrichen hatte, war das scheußliche Gelb immer noch zu sehen, aber Ymme wußte aus Erfahrung, daß die Farbe erst im trockenen Zustand deckte. Zufrieden schlenkerte sie die Nässe aus dem Quast und trug ihr Arbeitsgerät wieder ins Haus.

Dort war trotz der Ereignisse ein friedlicher Abend eingekehrt, auf dem Tisch standen Kerzenhalter, die sie im Haushalt der Ärztin noch nie gesehen hatte, und das Abendessen war aufgetragen. Als Ymme sich gewaschen hatte und sich zum Essen setzte, bemerkte sie, wie feierlich Frau Cornela war. Und endlich fiel ihr auf, daß Ruth immer noch nicht zurückgekehrt war.

»Ja, das gehört zum zweiten Teil meines Berichts«, sagte Frau Cornela bekümmert. »Sie wird auch nie mehr zu mir zurückkehren. Ich fürchte, daß sie nicht ganz unschuldig ist an den Kreuzen, obwohl sie es bestimmt nicht beabsichtigt hat und gewiß genauso entsetzt wäre wie ich, wenn sie es wüßte.«

Stumm hörte Ymme zu. Ihr Blick blieb auf den Teller geheftet, weil sie nicht wollte, daß Frau Cornela in ihren Augen las, daß sie Ruth nie getraut hatte.

»Laß uns anfangen«, sagte Frau Cornela, aber sie meinte gar nicht das Essen. Sie stand auf und zündete die zwei Kerzen an, während sie leise ein Gebet sprach. Ymme faltete unwillkürlich die Hände, während sie starr abwartete. Noch mehr mußte geschehen sein, Schlimmeres.

Frau Cornela hatte sich niemals an die Bräuche ihres Glaubens gehalten, Ymme hätte ohne Ruth gar nicht gewußt, daß sie jüdischen Glaubens war. Endlich setzte sie sich und goß Ymme feierlich einen kleinen Schluck aus ihrem Weinglas ein. Als sie beide ein wenig davon getrunken hatten, brach Frau Cornela von einem sehr weißen Brot ein Stück ab, stippte es in Salz und reichte es Ymme. Bevor sie es langsam verzehrt hatten, sprach sie kein Wort.

»Ruth war nie mit deiner Anwesenheit in meinem Haus einverstanden. Zuerst dachte ich, es sei Eifersucht. Erst nach einiger Zeit merkte ich, daß sie sich durch dich – natürlich nicht durch dich persönlich, sondern durch dich als Christin – bedroht sah. Aber da war es bereits zu spät. Sie muß in ihrer Not in der Gemeinde davon berichtet haben. Jedenfalls bat mich Samuel Levi in aller Eindringlichkeit, mich von dir zu trennen.«

Ymme blinzelte. Fast hätte sie die Tragweite von Johanna Cornelas Worten nicht begriffen, weil diese weder die Stimme hob noch durch irgendeine Regung der Wangenmuskeln ein Bedauern verriet.»Ich soll fort?« fragte sie.

Frau Cornela umklammerte ihr Messer, daß die Fingerknöchel weiß wurden.»Die jüdische Gemeinde hat Angst, große Angst. Nach den Ereignissen von heute wird ein Funke reichen, um einen Flächenbrand zu entfachen. Es wäre aberwitzig, wenn ausgerechnet eine Christin zum Funken würde.«

Ymme wußte nicht, ob Frau Cornela alles wortwörtlich meinte. Aber das Knistern der Flammen würde sie nie vergessen. Sofort stand sie auf. Frau Cornela legte schnell ihre Hand auf Ymmes und hielt sie fest. »Kind, jetzt doch nicht!« sagte sie entsetzt.»Niemand schickt dich zur Nachtzeit fort, auch ein jüdischer Gemeindevorsteher nicht. Wir werden dir in den nächsten Tagen eine zuverlässige, freundliche Wirtin suchen. Ich habe genügend christliche Patienten, deren Dankbarkeit groß genug ist, um eine Kleinigkeit für mich zu tun. Dann können wir den Unterricht vielleicht fortsetzen...«

Ymme schüttelte tränenblind den Kopf. Sie wollte niemanden gefährden. Eine christliche Wirtin würde den Abschied von Frau Cornela verlängern – abwenden konnte ihn niemand.

Johanna Cornela wußte es auch. Sie versuchte Ymme nicht zum Bleiben zu überreden. Sie tat etwas viel Wichtigeres: sie nahm Ymme das Versprechen ab, nicht in falschverstandener Rücksicht zu fliehen.»Eine Reise muß gut vorbereitet werden«, sagte sie fest.»Vor allem eine Reise, die keine Flucht ist, sondern die Zukunft bedeuten soll. Du wirst nach Salerno gehen und dort die medizinischen Künste studieren und weit mehr lernen, als ich dir jemals beibringen könnte. Denke immer daran, daß ich am liebsten an deiner Seite säße, denn welcher Arzt könnte von sich behaupten, daß er ausgelernt hat?« So tröstete sie Ymme, die nun innerhalb eines Jahres zum zweitenmal vertrieben wurde, aus einem Haus, das fast zu einer neuen Heimat für sie geworden war.

Trotzdem weinte Ymme in dieser Nacht lange in ihr Kissen aus Kummer und Verzweiflung über ihre Lage. Ob sie ihren Bruder auf dem Wege nach Salerno finden würde, war mehr als zweifelhaft, aber er war dennoch die Hoffnung, an die sie sich klammerte. Er war der einzige, den sie jetzt noch hatte.

Am nächsten Morgen stellte Frau Cornela alle weniger dringenden

Besuche bei Patienten zurück. Als sie am Mittag nach einem brut-heißen Vormittag nach Hause kam, erwartete Ymme sie bereits an der Tür, erleichtert, ihre Ärztin trotz allem zuversichtlich zu sehen. »Ich habe eine vertrauenswürdige Begleitung für dich gefunden«, be-richtete Frau Cornela und strich sich die verschwitzten Haare unter die Haube zurück, die dünn wie ein Schleier war. »Wer könnte ver-trauenswürdiger sein als Pilger unter der Leitung eines Klerikers? Sie treten ihre Pilgerfahrt nach Einsiedeln an, für einige von ihnen eine unaufschiebbare Bittfahrt für einen Kranken. Sie wollen noch vor dem Winter zurück sein, deshalb haben sie es eilig. Ungefähr zwanzig Männer und Frauen sollen es sein.«

Ymme war eine große Gesellschaft recht, je mehr, desto sicherer. »Aber was mache ich mit meiner Schatulle?« fragte sie zaghaft. Frau Cornela winkte ab. »Das ist gar kein Problem. Wessen die Tem-pelherren sich neuerdings rühmen, das haben die jüdischen Händler schon vor fünfhundert Jahren praktiziert. Du wirst Kreditbriefe aus-gestellt bekommen, die du an Ort und Stelle einlösen kannst. Ich werde dem Geld deines Vaters noch etwas hinzufügen...«

Dank der Ausbildung bei ihrem Vater begriff Ymme rasch den prak-tischen Wert dieses Angebots. Über eines konnte sie nun beruhigt sein: Niemand würde sie jetzt wegen klingender Münze plündern. Statt dessen mußten die Briefe sorgfältig verborgen werden, am be-sten eingenäht in den Saum eines so dicken Mantels, daß ein Schrift-stück nicht erfühlt werden konnte.

Ein kurzer Besuch der Ärztin in der Judengasse reichte aus, um alles Notwendige zu veranlassen. Die Menschen dort waren erleichtert, von Ymmes Abreise zu erfahren, aber nur um ihrer selbst willen, nicht Ymmes Person wegen. So griff kräftig zu, wer von Nutzen sein konn-te, von den Handwerkern bis zu den Ehefrauen. Am Tag vor der Abreise wurde ein gut genährtes Maultier gebracht, bereits bepackt mit Proviant für die erste Zeit, mit Pilgermantel und Pilgerhut sowie einem kleinen Zelt.

Der Mann, der alles vor Frau Cornelas Haus ablieferte, übergab Ym-me mit verschmitztem Grinsen auch einen kräftigen Wanderstock. »Er ist mit dem Symbol eines Eurer Heiligen versehen.« Er zeigte auf die geschnitzte Muschel unterhalb des Knaufs. »So könnt Ihr doch beweisen, daß Ihr öfter zu Heiligen zu pilgern pflegt. Das macht einen guten Eindruck und schafft Vertrauen bei den Priestern.«

»Wo habt ihr den denn her?« fragte Frau Cornela halb lachend, halb entsetzt.

»Jakob hat ihn selbst geschnitzt. Der Sohn des Gemeindevorstehers«, wandte er sich erklärend an Ymme.

Frau Cornela schlug die Hände über dem Kopf zusammen. Sie war besser als Ymme in der Lage abzuschätzen, in welchem Ausmaß die Gemeinde daran gearbeitet hatte, das Mädchen auszustaffieren. Keiner konnte ihnen vorwerfen, sie hätten sie weggejagt.

»Kannst du ihr noch einen Rat geben, als persönliches Geschenk?« Die Augen des Boten leuchteten auf. Frau Cornela ließ jeden zu seinem Recht kommen, auch deshalb war sie so beliebt, daß man ihr den Auszug aus der Judengasse nicht übelgenommen hatte. »Entfernt Euch beim Holzsammeln nie weiter als zwanzig Meter beiderseits der Straße. So kann Euch keiner wegen Holzdiebstahls beschuldigen. Es ist uraltes Recht der Wandernden.«

»Noch etwas?« bat die Ärztin.

Der andere sah sie an wie einer, der im voraus um Entschuldigung bittet. Dann zauberte er ein Messer aus der Tasche. »Wenn Ihr in einen Krieg geratet, stellt Euch tot. Wenn Ihr in einen Kampf geratet, stecht zu, bevor der andere es tut. Aber nie so – sondern so.« Er legte den Daumen auf die Messerschneide und fuhr mit ihr von unten nach oben durch die Luft, und wenn er eine Fingerbreite dichter an Ymme hantiert hätte, so wäre es ein Schnitt vom Bauchnabel bis zur Kehle geworden.

Ymme wurde blaß, und wieder einmal wurde sie daran erinnert, daß eine weite Reise hauptsächlich aus Gefahren und Mühe besteht. Gleichzeitig war sie tief bewegt. Sie würde stets an Johanna Cornela und ihre Helfer zurückdenken.

Aber zu Besinnung und ausgedehntem Abschied reichte die Zeit nicht. Die Ärztin schickte ihre ehemalige Schülerin an diesem letzten Abend frühzeitig ins Bett; sie wußte selber nicht, ob dies ihr mütterlicher oder berufsbedingter Rat war.

Am nächsten Morgen begleitete Frau Cornela Ymme, die an der einen Hand ihr Packmaultier führte, in der anderen den Wanderstock hielt. Sie war gewachsen in der Zeit, in der sie in Frankfurt gelebt hatte, und überragte Frau Cornela um Haupteslänge. Aber es war nicht nur der Körper, der gewachsen war; auch Geist und Seele hatten von der unbeschwerten Jugend endgültig Abschied genommen. Ihr fester Schritt in den kräftigen Wanderschuhen sprach von Selbstvertrauen, und das würde sie auf dem langen, gefährlichen Weg nach Italien auch brauchen.

In Sichtweite des Benediktinerklosters blieb Johanna Cornela stehen. Ihre schrecklichen Erfahrungen mit Mönchen würde sie nie vergessen, und sie vermied sorgfältig, in deren Nähe zu kommen. Sie umarmte Ymme innig. »Euer Gott ist barmherziger als unserer«, sagte sie, »aber seine Anhänger sind es nicht. Versprich mir, dich in acht zu nehmen.«

Ymme nickte mit Tränen in den Augen, und im Unterschied zu ihrer Flucht aus Lübeck drehte sie sich nach dem Abschiedskuß nicht mehr um. So sah sie auch nicht den Segen, den Johanna Cornela ihr wie ein jüdischer Familienvater seinen Kindern erteilte; aber die Ärztin war gewohnt, alles Notwendige selber zu erledigen, und wenn kein Vater da ist, muß es eben die Mutter tun.

3. Berthold der Deutsche

Berthold hatte mit vierunddreißig Jahren bereits ein Leben voller Wirbel und Irrtümer hinter sich gebracht. Aber es behagte ihm, sich treiben zu lassen; bisher hatte er den Sinn seines Lebens noch nicht herausgefunden.

Er beeilte sich ausnahmsweise. Er hatte sich mit dem Vorratsmeister des Klosters an der Stelle am Fluß verabredet, wo dieser am lautesten rauschte. Als er atemlos ankam, zuckte der Benediktiner nervös mit den Augen, als sähe er bereits die Geißel auf seinen Rücken herabsausen.

»Es ist ganz leicht«, versuchte Berthold ihn zu beruhigen. »Wenn man die Gesetze kennt, läßt sich alles machen. Ich erkläre es dir noch einmal. Paß auf: Du gehst in den Altarraum und entdeckst, daß der Kelch fehlt. Dann sorgst du dafür, daß der Jude geholt wird. An meinen Namen erinnerst du dich natürlich nicht mehr, aber der Jude weiß ihn. Man schickt nach mir. Der Jude wird angeben, daß du ihm den Kelch vor drei Tagen – mit mir als gesetzlich vorgeschriebenem Gewährsmann – verkauft hast. Du wirst bei deiner oboedientia sub abbate schwören, daß du nie an so etwas gedacht hast. Du hast nur wie immer dem Juden Weihrauch abgekauft. Aber der Jude in seiner grenzenlosen Falschheit unserem Herrgott gegenüber hat versucht, dich ins Verderben zu ziehen ... Der Jude wird mich als Zeugen aufrufen. Ich werde beschwören, daß er nach dem Kelch gefragt hat.«

»Und, und?« fragte der Vorratsmeister, wobei er ein momentanes Zittern nicht unterdrücken konnte. Wenn es herauskäme, daß er Gelder veruntreut hatte, würde die Geißel nur die erste Strafe sein ...

»Und? Du hast natürlich abgelehnt! Du wirst doch nicht einem Feind unseres Herrn Jesus Christus Kirchengerät verkaufen ... Aber da der Kelch danach verschwunden war, wird der Jude ihn wohl gestohlen haben.«

»Und das kann klappen?«

»Es wird, Bruder, es wird. Die Gesetze lassen keinen anderen Ausweg: das Kloster bekommt den Kelch zurück, du hast das Geld und der Jude das Nachsehen ...«

Der Bruder Vorratsmeister langte in die Tiefe seiner Kutte. Er blickte sich um. »Wieviel?«

»Zwanzig Prozent«, bestimmte Berthold, streckte seine rötlich behaarte Hand aus und fügte rasch hinzu: »Drei Schillinge Freiburger Feinsilber. Weniger als der übliche Zinssatz.«

Der Mönch bezahlte schweigend. Er traute dem anderen nicht, aber es war sein einziger Ausweg.

Auf die mit Dachziegeln schräg abgedeckte Zinne der wuchtigen Klostermauer warf die Sonne ihre ersten Strahlen, und unterhalb davon, noch im Schatten, sammelten sich die Pilger. Kurz nach Sonnenaufgang war es kühl, und wie Ymme trugen auch die drei anderen Pilger ihre schweren braunen oder schwarzen wadenlangen Mäntel.

Ymme grüßte schüchtern, band ihr Maultier an den Ring in der Mauer und stellte sich zu der Frau; die anderen beiden waren Männer, die zuweilen leise wenige Worte wechselten.

Nach und nach kamen die übrigen Pilger, manche allein, einige in Begleitung; ein kleiner Mann mit rundem Gesicht machte sich endlich laut ans Zählen und kam zu dem Schluß, daß nunmehr zwanzig Männer und Frauen, drei Pferde und ein Maultier versammelt seien und nur noch der Kleriker, ihr Führer, fehle.

Während sie warteten, lehnte Ymme sich an die Sandsteinmauer. Es war längst über die verabredete Zeit, und die ersten Boten und Lieferanten hasteten bereits durch die Straße, beäugten die Pilger neugierig und bekreuzigten sich ehrfürchtig. Ymme setzte sich auf einen geweißten Aufstiegsstein und träumte sich noch ein wenig in Frau Cornelas Haus zurück.

Eine durchdringende Stimme riß sie geraume Zeit später aus ihrer Versunkenheit.

»Was meint Ihr, Bruder Winfried, hat wohl eine Jungfer, die mit eigenem Packtier, aber ohne Begleiterin reist, ausreichend christliche Demut für eine Pilgerfahrt?«

»Womöglich erwartet sie, von Euch jeden Morgen geweckt zu werden?«

Ymme sah überrascht auf und wurde blutrot, als sie vor sich zwei Mönche sah; der eine, in einer schwarzen, fleckigen Kutte, die sich über dem dicken Bauch spannte, hatte ein spöttisches Grinsen aufgesetzt, schien aber sonst von gutmütigem Wesen. Er mußte Bruder Winfried sein. Der andere, ein großer Mensch mit länglichem Gesicht, betrachtete sie mißbilligend von oben bis unten. Ymme zuckte zusammen: es war der strenge Mönch aus Oliver von Paderborns Begleitung.

Er erkannte sie im selben Augenblick, und sein Blick wurde noch unangenehmer.

Was habe ich ihm nur getan, dachte Ymme ärgerlich. Sie hob das Kinn und sah ihn ruhig an. »Ihr wart zu spät, nicht ich«, entgegnete sie ohne die Demut, die er verlangt hatte.

»In Gottes Dienst ist man nie zu spät, mein liebes Kind«, erwiderte er knapp und wandte sich ab, aber Ymme hatte das unbestimmte Gefühl, daß er sich ihre Antwort auf einer geheimen Rechentafel notierte.

Offensichtlich sollte der Mönch des Kreuzzugpredigers ihr Führer sein, denn er trug heute über dem weißen Talar mit der schwarzen Kapuze einen grauen Reisemantel, während Bruder Winfried weder Gepäck noch Mantel bei sich hatte. Vielleicht war er von der benachbarten Abtei geschickt worden. Er stand mit gefalteten Händen der aufbrechenden Pilgergruppe im Wege und schien auf ihre Abreise zu warten.

Der graue Mönch erkundigte sich nach den Namen der Pilger, dann teilte er ihre Reihenfolge während der Wanderung ein. Seine Anweisungen waren kurz und barsch und ohne jede christliche Nächstenliebe; Ymme dachte seufzend, daß er sich wahrscheinlich aufgrund seiner Erfahrung im Umgang mit Pilgern diesen unfreundlichen Ton zugelegt hatte. Aber er gefiel ihr nicht.

Willig trat sie, wie befohlen, mit ihrem Maultier als letzte in die Reihe. Hufe wirbeln mehr Staub auf als Füße, erklärte der rundgesichtige Mann, der seine Position ganz vorn hinter dem Führer erhalten hatte, und dabei glotzte er Ymme aus seinen hervorquellenden Fischaugen an. Ymme sah das ein, bis sie entdeckte, daß die Hufe der Pferde offenbar anders beurteilt wurden als die Hufe ihres Maultiers.

Ein Mann und eine Frau zu Pferde folgten dem Rundgesichtigen. Der Kleidung der Frau nach zu urteilen, war sie sehr vornehm, und eine Menge Gepäck war ihrem Tragtier aufgebunden. In ihrer Begleitung befand sich ein viel jüngerer Mann, der zu Ymmes Schrecken eine gewisse Ähnlichkeit mit Everard Scharpenberg hatte. Vielleicht rührte ihr Eindruck aber nur daher, daß er unter seinem Pilgermantel voll bewaffnet war und auch sonst eher einem Ritter als einem demütigen Pilger ähnelte. Dann mußte Ymme lachen. Ihr selber fehlte die Demut ebenfalls, was die beiden Mönche ja bereits beim ersten Blick festgestellt hatten.

Ihre Augen begegneten denen des Ritters zu Pferde. Er hatte ein schmales, offenes Gesicht und grüne Augen. Sein hellbraunes Haar war über der Stirn ungewöhnlich kurz geschnitten und ganz glatt. Für einen Moment lächelte er Ymme an und neigte den Kopf zu einem freundlichen Gruß, was ihm einen unwilligen Seitenblick der Dame eintrug. Dann hob sie ihr Kinn und lauschte bewegungslos dem graugewandeten Mönch. Als sich der Zug in Bewegung setzte, schloß der Ritter zu der Dame auf. Der Benediktiner wanderte hinter Ymme her.

Ymme schritt sofort kräftig aus, aber zu ihrem Erstaunen ging die Wanderung nicht in Richtung Stadttor, sondern zu einer unscheinbaren kleinen Kapelle, vor der die Reiter von den Pferden stiegen und die anderen ihr Gepäck am Fuß der Kirchenmauer ablegten. Ymme sah sich unauffällig um und nahm dann wie die übrigen Tasche, Hut und Stock mit in den Kirchenraum.

Während sie sich vor die Kirchenbank kniete und die Hände faltete, ging ihr auf, daß sie ausgerüstet war wie ein erfahrener Pilger, aber versäumt hatte, sich nach den Bräuchen zu erkundigen, die ohne Zweifel Teil der Pilgerfahrt waren.

Dennoch konnte sie sich der feierlichen Handlung der Messe nicht entziehen. Sie versank in einen ganz persönlichen Hilferuf um Beistand an ihren Gott, der hauptsächlich aus der flehentlichen Bitte bestand, Er möge sie ihren Bruder finden lassen. Danach blinzelte sie schnell hinauf zum Gekreuzigten, aber ein Zeichen wollte er ihr nicht geben. Trotzdem fühlte sie sich bestärkt und hoffnungsvoll, erhob sich und kniete wieder nieder, wie das Ritual es vorschrieb, und betete inbrünstig das Vaterunser. Zum Schluß erteilte der Priester Hut und Stab, die vor den Altar gelegt worden waren, den Segen. Mit dem Gebet »Pro redeuntis de itinere« schloß er die Messe.

Schreck durchfuhr Ymme, als sie als letzte der Pilger in den Vorraum der Kirche trat und Münzen klingen hörte. Sie hatte nicht gewußt, daß sie noch vor der Abreise eine Schenkung tätigen sollte, und ihr Geld war sorgfältig eingenäht. Der Pfarrherr der kleinen Marienkapelle blickte sie abschätzend an, als er ihren Wanderstock sah.

»Und du bist ganz allein auf der gefahrvollen Reise zum Grab des heiligen Jakobus?« Während Ymme den Kopf schüttelte, erhob er sich, hielt segnend die Hände über ihren Stab und über sie selbst und sagte salbungsvoll:»Ich möchte der erste sein, der dich mit ›Deus, adjuva, sancte Jacobe‹ grüßt, ein Spruch, den ich selber während eines ganzen Jahres ständig auf den Lippen hatte. Es ist ein weiter und gefährlicher Weg nach Santiago. Möge Sankt Jakob dich stets behüten und auch die Muttergottes, an deren Altar ich für dich beten werde. Welche Schenkung hattest du meiner kleinen Kapelle zugedacht?«

Ymme wurde rot vor Scham über ihr Versehen.»Ich habe das Geld in meinem Reisebeutel«, sagte sie leise, aber nicht leise genug, um nicht die Aufmerksamkeit des grauen Mönchs hervorzurufen.»Ich war sehr aufgeregt heute morgen.«

Zwischen den Pilgern schob der Mönch sich heran. Aber noch schneller war der Ritter, dessen große Gestalt Ymme erst jetzt hinter sich wahrnahm.»Ich werde der Dame gerne aushelfen«, sagte er fest und trat an ihre Seite.»Das spart uns Zeit; wir beide können unterwegs abrechnen.«

Die schmalen Lippen ihres Führers, auf den Ymme zaghaft blickte, verzogen sich, aber er wandte nichts gegen den Vorschlag des Ritters ein.

Der Ritter stiftete der Kapelle in Ymmes Namen den Wert einer großen, armdicken Wachskerze, womit der Pfarrherr sehr zufrieden schien. Ymme trat der Schweiß auf die Stirn beim Gedanken an weitere solche Gaben. Der Ritter hatte nicht wissen können, wie beschränkt ihre Mittel waren.

Sie atmete auf, als sie endlich die Kapelle verließen und sich wieder formierten.

Die Sonne stand inzwischen merklich höher, und der Tag versprach warm zu werden. Die Pilger zogen ihre Mäntel aus, behielten aber die Hüte auf den gesenkten Köpfen. Vermutlich dachten alle nach den besinnlichen Worten des Pfarrers an ihre Angehörigen zurück und an die Reise, die vor ihnen lag und die für manchen vielleicht die letzte war. Ymme schwankte zwischen Angst und Neugier; ihre Scham wegen der dicken Lüge schmolz, als sie dagegenhielt, daß Jakob und die Gemeinde und nicht zuletzt sie selber in Notwehr gehandelt hatten.

Der graue Mönch an der Spitze stimmte das erste Mal den Ruf an, der ihnen bis Einsiedeln immer wieder Mut und Vertrauen geben sollte.

In Gottes Namen fahren wir, seiner Gnade vertrauen wir.
Nun helfe uns die Gotteskraft und das Heilige Grab,
darin Gott selber lag. Kyrieleis.

Als sie die Brücke über den Main passiert hatten und die Kirchtürme der Stadt schrumpften, bis sie nur noch als schwarze Spitzen gegen den Himmel zu sehen waren, waren sie endlich richtig unterwegs.

Ymme fand mühelos ihren Schritt, zumal sie außer dem Zügel des braven Maultiers nichts trug. Die Frau in der Reihe vor ihr hatte es schwerer. Wie Ymme hatte sie bisher mit niemandem ein Wort gewechselt, und Ymme hatte keine Ahnung, warum sie wie eine Vogelscheuche mit ausgestreckten Armen ging. Vielleicht handelte es sich um ein Gelöbnis, aber der Anlaß mußte traurig sein, denn hin und wieder seufzte sie.

Hinter den Pilgern blieben die letzten Hütten eines Dorfs zurück, die Straße wurde schmaler und sandiger. Zu beiden Seiten wuchsen hohe Kiefern, die lichten Schatten gaben, und auf dem Boden helles, weiches Gras.

Nach einigen Stunden ließ der Führer sie zum erstenmal anhalten, um zu verschnaufen und ein wenig zu trinken. Während sich die meisten sofort hinwarfen und ihre Schuhe auszogen, zögerte Ymme noch. Dann folgte sie dem Ritter, der die drei Pferde zu einem Bach führte, mit ihrem eigenen Maultier.

Im Vorübergehen bemerkte Ymme, daß die Dame des Ritters ein munteres Gespräch mit dem Mönch und dem feisten kleinen Mann begann. Einmal meinte Ymme sie sogar leise lachen zu hören.

Ymmes Maultier senkte seine Schnauze direkt neben dem vollblütigen leichten Pferd der Dame in das quirlende Wasser.

»Ich danke für Eure Hilfe«, sagte Ymme scheu. Sie wußte vornehme Gesellschaft besser zu würdigen als ihr Maultier, jedoch war sie bisher nur den Umgang mit Kaufleuten und Nonnen gewohnt. »Ich fürchte, unser Leiter wäre ungehalten gewesen, wenn ich an einer Verzögerung schuld gewesen wäre. Ich wußte es nicht. Gleich heute abend werde ich...«

»Ihr braucht Euch nicht zu beeilen. Wir bleiben ja noch lange zusammen.« Der Ritter betrachtete Ymme neugierig. Der Ehemann der Dame konnte er nicht sein. »Ihr seid gewiß das erste Mal auf einer

Pilgerreise. Ich auch. Das heißt, eigentlich begleite ich Frau von Berleburg im Auftrag ihres Mannes.«

Ymme nickte. »Und wer seid Ihr selber?« fragte sie freimütig.

Der Ritter lachte. »Rainald zum Paradies, gebürtig aus Frankfurt, zweiundzwanzig Jahre alt, mittelblond, blaue Augen. Unverheiratet, zwei Schwestern. Genügt Euch das?«

»Große Füße«, ergänzte Ymme, und sie lachten zusammen ungebührlich laut. Jedenfalls kam es Ymme so vor, als sie verstohlen über ihre Schulter sah und bemerkte, daß sowohl der Mönch als auch Frau von Berleburg argwöhnisch zum Bach herübersahen. Ymme biß sich auf die Lippen. »Wie heißt unser Führer?« flüsterte sie nach einer Weile.

»Er ist Berthold«, antwortete Rainald, wieder ernsthaft, »so genannt nach seinem Onkel Berthold von Loccum, der vor einem Jahrzehnt von den Livländern erschlagen wurde. Sein Onkel war Zisterzienser wie er.«

»Vielleicht sind die Zisterzienser ein wenig zu hart mit den Livländern umgegangen?« mutmaßte Ymme, während ihre Gedanken sich mehr um den Neffen drehten als um den Onkel. Zu spät merkte sie, daß sie eine harsche und ganz unbegründete Kritik geäußert hatte. »Oh, es tut mir leid. Ich werde Berthold in mein Abendgebet einschließen.«

Rainald schüttelte entschieden den Kopf. »Lieber mich«, schlug er vor.

Ymme wurde erneut rot; sie war so lockere Gespräche mit Männern nicht gewohnt. »Ich meinte den Märtyrer Berthold.«

Der Ritter sah aus, als hätte er das Geplänkel gerne fortgesetzt, aber seine Dame rief nach ihm. Beflissen eilte er hin, ihrem Dienst hatte er sich verschrieben und ihrem Ehemann Treue geschworen. Ymme blieb absichtsvoll lange am Bachlauf, und sie hörte, wie Frau von Berleburg ihren Ritter mit kleinen, unwichtigen Aufträgen hin und her schickte. Ich sollte auch aufhören, mich um ihn zu kümmern, sagte sie sich. Aber sie konnte vor sich selber nicht verleugnen, daß er die einzige Person der ganzen Reisegesellschaft war, mit der sie sich gerne unterhalten hätte. Außer dem feistgesichtigen Mann, der sich andauernd in Dinge einmischte, die ihn gar nichts angingen, waren die Pilger alle ältere Leute, entweder in sich gekehrt und schweigsam, oder sie gehörten als Ehepaar zusammen. Seitdem am frühen Morgen Namen und Herkunft allseitig geklärt waren, sprach keiner mehr mit dem anderen.

Eine trübselige Gesellschaft, fand Ymme, während sie neugierig den Proviant musterte, den die Juden ihr zusammengestellt hatten. Mit Wanderungen kannten sie sich anscheinend bestens aus: außer einem Schlauch Wein enthielt der Sack Hirse, getrocknete Erbsen, Trockenfleisch, Öl des Olivenbaums, Roggenmehl, Haselnüsse, Rosinen, Äpfel, Salz und eine ganze Knoblauchzwiebel, die sie ebenso wie Olivenöl erst in Frankfurt kennengelernt hatte. Sie fühlte sich bestens ausgerüstet und noch wie aus der Ferne von Frau Cornela behütet. Mit Behagen biß sie in einen kleinen, aber sehr süßen frühen Apfel.

Sie war gerade beim Gehäuse angekommen, als Bruder Berthold sich erhob und gemächlich von einem Pilger zum anderen ging, die Hände in den langen Ärmeln seiner weißen Kutte verborgen. Mit jedem wechselte er einige Worte, seinem Gesichtsausdruck nach zu urteilen, aufmunternd oder tröstend. Er war offensichtlich ein erfahrener Pilgerführer, der wußte, was not tat. Ymme taten die unfreundlichen Gedanken über ihn leid, und sie lächelte ihm entgegen, als er zu ihr trat.

»Ymme Emeken aus Lübeck, wenn ich recht erinnere?« fragte Bruder Berthold, obwohl er sich ganz ausgezeichnet erinnerte. »Tochter eines Kaufmanns.«

Ymme nickte und sah ihn aufmerksam an. Was mochte er ihr erzählen wollen?

»Eurem Aussehen nach stammt Ihr immerhin nicht von dem widerspenstigen Volk an der Baltischen See ab, dessen Bekehrung so unsägliche Anstrengungen der heiligen Mutter Kirche erfordert«, sagte der Mönch prüfend.

»Mein Vater wanderte aus Sachsen nach Lübeck ein«, erklärte Ymme.

»Auch die Sachsen gehören zu den Bekehrten.«

»Das Volk, dem Ihr entstammt, ebenfalls.« Ymme wußte nicht, woher sie den Mut nahm, diesem Mann so zu antworten. Aber sie war empört über seine hinterhältige Art. Statt sie aufzumuntern, schien er sie anklagen zu wollen. Wessen eigentlich? Sie hielt den Atem an, während sie seine Antwort erwartete.

Der Mönch hob die Augenbrauen und blickte mit fast geschlossenen Augen auf das Mädchen hinunter. Den Rücken hatte er den anderen Pilgern zugekehrt. Ymme war klar, daß er einem Beobachter erscheinen mußte wie vor kurzem noch ihr selbst: wie ein fürsorglicher Leiter einer kleinen Gemeinde von verirrten Schafen. Vielleicht hatte er die anderen Pilger auch gedemütigt?»Und Eure Mutter? Habt Ihr auch eine Mutter?«

»Kyne Emeken.«

»Kyne, so. Kyne ist kein sächsischer Name.«

Ymme begann wütend zu werden. Sie merkte nicht, daß sie den Rand des Lederbeutels unruhig knetete, bis Berthold seinen Blick darauf ruhen ließ, gerade so lange, wie sie benötigte, um seinen Blick zu deuten.»Sie ist eine gute Christin«, entgegnete Ymme heftig,»auch wenn sie zu den von Euch als widerspenstig bezeichneten Völkern gehört.« Als der Mönch ein sparsames Lächeln andeutete, wußte sie, daß sie ihre Mutter, und damit sich selber, ohne Notwendigkeit verteidigt hatte.

Für alle als Segen sichtbar, malte Bruder Berthold ein Kreuz über Ymme in die Luft, aber das konnte auch zur Abwehr des Bösen in ihr geschehen sein, dachte sie hinter ihm her. Der Mönch ging davon, gerade und selbstsicher, ein Mann, dem jeder Vertrauen entgegenbringen mußte. Und doch fühlte Ymme sich durch ihn zutiefst beunruhigt.

Der Zisterzienser setzte sich erst gar nicht wieder hin. Es ging weiter, Stunde um Stunde, meistens schweigend; zuweilen sangen sie eines von drei Wallfahrtsliedern, die alle mit dem Ruf»Kyrieleis« schlossen. Abwechslung brachten nur Menschen, die ihnen entgegenkamen, Bauern und Händler, Fahrende, kleine Ritter und Bettler. Hin und wieder überholten sie selber Ochsengespanne, die noch langsamer als ein Fußgänger waren. Die frommen Männer und Frauen der Straße bekreuzigten sich und richteten Bitten an sie – »Bitte für mich, die Karoline aus Seligenstadt« –, riefen ihnen Ermunterungen zu oder reichten im Laufen eine Kürbisflasche mit gutem Wasser herüber. Es gab aber auch andere, die aus Zorn auf die Kirche frech gegen die Pilger waren.

Ein nasenloser Mann mit der Klapper in den verkrüppelten Händen schrie aus seinen zerfransten Lippen:»Die Schwarzröcke und Rotnasen ziehen euch ja doch nur den letzten Pfennig aus der Tasche! Und das Geld jagen sie durch ihren eigenen Schlund, die Vielfräße und Säufer!«

Das Rundgesicht rannte behende auf den Mann zu und trat ihm zur Strafe ins Hinterteil, so daß er kopfüber in den Graben kippte. Seine lappenumwickelten Füße zappelten, während er sein Gleichgewicht suchte und anschließend die Klapper im Wasser. »Sei froh, daß ich dir nicht das Gehirn zu Brei zertrete«, keifte der Pilger. Am Straßenrand schlich der Verkrüppelte unter den Klängen ihres frommen Liedes davon.

Aber irgendwann hörten die Abwechslungen der Straße auf, neu zu sein. Die Pilger trotteten nun selber wie die Ochsen einher.

Als sie endlich kurz vor Sonnenuntergang bei einer kleinen Herberge an irgendeinem der vielen Flüßchen angelangt waren, fragte auch Ymme nicht mehr, wo sie waren. Hinter Rainald mit seinen drei Pferden brachte sie ihr Maultier in den Stall, warf ihm Heu vor und wankte dann mit ihren zwei Säcken in den Hauseingang.

Hier stand bereits eine Frau – die Frau des Schaffners, wie sich erwies, weil die Herberge zu klein war, um viele Knechte und Mägde zu haben – und musterte die Neuankömmlinge von Kopf bis Fuß. Wer ihr recht war, wurde in einen zum Bersten überfüllten Raum weitergeschoben. Den Bettler, der sich hinter Ymme einschmuggeln wollte, wies sie laut schimpfend ab.

Ymme fand sich zwischen schwitzenden, todmüden Pilgern wieder, die nicht zu ihrer Gruppe gehörten. An ihren Hüten, die an einer Schnur am Rücken baumelten, waren zwei gekreuzte Schlüssel als Pilgerzeichen befestigt. Ymme betrachtete sie respektvoll, mit mehr Bewunderung, als sie noch am Morgen aufgebracht hätte. Diese Männer und Frauen waren in Rom gewesen, wochenlang waren sie marschiert – und das bei vermutlich viel größerer Hitze, als heute geherrscht hatte.

Sie selbst war an große Wanderstrecken nicht gewöhnt – aber vor allem die heiße Sonne Süddeutschlands machte ihr zu schaffen. Als sie endlich auf einer Bankkante knappen Platz gefunden hatte, überkam sie die Verzweiflung. Ob sie den weiten Weg nach Italien überhaupt schaffen würde?

Unglücklich löffelte sie die Suppe mit Gemüse, die ihr ein gutgelaunter Rompilger aus der Küche mitbrachte. Einer Unterhaltung verweigerte sie sich, und er war nicht böse. Am Anfang sei es ihm auch so ergangen, erzählte er, obwohl sie Köln im kalten Frühling verlassen hätten. Aber das gebe sich rasch – sobald die Beine das Laufen und die Lunge das Atmen gewöhnt seien. Das schwierigste sei das Atmen. Sie müsse es bewußt probieren – so; und er machte es ihr vor. Ymme nickte nur apathisch, woraufhin er sie sitzenließ – allein zwischen Menschen, die staubverkrustet waren, stanken und in Dialekten miteinander redeten, die sie noch nie zuvor gehört hatte. Sie sehnte sich verzweifelt zu Johanna Cornela zurück. Sie holte nicht einmal das ihr zustehende Stückchen Käse ab, sondern ging nach oben zu den Schlafsälen.

Im Frauenschlafraum standen vier Betten, auf jeder Seite des Fensters zwei, und dazwischen war gerade genug Platz, um sich zu wenden. Die Betten waren vollständig belegt bis auf eines, in dem bisher nur zwei Frauen lagen. Schnarchen, Gurgeln und Seufzen kam von allen Lagern. Nur im vierten war es still.

Ymme nickte der Frau zu, die vor ihr hergelaufen war.

»Ich kann nicht schlafen«, klagte sie, als sie Ymme wiedererkannte. »Meine Arme schmerzen so, daß ich noch nicht einmal den Löffel halten konnte.«

Ymme runzelte die Stirn. »Dürft Ihr sie denn nicht herunternehmen?«

Der Frau stiegen die Tränen in die Augen, während sie den Kopf mit steifem Nacken in das strohgefüllte, knisternde Kissen drückte. »Ich muß die Strafe auf mich nehmen, ich will es ja. Ich bin auch schon losgesprochen. Wenn ich nur bereuen könnte!« Sie schluchzte auf und weinte dann leise und verzweifelt.

Ymme nickte und zog sich erschöpft aus. Das Kleid legte sie ordentlich gefaltet auf ihre Säcke, die sie unter das Bett schob. Hoffentlich wurde hier nicht gestohlen. Man hörte so vieles. Dann schlüpfte sie neben die Frau auf den Bettsack. Die Herbergsdecke wollte sie nicht benutzen, ihr Mantel war weicher und sauberer.

»Ich habe Ehebruch begangen«, bekannte die Frau und starrte an die Decke.

Ymme holte tief Luft. Die Not der Frau war nicht zu überhören.

»Und Euer Ehemann? Weiß der davon?«

Die Frau ließ ein Schnauben wie Ymmes Maultier hören. »Wie sollte er nicht. Meine Mitgift ist längst aufgebraucht und hätte auch nie für eine Wallfahrt nach Einsiedeln ausgereicht.«

»Wenn Ihr wollt, könnt Ihr mit mir beten«, bot Ymme an. Sie fühlte, daß die Frau nickte. Ihre Stimme folgte den von Ymme halblaut vorgebeteten drei Paternoster und dem Ave Maria schleppend und ohne Inbrunst. Es stimmt, dachte Ymme, sie bereut nichts.

»Könnt Ihr nicht endlich still sein?« blaffte jemand, kaum daß das Amen verklungen war. Ymme wagte sich danach kaum mehr umzudrehen und lag trotz ihrer Erschöpfung die ganze Nacht schlaflos auf dem Rücken. Als die ersten Vögel vor dem Fenster zu zwitschern begannen, nahm sie sich vor, in Zukunft abends einen Schluck Wein aus dem Schlauch zu nehmen, so, wie man ein Arzneimittel einnimmt. Und sie nahm sich vor, ihre Schlafgenossinnen sorgfältiger auszusuchen. Aus Rücksicht auf die abgewinkelten Arme der Büßerin hatte sie kaum Platz gefunden.

Bei ihrem Aufbruch am nächsten Morgen hing ein kaum sichtbarer Nebelschleier über den Dächern der Herberge und dem Stall. Er sollte vom Rhein aufsteigen, hieß es, den man von hier nicht sehen konnte, aber Ymme gab eher dem nahenden Herbst als dem Fluß die Schuld.

Bruder Berthold schien das gleiche zu denken, denn er beschleunigte das Tempo gegenüber dem ersten Tag, obwohl die heiße Sonne schnell alle Feuchtigkeit aufsaugte.

Bald wünschte Ymme sich den Nebel wieder herbei – und noch eines wünschte sie sich: daß sie nicht ausgerechnet hinter der Büßerin hergehen müßte. Die Frau blieb zuweilen stehen, hastete dann vorwärts, um die anderen einzuholen – nur um erneut stehenzubleiben. In einer Wanderpause fragte Ymme den Mönch, ob ein Platzwechsel wohl erlaubt sei, aber den verbot er harsch, und die Frau sah Ymme bitterböse an. Ymme blieb, wo sie war.

Zum einzigen Lichtblick des Tages wurden die Pausen, denn Rainald zum Paradies machte es sich zur Gewohnheit, mit Ymme Neuigkeiten auszutauschen, belanglose zwar, aber doch freundlich gemeint. Beim Tränken der Tiere konnten sie ungehindert, wenn auch nicht unbeobachtet schwatzen. Da hatte schon ein Schuh seinen Dienst aufgekündigt, eine Tasche war in der Herberge vergessen worden, man vermeinte, Donner über den Kuppen des Odenwalds gehört zu haben, und die Füße einer Mitpilgerin schmerzten nun schon höllisch. Darüber brachen sie in Lachen aus, natürlich nicht wegen der Schmerzen, sondern wegen der Hölle im Zusammenhang mit einer Pilgerfahrt. Beim nächsten Mal erzählte Rainald treuherzig, sein größter Wunsch sei es, Ritter zu werden. Er werde noch vor dem nächsten Kreuzzug zu den Johannitern gehen, weil er bei ihnen auch als Nichtadeliger zum Ritter geschlagen werden könne.

»Wollt Ihr denn gar nicht heiraten?« fragte Ymme überrascht. Sie hatte die Tatsache, daß er eine adelige Dame begleitete, für eine Art Minnedienst gehalten, und nie wäre sie auf die Idee gekommen, daß er eines Tages allen Frauen entsagen wollte.

»Nein.« Er sagte es unbeschwert und fröhlich und mißverstand sogar ihre Überraschung als Besorgnis. »Ich habe drei Brüder, von denen jeder einzelne meinem Vater nachfolgen könnte. Mich brauchen sie in Frankfurt nicht.«

Bei der dritten Rast am Spätnachmittag schritt Frau von Berleburg an die Tränkstelle. Ymme sah sie aus dem Augenwinkel früher als der junge Patrizier, der gerade laut über einen Witz lachte, den er selbst gemacht hatte.

»Mir scheint«, sagte Frau von Berleburg mit kultivierter, klangvoller Stimme, »daß die Pferde immer durstiger und Ihr immer lustiger werdet. Ich glaube, Ihr laßt es für eine Pilgerreise an der nötigen Ernsthaftigkeit mangeln. Es beleidigt mein Ohr – und gewiß auch das von Bruder Berthold –, wenn Ihr frivole Späße macht.«

Ymmes Gesicht glühte. »Es würde auch mein Ohr beleidigen, Frau von Berleburg, wenn jemand in meiner Gegenwart frivol redete. Das dürft Ihr Herrn Rainald gewiß nicht vorwerfen!«

»Ach, Ihr seid schon so vertraut miteinander, daß Ihr ihn verteidigt?« Frau von Berleburg wandte sich mit deutlich zur Schau getragener Überheblichkeit an Ymme. Gleichzeitig reichte sie Rainald ihren Handrücken. Prompt fiel dieser auf ein Knie, um den Handschuh inbrünstig zu küssen. Das Schienbein im von den Pferden aufgewühlten Matsch, den Kopf reuig gebeugt, sah er so ernsthaft und ritterlich, dabei aber so hinreißend komisch aus, daß Ymme anfing zu lachen.

Beinahe sofort bereute sie ihr Lachen. Ihm hatte sie nicht weh tun wollen. Aber als sie der adeligen Dame ins Gesicht blickte, versiegte jedes Reuegefühl und verwandelte sich in Wut. Frau von Berleburg hatte sich aus ihrem Lachen wenig gemacht. Was sie trieb, war nicht die Sorge um Rainalds Seelenheil – sie wollte ihn beherrschen, und das spürte Ymme genau.

Frau von Berleburg verzog die Lippen amüsiert, als das Mädchen mit dem seltsamen Namen den Kopf ihres Maultiers ungeduldig hochzerrte und davonging. Als Rivalin konnte sie kaum gelten, sie war so bieder wie das schwerfällige Tier und ohne jeden Schliff. Allerdings ließ sich nicht abstreiten, daß sie schön war. Ohne Hemmungen zeigte Frau von Berleburg ihre Ungeduld, als die Rastzeit verlängert wurde, weil die seltsame Person darauf bestand, die durchgelaufenen Füße einer Pilgerin zu behandeln.

Als die Pilger abends die Herberge am Westtor des Lorscher Klosters betraten, eilte ihnen einer der Vorratsmeister mit besorgtem Gesicht entgegen und scheuchte sie mit ausholenden Bewegungen wieder hinaus. Über die Mauer des Klostergeländes lugten Zeltspitzen hervor, eine neben der anderen, selbst unter den Apfelbäumen. »Tut mir leid«, sagte der Lorscher Mönch bedauernd, »über unserem Abt liegt der Bann, und die Bischöfe von Speyer und Würzburg sind hier, um den Konvent zum Gehorsam gegen ihn aufzurufen. In all den Jahren haben wir wohl zum erstenmal keinen Platz für Pilger. Geht zur Herberge, Brüder, und schließt uns in Euer Gebet an den heiligen Nazarius ein... Wir haben Fürbitte nötig.«

»Ich würde das Kloster gern für euch verwalten, wenn ihr es mir anvertrauen würdet.« Er meint es ernst, dachte Ymme, die Bruder Berthold beobachtete. Mit geradezu gierigen Augen schien er im Geiste bereits die Länge der Außenmauer zu überschlagen.

»Ach, so ist das. Zisterzienser – Bruder... Fachmann für Wirtschaft und Handel...« Der Benediktiner wandte sich beleidigt um und ließ die Pilger stehen.

Bruder Berthold brachte seine Gruppe gedankenvoll zu einer Herberge am Rand von Lorsch.

Ymme seufzte ein wenig. Ihre Geldvorräte würden schnell abnehmen, wenn sie niemals in Hospitälern oder Klöstern Einlaß fanden.

»Weiber in das Obergeschoß, Kerle in das mittlere!« rief der Pilgerknecht, der die Gruppe in Empfang nahm. »Vor dem Abendessen Betten belegen! Vor dem Schlafen bei mir melden!«

Als Ymme sich mit mehreren anderen Frauen in einen großen Schlafraum schob, war die Meisterin noch dabei, Strohmatratzen zu wenden, und dabei brabbelte sie böse, unverständliche Worte vor sich hin.

Zuerst kümmerte Ymme sich um die wundgelaufenen Füße ihrer Mitpilgerin. Eiter bedeckte große offene Stellen, die die Frau mit Lappen umwickelt hatte. Stöhnend ließ sie sich auf das Lager sinken, während Ymme Wasser holte und die gelblichen, mit Erde verschmutzten Krusten aufweichte. Aber beim Anblick des heißen, bis zum Knöchel geschwollenen linken Fußes wußte sie, daß mehr Hilfe als Wasser nötig war.

Sie eilte die Treppe hinunter, wo sie auf Bruder Berthold stieß, den sie um Rat fragte.

»Heilskunde geht vor Heilkunde! Denkt an Eure Seele! Wart Ihr schon in der Kirche?« fragte er, ohne ihr Auskunft zu geben.

Sprachlos vor Empörung rannte Ymme zum Kloster hinüber, wo sie unverzüglich zum Bruder Pigmentarius am Südtor weitergeschickt wurde. Man gab ihr sogar einen der jungen Oblaten als Wegweiser mit. Als das »Dank sei Gott« ertönte, auf das der Junge nach seinem Klopfen gewartet hatte, schob er die Tür auf und Ymme in das Infirmarium hinein.

Der Benediktiner saß vor einem Glas Wein. Sein Tisch war aufgeräumt, aber in den Regalen hinter ihm lagen und hingen Kräuterbündel und anderes, das Ymme nicht kannte. Der Bruder Pigmentarius schmatzte dem letzten Schluck hinterher, war aber nicht ungehalten über die Störung. Während er seine Besucherin betrachtete, kratzte er sich den breiten, schwarzbehaarten Handrücken und hörte still zu. Als Ymme mit ihrer genauen Beschreibung fertig war, nickte er. »Sie soll Klee zerkauen und auf die Wunden binden. Das kostet sie am wenigsten und hilft.«

»Nein«, widersprach Ymme, vor lauter Müdigkeit und Verzweiflung über sein Unverständnis zu nichts anderem mehr fähig als trotzigem Widerstand.

»Nein, nein«, murmelte der Bruder erzürnt, erhob sich jedoch und ging in den Nebenraum. Mit einem zur Tüte gefalteten Blatt kam er nach einer Weile zurück. Sorgfältig rollte er den oberen Rand ein. »Zerstoßener Wermut. Auf die Wunde streuen und einen Verband darüber legen. Nach zwei Tagen sind die Wunden geschlossen. Wenn sie unterwegs wieder aufbrechen, so hilft auch warme Asche von Nacktschnecken. Diese Arznei könnt ihr selber unterwegs herstellen.«

»Ich glaube Euch ja, daß diese Mittel bei gewöhnlichem Wundlaufen helfen. Aber diese Wunden sind nicht gewöhnlich, Bruder Infirmarius, sie eitern. Habt Ihr nichts Stärkeres?«

»Beten.« Der Mönch blickte Ymme mit vorwurfsvollen Augen an.

»Gut, wir werden beten. Aber das reicht nicht. Was hättet Ihr empfohlen, wenn nicht ich, sondern jemand von den fürstlichen Besuchern gefragt hätte?« Ymme war blaß geworden; aber nachgeben würde sie nicht.

Der Mönch setzte sich und nahm noch einen Schluck von dem guten Roten, der ihn in friedliche Stimmung versetzte, wie immer. Für eine beliebige Kranke würde er heute keine Hand mehr rühren. Aber zur Auskunft war er durchaus bereit. »Du machst dir über den Eiter Gedanken, ja? Ganz falsch. ›Pus bonum et laudabile‹, sagten die Alten, was heißen soll, daß eine Heilung ohne Eiter nicht stattfinden kann. Der Abgang der unreinen Materie ist wichtig. Wer sollte das besser wissen als ihr Frauen? Nur die monatliche Blutung macht euch zu Lebewesen, die man ertragen kann. Alt seid ihr unleidlich. Und wenn die Frau so heiß ist, wie du sagst, ist es das beste Zeichen dafür, daß die Materie sich nun im Zustand der Kochung befindet. Solange sie roh bleibt, ist sie schädlich, gekocht wird sie unschädlich. Kochung und Krisis, das ist das wichtigste. Für die Kochung sorgt Gott, für die Krisis, mit Seiner Hilfe, der Heilkundige. Dafür ist das Pulver.« Er machte eine Pause. Zufrieden mit dem Eindruck, den er bei Ymme gemacht hatte, fuhr er großspurig und mit schon ein wenig undeutlicher Aussprache fort: »Wenn jemand anders gefragt hätte – na ja, dann hätte ich rohe Zwiebeln mit Koriander oder Käseschimmel mit Schafdung in Honig empfohlen, je nach Sachlage und Geldbeutel. Aber die Krisis wäre dieselbe.«

Das junge Mädchen sah ihn erbittert an. Es war, wie sie gedacht hatte. Die beiden besseren Arzneimittel mußten frisch zubereitet werden – und dazu hatte der Mönch keine Lust. »Ja«, sagte sie. »Vergelte es Euch Gott.«

»Das reicht leider auch nicht. Wir betreuen viele Kranke.«

Schweigend bezahlte Ymme, dann rannte sie wieder hinüber zur Herberge, verteilte sorgfältig das Pulver auf der Wunde und legte einen Verband an. Der Bruder Infirmarius hatte wesentlich mehr gewußt, als sie ihm anfangs zugetraut hatte. Widerwillig mußte sie es zugeben. Die Kranke ließ die Behandlung über sich ergehen; sie wandte nicht einmal ihren hochroten Kopf.

In diesem Haus mußten die Pilger die Vorräte abliefern, damit sie zubereitet wurden; nur Salz, Gewürze und Feuer wurden gestellt. Ymme besaß noch genügend Lebensmittel, mit denen sie sich in den Garten zurückzog. Auf einer moosbewachsenen Bank im Schatten einer Buche verzehrte sie ihr Brot mit Zwiebel, und es schmeckte ihr wesentlich besser als am Vortag, weil sie nicht so erschöpft war.

Es hätte ein friedlicher Abend für Ymme werden können, wenn sie nicht eine unangenehme Überraschung erlebt hätte.

Ein Mann, auf den sie aufmerksam geworden war, weil er sie in auffälliger Weise im Auge behielt, entschloß sich plötzlich, sie anzusprechen. Sie kannte ihn nicht, aber ihr war doch, als hätte sie ihn schon einmal gesehen.

»Gott zum Gruß, edles Fräulein«, rief er laut und zog seinen Hut schwungvoll vom Kopf. »Ihr seid doch die Tochter vom seligen Fernhandelskaufmann Albert Emeken, wenn ich mich nicht irre?«

Ymme ließ ihr Messer sinken. Jetzt wußte sie es. Er war aus Lübeck; in der Knochenhauerstraße war sie ihm einmal begegnet. Er hatte ein Schwein zerteilt, während sie auf Gehirn und Bries wartete. Sie nickte zurückhaltend. Erst dann fiel ihr ein, daß er von ihrem seligen Vater gesprochen hatte; womöglich hätte sie sich besser verleugnen sollen? Aber es war zu spät.

»Ihr freut Euch doch gewiß, einen Landsmann zu sehen«, sagte er plump und drängte sich neben sie auf die Bank. Ymme rückte schweigend beiseite. »Habe Euch bestimmt – wartet mal, na, ein halbes Jahr wird's wohl sein, – in Lübeck nicht gesehen. Ihr wart die ganze Zeit auf Pilgerfahrt, stimmt's? Sicher eine Bußfahrt! Kann mir denken, daß Ihr viel zu bereuen habt. Haben die meisten, also macht Euch nichts draus!« Der Knochenhauer sprach polternd; er zog sofort die Aufmerksamkeit der Pilger im Garten auf sich. Sein Gesicht war narbig und gemein. Ymme wußte nicht, wie sie einen solchen Menschen zum Schweigen bringen konnte. Während sie ihn tatenlos anstarrte, bildeten die Neugierigen bereits einen Kreis um sie.

Nachdem der Mann sie ausgiebig betrachtet hatte, fuhr er noch lauter fort: »Sie sieht aber noch ganz respektabel aus. Hab ich nicht recht, Leute? Hat ja auch bessere Bedingungen als unsereins, obwohl ich nicht klagen kann. Mein Erblasser hat mich für die Pilgerfahrt ganz ordentlich ausgestattet. Aber sie geht ja in eigener Sache – allein, mit Maultier... Wer von euch hat schon ein Reittier, he? Und wenn er's hätte, welcher Mensch mit christlicher Demut würde bei einer Pilgerfahrt reiten, wo unser Herr Jesus selbst nur einen armseligen Esel besaß!«

»Schande über dich!« rief eine Frau mit sonnverbranntem Gesicht

und einem Kopftuch unter dem Hut. Sie spuckte Ymme vor die Füße.
»Du Hure auf Strafwallfahrt!«
Auf der untersten Stufe der Herbergstreppe stand Bruder Berthold
und lauschte interessiert. Ymme war außer sich vor Zorn, daß er ihr
nicht half.
»Was fällt dir ein!« fauchte sie. »Hältst du mich vielleicht für Gesindel
deinesgleichen, daß du so zu sprechen wagst?«
Der Mann lachte rauh. Er probierte Ymmes Hut auf, den sie auf der
Bank abgelegt hatte, und griff gierig nach ihrem Sack. Ymme sprang
auf, entriß ihm das Gepäckstück und sammelte hastig ihre Eßwaren
ein. Dann ergriff sie die Flucht. »Im Winter«, rief er hinter ihr her,
»hättest du vielleicht noch so hochmütig mit mir reden können. Heute nicht mehr, hörst du, du Schlampe? Heute bist du in Lübeck nicht
mehr das Schwarze unter dem Fingernagel wert! Vom Domkapitel
bis zur Burg.« Er lachte keckernd, und das wiehernde Gelächter der
Zuschauer und das begeisterte Trampeln ihrer Füße folgten Ymme bis
in den Hauseingang. Das letzte, was sie hörte, war: »Aber auch du wirst
deinen Hochmut noch einbüßen.«
Ymmes Wangen brannten vor Scham. Über ihr hingen die Gesichter
der Pilger in den kleinen Fenstern, und es gab wohl im ganzen Haus
keinen einzigen Menschen, der den Vorfall versäumt hatte. Mein
Maultier, dachte sie, sie sind neidisch. Aber sie wußte selber, daß es
nicht die ganze Erklärung sein konnte.
Ymme drängte sich an Bruder Berthold vorbei und stürmte die Treppe hinauf. Sie sah nicht, daß der Mönch in den Garten hinausschlen-
derte, wo er den Knochenhauer ansprach, nachdem sich die Aufregung in Schwatzen und Gelächter aufgelöst hatte.
Ymme meldete sich, wie es die Hausordnung vorschrieb, beim Pilgerknecht. Sie wollte sofort ins Bett, wie auch einige andere Männer
und Frauen, die sie verstohlen betrachteten.
Der Pilgerknecht tauchte kauend und mit brummiger Miene aus
seiner Kammer auf. »Jetzt schon?« fragte er. »Na gut. Wer von euch
hat einen Ausschlag oder offene Geschwüre?«
Eine Frau mit verschlagenem Gesichtsausdruck meldete sich und
zeigte unaufgefordert ihre Unterarme vor, die von ringförmigen,
schuppigen Mustern gezeichnet waren. »Sie nässen nicht«, beteuerte
sie schnell, »in Rom hat niemand etwas dagegen gehabt.«
»Wurscht«, sagte der Knecht. »Wir sind hier nicht in Rom. Stroh! Und

wehe, ich erwische dich auf einem Bettsack. Das gibt vierzehn Tage Turm.«
»Hab ja nur gemeint«, maulte die Frau und verschwand nach oben. Ymme war froh, daß sie mit ihr nicht zusammenliegen mußte. Sie durfte auf dem gefüllten Bettsack mit Kissen schlafen, den sie vorher belegt hatte. Und sie bedauerte die Frau mit den wunden Füßen, die ebenfalls auf Stroh lag.

Die Erschöpfung kam, als sie im Bett lag, und sie schlief ein, ohne zu bemerken, daß noch zwei andere Frauen im Bett ihren Platz suchten. Bruder Berthold führte derweil ein ausgiebiges Gespräch mit dem geschwätzigen Knochenhauer.

Bruder Berthold war zur Matutin in die Klosterkirche hinübergegangen, mit bedächtigem Schritt und fromm gesenktem Haupt. So gelang es ihm am besten, seinen Ärger zu verbergen, der immer aufs neue aufwallte. Spät hatte er sich entschlossen, in den Dienst der Kirche zu treten, und zur Strafe mußte er sich mit diesen Pilgern in Staub und Hitze abmühen. Sein Onkel Berthold von Loccum war von den Livländern erschlagen worden. Es war der falsche Ort und die falsche Zeit zum Sterben gewesen, zu früh jedenfalls, um seinen Neffen noch in eine Position zu heben, die sich zum Absprung auf höhere Ebenen eignete. Der Bischof war selig gesprochen worden, aber das nützte Berthold dem Lebenden wenig.

Berthold, der Mönch, haßte seitdem alle, die so aussahen, als ob sie entfernt an seiner erniedrigenden Position Anteil haben könnten. Und Ymme Emeken hatte die Dreistigkeit gehabt, Ungläubige gegen einen Gesandten der christlichen Kirche in Schutz zu nehmen.

Am nächsten Morgen war von seinem nächtlichen Ärger nichts mehr zu erkennen. Gut gelaunt versammelte er nach dem Morgenmahl seine Schäfchen und ließ sich auch dadurch nicht stören, daß eines zurückbleiben mußte, dem Tode nah. Er versprach Ymme großzügig, daß die Benediktiner sich um ihres Seelenheils willen um die Frau kümmern würden. Dann führte er seine Pilgerschar am alten Kloster vorbei auf die südliche Ausfallstraße der Stadt.

Ymme, die zufällig aufblickte, sah, wie Bruder Berthold unterhalb der letzten Pflaumenbäume des Klosters den Dicken einwies. Dieser lächelte geschmeichelt und zeigte dann seinerseits der adeligen Dame den Weg, der gerade wie eine gespannte Schnur vor ihnen lag und überhaupt nicht verfehlt werden konnte. Sie verzog darum auch keine Miene und hätte ihn beinahe überritten, während Bruder Berthold zurücktrat und die Reihe der Pilger an sich vorüberziehen ließ.

Ymme ahnte, daß er mit ihr sprechen wollte. Vielleicht wegen der Frau, die sie zurückgelassen hatten. Doch eigentlich glaubte sie es nicht. Eine unbestimmte Furcht kroch in ihr hoch. Dieser Mönch war auch ein Mann, und ihr war sein Wesen fremd. Selbst nach drei Tagen in Hitze und Staub war seine Tunika makellos weiß und sah frisch geglättet aus. Er war das genaue Gegenteil des schmuddeligen Benediktiners, der sie in Frankfurt verabschiedet hatte. Außerdem wußte sie nun, wie mäßig er aß, und Wein hatte sie ihn noch nicht trinken sehen. Er entsprach ganz bestimmt nicht dem Bild der Leute, die die meisten Mönche für Schlemmer, Säufer und Hurenböcke hielten.

Während er das Maultier umrundete, um an ihre Seite zu gelangen, lächelte er sie liebenswürdig an. Und doch fühlte Ymme sich von seinem bohrenden Blick fast ausgezogen. Sie errötete und hoffte, er würde es der Hitze zuschreiben.

»Zufällig habe ich gestern Nachricht von meinem alten Freund Hinrich van der Treppen erhalten«, erzählte er beiläufig, als es ihm mit einem Hüpfer gelungen war, sich dem Schritt von Ymme anzupassen. Wie albern, dachte sie und hörte verständnislos zu. »Sagt Euch der Name nichts?« fragte er nach einer Weile mit geheucheltem Erstaunen.

Sie schüttelte den Kopf und wußte nicht, worauf sie sich gefaßt machen mußte. Auf Gutes sicher nicht.

»Hinrich van der Treppen ist seit Mai Pfarrherr von Sankt Marien in Lübeck.«

Ymme nickte gleichmütig. »Das ist sicher so, wenn Ihr es sagt. Ich war seit dem Spätwinter nicht in Lübeck, sondern auf Besuch in Frankfurt. Ihr wißt ja, daß mein Vater Fernhandelskaufmann ist.« Sie wunderte sich selbst, wie glatt ihr die Beugung der Wahrheit gelang.

»War. War«, verbesserte der Mönch lächelnd.

Ymme wurde es sehr heiß unter ihrem Kleid. Er mußte sich mit dem Knochenhauer unterhalten haben. Was hatte er erfahren?

»Es geht auch das Gerücht, Ihr hättet Euch durch einen Feind des christlichen Glaubens aus der Stadt schmuggeln lassen, einen Juden.«

»Ich glaube nicht, daß er ein Feind ist«, entgegnete Ymme überrascht. »Er hatte eigentlich nur Angst vor den Christen. Aber er war ein guter Mensch.«

Berthold schob die Unterlippe vor und schüttelte überlegen den Kopf. »Ein offensichtlicher Feind der Kirche ein guter Mensch? Das kann Euer Ernst nicht sein. Der Umkehrschluß wäre, daß die Kirche nicht gut ist, also im Unrecht der gesamten Christenheit gegenüber. Ich kann nicht glauben, daß Ihr dies behaupten wollt. Sofern Ihr eine Tochter der Kirche seid.«

Ymme war intelligent genug, um zu verstehen, daß er ihr Vorsicht nahelegte. Aber das hätte bedeutet, auf sein Angebot einzugehen. Und sie war viel zu stolz, um Fallen aus Schlauheit zu vermeiden. »Er war barmherzig«, beharrte sie. »Und lehrt nicht Christus Barmherzigkeit?«

»Barmherzigkeit?« zischte der Mönch. »Es war die Barmherzigkeit des Verführers.«

Ymme erschrak vor der Leidenschaft, die in diesem sonst so kühlen Mann plötzlich loderte, und dann ging ihr auf, daß sie selber sie entfacht hatte.

»Gott haßt die Juden, diese Christusmörder!« Er ballte die Hände.

»Wie hättet Ihr Jesus wohl beurteilt zu seinen Lebzeiten? Als Gründer der Kirche oder als ihren Feind?« fragte Ymme nachdenklich. Noch nie war ihr so bewußt gewesen wie gerade jetzt, daß Mosse Haluca ihr Verständnis für den Ort geweckt hatte, an dem zwei Glaubensrichtungen auseinandergegangen waren... Sie waren gar keine Feinde. Sie waren getrennte Brüder.

Aber der Mönch an ihrer Seite war nicht gekommen, um zu disputieren. Seine Leidenschaft für Christus verwandelte sich in kalte Wut über das Mädchen, das sich anmaßte, den Glauben interpretieren zu wollen. »Das Lehramt steht nur den Bischöfen zu und als ihrem Haupt dem Heiligen Vater, dem Weltbischof. Hast du etwa eine Meinung zu Glaubensfragen zu haben? Hüte deine Zunge, das ist der beste Rat, den ich dir geben kann. Gott haßt nicht nur die Juden, sondern auch alle, die sich weigern, sein Wort in der richtigen Weise anzunehmen... Papst Innozenz, das Fundament der Christenheit, hat den Ketzern den Krieg erklärt.«

Ymme schwieg. Sie verstand nicht, was er eigentlich wollte. Welchen Krieg meinte er? Es konnte sich doch nur um den neu ausgerufenen

Kreuzzug handeln, oder nicht? Aber was hatte der Kreuzzug eines Papstes mit ihr zu tun? Doch bevor sie eine unverfängliche Erwiderung hatte finden können, fragte er scharf:»Bei wem habt Ihr in Frankfurt Unterschlupf gefunden? Erzählt mir nicht, bei einem Christen!«

Ymme fürchtete, der Mönch könnte hören, wie ihr Herz gegen die Rippen schlug. Auf keinen Fall konnte sie Frau Cornela verraten.»Bei der Frau eines Kannengießers in der Kannengießergasse. Mein Vater...«

»Schon gut«, sagte Bruder Berthold und verfiel in Schweigen. Inzwischen hatte er sich wieder beruhigt. Er würde herausbekommen, wer ihr geholfen hatte. Daß Kannengießer in ihrer Gasse wohnten, lag auf der Hand, und er kannte solche Leute nicht beim Namen. Es bestand immerhin die Möglichkeit, daß sie die Wahrheit sagte. Und es war grundsätzlich unklug, Menschen mit falschen Beschuldigungen zu erschrecken. Nur unwiderlegbare waren tauglich.

Andererseits hatte er ausgerechnet am Morgen ihres Abmarschs eine sehr denkwürdige Begegnung gehabt, denkwürdig nicht nur deshalb, weil er die Frau längst für tot gehalten hatte, sondern auch, weil Ymme Emeken in einer noch ungeklärten Verbindung zu den Frankfurter Juden stand. Die totgeglaubte Frau war Jüdin – und der Benediktiner Winfried hatte ihm die bekannte Augenärztin Johanna Cornela gezeigt. Früher hatte sie anders geheißen...

»Nach allem, was ich inzwischen erfahren habe, besteht die Möglichkeit, daß die Kirche Euch aus ihrer Gemeinschaft ausgeschlossen hat«, behauptete Berthold mit Nachdruck.»Und nach dem, was ich von Euch selber gehört habe, wäre es in hohem Maße gerechtfertigt.« Ohne Ymme weiter zu beachten, beschleunigte er seinen Schritt und überholte die Frau, die wie der Gekreuzigte einherwankte.

Zutiefst erschrocken, gelang es Ymme nicht, ihre Augen von seinem weißen Ordenskleid zu lösen, bis er ganz vorn an der Spitze seiner frommen Schar angelangt war und sich im gleißenden Licht zwischen den Weinbergen aufzulösen schien. Und unter der prallen Sonne drang der Gedanke, daß sie vielleicht exkommuniziert war, nur ganz langsam in ihr Bewußtsein ein, aber bald beherrschte er sie und erfüllte sie mit Entsetzen.

Gegen die Angst half auch nicht, daß sie sich abends in einer kleinen

Dorfkirche mit ausgebreiteten Armen vor den Altar warf und inbrünstig die Taufformel sprach.

Bruder Berthold aber beobachtete Ymme Emeken grimmig und hielt ihre Qual für Schauspielerei. In den nächsten Tagen ließ er sie in Ruhe, damit sie im stillen Gebet zu den Heiligen und zur Muttergottes ihre Angst selber schüren konnte.

Mit ihr war er noch nicht fertig.

4. Der Hahn ist tot…

Staunend blickte Ymme sich um, als sie aus der Herberge auf die Straße trat. Erst heute früh fühlte sie sich nach dem anstrengenden Marsch kräftig genug, wieder Atem zu holen, innerlich wie äußerlich. Sie war planmäßig in Arles angekommen, nachdem sie sich in Einsiedeln einer kleinen Gruppe Kaufleute und mutiger Einzelpilger angeschlossen hatte. Einen geistlichen Führer hatten sie nicht gehabt, aber es war alles gutgegangen. Die Pilger wollten nach Santiago de Compostela und baten sie herzlich, bei ihnen zu bleiben, statt auf eine – erfundene – Gesellschaft aus Turin zu warten. Die Kaufleute schifften sich nach Rom ein – und sie selber würde sich vertrauenswürdigen Pilgern anschließen, die auf dem Rückweg von Galicien nach Oberitalien waren.

Den Pilgern und den Kaufleuten hatte sie nachgewinkt – unmittelbar danach war ihr jedoch geraten worden, lieber in Saint-Gilles Anschluß an Pilger zu suchen, weil es, vor allem zu dieser späten Jahreszeit, mehr Möglichkeiten bot. Das hatte ihr eingeleuchtet.

Als erstes mußte sie jedoch ein wenig Geld einwechseln. Man hatte ihr in der Herberge mit Händen und Füßen, mit Kreide auf den Steinfliesen des Fußbodens und viel Gelächter den Weg zum Wechsler beschrieben. Verstanden hatte sie nicht viel, aber sie war überzeugt, daß sie ihn finden konnte. Überhaupt flößte ihr diese lebendige, übersprudelnde Stadt Freude und Mut ein.

Sie lächelte im Vorübergehen der Marktfrau zu, die Melonen, Trauben und Oliven anbot, und als Ymme die offenen Handflächen nach oben drehte zum Zeichen, daß sie kein Geld hatte, schenkte ihr die Frau ein paar Trauben.

Es war immer noch warm, obwohl schon November. Die Hitze über der Stadt hatte Blätter von Bäumen und Büschen mit hellbraunem Staub bedeckt, aber noch nie war ein Ort ihr so bunt erschienen. Selbst die Häuser und Paläste schienen sich mit Türmchen zu schmücken. Es wimmelte von gutgekleideten Damen und vornehmen Herren in den fröhlichsten Farben. Schwarze Soutanen von Priestern und Mönchen sah sie kaum, die Stadt schien eher von Menschen als von Geistlichen bewohnt. Ein Gefühl von Genugtuung durchflutete Ymme: Kirchen und Kapellen gab es genug, zwischen den Bäumen schimmerte die Kathedrale hindurch – und doch würde hier kein Geistlicher sie zur Reue drängen oder verächtlich mit ihr umgehen, weil sie vielleicht exkommuniziert war.

Nachdem Bruder Berthold ihr seinen Verdacht mitgeteilt hatte, war sie von allen wie eine Aussätzige behandelt worden. Der kleine Dicke war herumgewieselt und hatte Stimmung gegen sie gemacht, sie hatte es gesehen und sich nicht dagegen wehren können. Es war eine bittere Erfahrung gewesen, aber sie würde versuchen, das ganze schlimme Zwischenspiel zu vergessen.

Ymme drückte sich in den Schatten der hohen, dicht beieinanderstehenden Häuser und ließ einen Esel mit Reiter an sich vorüber. Den Geldwechsler an seinem Tisch fand sie schnell; er sprach Deutsch und konnte ihr über das Wechseln hinaus den Weg zur Rhônebrücke beschreiben. Danach holte sie ihr Maultier und wanderte wieder los.

Am Nachmittag hatte Ymme bereits einen Platz in einer der Herbergen von Saint-Gilles gefunden und ihr Maultier untergestellt. Sie machte sich zur klösterlichen Herberge auf, um dort ihr Glück zu versuchen.

Diese Stadt war kleiner, die Straßen waren schmaler, aber der Lärm war gewaltiger als in Arles. Mehrmals wechselte sie auf die andere Straßenseite, um den Betrunkenen zu entgehen, die aus den Kaschemmen wankten. An den drei Kirchen, an denen sie vorbeikam, waren die Türen mit Brettern vernagelt, gleichwohl fehlten die Geistlichen nicht. In ihren Kutten, Soutanen, weinroten oder purpurroten Umhängen betraten sie ohne Scham die Bordelle neben den Kirchen, wo die Huren sich aus den Fenstern lehnten, die Vorübergehenden lästernd und die Kunden lockend.

Hier haben die Kirchen geschlossen und die Bordelle offen, sagte sich Ymme. Und wenn die geistlichen Herren zu dieser Tageszeit vielleicht die besten Kunden waren: außer ihr schien sich niemand darüber zu wundern.

Es dauerte einige Zeit, bis sie das Stadttor gefunden hatte. Scheu trat sie von der Straße ins Gras, als ihr, schon außerhalb der Stadtmauer, mehrere Tempelherren zu Pferde entgegenkamen. Sie ließ die Ritter in ihren weißen Mänteln mit den roten Kreuzen an sich vorüberziehen; sie hatten weder Waffen noch Rüstungen. Doch hatten sie braungebrannte, männliche Gesichter, die von harten Kämpfen herzurühren schienen. Nur der Ritter an der Spitze schien eher ein hoher Geistlicher zu sein, und die jüngeren Ritter umsorgten ihn mit Ehrfurcht. Sie mußte an Rainald zum Paradies zurückdenken, der so gerne Johanniter werden wollte. Auch er hatte sie zum Schluß gemieden, aber da er ihr die ganze Zeit eher wie ein jüngerer Bruder als ein erwachsener Mann vorgekommen war, verzieh sie ihm. Die kirchlich geleitete Pilgerherberge mit der kleinen Kapelle lag gegenüber dem Haus, aus dem die Tempelherren gekommen waren. Obwohl der Bruder Pförtner dieselbe Ordenstracht wie die Einsiedelner Mönche trug und damit in Ymme eine instinktive Abneigung auslöste, brachte sie es fertig, sich gelassen bei ihm nach Italienpilgern zu erkundigen.

Er starrte sie erstaunt an, was sie ihrer Haarfarbe zuschrieb, und gab dann in einem merkwürdig klingenden Latein Auskunft über die Aussichten, jetzt noch Rompilger anzutreffen. Sehr gut seien sie nicht, meinte er abschließend, aber sie solle Gottvertrauen haben.

Ymme nickte. Sie wäre sonst nicht bis hierher gekommen. Dann bummelte sie nachdenklich den Weg zurück durch das Tor in die Stadt. Was war, wenn sie keine Begleiter fand? Allein in die Lombardei zu wandern war zu gefährlich; die Schiffahrt war wahrscheinlich für den Winter schon eingestellt. Sie preßte die Nägel tief in die Handflächen. Es mußte ihr einfach gelingen! Vielleicht sollte sie die Geldwechsler um Rat fragen, die eine ganze Straße für sich einnahmen, die Rue des Tables. Sie hatten die meisten Erfahrungen mit Reisenden, und anscheinend waren sie zum größten Teil Italiener.

Dann stand sie vor der Abtei des heiligen Aegidius. Plötzlich empfand sie das innige Bedürfnis, sich ihm vor die Füße zu werfen und ihn um Hilfe zu bitten. Auch er war ein Wanderer gewesen, der endlich an seinem Ziel angelangt war. Mit zwei Männern und einer Frau, deren auf den Hut genähte Jakobsmuscheln bewiesen, daß sie von Compostela kamen, betrat sie die Krypta. Vielleicht hatte Aegidius ihr bereits geholfen? Sie lauschte den Fremden mit klopfendem Herzen und entschloß sich dann, sie kurzerhand zu fragen. Nein, nicht auf dem Weg nach Italien seien sie, sondern nach Lyon.

Schnell hatte sich diese Hoffnung zerschlagen. Inbrünstig betete Ymme am Grab des heiligen Mannes und stieg dann über die flache Treppe nach oben, die so lang war, daß sie bei der Prozession ein

Paternoster zuließ. Ihre Schritte hallten, und endlich fiel ihr auf, daß sie in diesen Gewölben ganz allein war.

Eine Weile sah Ymme draußen den Steinmetzen zu, die an Figuren für das Portal arbeiteten, aber genau wie am Grab des Heiligen fand sie keine Zuversicht und beim Anblick dieser mürrischen Leute auch keine Zerstreuung.

Als sie sich umwandte, stolperte sie über einen Bettler, der auf einem niedrigen Karren lag, den er mit den Händen vorwärts stieß. Die Stümpfe seiner Beine waren mit rissigen Lederriemen festgeschnallt, aber er selber sah weder verlottert noch abstoßend aus. Er konnte nicht mehr rechtzeitig bremsen; als er es versuchte, klemmte er sich die Hand. Ymme entschuldigte sich erschrocken, während er sich das Blut von den Fingern leckte und sie dabei unter einem schwarzen, dichten Haarschopf anstarrte. Danach hielt er ihr wortlos die offene Hand hin.

Ymme legte ein Geldstück hinein, dessen Wert sie nicht genau beurteilen konnte. Er betrachtete es erstaunt, warf es mehrmals hoch in die Luft und fing es wieder ein. »Was willst du dafür haben?« fragte er für Ymme einigermaßen verständlich.

Sie runzelte die Stirn.

»Beim heiligen Aegidius, es war zuviel!« Er machte eine Pause und strich sich die Haare aus dem Gesicht, so daß Ymme außer der geraden Nase auch seine Augen erkennen konnte. Er war hübsch und noch sehr jung. »Auch unsereins hat seine Ehre, nicht weniger als ein Templer. Du hast Anspruch auf eine Gegenleistung. Sag, was du dafür willst!«

Ymme erkannte ihre Chance. In gewissem Umfang konnte man zu einem solchen Mann Vertrauen haben. »Ich suche eine Pilgergruppe, die nach Italien reist. Weißt du eine?«

Der junge Mann warf sich die Haare aus der Stirn, nicht anders als jeder junge Mann, der die Aufmerksamkeit einer hübschen Frau einfangen will, und überlegte. »Es sind vor drei Tagen welche losgezogen, aber du kannst sie nicht mehr einholen. Und ob sich jetzt noch welche sammeln? Die meisten umgehen die Languedoc nördlich. Seitdem wir mit dem Interdikt belegt sind, kommen sowieso weniger. Manche Männer warten auch darauf, daß der Kreuzzug losgeht, und ziehen gar nicht erst in ihre Heimat.« Er schnalzte mit der Zunge und schüttelte den Kopf. »Was seid ihr denn für Menschen, dort, wo du herkommst? Wißt ihr gar nicht, was in der Christenheit los ist? Zur Zeit ist es nicht vernünftig, freiwillig hierherzukommen.« Verlegen mußte sie ihre Ahnungslosigkeit zugeben. Niemand hatte ihr etwas erzählt. Aber sie hatte sich auch gar nicht erkundigt, sie war so mit ihren eigenen Problemen beschäftigt gewesen. Natürlich war das kein Grund, den man vor anderen als Entschuldigung benutzen konnte.

»Ich werde mich umhören«, sagte der Bettler kurz. »Wo kann ich dich finden?«

Ymme nannte ihm die Herberge. Aber plötzlich wußte sie, daß es nicht genug war, ein Land wie ein Zugvogel zu durchqueren. »Warum sollten sie ausgerechnet hier auf den Beginn eines Kreuzzugs warten? Ich denke, die meisten Schiffe liegen in Arles? Erzähl mir, was bei euch los ist.«

Der Bettler sah sie prüfend an und lächelte plötzlich. »Du siehst nicht besonders beschränkt aus. Aber weil du gerade erst angekommen bist, will ich dich entschuldigen. Seitdem dieser niederträchtige Legat des Papstes umgebracht wurde, hat Innozenz zum Kreuzzug aufgerufen. Nicht gegen die Ungläubigen, sondern gegen uns, Gott strafe ihn.«

»Gegen wen: uns?« Ymme konnte gut sehen, daß die Augen des Bettlers vor Zorn glühten; aber um einen Kreuzzug gegen Bettler konnte es sich nicht handeln.

»Sieh dich um! Gegen alle außer den schwarzberockten Hurenbökken. Wer weiß, was daraus wird. Raymond, unser Graf, wurde exkommuniziert – und unser Land soll die Beute für den Papst und seine Pfaffen sein. Wir sind hier ganz allein, und die Geier sammeln sich schon.«

Ymme sah sich tatsächlich um, während der junge Mann, in Gedanken versunken, vor- und zurückrollte, und was sie sah, ließ sie steif vor Schreck werden.

Mit langen Schritten näherte sich der Zisterziensermönch Berthold, und nach der Zornesfalte zwischen seinen Augen zu schließen, hatte er die letzten Worte gehört. Doch strafte er den Bettler mit Verachtung.

»Ach«, rief Berthold lauter als nötig und erreichte damit, daß zwei Mönche, die mit dem Baumeister in ein Gespräch vertieft gewesen waren, sofort verstummten, um unauffällig zu lauschen. »So sehe ich Euch also wieder! Gestattet, daß ich den Verdacht ausspreche, daß

Eure Wallfahrt vorgeschoben war! In Wahrheit habt Ihr Euch als Ketzerin im Schutz der Kirche zu anderen Ketzern dieses Landes flüchten wollen!«

»Wieso? Ihr seid doch auch hier«, versetzte Ymme.

Der Bettler zu Ymmes Füßen kicherte, und Bruder Berthold warf ihm einen wütenden Blick zu. Währenddessen hatte sich der eine Klosterbruder genähert. Er faltete die Hände und neigte vor Berthold höflich den Kopf, bevor er sprach. »Ihr habt recht, Bruder. Euer Urteil ist scharf, aber es entspricht der Wahrheit. In den letzten Wochen wird es von Tag zu Tag ärger mit den fremden Ketzern. Aus der Gegend von Lyon und aus der Lombardei strömen sie in Scharen hierher, um hier die Unruhe zu verstärken. Wir alle wünschen uns ein baldiges Ende.«

»Das wünsche ich mir für euch auch«, stimmte der Bettler von Herzen zu und rollte rasch fort, um dem Fußtritt des Cluniazensers zu entgehen. Er grinste breit, weil der ihn verfehlt hatte, und machte eine obszöne Geste.

Bruder Berthold beachtete weder den Bettler noch Ymme. Er verzog den Mund, unter dem die Haut so scharf rasiert war, daß immer noch Blutströpfchen auf seiner Haut standen. Der Mann hatte sich selber zugerichtet wie ein Huhn vor dem Braten. Ymme betrachtete ihn mit Entsetzen und Abscheu. Wie konnte er nur! Wahrscheinlich war er auch innerlich sauber und ohne verborgene Winkel, in denen Unkraut wachsen durfte.

Ohne zu blinzeln, blickte der Zisterzienser geradezu feindselig in die Sonne. Dann sagte er so leise, daß Ymme sich anstrengen mußte, um ihn zu verstehen: »Seid ohne Sorge, Brüder. Das Gericht Gottes wird mit der Gnadenlosigkeit einer Sintflut über die Ketzer hereinbrechen. Der Heilige Vater hat die lehenspflichtigen Herren von ihrem Eid gegenüber Graf Raymond entbunden.«

Der Bettler, der den Kopf schief halten mußte, um dem Mönch ins Gesicht sehen zu können, trommelte in ohnmächtiger Wut mit der Faust auf den Wagen. »Du lügst! Wie kann er!« schrie er. »Wie kann er nur!«

»Und ich habe vom Papst Vollmacht erhalten, diesen Kreuzzug zu predigen«, fügte Berthold hinzu.

Die Mönche sahen ihn plötzlich verschreckt an, und Ymme ging auf, daß die Macht eines Kreuzzugpredigers offenbar unermeßlich war, verglichen mit der eines gewöhnlichen Mönchs.

»Ihr Mörder!« brüllte der junge Mann, stieß sich mit der Wucht einer Steinschleuder ab und fuhr dem Legaten über die weichen, hellen Stadtschuhe. Dieser fiel der Länge nach über ihn, hüllte ihn mit seinem Mantel ein und konnte von den beiden Mönchen gerade noch rechtzeitig beiseite gezogen werden, bevor der Bettler mit seinem Messer zustieß.

Die Cluniazenser stellten Bruder Berthold auf die Füße und klopften ihn ab, während der Mann den Berg hinunterrollte. Es brauchte jedoch nur ein sparsames Deuten mit dem Kinn, und die Mönche rannten mit geschürzter Kutte hinter dem Bettler her. In Sekundenschnelle hatten sie den Wagen umgekippt, die Riemen aufgeschnitten und den Bettler in den Staub geworfen. Wie ein gelernter Gaukler schnellte der Beinlose hoch und rollte dann auf der Straße davon. Er schaffte es bis zur nächsten Ecke; dann stürzten sich die Mönche mit Gebrüll auf ihn.

Und wie bei einer Gauklergruppe gab es plötzlich Zuschauer, die aus dem Nichts auftauchten: Töpfer aus einer Werkstatt, Limonadenverkäufer, Seeleute, Schusterjungen, Frauen, Männer und Kinder. Sie feixten, spotteten und wetteten. Als der Spaß vorbei war, ging das Leben weiter.

Ymme starrte mit angehaltenem Atem hinter den Mönchen her, die den Bettler ins Klostergelände zerrten und hinter den Bauhütten mit ihm verschwanden. Die Angst griff wieder nach ihr. Weder die Steinmetze noch die Zuschauer halfen einem Mann, der außer seiner Dreistigkeit kaum etwas besaß. Tief in Gedanken holte sie seinen Rollwagen, trug ihn zur Klosterpforte und stellte ihn dort ab. Der Bettler würde ihn später suchen.

Bruder Berthold, der sie nicht aus den Augen gelassen hatte, bemerkte in zynischem Ton: »Er wird ihn nicht mehr brauchen. Er ist nachweislich Ketzer.«

Ymme fiel ein, daß ja ursprünglich sie selber Gegenstand seines Interesses gewesen war. Sie wagte keine Widerworte mehr und ging mit weichen Knien davon. Erst hinter der Hausecke, die der Bettler zu erreichen versucht hatte, wirbelten rebellische Gedanken durch ihren Kopf. Wieso hatte Bruder Berthold ihn als Ketzer bezeichnet? Kannte er ihn? Das Messer hatte er ihm nicht vorgeworfen.

»Ho, ho, ihr Süßen, es geht los«, lockte der russische Treiber mit der hohen Bärenmütze und dem langen Bart. Seine Peitsche umfächelte die nackten Jungenbeine. »Ihr werdet springen lernen müssen, meine leckeren Ferkelchen.« Es war Sommer, und es war warm, und der Zug der aneinandergeketteten Jungen ging in den Palast von Ostrom.

Zehn schwerbewaffnete Männer bewachten dreißig verschnittene Jungen, gut erholt und prächtig herausgefüttert. Aber die Jungen im Alter von sieben bis zwölf Jahren sahen ängstlich aus. Auch sie wußten schon, daß der Weg von Riga nach Konstantinopel weit und gefährlich war.

Berthold stand mit dem Arzt, der die Operationen durchgeführt hatte, ein wenig abseits. »Eine Kölner Mark pro Jungen oder auch sechs bis sieben Byzantiner. Nicht schlecht für das erste halbe Jahr, was meint Ihr?«

Ibn Abrafim grunzte abfällig. »Nicht genug. Von den Jungen werden mehr sterben als von den Treibern, schätzungsweise fünf. Zwei oder drei werden die Treiber so zurichten, daß sie nicht mehr verkauft werden können: die Palasteunuchen nehmen nur feinste Ware. Einem oder zweien wird die Flucht glücken – macht insgesamt einen Verlust von zehn. Zuviel.«

Berthold war beleidigt, aber er wußte, daß der Jude recht hatte. »Mehr Treiber?« fragte er zögernd.

Ibn Abrafim spuckte auf den staubigen Boden. »Mehr Ware.«

»Unmöglich!« sagte Berthold rasch. »Ich kann sie nicht alle auf dem Weg ins Kloster verschwinden lassen. Einer der Bremer Mönche mißtraut mir schon.«

»Laßt Euch etwas einfallen! Ist Euer Oheim nicht Bischof?«

Berthold schob die Unterlippe vor. »Der weiß darüber nichts.«

Der Jude, ungeachtet der Hitze im schwarzen Kaftan, blickte in den weiten livländischen Himmel und drehte die offenen Handflächen nach oben. »Wie Ihr wollt«, murmelte er. »Es gibt noch andere Lieferanten.«

In der folgenden Woche lernte Ymme immer besser zu verstehen, was der Bettler gemeint hatte. In Saint-Gilles herrschte keineswegs die gelassene Stimmung von Arles. Obwohl die Grafen von Toulouse schon lange ihren bevorzugten Sitz in dieser Stadt hatten, bemächtigten sich ihrer jetzt die Mönche, wie ein langsam steigender Fluß eine angrenzende Wiese überschwemmt. Ymme sah, wie sie sich von Stunde zu Stunde zu vermehren schienen, und es wurde für sie selber immer schwieriger, den Cluniazenserkutten aus dem Wege zu gehen.

Doch wußte sie sich keinen anderen Rat, als zu hoffen und täglich im Priorat und in der Herberge nach durchziehenden Pilgern zu fragen. Die Stimmung in der Stadt schlug von schläfriger Duldung zu latenter Gereiztheit um. Manchmal sah Ymme, wie Gläubige vor der verschlossenen Kirche das Kreuz schlugen und gleichzeitig dem Priester auf der Straße die Faust unter die Nase hielten. Es kam wohl auch vor, daß ein Geistlicher niedergeschlagen wurde und hinterher niemand etwas bemerkt haben wollte.

Und doch waren die Bürger jederzeit bereit, den wandernden Predigern zuzuhören, die ebenfalls immer öfter auftauchten. Die schwarzgekleideten Männer sprachen mit ruhiger Stimme meistens von einem Brunnenrand oder einer Haustreppe zu den Menschen, und die Zuhörer nickten und erwiderten oder fragten. An solchen Versammlungen beteiligten sich weder Zisterzienser noch Cluniazenser, aber allerhand ärmliche Mönche und Volk, das nicht zu den Bürgern gehörte. Ymmes Neugier wuchs.

Eines Morgens stellte sie sich im Schutz eines Torbogens zwischen einen Johanniterritter und eine junge Frau und lauschte einem Prediger. Da sie die geistlichen Ritter noch nie mit Zisterziensermönchen hatte tuscheln sehen, fühlte sie sich in seiner Nähe einigermaßen sicher. Zudem mußte sie ohnehin warten, bis die schmale Straße wieder frei war.

Der Prediger, ein magerer kleiner Mann, der seine Worte mit ausladenden Gesten unterstützte, hatte schon eine Weile gesprochen, als Ymme hinzutrat. Er legte eine Pause ein, um dann inbrünstig auszurufen: »Gott ist Liebe! Gott ist der Schöpfer! Gott ist Licht! Vertraut Ihm, werft eure irdischen Güter von euch und folgt Ihm! Laßt ab von den Gedanken an Purpur und Seidenkleider, hört auf, Paläste mit Schätzen auszustatten, denkt an Sein Reich, das ewig war und ewig sein wird. Und nun laßt uns gemeinsam beten.« Der Prediger faltete die Hände und senkte den Kopf.

Ymme, die von der Frömmigkeit um sich herum erfaßt wurde, sprach die ersten Worte des Paternoster und verstummte erschrocken. Wo immer sie gewesen war, hatte sie sich im Vaterunser mit fremden Menschen vereint gefühlt. Aber diese hier beteten nicht das lateinische Vaterunser.

Was war das für eine unchristliche Gesellschaft? Der Schweiß trat ihr auf die Stirn, und sie schielte verstohlen zu ihrer Nachbarin hinüber, die mit ihrer kleinen Tochter zusammen andächtig betete. Der Johanniter auf der anderen Seite hatte die Hände gefaltet; er sprach nicht mit, aber sein aufmunterndes Nicken signalisierte ihr, daß er ihren Kummer verstand. Ymme fühlte es und war einigermaßen beruhigt.

Nach einer Weile erschloß sich ihr plötzlich der Sinn der Worte: das Gebet war sehr wohl das Paternoster, jedoch in der Landessprache. Merkwürdig, dachte sie. Auf der einen Seite gibt es hier Ketzer, auf der anderen Seite ist ihre Frömmigkeit so groß, daß sie nicht das kleinste Wörtchen des Gebets wegen einer fremden Sprache verlieren wollen.

Keiner aus der kleinen Gemeinde unter freiem Himmel bemerkte, daß sich am Ende der Straße ein Zug Ritter zu Pferde näherte. Ein Geistlicher in weinrotem Gewand mit breitkrempigem Hut und seine Begleiter in hellen oder schwarzen Roben bildeten das Zentrum der Kavalkade, der sie Schutz und Raum zu verschaffen hatten. Sie drängten die Fußgänger in der Straße nachdrücklich beiseite, und diese warteten mürrisch; sie sperrten sich nicht, aber sie bekreuzigten sich auch nicht, wie es frommen Menschen gebührte.

Ymme blickte in dem Moment auf, als einer der Reiter die Betenden bemerkte, und sah entsetzt, wie er durch das geöffnete Visier den Prediger ins Auge faßte. Dann riß er die Vorhand seines Pferdes hoch.

»Verdammte Patrinos!« brüllte er und sprengte durch die kreischenden Menschen hindurch, die versuchten, den Hufen des schweren Pferdes zu entgehen.

»Eine unbefugte Predigt, Eminenz«, hörte Ymme eine warnende Stimme von einem ganz in eine blaugelbe Schabracke gehüllten riesenhaften Pferd, das ihr die Sicht auf den Prediger versperrte. Sie schlug die Hände vor den Mund. Vermutlich konnte der Ritter gar nicht sehen, was sich zu den Füßen seines Pferdes tat, und würde das kleine Töchterchen der Nachbarin überrennen, das sich unglücklicherweise in der Verwirrung von seiner Mutter losgerissen hatte.

»Vorsicht, Herr«, rief sie und griff ihm in den Zügel.

Was danach geschah, konnte später nur durch viele Augenzeugen, wenn auch unzureichend, geklärt werden: Der Tumult wurde wahrscheinlich dadurch ausgelöst, daß der brutale erste Reiter den Prediger in den Brunnen stieß und die Menschen sich mit bloßen Fäusten auf ihn und sein Pferd warfen. Jedenfalls eilten zu seiner Rettung die übrigen Ritter herbei, die sich bis dahin zurückgehalten hatten. Auch der Reiter neben Ymme gab seinem Pferd die Sporen, aber aus einem nicht ersichtlichen Grund wieherte das Pferd und stieg in die Höhe. Ymme war mit einem Satz unter den schlagenden Vorderhufen und zog das Kind fort, als der Mann endlich die Gefahr erkannte und sein Roß mit einem energischen Ruck an der Trense herumriß. Als Ymme der verzweifelten Mutter das Mädchen in die Arme drückte, blutete das Pferd an der Flanke aus einem kurzen Riß in der Haut. Der dunkelblaue nasse Fleck auf der prachtvollen Decke färbte sich rötlich. Ymme konnte nicht verstehen, wo sich das Tier in diesem Moment hatte derart verletzen können. Der Johanniterritter stand mit unbewegtem Gesicht neben der Hinterhand des Pferdes, die Hände unter dem schwarzen weiten Mantel mit dem weißen Kreuz verborgen.

Während das Getümmel zunahm, wich der Johanniter in den Schutz des Tores zurück, wohin die Reiter nicht folgen konnten. Er zog Ymme mit sich, und mehrere andere folgten. Kurz danach wurde von oben ein Topf mit stinkenden Exkrementen über die Reiter geschüttet, von einem Frauenarm so zielgenau gehandhabt wie die Armbrust von einem Ritter. Von den gegenüberliegenden Häusern ertönte schadenfrohes Gelächter.

Das Fluchen der Reiter mischte sich mit den Schreien verletzter Menschen, die sich zwischen den aufgeregten Pferden wälzten.

Über die Köpfe der Reiter hinweg beobachtete Ymme, wie der rote Kardinalshut sich schaukelnd entfernte.

Der Würdenträger überließ es seinen Reitern, selber festzustellen, daß sie sich in einer Auseinandersetzung befanden, die er nicht angeordnet hatte und die er nicht billigte.

Allmählich schafften es die Ritter, Zügel und Schabracken ihrer Pferde aus der Umklammerung der Fäuste zu befreien. Wo es nötig war, schufen sie sich mit der flachen Seite ihres kurzen Schwerts Raum. Schließlich trabten die sechs Ritter mit scharfem Klappern den geistlichen Herren nach.

Ymme blickte den blauen Umhängen mit der halbierten goldenen Lilie erbittert hinterher, und sie war nicht die einzige. Aber natürlich war die Wut unangebracht, während auf der Straße die Verletzten lagen. Der Johanniterritter eilte längst zwischen ihnen umher.

Sie folgte ihm. »Edler Herr Ritter«, fragte sie schüchtern, »gibt es etwas, wobei ich helfen könnte?« Der Ritter erhob sich mit grimmiger Miene von einem älteren Mann, dem er die Augen zugedrückt hatte. »Ich wollte, es gäbe gar nichts zu tun.« Ymme sah ihm zum erstenmal richtig ins Gesicht. Er war jünger, als sie gedacht hatte, und längst nicht so kriegerisch wie die Templer, aber er strahlte Ruhe und große Zuverlässigkeit aus. »Vielleicht könntet Ihr es schaffen, die Verwundeten nach Schweregrad einzuteilen, damit die Brüder wissen, um wen sie sich zuerst kümmern müssen? Ich habe schon nach ihnen geschickt. Mich selber ruft eine andere Pflicht.«

Ymme nickte. Ihr fiel ein Stein vom Herzen. Die Brüder vom Hospital würden sich der Verletzten annehmen; das Priorat ihrer französischen Zunge befand sich in Saint-Gilles, wie sie erfahren hatte, und entsprechend ihrer Ordensregel gab es hier gewiß auch ein ausreichend großes Hospital.

Und obwohl Ymme nur Latein sprach, gelang es ihr mit ihrer Unerschrockenheit, die geringfügig Verletzten, hauptsächlich Menschen mit Quetschungen, am Brunnen zu versammeln, während sie die Schwerverletzten liegenließ und einen Angehörigen oder sonstwie Beteiligten bat, sich daneben zu setzen. Aus dem Augenwinkel sah sie, daß der Ritter neben einer Frau niederkniete und mit ihr zusammen ein Gebet sprach; das Ende murmelte er aus blassen Lippen allein, während ihr Kopf auf die Straße sank.

Ymme seufzte vor Mitleid und nahm sich dann eines Jungen an, der darauf beharrte, bei der toten Frau zu bleiben. Sie ließ ihm seinen Willen und schiente seinen gebrochenen Arm mit Hilfe eines Tuches und einer zerschlagenen Krücke, die sie auflas. Wenn man es sofort nach dem Bruch macht, spürt der Verletzte kaum etwas, hatten die Schwestern in Preetz gesagt, der Schmerz kommt später. Und es stimmte: der Kleine schien ihre Bemühungen fast nicht zur Kenntnis zu nehmen; der Tod seiner Mutter war für seinen jungen Verstand schon zuviel.

Am Brunnenrand traf Ymme nach einer Weile wieder mit dem Ordensritter zusammen. Dieser hatte inzwischen den leblosen Körper des Predigers aus dem Brunnentrog geholt und vorsichtig auf die Straße gebettet; der Schädel war zertrümmert. Ymme zog erschrocken den Atem ein.

Der Johanniter lächelte sie auf seltsame Weise an und schüttelte den Kopf.»Bedauert ihn nicht. Er ist ins Reich des Lichts eingegangen. Dort ist er glücklicher als hier.« Ymme nickte verwundert, weil sie diese Bezeichnung für Gottes Reich seltsam fand. Aber der fromme Mann hatte auch vom Licht gesprochen, und der Ritter kannte ihn vielleicht näher.

Die ersten beiden Johanniter trafen ein, zu Pferde und mit hölzernen Bahren für Schwerkranke. Am Ende der Straße tauchten schon die wehenden schwarzen Mäntel der Ritter und dienenden Brüder auf. Der Johanniter trat auf einen der Reiter zu.»Zwei Tote«, berichtete er knapp,»vier Schwerverletzte und sechs Verletzte, die Behandlung brauchen, aber kein Bett.«

»Vier Betten also.« Der Ritter zu Pferde schickte einen der dienenden Brüder abermals los, damit er eine weitere Trage holte. Danach räumten die Ordensbrüder das kleine städtische Schlachtfeld auf, so, wie sie wohl schon manches große aufgeräumt hatten.

Aber diese hier sind Christen in einer christlichen Stadt, gellte es aufsässig in Ymmes Ohren, erschlagen oder verletzt während einer Predigt unter den Augen eines Kardinals von Rittern seines Gefolges, die ebenfalls von sich behaupten, Christen zu sein.

Stumm und fassungslos stellte sich Ymme zu den Zuschauern und den von der Predigt Übriggebliebenen. Sie diskutierten so laut, daß ihre Stimmen zwischen den hohen Häusern widerhallten. Und obwohl sich sonst immer zwei Gruppen mit gegensätzlicher Meinung bildeten, die auch einmal aufeinander einschlugen, – hier waren sich alle einig. Für die geistlichen Herren mit ihren nordfranzösischen Beschützern trat keiner ein.

Man haßte sie.

Die Johanniter hatten die Schwerverletzten auf den Tragen festgebunden; zwei von ihnen bildeten mit den Händen ein Kreuz und halfen einem humpelnden jungen Mann auf diesen Sitz. Die anderen führten oder begleiteten je einen Hilfsbedürftigen.

Die Zuschauer sahen ihnen nach. Ymme, deren Blick, ohne daß sie es wußte, auf dem jungen Johanniter ruhte, bekam von ihm ein fast unmerkliches Neigen des Kopfes und ein leises Lächeln, bevor er sich den anderen anschloß.

Wie hatte der Johanniter ahnen können, daß sie imstande war, seinen

Auftrag zu erfüllen? Man konnte einen Verletzten durch falsche Lagerung zugrunde richten. Und doch hatte er ihr vertraut. Noch in Gedanken versunken, fühlte sie eine Hand an ihrem Ellenbogen. Die Dame, der sie das Töchterchen gerettet hatte, stand neben ihr. Jetzt hatte sie das Kind fest im Arm, und es blickte mit neugierigen braunen Augen auf Ymmes Haar.

»Ich möchte Euch von Herzen danken«, sagte die Frau in einer für Ymme gut verständlichen, langsamen Sprechweise. Sie war elegant gekleidet, sie mußte zu den wohlhabenderen Schichten der Stadt gehören und hatte ihrer Sprache nach eine gute Erziehung genossen. Ymme freute sich trotz all des Unglücks um sie herum, daß hier jemand war, den sie und der sie selber verstehen konnte, besser als alle Mönche und Bettler. Statt einer Antwort streichelte sie die Wange der Kleinen.

»Darf sie Euer Haar berühren?« fragte die Mutter leise, fast beschämt, einen solchen unwichtigen Wunsch jetzt auszusprechen.

Ymme lachte; nestelte ihren Zopf vom Kopf und kitzelte mit den Haarspitzen das Kind an der Nase. Ihr tat diese alltägliche Handlung jetzt wohl und dem Kind, das über sein Alter hinaus Fürchterliches zu sehen bekommen hatte, ebenfalls.

»Ihr seid noch nicht lange hier in Saint-Gilles, aber ich habe Euch schon mehrmals bei der Abtei gesehen. Und Eure Blondheit und Euer Gesicht kommen nicht aus dem französischen Norden.« Die Städterin hatte Ymme unauffällig, aber zutreffend eingeschätzt, und Ymme nickte wortlos. »Ich könnte mir denken, daß Ihr auf eine Pilgergesellschaft wartet. Sollte das der Fall sein – würdet Ihr mir dann das Vergnügen bereiten, Euch in mein Haus einladen zu dürfen? Bis Ihr die passende Reisegesellschaft gefunden habt?«

Ymme sah sie verwundert an. Zuerst wußte sie nicht, ob sie richtig verstanden hatte, aber die Bürgerin setzte flugs das Mädchen auf den Boden und hakte Ymme unter. »Ihr seid doch einverstanden«, beschwor sie Ymme. »Es ist auch ein wenig Eigennutz dabei. Ich weiß nicht, wieviel Ihr von der gegenwärtigen Situation dieses Landes wißt. Raimond Roger, der Vicomte von Albi, Béziers und Carcassonne, ist der Lehnsherr meines Ehemannes; er und Raymond, Graf von Toulouse, sowie alle ihre Vasallen haben sich geweigert, auf das Angebot des Papstes einzugehen. Wenn sie auf seinen Legatenfrieden eingegangen wären, hätten sie sich freiwillig zu Vasallen des Papstes erklärt, und das wäre ein Skandal gewesen! Nun ziehen unsere Ritter im Land umher und versuchen, ihre Lehnsleute wegen des Interdikts und des drohenden Krieges zu ermutigen. Mein Ehemann, Améric von Cessenon, ist beim Vicomte. Versteht Ihr – ich bin allein in meinem Haus, außer einem Knecht und dessen Frau. Ich würde mich sehr freuen über die Gesellschaft einer vertrauenswürdigen Dame, die nicht Nordfranzösin ist. Übrigens – mein Name ist Guiraude.«

Ymme verstand. Die junge Dame Guiraude, Ehefrau des patriotischen Améric, schenkte ihr, der jungen Lübeckerin, nicht lediglich eine Unterkunft, sondern würde sich auch ein Stückchen sicherer fühlen. Geben und Nehmen beruhte auf Gegenseitigkeit. Noch bevor sie etwas erwidern konnte, fügte Guiraude hinzu: »Unser Stammhaus ist in Cessenon, und in Béziers leben unsere Verwandten. Es war in den letzten Jahren bei den jungen Gefolgsleuten Mode geworden, in Saint-Gilles ein Zweithaus zu besitzen... Wir sind meistens hier.«

Ymme war es peinlich, daß Guiraude annahm, sie müsse ihr zureden wie einem faulen Ochsen. Nur zu gern wollte sie in einem privaten Hause abwarten! Es würde ihre finanziellen Möglichkeiten um Monate verlängern, wenn nötig. Wortlos streckte sie der jungen Frau beide Hände hin, die sie nahm und von Herzen drückte.

Ymme fühlte sich bei Frau Guiraude von Cessenon schnell wohl. Ihr Haus war nicht groß, aber der Wohnraum im ersten Stock war gemütlich eingerichtet, mit Teppichen an den Wänden, mit vielen Fußschemeln und Bänken und vor allem Kissen. Im Kamin köchelte den ganzen Tag ein Gericht im Topf am Kesselhaken und verbreitete Düfte, die Ymme anfangs ganz fremd waren.

Überhaupt kam sie kaum aus dem Staunen heraus. Der Lebensstil war hier völlig anders als zu Hause bei den nüchternen Lübecker Kaufleuten oder gar den Nonnen.

Ihr treues Maultier war bei Frau Guiraudes Reittier zu ebener Erde einquartiert worden, betreut von Pierre, dessen Frau Jeanne den Haushalt versorgte.

Ymme und Guiraude wurden bald Freundinnen. Den Bürgern von Saint-Gilles waren die schwarzhaarige Frau von Cessenon und die hellblonde Fremde, mit dem Töchterchen der Cessenons zwischen sich, nach einigen Wochen ein vertrautes Bild auf den Straßen. Ohne sich zu verabreden, mieden sie bei ihren Spaziergängen stets die Straße an der Sakristei, wo das große Unglück geschehen war. Ymme wußte inzwischen längst von Guiraude, in welchem Zusammenhang die Gefangennahme des rollenden Bettlers mit einer schlichten Predigt eines von der Kirche nicht autorisierten Mannes gestanden hatte. Trotzdem ließ es ihr keine Ruhe, daß sie nicht wußte, was ihm passiert war.

»Wir werden fragen«, sagte Guiraude einfach. »Bei nächster Gelegenheit.« Sie war zwar ängstlich Pferden und Mäusen gegenüber, auch Gewitter haßte sie ebenso wie Schwerter und Armbrüste, aber mit Worten kämpfte sie wie kaum jemand. Dank ihrer Fähigkeit, sich auszudrücken und dabei auf äußerste Präzision zu achten, hatte Ymme in der Langue d'oc zügig Fortschritte gemacht. Ihre Gastgeberin war eine strenge Lehrmeisterin und hatte Tochter und Freundin, die sprachlich ihrer Meinung nach ungefähr auf dem gleichen Stand waren, zugleich unterrichtet. Dann machte aber Ymme doch schnellere Fortschritte, wie Guiraude lachend zugab, und von nun an ging sie dazu über, Ymme nur noch während ihrer Plaudereien zu korrigieren.

Die Winterzeit war die Zeit der häuslichen Feste und Feiern, die erst im März wieder durch die Stierkämpfe abgelöst werden würden. Ymme merkte bald, daß die Bürger und der niedere Adel – und mit ihnen auch Guiraude – sich durch ein Interdikt nicht davon abhalten ließen, wie gewohnt zu feiern.

Anfangs noch schüchtern, ging Ymme zu den Gastmahlen nicht mit, unter anderem auch wegen des Trauerjahres für die Eltern. Ihr schlechtes Gewissen wuchs, weil sie für sie noch nicht einmal eine Messe lesen lassen konnte.

Aber Guiraude hörte nicht auf, ihr zuzureden, bis sie sich endlich bereit erklärte mitzukommen. »Um so mehr, als du ein Gast wie alle anderen bist«, erklärte Guiraude ergänzend. »Solange noch Hoffnung besteht, daß sich die Unstimmigkeiten zwischen dem Grafen und dem Papst beilegen lassen, werden wir die gesellschaftlichen Beziehungen zwischen Adeligen, Bürgern von Saint-Gilles und geistlichen Herren nicht ändern. Ganz im Gegenteil!«

»Du meinst wirklich«, sagte Ymme staunend, »auf der Straße werfen sie mit Pferdeäpfeln nach den Priestern und anschließend bewirten sie sie mit Wein?«

Guiraude wiegte den Kopf. »Ganz dieselben sind es natürlich nicht, denen die Äpfel und die Trauben gehören. Aber ich muß gestehen, wir sehen es nicht ungern, wenn der Pöbel die Priesterschaft reizt. Derzeit ist es das einzige, womit wir uns Luft verschaffen können.« Ymme lächelte. Sie verstand nur zu gut, welche Genugtuung ein gut plazierter Pferdeapfel bringen konnte, genau wie Nachttopfinhalte.

Beim Abendessen mit dem Herrn von Perhela und seiner Frau, einigen Adeligen, Bürgern und Geistlichen trug Ymme ein grünes Seidenkleid, eine Gabe von Guiraude, der es nach der Geburt ihrer Tochter zu eng geworden war. An der weißgedeckten langen, schmalen Tafel saß sie, ihrem unbestimmten Rang entsprechend, weit unten auf der Bank, Frau Guiraude viel weiter oben. Ymme hatte einen pickeligen Jüngling als Tischherrn zugeteilt bekommen. Sie schützte Sprachschwierigkeiten vor, um ihm nicht antworten zu müssen, was ihn keineswegs störte. Er gefiel sich darin, sie in die Gesellschaft von Saint-Gilles einzuführen, und flüsterte ihr jeweils zu, wer sprach, mit wem er verwandt war und mit wem er sich demnächst überwerfen würde.

Ymme nickte pflichtschuldig mit interessiertem Gesicht und betrachtete die Gäste auf der Bank gegenüber der Reihe nach – nicht weniger neugierig als die Bettler und Armen, die sich in der Tür drängten, um zuzusehen. Ymme war erstaunt, daß mehrere Frauen ohne ihre Männer am Fest teilnahmen; sie hatte geglaubt, Guiraude sei besonders frei, aber das stimmte nicht: die anderen waren es nicht minder.

»Verehrter Herr Galono«, sagte der Gastgeber und wandte sich zu seiner Rechten, wo sein Ehrengast saß, »was bringt Ihr uns Neues aus Paris?«

»Galono, Kardinaldekan der heiligen Maria del Portico«, flüsterte der Tischherr in Ymmes Ohr. »Das Stiftsbrot wurde seinetwegen eigens aus Arles hergeschickt.«

Ymme war das feine Weizenbrot schon aufgefallen.

Der Kardinal ließ sich mit seiner Antwort Zeit. Er tupfte sich ein wenig Blattgold von den Lippen, das von einem delikat gebratenen Schwan stammte, und überlegte, wie weit er gehen sollte. Er entschied sich gegen eine Konfrontation. Erstens wußte er nicht, was Innozenz plante, weil er dessen volles Vertrauen nicht besaß, zweitens wollte er das Rezept für die Würzmischung haben. Schwäne neigten zur Trokkenheit des Fleisches. »Nun«, sagte er behaglich und winkte einem Pagen nach einem Pokal Clairet, »es ist zuweilen schwer, Könige zu beurteilen. Aber es scheint, als wollte Philipp August sich aus dieser Angelegenheit heraushalten. Exquisit, dieses Fleisch, ganz exquisit. Ich wünschte, unser Heiliger Vater hätte auch noch andere Laster als die Tiefe seiner Gedanken. Sein Koch ist erbärmlich.«

»Wirklich?« Der Herr von Perhela schien überrascht, sowohl vom einen wie vom anderen.

»Wie hat Euer Koch den tranigen Geschmack kaschiert?«

»Man bezeichne einen Haufen stinkender Abfälle als Parfüm – schon ist der Gestank nicht mehr vorhanden«, sagte jemand in Ymmes Nähe verhalten, worauf unterdrücktes Gelächter folgte. »Vor allem in Rom pflegt man die Kunst des Übersehens von Balken im eigenen Auge.« Am oberen Tischende wurde das Geschwätz der niederrangigen Gäste nicht beachtet. Ymme richtete sich auf, um Herrn von Perhela über den Pickelkopf hinweg sehen zu können.

Der noch junge Hausherr warf dem Kardinal ein entwaffnendes Lächeln zu. »Meinem Koch liegen die Bedürfnisse unserer Gäste stets am Herzen. Für geistliche Herren pflegt er Flußkrebspulver unter das Salz zu mischen. Es erweist sich, daß es auch bei großer Beanspruchung sehr schnell hilft.«

Unter dem fröhlichen Gelächter der übrigen Gäste machte der Kardinal gute Miene zum bösen Spiel, während der junge Mann für Ymme grinsend übersetzte: »Er meint, die Priester rammeln wie die Böcke!«

»Vielleicht würde es unsere Situation ein wenig entschärfen, wenn Ihr Seiner Heiligkeit das Rezept als Geschenk der Languedoc mitbrächtet?« Die tiefe Stimme des Mannes am untersten Tischende übertönte die abfälligen Bemerkungen und das leise Gelächter der übrigen. Die Gäste wurden sofort still, und alle blickten dorthin, wo Ymme den niedrigsten Rang aller Gäste vermutete.

Der Kardinaldekan beugte sich vor, um den Sprecher in Augenschein zu nehmen. »Ach, Ihr seid selber hier, Graf von Toulouse? In einer Stadt, die wegen Euch dem Interdikt unterliegt? Ich war der Meinung, Ihr gältet als das Gegenteil von tollkühn. Zumindest in Rom.«

»Ich befinde mich in meiner Stadt, Eminenz«, erwiderte der Mann mit dem stillen, nachdenklichen Gesicht. »Für geistliche Herren mag es zuweilen gefährlich sein, sich unter die Bevölkerung zu mischen. Vor allem in Rom. Ich bin hier sicher.«

Die Gäste klatschten begeistert in die Hände.

Galono verzog das Gesicht und schob die Reste des Schwanenfleisches angewidert von sich. Er glaubte zwar die Erklärung mit dem Aphrodisiakum nicht, aber das Rezept würde er sich trotzdem nicht geben lassen. Bevor er gemächlich aus den Gerichten auswählte, die der bedienende Knappe in seine Reichweite zog, setzte er das aufgezwungene Gefecht fort. »Wie lange, glaubt Ihr, wird die Bevölkerung sich den Entzug von Beichte und Absolution, von Hochzeit und Prozession gefallen lassen? Meint Ihr nicht, daß irgend jemand Euch plötzlich aus dem Wege räumen könnte?«

»War die Planung des Mordes an mir Gegenstand der Diskussion zwischen Innozenz und Philipp August?« fragte der Graf kühl.

Der Kardinal holte tief Luft. Nicht er hatte es zu dieser unerfreulichen Gesprächswendung kommen lassen, er würde es Innozenz aus reiner Seele beteuern können. Doch mußte dem Mann um der Würde des Papstes willen rechtzeitig Einhalt geboten werden. »Ihr überschätzt Eure Wichtigkeit, Herr Graf. Der Heilige Vater, Gebieter der Christenheit, verhandelt mit seinen Untertanen, seien sie auch Könige, über die Ausrottung der Ketzer. Grafen unterliegen keiner besonderen Aufmerksamkeit.« Während der Knappe Galono eine frische große Scheibe Brot zwischen Messer und Löffel legte, schienen die fröhlichen Damen und Herren zu versteinern. Galono entschloß sich, ein wenig vom Schildkrötenfleisch mit Johannisbeeren zu probieren, und deutete mit behandschuhtem Finger auf den Panzer. Der Knappe bediente ihn vorzüglich, wie er zugeben mußte. Die Leute hier hatten zugestandenermaßen mehr Lebensart als mancher Kardinal in Rom.

Ymme, die dem Latein des Kardinals gut hatte folgen können, vergaß, in das Hammelfleisch zu beißen, und der saftige Teigmantel fiel in ihren Rotweinpokal. Er ist verrückt, dachte sie, während eine Hand unter ihrer fettigen Hand hindurchgriff und ihn vorsichtig entfernte; Ymme nickte dem Knappen dankbar zu. Und der Papst – er kann doch nicht geistlicher und weltlicher Herr zugleich sein wollen! Zum Glück hatte niemand ihr Mißgeschick bemerkt. Die Rede des Kardinals war peinlich genug gewesen.

Da zu diesem deutlich formulierten Machtanspruch kein Kommentar nötig war, klatschte der Hausherr in die Hände. Die Knappen sprangen sofort herbei und räumten den Tisch vor den Gästen ab, dann reichten sie Schüsseln und Handtücher.

»Wir wollen uns Unterhaltung gönnen, bevor wir weiteressen«, murmelte der junge Herr von Perhela, dem es momentan schwerfiel, die Pose des neutralen Gastgebers beizubehalten. Er umklammerte seinen Bierhumpen, bis die Knöchel weiß wurden. Frau von Perhela legte ihrem Mann beruhigend die Hand auf den Arm, bis er seine Fassung wiedergefunden hatte. »Der Herr Kardinaldekan soll sehen, daß wir in unserem Lande nicht nur die ersten Universitäten, sondern auch die besten Sänger haben«, fügte er mühsam hinzu.

Ymme, die vorher Majoranwasser gewählt hatte, entschied sich nun für Rosenwasser und reichte dann das Handtuch zurück. Sie wandte sich zur Tür, um keine Sekunde der angekündigten Darbietung zu versäumen. Ein Troubadour trat ein.

Langsam glitten ihre Augen von der Fidel, in deren haselnußbraunem Holz sich eine Kerzenflamme spiegelte, zum Gesicht des Mannes hinauf.

Und dann schlug ihr Herz plötzlich bis zum Hals.

Der Troubadour war derselbe Mann, den sie als Johanniter kennengelernt hatte.

Heute trug er weder einen schwarzen Mantel, noch bestätigte ein Kreuz auf seiner Kleidung, daß er die Profeß abgelegt hatte. Eine enge schwarze Hose und ein weißes Hemd mit weiten, an den Handgelenken aber gerafften Ärmeln bildeten sein schlichtes Gewand. Er wurde mit Beifall begrüßt, aber nichts deutete an, daß er hier bekannt war. Ymmes Nachbar rückte bereits erwartungsvoll näher zu ihr in der Hoffnung, ihr geneigtes Ohr zu finden. Sie fand seinen weingesättigten Atem widerlich und bog ihren Kopf unauffällig zur Seite.

Der Troubadour spielte eine kurze Sentenz auf der Geige, bevor er ohne ihre Begleitung zu singen anfing. Die Melodie war den Menschen wohl bekannt, wenn auch nicht der Text, den Ymme ohnehin nicht verstand. Doch den Refrain hätte sie bald mitsingen können, der sie ein wenig an das »Kyrieleis« aus dem Wallfahrtslied erinnerte.

»Ein Tagelied«, hauchte der angetrunkene Jüngling in Ymmes Ohr. »Er begrüßt den Tag als Symbol für die Gnade und die Jungfrau Maria.«

Tag, dachte Ymme verwirrt, meint er vielleicht das Licht und nicht den Tag? Sie gab sich der Hoffnung hin, er singe das Lied vielleicht für sie . . .

Aber das war natürlich Unsinn. Er hatte sie nicht bemerkt, und er sang für die Jungfrau Maria. Sie versank in eine Träumerei, die gespeist wurde vom genossenen Wein, von den warmen Lichtern, der Sättigung und den Melodien, die ihr bei geschlossenen Augen tief ins Herz sanken.

Seine Lieder waren sehr unterschiedlich, aber den Schmelz in seiner Stimme beim Lied an die Geliebte verstand sie auch ohne den hartnäckigen Dolmetscher.

Ymme war so tief berührt, daß ihr die Tränen kamen. Auf den Gesichtern der Gäste spiegelten sich Andacht und Zuneigung. Manche summten ganz leise mit und wiegten sich im Takt, auch die Bettler in der Tür.

Ymme fühlte sich mit ihnen tief verbunden. Zum erstenmal konnte sie wieder mit Sehnsucht und ohne zu erschrecken an einen Mann denken.

Als ihr bewußt wurde, daß ihre Seele sich am Anfang der Heilung befand, öffnete sie staunend die Augen, nur um zu sehen, wie der Troubadour seinen Platz in der Nähe der Hausfrau verließ.

Mit zwei Schritten stand er hinter dem Kardinal. Als der Beifall abgeebbt war und er seine Fidel kurz nachgestimmt hatte, verbeugte er sich ausschließlich vor dem geistlichen Herrn.

Ymme fühlte die Spannung, die plötzlich im Raum lag. Die Liebeslyrik war verweht, und die Bettler scharrten mit den Füßen.

»Ich möchte jetzt ein Lied von einem der Meister der Sänger zum Besten geben, ein Lied, das es verdient hat, bis in alle Ecken der christlichen Reiche getragen zu werden. Des Meisters Name ist: Peire Cardenal.«

Während Ymme verwundert die Ellenbogen auf den Tisch stützte und sich vorbeugte, begann er das Lied von den Aasgeiern mit einem geschmetterten Kriegsruf:

> »Aar und Geier wittern nicht
> sichrer, wo ein Aas zerfällt,
> als es Pfaff und Predger sticht,
> sehn sie einen Mann mit Geld;
> gleich tun sie vertraut und nett,
> daß er auf dem Krankenbett
> ihnen einst so viel verschreibt,
> daß den Seinen nichts verbleibt.«

Als der Troubadour nach mehreren Strophen schloß, johlten und trampelten die jungen Adeligen und Bürgersöhne, während die Frauen mit hocherhobenen Händen im Takt klatschten. Ymme war auf ihrer Seite, wiewohl sie den Text nur sinngemäß verstanden hatte. Sie sah, daß Galano blaß geworden war.

»So«, sagte Herr von Perhela und schob seinen Lehnsessel zurück, während er sich erhob, »denkt man im Lande über die Ansprüche der Geistlichkeit. Aber auch wenn sich meine Freunde hier über den Text köstlich amüsieren: seid versichert, Eminenz, und teilt dieses bitte auch Seiner Heiligkeit mit – die Languedoc ist ein zutiefst christliches Land. Wir werden unseren christlichen Glauben verteidigen bis zum letzten Blutstropfen.«

Während der Hausherr jemandem an der Tür mit einem Fingerschnippen ein Zeichen gab, erschien ein gelangweilter Ausdruck auf dem Gesicht des Kardinals, der sich rasch in unsägliche Wut verwandelte.

Auf einer prächtigen Servierplatte trug ein Knappe feierlich als letztes Gericht des Abends einen gebratenen Hahn herein, der auf einem Spanferkel ritt. Unter die Flügel waren Schwert und Rose des Papstes aus Blattgold und Silber geklemmt, die Krallen steckten in roten Stiefelchen, und auf dem Kopf thronte die päpstliche Tiara.

»Aber so«, rief der schwarzgekleidete Troubadour und trat wieder ins Kerzenlicht, »verfahren wir mit der Geistlichkeit, die ihre Hand zu weit über unser Land ausstreckt.« Er holte mit einem orientalischen zweispitzigen Schwert weit aus und köpfte den Hahn mit der Präzision eines kleinen Rasiermessers.

Die Damen sprangen erregt auf, und der Kardinal wankte aus der Halle. In der entstandenen Stille konnte man seine würgenden Geräusche hören. Auf dem Treppenabsatz stimmten die Bettler unter Gelächter einen Gassenhauer an:

> Der Hahn ist tot,
> der Hahn ist tot!
> Il ne dira plus coco di, coco da.
> Cococ coco coco coco di, coco da.

5. Der Schwarze Ritter

Berthold, der Zisterziensermönch aus Deutschland, der sich darin gefiel, an passender Stelle gelegentlich seine Verwandtschaft mit seinem Onkel, dem Märtyrer, zu erwähnen, saß in einem Raum der Abtei des heiligen Aegidius und studierte die Schriftstücke, die ihm Kardinaldekan Galono mitgebracht hatte. Er zitterte ein wenig; nicht vor Kälte, denn der Raum war eigens für ihn angenehm beheizt worden, sondern vor Erregung.

Diese Languedoc, die er verfluchte wegen ihrer Widerspenstigkeit dem christlichen Glauben gegenüber, gleichzeitig aber liebte wie ein Vater, der aus Liebe züchtigen muß, hatte unversehens die Aufmerksamkeit aller christlichen Länder und des Papstes auf sich gezogen.

Und er, Berthold der Deutsche, war von Seiner Heiligkeit höchstpersönlich in dieses Land geschickt worden, um die Menschen zur Umkehr zu bewegen. Er lächelte distanziert: für Umkehr war es zu spät. Der Unglaube mußte mit Stumpf und Stiel ausgerottet werden, bevor er auf andere übergriff. Mochte es jetzt auch grausam scheinen – spätere Jahrhunderte würden wissen, daß Innozenz einer höheren Einsicht gehorcht hatte.

Berthold war der Meinung, daß man schon viel zu lange gezögert hatte. Er plante, unnachsichtig vorzugehen. Er verurteilte scharf den Weg, den zwei Mönche aus Spanien – ein Bischof Ozma und sein Unterprior Dominicus – eingeschlagen hatten: arm und abgerissen predigten sie in der Provinz.

Er schnaubte. Von den Ketzerpredigern unterschieden sie sich nur durch ihre kirchliche Erlaubnis zu predigen! Grundfalsch, dachte er zornig, grundfalsch! Die Menschen müssen die Macht und die Herrlichkeit Gottes sehen können – in Gestalt seiner Vertreter und Beauftragten, angefangen beim Papst bis hinunter zu den Priestern.

Nicht zu übersehen war die Tatsache, daß Ozma und Dominicus seinem und anderen Orden möglicherweise die gläubigen Schafe abspenstig machten. Ein keckes Mäh des Hammels – und die Schafe liefen dem unverbrauchten Bock nach, ein goldenes Vlies witternd, wo in Wahrheit nur die Unterwolle nach Urin stank.

Seufzend zog Berthold noch einmal den längst durchgesehenen Sta-

pel von Schriftstücken zu sich. Sie bildeten die Grundlage seines künftigen Tun und Lassens hier in der Languedoc – und das mußte wohlüberlegt sein. Es war seine Chance!
Er strich das zerknitterte oberste Schreiben glatt. Es enthielt die Mitteilung von der Heiligung Castelnaus unmittelbar nach seiner Ermordung – das war zu erwarten gewesen. Gewiß, er war mit Bann und Interdikt vielleicht ein wenig voreilig gewesen; so etwas reizte die Leute. Er hätte vor allem wissen müssen, wie unklug in einer solchen Situation ein persönlicher Streit war. Oder hatte ihm Innozenz Anweisungen gegeben, auf Biegen oder Brechen für einen Eklat zu sorgen?
Berthold schob die Lippen vor und versuchte, den Charakter des Legaten, den er nur vom Hörensagen kannte, zu beurteilen. Wäre er selbst wohl bereit gewesen, das eigene Leben zu riskieren, um einen Kreuzzug zu provozieren? Das hinge weitgehend von der Belohnung ab. Und wenn einer nun die Ernennung zum Kardinal angeboten bekam?
In jedem Fall war es für Castelnau ein kalkuliertes Risiko gewesen. Er hatte verloren, weder Kardinal noch Papst würde er werden. Aber die Kirche hatte gewonnen! Es war das Opfer wert gewesen. Berthold legte das Schreiben wieder beiseite und nahm das nächste zur Hand. Im Zusammenhang mit dem jüngsten Heiligen stand die Abschrift der päpstlichen Bulle, gerichtet an alle Orte, die den Mördern Castelnaus Zuflucht gewährten. Und da man, schrieb Innozenz, »nach den kanonischen Beschlüssen der heiligen Väter jenen nicht Wort halten darf, welche Gott nicht Wort halten, sondern sich aus der Gemeinschaft der Gläubigen entfernen, so entbinden Wir, kraft apostolischer Macht, alle, welche sich diesem Grafen durch Eid, Bündnis oder Treue verbunden glauben, und gestatten jedem Katholischen, mit Vorbehalt der Rechte des eignen Lehnsherrn, seine Person zu verfolgen, seine Länder einzunehmen und zu behalten, zumal wenn dies die Vertilgung der Ketzerei zum Zweck hat«.
Die Bulle wurde längst befolgt, wenn auch keineswegs zur Zufriedenheit aller. Uninteressant. Sie ging ihn nichts an. Berthold schob den Brief von sich. Im Gegensatz zu diesem war nämlich der nächste von herausragender Bedeutung, der an Philipp August von Frankreich gerichtet war und die schwebende Situation geschaffen hatte, in der sie sich befanden. Innozenz bat darin den König, den heiligen

Vertilgungskrieg gegen die Ketzer zu führen, die bei weitem ärger als die Sarazenen seien. Als Lohn bot er ihm die Länder des Grafen von Toulouse. Ähnlich lautende Briefe waren an die Erzbischöfe von Tours und Lyon, an die Bischöfe von Paris und Nevers sowie an den Abt von Citeaux gegangen.

»Aber«, hatte ihm Galono anläßlich seines Besuchs im Kloster vertraulich berichtet und erbost seinen Hut über einen Stuhlpfosten gestülpt, »Philipp August ziert sich! Johann ohne Land hat mit sich selber zu tun, Otto umkreist Sizilien – dieser närrische Franzosenkönig stiert auf die beiden, und sonst tut er nichts! Es ist nicht zu fassen!«

»Und nun?«

Galono hatte die Schultern gezuckt. »Wir warten. Philipp August wird nach seinem Vorteil entscheiden. Schließlich ist er Nordfranzose.« Danach hatte er Berthold die Hand zum Kuß gereicht und war abgereist.

So war also die Lage der Dinge.

Man saß und wartete. Natürlich nicht alle. Die Kreuzfahrer beispielsweise sammelten sich bereits an den Toren der Languedoc – die Deutschen, denen im Vorjahr Oliver gepredigt hatte, waren mit Leichtigkeit hierher umgelenkt worden. War es doch näher und ungefährlicher, es lauerten weder wilde Türkenstämme noch unberechenbare Sarazenen oder gar Wassermangel auf die Pilger, im Gegenteil – die eroberten Landhäuser und Paläste der Adeligen waren bequem eingerichtet und boten den größten Luxus von Europa. Und der Ablaß war derselbe. Der Papst brauchte keine Sorge zu haben, etwa mit zu wenigen Kreuzfahrern anzutreten.

Aber die französische Krone war enorm wichtig für ein solches Unternehmen, um ihm den Anstrich auch weltlicher Rechtmäßigkeit zu geben. An Philipp August würden sich die übrigen Herrscher orientieren. Alles war gewonnen, wenn er seine Bereitschaft erklärte.

Bruder Berthold lächelte versonnen. In der Haut von Galono wollte er jetzt nicht stecken. Innozenz würde ihn – oder auch nur sich selbst – fragen, warum es ihm nicht gelungen war, den König zu überzeugen. Aber es war müßig, über Galono nachzudenken – es mußte ein jeder auf sich selber aufpassen. Sorgfältig verwahrte Bruder Berthold die Schriftstücke in einer kleinen Schatulle. Dann rief er einen der Schreiber des Klosters zu sich und diktierte ihm einen Brief.

Obwohl dick vermummt, froren Guiraude und Ymme, als sie sich in der feuchten Kälte des späten Januar zur Abtei des heiligen Aegidius aufmachten. Die wollenen Schals hinderten sie beim Sprechen, aber Ymme hatte dazu ohnehin keine Lust. Nach dem Köpfen des päpstlichen Hahns hatte ein großes Gelächter die ganze Stadt geschüttelt, und nun, wenige Tage später, beabsichtigten die Frauen, den Mönchen allein gegenüberzutreten. Ymme war nicht ganz wohl in ihrer Haut, doch sie hatte es sich in den Kopf gesetzt, nach dem Bettler zu suchen, und Guiraude fand, daß es jetzt sein müsse, bevor sie die Lust verliere.

Die Klosterfront, an der immer noch Steinmetze und Maurer arbeiteten, war so schmutziggelb wie die Luft, und der Bruder Pförtner öffnete die Luke sehr mürrisch. Als er nach ihrem Begehr gefragt hatte, schlug er sie wortlos zu und schlurfte davon. Die beiden Frauen sahen einander an. War das die Verabschiedung, oder fühlte er sich nicht zuständig für die Frage nach einem Ketzer?

Guiraude legte ihre Hand auf Ymmes Arm. »Laß uns noch ein wenig warten«, flüsterte sie.

Ymme nickte und ließ ihre Blicke verstohlen umherschweifen. Die Handwerker hatten, seitdem sie das erste Mal hier gestanden hatte, einige weitere Figuren fertiggestellt. Ein Abendmahl konnte sie erkennen, und eine Fußwaschung wurde halb durch einen Maurer auf einem Gerüst verdeckt. Als der Handwerker sich zur Seite drehte, tat ihr Herz einen Sprung. Beinahe hatte sie den Schwarzen Ritter zu sehen geglaubt.

»Du lächelst ja«, stellte Guiraude verwundert fest.

Ymme wußte selber, daß es Unsinn war. Es gab Menschen, die einander ähnelten. Zum Glück öffnete in diesem Moment der Pförtner die Tür und winkte die Besucherinnen herein. Und als sie nach einem langen Marsch durch ein verwirrendes Labyrinth von Gängen unerwartet vor Bruder Berthold standen, vergaß Ymme ihre vorübergehende Glückseligkeit und wünschte, sie hätte sich nie mit dem Bettler auf ein Gespräch eingelassen.

Ihr klebte plötzlich die Zunge am Gaumen. Es war ihr klar, daß sie selber das Gespräch führen mußte. Guiraude, auf deren Beredsamkeit sie sich beide doch so verlassen hatten, war der deutschen Sprache zwar zum Plaudern ausreichend mächtig, jedoch nicht für ein Streitgespräch.

Der Zisterzienser verzog keine Miene, obwohl diese junge Deutsche auf ihn allmählich Signalwirkung hatte. In ihrer Nähe hatte es bisher nur Unannehmlichkeiten gegeben, sie schien sie magisch anzuziehen. Die Städterin mit ihrem südlich geschnittenen Gesicht, das jeder Unterwürfigkeit mangelte – man konnte es genausogut frech nennen –, ordnete er, ohne zu zögern, in die Ketzerkreise der Stadt ein. Er hatte einen Blick dafür entwickelt.»Ich freue mich, Euch wohlbehalten zu sehen«, sagte er, als er Ymme ausreichend lange hatte warten lassen, »wenn die Dame in Eurer Begleitung auch der lebende Beweis für meinen Verdacht ist, daß Ihr mit Ketzern sympathisiert. Würdet Ihr sie mir vorstellen?«

Ymme tat es mechanisch und wünschte sich dabei innig, sie hätte sich vorher für alle Fälle zurechtgelegt, wie sie das Gespräch führen würde – wenn sie es tun müßte. Aber es war zu spät.

»Ach, Frau von Cessenon! War Frau von Cessenon nicht auch unter den Eingeladenen bei jener Abendgesellschaft? Ich wünschte, ich wäre dabeigewesen!«

Der Zisterziensermönch war noch hohlwangiger, als Ymme ihn von ihrem ersten Zusammentreffen in Frankfurt her in Erinnerung hatte. Plagte ihn der Hunger oder der Neid? Ymme runzelte die Stirn.»Ich verstehe nicht, warum.«

»Dort waren geladen...« Der Mönch mußte nicht lange in seinem Gedächtnis forschen. Er zählte einen Namen nach dem anderen in scharfem Ton auf.

Guiraude war zuerst erstaunt, dann äußerst beunruhigt. Warum maß ausgerechnet dieser Fremde den Angelegenheiten ihres Landes soviel Wichtigkeit bei? Und woher hatte er die Namen? Seine Liste war korrekt. Es fehlten nur zwei Teilnehmer.

Bruder Berthold gönnte ihr einen spöttischen Blick und fuhr dann fort:»Wir hätten sie damit alle beisammen. Die vornehmsten Ketzer dieser Stadt. Glaubt Ihr mir nun, daß ich sie gerne kennengelernt hätte?«

Ymme erbleichte.»Ich habe nichts von Ketzern bemerkt! Es wurde nur ein freches Lied zum Besten gegeben, das war alles.«

Der Mönch beugte sich vor und starrte ihr erbost ins Gesicht. Die Versammlung der Ketzer war die eine Seite der Angelegenheit: sie betraf seinen Auftrag und berührte ihn innerlich nicht. Aber er kochte vor Wut beim Gedanken an den Schimpf, den die Bürger einem

Vertreter der Kirche angetan hatten. »Ach. Ihr wart auch da? Ich vermute, Euer Name war derjenige, den man mir nicht sagen konnte. Aber die Beschreibung trifft zu. Fehlt nur noch einer.«

»Wer denn?« fragte Ymme verstört. »Wovon sprecht Ihr überhaupt?« Bruder Berthold wandte sich um, trat hinter seinen Studiertisch und setzte sich. »Es tut nichts zur Sache«, sagte er mit schmalen Lippen. »Was wollt Ihr?«

Er ließ die Fingerspitzen ungeduldig aufeinander vibrieren, und doch fühlte Ymme sich jetzt etwas sicherer. Zumindest war nun sie es, die den Gesprächsgegenstand vorgeben würde. »Wollt Ihr uns nicht Stühle anbieten?«

»Nein. Klöster werden zur Erbauung frommer Männer gebaut, nicht zur Erholung ungläubiger Frauen.«

»Ihr seid ein Flegel ohne Erziehung«, brach Guiraude aus. »Würdet Ihr ein wenig bei den Mönchen der Languedoc in die Lehre gehen, so würdet Ihr zwar auch keine Frömmigkeit, aber doch wenigstens Benehmen lernen!«

»Latein außerhalb von Gebet und Responsen ist für Frauen unnütz, sogar schädlich«, antwortete Bruder Berthold feindselig. »Da bin ich ausnahmsweise einmal mit den Brüdern der Prämonstratenser einer Meinung. Sie haben recht, daß sie keine Frauen mit solchen Flausen im Kopf mehr bei sich dulden wollen. Leider haben wir sie nun.«

Ymme holte mühsam Luft. Dieser Besuch war gescheitert. Sie mußte nun versuchen, wenigstens noch etwas zu retten. »Ich frage mich, aber vor allem Euch, wo der Bettler geblieben ist, den die Mönche auf Euren Befehl in Gewahrsam genommen haben. Er ist nie wieder in der Stadt aufgetaucht.«

»Es gibt zahllose Bettler«, antwortete der Zisterzienser kühl. »An einen einzelnen kann ich mich nicht erinnern. Vielleicht solltet Ihr den Bruder Pförtner fragen. Vielleicht macht er sich Notizen über aus und ein gehende Bettler.«

»Gilt das auch für Gefangene?« Ymme begann maßlos wütend zu werden.

Bruder Berthold sprang auf und stellte sich dicht vor Ymme auf. Sie roch den Duft von Seife und Lavendel und trat unwillkürlich einen Schritt zurück. »Solltet Ihr jemals«, zischte er, »bereit sein zu beeiden, daß in diesem Kloster Menschen gefangengehalten werden, will ich gern das Generalkapitel der Cluniazenser zu einer Untersuchung aufrufen. Natürlich wird das Generalkapitel nichts finden. Anschließend werdet Ihr wegen Verunglimpfung und Beleidigung einer kirchlichen Instanz den weltlichen Behörden überstellt und abgeurteilt. Wißt Ihr, welche Strafe darauf steht?«

Guiraude trat kräftig auf Ymmes Fuß. Aber Ymme wußte selber, wo die Grenze zwischen Hartnäckigkeit und Selbstmord lag. »Ich kam in Sorge hierher«, erklärte sie erbittert, »nicht mit der Absicht, einen Streit mit der Kirche heraufzubeschwören.«

»Weltliche Sorgen können in Zeiten des Interdikts nicht gemildert werden.« Bruder Berthold war mit den Frauen noch nicht fertig, aber er hob es für später auf. Es gab derzeit Wichtigeres. Er kehrte hinter seinen Arbeitstisch zurück.

Ymme starrte seine Kapuze an, wie schon einmal, und gab dann auf. Bevor die Frauen die Tür erreicht hatten, wurde sie schon von einem Mönch des Klosters aufgeschoben. Mit krummem Rücken schlurfte er vor ihnen her zur Pforte und drückte sie hinter ihnen ins Schloß wie hinter dem Teufel persönlich.

Unschlüssig standen Guiraude und Ymme auf den Stufen zum Hauptportal des Klosters. Der gelbliche Nebel hatte sich nun auf die Straßen gesenkt. Es war unerträglich still und erträglich kalt. Ymme hielt die Stille schließlich nicht mehr aus. »Was machen wir jetzt?«

»Erkundigungen einziehen.« Auch Guiraude bekam die Lippen kaum auseinander. Sie wickelte ihr Tuch um den Kopf und über den Mund, schlug den Zipfel über die Schulter und blickte nach oben, wo die Handwerker ihre Arbeiten inzwischen eingestellt hatten und verschwunden waren. »Die Bettler haben auch ihre Vereinigungen, genau wie die Maurer. Vielleicht wissen die mehr.«

»Es gäbe vielleicht noch einen anderen Weg«, murmelte Ymme beim Anblick der leeren Fassade.

Aber Guiraude hatte keine Lust mehr, diese Dinge im Freien zu diskutieren. Den Blick auf die zum Teil vereisten Stufen geheftet, stieg sie die Treppe hinunter und wartete unten auf Ymme.

Zu den Bettlern, die bei Kälte in einem leerstehenden Schuppen am Hafen hausten, ließ sich Guiraude von Pierre begleiten. Die Männer würden sich vielleicht durch Ymmes Blondheit zu anderem aufgereizt fühlen als zu Antworten. Aber sie kam ohne Ergebnis zurück. Jean Langbein – so nannten sie ihn – war seit einiger Zeit verschwunden, das wohl, aber das war öfter der Fall. Er brauchte eben für jeden Weg dreimal soviel Zeit wie ein anderer. Sie hatten sich keine Gedanken gemacht. »Und vielleicht ist wirklich alles ganz harmlos«, fügte Guiraude hinzu. »Ich finde, du solltest die Suche einstellen. Ein Bettler ist den Aufwand nicht wert.«

Ymme senkte die Augen und nickte. Guiraude hatte aus ihrer Sicht recht. Aber sie selber war nun einmal auf diese merkwürdige Weise mit einem Mann zusammengetroffen – im wahren Sinn des Wortes –, und sie hatte Anteil daran, daß er sich in seiner Wut zum Streit mit Berthold hatte hinreißen lassen. Urgroßmutter Hodica war an einem solchen Streit gestorben, nur hatte der Berthold von damals den Namen Luder getragen. Und dann gab es noch den jüdischen Gewürzhändler Haluca, der sie mit wahrhaft christlicher Barmherzigkeit gerettet hatte ...

Es drängte Ymme, nichts unversucht zu lassen. »Du bist nicht böse, wenn ich es auf eigene Faust versuche?« fragte sie bittend. »Ich habe nicht mehr viel Zeit. Wenn die Mandelbäume blühen, werde ich aufbrechen – ob mit oder ohne Begleitung. Ich kann nicht länger warten. Verstehst du das?«

Guiraude verstand sehr wohl, aber sie hatte Zweifel, daß es soweit kommen würde. Die Kreuzfahrer begannen den Halbkreis um die Languedoc allmählich enger zu ziehen. Wer wußte, wo sie bei Beginn des Frühlings stehen würden? Zur Zeit war es unmöglich zu reisen. Doch sie sagte nichts, um Ymme nicht zu beunruhigen. »Was willst du tun?«

»Den Schwarzen Ritter suchen.«

Guiraude verschlug es die Sprache. Keiner kannte den Sänger, aber er war in aller Munde. Die Frauen der Stadt schmolzen dahin, wenn man vom Schwarzen Ritter sprach. Herr von Perhela lächelte und schwieg. Wie in aller Welt kam Ymme auf den Gedanken, zwischen dem Bettler und dem Ritter eine Verbindung zu sehen? Oder war sie an dem Mann interessiert und schob die Suche vor?

Ymme ahnte nichts von Guiraudes Überlegungen. Mechanisch kämmte sie das Haar von Guiraudes kleiner Tochter, die sie längst ins Herz geschlossen hatte. Die Ähnlichkeit zwischen dem Handwerker vom Kloster und dem Ritter war ihr nicht aus dem Kopf gegangen. Konnte es derlei überhaupt geben? Andererseits war er bereits in zwei höchst widersprüchlichen Bekleidungen, um nicht zu sagen: Verkleidungen, aufgetreten. Warum nicht in einer dritten?

»Sind meine Haare schon heller geworden?«

»Doch, ein bißchen«, sagte Ymme, ohne zu zögern, und lächelte Guiraude über den Kopf ihrer Tochter hinweg zu.

Nein, Guiraude verwarf ihren Verdacht. Ymme mußte einen handfesten Grund haben. »Warum glaubst du, daß der Ritter dich zu dem Bettler führen kann?«

Ymme wurde verlegen. »Ich kann es dir nicht genau erklären«, sagte sie und zweifelte selber an der Vernunft ihrer Überlegungen. »Es ist mehr ein Gefühl. Dieser Ritter taucht immer auf, wenn etwas Entscheidendes in der Stadt zwischen Geistlichkeit und Bevölkerung vor sich geht: einmal als Johanniterritter und einmal als Troubadour. Kann ein Ritter gleichzeitig Gott und der Liebe dienen?«

Guiraude warf den Kopf zurück und lachte. »In der Languedoc ist alles möglich.«

Ymme mußte mitlachen. »Nein, im Ernst«, mahnte sie dann. »Du hast wahrscheinlich recht. Eine der beiden Berufungen muß unecht sein. Als Sänger kannte ihn keiner.«

Ymme legte den Kamm beiseite und schob das Mädchen von sich. »Dann ist es entschieden. Ich werde zu den Johannitern ins Hospital gehen.«

»Grüße ihn und richte ihm aus, als Sänger sei er nützlicher für die Languedoc...«

Ymme schüttelte lächelnd den Kopf und legte Kamm und Bürste in eine silberbeschlagene Truhe, die auch einen Spiegel und Maniküreinstrumente enthielt.

»Deine Behauptung mag ja stimmen«, gab Guiraude zu, als sie merkte, daß Ymme auf ihren scherzhaften Ton nicht eingehen wollte – wie überhaupt der Ernst ein wesentliches Kennzeichen dieser Menschen aus dem Norden war; manchmal konnte man vor ihnen Angst bekommen, zum Beispiel vor einem Berthold. »Vielleicht hat der Ritter wirklich etwas mit dem Kampf zwischen der Kirche und uns zu tun. Aber warum nimmst du an, daß dabei der Bettler wichtig ist?«

»Ich nehme nicht an, daß er wichtig ist. Im Gegenteil. Wahrscheinlich ist er nur ein Sandkörnchen, das einem Kreuzzugprediger im richtigen Moment unter den Fuß rollte. Berthold ist ein engherziger Mensch. Ich glaube, er will nicht Unterwerfung, sondern Vernichtung. Vernichtung aller, die ihm Widerstand leisten.«

Guiraude sah Ymme ungläubig an. »Wenn du das denkst... Warum bist du dann nicht ans Ende der Welt geflüchtet, als du ihm hier begegnet bist?«

Ymme biß die Zähne zusammen. Als sie endlich den Mund öffnete, hatte sie fast einen Krampf in den Wangenmuskeln. »Es würde nichts nützen. Er würde mich überall aufspüren. Ich glaube, unser Kampf begann auf dem Marktplatz in Frankfurt. Vielleicht ist er noch älter. Meine Urgroßmutter hat die Christen verflucht...«

»Nein! Mach es nicht so dramatisch! Der Mann kann überhaupt nicht wissen, was deine Urgroßmutter gesagt und getan hat, wenn Lübeck und Frankfurt so weit voneinander entfernt sind, wie du sagst. Und der Mann ist nicht engherzig: er hat wahrscheinlich kein Herz!« sagte Guiraude trocken. »Kommt öfter vor. Und dann gnade uns Gott hier in der Languedoc.«

»Ja, gnade uns Gott!« wiederholte Ymme und stand auf.

Am nächsten Morgen war Ymme früh auf dem Weg zum Johanniterpriorat. Frühes Aufstehen war nicht die Art der Okzitanier, das hatte sie bereits gemerkt. Aber in einem Hospital dürfte der Unterschied zwischen Tag und Nacht nicht sehr groß sein, dachte sie.

Die kleine Gasse, die zum Haus der Händler führte, lag noch still im Morgenlicht, als sie eilig vorüberging. Bald erreichte sie den großen Komplex der Johanniter, zu dem eine zweistöckige Kirche ohne Turm mit seitlicher Treppe und mehrere große Gebäude gehörten. Sie suchte sich ein Tor in der langen Mauer aus, das ein Haupteingang zu sein schien, und trat ein.

Auf dem gepflasterten Hof war tatsächlich von Nachtruhe nicht die Rede. Zum Priorat gehörten nicht nur das Haus der Brüder und die Kirche, sondern auch ein großer Pferdestall, ein scheunenartiges Gebäude, Werkstätten, Schmiede und Backstube. Vor dem Stall wurde gerade eine Reihe von schweren Schlachtrössern gestriegelt. Im Hof schlugen Männer mit dem Beidhänder auf hängende Ledersäcke ein.

»Nein, nein, so doch nicht!« brüllte ein Instruktor mit überschnappender Stimme. »Der Sarazene lacht sich tot!«

»Auch in Ordnung!« schrie ein anderer böse. »Hauptsache tot!«

Ymme staunte. So hatte sie sich das Hospital der Johanniter nicht vorgestellt. Aber schließlich waren sie Ritter, die kämpften und üben mußten wie alle anderen...

Einer der dienenden Brüder hastete mit einem Korb voller langer

Brote vorüber, nahm sich aber die Zeit, sie höflich zu fragen, ob er ihr helfen könne. Nachdem sie ihm ihr kompliziertes Anliegen erklärt hatte, beschloß er, sie zu einem der Ritter zu führen. Die dienenden Brüder hätten vielleicht mehr auf die Erfüllung ihrer Krankenpflegepflichten geachtet als auf die äußeren Umstände, meinte er. »Bruder Thomas ist oben im Krankensaal bei den Herren Kranken. Ich führe Euch hin. Wenn Ihr warten solltet, müßtet Ihr Euch bis zum Abend gedulden.«

Ohne weitere Erklärung führte er Ymme über verschiedene Treppen nach oben in den ersten Stock, bis sie schließlich über eine Art Brücke in den Krankensaal gelangten. Auf beiden Seiten konnte Ymme durch ein Gitter hinunter in den Kirchenraum sehen, der tief unter ihr lag. Der Bruder wartete geduldig auf sie. Heute bleiben die Kranken lange hungrig, dachte Ymme beschämt und beeilte sich. Ein langgestreckter Saal lag vor ihr. Unzählige Krankenbetten, alle gleich breit und lang, reihten sich beiderseits der Außenwände, mit dem Kopfende zu den Fenstern. Leere Betten waren mit weißen Laken bezogen, eine grüne Decke ordentlich zusammengefaltet am Fußende.

»Wartet hier. Ich hole Bruder Thomas.«

Gehorsam blieb Ymme stehen. In den Betten lag jeweils nur ein Kranker, wie sie jetzt feststellte. Sie schwitzte vor Aufregung. Sie hatte noch nicht einmal davon gehört, daß es solche luxuriösen Hospitäler gab! Warum hatte ihr Guiraude ausgerechnet das verschwiegen?

»Habt Ihr Euch verirrt?« fragte eine Stimme in ihrem Rücken, und als sie herumfuhr, sah sie einen kleinen schwarzhaarigen Mann mit vielen Runzeln im braungebrannten Gesicht vor sich.

»Ich soll hier auf Bruder Thomas warten.«

»Bruder Thomas.« Seine braunen Augen über der gewaltigen Nase fuhren suchend im Raum umher und blieben schließlich am letzten Krankenbett vor dem Altar hängen. »Er ist dort hinten. Er hat sicherlich noch zu tun. Dort liegt ein Schwerverletzter, der viel Pflege benötigt.«

»Wurde er vielleicht von einem Pferd in den Brustkorb getreten? Oder war es der, dem der Hoden abgequetscht wurde?« fragte Ymme unbedacht.

»Wie kommt es, daß Ihr das so genau wißt?« fragte der Mann ein wenig beunruhigt.

»Ich habe auf Anordnung eines Ritters die Schwerverletzten ausgesondert...« Ymme strich sich verlegen Haare aus den Augen. Sie wünschte, er hätte nicht gefragt. Sie wußte noch so wenig. »Behandelt Ihr selber Kranke?«

»Ich bin der Arzt der Herren Kranken, ja. Aber ich behandle auch die Frauen unter den Pilgern und die Säuglinge, die hier geboren werden.«

»Ihr seid Arzt. Kein Johanniter?« Es mußte eine Bedeutung haben, daß er diesen Punkt besonders betont hatte. Ungeniert betrachtete sie ihn vom Kopf bis zu den Füßen. Er trug eine ähnliche schwarze Kutte wie die anderen, aber es fehlte ihm in auffälliger Weise das kleine oder große weiße Kreuz auf der Tracht.

Der Arzt holte tief Luft. »Ich glaube, unser aller Gott findet Wahrhaftigkeit und Ehrlichkeit unter den Menschen wichtiger als das Buch, aus dem sie zu ihm beten: Bibel, Koran oder Thora. Ich bin Jude.«

»Gelobt sei Er«, sagte Ymme.

Der Arzt ergriff mit plötzlicher Wärme Ymmes Hände. »Vielleicht werden wir dereinst im gleichen Sinn ›Es gibt keinen Gott außer Gott‹ sagen können. Ich wünschte von Herzen, wir könnten alle in Frieden zum selben Gott unter verschiedenen Namen beten. Aber jetzt sollt Ihr mit Bruder Thomas sprechen.«

Der Johanniter eilte bereits den breiten Mittelgang entlang und blieb vor Ymme stehen, ohne den Arzt eines Blickes zu würdigen. »Ich hatte zu tun«, erklärte er knapp. »Was wollt Ihr? Ich habe noch mehr zu tun. Ihr wahrscheinlich auch.«

Auf diese barsche Bemerkung hin entfernte sich der Arzt schweigend, und Ymme brauchte nicht viel Feingefühl, um zu spüren, daß die beiden Männer einander feind waren.

»Ich suche dringend den Ritter, der bei dem großen Unglück in der Nähe des Sakristeiplatzes als erster zugegen war.«

»Ich weiß nicht, wer das war«, antwortete der Johanniter ungeduldig. »Noch etwas?«

»Es ist wichtig«, beharrte Ymme. »Es geht um das Leben eines Bettlers, und wenn Euch auch sein Leben gleichgültig sein mag, so sollte sein Seelenheil es nicht sein. Der Ritter, den ich suche, hat Euch angesprochen, und Ihr habt seinen Bericht gehört und vier Betten und eine weitere Trage geordert.«

»Daran erinnere ich mich. Aber nicht an den Mann. Wir sind alle gleich.«

»Das glaube ich nicht!« sagte Ymme verärgert. »Den Meister Arzt habt Ihr eben wie einen Knecht behandelt.«

»Ich glaube nicht, daß Ihr das beurteilen könnt.« Bruder Thomas streckte seinen Zeigefinger aus und schob Ymme nachdrücklich wie mit einem Stock vor sich her zum Ausgang aus dem Saal. Die Köpfe der Leichtkranken hoben sich, um die seltene Besucherin bis zum letzten Wehen ihres Ärmelschals beobachten zu können. »Und was den gesuchten Bruder betrifft, so steht es Euch frei, jeden anderen zu fragen. Ich kann Euch nicht helfen.«

Sie war entlassen. Bruder Thomas winkte einem vorübergehenden Bruder, der sie hinausbegleitete und bis zur Mauer nicht von ihrer Seite wich. Zornig warf sie das Tor hinter sich zu. Warum wurde sie ständig von Mönchen abgeschoben? Der Ritter hatte gewußt, wen sie meinte, da war sie sich sicher.

Als sich von hinten eine Hand auf ihre Schulter legte, erstarrte sie vor Schreck. Aber es war nur der Arzt, niemand, der sich anschickte, sie als Strafe für ihre Fragen zu verschleppen.

»Kommt«, sagte er leise, faßte ihren Ellenbogen und zog sie mit sich. Die Straße am Priorat hatte sich inzwischen belebt, ein ganz gewöhnlicher Morgen war angebrochen, in dem der nahende Frühling schon zu ahnen war. Ymmes Angst vor dem Mann verschwand mit dem Schlagen eines Buchfinks. Er wirkte gütig, nicht neugierig.

»Ihr seht nicht aus, als wärt Ihr erfolgreich gewesen«, meinte er. »Bruder Thomas ist überlastet, er ist außerhalb seiner Arbeit nicht immer sehr zuvorkommend. Vielleicht kann ich Euch helfen?«

Doch als Ymme ihr Anliegen geschildert hatte, machte er ein bedenkliches Gesicht. Endlich sah er ihr offen in die Augen und beschwor sie: »Es wäre besser, Ihr würdet Euch nicht nach ihm erkundigen.«

»Ihr kennt ihn also?«

»Doch, ja, natürlich«, antwortete der Arzt. »Warum sollte man das leugnen? Aber es wäre für Euch und vor allem für ihn sicherer, wenn Ihr die Begegnung vergessen könntet.« Da Ymme unbewußt den Kopf schüttelte, fügte er hinzu: »Um Euren Bettler wird man sich kümmern. Ich werde dafür sorgen. Damit müßt Ihr Euch begnügen. Der Ritter aber gerät durch allzu viele Fragen in Gefahr.«

So unvermittelt, wie er aufgetaucht war, beendete er die Unterredung. Ymme starrte ihm nach, aber zwischen Handwerkern, Bauern und Hausfrauen war seine unauffällige Gestalt bald verschwunden.

Ymme ging nachdenklich nach Hause. Als sie Guiraude erzählte, wie es ihr ergangen war, kamen sie zu dem gemeinsamen Schluß, daß in einem höchst christlichen Ritterordensspital für gewöhnlich kein jüdischer Arzt Kranke behandelte, der obendrein Verbindung hielt mit einem arabisch bewaffneten Troubadour, der in der Sprache der Languedoc sang. Die Angelegenheit war und blieb rätselhaft.

Guiraude hielt sich auf dem laufenden, was die politische Entwicklung im Lande betraf. Sie schickte auch Pierre, den Hausknecht, aus, um nach Kräften dort Neuigkeiten zu sammeln, wo seine Herrin aufgrund ihrer gesellschaftlichen Position nicht sein durfte. Hin und wieder hörte Pierre davon, daß der Schwarze Ritter sich im Umland aufhalten sollte, wo er der harmlosen Tätigkeit des Singens nachging. Guiraude und Ymme lauschten besonders interessiert, wie wahrscheinlich jede Dame der Stadt, wenn es um diesen Mann ging. Jedenfalls hatte selbst die Geistlichkeit bisher keinen Anlaß gefunden, ihm mehr als den Vortrag eines einzigen frechen Lieds vorzuwerfen, dessen Text nachweislich nicht von ihm stammte. Es wäre auch unklug gewesen, einen populären Mann wie ihn zu belästigen, denn er erfreute sich plötzlicher Beliebtheit.

Dann hörte Pierre, daß die Zisterziensermönche im ganzen fränkischen Reich ausgeschwärmt waren, um die Christen mit Nachdruck zu den Waffen zu rufen. Angeblich meldeten sich aufgewiegelte Männer täglich zu Hunderten in den Sammelstellen...

Ymme, die meistens dabei war, wenn Pierre berichtete, zitterte vor Angst.»Ich muß doch fort...«

»Nein, Madame, das könnt Ihr nicht«, widersprach Pierre treuherzig. »Die aufgerufenen Männer sind ja nicht nur an den Sammelstellen. Erst müssen sie dorthin. In ganzen Banden ziehen sie durchs Land, und mordlüstern sollen sie alle miteinander sein. Ihr wißt ja, wie Männer dann sind...«

Wie ein Keulenhieb brach über Ymme die Erkenntnis herein, daß es bereits zu spät war.

Zwei Tage später stürmte Pierre ins Haus. »Sie werden zwei Ketzer verbrennen«, keuchte er. »Abgeurteilt sind sie schon. Der Scheiterhaufen ist fast fertig.«

»Das ist das erste Mal hier in Saint-Gilles«, sagte Guiraude leise. »Der Abt macht sich den Bann des Grafen zunutze, um die Bürgerschaft unter seinen Willen zu zwingen. Diese Verräter! Und es wird täglich schlimmer.«

Niemand konnte Guiraude dazu bewegen, der Verbrennung fernzubleiben. »Dazu ist es viel zu wichtig für das Land«, sagte sie entschlossen zu Ymme. »Mein Mann und der Vicomte sind nicht hier. Sie werden wissen wollen, was vor sich ging, wer dort war, neben wem der Abt stand, mit wem er freundlich und mit wem er ungnädig redete oder gar nicht..., wie sich die Templer und die Johanniter verhielten...Das verstehst du nicht, Ymme. Ich muß die abwesenden Männer vertreten.«

Ymme war mehr als verwirrt. »Wer sind denn die Ketzer? Tun sie dir nicht leid?«

Guiraude nannte zwei Namen, die Ymme nichts sagten. »In gewisser Weise tun sie mir schon leid«, meinte sie dann, »aber besser diese zwei als andere. Sie sind für die Stadt nicht wichtig. Aber dein deutscher Zisterzienser hat sehr schlau erkannt, daß er auf diese Weise auf dem scharfen Grat zwischen Duldung und Gegenwehr wandern kann, ohne herunterzufallen. Es ist die brutalste Warnung an die Stadt, die man sich denken kann, ohne die Bürgerschaft zur Verteidigung der Angeklagten zu zwingen. Sie nehmen es hin, weil sie sich nicht wegen zweier Nichtsnutze auf einen Krieg mit dem Papst einlassen wollen. So ist das, Ymme. Und wir werden hingehen. Entweder bleiben alle fern, oder alle gehen hin. Und ich weiß schon, was die Bürger tun werden. Neugierig sind sie nämlich auch.«

Ymme fand es schrecklich, aus Gründen der Politik zu einer Hinrichtung zitiert zu werden. Gleichzeitig mußte sie Guiraudes Selbstbewußtsein bewundern. Wenn ihr Mann der Graf wäre, dachte sie, würde sie das Land regieren. Schweigend machte sie sich fertig mitzugehen.

Zwei Stunden vor der Zeit waren sie auf dem Platz vor der Abtei, der bereits gut besetzt war mit Bürgern, Handwerkern, Kaufleuten, Geldwechslern, Bettlern und Straßenjungen. Guiraude drängte sich hartnäckig durch bis vor den riesigen Reisighaufen. Ymme folgte widerwillig in ihrer Spur, nur einigermaßen beruhigt, weil sie wußte, daß es nicht die Neugier war, die Guiraude trieb.

Als sie aufblickte, schnürte es ihr die Kehle zu. Sie griff mit eiskalter Hand nach Guiraude und zog sie zu sich. »Das ist der Bettler«, flüsterte sie ihr heiser ins Ohr.

»Der ist das?« Guiraude legte den Kopf in den Nacken und musterte ihn mit sachlichem Interesse. Doch ein wenig erschrocken war sie auch.

Man hatte dem Bettler die schäbige Kleidung ausgezogen und ihn mit einem unter den Achseln durchgezogenen Strick an einem Pfahl aufgehängt. Die Beinstümpfe und dazwischen das Geschlecht hingen schlaff herunter. Aber er lebte. Aus den Öffnungen, die nach dem Abschneiden der Nase und der Lippen klafften, lief Blut und tropfte auf seine Brust.

Als ob sie eine Auster auf Eßbarkeit prüft, dachte Ymme, die vor Entsetzen Guiraude im Blick behielt und sich weigerte, ein zweites Mal nach oben zu sehen. Sie hielt ihre Tränen mit Mühe zurück. Der zweite der Nichtsnutze, wie Guiraude sie bezeichnet hatte, mußte sich ebenfalls dort oben befinden, vermutlich auf der anderen Seite. Unendlich lange mußten sie warten. Die Männer sofort zu töten wäre barmherziger gewesen. Ymme quälte sich stumm.

Dann war ferner Gesang zu hören, der von lautem Pferdegetrappel übertönt wurde. Wieder machten die verhaßten blau-gelben Ritter einem Zug von Mönchen den Weg frei. Der erste Mönch trug andächtig das Kreuz, ihm folgten die Cluniazenser des Klosters, denen sich einige vereinzelte Zisterzienserkutten angeschlossen hatten.

Ymme wurde gestoßen und geschoben, bis sich am Scheiterhaufen eine neue Ordnung gebildet hatte. Als die Unruhe vorbei war, hatten sich auf den Stufen der Abtei die Mönche aufgestellt, in ihrer Mitte Berthold der Deutsche. Einige weltliche Männer in Festtagskleidung blieben zwischen dem Fuß des Scheiterhaufens und der Treppe stehen. Mit eisernen Mienen starrten sie vor sich auf den Boden; sie verkörperten aufgrund von Wahlergebnissen aus freiem Willen die städtische Macht – aber als Männer standen sie gegen ihren Willen hier bei der Geistlichkeit.

Die Mönche sangen inbrünstig das Tedeum, während auf einer Schneise, die von bewaffneten Rittern mitten zwischen den Zuschauern freigehalten wurde, der Abt heranschritt. Er war feist wie ein Faß; sein Tempo wurde nicht von der Würde des Amtes, sondern von der Sorge um seine Gesundheit bestimmt.

»Buuhhh«, riefen die Bürger von Saint-Gilles, als der Abt flüchtig das Kreuz über sie schlug, dann seine Hand irgendwo nach oben in Richtung auf den Holzstoß abglitt. Den Blick in die Weite des Himmels

114

gerichtet, wo er Gott vermutete, fing der Abt pflichtgemäß an, den ungeständigen Ketzern den katholischen Glauben zu predigen. Kaum erhob er seine helle Stimme, überbrüllten ihn die Zuschauer. Recht so, dachte Ymme und schrie mit.

Nach einer Weile gab der Abt auf. Der renitente Pöbel würde ihn nicht predigen lassen. »So laßt wenigstens diesen beiden Sündern die Möglichkeit, in den Schoß der Kirche zurückzukehren«, rief er klagend, kaum war das Geschrei ein wenig abgeebbt.

»Ich bin Christ«, kam es leise und kaum verständlich vom Scheiterhaufen. »Aber Roms Christentum will ich nicht.«

Ymme überlief es eiskalt. Diese geschundenen Männer lebten und waren immer noch imstande, Widerstand zu leisten. Welch ein Mut! Und sie waren nur die Bettler der Languedoc. Wie tapfer mochten erst deren Herrscher sein!

In diesem Moment senkte sich der hocherhobene Arm eines der städtischen Honoratioren. Die Männer, deren Blicke gesammelt auf ihm geruht hatten, traten mit ihren brennenden Fackeln vor und entzündeten das Holz. Das feuchte Holz qualmte an vielen Stellen, bis endlich die Flammen nach oben leckten.

Ymme empfand das Warten und das Schauen, den Geruch und das Knistern wie eine Qual. Sie wurde von Panik überwältigt und wäre am liebsten davongelaufen, aber das war unmöglich.

Während sich das Feuer wie ein Teppich zu Füßen der Ketzer ausbreitete, ertönte auf der immer noch für den Abzug der geistlichen Herren freigehaltenen Schneise das Geräusch von Pferdehufen in verhaltenem Galopp.

Und dann sprengte, nur um weniges schneller werdend, ein leichter weißer Hengst heran; darauf saß ein Reiter in besticktem arabischem Waffenrock über einem geschmeidigen Kettenhemd. Sein Gesicht hinter der schwarzen Augenmaske war unkenntlich.

Die Mönche sahen den Leibhaftigen vor sich. Bis sie sich bekreuzigt hatten, war der Reiter bei ihnen. Der feingliedrige Hengst schien auf seine Lippenbewegung hin zu beschleunigen und flog wie ein Wirbelwind am Scheiterhaufen vorbei.

Ein Seufzen der Verwunderung ging durch die Menschen. Niemand ahnte, was der Ritter vorhatte, bis er sich tief hinabbeugte und, an der Seite seines Pferdes hängend, zwei Pfeile abschoß. Ymme hörte das Sirren des ersten und blickte nach oben.

Er steckte tief in der Brust des beinlosen Bettlers; sein Kopf war herabgesunken. Die schwarze Tolle hatten ihm die Mönche gelassen; sie verdeckte wie immer seine Augen. Aber Ymme hatte das Gefühl, daß er im Tode wieder lächelte. Und so, wie sie ihn für ganz kurze Zeit erlebt hatte, hielt sie es wirklich für möglich. Fassungslos schluchzte sie auf.

Ihr Schluchzen wurde von dem lauten Gesang übertönt, den die Mönche anstimmten, obwohl der Abt mit den Händen fuchtelte und vergeblich versuchte, den von ihm geplanten Ablauf der Verbrennung durchzusetzen. Aber die Ordnung war dahin. Auch seine sich überschlagende, schrille Stimme drang nicht zu den Brüdern durch, die vor lauter Frömmigkeit und Ekstase nicht mehr Herr ihrer selbst waren.

Du dummer, aufgeblasener Schweinsmagen, dachte Bruder Berthold mit einer Verachtung, die ihn in Versuchung brachte, den Abt auf der Stelle des Amtes zu entheben. Steif stieg er die Stufen hinunter und mischte sich unter den grabesstillen Stadtrat. Es war zu spät, jetzt noch etwas zu retten. Mochten die Brüder ihre Litaneien singen, bis sie wieder im Kloster vor den Weinbechern sitzen konnten.

Ymme kam wieder zu sich, als sie Guiraudes Hand fühlte, die ihre eigene umklammert hielt. Guiraude zog Ymme unbarmherzig mit sich und ließ sie erst los, als sie vor ihrem Haus angekommen waren.

»Wir müssen fliehen«, sagte Guiraude.

6. Die Katharer

Pierre und Jeanne waren nicht erstaunt, als ihre Herrin ihnen befahl, sofort alles einzupacken, was sie auf die Reise nach Cessenon mitnehmen wollten.

»Eigentlich ist es keine Flucht«, versuchte Guiraude Ymme zu beruhigen, doch ihre Stimme zitterte dabei. »Uns erwartet am Ende ja ein anderes Haus, das mir und meinem Mann gehört.« Aber es war gelogen, das wußte sie; es sollte nur Ymme helfen: sie hatte ihr Sicherheit bieten wollen, die nun in großer Konfusion endete.

Ymme nickte und packte in Ruhe ihre zwei Ledersäcke. Als ihr das grüne Festkleid in die Hände fiel, konnte sie einen leisen Seufzer nicht unterdrücken. Es erinnerte sie an eine trotz aller Unsicherheit wundervolle Zeit. »Dürfte ich wohl dein Kleid mitnehmen?«

Guiraude erhob sich von ihrer Truhe, lief zu Ymme und umarmte sie. »O Ymme. Dein Kleid, nicht meines. Du weißt es doch.«

»Wenn es dir wirklich recht ist.« Plötzlich mußte Ymme an das Fest zurückdenken, an dessen Vorabend alles begonnen hatte. Damals hatte sie ihr Geburtstagskleid nur anprobiert; danach war es verbrannt. Ob sie dieses ein zweites Mal anziehen würde?

Eine Ahnung überkam sie, die sie schnell verbannte.

Von der Seite sah sie Guiraude an, die schon wieder mit schnellen Händen irgend etwas aus der Truhe warf und in den Sack stopfte, um es im nächsten Moment wieder hervorzuholen. Guiraude war ungewöhnlich nervös.

Ymme war nicht klar, warum sie so hastig aufbrechen mußten. Es war ja über das bereits Bekannte hinaus nichts geschehen. Schweigend sorgte sie zusammen mit Jeanne dafür, daß sie für unterwegs ausreichend Nahrung, Wein und Zunder mitführten – alles, was Menschen auf der Wanderung benötigen, wenn sie Herbergen oder Klöster vermeiden müssen. Mit Hilfe der Erfahrungen eines ewig wandernden Volkes hatte sie gelernt, auf einer Wanderung zurechtzukommen, und es schien, als könnten diese Erfahrungen ihr weiterhin nützlich sein. Mit fünf Pferden und drei Packtieren, unter denen auch Ymmes Maulesel war, brachen sie noch am Abend auf. Guiraude blieb allem Zureden von Pierre und Ymme, die beide bis zum nächsten Morgen warten wollten, unzugänglich. Ihre Angst verstärkte sich mit jeder Stunde.

Mit steinernem Gesicht ritt Guiraude an der Spitze ihres kleinen Zuges voraus. Außerhalb des Stadttors und außer Hörweite des Wächters entspannte sie sich ein wenig und sprach leise auf ihre Tochter ein. Sobald der Strom der rückkehrenden Tagesbesucher der Stadt es zuließ, schloß Ymme an Guiraudes Seite auf. »Warum fliehen wir? Bei Kälte und bei beginnender Nacht!«

Guiraude behielt das eilige Tempo bei, trotzdem hatte sie jetzt wenigstens Zeit für ein kurzes Lächeln. Es beruhigte Ymme mehr als ihre Erklärung. »Der Bettler war ein Zuträger meines Mannes. Du mußt wissen, daß wir dem Norden Widerstand leisten – es gibt ein Netz von Informanten... Entschuldige, daß ich es dir nicht früher sagen konnte, aber ich wollte dich nicht mit hineinziehen.«

»Ich bin längst hineingezogen«, erkannte Ymme trübe und entwirrte gedankenlos das lederne Zügelende. »Mach dir nichts daraus. Als Ketzerin war ich schon verdächtig, nun gehöre ich eben auch zum Widerstand.«

»Ach, Ymme!«

Guiraudes Stoßseufzer brachte Ymmes Kopf wieder zum Arbeiten. Es fehlte noch ein Stück der Aufklärung. »Du wußtest doch auch vorher, daß der Bettler sterben würde, aber da warst du noch die Ruhe selbst.«

»Nein, nein, auch nicht ganz«, widersprach Guiraude. »Aber davor gab es eben manches, was noch wichtiger war als die Abreise. Erst der arabische Reiter hat meine ganze Planung durcheinandergeworfen.«

Der arabische Reiter, ja. Ymme hatte noch keine Zeit gehabt, über ihn nachzudenken, aber sein Auftauchen war sehr sonderbar.

Guiraude parierte ihr Pferd zum Stehen. Es war mittlerweile einsam geworden auf der Straße; einige Fernreisende hasteten der Stadt entgegen, die hinter ihnen in der winterlichen Dunkelheit versank. Die Bewohner des Umlands waren längst zu Hause.

Pierre ritt vor, um den Zustand der kleinen Brücke zu überprüfen. Dieses Sumpfgebiet durchzogen viele überbrückte Wasserzüge, und nicht jede Brücke war gut. Aber sie waren auf die Straße angewiesen und wollten den Sumpf unbedingt hinter sich bringen, bevor sie für den Rest der Nacht rasteten.

Jenseits der Brücke wartete Guiraude, bis Ymme wieder an ihrer Seite

war. »Er hat edel gehandelt. Wäre ich ein Mann und unabhängig –
ich hätte die beiden auch erlöst. Aber es gibt noch höhere Werte.«
»Nein«, widersprach Ymme entschlossen. »Es kann keine höheren
Werte als das Leben eines Menschen geben.«
»Doch. Das Leben von vielen Menschen.«
Ymme holte tief Luft. »Du willst doch nicht sagen, daß der Ritter
durch seinen Gnadenakt jetzt viele Menschen in Gefahr gebracht
hat?«
»Doch, ich fürchte. Dein Berthold wird spätestens jetzt wissen, daß
der Bettler kein Einzelgänger war.« Sie seufzte. »Na ja. Vermutlich hat
er es schon während der Folter erfahren.«
Ymmes Pferd machte einen Satz unter der unkontrollierten Bewe-
gung seiner Reiterin. »Wie kannst du behaupten, daß die geistlichen
Herren ihn gefoltert haben, Guiraude?«
»Du hast doch gesehen, wie er aussah. Natürlich haben sie ihn gefoltert! Wenn nicht Berthold persönlich, dann hat er den Auftrag gege-
ben. Er sieht ja nicht gerade so aus, als ob er sich höchstpersönlich die
Hände schmutzig machte. So ist der Krieg, Ymme. Und wir befinden
uns mitten im Krieg. Der Papst hat ihn erklärt.«
Pierre, der am Schluß des kleinen Zuges ritt, kam nach vorn. »Herrin,
glaubt Ihr, daß wir verfolgt werden könnten? Manchmal meine ich,
Hufschlag zu hören. Ich bin nicht ganz sicher.«
»Gottes Barmherzigkeit!« flüsterte Guiraude. »Wir müssen unbedingt
Cessenon erreichen. Glaubst du, daß es viele sind?«
»Nur einer, Madame. Wenn Ihr meint, daß er uns verfolgt: wir werden
schon mit ihm fertig werden.« Pierre klopfte auf sein kurzes Schwert.
Pierres feste Überzeugung beruhigte Guiraude wieder. Er war ein
zuverlässiger Mann. Ymme hatte noch gar nicht bemerkt, daß Pierre
unter dem Umhang bewaffnet war. Sie kannte zwar Améric von Cessenon nicht, aber welcher Mann würde Frau und Tochter ohne Waf-
fenschutz zurücklassen, vor allem dann, wenn er der Frau Aufgaben
übertrug, die nicht gefahrlos waren? Sie hätte es sich denken müssen.
Trotzdem schob sie ihr Messer in Reichweite.
Noch eiliger ritten sie weiter. Jeanne und das Kind waren nach einigen Stunden völlig erschöpft. Sie mußten rasten, aber es wurde ein
unruhiger Schlaf. Ymme erbot sich, Pierre bei der Wache abzulösen,
was er dankbar annahm. Er hatte lange genug mit der jungen Lübeckerin in einem Haus gelebt, um ihren praktischen Verstand zu

schätzen. Von seiner Herrin würde er ein derartiges Angebot nie angenommen haben: sie gehörte zu den adeligen Damen, deren Herz für die Languedoc schlug und deren Waffe ein brillanter Geist war. Ihr Leib brauchte ausreichend Ruhe.

Am frühen Abend des nächsten Tages hatten sie bereits viele Meilen zwischen Saint-Gilles und sich gelegt. Guiraude bestand darauf, Montpellier auf der alten Römerstraße zu umgehen, weil sich die Stadt nicht eindeutig genug auf die Seite der Okzitanier schlug. »Außerdem gehört sie dem Papst!«

Ymme schmunzelte; auch müde war Guiraude noch eine leidenschaftliche Tochter der Languedoc, selbst wenn es nur um eine Stadt ging.

Es war noch hell genug, um den Weg zu erkennen, als sie sich auf einem Pfad seitwärts schlugen, um einen Platz für die Nacht zu suchen. Guiraude war zu Ymmes Erleichterung ruhiger geworden, je weiter sie sich von Saint-Gilles entfernten, und sie freute sich auf eine hoffentlich ungestörte Nachtruhe.

»Achtung, Madame!« gellte plötzlich Pierres Stimme; kurz darauf brachen drei Männer aus dem Gebüsch und stellten sie.

Es waren abgerissene Kerle, deren Blößen trotz der Kälte nur dürftig mit Fell und Wollfetzen bedeckt waren, Räuber der niedrigsten Art, bewaffnet mit Äxten, Keulen und der verbissenen Gefährlichkeit von Leuten, für die es ums nackte Überleben geht.

Pierre sprengte vor, um sich zwischen die Angreifer und die Frauen zu werfen. »Gottverdammter Buschräuber!« brüllte er und schoß mit vorgestrecktem Schwert auf einen Mann von der Statur eines Ochsenschlächters und mit dem Gesicht eines Ochsen los.

»Weißbrotfresser, Arschficker!«

Pierre hörte den Beleidiger; der Ochse war es nicht: der mahlte mit den Zähnen und brachte nur Schaum hervor. Aber er stieß blitzschnell mit seinem Spieß zu, und Pierre entging ihm um Haaresbreite, während er dem Mann eine tiefe Wunde in die Schulter schlug. Als der Ochse zu Boden gegangen war, sah Pierre sich nach seiner Herrin um. Guiraude hatte keine Waffe, aber gegen einen Räuber war ihr Pferd so gut wie ein Morgenstern. Der Angreifer war bereits benommen durch die schlagenden Hufe, die ihn an Kopf und Hals getroffen hatten.

»Wie war das mit dem Arschficker, du gottlose Kröte?« Pierre sprang vom Pferd und stürzte sich auf Guiraudes Gegner. Er hob sein Schwert, um ihn zu erledigen, als ein Stoß des taumelnden Ochsenschlächters ihn aus dem Gleichgewicht brachte. Der Mann hatte Blut verloren und mit ihm einen Teil seiner Reaktionsfähigkeit, aber nicht den Willen zum Gewinnen und seine Muskelkraft. Er packte Pierre am Gewand und schüttelte ihn hin und her, bis er ihn schließlich zu Boden warf und sich über ihn stürzte. Aus Pierre entwich die Luft wie aus einem angestochenen Dudelsackbalg.

Ymme hatte es mit dem dritten Räuber zu tun. Er zerrte sie vom Pferd herunter, während sie nach ihrem Messer griff. Noch bevor sie auf dem Boden aufschlug, erkannte sie die wilde Gier in seinen Augen.

Der Mann schleuderte Ymme den Umhang über Kopf und Arme und warf sich über sie. Sie bekam mit verzweifelter Kraft ihr Messer frei und stieß es ihm blindlings in die Seite, die Schneide nach oben, immer wieder. Er erstickte sie beinahe mit seinen schmierigen Lumpen, die sich über ihren Mund und ihre Nase gelegt hatten.

Sie brauchte lange Zeit, bis sie begriffen hatte, daß er längst tot war. Erst als sie den übel stinkenden Leichnam von sich gewälzt hatte und darunter hervorgekrochen war, sah sie den Pfeil in seinem Rücken.

Etwas wackelig auf den Beinen, blickte Ymme sich um. Pierre lag gurgelnd auf dem Boden und neben ihm der Ochsenschlächter, dem ein Pfeil aus dem Hals ragte. Guiraude hatte ihre Tochter im Arm, die noch auf ihrem kleinen Pferd saß. Aber beide lebten, ebenso wie Jeanne, der gar nichts geschehen war. Pierres erstickte Atemgeräusche gingen in ein gewöhnliches Stöhnen über; er richtete sich auf.

Der Kampf war vorüber, und sie hatten überlebt.

Ymme wankte zu den Frauen hinüber. Dann fielen sie und Guiraude sich in die Arme, während Jeanne vom Pferd glitt, um ihrem Mann aufzuhelfen.

»Wer hat die Männer erschossen?« fragte Ymme.

Guiraude ließ sie los und schüttelte den Kopf. »Jeanne weiß nicht, wer es war. Sie sagt, der Erzengel Gabriel sei auf einem schwarzen Pferd vorübergeflogen und habe Pfeile auf die Sünder abgesandt. Sie will seine feurigen Augen gesehen haben, und an den Hufen des Pferdes hätten Blitze aufgeleuchtet. Eine vernünftige Aussage kannst du von ihr nicht erwarten, sie ist ganz durcheinander.«

»Hat er den dritten auch getötet?«

Guiraude wischte sich Tränen der Erleichterung von den Wangen und deutete zu einer Gruppe Eichen hinüber.»Der liegt dort hinten.« Dann gaben die Beine unter ihr nach.

Aber es waren nur die ausgestandene Angst und der Schock; ihr Kopf arbeitete wieder, und sie blickte Pierre besorgt entgegen, der schwer atmend auf sie zukam, gestützt von seiner Frau. Jeanne verhinderte vernünftigerweise, daß er sprach. Er war von dem Ochsenschlächter gewürgt worden, nicht viel hatte gefehlt, um ihm den Garaus zu machen. Doch lehnte er Ymmes Hilfe ab, die sich um seine Kehle kümmern wollte.

Als Pierre wieder ausreichend Luft bekam, sammelte er die Pferde ein, die in der Nähe weideten. Die Toten zog er hinter ein dichtes Gebüsch und warf die verstreuten Waffen hinterher. Mit drei Pfeilen in der Faust kam er zurück, die er sorgfältig an seinem Packsack befestigte. Schweigend wartete er neben den Pferden, bis Guiraude sich endlich erhob.

Ymme erwartete, daß Pierre eine Grube ausheben würde, schließlich waren diese Menschen auch Christen; sie hätte ihm dabei geholfen. Aber niemand sprach davon. Guiraudes Gesicht war undurchdringlich und entschlossen. Ymme wagte nicht zu fragen.

Der weitere Ritt forderte den Pferden das Äußerste ab. Guiraude blieb an der Spitze und hielt unerbittlich die Geschwindigkeit.

Der kurze Aufenthalt zwischen dem Ende dieses Tages und dem Beginn des nicht enden wollenden Weiterritts am nächsten konnte kaum als Nachtruhe bezeichnet werden. Ymme nahm am Abend des folgenden Tages kaum mehr wahr, daß ihr jemand vom Pferd half und sie in eine Kammer brachte, wo sie in einem weichen Bett in tiefen Schlaf versank.

Tags darauf wachte sie erst gegen Mittag auf und sah aus dem Fenster in einen Hof hinunter, an dessen Mauer Büsche gelb blühten; über ihr schien strahlend die Sonne.

Améric von Cessenon, dem dieses herrschaftliche Haus in seinem Dorf Cessenon gehörte, hatte sich auch hier lange nicht gezeigt. Jedoch hörte man zuweilen von ihm, denn im Herzen der Languedoc waren die Wege kürzer und die Freunde zahlreicher, die Nachrichten befördern konnten.

Ymme, in deren Seele der Anblick der über den Winter aufgelegten Schiffe von Saint-Gilles und der Geruch von Tang, Salzwasser und toten Fischen stets eine Saite in Schwingung versetzt hatten, die sie an zu Hause erinnerte, gewöhnte sich nun an die hügelige Landschaft der Cevennen. Das Dorf lag umgeben von Weinbergen an einem Fluß, und dahinter erstreckten sich endlose Wälder, die bereits von grünem Flaum bedeckt schienen.

Aus dem Fenster ihres Zimmers überblickte Ymme das ganze Dorf, dessen Häuschen regellos über den Hang verteilt waren, den schützenden Berg im Rücken. Die Häuser waren aus dunklem Bruchstein erbaut, ihre Dächer ebenso wie die Mauerumfriedungen gut instand gehalten. In allen Hausgärten blühten die frühen Obstbäume. Wahrscheinlich sind das die Mandelbäume, dachte Ymme versonnen, bei deren Blüte ich nach Osten aufbrechen wollte, zu Volrad, nach Salerno...

Guiraude nahm ihre üblichen Pflichten in Ruhe wieder auf, nachdem sie als erstes dafür gesorgt hatte, daß ihr Mann den Stand der Dinge in seiner Hauptstadt erfuhr. Für ihren Gast hatte sie hier im Stammhaus der Familie weniger Zeit als in Saint-Gilles, obwohl der Haushalt auch ohne sie wie am Schnürchen lief. Ab und zu aber, wenn sie ausreiten mußte, um die Felder zu besichtigen, um sich bei den Abhängigen im Dorf zu zeigen und sie aufzumuntern oder um Absprachen mit Pächtern zu erneuern, nahm sie Ymme mit.

Die Bewohner von Cessenon waren ganz im Gegensatz zu den undurchdringlichen Wäldern offen und freundlich. Ohne Scheu sprachen sie Frau Guiraude auf der Dorfstraße an, zeigten die jüngsten Kinder vor, die sie noch nie gesehen hatte, lachten und scherzten mit ihr.

Und die adelige Dame, die es notfalls mit Äbten und Kreuzzugpredigern aufnahm, schwatzte unbekümmert mit den Dörflern in einem Dialekt, an den sich Ymme erst gewöhnen mußte. Nur wenn sie, ernster, von der großen Politik berichtete, an der wie alle Menschen auch die Dorfbewohner teilhatten, benutzte sie die Hochsprache.

Dennoch blieb Ymme viel Zeit zum Nachdenken, wenn sie mit Guiraudes Tochter gespielt hatte, bis diese müde wurde. Sie dachte immer öfter an ihren versäumten Aufbruch in die Lombardei wie an eine schuldhafte Handlung. Aber dann machte sie sich klar, daß ihr kein anderer Weg möglich gewesen war, und fing an, sich selbst Aufgaben zu suchen. Der Frühling kam ihr entgegen; sie erbat sich die Erlaubnis, sich um das vernachlässigte kleine Kräutergärtchen am Fuße der Nordmauer kümmern zu dürfen. Die Ordnung des Gärtchens war ihr vertraut. Auch wenn Guiraude nicht sagen konnte, wer es angelegt hatte, weil es schon vorhanden gewesen war, als sie hierherkam, konnte sie in den Pflanzen die Vorschriften des »Capitulare de villis et curtis imperialibus« erkennen, nach denen die Benediktinerinnen in Preetz, genau wie alle anderen Mönche und Nonnen der christlichen Welt, ihre Heilpflanzen zogen. Die stacheligen Rosenbüsche, deren noch zarte Triebe bereits dicht belaubt waren, mußten dringend hochgebunden werden. Ein Nagel weit oben in der Mauer bewies sogar, daß man es früher getan hatte. Und die Triebspitzen davor gehörten gewiß einer weißen Lilie.

Ymme ging mit Feuereifer an die Arbeit, jätete und düngte, ließ dunkle, fruchtbare Erde von einem Bauern anfahren, pflanzte um und ein. Was ihr unbekannt war, ließ sie in Ruhe, denn sie war sich im klaren, daß das warme südliche Klima andere Pflanzen hervorbringt als das feuchte kalte des Nordens. Zum erstenmal seit ihrer Flucht war sie zufrieden mit sich.

Die Sonne brannte ihr heiß auf den Rücken, als sie eines Morgens von einer ihr unbekannten Stimme angesprochen wurde. Die dunkelhaarige Frau in schwarzer Kleidung sprach leise und bedächtig, und Ymme konnte sie gut verstehen.

»Frau Guiraude hat mich zu Euch geschickt und läßt Euch bitten, mir zu helfen, sofern Ihr könnt und wollt. Ich benötige frischen Ysop. Die Hilfe ist nicht für mich persönlich, sondern für eine kranke Frau, der das Wasser bereits das Herz einengt.«

»Ich will Euch gern helfen«, entgegnete Ymme überrascht, »wie könnte denn Guiraude etwas anderes von mir annehmen! Nur weiß ich leider nicht, wie Ysop aussieht.« Sie sah die Frau forschend an. Eigentlich schien sie selber Heilmittel zu benötigen. Sie konnte kaum älter als Ymme selbst sein und war doch mager und ihre Haut wie durchscheinend.

Die Frau lächelte. »Dasselbe hat Guiraude auch gesagt. Ich wollte Euch jedoch nicht im unklaren lassen, da Ihr gut katholisch seid, wie ich von ihr selber weiß. Wir gelten bei den Priestern und Mönchen als Abtrünnige.«

»Jetzt weiß ich, wer Ihr seid. Ihr müßt dem Glauben des Predigers in

Saint-Gilles anhängen«, rief Ymme, der endlich klar wurde, warum die Frau so zurückhaltend war. Auch unter Améric von Cessenons Dach gab es Gäste, die nichts mit Menschen zu tun haben wollten, die ein apostolisches Wanderleben führten und christliche Armut vorlebten. »Ihr müßt eine Katharerin sein.« Dann nahm sie die zerbrechlich wirkende Besucherin behutsam am Arm und führte sie bis ans Ende des Heilmittelgartens. »Seht selber. Ihr kennt das Kraut besser als ich. Seid Ihr eine heilkundige Frau, eine Ärztin?«

Die Fremde ließ ihren Blick über die jungen Pflanzen schweifen, dann betrachtete sie Ymme prüfend und kam offensichtlich zu dem Schluß, daß sie ihr trauen konnte. »Ihr fragt nicht aus Neugier, das weiß ich. Möchtet Ihr mit mir gehen, um die Anwendung der Kräuter kennenzulernen? Die Herrin Guiraude sagte, dies könnte Euch vielleicht ein wenig mit dem Aufenthalt hier versöhnen.«

Ymme dachte mit Dankbarkeit an Guiraude, die ihr trotz ihrer vielen Pflichten den Weg zu einer heilkundigen Frau geebnet hatte. Der Aufenthalt in diesen Hügeln würde nicht vergeblich sein. Sie stieß einen Seufzer der Erleichterung aus und nickte.

Die Katharerin ließ sich auf die Knie nieder und pflückte vorsichtig junges Grün von einem verholzten und sperrigen kleinen Busch. »Das ist Ysop. Die neuen Blätter haben die größte Heilkraft. Und wenn Ihr soviel Basilikum entbehren könnt, würde ich davon auch gerne zwei Hände voll mitnehmen. Ich werde sie einem Mann geben, der acht Kinder zu ernähren hat und vor lauter Sorge und Arbeit nur noch Haut und Knochen ist; ein dampfendes Basilikumbad wird ihm guttun.«

Ymme hatte den Teppich durchdringend, ein wenig pfeffrig riechender Basilikumblätter von anderen Kräutern befreit und ausgiebig begossen. Sie hatten es ihr gedankt und waren tüchtig gewachsen. Nun freute sie sich, daß sie sie intensiv gepflegt hatte. Ymme sprang auf und ließ sich noch andere ihr unbekannte Kräuter erklären. Die Besucherin, obschon sie es eilig gehabt hatte, nahm sich geduldig die Zeit dazu. Ymme wurde immer eifriger. Aus dem Augenwinkel sah sie, daß Pierre mit einem großen Korb über den Hof ging. Er holte jeden Tag am Waldrand frisches Futter für seine Kaninchen. Als er die Besucherin bemerkte, stockte er, stellte dann seinen Korb ab und kam im Laufschritt herbei wie einer, der einen lange vermißten Menschen wiedersieht.

Pierre, den Ymme nun schon fast ein halbes Jahr kannte und als unerschrockenen Kämpfer kennengelernt hatte, sank vor dem Gast auf die Knie. Mit ehrfürchtigem Gesicht verbeugte er sich mehrmals vor ihr bis auf den Boden und bat:»Schwester, segnet mich. Betet zu Gott für uns Sünder, daß er aus uns gute Christen mache und uns zu einem guten Ende führe.«

Instinktiv faltete auch Ymme die Hände und neigte den Kopf, während die Heilkundige und Ärztin die Hände hob und antwortete: »Diaus vos benesiga; Gott segne dich. Möge Gott aus dir einen guten Christen machen und dich zu einem guten Ende führen.«

»Ich danke Euch, Schwester«, sagte Pierre und eilte beschwingt fort.

Ich habe es nie gemerkt, dachte Ymme und starrte ihm nach. Und doch, als sie erst wenige Tage in Saint-Gilles gelebt hatte, hatte ein Gast am Tisch gesessen, der erst die Tischgenossen und dann das Brot segnete, bevor er es verteilte. Sie war so froh gewesen, in ganz ähnlicher Weise wie bei Frau Cornela aufgenommen worden zu sein; überdies war das Vaterunser in provenzalischer Sprache gesprochen worden ... so hatte sie den Ablauf des Mahls den lokalen Bräuchen zugeschrieben. Nun schien ihr, daß vielleicht der ganze Haushalt den Glaubensinhalten der Vollkommenen folgte. Und ihr Respekt vor der jungen Frau, die nach dem Brauch der Katharer wie ein weiblicher Priester tätig war und als Vollkommene bezeichnet wurde, wuchs.

Ymmes Vermutung wurde am Abend bestätigt, als sie mit Guiraude am flackernden Kaminfeuer zusammensaß. Die Hausherrin las in einem Buch, das sie plötzlich entschlossen auf die Knie sinken ließ.»Ich habe es dir nie gesagt, aber wir verabscheuen hier die katholischen Priester mindestens ebensosehr wie die römische Machtpolitik. Einem Gebildeten müssen irgendwann Zweifel kommen, ob er der Kirche anhängt, weil er es für richtig befindet oder weil sie es für richtig befindet. Und wenn er dann entdeckt, daß er nie das Recht hatte zu wählen, fragt er sich spätestens zu diesem Zeitpunkt, warum dies so ist. Zweifellos wird er als denkender Mensch darauf kommen, daß jeder Mächtige seine Anhänger braucht, hauptsächlich, um diejenigen zu bezwingen, die sich nicht fügen wollen. Und nach mehreren Jahrhunderten harter Arbeit, die die katholische Kirche benötigt hat, um dieses System der Macht und der Unterwerfung anderer aufzubauen, sind ihr Demut und Glaube verlorengegangen. So erklären es uns die Katharer, und ich sehe, daß sie recht haben, Ymme. Die Katharer wollen uns den wahren Glauben wiedergeben, und sie leben uns wahres Christentum vor; wer könnte leugnen, daß ein Vollkommener wie Christus lebt, den sie als ihren frühen Bruder ansehen.« Ymme sah Guiraude aufmerksam an. »Bist du denn eine Katharerin?« »Nein, natürlich nicht«, sagte Guiraude überrascht. »So werden nur die Prediger genannt, die ein wahrlich hartes, entbehrungsreiches Leben führen. Wir anderen sind Christen, einfache Gläubige. Wir glauben unseren Predigern, weil sie wahrhaftig sind und Märtyrer wie die frühen Christen. Wer immer von ihnen aufgestanden ist, um den katholischen Priestern ins Gesicht zu sagen, daß sie über dem Machtanspruch Gott und das apostolische Leben vergessen haben, wurde verbrannt. Aber wir Menschen in der Languedoc sind störrisch. Je mehr die Römischen die wahrhaftige Kirche bekämpfen, desto mehr Menschen strömen ihr zu«, fügte Guiraude leise hinzu. »Du wirst es selber sehen.«

»Dann bist du also nicht böse, wenn ich die Ärztin zu ihren Patienten begleite?«

Guiraude umarmte Ymme. »Ach, ich freue mich, daß du uns nicht ablehnst, jetzt, wo du Bescheid weißt. Du wirst bei Esclarmonde viel lernen...«

Esclarmonde war ganz anders als Guiraude, viel ernster. Sie verfügte über ein umfangreiches medizinisches Wissen, und da sie sich entschlossen hatte, Ymme als Schülerin anzunehmen, war sie darauf bedacht, sie alles zu lehren, was sie selber wußte. Selbst wenn sie von einem Haus zum anderen unterwegs waren, nutzte sie jedes Kraut am Weg und jedes Blatt am Baum, um Ymme zu erklären, wozu es taugte, wie man es zubereiten und in welcher Menge verabreichen mußte. Aber Ymme bekam zuweilen Angst, wenn sie die Intensität von Esclarmondes Leben betrachtete. Als bliebe ihr nicht mehr viel Zeit, dachte sie.

Die Predigerin bewohnte im Dorf ein winziges Haus, das den Cessenons gehörte. Eines Morgens bat Esclarmonde Ymme in ihr Häuschen herein, weil sie noch ein Arzneimittel zubereiten wollte. Beklommen trat Ymme in das dürftig eingerichtete Haus. Esclarmonde hatte den Möbeln als einzigen eigenen Besitz einige Glasgeräte, Reibschalen und Flaschen hinzugefügt, mit deren Hilfe sie Arzneien zubereitete oder aufbewahrte.

Esclarmondes schlanke weiße Hände, die bestimmt nicht die einer

Frau waren, die jemals von grober Handarbeit gelebt hatte, schienen viel zu zart, um Brennesselblätter abzustreifen, Wurzeln auszugraben und Fichtenäste von Nadeln zu befreien. Aber sie setzte sich auf einen dreibeinigen Schemel und begann, wollige Blätter zu zerrupfen. Mit einem flüchtigen Lächeln wies sie Ymme einen Sitzplatz auf einer Tonne zu.

»Das wichtigste«, belehrte sie Ymme, ohne aufzusehen, »ist die Sauberkeit. Bei allem, was Ihr tut. Ob Ihr einen Kranken untersucht, ob Ihr sein Arzneimittel zubereitet oder ob Ihr entbindet.«

Davon hatte Ymme noch nie gehört; Frau Cornela wusch sich immer die Hände, aber sie hatte nie erwähnt, daß es Teil ihrer Behandlung war. Ymme hatte dahinter eher einen jüdischen Brauch vermutet.

»Vor allem aber bei Wunden. Wenn Seife nicht zur Hand ist, nehmt notfalls Wein, schlimmstenfalls Essig. Laßt die Hände für die Länge eines Vaterunsers weichen, und trocknet sie an einem sauberen Tuch ab. Nach der Untersuchung tut dasselbe.«

»Aber...«

»Was den Kranken vor Euch schützt, schützt auch Euch vor dem Kranken. Jeder Stoff enthält das Prinzip des Todes, aber solange der Kranke noch am Leben hängt, darf man ihn nicht an solchen tödlichen Stoffen sterben lassen. Man soll willig sterben dürfen, nicht aus Unachtsamkeit sterben müssen. Wir Ärzte sind deshalb zur absoluten Sauberkeit verpflichtet.« Esclarmonde hatte eine Handvoll zerkleinerter Blätter auf einem frischgewaschenen Tuch aufgehäuft. Der Tisch war alt, rissig und sauber gescheuert, aber die Blätter durften ihn nicht berühren. »Das gilt natürlich auch für Instrumente. Jedes Messer, jedes Spekulum muß geschrubbt werden... Dort, wo Ihr zu Hause seid«, sagte sie und blickte auf, »gibt es viele unserer Pflanzen nicht. Ihr werdet Euch umgewöhnen. Aber nie dürft Ihr Euch an Dreck gewöhnen. Daß unser Leib unvollkommen ist, gibt uns Ärzten kein Recht, bei unseren Handlungen unvollkommen zu sein.«

Ymme nickte. Esclarmonde schien immer unter Druck zu stehen. Sie hatte sich angewöhnt, Esclarmonde nur selten zu unterbrechen. Während sie ihrer Lehrmeisterin zusah, mußte sie an Berthold den Deutschen denken. Er erfüllte das Gebot persönlicher Sauberkeit, als wäre er ebenfalls bei Esclarmonde in der Lehre gewesen. Oder gab es eine Schule, in der diese Lehrmeinung unterrichtet wurde?

»Solltet Ihr feststellen, daß sich Eiter auf einer Wunde bildet, habt Ihr unsauber gearbeitet. In einigen Fällen allerdings ist der Dreck bereits vorher hineingeraten, und nur dann braucht Ihr Euch keine Vorwürfe zu machen.«

Esclarmonde schüttete die Blätter des Königskerzenkrauts in dunklen Wein, gab Fenchelsamen dazu und erhitzte alles zusammen. Während sie darauf wartete, daß es aufkochte, fügte sie streng hinzu:»Manche Ärzte behaupten, Eiter sei nötig für die Heilung. Das ist nicht wahr! Vermutlich waren die Gründer dieser Medizinschule einfach schmutzig und wußten es nicht besser...« Nach dem Abseihen goß Esclarmonde den Sud in eine Flasche, die sie in ihre Tasche packte, wo sich noch andere Arzneimittel auf Vorrat befanden.»Wir wollen dann...«, sagte sie.

Als Esclarmonde mit Ymme an ihrer Seite durchs Dorf ging, neigten die meisten Menschen ehrfurchtsvoll die Köpfe. Kleine Kinder kamen angerannt und baten um ihren Segen, den die Erwachsenen nicht ständig erwarteten, weil sie wußten, daß Esclarmonde nicht nur das Wort Gottes verkündete, sondern auch Kranke tröstete, behandelte und beim Sterben begleitete.

Ymme trat dann achtungsvoll zurück. Häufig war ihr nun schon passiert, daß einfache Bauern von ihr die Predigt begehrten; die Katharer seien meistens zu zweit unterwegs, erklärte ihr Esclarmonde, auch die Bauern wüßten dies.

Der alte Mann, den Esclarmonde besuchen wollte, lebte allein in einer Hütte, zu der ein schmaler Pfad in die Höhe führte. Als die beiden Frauen eintraten, legte er die Hand schützend auf die Brust und versuchte von seinem ärmlichen Lager aufzustehen.

»Bleibt liegen«, sagte Esclarmonde und drückte ihn sanft zurück.»Der elende Leib will nicht mehr, ich weiß. Eure Seele aber ist ewig, und sie wird sich dereinst mit Gott vereinen.«

»Bald«, flüsterte der Mann heiser und angestrengt.

»Bald«, versprach die Ärztin.»Und bald wird Eure Stimme wiederkommen, so daß Ihr mit mir zusammen das Vaterunser sprechen könnt. Ich habe Euch eine Kräutermischung mitgebracht, die Ihr angewärmt den ganzen Tag über trinken sollt.«

»Ja.« Der alte Mann wurde zusehends schwächer.»Ich bitte um das Consolamentum.«

Esclarmondes Gesicht wurde tiefernst.»Bruder, willst du dich Gott und dem Evangelium weihen?«

»Ja, Schwester.«

Esclarmonde mit ihrem durchgeistigten weißen Gesicht schien wie ein Engel zu schweben. Sie befand sich plötzlich am Wasserbottich in der hinteren Zimmerecke, hatte dabei Ymme mit sich gezogen und flüsterte ihr ins Ohr: »Bitte geht für eine Weile hinaus. Dies ist eine feierliche Handlung, bei der nur Gläubige anwesend sein dürfen. Und ich bitte Euch, lauft ins Dorf hinunter und holt einen Catharus. Fragt nur; jeder ist recht. Aber schnell muß es gehen.«

Ymme rannte sofort los, den Rock geschürzt, und kam nach Luft ringend bei den Häusern an. Sie bat den ersten Bauern, der ihr begegnete, um Hilfe. Wenige Minuten später keuchte eine alte Frau herbei, die von zwei jüngeren unter den Armen gepackt und den Berg hinaufgetragen wurde. Mehrere Gläubige, Männer und Frauen, folgten ihnen in stiller Andacht.

Ymme blieb der heiligen Handlung fern. Sie wartete unten im Dorf auf ihre Lehrmeisterin.

Esclarmonde kam nach langer Zeit. Heiter schritt sie auf Ymme zu. »Er hatte einen gnädigen Tod. Er ist als Reiner in seinen Gott eingegangen.«

Ymme nickte beklommen. Sie wußte, daß die Katharer ihren Tod so sehr ersehnen, daß sie bereit sind, Freitod zu begehen. Ihr hatte man beigebracht, selbst der Wunsch dazu sei Sünde. Der Mensch müsse sein Leben nach dem Willen des Schöpfers leben, mit allen Gebrechen, in bitterster Armut, selbst als Sklave...

Es hieß, die oströmischen christlichen Kaiser kauften Sklaven, ließen sie kastrieren wie Schweine und hielten sie als Palastwächter...

Ymme erinnerte sich nicht mehr, ob die christlichen Kirchen sich wegen der Sklaven überworfen und getrennt hatten. Aber konnte es wirklich Gottes Wille sein, einen Menschen einem christlichen Kaiser zum Eigentum zu geben? Zum Verschneiden, zum Töten, damit er für seinen Herrn betrog und mordete? Sie beschloß, Guiraude zu fragen. Ihre Gedanken verwirrten sich über dem wenigen, was sie darüber gehört hatte. Nichts davon konnte stimmen.

Esclarmonde war durch den Tod des Alten nicht bedrückt, im Gegenteil, sie war so gelöst, daß Ymme es wagte, ihr die Frage zu stellen, die ihr schon lange am Herzen lag. »Habt Ihr in Salerno die Medizin studiert?«

»Eine seltsame Frage.« Esclarmonde schritt auf dem vermoosten

Waldboden weit aus und hob kaum einmal die Augen, um nicht versehentlich auf ein Tier zu treten, genausowenig wie sie jemals ein Tier für ihre Bedürfnisse schlachten lassen würde. Sie war darin so kompromißlos wie alle Katharer.

»Warum, Frau Esclarmonde?« Ymme war überrascht. Sie hatte gelernt, Salerno sei die wichtigste aller abendländischen Schulen.

Die Lehrmeisterin drehte sich und erwartete Ymme, die sich ebenfalls bemühte, nicht auf Schnecken und Käfer zu treten, dabei aber nur langsam vorankam. »Sie ist abwegig. Ihr würdet mich auch niemals fragen, ob ich Oliven aus Lübeck beziehe.«

»Nein«, sagte Ymme verwundert, »dort gibt es ja keine; höchstens wenn ein Kaufmann sie einführt, der sie schon kennt...«

»Eben. So verhält es sich mit der Wissenschaft von Salerno auch.«

Betroffen stieg Ymme den Waldpfad weiter in die Höhe. Sie schnaufte, sie war das Wandern in Bergwäldern kaum noch gewöhnt. Esclarmonde lief in leichten Lederschuhen vor ihr her. »Dann müßt Ihr ja der Meinung sein, daß es irgendwo einen Ort gibt, wo all das entsteht, was die Händler an Wissenschaft in Salerno einführen...«

»Das ist richtig.« Esclarmonde drehte sich um, und Ymme sah sie zum erstenmal richtig lächeln, weder aus Glaubenseifer noch aus Liebe zu Gott, sondern aus herzlicher weltlicher Freude. Die Predigerin war hinter ihrer ernsten Miene auch eine fröhliche junge Frau; aber nur selten ließ sie ihren Frohsinn durchblicken, und auch jetzt ging der Moment ebenso schnell vorüber, wie er gekommen war. »Die Wissenschaft der Mönche vom Monte Cassino ist aufgekocht, gefiltert und in Wasser gelöst – sie ist nicht die Weisheit der Alten.«

»Aber Ihr macht dasselbe mit Euren Pflanzen«, argumentierte Ymme, »und Ihr erhaltet daraus die konzentrierten Wirkstoffe, die Essenz der Pflanze, ihre Seele...«

»Die Mönche auch«, sagte Esclarmonde mit Nachdruck, »aber sie behalten die Nußschale voll Konzentrat für sich. Ihren Schülern verabreichen sie den Wasserdampf...«

Ymme, die in den Baumkronen die Vögel zwitschern hörte, in den Lichtungen breite Sonnenbahnen auf blühenden Holunder fallen und davor ihre Lehrmeisterin sah, die wiederum den von Geschöpfen Gottes wimmelnden Waldboden betrachtete wie einen Gegenstand, der sie zu Sünde verleiten wollte, biß sich auf die Lippen und sagte nichts. Die Katharer waren von Geist durchdrungen, und sie sehnten sich nach dem Licht. Aber dort, wo es leuchtete, wollten sie es manchmal nicht wahrhaben.

Erst als sie nach einer Weile schweigend auf der Kuppe angekommen waren und der Weg sich zum nächsten Dorf hinunterschlängelte, war Ymme mit einer Ansicht, die derjenigen ihrer geliebten Frau Cornela genau entgegengesetzt war, soweit versöhnt, daß sie auch den Rest hören wollte.

Esclarmonde schien Ymmes Vorbehalte geahnt zu haben. Sie sah sie mit gerunzelter Stirn an und begann dann innerlich zu glühen. »In al-Andalus ist die wahre Wissenschaft zu Hause. Dort wurde das Beste, das Denker und Forscher in Indien, Griechenland, Arabien und Persien jemals zustande gebracht haben, zusammengetragen und in Schriftrollen aufbewahrt. Iberer, Phönizier, Goten, Juden, Griechen, Araber, Berber haben es überdacht und für wahr befunden, neue Erkenntnisse hinzugefügt und so ein unendlich großes Universum des Wissens gebaut. Wäre nach meiner Religion«, fügte sie mit einem Seufzer hinzu, »nicht alles Irdische nichtig, wäre ich dort, wo das Zentrum der Welt ist.«

Sie wandte sich um und begann mit dem Abstieg, während Ymme auf dem feuchten Boden hinterherschlitterte. Sie war fasziniert und beunruhigt zugleich. Als sie im Dorf ankamen, hatte sie für sich den Schluß gezogen, daß Salerno das bittere grüne Fleisch der Walnüsse bieten mochte – der nahrhafte, wohlschmeckende Kern aber steckte unter der harten Schale und war dort nicht zu haben. Wie sollte sie jemals an ihn herankommen?

Über den Pflichten, die nun auch sie schon zu übernehmen hatte, verlor sie die Frage, wo die Ärztin denn nun wirklich studiert hatte, aus den Augen. Während Esclarmonde von Gott sprach, untersuchte Ymme die kleinen Kinder auf Läuse, rieb das absterbende Fleisch der Bettlägerigen mit Johanniskrautöl ein, legte den Gichtigen Tannen-Salbei-Brei auf die schmerzenden Gelenke und gab den Blöden Rosenpulver zum Einatmen auf den Handrücken. Als sie sich wieder auf den Weg machen wollten, rannte ein junges Mädchen über die Dorfstraße auf sie zu und bat sie mitzukommen.

Esclarmonde lächelte flüchtig. »Manchmal dauert es eine Weile, bis die Menschen sich darüber klar sind, ob sie sich krank fühlen. Oft werde ich sogar zurückgeholt, wenn ich schon auf dem Heimweg bin.«

Aber dieses Mal war es kein kranker Mensch.

Der Patient lag auf Stroh und grunzte. »Wir waren so dankbar«, schluchzte das Mädchen, »daß sie so viele Ferkel bekommen hat, und alle sind quicklebendig. Aber nun müssen wir um das Leben unseres Mutterschweins fürchten.«

Während Ymme erschrocken das stete Blutrinnsal beobachtete, das aus den aufgequollenen schwarzen Schamlippen der Sau lief und im Stroh versickerte, kniete Esclarmonde nieder. »Wasser und Seife«, befahl sie knapp. Und obwohl das Leben aus dem Schwein auszuströmen schien, die Haut bleicher wurde und die Ohren blau, wusch sie sich so sorgfältig wie bei der Entbindung einer Frau. Dann tastete sie die fleischigen Teile der Geburtswege der Sau so weit ab, daß ihr ganzer Unterarm verschwand.

Ymme war erstaunter als die Besitzerin des Schweins.

Endlich erhob sich Esclarmonde. »Ich kann keine Verletzung feststellen. Ich werde versuchen, die Blutung zu stillen.« Während sie sich säuberte, ließ sie Ymme ein schwarzes Pulver aus einem Holzkästchen in ein wenig Wasser auflösen. Die Sau mahlte noch mit den Zähnen und kaute Schaum, dennoch gelang es Esclarmonde, ihr den Heiltrank ins Maul zu befördern. Das Tier schien Durst zu haben. Danach blieb ihnen nur übrig zu warten.

Ymme konnte nicht abwarten. Tiere starben, wenn ihre Zeit gekommen war. Dennoch hatte sie geahnt, daß es auch kranke Tiere gab und daß sie gesunden oder sterben konnten wie ein Mensch. »Behandelt Ihr alle Tiere? Und haben sie dieselben Krankheiten wie Menschen?«

Esclarmonde schüttelte den Kopf. »Sicher nicht. Manches entzieht sich unserem Wissen, eigentlich fast alles. Finnigkeit behandle ich nie; ich weiß nicht einmal, ob es eine Krankheit ist. Aber was Geburten betrifft, so sind sie bei Frauen, Pferden und Schweinen gleich.«

Ymme schaute sie verwundert an.

»Doch«, beharrte Esclarmonde. »Vergeßt nicht, daß die irdischen Bestandteile von Stute, Sau und Frau dieselben sind: Urschlamm. Und Luzifer hat über alle von ihm geschaffene Materie dasselbe Leid ausgeschüttet: Schmerzen, Traurigkeit, Sünde. Solange ich auf der Erde bin, versuche ich dieses Leid zu mindern. Sagt mir einen vernünftigen Grund, warum ich ein Schwein anders als einen Menschen behandeln sollte!«

Wenn Ymme ehrlich war, konnte sie keinen Grund nennen. Und doch kam ihr Esclarmondes Begründung anmaßend vor.

Esclarmonde war aufgestanden und hatte begonnen, die Blutspuren an den Hinterbacken der Sau mit einem feuchten Lappen abzuwaschen. Die Haut war prall und stellenweise schwarz, aber an den hell gebliebenen Partien nicht mehr ungesund bleich. Das Blutrinnsal war in einem dicken Tropfen erstarrt. Als die Ferkel quiekend nach den Zitzen suchten, hob die Muttersau den Kopf und betrachtete ihre Kinder. Das Leben schien in sie zurückzukehren.

»Ein guter Wurf«, sagte Esclarmonde anerkennend. »Beim nächsten Mal bekommt sie noch zwei Ferkel mehr, du wirst sehen.«

Die junge Bäuerin strahlte und warf sich vor der Ärztin, Tierärztin und Katharerin ins Stroh. »Schwester, segnet mich«, flüsterte sie ehrfürchtig.

Kaum waren sie wieder auf dem Weg, bestürmte Ymme Esclarmonde, ihr das Pulver und seine Anwendung zu erklären.

Esclarmonde holte tief Atem, dann schüttelte sie den Kopf. »Es geht nicht. Das Mittel ist tödlich und lebensrettend zugleich und darf nur durch eine erfahrene Hand verabreicht werden. Es tut mir leid.«

Ymme wußte, daß Esclarmonde recht hatte. Um so mehr ärgerte sie sich.

Einige Wochen später stürmten spätabends mehrere Reiter auf schäumenden, todmüden Pferden in der Hof. »Mein Mann«, rief Guiraude und strahlte vor Glück und Erleichterung, als sie vom Fenster hinunterblickte.

Die Männer mit den staubverkrusteten Gesichtern und den ausgedörrten Lippen waren seit dem Morgengrauen in scharfem Galopp unterwegs. Sie hatten sich nur Zeit genommen, die Pferde zu tränken, aber sie selbst waren ausgehungert und durstig.

Guiraude war innerlich erregt, noch bevor Ymme gemerkt hatte, daß ein besonderes Ereignis die Ritter hierhergeführt hatte. Trotzdem geduldete sich die Hausherrin mit ihren Fragen und sah schweigend zu, wie die Vorsteherin des Haushalts mit knappen Anordnungen Wein, Lammfleisch und Gemüse in Mengen auftragen ließ und ein Bad für jeden Mann anordnete.

Die Ritter machten sich heißhungrig über das Essen her. In diesem sonst so kultivierten Haushalt war derartiges Schlingen gewiß nicht üblich. Ymme, die den Hausherrn und die sechs anderen Ritter verstohlen beobachtete, schloß daraus, daß die Männer seit Tagen nichts Ordentliches mehr in den Magen bekommen hatten.

Améric von Cessenon überragte die meisten seiner Gefolgsleute um einen Kopf; mit seinen breiten Schultern und dem rötlichen Haar und Bart hätte er Ymme auch zu Hause begegnen können. Hier wirkte er ganz ungewöhnlich.

Als die Ritter den ersten Hunger und Durst gestillt hatten, verschwanden sie, um sich zu waschen und umzuziehen. Währenddessen wurde im großen Saal abgeräumt und erneut gedeckt – jetzt etwas kultivierter mit weißer Tischdecke und gläsernen Weinpokalen.

»Wenn sie wie Wölfe über das Haus herfallen, werden sie auch wie Wölfe abgefertigt«, sagte Guiraude leise zu Ymme, während sie sie beiseite zog, damit sie den rennenden Mägden und Knechten nicht im Wege waren. »Wenn sie als Ritter zurückkehren, werden sie auch als solche speisen.« Aber in Gedanken schien sie ganz abwesend zu sein.

»Ist etwas geschehen?« wollte Ymme wissen.

»Graf Raymond von Toulouse hat aufgegeben. Näheres weiß ich nicht.«

Wenig später kam Améric im bequemen Hausgewand zurück, mit feuchten Haaren und noch dampfender Haut. Améric nickte seinem Gast kurz, aber nicht unhöflich zu und fing dann sofort an, seiner Frau zu berichten, was geschehen war. »Die Banden des Papstes marschieren«, sagte er. »Voran der Legat Arnold Almaric, Abt von Citeaux, persönlicher Feind des Grafen. Raymond bekam Angst um seine Städte und die Bevölkerung...« Er seufzte tief. »Wer will es ihm übelnehmen, wenn man diese religiösen Fanatiker sieht? Und wir haben sie gesehen. Jedenfalls hat der Graf sich dem Papst unterworfen und um Ablösung des Legaten gebeten, um das Schlimmste für die Menschen abzuwenden... Wir, das heißt der Vicomte und ich, haben bis zuletzt versucht, ihn davon abzuhalten.

Ymme lauschte seiner tiefen Stimme und gab sich Mühe, den schnell gesprochenen Worten zu folgen.

»Der Graf ist ein kluger Mann. Wäre denn nicht zu hoffen«, fragte Guiraude, während Verstand und Gefühl in ihr miteinander stritten und endlich das Mitleid mit der Bevölkerung die Oberhand gewann, »daß der Papst den Kreuzzug als erfolgreich ansieht und die Truppen zurückzieht?«

So hatte auch Ymme ihn nach der kurzen Begegnung eingeschätzt. Im stillen stimmte sie Guiraude zu.

»Das alles«, sagte Améric mit rauher Stimme, »ist vor acht Wochen geschehen. Als Vorbedingung für die Absolution hat der Graf seither dem Papst und dem neuen Legaten seine bedingungslose Unterwerfung geschworen, seine sieben stärksten Schlösser als Pfand übergeben und sich im voraus einem Urteil gefügt, das der Legat in fünfzehn Klagepunkten über ihn fällen wird.«

Auf Guiraudes Gesicht stand das Entsetzen.

»Vor vierzehn Tagen hat der Graf vor der Kathedrale von Saint-Gilles erneut geschworen, der Kirche zu dienen, die Ketzerei auszurotten, alle Juden aus ihren Ämtern zu entlassen und selbst am Kreuzzug teilzunehmen.« Améric ballte die Fäuste und war augenscheinlich fast am Ende seiner Beherrschung. »Und dann wurde unser aller Graf, Raymond VI. von Toulouse, der seine Ahnen bis zurück zu Hursio, dem Gotenfürsten, zurückverfolgen kann, mit nacktem Oberkörper und einem Strick um den Hals vom Legaten vor den Altar geführt und ausgepeitscht...«

»Hoffentlich hat der Papst ein Gefühl dafür, daß er den Grafen nun genug erniedrigt hat«, sprach Guiraude zitternd.

Améric schüttelte stumm den Kopf und schluckte bewegt. »Nein, er hat überhaupt kein Gefühl. Der Graf und seine Seele interessieren ihn gar nicht. Unser Land will er haben. Vor zehn Tagen ist das Hauptheer aus Lyon abmarschiert und nun in Montpellier eingetroffen.« Plötzlich sprang er auf und begann wie ein gefangenes Tier im Kreis herumzulaufen. »Der Vicomte«, sagte er stockend. »Unser Vicomte. Er suchte den Legaten auf und bat ebenfalls um Frieden.«

Fassungslos folgte Guiraude mit den Augen ihrem Mann.

»Gott, Vater im Himmel«, sagte Améric, fiel auf die Knie und richtete seinen Blick an die Zimmerdecke. »Wie konnte er das tun! Nach alldem! Er hätte es wissen müssen!«

»Was? Was denn noch?« rief Guiraude, die nun tief verängstigt war, und sprang auf.

Améric ließ seine gefalteten Hände abrupt auf die Knie sinken und sah seine Frau aus klugen blauen Augen an. »Gnade würde dem Vicomte nicht mehr erwiesen werden, sagte der Legat. Er möge sich gut verteidigen!« In dem Moment, als die anderen Ritter die Treppe heraufgepoltert kamen, erhob sich Améric und sagte wie beiläufig: »Der

Vicomte hat seine Lehnsleute und Freunde nun in alle Städte, Dörfer und Weiler ausgesandt, um die Bevölkerung zur Verteidigung aufzurufen. Ihr habt die Aufgabe, morgen das ganze Dorf nach Béziers zu führen, Guiraude.«

»Und Ihr?« stammelte Guiraude bleich.

»Wir müssen weiter. Wir müssen uns davon überzeugen, daß auch weit entfernt liegende Dörfer gewarnt werden. Béziers und Carcassonne können nicht alle Menschen aufnehmen, die übrigen müssen sich in den Wäldern verstecken. In aller Frühe brechen wir auf. Bitte sorgt dafür, daß jeder Ritter Wein, Brot und Oliven für drei Tage bekommt. Wenn alles nach Plan verläuft, bin auch ich bald in Béziers.«

»Das wird ein Leben«, sagte ein junger Ritter genießerisch und spitzte die Lippen zu einem imaginären Kuß. »Endlich die schönsten Frauen des Landes auf einem Fleck. Man braucht nur zu wählen!«

Améric warf ihm einen müden Blick zu, und zwei der Ritter lachten laut. Ihre Sorgen waren groß, aber jeder wurde auf andere Weise damit fertig.

Die Ritter konnten sich trotz des gedeckten Tisches kaum mehr aufrecht halten. Die Hausdame ließ ungefragt Felle und Laken nach oben schaffen und den Rittern im großen Saal das Lager bereiten. Améric von Cessenon war der einzige, der ein anderes Bett wählte, und das nahm ihm keiner übel, denn es war absehbar für längere Zeit das letzte Mal, daß er das Lager mit seiner Gattin teilte.

7. Das Schlachten von Béziers

Am Nachmittag sahen die Flüchtlinge aus Cessenon die stark befestigte Stadt Béziers vor sich auf dem Hügel liegen. Guiraude an der Spitze des Zuges von Menschen, Ziegen, Schafen und Hunden trieb unwillkürlich ihr Pferd an. Dem himmlischen Vater sei Dank! Sie hatten es geschafft, vor dem Kreuzfahrerheer einzutreffen. Sie hätte nicht gewußt, was tun, wären sie abgeschnitten worden. Sie ließ sich zurückfallen und hielt nach Ymme Ausschau. Sie wußte, daß Ymme in den letzten Wochen Esclarmondes Wissen um die Heilkunst wie ein Schwamm aufgesogen hatte, und auch jetzt gingen die beiden Seite an Seite.

Ymme, die mittlerweile ihr Leben als Fliehende ertrug wie Regen und Schnee, war wie früher zu Fuß. Ihr treues Maultier war außer mit ihren persönlichen Dingen beladen mit den gebündelten Heilkräutern aus Guiraudes Garten sowie mit Pulvern und Extrakten aus Esclarmondes Kräuterküche.

Während sie sich den aus gelben Steinen errichteten wuchtigen Mauern mit den darüber emporragenden Türmen und Kirchendächern näherten, fiel Ymme erneut ein, was sie so dringend hatte wissen wollen: »Wo habt Ihr denn nun wirklich Eure Heilkenntnisse gelernt, Frau Esclarmonde?«

Eslarmonde lächelte froh.»In Toledo.«

Von dieser Stadt hatte Ymme zwar schon gehört, aber das war auch alles. »Gibt es dort eine Medizinschule?«

»Nein. Mehrere Medizinschulen und ein arabisches Hospital«, sagte Esclarmonde.»Ihr trefft dort jede Glaubensrichtung und viele Sprachen. Mozaraber, Juden, Muslime, Arianer, Adoptionisten, auch Katharer ... Das Durcheinander ist groß, die Duldung und die Neugier auch: es werden jetzt viele Schriften aus der arabischen Sprache übersetzt, und jeden Tag gibt es neue Erkenntnisse. Über allem thront der Erzbischof. Wenn er ebenfalls tolerant ist, wird in seinem Auftrag übersetzt, wenn nicht, dann heimlich. Zum Glück herrscht die Kirche nicht über die Seelen aller Menschen.«

»Und dort dürfen Frauen studieren?« vergewisserte sich Ymme.

»Man muß sich seinen Weg suchen ...«

Das klang eher nach nein als nach ja, fand Ymme, aber jeder Gedanke an den Luxus einer Medizinschule schien überflüssig angesichts der Menschenmassen, die in die Stadt hineinströmten und sich noch unterhalb der Mauern stauten. Vor sich sah sie Guiraude, die halb erleichtert, halb zweifelnd zum Tor blickte.

Dann wandte Guiraude sich um.»Ach Ymme, da bist du ja. Halte dich an mich; meine Verwandten, die uns aufnehmen werden, haben ihr Haus bei der Kathedrale. Sie sind ebenfalls Cessenons, falls wir uns aus den Augen verlieren sollten.«

Esclarmonde hielt Ymme zurück. Sie zögerte, aber unaufhörlich wurden sie dem Tor zugeschoben und konnten jederzeit getrennt werden.

»Ich werde diese Stadt lebend nicht verlassen«, flüsterte sie Ymme frohgemut ins Ohr.»Bitte fragt nicht, hört zu. Ich weiß es einfach. Ich möchte Euch etwas anvertrauen, das Ihr Euer Leben lang bewahren und, wenn Ihr kurz vor dem Tode seid, ebenfalls weitergeben sollt. Ich habe es auf dieselbe Weise bekommen.« Sie holte aus einer Innentasche ihres weiten schwarzen Mantels eine verknitterte Pergamentrolle hervor, die sie Ymme zusteckte.

»Was ist es?«

»Eine Schrift des berühmten Arztes Soranos:›Naturwissenschaftliches über das Gebären‹ heißt sie.«

Während Ymme die Schrift wortlos unter das Gewand auf die Haut schob, überlegte sie fieberhaft, in welchem Zusammenhang der Name Soran gefallen war. Natürlich bei Frau Cornela. Bevor sie Esclarmonde danken konnte, fiel diese ihr ins Wort.

»Dankt mir nicht. Alles ist nichtig. Nicht alles ist Licht. Die Schrift ist in der romanischen Sprache von Toledo geschrieben. Lernt sie verstehen. Und noch etwas: Es tut mir leid, daß ich Euch neulich nicht ausreichend vertraute, um Euch die Anwendung des Pulvers zu erklären. Merkt Euch immerhin den Namen: Es handelt sich um Mutterkorn.«

Esclarmonde blieb zurück, und ihr Kopf tauchte zwischen vielen anderen unter. Sie wollte nicht, daß Ymme ihr folgte. Ymme wußte, daß es eine Art Vermächtnis gewesen war. Und dann begriff sie verspätet, daß Esclarmonde die Muttersau mit Mutterkorn behandelt hatte. Tiere waren nicht anders als Menschen. Frau Cornelas Verdacht war für Esclarmonde schon längst Gewißheit.

Verstört hetzte sie Guiraude hinterher, die schon weit voraus war.

Guiraude war selbst mitten im Getümmel nicht zu übersehen, eine schlanke Frau auf einem großen Fuchs, die vom Pferderücken herab Absprachen mit den Geistlichen bezüglich ihrer Schützlinge traf. Ymme, die sie nach einer Weile eingeholt hatte, fühlte sich irritiert, bis sie endlich merkte, worum es ging: die Dörfler wurden als Flüchtlinge in den Kirchen aufgenommen, nicht als Abtrünnige oder Rechtgläubige. Die schwarzgekleideten katharischen Prediger sammelten sich vor der Kirche. Viele waren es nicht.

Spät am Abend wurden die Tore geschlossen; die Stadt war zum Bersten gefüllt mit Menschen und Tieren. Auf den Straßen flackerten Feuer auf, an denen gekocht wurde. Ymme und Guiraude, die in dem schmalen Steinhaus der Familie Cessenon Unterschlupf gefunden hatten, sahen schweigend auf sie hinunter.

Schon vom Morgengrauen des nächsten Tages an waren die Männer mit der Organisation der Verteidigung beschäftigt. Etliche Ritter mit ihren kriegserfahrenen Abhängigen hatten ihre Landhäuser aufgegeben, weil sie ohnehin nicht verteidigt werden konnten, und waren, bis an die Zähne bewaffnet, in die Stadt gekommen. Sie selber und ihre Pferde waren gepanzert wie für den Kriegsdienst im Heiligen Land. Nach der Inspektion der Wehrtürme und Mauern verbreiteten sie gute Laune. Béziers war aufgrund seiner Lage auf einem Hügel leicht zu verteidigen und konnte dank der Vorräte und der tiefen Brunnen auch einer Belagerung über lange Zeit standhalten.

Die weitaus meisten aber waren Kaufleute, Bauern, Händler und Geistliche oder Gelehrte, die in kleinen Gruppen den Erklärungen und Anweisungen der Ritter lauschten. Die Frauen kochten Essen auf Vorrat und beruhigten die Kinder.

Guiraude hatte nichts dagegen, daß Ymme sich in der Stadt umsah. Das Haus der Cessenons konnte sie nicht verfehlen.

Die Menschen hatten sich inzwischen eingerichtet; eine Art Normalität war entstanden. Man wußte, wo Wasser geholt wurde und wo die Bedürfnisse verrichtet werden konnten. Das größte Übel war die Hitze, und sie bekämpfte man mit aufgespannten Tüchern. Ymme bahnte sich den Weg zur Stadtmauer; sie war hoch und schien unüberwindbar. Für die lachenden Ritter war die Mauer der Schutz gegen die Mächtigen der Welt, aber sie fühlte sich eingesperrt.

Am Tor tat sich etwas. »Der Bischof kommt zurück«, rief man sich dort zu. Die kleine Pforte im Stadttor wurde entriegelt.

Ymme wußte von Guiraude, daß der Bischof mit einer Liste von zweihundert Männer-, Frauen- und Kindernamen zum Legaten geritten war; diese Leute, die er im Verdacht hatte, Katharer zu sein, wollte er um der anderen willen ausliefern. Die Bürger, die allein die Regierung der Stadt stellten, hatten sich geweigert, darauf einzugehen, aber sie hatten ihn nicht daran hindern können, die Stadt zu verlassen.

Eingeklemmt in einer Mauernische, die sonst höchstens Platz für einen Marder bot, sah Ymme den weißhaarigen Bischof vor die Bürger treten. Das also war er.

Sie sah die Männer der Stadt die Köpfe ernst schütteln, sah den Bischof reden und zum Himmel und auf das Feld deuten. Die Bürger waren halsstarrig. Sie wollten keinen Nachbarn ausliefern. Das Heer sollte nur kommen! Schließlich trippelte der Maulesel mit dem Bischof durch das Tor wieder davon.

»Sie sind in Sicht!« brüllten die Wachen auf den Mauern.

Kurze Zeit später riefen die Kirchenglocken die Gläubigen in den Schutz ihrer Mauern, obwohl auch hier das Edikt ausgesprochen war. Ymme blieb, wo sie war.

Während die Sonne im Westen tiefer sank, kauerte Ymme immer noch in der Nische und lauschte wie gelähmt den von der Mauerkrone heruntergebrüllten Beobachtungen der Wachleute: Das ganze Feld vor der Stadt fülle sich mit den Zelten der Armee; an zwei Belagerungsmaschinen werde gleichzeitig gebaut. Ymme wußte nicht, was das war, aber es hörte sich schrecklich an.

Irgendwann entschloß sie sich, zum Haus der Cessenons zurückzukehren. Der Abend war warm und trocken; an einigen niedrig gehaltenen Feuern wurde leise gesungen.

»Der Hahn ist tot, der Hahn ist tot...« An benachbarten Lagerfeuern nahm man das Lied auf, summte mit. Schließlich sangen die Männer, Frauen, Kinder, die Häuser und die Brunnen; und die Wolken tanzten mit der Melodie hinaus aus der Stadt und schütteten sie auf der Ebene über die Kreuzfahrer aus.

Ymme lächelte wehmütig und fühlte gleichzeitig panische Angst.

Das Tor war noch in ihrer Sichtweite, als es aufgeschoben wurde und einige Ritter unter Geschrei auf ihren Pferden hinaussprengten. Ein Ausfall, hieß es, man habe den Legaten ganz in der Nähe gesichtet...

Vielleicht konnte man seiner habhaft werden.

Minuten später begann das Chaos, das während der nächsten Stunden nicht aufhören sollte.

Ymme erreichte mit Mühe das Haus der Cessenons. Sie wurde von den Männern beinahe umgerannt, die die Treppe herunterstürmten. Als die Tür aufflog, wurden die Angstschreie am Tor, die Jubelschreie von Männern und darüber die erneut einsetzenden Kirchenglocken zum Getöse. Blindlings stürzte sie nach oben.

Aus einem winzigen Fenster einer leeren Kammer sah Ymme hinunter auf die Straße an der Kathedrale. Die Menschen warfen weg, was sie in den Händen hatten, liefen der Kirche entgegen, fort vom Tor. Ein Schwarm von Fußvolk mit dem weißen Kreuz auf der Schulter folgte ihnen, vermischt mit Rittern zu Pferde. Sie hieben, stachen und schlugen auf die Flüchtenden ein. Die Brüder Cessenon, die das Haus verteidigen wollten, sanken um, nachdem ihnen ein Reiter im Galopp das Schwert durch die Kehlen gezogen hatte. Schon war er weiter, hinter fünf, sechs fliehenden Frauen mit Kindern her.

Die letzten Sonnenstrahlen fielen auf die Straße, sie ließen das dunkelrote Blut auf den Steinen glänzen. Ymme rührte sich nicht. Später wurde ihr bewußt, daß sie immer noch hinunterstarrte. Die Sonne war noch nicht untergegangen, aber die Leichen häuften sich, während die Männer auf alles einschlugen, was sich jetzt noch bewegte. Die Glocken läuteten.

Im Haus unter Ymmes Kammer war alles still.

Aber draußen klang immer wieder der mörderische Schlachtruf der Katholischen: »Gott will es!«

Das Gemetzel hatte sich in andere Straßen verzogen. Auf der Stufe vor der Kathedrale waren einige Kreuzfahrer stehengeblieben; zwei hieben mit Äxten auf die verschlossene Pforte ein. Zwischen den Leichenbergen näherte sich eine einsame Gestalt in Zisterzienserornat. Sie stand vor der Kirche, als die Türen vollends zersplitterten und der Innenraum, zum Bersten gefüllt mit Menschen, offen vor ihr lag. Der Domherr trat mutig durch die Tür und versperrte mit ausgestreckten Armen den Eingang. Hinter ihm wurden Kreuze emporgereckt und das Tedeum angestimmt. Ymme beugte sich aus dem Fenster. Die Ochsenhaut hatte sie längst zerrissen.

Die Ritter blickten den Zisterzienser erwartungsvoll an. Der Mönch hob mit zorniger Miene den Arm und ließ ihn mit einer schneidenden Bewegung fallen.

»Deus lo vult!«jubelten zwei Ritter und schlugen dem wie das Kreuz Christi stehenden Priester die Arme ab. Über den zuckenden Leib hinweg stürmten sie in die Kirche, andere folgten ihnen. Der Zisterzienser verharrte. Erst als eine rote Lache über die oberste Stufe hinuntertropfte, wich er auf die Straße zurück. Kurz bevor die Ritter ihm mit blutgetränkten Hosen und Wämsern folgten, hörten die Glocken auf zu läuten, und Ymme wußte mit plötzlicher Klarheit, daß nun auch der Glöckner tot war.

Die dröhnende Stille versetzte sie in einen Schock, in dem das Lied des Hahnes zusammen mit den Kirchenglocken in ihren Ohren hallte. Ihr Denken und Fühlen waren Blut, Mord, Sterben; und ihre Erkenntnis, daß Berthold der Deutsche nun neben dem Zisterzienser stand, geschah nicht mit ihrem Willen, und es war ihr auch gleichgültig. Wie unter Zwang stand sie träge auf und stieg unbeholfen zwei Stockwerke tiefer.

Im großen Saal des Obergeschosses waren die Frauen des Haushalts, ihre Kinder bis zum jüngsten Säugling und die Mädchen niedergestreckt worden. Ymme blickte nur flüchtig hinein.

Wie ein Schwertstreich wirkte auf sie die Leiche von Guiraude, die mit ihrem Körper ihre Tochter gedeckt hatte. Ymme mußte über sie hinwegsteigen, und als sie beiden die Augen geschlossen und die Hände gefaltet hatte, wußte sie, daß sie nicht sterben wollte.

Jemand mußte übrigbleiben, um von diesen Morden im Namen Christi zu berichten.

Noch war es draußen hell, und Ymme war noch am Leben. Über den Hinterhof hatte sie einen Ausgang auf eine leere Gasse gefunden und sich dann Meter für Meter weitergetastet. Sie war längst über und über blutig, denn jedesmal, wenn sie von Blut berauschte Kreuzfahrer nahen hörte, grub sie sich zwischen Leichen ein und wartete, als vermeintlich Tote, bis sie vorüber waren.

Lange Zeit hatte sie Glück. In Sichtweite der Stadtmauer verließ es sie.

Diese gespreizten Beine mit dem Würfelmuster an den Strümpfen hatte sie schon einmal gesehen, kurz vor den schrecklichsten Stunden ihres Lebens. Ihre Glieder streckten sich von selbst. Es war alles aus.

»Die kenne ich!« schrie Everard Scharpenberg mit haßerfüllter Stimme. Im Unterschied zum Fußvolk und zu den Raubrittern unter den Siegern, deren trunkenes Grölen von den Totenhäusern widerhallte, war er stocknüchtern. »Der hat der Teufel neun Leben geschenkt. Acht davon hat sie noch…« Mit der Fußspitze trat er Ymme in die Seite und rollte sie herum. Sie schlug die Augen auf und blickte ihn regungslos an.

Er sah anders aus, als sie ihn in Erinnerung hatte. Sein braungebranntes Gesicht täuschte Gesundheit vor, aber er war mager und hielt sich nicht aufrecht. Er konnte sich nicht aufrecht halten, irgend etwas zog seine Bauchmuskeln zusammen.

Widerwillen und unbändige Wut wechselten auf Scharpenbergs Gesicht ab. Er überlegt, was er tun soll, dachte Ymme. Plötzlich hatte sie keine Angst mehr. Der Tod konnte nicht schlimmer sein als das, was er ihr bereits angetan hatte.

Mit der Rückkehr ihrer Denkfähigkeit hörte sie plötzlich, daß er zu ihr sprach, grollend und mühsam beherrscht.

»Weißt du, was du mir angetan hast, Weib? Du hast mich zum Kastraten gemacht, entmannt! Weißt du, was das für einen Mann bedeutet? Nein! Das kannst du nicht… Es gibt bei Frauen nichts Gleichwertiges. Ein paar Kinder mehr oder weniger – was spielt das für eine Rolle? Du aber hast nicht nur meine Männlichkeit zerstört, sondern mein Leben. Die Tempelritter haben mich abgelehnt. Hörst du? Mich abgelehnt! Everard von Scharpenberg, Ritter aus dem Geschlecht der Scharpenbergs. Ich bin es nicht mehr wert, mit dem roten Kreuz auf dem Mantel für Gott zu streiten!« Everard schrie immer lauter. Die letzten Worte gellten in Ymmes Ohren.

»Es stimmt«, sagte Ymme ruhig, »du bist es wirklich nicht wert. Ordensritter morden keine Christen.« Mit plötzlicher Klarheit wußte sie, daß weder Johanniter noch Templer bei den Angreifern gewesen waren.

»Du wirst es büßen! Tausendfach wirst du meine Qualen büßen«, schwor Scharpenberg heiser.

Ymme fuhr der flüchtige Gedanke durch den Kopf, daß jemand leben muß, um tausendfach zu büßen, bevor ein scharfer Schmerz an der Wange ihren Kopf zur Seite riß.

Scharpenberg durchstieß mit der Schwertspitze ihre Wange und beobachtete mit gebleckten Zähnen, wie sie das Fleisch bis zum Auge aufschlitzte.

Ymme lag längst in tiefer Bewußtlosigkeit, als ein gepanzerter Ritter in schwerem Galopp durch die Straße sprengte und vor Scharpenberg durchparierte. Wie dieser hatte er lediglich das kleine Kreuz gewöhnlicher Kreuzfahrer auf seinen Umhang genäht. Aber nicht die Katharer waren seine Feinde. Er hatte nach Everard Scharpenberg gesucht, einem der beiden Männer, die er aus tiefster Seele haßte.

Cornelius verbarg sich mit funkelnden Augen hinter einem Holzstapel. Das Geschrei seiner Freunde im Dorf hatte die Kreuzfahrer längst angekündigt. »Kyrieleis!« hörte er, noch bevor sie um die Ecke gebogen waren.

Zuvorderst schritt ein Mönch mit einem schweren Holzkreuz, gleich dahinter ritt der Mann, von dem alle Welt sprach, auf einem Esel; seine Beine hingen fast bis auf den Boden herab, und er starrte vor Schmutz. Cornelius vergaß seine Vorsicht und kicherte leise.

Kaum war die Hymne beendet, hob der Wanderprediger an, mit den Händen in die Luft und irgendwo in den nahen Odenwald zu weisen, und Cornelius begriff nach einer Weile, daß er vom Reich des Herrn im Himmel und in Jerusalem sprach.

Mittlerweile waren auch die letzten Mitglieder des langen Zuges von Kreuzfahrern angelangt; zu ihm gehörten nicht nur Fußvolk, sondern auch abgerissene Reiter. Alle miteinander sahen sie ärmlich aus, aber der Eselsreiter übertraf sie alle. Er wurde immer lauter und aufgeregter.

»Darum verdienen sie es nicht zu leben inmitten des Volkes, das des Herrn Leib befreien wird«, schrie er. »Sie haben ihn getötet, ermordet haben sie unseren Herrn Jesus Christus.«

»Kyrieleis! An den Baum mit ihnen«, brüllten die Kreuzfahrer.

Sie öffneten ihren Kreis, und Cornelius sah zu seinem Entsetzen, daß sie die beiden Färber, die sein Vater ins Dorf geholt hatte, in ihrer Gewalt hatten. Das Gesicht von Ephraim bar Jekuthiel war schmerzverzerrt, als er, gefesselt zwischen Fuß- und Handgelenken, zu einer Buche geschleift wurde. Sein Sohn Anselm wehrte sich verbissen und brüllte: »Zu Hilfe! Zu Hilfe!«

Berthold der Wanderprediger beobachtete die Pilger, ohne einzugreifen. Es war ein Versuch gewesen, mehr nicht. Aber er war zufriedenstellend verlaufen. Die Männer verhielten sich genauso, wie er es gewollt hatte.

Aus dem Dorf kam keine Hilfe. Nur Anselms Schwester Johanna eilte keuchend herbei.

»Hierher!« zischte Cornelius. Er hatte sie immer gerne gemocht; ein wenig ersetzte sie ihm die tote Mutter, obwohl sie nur zehn Jahre älter war als er. Er

sah die Gefahr, die ihr drohte. Der Vater war mit dem Verwalter in Würzburg, und er war allein auf sich gestellt.

Johanna hörte den Sohn ihres adeligen Herrn nicht. Die Männer warfen das Seil bereits um den untersten Ast. Wo blieb nur der Schutzherr? Sie stürzte durch die Pilger hindurch bis zu dem Mann auf dem Esel und warf sich vor ihm auf die Knie, außer sich vor Sorge und Verzweiflung, Zorn und Hoffnung. »Bitte verschont meinen Vater! Nehmt mich für ihn! Bitte, edler Herr Berthold!«

Die Pilger spuckten demonstrativ auf den Boden. Das Angebot war schäbig. Die Juden waren viele Mark Silber wert. Aber keiner wollte für sie zahlen. Was sollten sie mit einem weiteren Leben, wenn kein Geld da war? Berthold rührte sich nicht.

»Ganz recht, die nehme ich«, knurrte einer der Raubritter zu Pferde, der als einziger gepflegte Kleidung trug, sogar modisch enge Beinkleider in auffälligem Muster.

Ephraim bar Jekuthiel gurgelte vor Entsetzen. Er verstand, was das bedeutete. Cornelius auch. »Hör auf, Everard!« kreischte er mit seiner hellen Jungenstimme. Die Pilger brachen in Lachen aus.

Cornelius flog aus seinem Versteck, an der Kruppe des Pferdes hoch und versuchte, den Mann aus dem Sattel zu zerren. Der Ritter lachte belustigt und hackte mit einer Spore nach ihm. Es machte ihm Spaß zu sehen, wie der kleine Sohn seines ehemaligen Gastgebers vor Zorn in den Zügel biß. Behende war er, das mußte man ihm lassen. Der Kleine unterlief sogar die Hufe seines steigenden Rosses.

Aber kurz danach verstand Everard von Scharpenberg die Welt nicht mehr. Er lag auf dem Boden, das schnaubende Pferd blutete an der Flanke; das Mädchen und der Junge waren fort. Und die Pilger brüllten vor Vergnügen und warfen ihre Hüte in die Luft.

Wutschäumend sprang Everard auf und warf sich auf sein Pferd.

Es dauerte kein Avemaria, bis er den Jungen und das jüdische Mädchen eingeholt hatte.

Mit einem halben Tag Verspätung traf er wieder bei dem Pilgerzug ein. Mit überaus zufriedenem Gesicht.

In stockdunkler Nacht führte ein Ritter, auf dessen schwarzem Mantel das achtspitzige Kreuz im Fackellicht des Tores weiß leuchtete, zwei Pferde zum Tor von Béziers hinaus. Auf dem einen lag ein langgestrecktes Bündel über dem Sattel; das andere war mit Panzerhemd, Helm, Schild und Schwert bepackt.

»Halt, Kamerad«, rief die Wache und trat aus dem Mauerschatten hervor, »keine Beute! Es wird später redlich geteilt, der Legat hat es zugesichert. Wer jetzt plündert, wird aufgehängt!« Dann machte er große Augen und nahm Haltung an. »Verzeihung, edler Ritter. Ich habe Euch nicht erkannt. Trotzdem muß ich Euch kontrollieren. Das ist Vorschrift so.«

Der Soldat hatte nordfranzösisch gesprochen. Der Ritter antwortete ihm ebenso, obwohl er einen deutschen Namen trug. »Ich bin Cornelius von Fischbach, Johanniter der Deutschen Zunge.«

»Ich wußte gar nicht, daß auch Ordensritter dabei sind«, murmelte der Wachmann unsicher.

»Johanniter sind überall, wo es Verletzte gibt, das weißt du wohl, mein Sohn.«

Der Mann schüttelte den Kopf, und die schwarzen Schatten sprangen im Fackellicht gespenstisch zwischen den Steinen der zerstörten Mauer umher. »Hier gibt es nur Tote, mit Verlaub...«

»Wir kümmern uns vor allem um die Gläubigen...«

»Haben wir denn auch Verletzte?« fragte der Torposten ungläubig. »Die Ketzer hatten doch kaum Waffen! Zum Glück!« Er lachte keckernd und trat dann pflichtgemäß neben das Pferd des Ritters. Dieser deckte schweigend das Bündel auf, das sich als ein über dem Sattel hängender schmächtiger junger Mensch erwies. Unter dem schützenden Ordensmantel kam ein dicker Kopfverband zum Vorschein, darunter ein bleiches, bartloses Gesicht, auf dem blonde, struppige Haarsträhnen klebten. »Der dienende Bruder, der sich um mein Pferd und meine Waffen kümmern sollte. Er geriet unter eine stürzende Mauer.«

»Und jetzt kümmert Ihr Euch um ihn, was? Ist gut, bringt ihn raus.« Er machte einen Schritt zurück und gab den Weg für den Ordensritter frei.

Cornelius von Fischbach führte seine Pferde vorsichtig den steilen Weg des Stadthügels hinunter. Mit hochgezogener Oberlippe blickte er über die Ebene, wo zwischen den Zelten die Kochfeuer brannten und die Kreuzfahrer trunken von Wein und Freude lärmten. Er entschied sich für einen Pfad, der zwischen der Stadt und dem Heer irgendwo in die Sümpfe führte. Es war der einzige gangbare Weg. Bevor er losmarschierte, wendete er seinen Umhang.

Als Cornelius sich zwei Stunden später umdrehte, sah er, wie an mehreren Stellen der Stadt zugleich Lichter aufflackerten, die zu Flammen wuchsen und sich bald zu einer einzigen lodernden Fackel vereinten. Béziers brannte.

Erst im Morgengrauen verwandelte sich der Scheiterhaufen des zornigen christlichen Heeres in Glut, deren Schein sich mit dem sanften Glühen der aufgehenden Sonne mischte. Der Ritter wartete geduldig, bis die Reste des Höllenfeuers vom Licht verschluckt wurden.

Das Licht hatte gesiegt.

Unbeirrt und todmüde stapfte er weiter.

Das Licht wird mich wecken, wiederholte Ymme in Gedanken. Wer hat das gesagt? Und wer hatte schon einmal vom Licht gesprochen? Sie hielt die Augen geschlossen. Trotz der zuversichtlichen Stimme hatte sie das Gefühl, daß das Licht sie zerreißen würde. Allein der helle Schimmer auf ihren Augenlidern tat ihr fürchterlich weh.

»Öffnet die Augen, Ymme«, sprach eine männliche Stimme sanft zu ihr. »Ihr seid in Sicherheit.«

Ymme versuchte es, aber es dauerte lange, bis ihre Wangenmuskeln ihr gehorchen wollten.

Über ihr hing eine Laute an der weißgetünchten Wand. Die hölzerne Decke war dunkelbraun, und am Ende des kleinen Zimmers wehte ein heller Vorhang im Wind, der erfrischend zum Fenster hereinblies.

Vorsichtig ließ Ymme die Augen weiterwandern und, als der Schmerz sich nicht wesentlich verstärkte, auch zur Seite.

Dort saß der Arzt aus Saint-Gilles, der hilfsbereite Jude, der Johanniter. Das alles konnte nicht sein. Es mußten Trugbilder sein. Ymme schloß erschöpft wieder die Augen.

»Es gibt jetzt Hühnerbrühe mit Leber und jungen Kastanien«, versprach eine andere Stimme viel später. »Leber nährt, Kastanien machen munter.«

Kastanien wollte Ymme nicht essen, die wurden nur von Schweinen vertragen. »Nein«, sagte sie und schlug die Augen auf, um denjenigen zu sehen, der sie wie ein Schwein behandelte.

Jetzt saß neben dem Arzt der Schwarze Ritter mit einer Schüssel und einem Löffel in der Hand. Die Suppe duftete so gut, daß Ymme von selbst den Mund öffnete, obwohl die Wange unerträglich schmerzte. Keiner sagte ein Wort, bis die Schüssel geleert war.

Der Schwarze Ritter, der heute überhaupt nicht schwarz war, sondern ein blaues Hemd aus Seide zu noch dunkler blauen Hosen trug, half Ymme, sich wieder hinzulegen. »Wir sind hier bei Freunden. Ihr habt ein wenig Ruhe nötig.«

Ymme machte sich keine weiteren Gedanken, und zwei Tage später saß sie im Bett, als der Arzt kam, um ihre Wange zu verbinden. Von nun an schritt ihre Genesung schnell voran. Am Arm des Schwarzen Ritters, der sich ihr als Cornelius von Fischbach vorgestellt hatte, betrat sie Anfang August zum erstenmal den Garten, in dem sie noch nie gewesen war. Der Ritter führte Ymme zu einer steinernen Bank im Schatten.

»Ich bin Euch eine Erklärung schuldig. Fühlt Ihr Euch stark genug, sie anzuhören?«

Ymme nickte. Sie erinnerte sich an Béziers, aber sie wußte nicht, warum sie hier war. Und was ihr Schicksal mit seinem verband.

»Ich will bei den großen Dingen anfangen.« Der Ritter hatte sich nicht zu Ymme gesetzt, sondern wanderte auf dem kleinen, grün beschatteten Plateau oberhalb eines lieblichen Flußtals hin und her.

»Béziers gibt es nicht mehr. Auch Eure Freunde nicht, es tut mir leid. Der Vicomte schätzt, daß rund zwanzigtausend seiner Untertanen umgekommen sind, aber es könnten bis zu sechzigtausend sein, wenn er alle Dörfer mitzählt, die in Frage kommen. Er hat vermutlich selbst die beste Übersicht über seine Besitzungen, aber noch ist er nicht in allen Dörfern gewesen ...«

»Wie viele sind entkommen?«

»Ihr allein, soviel man weiß.«

»Gab es keine Verwundeten?« fragte Ymme leise. »Denen man hätte helfen können?«

»Unzählige. Man hat die Stadt über ihnen angesteckt, damit sie über die Greuel der Päpstlichen nicht berichten können.«

»Außer mir«, sagte Ymme fest.

Ritter Cornelius sah über das Tal hinaus, in dem im sommerlichen Dunst die Weinberge in der Ferne verschwammen, dort, wo in diesem Moment das Kreuzfahrerheer das Land wie eine ägyptische Plage überzog. Er drehte sich abrupt um.»Ist Euch klar, was das bedeutet?«

»Ich wäre möglicherweise in Gefahr. Ist es das, was Ihr meint? Das könnte aber nur der Fall sein, wenn man von mir weiß.«

»Man weiß. Mein Fehler. Ich ließ Everard von Scharpenberg leben. Ich war in Rüstung, er nicht, und darüber hinaus schien er verletzt. Ich brachte es nicht über mich, ihn in dem Zustand zu töten… Aber, wie gesagt, es war ein großer Fehler. Der Wachmann, der mich gutgläubig durch das Tor ließ, wurde bereits hingerichtet. Nun suchen die Spione von Berthold dem Deutschen in der Languedoc nach einem falschen Johanniter und einer echten Katharerin…«

Ymme sah den Ritter ungläubig an und begann dann verkrampft zu lachen.»Manches auf der Welt ist ganz unglaublich! Statt seine Kraft und Zeit an mir zu vergeuden, sollte der Mönch sich lieber um sein Ziel kümmern. Wie kann er sich durch mich ablenken lassen? Wer bin ich – verglichen mit den unzähligen Menschen dieses Landes? Glaubt Ihr nicht auch, daß das eine Form von Dummheit ist?«

»Das Schlimme ist, daß es vielerlei Formen von Dummheit gibt«, sagte Cornelius, setzte sich neben sie und streckte die Beine weit von sich.»Es gibt sogar die Dummheit eines höchst intelligenten Mannes. Sie dient der Befriedigung seiner Eitelkeit und ist nur eine kleine Krümmung auf seinem Weg zum Ziel. Er wird sich dadurch nie abhalten lassen, sein Ziel zu verfolgen; aber es wird ihm ein kleiner Zeitvertreib sein.«

»Ihr sprecht, als ob Ihr wüßtet, welches sein Ziel ist«, stellte Ymme nachdenklich fest.

»Ja«, bestätigte der Ritter.»Mindestens der Heilige Stuhl.«

»Mindestens? Was sollte er sonst noch werden? König? Kaiser?«

Cornelius von Fischbach schüttelte den Kopf.»Gott.«

Sie schwiegen eine lange Zeit. Ymme fühlte tief im Inneren, daß sie nicht jeder für sich, sondern gemeinsam schwiegen, und es machte sie froh.»Ich habe Euch zu danken«, sagte sie schlicht.»Ich wurde von Euch beschützt; Ihr habt mich gerettet, und es war nicht das erste Mal. Warum?«

Cornelius biß die Zähne fest zusammen und sah sie lange an.

Ymmes Herz schlug wie wild.

»Es war mein Auftrag.«

Ymme senkte die Augen. Sie fühlte sich enttäuscht. Sie war ihm gleichgültig. Er hatte sie nicht gerettet, weil sie ihm etwas bedeutete. Ihr war es plötzlich gleichgültig, daß die Antwort des Ritters mehr Fragen aufwarf, als sie geklärt hatte.

»Sobald Ihr Euch kräftig genug fühlt, müssen wir weiter«, sagte der Schwarze Ritter. »Euer Maultier mußte ich leider zurücklassen. Ich hatte das Pferd eines dienenden Bruders mitzunehmen, aber es ist nicht schlecht.«

Ymme befühlte ihre rechte Wange. Die Wunde war verschlossen und eiterte nicht. Wenn sie Glück hatte, würde die Narbe nicht sehr auffällig werden. Noch war sie rot und am Rand wulstig, aber der Arzt war sehr zuversichtlich gewesen.

In diesem Moment kam der Arzt mit schnellen, leisen Schritten den Gartenweg herab. Seine Besorgnis galt seiner Patientin, aber auch seinem Freund Cornelius.

Cornelius betrachtete das Land mit Sehnsucht und Wehmut, auch Liebe lag in seinem Blick. Der Arzt stellte sich still neben ihn. »Wenn wir jemals hierher zurückkehren, wird die Languedoc nicht mehr sein, was sie bisher war. Die Päpstlichen werden sie kahl fressen, fürchte ich, und den Rest werden sie unter sich aufteilen. Vermutlich wird sie ab sofort dem Joch der Nordfranzosen unterliegen. Die armen Menschen...«

»Sie werden ihre Sprache ablegen, ihre Musik, ihre übrige Kultur – und nach einigen Jahrhunderten werden sie gar nicht mehr wissen, daß sie den Nordfranzosen unendlich überlegen waren. Ihr werdet sehen«, sagte der Arzt.

Cornelius lächelte und stand auf. »So lange hatte ich nicht vor zu leben.«

»Ihr werdet es nicht einmal eine Woche schaffen, wenn wir uns jetzt nicht auf den Weg machen«, bemerkte der Arzt trocken. »Carcassonne ist gefallen, Euer Lehnsherr zusammen mit dreihundert seiner Ritter in der Hand des Legaten, dazu fünfhundert Bürger der Stadt, die ältesten und die jüngsten.«

Der Ritter atmete scharf ein. Je gleichmütiger die Miene seines Freundes, desto schlimmer die Nachrichten. Gegenwärtig sah er so unbewegt aus wie ein Teich in windstiller Vollmondnacht.

»Vierhundert, die nicht abgeschworen haben, hat der Legat verbrennen, fünfzig Geständige zur Strafe aufhängen lassen... Gibt es nichts, wovor ein christlicher Legat zurückscheuen würde? Euren Lehnsherrn hat er übrigens nur durch List in seine Hand bekommen. Hat ihm und den dreihundert Rittern durch Eid geschworen, er ließe sie unbehelligt zur Verhandlung kommen und wieder in die Stadt zurückkehren.«

»Und?«

»Sie wurden sofort gefangengesetzt und Simon de Montfort unterstellt.«

Cornelius seufzte. »Der wird sich erst ihre Ländereien ordnungsgemäß überschreiben lassen, bevor er sie ermordet. Kommt, dann ist jetzt höchste Zeit.«

Ymme verpackte die wenigen Dinge, die ihr noch geblieben waren – ihren Mantel, die Pergamentrolle, das Kleid von Guiraude. Der Hals schnürte sich ihr zusammen, als sie den leichten Seidenstoff zusammenfaltete. Das Hausmädchen, das ihr half, plauderte munter, es hatte keine Angst. Wenn die Kreuzfahrer merken, daß man ein guter Christ ist, lassen sie einen laufen, meinte sie. Ymme wußte es besser. Zwei Stunden später waren sie schon unterwegs.

Sie wandten sich südwärts in Richtung der Berge, die in weiter Ferne in die Höhe ragten. Überall waren Flüchtlinge auf den Straßen; manche flohen aus Angst vor dem sich nähernden Heer, einige hatten die gewaltsame Einnahme ihres Dorfes, die Ermordung von Verwandten, das Töten ihres Viehs und die Verwüstung ihrer Länder bereits hinter sich: sie wußten, wovor sie flohen. Eine Familie aus Carcassonne berichtete Ritter Cornelius Näheres über die Umstände ihrer Flucht: Die Bewohner waren durch die unterirdischen Gänge entkommen, mit Ausnahme der nicht mehr gehfähigen Greise und der schwächeren Säuglinge. Wenn man gewußt hätte, daß der Legat noch nicht einmal die Unmündigen schonen würde, hätte man auch sie mitgeschleppt... Geschont hatte er nur die Wertgegenstände: das Plündern war verboten worden – Häuser, Waren, Vieh, Geldbestände, eben alles von Wert, hatte er im Namen der Kirche in Besitz genommen. Wer von den Kreuzfahrern etwas für sich genommen hatte, war gebannt worden.

An das namenlose Elend hatte Ymme sich gewöhnen müssen, das Elend, das aus Zahlen bestand: hier hundert Menschen als Ketzer verbrannt, dort eine Dorfschaft vernichtet, ein Schloß seinem Besitzer weggenommen, eine Stadt, ein Landstrich... Davon zu hören, wie

Menschen aus Fleisch und Blut, zum Beispiel Großvater Gyot mit der zwei Wochen alten Adelaide im Arm, in einem Keller zurückgelassen werden mußten, war etwas ganz anderes. Ymme konnte es schließlich nicht mehr mit anhören. Sie ließ die Familie mit der still weinenden Mutter bei Ritter und Arzt stehen...

In der Grafschaft Foix herrschte eher Verwirrung als Angst. Der Graf, der vom Legaten beschuldigt wurde, Ketzer zu sein, hatte sich in die Berge zurückgezogen. Er wolle verhandeln, glaubten die Menschen, am besten gleich mit Arnold von Citeaux persönlich. Aber niemand wußte, wo der Graf war.

In seiner Feste Foix, die sie hoch auf dem Berg vor sich liegen sahen, als sie um einen Felsen gebogen waren, sei er jedenfalls nicht. Die Kunde schien zuverlässig, denn in seiner Stadt hielt zur Zeit Pedro von Aragon Hof. Nachdem der Vicomte von Béziers sich unter seinen Schutz gestellt hatte, war er herbeigeeilt und hatte versucht, zwischen diesem und dem Legaten zu vermitteln, der eine in Carcassonne, der andere im Kriegslager vor der Stadt. Der Zisterzienserabt habe den König zuerst als Boten in die Festung geschickt, dann als Spion miß-braucht, hieß es, und der König habe sich endlich auf die Seite seines Lehnsmanns geschlagen und ihm den Rücken gestärkt – mit Worten. Während Carcassonne durch die List des Legaten längst gefallen war, konnte Pedro sich immer noch nicht entschließen, nach Hause zu-rückzukehren...

Als Cornelius den Mann entlassen hatte, den er mit Hilfe einer klei-nen Münze ausgefragt hatte, sagte er nachdenklich: »Pedro ist nicht mutig, aber falsch ist er auch nicht. Wir können es wagen, in die Stadt zu reiten. Ein Bad, Wein und genaue Informationen sind genau das, was wir jetzt brauchen.«

»Kennt Ihr ihn so gut?« fragte der Arzt mit Vorbehalt. Ebenso wie Cornelius hatte er sich – in sicherer Entfernung vom Kreuzfahrerheer und von Béziers – in einen Johanniter verwandelt.

Zwei Johanniter, die eine edle Frau zur Komturei geleiten, damit sie das Lösegeld für ihren in Outremer von Muslimen festgehaltenen Mann bezahlen kann – das sah harmlos genug aus, erklärte Aussehen und Schweigen Ymmes hinreichend. Auf Anweisung von Cornelius ließ sie den blonden Zopf frei hängen, statt ihn aufzustecken. Sie hatte sich daran gewöhnt.

Ritter Cornelius von Fischbach brummelte seine Zustimmung und versuchte, an den Fahnen und Standarten des Zeltlagers unterhalb der Burg zu identifizieren, wer zur Begleitung des Königs gehörte. Zu seiner Enttäuschung kannte er weder die ganzen Löwen noch die halben Stiere oder schwarzen Schwäne.

Demonstrative Friedlichkeit herrschte beiderseits des rauschenden Flüßchens; der König war als Unterhändler und Vermittler im Lande, nicht zur Verteidigung seines vom Glauben abgefallenen Lehnsmannes. Der Posten am Eingang des Zeltlagers trat ihnen nur entgegen, um ihre Namen zu erfahren. Als ihm Ritter Cornelius auf provenzalisch und kastilisch Rede und Antwort stand, winkte er sie mit einladender Geste in den breiten Gang zwischen zwei Reihen von Zelten. Der König war weder im Lager noch in der Stadt, wie sich schnell erwies, sondern auf Jagd und mit ihm die meisten seiner Edlen. Die zurückgebliebenen Knappen und Burschen putzten leichte Kettenhemden und Stiefel, buntgefärbtes Zaumzeug und mit Seidenquasten geschmückte Sättel, schärften Waffen und besserten aus, was sonst überholungsbedürftig war. An langen waagerechten Stangen angebunden, schnaubten zierliche Pferde.

Tiefer im Lager wurden die kleinen spitzen Zelte abgelöst durch große, quaderähnliche Zeltgebäude mit buntem Wimpelfries. Eilige Frauen in schlichter Kleidung mit Wasserkrügen auf dem Kopf oder Mägde, die Felle von den Spuren der vergangenen Nacht befreiten, zeigten hinreichend, daß dies nicht nur ein Männerlager mit den üblichen Huren war, sondern daß die Elite von Aragon außer Geliebten auch Ehefrauen und Kinder mitsamt Bedienung mitgebracht hatte. Cornelius sah sich schweigend und gründlich um.

»Zufrieden — Auge und Ohr des Ordens des heiligen Johannes vom Spital zu Jerusalem?« Die deutsche Stimme, die aus einem weißgebleichten schlichten Zelt ertönte, klang trotz des Spottes gutmütig.

»Guido, seid Ihr es?« rief Cornelius ungläubig und starrte geblendet in die Tiefe des dunklen Zeltes hinein.

»Glaubt Ihr denn, wir überlassen den Johannitern allein das Feld?« Im Eingang stand plötzlich ein Riese in enger Hose und weitem weißem Hemd, das als einzigen Schmuck ein winziges eingesticktes rotes Kreuz über dem Herzen enthielt. Er breitete die Arme aus, als Cornelius auf ihn zutrat, und umarmte ihn herzlich. Zwei Ringe mit großen Steinen blitzten an seiner rechten Hand auf. »Ich freue mich, Euch gesund zu sehen.«

»Ja, warum nicht?« fragte Cornelius und zwinkerte erstaunt mit den Augen. »Für unsereinen gibt es hier nichts zu kämpfen.« »Wahr, wahr«, stimmte Guido der Templer zu und senkte dann die Stimme. »Jedenfalls nicht für unsere Waffenröcke.«

»Ach«, fragte Cornelius harmlos, »meint Ihr wirklich, daß Ordensritter sich gegen die Anweisungen des Großkomturs beteiligen? Mit Rüstung, aber ohne Kreuz? Das kann ich mir nicht denken.« »Von Ordensrittern war nicht die Rede, nur von einem einzigen.« Ritter Guido schien trügerisch sanft, aber Ymme erschrak. Vielleicht hätten sie das Lager besser umgehen sollen. Cornelius schob die Unterlippe vor und betrachtete den Templer nachdenklich. Dieser wies mit einladender Geste auf sein Zelt. »Ich denke, wir sollten hier drinnen weiterreden. Rotes und weißes Kreuz zusammen sind etwas zu auffällig, um unbeobachtet zu bleiben, wenn auch die meisten spanischen Ritter nicht im Lager sind. Für meinen Geschmack gibt es hier sowieso zu viele schwarzweiße Kutten.«

Cornelius sah sich unauffällig um, bevor er Ymme und den Arzt ins Zelt schob. Drinnen erwartete sie eine angenehme Kühle im Vergleich zu draußen. Ein junger Knappe, der die Profeß noch nicht abgelegt hatte, war dabei aufzuräumen; sein Gesicht war so hübsch, daß es viel zu schade schien, um in Outremer zerhackt zu werden, fand Ymme, während sie sich umsah. In einem weiteren, durch einen Vorhang abgetrennten Abteil befanden sich offensichtlich die Vorräte. Der Knappe brachte unaufgefordert Wein und eine große Karaffe Wasser.

Das außen so karge Häuschen war innen so ausgestattet, wie Ymme sich ein muselmanisches Haus vorstellte: mit vielen weichen, bunten Teppichen, einem Scherenhocker und einer geschnitzten Truhe. Ritter Guido wies Ymme den Hocker zu, die Männer setzten sich auf den Boden.

»Die schwarzweißen Kutten sind heutzutage leider in allen Lagern«, sagte Guido, aber seine betrübte Miene täuschte nicht darüber hinweg, daß er sich bereits sehr scharfsinnige Gedanken über die blonde Frau und den Johanniter gemacht hatte. Den Arzt beachtete er nicht weiter. »Oder auch zum Glück – wie man's nimmt. Der Weg von Innozenz zu seinen geliebten Zisterziensern und umgekehrt ist kurz. Wir beide, Bruder, haben einen ungleich weiteren Weg, sogar wenn der Heilige Vater zufällig zwischen uns säße.« Mit frommem Augenaufschlag fuhr Guido fort:»Was Gott verhüten möge! Eine nordländische Katharerin, ein falscher Johanniter, ein verkleideter Jude und ein ungeliebter Templer auf einem Haufen zusammen. Was es nicht alles gibt!« Der Knappe sah seinen Herrn an und verschüttete vor Schreck den Wein auf den Teppich. Guido schüttelte den Kopf.»Ein zukünftiger Templer muß sich an alles gewöhnen«, tadelte er milde,»an die Wahrheit am allermeisten, und sie ist nicht immer die Wahrheit des Papstes.«

»Zu meiner Überraschung«, warf Cornelius ein,»habt Ihr Eure Zunge immer noch. Ich glaube, das liegt daran, daß ein gebildeter Papst sorgsam jeder Kenntnis des Deutschen oder des Griechischen oder des Romanischen...«

»Oder, oder und so weiter aus dem Wege geht. Ja, das mag sein. Aber meine Ordensoberen verstehen mich um so besser. Schließlich schikken sie mich immer weiter weg in der Hoffnung, mich endlich loszuwerden.«

Cornelius grinste schief. Das alles war gar nicht wahr. Guido von Köln war ein geachteter Diplomat und nahm sich viel Freiheit, auch die, freundschaftlich mit Johannitern zu verkehren, obwohl das Verhältnis der beiden Orden zueinander nicht immer das beste war.»Und weiter als ins Herz der Languedoc wollten sie Euch dieses Mal nicht senden?«

»Umgekehrt! Näher wollten sie mich nicht lassen! An der Grenze zu den Katharern sahen sie das Ende der bekannten Welt.«

Cornelius legte den Kopf zur Seite und runzelte die Stirn.»Aber Ihr wolltet gerne?«

»Natürlich wollte ich das! Leider brauchte der Abt von Citeaux keine Zeugen seiner Bekehrungstätigkeit, und meine Oberen wollten auch nicht, daß ich bezeuge, was nicht stattgefunden hat – und das Gegenteil erst recht nicht. Es ist ein Elend! Ich darf die Kontrahenten – ach, was sage ich: die Rechtgläubigen und die Ketzer – nur umkreisen.«

»Und wenn ich Euch erzählte, was Ihr wissen wollt?« Cornelius nagte an seiner Unterlippe.

»Das trifft sich gut«, erwiderte der Templer fröhlich.»Ich wollte Euch nämlich gerade erzählen, was Ihr nicht wissen wollt.«

Ymme sah von einem zum anderen. Die beiden Ordensbrüder waren sich im Wesen irgendwie ähnlich, obwohl sich Cornelius – in wessen

Auftrag? – auf der Flucht befand, Guido dagegen offensichtlich von einem engmaschigen Netz gehalten wurde, das seine persönliche Sicherheit gewährleistete. Und sie schienen sich auf einer Ebene zu verständigen, die jenseits der der übrigen Geistlichkeit lag.

»Was interessiert Euch am meisten?«

»Alles. Aber insbesondere, wer die Verantwortung für die Ermordung der Bewohner von Béziers trägt. Innozenz bedauert brieflich aufs heftigste und wird den Schuldigen unnachsichtig zur Rechenschaft ziehen. Um seinetwillen hoffe ich sehr, daß Ihr nicht jetzt eine Zisterzienserkutte hervorzaubert... Es habe nicht in der Absicht der Kirche gelegen – sagt Innozenz.«

»Wirklich? Dann muß die Verständigung zwischen Zisterziensern und Papst aber sehr plötzlich abgerissen sein. Abt Arnold gab den Befehl zum Stürmen und auch zum Mord an den katholischen Geistlichen in der Kirche – ich hörte es selber...« Cornelius zog die Augenbrauen zu einem einzigen Strich zusammen und ballte die Fäuste zwischen den Knien.

Er ist irgendwo dort unten gewesen, dachte Ymme und wurde bleich. Oder dort oben bei den Glocken. Der Hahn ist tot... Der Legat selbst war es also gewesen, nicht irgendein Mönch, dem die Ereignisse über dem Kopf zusammengeschlagen waren. »Er watete in Blut«, flüsterte sie und schauderte zusammen, »aber er hat zugesehen, bis die Ritter mit dem Abschlachten fertig waren...«

»Und Ihr Ärmste auch«, sagte Guido mitleidig, und Cornelius drückte ihren Arm. Da erst wurde Ymme sich bewußt, daß sie gesprochen hatte.

»Die Ritter wollten wissen, wie sie in der Kathedrale die Rechtgläubigen unter den Abtrünnigen herausfinden sollten. ›Schlagt sie alle tot; der Herr wird die Seinen schon herausfinden‹, sagte der Legat. Ich werde es nie vergessen.«

Guido von Köln blickte erschüttert auf den Boden, bis sich Cornelius wieder gefangen hatte. »Manchmal frage ich mich«, murmelte er, »ob es gerechtfertigt ist, Tausende totzuschlagen, damit zehn übrigbleiben. Warum schlägt man nicht die zehn tot, damit die Tausende ihre Ruhe haben?«

»Ein Gott«, sagte Cornelius heftig, »der aus der Weite des Universums auf uns herabsieht, müßte wirklich in dieser Weise rechnen. Geschaffen hat er sie alle: die Tausende und die zehn. Wie kann jemand behaupten, daß er die zehn lieber hat?«

War Gott wirklich ein Kaufmann? Wer auch immer über Gott sprach, hielt ihn dafür, dachte Ymme, seltsamerweise nur ihr Vater nicht. Vielleicht deshalb, weil er selber einer war.

»Es wird immer so sein«, erklärte plötzlich der kleine Arzt, »solange die Menschen sich anmaßen, mit angeblich göttlichem Maß zu messen. Das Schlimme ist nur, daß das menschliche Maß nicht besser ist.«
»Gott kennt kein Maß«, sagte Guido entschlossen. »Er ist im wahren Sinne maßlos, ohne Ausdehnung, ohne Inhalt, ohne Dimension. Wahrscheinlich ist er sogar nur ein Trugbild, eine Abbildung unser selbst. Ein Mensch, der sich seines Namens bedient, verwendet ihn als Metapher für Macht.«
Der Arzt lächelte. »Eben das meinte ich. Wenn man einen Gottesbegriff durch einen anderen ersetzt, bedeutet es lediglich einen Wechsel in den Machtverhältnissen: von Tammuz und Baal zu Gott und Beelzebub, von Inanna zu Maria ...«
Der Knappe ließ die Kanne fallen und stürzte schreiend hinaus. Guido war wie der Blitz hinter ihm her und zog ihn am Ohrläppchen wieder herein. »Du erledigst deine Arbeit«, sagte er ärgerlich, »und wenn du etwas hörst, was du nicht verstehst, so mußt du immer daran denken, daß du vollgestopft mit Nichtwissen zu mir gekommen bist, aufgebläht durch deine eigene Unkenntnis. Ein bißchen Luft hast du ja schon abgelassen, aber noch nicht meßbar viel. Erst wer viel weiß, hat das Recht, an der richtigen Stelle aufzuschreien; nur wer alles weiß, darf die anderen überbrüllen – und das sind die wenigsten. Du schweige!«
Der Junge schielte an seinem Ritter hinauf, als hätte er es mit dem Teufel persönlich zu tun, und Ymme konnte ihn verstehen. Mußte nicht bei solchen gotteslästerlichen Reden ein fürchterliches Strafgericht über sie alle kommen? Mit zitternden Händen hob der Knappe die Kanne auf und brachte neuen Wein.
Der jüdische Arzt hatte den Zwischenfall mit spöttischem Händeklatschen kommentiert. »Bravo«, sagte er. »Aberglaube, nichts als Aberglaube, bei euch wie bei uns. Und weder christliche noch jüdische Denker, sondern ein Muslim bietet uns allen den Ausweg aus dem Reigen der Machtbesessenen im Namen verschiedener Götter: Ibn Ruschd, den ihr Averroës nennt, macht uns die Welt zum Geschenk, ungeschaffen, ohne Anfang und ohne Ende. Unsere Seelen, entstanden aus einem großen Ganzen, kehren nach unserem

Tod zu diesem Einen zurück. Selbst die schwarze Seele eines römischen Bischofs. Ist das nicht ein beruhigender Gedanke? Uns erwartet keine Strafe, keine Belohnung, keine Hölle, keine Seligkeit. Gott ist nicht Liebe – Gott ist Ewigkeit. Und wir – sind frei!« Der Arzt breitete seine Arme aus und schien sie alle umarmen zu wollen. Das Strahlen seines Gesichts wurde von einem Lachen abgelöst, das zunehmend hohl und schließlich verzweifelt klang.»Wie weit sind wir doch von diesem Idealzustand entfernt«, sagte er unendlich traurig.

»Die christlichen Gelehrten haben noch nicht einmal gemerkt, daß der Koran eine Glaubensrichtung beinhaltet: Kloake aller Häresien nennen ihn manche. Geschweige denn, daß sie soweit wären, die Religionen durch etwas Vernünftigeres abzulösen.«

»Wenn Euch die Zisterzienser hörten, würdet Ihr auf der Stelle als Häretiker verbrannt, Jude oder nicht«, warnte Cornelius von Fischbach.»Kann uns hier wirklich keiner belauschen?«

Guido verzog den Mund.»Ganz sicher nicht«, sagte er sorglos.»Ich lese zwar nur selten Ibn Ruschd, aber die Annehmlichkeiten orientalischen Lebens leiste ich mir oft. Mein Leibwächter läßt mein Zelt nie aus den Augen. Er hat den Vorteil, nahezu unsichtbar und ganz unhörbar zu sein.«

»Ich denke, Ihr seid ein christlicher Ritter.« Ymmes Unmut hatte sich allmählich gestaut wie ein Fluß vor einer Barriere. Guido von Kölns orientalische Lebensart war das letzte Hölzchen, das das Wasser zum Überfließen brachte. Cornelius aber war die eigentliche Ursache ihres Zweifels.

Guido und Cornelius sahen einander an und brachen in Gelächter aus.»Schon«, gab Guido zu.»Aber unser Leben in Outremer ist hart und entbehrungsreich. Vor allem, wenn man angesichts der prachtvollsten Städte in der Steinwüste auf den Angriff wartet. Aber dann, nach dem Kampf...« Er richtete die Augen bewundernd himmelwärts. Als er die Arme kreuzweise über der Brust zusammenschlug und sich im Sitzen vor Ymme verbeugte, blitzten wieder die Ringe auf, aber Ymme sah sie nun als Zeichen der Dekadenz, nicht als persönliche Note.

Cornelius schmunzelte über die schauspielerische Leistung. Dann hielt er es aber für nötig, den Ritter in Ymmes Augen zu rehabilitieren.»Ihr seht selbst, warum Guido von Köln bei seinen Vorgesetzten nicht beliebt ist. Er ist unberechenbar. Aber man soll sich da nicht täuschen lassen. Je komischer er wird, desto gefährlicher ist er. Was er sagen will, ist, daß wir Ordensritter im Kampf für Christus nicht nur den Tod kennenlernen, sondern auch die Kultur der Muslime.«

Ymme rückte empört von ihm ab.

»Doch, sie haben eine«, bekräftigte Guido von Köln behaglich. »Sie haben Musik, Dichtung und Architektur, Ritterlichkeit und Kriegskunst. Abgesehen von Philosophie, Astrologie, Medizin, Rhetorik und Mathematik natürlich. Abgesehen auch von Bädern für jedermann und Behandlung durch spezialisierte Ärzte in spezialisierten Krankenhausabteilungen für jedermann. Möchtet Ihr noch mehr hören?«

Ymme sah ihn eisig an. So viele Menschen hatten im Namen der Kreuzzugsidee sterben müssen. Sie hatte den Kreuzzug gegen die christliche Bevölkerung kennen- und fürchten gelernt. Aber irgendwo hatten die Greueltaten in der Languedoc den Anstrich eines großen Versehens gehabt, einer persönlichen Entgleisung eines bestimmten Zisterzienserabts. Und nun gaben ihr zwei christliche Ritter und ein jüdischer Arzt zu verstehen, daß alles eine große Lüge war.

Gott existierte nicht, und die Vertreter des Gottes, der nicht existierte, waren Barbaren. Der Mensch fand den wahren Sinn des Lebens nicht im christlichen Himmel, sondern auf muslimischem Boden.

In diesem Moment schlüpfte ein schmächtiger Mann mit brauner Haut durch die Zeltöffnung. Er gestikulierte mit beiden Händen und einzelnen Fingern vor Gesicht und Oberkörper, und am Widerhall in Guidos gespannter Miene erkannte Ymme, daß es seine Art zu sprechen war.

Als er fertig war, seufzte Guido und nickte. »Der Zisterziensermönch Berthold, genannt der Deutsche, ist auf dem Weg hierher. Er war es, vor dem ich Euch warnen wollte.«

Cornelius schloß die Augen. Berthold der Deutsche.

»Warum spricht er nicht?« fragte Ymme und starrte dem Araber hinterher, der längst verschwunden war.

Guido zog seine Augenbrauen bis an die Haarwurzeln hoch. »Ihm wurde die Zunge herausgeschnitten. Aber fragt mich nicht, wer das gewesen ist. Euren andauernden Zorn würde ich nicht aushalten. Kommt immerhin hinzu ein Zisterzienser, der heute noch zu ertragen wäre . . .«

8. Der Montségur

Die Tonsur des Mönchs glänzte in der hellen Sonne wie ein Heiligenschein, als er ohne weiteres das Tuch des Zelteingangs beiseite warf und eintrat. »Ihr müßt entschuldigen, Ritter Guido, ich habe erfahren, daß sich hier eine Feindin des Christentums aufhält, der ihr wahrscheinlich gutgläubig auf den Leim gegangen seid.«
Schreckensbleich war Ymme aufgesprungen, aber der Templer war schneller. Seine große Gestalt im weißen Mantel mit dem roten Kreuz – den der Knappe ihm übergeworfen hatte – überragte imponierend den Mönch. »Gott zum Gruß, Bruder Berthold«, sagte er bedächtig. »Es handelt sich sicher um einen Irrtum. Die Dame Ymme Emeken befindet sich auf dem Weg nach Santiago zum heiligen Jacobus und hat sich meinem Schutz anvertraut. An meiner Seite wird sie bis nach Pamplona reisen.«
Cornelius, der, für Ymme sichtbar, halb verborgen hinter Guido stand, blinzelte erstaunt. Er hatte nichts mit Guido verabredet, aber Guido mußte seine Gründe haben. Obwohl der Templer nicht wissen konnte, daß er den Mönch von früher kannte.
Die Augen des Mönchs funkelten. »Das Versehen liegt bei Euch. Die Ketzerin Ymme Emeken wird von den städtischen Behörden Lübecks gesucht wegen eines heimtückischen Anschlags auf einen christlichen Ritter und vom Bischof von Lübeck wegen Komplotts mit einem Feind Christi; sie war auf seiten der Ungläubigen am Tumult in der Frankfurter Judengasse beteiligt und nahm die Fluchthilfe derselben an, statt sich den Behörden zu stellen; in Saint-Gilles hatte sie Anteil an den Schmähreden gegen den Heiligen Vater und den Kardinallegaten Galono; aus Béziers hat sie sich entfernt, statt als Ketzerin die Gnade Gottes oder sein Strafgericht anzunehmen. Sie gehört erwiesenermaßen zum inneren Kreis der Katharer.« Er genoß den Triumph seines umfassenden Wissens über Ymme. Der Templer konnte sie noch nicht lange kennen.
»Bei den Regeln des heiligen Bernhard, die wir beide befolgen, glaubt Ihr wirklich an alle diese Vorwürfe?« fragte Guido erstaunt. »Meßt Ihr da nicht einem jungen Mädchen zuviel Wirkung auf das Christentum bei?«

»Auch der kleine Finger des Teufels ist mit einer Kralle bewehrt!«
Berthold schauderte fromm und schlug das Kreuz, erkannte dann
etwas verspätet, daß dieses Mittel allerdings nur bei wahren Gläubigen
wirkte. »Übrigens«, fuhr er mit funkelnden Augen fort, »seid Ihr als
Templer nicht gerade berufen, Ketzer zu beurteilen. Seit sich der
Heilige Vater selbst genötigt sah, den Orden zur Ordnung zu rufen...«
Guido erlaubte sich ein schmallippiges Lächeln. »Arnold von Citeaux
gab den Wink, und Innozenz drohte. Ich weiß. Aber solange sowohl
der Abt als auch der Papst mehr Geld benötigen, als sie einnehmen,
haben die Templer ein gewichtiges Wort mitzureden. Man rupft nicht
das Huhn, das goldene Eier legen soll.«
»Es beruhigt mich, daß Ihr den Orden selber als fettes Huhn bezeichnet«, sagte der Zisterzienser haßerfüllt. »Wenn es nach mir ginge,
würde ich es schlachten. Es ist zu eigenmächtig, und es ist zu reich.«
»Natürlich! Wenn Ihr Geld braucht, könnt Ihr auch die Juden plündern, nicht wahr? Mancher Bischof hat sie als nie versiegende Geld-
quelle ja schon entdeckt. Und rechtzeitig, bevor es ans Verzinsen geht,
verschwinden die Schuldner auf die von Euch empfohlene und von
Innozenz ausgerufene Kreuzfahrt. Welchen Anteil erhält eigentlich
der Abt von den in den Bistümern eingesparten Zinsen, und wie läßt
sich der Bischof von den dankbaren Bürgern bezahlen?«
Der triefende Hohn des Templers brachte den Mönch auf den Siede-
punkt. Aber er war darin geübt, die Beherrschung nicht zu verlieren,
vor allem wenn er sich ihren Verlust nicht erlauben konnte. Um Zeit
zu gewinnen, schlug er das Kreuz über den Templer und über den
Knappen, der sich vor ihm zu Boden warf. Guido blickte belustigt
nach unten. »Die Geldgeschäfte mögen Euch mehr am Herzen liegen
als mir, das gebe ich zu, aber was Ketzer betrifft – um noch einmal
darauf zurückzukommen –, haben wir die größere Kompetenz, wie
Ihr zugeben werdet. Ich werde also Ymme Emeken mitnehmen und
ein offizielles Verfahren gegen sie einleiten.«
»Ihr nötigt mich«, erwiderte Guido und betrachtete seine gepflegten
Fingernägel der Reihe nach, »meinerseits noch einmal auf das Huhn
zurückzukommen. Kloster Dünamünde in Livland, zu dem Ihr über
Euren Oheim besondere Beziehungen habt, ist mitten in der Planung
seiner Erweiterungsbauten, für Marienstatt wird gerade der Grundstein gelegt, und Arnold selber will auch verschönern, wie man hört.«

Guido sah auf.»Für alles zusammen werden umfangreiche Anleihen bei den Templern nötig. Was meint Ihr selber, welche Karriereaussichten Ihr noch habt, wenn Arnold etwa erführe, daß die Einstellung der Arbeiten an exemplarischen Zisterzienserklöstern Euch zu verdanken ist?«

Der Mönch schwieg lange. Seine Schläfenadern klopften sichtbar. Theoderich von Dünamünde war nicht gerade sein Freund. Er hielt es zu sehr mit den Dänen. Aber es hatte eine Zeit gegeben, da er ihm liebend gern in seinem Amt gefolgt wäre. Auch jetzt noch war das Kloster ein Leckerbissen, den er im Vorübergehen gerne schlucken würde... Aber nicht nur deswegen gab er nach. Der schlaue Templer hatte natürlich völlig recht. Man mußte immer aufpassen, auf welcher Seite der Waage Arnold von Citeaux saß.»Dieses Mal habt Ihr gewonnen«, sagte er mit Eiseskälte.»Aber eines prophezeie ich Euch: So mächtig Ihr jetzt auch scheinen mögt – eines Tages werden die Templer um ihr Leben betteln, während die Zisterzienser immer mächtiger werden. Aus ihren Reihen werden sie Papst um Papst erheben – und einer von ihnen wird die Templer vernichten.«

Während die beiden Männer stumm ihre Kräfte maßen, wurde es draußen im Lager laut. Fanfaren erschollen, Pferde galoppierten heran, und Hunde bellten.

»Die Jagd ist aus«, sagte Guido. Sein Lächeln erreichte die Augen nicht, und weil er dabei den Blick nicht von dem Mönch ließ, vermutete Ymme, daß er noch mehr den Mönch als den König meinte. Dann zog er den Umhang am Hals enger zusammen und trat vor sein Zelt. Ymme und Cornelius folgten ihm, ohne sich um Berthold den Deutschen zu kümmern.

In dem breiten Gang zwischen den Zelten sprengten die aragonesischen Jäger heran und parierten vor einem zierlichen Mann auf einem Schimmel durch. Lachend nahm dieser ihre Glückwünsche entgegen und mit einem eleganten Schwenken seines Baretts den Beifall und die Huldigungen der Damen seines Hofes. Ein Geistlicher eilte herbei und segnete den Bruch an des Königs Kopfbedeckung.

Das Gebell der königlichen Bracken draußen vor dem Lager steigerte sich zum unerträglichen Lärm, der jäh abbrach, als der Hundemeister den Hunden blutiges Gekröse vorwarf.

Ymme sah überwältigt zu. Draußen im Land tobten Mord und Kampf – hier hielt ein König Hof wie im tiefsten Frieden. Mit der unausgesprochenen Frage, ob er das für gerechtfertigt halte, wandte sie sich zu Ritter Cornelius um. Aber der Ritter hatte nur Auge und Ohr für die Pferde und die Dankesrede des Königs an seine Jagdgenossen, danach für einen herbeihetzenden Jungen.

Der atemlose Knappe beugte das Knie vor Guido von Köln, während er ihm einen blutigen Eichenzweig überreichte. »König Pedro von Aragon gibt sich die Ehre, Euch zu einem Essen zur Feier des glücklichen Jagdausgangs einzuladen. Eure Gäste, von denen er gehört hat, sind ihm willkommen.« Er stürzte davon, um weitere Einladungen zu überbringen.

»Was meint Ihr, Guido«, fragte Cornelius breit lächelnd, »läßt sich so viel Badewasser herbeischaffen, daß wir bis zum Abend sauber sind?« Guido klopfte ihm freundschaftlich auf die Schulter. »Für die Dame wohl; aber Ordensritter sind in so viele schmutzige Geschäfte verwikkelt, daß es zweifelhaft ist, ob sie je sauber werden können.«

Der Mönch, unbeeindruckt vom höfischen Prunk, schlängelte sich an ihnen vorbei nach draußen. Bei Guidos Worten schnaubte er höhnisch.

»Das gilt auch für Zisterzienser«, sagte Guido hinter ihm her.

Cornelius wollte den Vorwurf nicht abstreiten, allerdings galt er mehr für Templer als für Johanniter, wie er fand. »Für Pedro wird äußerlicher Glanz reichen«, sagte er diplomatisch.

Ymme, deren Sinne mittlerweile geschärft für alle Gefahrensituationen waren, spürte, daß das Geplänkel der beiden Ordensritter nur oberflächlich war. Sie hatten die gleiche Art, wie ein wildes Tier zu sichern und sich unauffällig zu orientieren, als müßten sie stets einen brauchbaren Fluchtweg bereithalten. Und irgendwie verstanden sie sich wortlos. Ymmes aufkeimende Furcht wurde bestätigt, als sie hörte, wie Cornelius dem Templer zuflüsterte: »Ist Ymme hier in Sicherheit?«

»Im Moment ja«, antwortete Guido, ohne zu zögern.

Ymme hoffte inbrünstig, daß er nicht versäumte, ihr mitzuteilen, wann das nicht mehr der Fall sein würde. Ihr Leben hing vom Wohlwollen zweier Ritter ab, in deren Sog sie ohne ihr Zutun geraten war. Unauffällig betrachtete sie die Männer von der Seite. Guidos schmale Nase und die klugen Augen gaben ihm das Aussehen eines Falken; wahrscheinlich entsprach das seiner Aufgabe im Orden: das Überfliegen eines großen Reviers und die Ausschau nach Beute. Und wenn es ihm paßte, bot er dem Reviernachbarn im Tausch gegen eine abgemagerte Maus einen stattlichen Hasen. Sie verstand nicht, warum er ihr geholfen hatte. Und Cornelius? Bei ihm war sie unsicher. Seine Aufgaben schienen weiter gefächert: auf der einen Seite ritterlicher Kämpfer – auf der anderen Krankenpfleger. Aber das war nicht alles. Er beherrschte mühelos eine erstaunliche Anzahl von Sprachen, und er wechselte die Fronten, wie es ihm gefiel. Wer war er? Und warum war er an ihrer Seite? Bei ihr, der unwichtigsten Person dieses Krieges, nur zufällig hier, während ihm große Aufgaben geradezu vorbestimmt schienen?

Die Chevaliers und Caballeros des Königs gingen auseinander. Man hatte sich für den Abend vorzubereiten. Cornelius drehte sich um. »Nachdenklich, Ymme? Oder müde?«

»Beides«, bekannte Ymme, die sich auch mit einer Ecke zum Schlafen begnügt hätte. Sie fühlte sich hier sicherer als in den Wäldern und Bergen.

Ritter Cornelius nickte verständnisvoll und sah sie dann bedauernd an. »Aber es geht nicht. Ihr reist als Dame in ritterlicher Begleitung, die froh ist, der Unsicherheit eines Landes im Kriegszustand zu entrinnen, um wenigstens ein paar Stunden in der Kultiviertheit des Hofes von Aragon zu verbringen. Denkt daran: Von den Greueln des Krieges wißt Ihr nichts. Ihr seid höchstens in Sorge um Euren Mann in Outremer – wenn Ihr Euch überhaupt äußern müßt.«

Bei seinen Worten verzog Ritter Guido bedenklich das Gesicht.

Bei dem Jagdessen saß Ymme neben Cornelius von Fischbach. Ordensritter brauchten sich nie um ihre Kleidung zu sorgen; sie selbst war froh, daß sie das Seidenkleid gerettet hatte. Beim Ankleiden waren ihr die Tränen gekommen.

Die Damen und Herren aus dem engsten Kreis des Königs sowie einige Senioren des Bürgerrats von Foix feierten in einem großen Zelt inmitten des Lagers. Die Langue d'oc hatte eine für Ymme neue Klangfärbung erhalten, aber sie konnte den Dialekt verstehen. Noch besser allerdings das Latein von Berthold dem Deutschen.

»Sprecht um Gottes willen Latein«, zischte Cornelius ihr ins Ohr, bevor sie einem der spanischen Kavaliere antwortete.

Ymme entschuldigte sich geistesgegenwärtig zuerst für ihre dürftigen Sprachkenntnisse, die zwar zum Verstehen, jedoch nicht zum Sprechen ausreichten. Guido nickte beifällig.

Der König hatte sie mehrmals verstohlen betrachtet, sie hatte es bemerkt. Er war noch nicht sehr alt, vielleicht fünfunddreißig oder vierzig Jahre. Selbstverständlich hatte er seine Frau mitgebracht, aber den Frauen seiner Ritter machte er ungeniert den Hof. Von Gestalt war er das Gegenteil der Ritter Cornelius und Guido, schmal gebaut, mit braunen Haaren und braunem Bart. Ymme konnte ihn sich eher als Troubadour vorstellen als gepanzert auf dem Pferderücken. Sie nippte an ihrem gewürzten Wein. Appetit hatte sie nicht mehr, seitdem sie begriffen hatte, daß der militante Mönch regelrecht Jagd auf sie zu machen schien. Zu ihrem Unbehagen saß er ihr gegenüber.

»Eßt!« flüsterte der Ritter ihr wieder ins Ohr, derart gebieterisch, daß sie rasch zu dem Wildentenschlegel griff, der eine von vielen Vorspeisen war.

In Milch eingelegt und mit sehr viel Ingwer gewürzt, war er für Ymmes Gaumen viel zu scharf. Sie kaute mechanisch. Vielleicht befürchtete Cornelius, daß sie so bald nichts mehr bekommen würden. Da er sie bei den nächsten Gängen unauffällig mit dem Ellenbogen zum Essen nötigte, nahm sie sich auch vom Frischlingsragout im Speckmäntelchen und vom Rehpfeffer. Die Champignonpastete zum Abschluß verweigerte sie mit einem hilflosen Blick in sein anscheinend zufriedenes Gesicht. Sie konnte einfach nicht mehr.

Berthold, der wenig sprach und aß, ließ Ymme nicht aus den Augen. Die ganze Zeit flogen scherzhafte Reden hin und her, man lächelte, trank einander zu, und im Hintergrund zupften zwei Spielleute die Laute. Kein Fremder hätte merken können, daß in der Umgebung der Krieg wütete.

Plötzlich sprang König Pedro auf die Bank, hob seinen bis zum Rand mit fast schwarzem Wein gefüllten Pokal und trank Ymme zu. Mit der anderen Hand riß er sich die rote Samtkappe vom Kopf und rief über die Tafel hinweg: »Doña Iume de Lubicensis! Das Blau des aragonesischen Himmels in Euren Augen und das Gold der aragonesischen Weizenfelder auf Eurem Kopf schließen jede Niedertracht gegen unsere geliebte Jungfrau Maria und ihren Sohn, unseren Herrn Jesus Christus, aus! Ich weiß es! Bedurfte es da wirklich noch eines Beweises, Bruder Berthold? Ich sage nein! Aber: da habt ihr ihn!« Indem der König in großartiger Geste seinen Arm über die Tafel schwenkte, als ob er die Welt meine, rief er dem Mönch triumphierend zu: »Schweinespeck, Wildschwein, Reh und Ente! Man hört, Katharer seien nicht fähig, sich in diesem Punkt zu verstellen . . .«

Jugendlich wie ein Knappe sprang der König von der Bank, lief behende zu Ymmes Platz, die mit Mühe begriffen hatte, daß Doña Iume die spanische Form ihres Namens war, und beugte vor ihr ein Knie. Er überreichte ihr eine Rosenblüte, die fast so dunkel war wie sein Wein.

Ymme wurde über und über rot, dann ahnte sie, was jetzt von ihr erwartet wurde: daß sie aufstand und der Huldigung des Königs dankte; diese galt weniger Ymme als Doña Iume mit dem hellblonden Haar und dem Wesen, das so licht war wie ihre nördliche Heimat finster.

Die Edelleute des Königs klatschten der Szene höflich Beifall. Sie waren seinen Überschwang gewöhnt. Ymme wurden die Knie weich. Sie knickten ganz von selbst ein, und zu ihrem Glück sprang König Pedro nun genauso emphatisch zu den Musikanten und entriß dem einen die Laute.

Während der König ein Liebeslied intonierte, spielte um die Mundwinkel des Mönchs ein höhnisches Lächeln. Ich bin noch nicht fertig mit dir, sagten seine Augen . . . Ymme überlief ein Frösteln.

Am liebsten wäre sie davongelaufen, aber sie mußte ausharren. Als das Gastmahl am frühen Morgen zu Ende war, war sie so erschöpft von der Zurschaustellung alltäglicher Fröhlichkeit, daß Cornelius und Guido sie unterhakten und unter heiterem Geplauder mehr oder weniger zum Zelt des Templers trugen.

Cornelius prustete vor Erleichterung, als sie Ymme sicher im Schutz der vier Wände hatten und er sich auf den Teppich fallen lassen konnte.

»Großartig«, sagte Guido bewundernd und verbeugte sich in höfischer Manier, obwohl Ymme davon wirklich genug hatte. »Einfach großartig, wie Ihr das gemeistert habt. Ich dachte mir doch, daß das Schlitzohr Euch eine Falle stellen will!«

Ymme sah ihn mit vor Müdigkeit und Unverständnis weit aufgerissenen Augen an. »War das alles Absicht?«

Guido lächelte ihr ermutigend zu. »Das kommt darauf an, wie Ihr die Frage meint. Die Einladung selbst kam von Herzen; der König verschenkt das seine zwei dutzendmal am Tag, und so blonde Frauen wie Ihr sind selten wie ein Sieg in Jerusalem. Aber weil er nun durch

167

Berthold auf Euch aufmerksam geworden war, hat er das Spiel natürlich mitgespielt. Ja, man hat Euch ein Turnier mit einem Kleriker aufgenötigt, ohne daß Ihr wußtet, mit welchen Waffen gekämpft wird – sogar ohne daß Ihr überhaupt vom Kampf wußtet. Und ich bin ganz sicher, daß der König heilfroh war, Euch als Siegerin zu sehen. Spanische Männer sind ritterlich. Und in diesem Punkt ist auch der König ein Mann, manchmal sogar vorwiegend.«

Cornelius verschränkte die Arme hinter dem Nacken und rollte sich auf den Rücken.»Nur den Schwur haben sie vergessen. Aber vielleicht kommt der ja noch.«

Ymme runzelte die Stirn. Sie fühlte sich wie eine der Schachfiguren, die die Männer tagelang auf dem Brett hin und her schoben, genauso müde und genauso sinnlos verbraucht.

Guido nickte.»Wenn also«, mahnte er mit einem strengen Blick auf Ymme,»ein Priester jemals verlangen sollte, daß Ihr schwört, tut es! Schwüre werden mehr und mehr zur reinen Demonstration von Gehorsam. Um ihren Inhalt geht es nicht, kümmert Euch gar nicht darum. Schwört bei den heiligen Gebeinen des Absalon von Lübeck oder bei den Splittern des Kreuzes Christi. Die Verweigerung des Schwurs ist für Katholiken der Beweis, daß Ihr Katharerin seid.«

»Gibt es denn einen Absalon von Lübeck?« fragte Ymme im Halbschlaf und gähnte tief.

»Keine Ahnung. Der Euch examiniert, wird es jedenfalls nicht bestreiten.« Guido drehte sich um und winkte dem Knappen, damit er Ymme ins Bett half.

Sie schlief ein mit der Rose unter der hohlen Hand. Irgendwo in ihrem Unterbewußtsein nahm sie noch zur Kenntnis, daß in der Ecke des Zeltes der stumme Araber hockte. Seine Augen waren hellwach, und Ymme hätte laut protestiert, wenn sie geahnt hätte, daß die unscheinbare gedrehte Schnur in seinen Händen sich blitzschnell in ein unfehlbares Mordinstrument verwandeln konnte.

Im Morgengrauen wurde Ymme von Ritter Cornelius geweckt.»Es wird Zeit«, flüsterte er.

Das Lager war noch in tiefer Nachtruhe, als sie leise ihre Pferde am Wachtposten vorbeiführten und dann aufsaßen. Über dem dunstigen, hügeligen Land ging die Sonne auf, während die drei Reiter noch im Dunkeln die dichten Wälder jenseits des Flüßchens von Foix erreichten. Bevor sie in den Wald eintauchten, verharrte Cornelius von

Fischbach einen Moment und blickte nach Osten, wo sich erst Stunden später die Sonne über der Bergkuppe zeigen würde. »Das Licht…«, sagte er andächtig.

Ymme wußte es plötzlich und wunderte sich, daß sie es bisher nicht gemerkt hatte. Cornelius war Katharer.

Als sie am frühen Abend rasteten, kümmerte sich Ymme um die Zubereitung des Fasans, während die Männer das Lager aufschlugen und die Pferde versorgten. Der Arzt tat noch etwas anderes: er stampfte die grünen Schalen von Walnüssen, die er unterwegs gesammelt hatte, zu einem Brei. Ymme sah neugierig zu ihm hin. Cornelius schien unglücklich. Schließlich zuckte er mit den Schultern. »Ymme, Ihr werdet Euer Haar opfern müssen. Und einfärben.«

»Sind wir denn immer noch in Gefahr?« Ymme war so erschrocken, daß sie seine Anweisungen gar nicht in Frage stellte.

»Mehr denn je.« Cornelius' Gesicht umwölkte sich düster. »Berthold der Deutsche hat auf Druck von Guido eingewilligt, Euch laufenzulassen, aber das galt natürlich nur in Sichtweite des Ritters. Vermutlich wird bald jedes Kloster und jede Klause unsere Beschreibung haben. Ihr werdet Euch in einen braunhaarigen jungen Mann verwandeln, der für unsere Pferde sorgt und, wenn nötig, die Langue d'oc fließend und mit dem Akzent der nördlichsten Provence spricht. Und wir müssen so schnell wie möglich über die Berge.«

»Ritter Cornelius«, sagte Ymme und blickte den Ritter fest an. »Tut es Euch nicht leid, aus der Languedoc fortzugehen und Eure Glaubensbrüder zurückzulassen?«

»Glaubensbrüder, Glaubensbrüder… Sie sind es und auch wieder nicht. Alle Menschen sind Glaubensbrüder, dennoch gehe ich ständig irgendwo fort und komme ständig anderswo an. Ymme, was Ihr unter Katharern versteht, weiß ich nicht. Vermutlich weiß überhaupt niemand, was man darunter verstehen soll, denn es gibt zwischen Bibel und Talmud unendlich viele Glaubensausprägungen. Für die römische Kirche zählt alles zu den Katharern oder den Waldensern, was nicht den Papst anerkennt. Für mich selbst?« Er zuckte mit den Schultern, während er die Fasanenfedern bis zum letzten Fläumchen einsammelte. »Ich weiß nicht, was ich bin. Ich denke, nur die Pfaffen brauchen einen Namen für den Glauben an Gott, damit sie ihren Feind definieren können – es mag auch ein anderer sein. Denn so-

lange sie auf den Feind zeigen, müssen sie sich um ihre eigenen Miß-
stände nicht kümmern.« Cornelius lächelte Ymme an und zog die
Augenbrauen in die Höhe.

Sie schüttelte ablehnend den Kopf. »Nein. Das ist mir nicht genug.
Ihr fügt ein Rätsel dem anderen zu. Glaubt Ihr dasselbe wie die Katharer? Seid Ihr Johanniter? Seid Ihr wirklich Mönch?«
Der Arzt sah von seinem Farbstoff auf, der sich inzwischen von einem
grünen Brei in einen braunen Sud verwandelt hatte. Er schien sich
heimlich zu amüsieren. »Ihr entgeht eher den Fragen Eures Präzep-
tors als denen einer interessierten Frau, Cornelius. Ich fürchte, Ihr
werdet Rede und Antwort stehen müssen!«
Cornelius wollte eine heftige Antwort geben, wurde aber von der
wütenden Ymme unterbrochen. Interessiert, hatte er gesagt! Blindlings griff sie nach der nächstbesten Beleidigung, die ihr einfiel – auch
um ihn abzulenken . . . »Ich glaube gar, Ihr seid verheiratet, wenn Ihr
das so genau wißt!«
Zu ihrer Überraschung nickte der Arzt. »Welcher erwachsene Jude
wäre es nicht? Es ist die Natur des Mannes, mit einer Frau zusam-
menzuleben.«
Ymme starrte erst ihn, dann Cornelius mit offenem Mund an.
Ritter Cornelius knurrte leise. Irgendwann hatte es kommen müssen,
aber warum ausgerechnet jetzt? »Nein, ich bin kein Mönch«, sagte er
ruhig. »Die Ritterorden sind keine Spielerei. Jeder, der ihnen beitritt,
muß sich zuerst ernsthaft prüfen, ob er bereit ist, das Leben eines
Mönchs zu führen. Ich habe mich geprüft – und ich war nicht bereit.
Aber die zweite Hälfte meiner Jugend in Sizilien hat mich zur reiferen
Hälfte orientalisch gemacht – und für einen Mann ist die beste Art,
Orient und Okzident zu vereinigen, für den Ritterorden zu leben –
oder zu sterben. Zu meinem Glück haben sich über die Jahre hinweg
die Bedürfnisse des monastischen Ritterordens gewandelt: bei den
Johannitern war es zuerst die Fürsorge für die Pilger im Heiligen
Land, dann kam der Kampf zum Schutz der Pilger hinzu, schließlich
wurde daraus der Kampf um die Stadt Jerusalem. Je mehr sich das
Schwergewicht auf den Krieg verlagerte, desto mehr brauchte der
Orden auch Unterhändler, Beobachter, Dolmetscher, Unparteiische:
solche Männer waren rar. Jetzt gibt es sie, und nun ist er eher eine
Bruderschaft als ein Orden. Anfallende Bedürfnisse werden erfüllt,
ganz gleich, worum es sich handelt: Kinderbettchen für Pilgersäug-

linge oder Vereinbarungen mit Saladin. Zuweilen müssen auch Aufgaben erledigt werden, die sich mit den Gelübden eines Mönchs überhaupt nicht vereinbaren lassen. Kurz: Für bestimmte Aufgaben nehmen sie Spezialisten in ihre Dienste, die bei Bedarf den Mantel tragen...«

Ymme fiel ein Stein vom Herzen. Für sie war längst nicht alles mit einem mönchischen Leben vereinbar, was Cornelius tat. Und nun war er kein Verräter an seinem Orden, sondern ein Ritter im Auftrag des Ordens. Aber um nichts auf der Welt hätte sie ihm ihre Gefühle verraten wollen. »Ist Ritter Guido auch einer von dieser Art?« fragte sie eine Spur zu kühl.

Cornelius ließ sich nicht anmerken, daß er ihr Interesse an Guido zur Kenntnis genommen hatte, aber es ärgerte ihn. »Nicht ganz. Er ist entsprechend seinem Wunsch ordiniert, aber gleichzeitig ein begnadeter Diplomat. Die Templer haben außerhalb des Kriegsdienstes sehr viel Freiheit, noch mehr als wir. Es ist schon in Ordnung, was er tut. Er ist ein treuer Diener seines Ordens und steht auf der Seite der Gläubigen. Ich habe mich immer auf ihn verlassen können.«

In diesem Moment raschelte es neben ihm, und der Ritter fuhr auf. Dann erstarrte er. Vor seinem Gesicht baumelte eine Schlinge.

Das war der Tod.

Ymme schrie auf, und der Arzt hatte plötzlich ein kurzes Schwert in der Hand.

Grinsend entstieg Guidos stummer Diener dem Gebüsch, schlug die Schlinge mit einer raschen Bewegung um sein Armgelenk und holte aus der Tiefe seines mantelartigen Umhangs einen Brief hervor, den er Cornelius aushändigte.

»Gottes Barmherzigkeit«, keuchte Cornelius, »was hast du mich erschreckt!«

»Zu Recht«, sagte der Arzt. »Wir waren sträflich leichtsinnig. Im Ernstfall hättet Ihr nun schon das gedämpfte Licht der Hölle genießen können.«

»Zyniker«, murmelte Cornelius, während er las.

Ymme sank auf einen bemoosten Stein. Ihr Herz klopfte. Sie begriff erst jetzt richtig, wie leicht es war, zwei Männer und eine Frau zu überwältigen, mochten die Männer auch bewaffnet sein. Es kam auf die Art des Feindes an. Nicht alle würden auf gepanzerten Pferden durchs Holz brechen.

Der Ritter faltete das Pergament zusammen. »Auf Guido kann man sich immer noch verlassen. Er schreibt, daß sein sarazenisches Ohr – damit meint er seinen Mann hier – Berthold so ganz zufällig systematisch belauscht hat. Und Berthold hat am Mittag zwei abgerissene Mönche hinter Ymme hergeschickt.« Er blickte hoch. Der Araber machte eine Bewegung quer über seinen Hals und gurgelte tief in der Kehle. »Meuchelmörder also. Guido schlägt vor, daß wir uns in der neuen Festung der Katharer in Sicherheit bringen. Zur Zeit sei auf die Bevölkerung kein unbedingter Verlaß.«

Die pfiffigen Augen des Arabers ruhten auf Cornelius. Als dieser die Festung erwähnte, zeigte er mit dem Daumen auf sich und dann in den Wald.

»Du wirst uns führen, ja.«

Viel Zeit ließ ihnen der Araber nicht. Ungeduldig drängte er vorwärts.

»Wir haben möglicherweise nicht mehr als ein bis zwei Stunden Vorsprung«, bemerkte Cornelius, aber der Mann schüttelte den Kopf.

»Also noch nicht einmal.«

Nachdem sie im unwegsamen Gelände den ganzen Tag nach Osten geritten waren, schlugen sie nun eher südwestliche Richtung ein; ein Pfad führte ins Gebirge, und aus dem frühherbstlich kühlen Wetter des Vorgebirges wurde ein kalter Wind, wie Ymme ihn von zu Hause kannte.

Ymme lief mit gesenktem Kopf neben ihrem Pferd her, einen Schritt hinter dem anderen. Keiner sprach, jeder versuchte sich, so gut es ging, gegen den Gebirgssturm zu schützen.

Zuweilen gab es eine längere Pause in den Böen, dann rauschte der Wald. Jäh empfand Ymme Heimweh. Sie war so weit fort von allem, was ihr vertraut war. Ob sie Volrad je wiedersehen würde?

Plötzlich scheute ihr Pferd. Wiehernd stieg es in die Höhe, und Ymme wurde bewußt, daß sie das Zischen des Pfeils gehört hatte, der nun in der Brust der Stute steckte. Sie schlug mit den Vorderfüßen, verfing sich in einem Busch an der Hangseite des Berges, sank in die Knie und streckte mit einem tiefen Seufzer den Kopf. Cornelius hatte Ymme mit zwei Sprüngen erreicht und zu Boden gezogen.

»Seid still«, flüsterte er in ihr Ohr. Sein warmer Atem traf sie wie etwas Vertrautes und war doch fremd und erregend.

Die Pferde stampften auf dem Pfad, rührten sich aber nicht vom Fleck. Irgendwo lief jemand, Unterholz knackte, dann war es wieder still. Ymme hörte einen gedämpften Schrei.

»Was ist das?« fragte sie, als sie glaubte, die Spannung nicht mehr ertragen zu können.

Cornelius schüttelte den Kopf und legte ihr die Hand auf den Mund. Und dann tauchte der Sarazene wieder auf. Quer im Mund einen Grashalm, schlenderte er den Pfad entlang wie ein Spaziergänger; die gedrehte Schnur ließ er ums Handgelenk kreisen. Als er sie in den Innentaschen seines weiten Gewands verstaut hatte, hielt er zwei Finger in die Höhe und nickte Cornelius zu.

»Alles in Ordnung«, sagte Cornelius und sprang auf. »Wir können weiter.«

Ymmes Pferd war tot. Während Cornelius ihr Gepäck umlud, erklärte er ihr in knappen Worten, was geschehen war. »Wir wurden verfolgt, wahrscheinlich waren es die Mönche. Sie haben versucht, Euch umzubringen, zum Glück konnten sie schlecht schießen. Na ja.«

»Was: na ja?« fragte Ymme alarmiert. »Werden sie es wieder versuchen?«

»Diese nicht mehr. Sie sind tot.«

»Hat...?«

Cornelius nickte knapp. »Er hat. Was hätte er sonst tun sollen?«

Ymme zitterte. Entweder die einen oder die anderen. In diesem Land überlebte immer nur eine Seite.

Es dunkelte, als sie den Aufstieg auf den Berg Montségur begannen, zu Fuß, die Pferde am kurzen Zügel hinter sich. Schwaden von tiefhängenden Wolken trieben ihnen entgegen, die ihr Wasser in waagerechten Kaskaden entleerten. Der Wind pfiff schmerzhaft um Ymmes Ohren; sie hüllte sich eng in ihren Mantel. Schon längst war sie durch und durch naß.

Die Männer berieten mit dem Araber, ob sie umkehren sollten. Schließlich entschieden sich sich weiterzugehen.

Hagelschauer und Ströme von Wasser auf dem Pfad verwandelten das Unwetter in ein Inferno. Im Lärm des Sturms, polternder Steine und herabrutschender Baumstämme konnten sie sich kaum mehr verständigen. Cornelius sicherte Ymme mit einem langen Tau und zog sie dicht hinter sich her. Sie kamen nur noch langsam voran.

Irgendwann flachte der steile Pfad ab, und wenig später gelangten sie auf ein Plateau; erst als sie fast gegen Wände stießen, erkannten sie zwei Häuser. Mattes Licht schimmerte durch winzige Fensteröffnungen, aber Ymme kam es vor wie eine Festbeleuchtung. Sie hatte nicht geglaubt, je wieder unter Menschen zu kommen.

Die Einwohner hatten keine Wächter aufgestellt; wer hier lebte, hatte nicht die Angst, die unten durch alle Dörfer ging.

Aber ihre Rufe und das Wiehern der Pferde wurden über dem Pfeifen des eiskalten Sturms gehört. Männer kümmerten sich, ohne Fragen zu stellen, um ihre Pferde; Cornelius, der Arzt, der Araber und Ymme wurden in ein Haus geschoben. Bis sie sich trockengerieben hatten und vor einer späten Mahlzeit saßen, sprach niemand sie an. Ymme sank wie tot auf ein Lager.

Am nächsten Morgen trat sie aus dem Haus, in dem nur Frauen geschlafen hatten, hinaus auf ein Plateau, das von blendend weißem Schnee bedeckt war. Die Morgensonne schien strahlend, und die Luft war eisig.

Staunend sah Ymme sich um. Eine Festung erhob sich aus dem Plateau, bewacht von einem klotzigen Wehrturm, ringsum eine kleine Siedlung aus Wohnhäusern, Stallungen und Wirtschaftsgebäuden. Überall außer nach Westen fiel der Berg steil in dunklen Schluchten ab, und schroffe Felsen umgaben ihn.

Was mochte Menschen veranlassen, hier zu leben? War es die Suche nach ihrem Gott oder die Flucht vor Feinden? Gott dieser Menschen? Er war auch Ymmes Gott. Es gab nur diesen – oder keinen.

Hände legten sich leicht um Ymmes Schultern. »Guten Morgen und willkommen«, sagte eine frische Stimme. »Ich kenne Euch ja gar nicht.« Neben Ymme stand eine schmale ältere Frau in schwarzem Kleid. »Kommt, erzählt mir von Euch und der Welt da unten.«

Ymme folgte ihr zu einer Bank vor einer der Hütten. Sie sprachen miteinander, bis die Sonne hoch über ihnen stand und den Schnee zu ihren Füßen wegschmolz. Ymme vergaß das Morgenmahl und Cornelius, während sie sich bemühte, das Mysterium der Katharer zu begreifen.

Und die ganze Zeit wußte sie, daß sie dem Licht nie näher war als hier in den Pyrenäen und daß es notwendig gewesen war, durch die finstere, tosende Nacht zu wandern, um das Licht zu erkennen.

Vielleicht war das Licht Gott?

Teil II

Der bittere Brunnen, 1210–1212 n. Chr.

Der Gesandte Gottes sprach:
»Die Suche nach Wissen obliegt jedem
muslimischen Mann und jeder muslimischen Frau.«

9. Tulaytula

»Im Vertrauen«, sagte Rodrigo Ximénez de Rada zu seinem Schreiber, während er unruhig in seinem privaten Empfangszimmer umherwanderte, »die ganze Judería ist mir ein Dorn im Auge, und die Mozaraber sind um kein Haar besser als die Juden. Bei ihnen bin ich mir nie sicher, ob sie nicht doch diesem Muhammad oder gar dem Häretiker Arius anhängen.«

»Exzellenz«, stammelte Yahya ibn Yunez, der an seinem tragbaren Schreibpult auf das Ende des Diktats wartete und keineswegs darauf gefaßt war, die private Meinung des Erzbischofs so unverhüllt anzuhören. Im allgemeinen war das geistliche Oberhaupt Toledos seinem jüdischen Schreiber gegenüber sogar sehr vorsichtig, und Don Yahya wußte sehr wohl, daß der Erzbischof an dem Tag seine Dienste nicht mehr benötigte, an dem ein Lateinisch, Kastilisch, Arabisch und Hebräisch sprechender und schreibender Kirchenmann zur Verfügung stünde. Er faßte sich schnell. »Die wirtschaftliche Kraft Toledos ruht auf den Schultern beider Gruppen, das ist zu bedenken!«

Don Ximénez warf ihm einen uninteressierten Blick zu. Sein Selbstgespräch erforderte keine Antwort, schloß sie aber auch nicht aus. Zuweilen war es ganz amüsant, sich mit dem Juden ein Scharmützel zu liefern. »Meine kastilischen Untertanen haben wohl in Eurer Rechnung keinen Platz?« Während sich der Schreiber ein wenig verfärbte, verzog der Erzbischof seine Lippen spöttisch. »Ich will die Muslime und die Juden nicht vertreiben, ich will auch nicht, daß sie in Massen konvertieren – der Himmel bewahre uns vor falschen Gläubigen –, aber ich möchte sie vom Christenvolk unterscheiden können.« Don Yahyas faltige Gesichtshaut nahm die Farbe alten Ziegenkäses an. Er verstand. »Ihr wollt sie brandmarken wie die Römer ihre Sklaven!«

»Schreibt nicht Euer eigener Glaube vor: ›Auge um Auge, Zahn um Zahn‹? Unter den Mudéjares mußten die Christen mitsamt ihren Familien und Sklaven andersfarbige Kopfbedeckungen tragen, wie man hört, oder sich durch einen farbigen Flecken kenntlich machen. Hebräer übrigens auch. Kulturnationen haben dergleichen Bedürfnisse.«

»Das geschah nur in Zeiten barbarischer Herrschaft«, entgegnete der Schreiber. Seine Hände verkrampften sich nervös unter der hölzernen Schreibplatte. »Entgleisungen der al-Murabitun. Wollt Ihr die allerkatholischste Majestät veranlassen, sich auf eine Stufe mit nomadisierenden Berberstämmen zu stellen? Der erlauchte Don Alfonso könnte darüber wenig erfreut sein . . .«

Der Erzbischof lächelte Don Yahya voll Behagen an. »Macht Euch keine Sorgen über das Verhältnis zwischen dem König und mir. Alfonso ist ein treuer Sohn der römischen Kirche und weiß, was er ihr schuldig ist. Ich denke sogar, daß es ein besonders guter Zeitpunkt ist, die Diskussion jetzt aufzunehmen. Macht Euch bitte eine Notiz zu diesem Punkt.«

Mit unbewegter Miene tauchte Don Yahya sein Rohr in die Tinte und schrieb. Wahrscheinlich war bereits sein unvollkommener Widerstand ausreichend gewesen, um des Erzbischofs Interesse just an diesem Punkt zu wecken. Er hätte gar nichts sagen sollen, dann wäre der jüdischen Gemeinde vielleicht noch ein Aufschub von einigen Wochen vergönnt gewesen. Damit mußte er sich bescheiden: Hinhalten, Aufschub, Herabminderung von Härten aller Art – das war alles, worauf man unter diesem besonders starren Sohn seiner Kirche hoffen durfte. Seine Gunst hatten mit beleidigender Ausschließlichkeit die Caballeros villanos, der niedrige Stadtadel, obwohl ihr gesellschaftlicher Nutzen in Friedenszeiten den ihrer Pferde kaum übertraf. Und dennoch fraßen sie sich mit ihrem ererbten Hochmut und ihrem in den Siegen gegen die Mohammedaner erworbenen Stolz in die städtischen Ämter hinein, genauso wie draußen auf dem Land ihre riesigen Schafherden in die verfallenden Gärten der geflüchteten Mudéjares. Nur die Herden der Klöster waren noch größer und noch zerstörerischer. Er war kein besonders inniger Freund von Mudejares, aber nie hätte er bestritten, daß sie nach den Römern am gescheitesten mit Wasser umgehen konnten und die raffinierteste Bewässerungstechnik eingeführt hatten. Die Franken und ihre Abkömmlinge aber machten aus dem Kulturland Wüsteneien. »Noch etwas, Don Ximénez?«

»Nein.« Der Erzbischof schüttelte gedankenvoll den Kopf. »Oder doch. Wir wollen beim nächsten Hochamt von der Kanzel verkünden, daß Söhne und Töchter der römischen Kirche weder bei Juden noch bei Mudéjares Unterschlupf suchen dürfen, weder vorübergehend noch ständig. Wir wollen ihre Seelen nicht in Gefahr bringen.«

Die Feder kratzte auf dem Papier. Don Yahya hatte immerhin durchgesetzt, daß er arabisches Papier für seine Zwecke gebrauchen durfte, aber bei einer verstimmten Seele ist es nicht fügsamer als Tierhaut. Erschrocken hielt er inne.

»Auch nicht in angemieteten Häusern?«

»Mein lieber Don Yahya«, sagte der Erzbischof, während er mißmutig durch das Fenster auf den Marktplatz spähte, »Eure Frage ist so durchsichtig wie ein gläserner Pokal. Gemeint war das Zusammenleben der mir anvertrauten Schafe Haut an Haut mit Andersgläubigen, Buch an Buch, Gebet an Gebet. Ich glaube nicht, daß bereits von den angemieteten Mauern eines jüdischen

177

Hauses schädliche Dünste ausgehen. Aber Ihr habt natürlich recht, und ich werde Eure Anregung im Sinn behalten.«

Der Schreiber seufzte. Er wurde alt. Nicht ohne Grund stand geschrieben:»Dir ist Schweigen ein Loblied.« Er fühlte sich dem Amt und der Verantwortung nicht mehr gewachsen, seitdem beide zunehmend für die Verteidigung der jüdischen Gemeinde in Anspruch genommen wurden. Aber der Erzbischof wollte von einem Ersatz des Vaters durch den gelehrten Sohn nichts wissen, obwohl Don Yahya ihm diesen Vorschlag bereits vor einiger Zeit unterbreitet hatte. »Den Brief an den König mit drei Kopien wie üblich, die Notizen neben mein Bett.« Der Erzbischof entließ seinen Schreiber mit einem Wink, beschäftigt mit seiner Lieblingsidee, der neuen Kathedrale von Toledo. Wenn er in die Höhe blickte, wo ihm die maurische Festung ein steter Dorn im Auge war, sah er vor sich bereits die Kathedrale in erhabener Schönheit, mit einem Turm, dessen Spitze sich mit den höchsten in der gesamten Christenheit würde messen können. Es würde die Krönung seines Lebenswerks werden. Vor kurzem erst hatte er seinen kleinen Palast gegenüber dem Bauplatz bezogen – den gegenwärtig noch die alte Moschee mit der hineingebauten Kirche beherrschte –, um ihn ständig im Auge zu haben. Licht und Schatten, der weite Himmel im Sommer und der klare im Winter, der Einfall der Stürme im Herbst, das Wehen des roten Sandes – alle Umstände wollten beobachtet und sorgfältig registriert werden, bevor er mit Innozenz und einflußreichen Kardinälen sprach, mit Don Alfonso und den Granden des Königreichs. Nicht bedacht hatte er, daß der Gebetsruf des Muezzins und das Hornsignal des Badewärters ihm mehr auf die Nerven gehen würden als aller Schlachtenlärm im Kampf gegen die Ungläubigen. Zudem stieß ihn das orientalische Gewimmel auf dem Marktplatz vor dem Komplex der Moschee gewaltig ab. Es gemahnte ihn tagtäglich an die Ungläubigen und an seine gewaltige Aufgabe vor Gott.

Don Yahya fertigte die gewünschten Dokumente aus und brachte sie zum Unterschreiben. Der Erzbischof, der ungeduldig gewartet hatte, dachte mit Vergnügen an das delikate, jedoch nicht zu üppige Mittagsmahl aus Sopa de ajo und Milchlämmchen, das auf ihn wartete, an das Gläschen Wein und an die anschließende ausgiebige Mittagsruhe. Sobald sein Jude das Zimmer verlassen hatte, zog er sich zu beidem zurück.

Don Yahya verschloß und versiegelte den Brief für den erzbischöflichen Kurier, danach konnte er sich endlich anderen, lebensnotwendigen Aufgaben widmen. Er stürzte aus dem Haus und eilte, so schnell es ihm seine auffallend kurzen Beine gestatteten, durch das geschäftige Viertel der Mozaraber bis zur Übersetzerschule des Marcus, wo er seinen Sohn zu finden erwartete.

Ymme stand wie erstarrt. Tief unter ihr lag der Fluß wie ein Band um die Stadt, schwarz, still – und angsteinflößend. Die mächtige Burg und die Paläste am Flußufer gegenüber schienen zu bestätigen, daß Furcht, zumindest Respekt angebracht war.

Toledo, das mächtige Toledo lag vor ihr. Seit ihrer aufgezwungenen Flucht durch die Languedoc hatte sie gewußt, daß sie hierherkommen mußte. In diesem Land hatten Frau Cornela und Frau Esclarmonde ihre Kenntnisse der Heilkunst erworben.

Ein Adler segelte im Aufwind den Fluß entlang. Ymme sah, wie er seinen Kopf von einer Seite zur anderen drehte, unendlich langsam, majestätisch. Er ließ sich nicht von den einsamen zwei Menschen am Hochufer aus der Ruhe bringen. Es war sein Revier.

Sie seufzte beklommen.

»Tulaytula«, sagte hinter Ymmes Rücken die Stimme von Cornelius. »Ich lege Euch die Stadt zu Füßen, Doña Iume. Erobern müßt Ihr sie selber.« Als sie sich umdrehte, sah sie, daß der christliche Ritter Cornelius sich umgezogen hatte; über dem Kettenhemd trug er eine gelb bestickte rote Jacke und einen Turban in den gleichen Farben.

Sprachlos sah sie ihn an. Die Vertrautheit zwischen ihnen, die in den Tagen der Flucht durch das Foix erstanden war, die durch den einsamen Aufenthalt bei den strengen Katharern einen ganzen Winter unterbrochen und vor wenigen Wochen erneut erwacht war, verschwand, versickerte im braunen, dürren Gras eines ihr unbekannten Landes.

Er war auch hier zu Hause. Aber sie war eine Fremde.

Mit Tränen in den Augen wandte Ymme sich ab. Schaudernd zog sie ihren Umhang um sich. Der Wind blies kräftig, er pfiff am Steilufer in die Höhe und legte auf der Ebene das Gras flach.

Das Summen einer männlichen Stimme ließ sie aufhorchen. Und als es lauter wurde, schälte sich unter den Windgeräuschen das Lied heraus, mit dem sie die schlimmsten, aber auch die unterhaltsamsten Stunden ihres Lebens verband:»Der Hahn ist tot, der Hahn ist tot...«

Als Cornelius ihren Ellenbogen faßte und das Lied dicht neben ihrem Ohr beendete, faßte sie wieder Mut. Er wollte sie trösten, ermuntern: die Vergangenheit war nicht vorbei, sie blieb ja ihr Besitztum.

Plötzlich riß Ymme ihre Augen auf. Sie erkannte seine bestickte Jacke wieder. Der arabische Reiter von Saint-Gilles hatte eine Maske getragen, deshalb hatte sie sein Gesicht nie gesehen.»Ihr habt den Bettler getötet«, sagte sie ihm auf den Kopf zu, und ihr Herz klopfte.»Und Ihr wart es auch, der die Wegelagerer erschoß.« Er bestätigte es mit einem Nicken.»Warum?«

»Was den Bettler betrifft, so wünschtet Ihr selber, daß man ihm helfe. Für einen Halbtoten ist die einzige Gnade der Tod. Es gab keine andere Möglichkeit, ihn vor weiteren Qualen zu bewahren. Nicht alle Menschen sind Feinden gegenüber so ritterlich wie die Sarazenen: die töten ihre Gefangenen auf der Stelle, oder sie senden sie gegen Lösegeld nach Hause.«

»Ihr sprecht immer mehr wie ein Muselmane«, warf Ymme ihm erzürnt vor. Das Schlimme war, daß sie anfing, ihm zu glauben. Vor der Pforte einer Stadt, die nach seinem Bericht eher muslimisch als christlich war und die sie in wenigen Minuten betreten würde, würde er ihr keine Lügengeschichten wie ein Gaukler zu erzählen wagen.

Als wäre der Ritter ihren Gedankengängen gefolgt, sagte er:»Ja, das stimmt. In fränkischem Gebiet könnte ich den Beweis nicht antreten. Hier aber…« Er umschrieb mit einer Handbewegung die ganze Stadt, als sei sie sein Eigentum.»Gehen wir.«

Ymme lächelte wider Willen und griff nach den Zügeln ihres Pferdes.

Kurze Zeit später überquerten sie den Tajo auf der Alcántara-Brücke, stiegen im Halbkreis entlang den Mauern unterhalb des Alcazar zur Stadt hinauf, gelangten in eine mauerumschlossene Vorstadt mit rauchenden Töpferschloten und endlich durch ein schmales, wuchtiges Tor aus geschwärzten Steinen in die Unterstadt.

Als sie in die Gassen eintauchten, überschlugen sich in Ymme die Gefühle: kahle, fensterlose schwarze Mauern zu beiden Seiten schlossen sie ein wie eine Schlucht. Sollte sie sich freuen oder fürchten? Dann weitete sich die Straße zu einem unbebauten, bis zur Stadtmauer abfallenden Gelände, auf dem eine Schafherde weidete.

Nicht weit vom Hütehund blieb Ritter Cornelius stehen und klopfte an die Pforte eines Anwesens, das eine weiße Mauer umgab. Kurz bevor die Tür geöffnet wurde, murmelte er:»Wir übernachten heute in einem Funduq, einer Herberge nach arabischer Art. Wir sind hier in der Nähe des Bab al-Yahud.«

Ymme war so müde und ausgelaugt, daß ihr alles gleichgültig war. Aber Cornelius hatte gewiß eine gute Wahl getroffen, denn die unscheinbare Tür öffnete sich auf einen von Öllampen erleuchteten Innenhof mit Arkaden, und Wärme schien ihr entgegenzuschlagen.

Der Pförtner strahlte, nachdem er den abendlichen Gast aus schmalen Augen gemustert hatte. »Neharek said«, rief er und fügte für Ymme auf romanisch hinzu: »Dein Tag werde glücklich, Ritter Cornelius.« Der Rest des Abends verschwand aus Ymmes Erinnerung. Erst gegen Mittag des nächsten Tages erwachte sie wieder. Natürlich war sie, offensichtlich entgegen aller guten Sitte, schmutzig zu Bett gegangen. Ymme begriff dies erst, als zwei freundliche Mädchen, die untereinander arabisch und zu ihr durch Gesten sprachen, ihr bedeuteten mitzukommen. Das kuppelüberwölbte Haus, in das sie sie führten, enthielt in dämmerigen Höhlen mehrere Waschbecken; Frauen wuschen sich darin. Ymmes Verlegenheit verflog, als alle durcheinanderschwatzten und lachten, nicht anders als die jungen Mädchen im Kloster, und ging endlich in Dankbarkeit über, als die Frauen mit Rücksicht auf sie zur romanischen Sprache übergingen.

Glänzend sauber, parfümiert und neugierig traf sie schließlich im Innenhof der Herberge wieder mit Ritter Cornelius zusammen, der ebenso wie sie im Bad gewesen war.

Noch war seine Haut vom Rasieren gerötet, das Kopfhaar war zu einer Frisur gestutzt. Er hatte endlich das Kettenhemd – bestes Indiz dafür, daß die Reise bei Tag und Nacht gefährlich gewesen war – abgelegt und trug nun ein weißes Hemd und darunter weite bunte Hosen. »Das Leben kann zum Genuß werden, solange es genügend Wasser zum Baden, Öl zum Massieren und Wein zur inneren Reinigung gibt. Es ist schon etwas Kostbares – das Wasser. Aber nur die Mudéjares wissen es zu würdigen – merkwürdig, nicht? Im Norden haben sie im Gegensatz zu hier mehr als genug davon, aber sie stinken wie die Ziegenböcke. Ihr werdet es auch noch lernen, Franken mit der Nase zu erkennen.«

Wider Willen mußte Ymme lachen. »Ihr seid ja sehr sicher, daß ich die Sitten der Sarazenen annehmen werde.«

»Oh, die angenehmen Dinge sicherlich«, sagte Cornelius leichthin, »warum nicht? Jeder vernünftige Mensch tut das. Darum werdet Ihr auch feststellen, daß es unmöglich ist, christliche Mozaraber, Mudéjares, neue und alte Christen zu unterscheiden. Bequeme Kleidung, Parfüm, Bäder, Bücher wissen alle zu schätzen.«

Ja, warum eigentlich nicht? Und doch war Ymme betroffener, als sie sich anmerken ließ. Die angenehmen Dinge des Lebens hatte es auch in der Languedoc gegeben, aber sie waren zerstört worden von den

Fanatikern des Nordens. Sie wollten sie nicht selber haben – aber sie wollten sie auch nicht den kultivierten Südländern lassen. Aber noch hatte Ymme Angst davor, in eine Haut zu schlüpfen, die ihr fremd vorkam. Sie schüttelte unwillkürlich den Kopf.

Ritter Cornelius blickte nachdenklich auf Ymme hinunter. »Ihr werdet viel lernen müssen. Die Medizin ist davon nur ein Teil. Und ich muß Euch morgen verlassen. Ihr seid nun auf Euch selber gestellt.« Während Ymme erschrocken aufsah, nahm er ihre Hand und drückte sie. »Wir werden am Spätnachmittag einen Besuch bei Juhannu al-Dschayyani machen, einem Arzt des Maristan, des Hospitals von Toledo. Ich selber habe bei ihm einige Zeit gelernt...«

Da war es wieder, das Rätsel, das Cornelius umgab wie die Dampfschwaden aus Esclarmondes Glaskolben. Aber Ymme fragte nicht, sie beschäftigte sich mit dem, was auf sie zukam, und ihr Herz begann laut zu klopfen. Ein Arzt des Krankenhauses. Ob er Schüler annahm? Und ob er sie als Schülerin akzeptieren würde?

Am späten Nachmittag, zu einem Zeitpunkt, da selbst ein wohlhabender Toledaner wieder erwacht sein mußte, machten sie sich auf den Weg, quer durch die Vorstadt des jüdischen Viertels, vorbei am alten jüdischen Bad, dem eine neue Kirche den Platz streitig machte, zwischen dem erzbischöflichen Palast und dem Doppelbau von Moschee und Kirche hindurch bis zu einer krummen Gasse, die sich bergab wand. Cornelius drückte ein schweres Tor auf, das nicht in ein Haus führte, sondern in eine noch schmalere Sackgasse mit wenigen Häusern und einem Obstgärtchen hinter einer verfallenden Mauer. Die unscheinbare Pforte, an die er gleich danach klopfte, wurde von einem zwergenhaft kleinen Mann geöffnet. Er hörte Ritter Cornelius mit unwirschem Gesicht an, dann winkte er sie ins Innere des Hauses, wo in einem offenen Raum hinter einer Arkade ein Mann zwischen zwei Kohlenbecken in einem Buch las. Während dieser sich zögernd erhob, grüßte Ritter Cornelius förmlich: »Lebe tausend Jahre. Gott schenke auch Juhannu al-Dschayyani Leben, den ich in diesem Hause suchte, allein mir kommen bei deinem Anblick Zweifel, ob meine Erinnerung richtig ist. Bitte verzeih mein Eindringen, es ist einer Erinnerung zuzuschreiben, die fast fünf Jahre alt und offensichtlich falsch ist. Ich selber bin Ritter Cornelio vom fränkischen Orden de San Juan.«

Der Mann, den Ymme für Juhannu al-Dschayyani gehalten hatte, ließ seine Hand vor Brust und Stirn hin- und hereilen und neigte den Kopf. Höflich erwiderte er:»Dein Tag werde glücklich und sei zum Bersten gefüllt mit Verwandten und Freunden. Mögen es meine Frauen dir bequem machen, mögest du die Geräumlichkeit meines Hauses als die deine annehmen. Deine Erinnerung ist besser, als du denkst, und dieses Haus ist das richtige. Ich bin Isa ibn Hamdus al-Dschayyani. Mein Bruder starb vor einem halben Jahr.« Er bot dem Ritter, den er interessiert betrachtete, Platz an und setzte auch sich selbst. »Falls du mir sagst, was dich aus dem Frankenland zu ihm führt, könnte ich dir vielleicht helfen. Ich habe ihn in jeder Weise beerbt.« Er klatschte laut in die Hände.

Cornelius zog Ymme neben sich auf den Boden. Das entsprach nicht der Sitte, aber der Grund des Besuchs war eben seine Begleiterin, was er dem Hausherrn mit einer Handbewegung andeutete. »Diese junge Frau hat im fernen Frankenreich von der Qualität und der Freiheit eurer Medresas gehört und strebt danach, die medizinischen Künste zu studieren. Hätte ich vom Tod meines toledanischen Freundes gewußt, hätte ich sie gewiß nicht ermuntert, den weiten Weg zu machen – aber nun ist sie da. Und ich stelle an dich dieselbe Frage, Don Isa ibn Hamdus. Wärst du bereit, eine fränkische Schülerin aufzunehmen? Es würde deinen eigenen Ruhm, der sicherlich weit über Tulaytula hinausreicht, bis ins nördlichste Frankenreich tragen, wenn du Doña Iume unterweisen könntest. Sie ist aus gutem Hause und kann für den Unterricht bezahlen.«

Während zwei schmächtige Frauen kupferne Platten mit einer Kanne und henkellosen Tassen hereintrugen, schwieg ihr Gastgeber. Ymme musterte den Mann verstohlen. Seine kurzen Haare und der schwarze Bart machten einen gepflegten Eindruck, wie auch das Empfangszimmer peinlich sauber war. Der ganze Fußboden war ausgelegt mit bunten Teppichen, und entlang der Wände häuften sich große und kleine Kissen. Plötzlich mußte sie an den Templer Guido denken. In seinem Zelt hatte es ähnlich ausgesehen. Dort war sie willkommen gewesen. Hier hatte sie das unangenehme Gefühl, die Männer zu stören.

Nachdem Don Isa den ersten Schluck des starken, süßen Kaffees zu sich genommen hatte, wandte er sich unvermittelt an Ymme. »Welche der Wissenschaften hast du bisher betrieben? Rechtswissenschaft, scholastische Philosophie, Grammatik, die Kitaba, Poetik, Geschichte?

Oder Philosophie, Logik, Medizin, Arithmetik, Geometrie, Astronomie, Musik, Mechanik und Alchemie?«

Ymme holte erschrocken Luft. Es würde zu Ende sein, noch ehe es begonnen hatte. »Keine«, gab sie zu. »Ich habe bei den Nonnen Latein und Krankenpflege gelernt und auf dem Wege bei zwei Ärztinnen meine Kenntnisse ein wenig erweitert.«

Isa ibn Hamdus schwenkte die Tasse im Kreis und gluckste ein tiefes Lachen in sich hinein. »Ist das die Bildung, die eine junge Frau aus gutem Hause im Frankenland erhält? Nicht einmal Poetik und Grammatik?«

Ritter Cornelius' Lippen wurden schmal. »Sie hat das Beste bekommen, was dort erhältlich ist. Tertullian, der große Kirchenlehrer, sagt: ›Wißbegier ist uns nicht nötig seit Jesus Christus – auch nicht Forschung, seit dem Evangelium.‹«

Ibn Hamdus lächelte hintergründig, dann zitierte er: »Der Gesandte Gottes sprach: ›Die Suche nach Wissen obliegt jedem muslimischen Mann und jeder muslimischen Frau.‹«

»Eben«, versetzte Cornelius. »Und gerade weil Doña Iume um die Forderung des Gesandten weiß, die gleichzeitig auch ein Versprechen ist, hat sie die Mühen und Gefahren der Reise auf sich genommen.«

»Sie ist keine Anhängerin des Propheten.«

»Gewiß nicht«, versetzte Cornelius. »Aber du auch nicht, Isa ibn Hamdus al-Dschayyani.«

»Weißt du das so genau, Don Cornelio?«

»Nein, in der Tat nicht. Nur von deinem Bruder weiß ich es. Aber wer weiß, welche Wege Doña Iume einschlagen wird, wenn sie genug gelernt hat, um sich zwischen beiden Büchern entscheiden zu können?«

Ymme wollte aufbegehren, aber als sie Cornelius ins Gesicht sah, wußte sie, daß die Entscheidung in diesem Moment fiel – ohne ihr Zutun.

Der Hausherr betrachtete Ymme unschlüssig und ließ dann seinen Blick auf ihren schmalen Händen ruhen. »Sie hat anscheinend gute Anlagen zu einer Hebamme.«

»Ich will nicht Hebamme werden, sondern Ärztin!« In Lübeck – ach, war das lange her – gab es Wehmütter, die im verborgenen arbeiteten, jenseits aller Gesetze. Sie hinterließen Blut und Tote. Ymme erschauerte. Beinahe hätte sie überhört, daß der Hausherr sich erneut an sie wandte.

»Bei uns ist das dasselbe. Um Frauen kümmern sich Frauen, bei allen Krankheiten.«

Ymme richtete sich erregt auf. »Soll das heißen, daß Ihr mich als Schülerin annehmt?«

Ibn Hamdus seufzte und nickte. »Ich bringe es nicht fertig, dich in die Unwissenheit zurückzuschicken. Wir werden einen Vertrag machen. Du wirst mir zwei Jahre bei den Ratsuchenden dienen.« Cornelius von Fischbach lächelte erleichtert und stellte die zierliche Tasse ab. »Gott ist groß, und seine Wege sind unergründlich. Doña Iume kommt morgen früh. Gute Nacht.« Er erhob sich und durchquerte den Innenhof. Ymme, verblüfft über den plötzlichen Abschied, folgte ihm rasch auf die Straße.

»Bin ich wirklich angenommen?« fragte sie atemlos. Es war bereits dunkel, und nur der Tordurchgang war von einer Öllampe erhellt.

»Ja«, erwiderte Cornelius knapp und in Gedanken. »Obwohl ich nicht verstehe, warum. Er ist von anderer Art als sein Bruder. Vielleicht ist er doch Muslim, und ihn lockt Eure Bekehrung.«

Ymme erschrak. Die Belehrung aus dem Buch der Muslime war der Preis, den sie zahlen sollte? Vermutlich beging sie mit dem Balanceakt am Abgrund eine große Sünde. Vor Béziers hätte sie ihn nie in Betracht gezogen.

Schweigend kehrten sie in die Herberge zurück. Die Sterne in der wolkenlosen Nacht von Toledo funkelten. Ymme blieb stehen und sah zum Himmel hinauf. Dann schüttelte sie den Kopf. Nein, sie war nicht so weit gewandert, um sich ausgerechnet vor einem Buch zu fürchten.

Der Abschied von Ritter Cornelius am nächsten Morgen war schwer. Absichtlich blieb Ymme lange im Frauenquartier und trat erst hinaus in den Innenhof des Funduq, als Pferde wieherten, Esel schrien und die Geräusche allgemeinen Aufbruchs nicht mehr zu überhören waren. Auch Cornelius' Pferd war schon gesattelt und bepackt.

Cornelius hatte nur noch auf Ymme gewartet. Er sah traurig aus. Ymmes Verzweiflung wuchs. Nie hatte er ihr zu erkennen gegeben, daß er ihr zugetan war, doch sie wußte es seit einiger Zeit. Aber ihre Wege trennten sich hier. Ymmes Kehle war wie zugeschnürt.

»Ich wünschte, ich könnte Euch in den ersten Wochen behilflich sein«, murmelte Cornelius undeutlich. »Aber mich ruft mein Orden. Nicht immer kann ich seine Befehle an meine Wünsche anpassen.«

Er schwieg eine Weile, während Ymme mit den Tränen kämpfte. »Frau Johanna Cornela läßt Euch ausrichten, daß sie ganz fest an Euch glaubt, und wenn Ihr selbst es nur halb so intensiv tut, werdet Ihr es schaffen. Sie erwartet Euch nach dem Studium in Frankfurt.« »Johanna Cornela«, keuchte Ymme und packte ihn an seinem weiten bestickten Ärmel. »Woher kennt Ihr sie?«
Er lächelte über ihren wiedererwachten Sinn für die Realität. »Von unserem gemeinsamen Heimatdorf. Sie war wie eine ältere Schwester für mich, manchmal auch wie eine Mutter. Wie eine Mutter versuchte sie auch, für Euch zu sorgen. Sie schickte mich hinter Euch her, damit Euch nichts passiert.«
»Dann war das alles kein Zufall?« fragte Ymme ungläubig.
»Zufall nur, daß ich zur rechten Zeit mit meinem Ordensmeister in Deutschland ankam. Von Frankfurt aus habe ich Euch immer bewacht. Aber nun ist mein Auftrag fast erledigt.« Unter Ymmes fassungslosen Blicken knöpfte er eine flache Tasche auf, die er auf dem Leib trug, und entnahm ihr ein fingerlanges hölzernes Röhrchen, das mit einem Korkstöpsel fest verschlossen war. »Frau Cornela schenkte Euch ihre Entdeckung einer Arznei, die sie als Mutterkorn bezeichnet. Sie bat mich, Euch die Arznei hier in Toledo zu übergeben, und teilt Euch dazu folgendes mit: Ihr mögt im äußersten Notfall – aber nur dann – bei Blutungen aller Art die Anwendung wagen; nicht mehr als eine Messerspitze voll in einem Löffel Wein gelöst... Ich denke, Ihr wißt besser als ich, was sie damit meint.«
Ymme nickte. Die Tränen flossen ihr übers Gesicht.
Ritter Cornelius küßte Ymme sanft auf die Stirn und schwang sich aufs Pferd. Dann nahm er die Zügel auf und ritt an. »Wäre ich Jude, würde ich jetzt sagen: ›Nächstes Jahr in Jerusalem!‹«
»Nächstes Jahr in Jerusalem...«, flüsterte sie hinter ihm her und hob die Hand. Der Hufschlag seines Pferdes und der Lärm der aufbrechenden Kaufleute verhinderten, daß er ihre letzten Worte hörte.
Ymme blickte ihm aus der Pforte des Funduq nach, aber Cornelius verließ Toledo durch das Bab al-Yahud, ohne sich umzusehen.

Zwei Stunden später war Ymme bereits in das Haus von Ibn Hamdus umgezogen und hatte sich in einer winzigen Kammer, deren Tür zum Innenhof führte, eingerichtet. Sie war weiß getüncht und kahl: außer einer Bettstelle und einem Haken an der Tür gab es nichts darin.

Ymme stellte nur ihren Sack hinein und trat dann wieder in das helle Licht des Innenhofs, der von einer umlaufenden Galerie aus Bögen mit bunten Fliesen und in Mustern gemauerten Steinen gefaßt war. Aus einem faustgroßen Löwenköpfchen plätscherte Wasser in ein Becken von der Größe ihres Zimmers, und in der Luft lagen unbekannte Blütendüfte, die Ymme mit geschlossenen Augen in sich einsog, als wären sie ein Teil des Wissens, das man ihr versprochen hatte. Der Meister kümmerte sich nicht um sie. Er schob Futterbröckchen abwechselnd durch die Stäbe zweier Vogelkäfige und flüsterte mit den Finken. Nach einer Weile ging er.

Kurze Zeit später holte eine junge Frau, die sich als Berenguela vorstellte, Ymme ab, führte sie durchs Haus und gab in eiligem Romanisch Erklärungen ab. Die vier Flügel um den Hof erwiesen sich als ein kleines privates Hospital mit fünf schmalen Krankenzimmern. Der Raum, in dem sie Don Isa kennengelernt hatten, war morgens Empfangsraum für Konsultanten. Dann ließ Berenguela Ymme einen Blick in einen winzigen Raum werfen, in dem Regale vom Boden bis zur Decke gefüllt waren mit Kräutern und Wurzeln, mit Steinen, Harzen und Pulvern von metallischer, blaugrüner und orangeroter Farbe.

»Kann man die alle auseinanderhalten lernen?« fragte Ymme spontan.

Berenguela zuckte gleichmütig die Schultern. »Manche können es, manche nicht. Ich nicht.«

Ymme zeigte ihre Überraschung nicht. Berenguela war also keine Schülerin, ebensowenig wie die ältere Frau namens Isabella. »Weißt du, ob mein medizinischer Unterricht nachmittags stattfindet?« fragte sie.

Berenguela war verblüfft. Dann kreischte sie vor Lachen auf, lief zwischen die Arkaden und verschwand irgendwo im Haus.

Nach einer Weile kam sie mit der düsteren Isabella zurück. Diese trug ein schwarzes Kopftuch, dünn wie ein Schleier, der ihr beiderseits über die Schultern hing. Ihre tiefbraunen Augen blickten Ymme streng an. »Hakim Isa ibn Hamdus al-Dschayyani erteilt niemals Unterricht in medizinischen Fächern.«

»Aber ich bin als Schülerin angenommen«, entgegnete Ymme aufgebracht.

Isabella zog einen Zipfel des Schleiers bis unter die Nase und senkte die Augen. »Wie Ihr meint«, murmelte sie. »Schüler kommen eine

Stunde vor dem Almuerzo, niemals zu einer anderen Zeit. Danach zieht sich der Meister zurück.«

Almuerzo, das zweite Morgenmahl. Für heute war es also zu spät. Ohne Zweifel war sie zu dieser Zeit bereits im Hause gewesen, aber Schüler hatte sie nicht erblickt. »Dann werde ich heute nachmittag ein paar Dinge auf dem Markt einkaufen, die ich benötige«, verkündete sie und zog sich unter der unbewegten Miene von Isabella und dem Kichern von Berenguela in ihren Raum zurück.

Sie atmete tief ein und setzte sich aufs Bett. Himmel, welche Atmosphäre in diesem Haus, dachte sie zweifelnd. Wenn sie wenigstens Cornelius davon erzählen könnte!

Aber sie ließ sich selber keine Zeit, um lange nachzugrübeln, sondern legte den großen bunten Schal aus Calatayud um ihre Schultern, der bei Bedarf als Kopftuch, als Regentuch und als Schleier dienen konnte. Dann verließ sie ungehindert das Haus.

Der Brunnen, der der Gasse des Bitteren Brunnens den Namen gegeben hatte, lag einige Schritte tiefer als der Darb, in dem sie nun wohnte, eine Sackgasse mit wenigen Häusern. Sie wandte sich bergauf und sah in dem Spalt zwischen den Häusern schon nach wenigen Schritten die Umfassungsmauer der Freitagsmoschee.

Während Ymme sich zum Markt hindurchkämpfte, rief der Muezzin zum Gebet; sein Ruf kam aus der Gasse, aus der sie gekommen war. Sie drückte sich an die Mauer eines Hauses, um die Gläubigen nicht zu stören. Aber nur wenige Männer und Frauen warfen sich entsprechend der Aufforderung auf den Boden. Wie Cornelius gesagt hatte: Alle sahen wie Araber aus, aber die wenigsten waren Mudéjares. Ihr Blick verweilte forschend auf einem in blaue Seide gekleideten Mann, der sie seinerseits beobachtete und dann eine höfliche, zurückhaltende Verbeugung andeutete. Ymme grüßte überrascht zurück und setzte ihren Weg zu den ersten Verkaufsständen fort. Von Cornelius wußte sie, daß sie sich an der langen Mauer der Moschee entlang bis zum Viehmarkt, dem Suq al-Dawabb, unterhalb des Alficén erstreckten.

Alles war viel imposanter als in Saint-Gilles. Aber auch dort hatte es Oliven, Nüsse, Orangen und Zitronen gegeben. Und wie dort gab es Händler, die ihre forschenden Blicke nicht für Begehrlichkeit oder Bettelei hielten.

»Die gibt es nur in Toledo«, sagte ein junger Mann in grüner Schürze nach einem erstaunten Blick auf ihre Haare und drückte Ymme eine halb weiße, halb grüne längliche Frucht in die Hand. »Die besten Feigen der Welt! Die Sultana in Bagdad bestellt jedes Jahr.« Ymme konnte gar nicht anders, als den feinen Geschmack der Sultana zu bestätigen.

Sie folgte der Straße, die rund um die Moschee führte, sah über sich den kleinen Kuppelbau, unter dem sich die Gebetsnische befand, und beschleunigte ihre Schritte, als sie endlich den Eingang zu den überdeckten Hallen sah, die sie am meisten lockten. Die Qaysariyya. Mit aufgerissenen Augen ließ sie sich durch die Stände der Stoffhändler treiben. Ballen von Wollstoffen und Leinen oder Seide in langen Bahnen waren ausgelegt, fertige Kleidungsstücke hingen an hölzernen Galgen von den Dächern der Stände herab. Ein Händler schnarrte: »Almexia, Mutebag, Algupa, Adorra, Moffarrex?«, aber sie schüttelte lächelnd den Kopf und beobachtete einen Mann mit seltsamem Gebaren.

Eine gedrehte grüne Schnur, die ihm über die Schulter bis zur Mitte des feisten Leibes hing, gab ihm einen offiziellen Anstrich, der verstärkt wurde durch seinen Knecht mit der Waage in der Hand. An seinem auf der grünen Tuchbahn entlangrutschenden Daumen und den murmelnden wulstigen Lippen erkannte Ymme, daß er die Fäden des Stoffes in seiner Hand zählte. Der Stoffhändler sah zunächst mürrisch drein, aber als der Marktaufseher den Stoff auf den Ladentisch schmetterte, versuchte er hastig eine wehleidige Erklärung. Der Marktaufseher kümmerte sich nicht um ihn. Er zog seinen scharfen Dolch zweimal quer durch den ganzen Ballen und setzte dann seinen Weg fort.

Ymme folgte dem Mann wie gebannt von seiner Macht. Er kontrollierte manche Ladentische nur andeutungsweise, andere überaus genau, ließ Abfall und Unrat beseitigen, wo es ihm paßte. Als eine helle Frauenstimme ausrief: »Wolle von den Banu Marin!«, wandte er sich sofort zu ihr.

Er griff in den offenen Sack, rieb die kurzen Wollfäden zwischen Daumen und Zeigefinger, roch daran und warf sie wieder zurück. »Brot zu Brot und Wein zu Wein!« sagte er der hübschen jungen Frau leise ins Gesicht. »Du willst einem Abkömmling der Hudiden doch wohl nicht weismachen, daß dieser Stahldraht Wolle eines Merinoschafes von den Berbern sein soll? Hast du vielleicht ein römisch-katholisches Schaf geschoren?« Die Händlerin legte den Kopf zur Seite

189

und blickte den Marktaufseher aufreizend an. Für einen Moment erschien ihre Zungenspitze zwischen den Lippen. »Schick die Wolle den Franken, die merken den Unterschied nicht«, brummelte der Aufseher besänftigt. »Ich will sie hier nicht mehr sehen! Beim nächsten Mal kommst du in den Block, verstanden?« Die Frau nickte und band den Sack mit zitternden Händen zu. Ymme verstand beileibe nicht jedes Wort, aber die Gesten waren deutlich genug gewesen. Der Stoffhändler tat ihr leid, die Frau nicht. Von ferne war Geschrei zu hören. »Almotacén, Almotacén!« Der gewichtige Marktaufseher horchte auf und stieß sich dann den Weg durch die dichten Reihen der Käufer frei. Die Wollhändlerin blinzelte dem benachbarten Händler zu und lächelte siegreich. Das Zittern hatte sie eingestellt, sobald der Muhtasib ihr den Rücken zugekehrt hatte.

Ymme kehrte um. Zum Viehmarkt wollte sie nicht. Sie ging auf die Nordwestmauer der Moschee zu, wo sich der Haupteingang befand. Neben dem Tor in der Mauer entdeckte sie einen Buchstand. Der Buchhändler bewachte seine Bücherschätze wie einer, der sie nur ungern verkauft. Er war schon sehr alt, aber sein grüner Turban leuchtete frisch, und er wirkte zufrieden. Liebevoll wischte er hier ein Stäubchen fort und polierte dort einen Flecken vom Ledereinband. »Sind die alle verkäuflich?« fragte Ymme ungläubig in einem Gemisch aus dem Romanischen der Languedoc und neuerlernten toledanischen Wörtern.

Der Buchhändler richtete seine braunen Augen auf sie und betrachtete sie aufmerksam. »Dhimmis aus dem Norden sind meistens Barbaren«, sagte er in kultiviertem Romanisch. Ymme errötete und wandte sich stillschweigend zum Gehen. »Nein, geh nicht!« rief er hinter ihr her, als er ihren Irrtum verstand. »Ich wollte dir ja nur sagen, daß eine Dhimmi, die sich für Bücher interessiert, keine Barbarin sein kann. Mit anderen Worten, ich fragte mich, ob du überhaupt aus den nördlichen Ländern kommst, obwohl du ein ganzes Weizenfeld auf dem Kopf zu tragen scheinst. Andererseits weiß natürlich jede Kastilierin und jede Araberin, wahrscheinlich sogar die elendste Berberin, daß ich hier Bücher und Rollen feilbiete, die infolgedessen natürlich verkäuflich sind. Deine Heimat ist also vermutlich nicht Spanien, auch nicht das südliche Frankenreich, vielleicht aber Irland oder England? Aber warum sprichst du zu sieben Achteln in der Zunge unserer aragonesischen Nachbarn? Das alles stürzt mich in einen Aufruhr meiner Gedanken, den ich nicht gewohnt bin. Ich werde mich von der zweiten Frau meines vierten Sohns bei der Abendmahlzeit mit Mandelcreme verwöhnen lassen. Abu Bekr Muhammad ibn Zakariyya ar-Razi sagt, daß Mandelcreme mit weißem Zucker das Rükkenmark und das Gehirn vermehrt, den Körper fett macht und ihn in hohem Maße ernährt. Wenn du morgen noch einmal kommen möchtest, werde ich alle meine Gedanken geordnet haben und werde dir höflich wie ein arabischer Ritter auf deine Frage erklären, daß du alle meine Bücher kaufen kannst, bis auf eines, das mir besonders lieb ist.«

Ymme sah den Buchhändler sprachlos an. Sie hatte alles verstanden, aber seine Wortflut beraubte sie der Stimme.»Welches ist das?« fragte sie schließlich, als ihr nichts anderes einfiel.

»Der Koran. Im Namen Gottes des Barmherzigen, des Erbarmers. Seinen Inhalt kann man nicht kaufen. Die Worte des Propheten muß man im Herzen tragen.« Er stand von seinem Hocker auf, nahm von einem Bord des Verkaufsstandes den Koran, der prachtvoll in Leder gebunden und mit goldener Schrift geschmückt war, und küßte ihn liebevoll. Dann schlug er das heilige Buch auf und zeigte es Ymme von innen, ohne es aus der Hand zu geben.

»Aber das kann ich gar nicht lesen«, stellte Ymme unglücklich fest.

»Schon unsere Kinder lernen es«, sagte der Buchhändler, und Ymme wußte nicht, ob sie aus seiner klangvollen Sprache Bedauern oder Überheblichkeit heraushören sollte. Er wandte seinen Kopf zur Moschee.»Hörst du sie? Sie haben längst gelernt, was du dir vielleicht im Moment wünschst. Aber dein Wunsch wird nicht anhalten.«

In diesem Moment tobten die Allerjüngsten aus der Moscheeumfriedung heraus, Jungen und Mädchen von etwa sechs, sieben Jahren. Ymme sah ihnen neidvoll nach und holte tief Luft.»Ich wünsche mir keineswegs, den Koran lesen zu können«, sagte sie bestimmt und wußte im gleichen Moment, daß sie gelogen hatte. Denn hier, von Büchern umgeben und unter dem Kreischen von Kindern, für die Lesen zu ihrem gewöhnlichen Tagwerk zählte, empfand sie erstmals im Leben den Verlust von Zeit, die Vergeudung von Möglichkeiten. Aber wem hätte sie vorwerfen können, daß niemand sie als Kind darin unterwiesen hatte?

»Also doch eine Barbarin?« Der Buchhändler starrte dem blonden

Mädchen mit dem feinen Gesichtsschnitt hinterher und war sich nicht ganz sicher, ob seine Beurteilung gerecht war. »Die vielen grüßen die wenigen, der Vorübergehende den Sitzenden, der Reiter den Gehenden«, zitierte er in Gedanken den arabischen Weisen. Dem Gast im Lande gebührt Aufmerksamkeit und Hilfe vor dem, der dort geboren ist. Möglicherweise hatte er sich falsch verhalten. Der alte Mann winkte eines von den Schulkindern heran und bat es, kurz auf seinen Stand aufzupassen.

»Ja, Abu«, versprach der Junge, baute sich hinter den Büchern auf, stemmte die Fäuste in die Seiten und blickte wild um sich. Wie ein Löwe würde er jeden verjagen, der es wagte, sich an den Büchern des Großväterchens zu vergreifen.

Der Buchhändler watschelte Ymme zwischen Kerzen- und Weihrauchhändlern nach, aber er war nicht mehr so gut zu Fuß wie in jüngeren Jahren. Ihr buntes Tuch leuchtete über mehrere Köpfe hinweg, als er neben dem Papierhändler innehielt und sich schnaufend auf dessen Verkaufstisch stützte. »Hat sie etwas gesagt, Chaldun?« verlangte er zu wissen.

»Wer soll was gesagt haben? Und was soll sie schon gesagt haben? Du balzt ja wie ein Auerhahn!«

»Du weißt genau, wen ich meine«, tadelte der Buchhändler streng. »Dies ist keine Frage des Frühlings, sondern der Höflichkeit. Sie ist schön wie ein Dschinn, und ich habe sie beleidigt.«

»Nun, das meine ich eben«, versetzte Chaldun grinsend. »Gesagt hat sie nichts, aber Augen gemacht wie ein kastilisches Rad.«

»Lauf ihr hinterher«, befahl der Buchhändler, »entschuldige dich bei ihr, und schenke ihr fünf Blätter. Ich werde sie dir bezahlen.«

Chaldun, der trotz seiner Jugend eine Organisation von Lumpensammlern in Neukastilien aufgebaut hatte, um die aussortierten Leinenabfälle an die Papiermühle in Jativa verkaufen zu können, und entsprechend materialistisch gesinnt war, schnaufte verächtlich. »Warum widmest du ihr nicht ein Gedicht? Muß es ausgerechnet mein Papier sein?« Dann griff er sich ein Bündel von sorgfältig geglättetem und sehr weißem Papier und hastete der Frau nach, die aus irgendeinem Grunde seines väterlichen Freundes Aufmerksamkeit gewonnen hatte.

Er umrundete Ymme in weitem Bogen, so daß er in der Lage war, ihr entgegenzukommen. Durch den Gruß, der ihr galt, wurde sie auf ihn aufmerksam. Chaldun hatte ein Gedicht auf der Zunge, das zu ihren Haaren paßte, und dieses wäre auch dem jugendlich entfachten Feuer des Buchhändlers angemessen gewesen. Rechtzeitig aber fiel ihm ein, daß sie Arabisch nicht würde verstehen können. Statt dessen ließ er sein schnelles Romanisch auf sie herabregnen wie einen Frühlingsschauer.»Ich überbringe dir die Entschuldigungen des Buchhändlers Ibn Mahmud. Er ist der Meinung, er habe sich falsch benommen. Weil er nun deinen Geschmack hinsichtlich Literatur nicht kennt, wagt er nicht, dir ein Buch zu schicken, und hofft, dir vielleicht einen größeren Gefallen zu tun, indem er leere Blätter überreicht, die du nach Gefallen füllen mögest.«

Ymme wagte nicht abzulehnen. Wahrscheinlich wäre sie ihrerseits unhöflich gewesen, obwohl sie überhaupt nicht begriff, warum der Buchhändler sich entschuldigte.»Ist dieses wirklich zum Beschreiben?« vergewisserte sie sich leise. Aber während sie es an sich drückte, wußte sie bereits, was sie damit anfangen wollte...

Der Papierhändler kratzte sich hinter dem Ohr und verzog den Mund.»Zum Schreiben. Ja, gewiß. Könnte man es zu etwas anderem benutzen?«

»Nein, so meinte ich es nicht«, erwiderte Ymme hastig.»Ich kenne nur Rinderhäute...«

Der Händler lachte verschmitzt.»Wir wundern uns immer über die vielen Ochsen in den christlichen Klöstern. Was du sagst, erklärt alles zu meiner Zufriedenheit.«

Ymme stimmte in sein Lachen ein, und der Papierhändler verstand mit einemmal, warum sein Freund so außer sich gewesen war. Die Fränkin war umgänglich und klug dazu. Sie würde möglicherweise eine Konkubine von erfrischender Andersartigkeit werden.

10. Beseelte Sphären

Nervös wartete Ymme auf den Beginn des Unterrichts. Als es soweit war, trug sie vorsichtig Papier, Schreibrohr und ein Tintenfläschchen in den Empfangsraum hinüber. Drei andere junge Leute saßen bereits auf den dicken bunten Kissen, zwei Männer und eine Frau. Ihre Köpfe wandten sich nach vorübergehender Verwunderung wieder aufmerksam der Tür zu, die zu den Privatgemächern des Meisters führte. Ymme kauerte sich neben das junge Mädchen auf ein viertes bereitliegendes Kissen. Als sie sich unauffällig umsah, entdeckte sie in einer Ecke des Zimmers auf einem niedrigen Hocker angehäufte Früchte, einen Zwiebelzopf, Knoblauch, eine randvolle Tonkanne mit Öl und einen duftenden Brotfladen. Kurz danach betrat Meister Isa ibn Hamdus al-Dschayyani mit hocherhobenem Kopf den Unterrichtsraum, gekleidet in die schwarze Robe des Weisen mit weiten Ärmeln. Unter dem Arm trug er ein Buch, das er jedoch nicht aufschlug. Er begann seinen Unterricht mit leiser, melodiöser Stimme wie ein Dichter seinen Vortrag.

»Wir setzen die Lesung aus meinem Buch ›Vom erhabenen Mikrokosmos und der Pflicht zur Gotteserkenntnis‹ fort an der Stelle, an der wir in der letzten Stunde aufhörten. Ich wiederhole nur für meine neue Schülerin, daß ich meine Lehren zusammengestellt habe aus den Worten der Philosophen älterer und neuerer Zeit und aus den Werken verschiedener Verfasser. Vielleicht werde ich zuweilen Erörterungen einzelner in größeren Zusammenhängen bringen, aber ich halte es für müßig anzugeben: der war es, und der hat gesagt ... Soviel dazu. Nun zur Stellung der Philosophie: Sie nimmt die höchste Position ein. Warum? Sie schürt die Sicherheit der Unsicherheit, Gott zu begreifen. Sie läßt zweifeln. Sie stürzt in Abgründe; sie erhebt. Mit anderen Worten: Sie unterstützt den Gläubigen in der Pflicht, nach Gotteserkenntnis zu streben. Ihr Wesen ist Sehnsucht. Ihre Wirkung ist die, daß wir Gott ähnlich zu werden suchen.«
Einer der jungen Männer, mit dunkelbraunen Haaren und schlaffen Gesichtsmuskeln hob lässig den Arm. Der Meister dozierte mit fast geschlossenen Augen, als habe er die Anwesenheit seiner Schüler vergessen. Endlich gab er dem jungen Mann fast erschrocken das Wort.

»Ist diese Sehnsucht dieselbe, von der unser Erster Lehrer in seinem zwölften Buche der Metaphysik spricht?«

»Eben dieselbe«, bestätigte Meister Isa feierlich. »Alles mündet in Aristoteles. Die von ihm postulierte Sehnsucht ist die Ursache steter Bewegung aller beseelten Sphären, von der höchsten bis zur niedrigsten.«

»Meister. Welches sind die beseelten Sphären?«

»Alle Hohlkugeln, die sich konzentrisch um die Erde schichten, mein Sohn«, führte Don Isa wohlwollend aus. »Sie halten Ausschau nach der höchsten Intelligenz, nach Gott, und diese ihre Sehnsucht beflügelt ihre Bewegung. Im kleinen folgen alle Dinge den großen Sphären – alles ist eine unendliche Kette von Ursachen und Wirkungen. Im Gegensatz zu diesem Makrokosmos steht der Mensch, den ich als Mikrokosmos bezeichne.«

Plötzlich gluckerte es tief im Hals des jungen Mädchens neben Ymme. Der Meister verstummte und sah sie so streng und auffordernd an, daß sie keine Wahl hatte, als ihr Lachen zu begründen. »Wenn nun nachweislich ein Ding keine Bewegung zeigt, hat es dann schlüssig auch keine Intelligenz?«

»Ja, gewiß . . .«, begann der Meister, um dann mitten im Satz abzubrechen und anders fortzufahren. Ein Blick zu seinem vornehmsten Schüler bestätigte ihm leider, daß dieser die Anspielung noch nicht verstanden hatte. »Urraca, solltest du, wie so oft, einen Mitschüler aufs Korn genommen haben, so muß ich dich bitten, dich aus dem Unterricht zu entfernen. Solltest du noch ein einziges Mal durch unsachliche Beiträge dein Licht glänzen lassen wollen, sehe ich mich genötigt, mit deinem Vater zu sprechen.«

Urraca ließ reuevoll den Kopf hängen, was den Meister sofort wieder milde stimmte. Durch eine Handbewegung gebot er ihr sitzen zu bleiben. Kaum sah er weg, blinzelte sie Ymme vergnügt zu.

Wahrscheinlich war sie es gewöhnt, daß Isa ibn Hamdus ein wenig drohte, dachte Ymme und lächelte zögernd zurück. Bei vier Schülern konnte er es sich vermutlich nicht leisten, auch nur einen einzigen zu verlieren.

Plötzlich merkte sie auf, weil der Meister seine Stimme erhoben hatte. Er beauftragte den von Urraca bespöttelten jungen Mann, sich auf eine Disputation mit ihm, dem Meister, über die »Materie, deren notwendige Ursache Gott ist« vorzubereiten. Gewiß galt dies als Entschädigung für die Beleidigung, denn als sie nun in eine Pause entlassen wurden, wälzte sich der Jüngling hochnäsig an Urraca vorbei. Im Vorübergehen bedachte er auch Ymme mit einem verächtlichen Schnauben.

Urraca nahm Ymme bei der Hand und zog sie hinaus in den Brunnenhof. Die Sonne stand hoch am Himmel und schien frühlingshaft und angenehm warm auf sie herunter. Das junge Mädchen lehnte sich an eine der Arkadensäulen und wärmte sich den Rücken wie eine alternde Katze. »Nun erzähle, wer du bist«, forderte sie mit geschlossenen Augen. »Und verschweige mir nichts. Ich bekomme alles heraus, dafür bin ich berühmt – und gefürchtet bei solchen Idioten wie Ibn Daud.«

Ymme mußte lachen. Sie glaubte ihr aufs Wort. Dann erzählte sie ihr das Wichtigste. Urraca gefiel ihr, sie war ungewohnt freimütig im Vergleich zu den zurückhaltenden Menschen, die sie bisher kennengelernt hatte. Ihr sehr schmales Gesicht hatte eine bräunliche Haut, die faltenlos und makellos rein war. Das schwarze Haar hatte sie unter dem Kopftuch zu einem Zopf aufgesteckt, und er schien genauso lockig und etwas wirr befestigt zu sein wie Ymmes eigener.

Endlich fühlte Urraca sich genügend gestärkt, um der neuen Mitschülerin zu antworten. »Ach, du Ärmste«, sagte sie, »all die Fächer! Und noch den Koran dazu. Ich nehme an, daß du ihn nicht einmal lesen kannst?«

»Nein«, gab Ymme zu. »Und heute habe ich auch kaum etwas verstanden.«

»Kann man dir nicht übelnehmen«, stellte Urraca sachkundig fest. »Den Meister versteht auch sonst keiner. Außer Ibn Daud. Der liest ihm jedes Wort von den Lippen ab. Da er der einzige ist, ist er der Lieblingsschüler des Meisters.« Aber Urraca lachte, und Ymme glaubte keine Sekunde, daß sie nichts verstand. Dann folgte sie ihr zurück in den Unterrichtsraum.

Mit einigen Minuten Verspätung traf der Meister ein. Urraca putzte sich verstohlen mit geziert abgespreiztem kleinem Finger die Mundwinkel und einen imaginären Bart und hob dann die Augenbrauen. Ymme nickte: er hatte inzwischen einen kleinen Imbiß zu sich genommen. Ihr Magen knurrte ebenfalls.

»Ist die Materie ungeworden und ewig wie Gott – oder wurde sie erschaffen?«

Diese Frage beinhaltete das Disputationsthema von Ibn Daud. Prompt meldete er sich.»Im Namen Allahs, des Erbarmers, des Barmherzigen! Erschaffen hat er die Himmel und die Erde zur Wahrheit. Erhaben ist er über das, was sie ihm beigesellen.« Undiszipliniert rief Urraca dazwischen:»Du Tölpel! Gott ist ewig. Wie kann er sich dann plötzlich besinnen und eine Welt schaffen?« Mit rechtschaffener Miene betrachtete der fette Ibn Daud die junge Frau.»Nicht wahr, Meister, Gottes Wort muß nicht erklärt werden? Wenn du die sechzehnte Sure auswendig wüßtest, hättest du nicht fragen müssen, Urraca.« Der Meister lächelte milde.»Alle Völker der drei Bücher glauben an die Erschaffung der Welt durch Allah, Gott oder Jahwe. Ihr habt beide recht: es ist ein Dilemma, das viele Philosophen beschäftigt. Gott ist ewig – und das Entstehen der Welt ist nur erklärbar durch Emanation, das Verströmen seiner Selbst ohne Abnahme oder Veränderung seiner Kraft. Gott hat die Welt nicht erschaffen müssen – sie ist durch ihn.«
»Was ist Emanation?« Ibn Daud, natürlich.

Ymme gewann den Eindruck, daß der Lehrer und sein Meisterschüler sich die Bälle zuspielten.

»Viele Theosophen und Mystiker haben versucht, die Emanation bildlich begreiflich zu machen. Es gelingt nicht, denn wer kann Gott erklären? Ihr müßt euch zufriedengeben mit dem Hinweis auf die Sonne: ihr Licht ist Leben – und ihre Kraft nimmt nie ab. Was die menschliche Intelligenz betrifft, so steht sie im selben Verhältnis zu Gott wie das Licht der Sonne zu seiner Quelle.«

»Auch bei Ibn Daud?« flüsterte Urraca vernehmlich.

»Was aber würdet ihr antworten«, fuhr der Meister mit erhobener Stimme fort, »wenn einer behauptete, daß in der Materie, welche ewig ist, alle Formen bereits enthalten seien; eine einzige von ihnen kristallisiere sich heraus und erscheine uns als Wirklichkeit?«

»Verbrennen! So sprechen Häretiker!« trompetete der Lieblingsschüler.

»Daß Gott ewig ist, ist unumstößlich und zugleich das einzige, was unumstößlich ist«, rief Urraca. »Alles andere darf behaupten, wer es gut belegen kann! Nicht häretisch!«

Der Meister lächelte listig. Es lag nicht in seiner Absicht, die Kontroverse zu vertiefen. Man näherte sich wankendem Boden, und die zunehmenden erzbischöflichen Eruptionen der letzten Wochen geboten Vorsicht. Trotzdem setzte er zu einer Erklärung an. »Unser erster Lehrer Aristoteles hat ein gewaltiges Gedankengebäude erschaffen. Noch zu seinen Lebzeiten fingen die Denker an, alle Türen zu öffnen, die er vorsorglich eingebaut hatte. Es gibt nun leider aber auch Pseudodenker, die eine Tür öffnen, die sie lediglich zu sehen glauben. Nicht immer führt eine derart gedachte Tür zu einem realen, ja zuweilen nicht einmal zu einem imaginären Zimmer. Ein solcher Mann in einem Zimmer, das es nicht gibt, mit einer Tür, die nicht vorhanden ist, war Ibn Ruschd. Es war seine Theorie, die ich euch vortrug. Er starb als muslimischer Häretiker in der Verbannung. Die christlichen Lehrer kennen ihn kaum, aber zweifellos wäre er auch für sie ein Häretiker.«

Ibn Daud strahlte wegen seines hervorragenden Instinkts, aber Urraca maulte über den Abbruch der Diskussion. Zu gerne ging sie reizvollen Thesen nach, an denen sie ihren Geist schärfen konnte. Es war wie ein Schachspiel ohne Figuren: die Art des Sprungs stand fest, aber unter den Figuren durfte man frei wählen.

Von diesem Mann hatte der jüdische Arzt gesprochen. Ymme erinnerte sich nun wieder sehr genau. »Es gibt auch Christen, die die Erschaffung der Welt unabhängig von Gott erklären«, warf sie ein, zaghaft zunächst, weil sie nicht wußte, ob sie alles verstanden hatte. »Für sie ist Gott ewig – die Welt aber wurde nicht von Gott, sondern von einem seiner Geschöpfe, von Luzifer, erschaffen; so erklären sie das Böse auf der Welt.«

»Luzifer als Emanation Gottes!« Urraca lachte und klatschte entzückt in die Hände. Endlich ein ganz neuer Sprung. Ihr Lehrer, der Verehrungswürdige, konnte manchmal zum Sterben langweilig sein.

Meister Ibn Hamdus blinzelte ein wenig. »Dualismus. Er liegt weit abseits des Unterrichtsstoffs. Ich würde ihn als Kehricht bezeichnen. Ich möchte davon nichts hören. Auch würde ich dir raten, ihn in dieser Stadt nicht zu erwähnen. Der Erzbischof ist gegen Ungläubige aller Schattierungen sehr empfindlich. Und seine Waffen sind sehr scharf.«

Ymme fühlte sich unnötig hart getadelt. Sie hatte die Meinung der Katharer nicht als eigenes Gedankengut verbreitet. Ungeduldig sehnte sie das Ende des Unterrichts herbei.

Der Meister anscheinend auch. Er kam sehr schnell zum Schluß; dann bedankte er sich bei den Schülern für die Lebensmittel, besonders überschwenglich bei dem schmächtigen Jüngling, der kein einziges Wort gesagt hatte und nun schreckhaft zusammenzuckte.

Unendlich viel später, als die Sonne bereits tiefen Nachmittag und ihr Magen hohle Leere anzeigten, wurde Ymme zum Essen gerufen, einem Salat in viel Öl und danach einer mit Brot angedickten, mit Knoblauch gewürzten Suppe, in der ein Ei schwamm. Es schmeckte vorzüglich, aber ihre Erwartung war nicht befriedigt worden, und so blieb sie zu ihrer eigenen Beschämung hungrig. Auch hungrig nach Unterricht und nach Wissen blieb sie an diesem und an vielen weiteren Tagen, und das war viel schlimmer zu ertragen.

Sie zählte längst nicht mehr die Tage, die sie bereits im Hause des Meisters lebte, als dieser sie nach der Mahlzeit rufen ließ. Meister Isa lief zwischen den Arkadensäulen umher wie ein Hahn hinter dem Zaun. Nicht einmal seinen geliebten Finken gönnte er einen Blick. »Es wartet eine begüterte Dame mit ihrer Tochter im Empfangsraum«, schnarrte er nervös. »Wo warst du nur? Eine Schülerin hat sich Tag und Nacht bereitzuhalten. Sie ist nicht adelig, aber man kann erwarten, daß sie sich erkenntlich zeigt. Du wirst mir zur Hand gehen.«

Unter Entschuldigungen lief Ymme hinter dem Meister um das Wasserbecken herum. Don Isa hatte sich nach der Hauptmahlzeit umgezogen und das schwarze Lehrergewand gegen eine lange grüne Seidenjacke und eine runde Kappe aus bunten Seidenstreifen ausgetauscht. Als Ymme fand, daß sie sich nun genug entschuldigt habe, bemerkte sie erheitert, daß der Meister seine Arme in zu kurzen Ärmeln zu verstecken suchte.

Im Unterrichts- und Empfangsraum, der nun endlich auch Untersuchungsraum war, wartete eine Frau, dünn wie ein Schreibrohr und zu alt für eine Tochter. Hinter dem tragbaren Schirm, dessen vier Wände mit Seide bespannt waren, summte eine Frauenstimme ungeniert falsch ein Lied. Die Stimme gehörte also zur Tochter, doch war sie vermutlich nicht wegen ihrer grauenhaften Unmusikalität hier. Meister Isa grüßte förmlich, komplimentierte die Frau auf die Kissen und bat sie, ohne Umschweife zu erzählen, was sie und ihre Tochter herführe.

»Meine Tochter ist in gesegneten Umständen«, berichtete die ältere Frau und blähte sich vor Stolz auf. »Nach so langer Zeit, gelobt sei

Jesus Christus! Da es das erste ist, möchten wir wissen, ob es ein männliches Kind ist, Hakim.« Ibn Hamdus nickte verständnisvoll und legte die Fingerspitzen aneinander. »Unser verehrter Meister Hippokrates hat folgendes gelehrt.« Die Schwangere hinter dem Schirm beachtete er nicht, aber die Mutter fixierte er wie eine Schlange die Maus, während er anfing, mit tragender Stimme zu rezitieren: »›Wenn der Same der Frau und der des Mannes beide zusammen kräftig sind, so wird das Kind ein Knabe; wenn der Same beider dünn und schwach ist, wird es ein Mädchen. Im Samen beider ist sowohl das Männliche als auch das Weibliche.‹ Aristoteles aber hat gelehrt: ›Wenn die Wärme im Samen vorherrschend ist, so wird das Kind männlich; wenn aber die Kälte siegt, so wird das Kind weiblich. Daher ist der Mann schneller in der Bewegung und tiefer in der Sprache, sein Glied ist kalt und herabhängend; aber den Samen schleudert er wegen seiner Wärme kräftig ins Innere hinein.‹«

Die Mutter nickte beeindruckt. Hinter dem Wandschirm ging das Singen in ein verschrecktes Weinen über, das sich zum verzweifelten Heulen steigerte.

»Warum macht Eure Tochter diese unnützen Geräusche?« fragte Ibn Hamdus aufgebracht. »In jeder Weise.«

Als Ymme hinter den Schirm blickte, hockte dort eine baumlange Frau auf einem Scherenstuhl, mit einem schwärzlichen Ansatz von Schnurrbärtchen über den Lippen und weit über das Alter für ein erstes Kind hinaus. Die dunklen Ringe unter den Augen warfen ein düsteres Bild auf ihre Schwangerschaft.

»Hör auf zu brüllen, Petronilla, davon bekommst du schlechte Augen!« schmetterte die Mutter.

»Warum weint Ihr, Doña Petronilla?« übersetzte Ymme freundlich.

»Woher weiß der Hakim, daß das Glied meines Mannes kalt und herabhängend ist?« schluchzte die Klientin. »Es schlenkert wie eine Kälberzunge, wenn er mir beiligen will. Wenn es eine Tochter wird, wird er mich schlagen.«

Ymme, die bei ihrem Anblick sehr nachdenklich geworden war, gab ihr im stillen recht. Der Samen einer solchen Frau konnte nicht anders als dünn sein. Aber da sie als Schülerin anscheinend für die Hilfsarbeiten zuständig war, schüttelte sie begütigend den Kopf.

Die Mutter preßte die Hände über ihren Mund und blickte den

Meister bestürzt an. Zwischen den Fingern hindurch bekannte sie: »Ich habe meinem Tochtermann einen kräftigen Erstgeborenen versprochen, wild wie ein Wolfsjunges, hungrig wie ein Bärchen und rundbäuchig wie ein Zicklein mit zwei Müttern.«

»Man darf nicht das Halsband kaufen, bevor man den Windhund gekauft hat«, murmelte der Meister abwesend und besann sich dann auf sein Geschäft, wozu er das einschlägige Buch aus einem Gestell an der Wand hervorzog. Er blätterte eilig in den Seiten.

»Gelockt hast du ihn«, schrie die Schwangere leidenschaftlich, stieß Ymme beiseite, sprang hinter dem Schirm hervor und trat in ungezügeltem Jähzorn gegen ein Kissen, dessen gelbliche Federn hervorquollen wie das Gekröse eines überfütterten Schlachttiers und dann über dem Teppich zerstoben. »Eingekauft und ausgezahlt! Mit dem Erbe meines Vaters! Ich wollte ihn nicht, den Schlappschwanz!«

»Wolltest du unverheiratet bleiben wie eine Hure?« kreischte die Mutter.

Ibn Hamdus hatte gefunden, was er suchte, und hob würdevoll die Hand. Die Frauen schwiegen betreten. Ymme setzte sich erleichtert.

»Meister Hippokrates sagt auch, daß der Baum, der auf guter Erde steht, so groß werden wird wie die Bäume von Tabaristan, womit er sagen will: wie die Zedern des Heiligen Landes oberhalb des Grabes unseres Herrn Jesus Christus.«

Die alte Frau strahlte; selbst die jüngere verlor ihren mürrischen Ausdruck und wagte den Meister anzusprechen: »So haltet Ihr mich für eine gute Erde, Hakim?«

Der Meister schlug das Buch zu. Aus verschiedenen Gründen kannte er sich in den Büchern des Aristoteles wesentlich besser aus als in den Schriften des Hippokrates. »Ohne Zweifel, meine Tochter. Hat nicht auch Aristoteles gelehrt, daß die Fetten unter den Menschen und den übrigen Lebewesen wenig Samen und daher auch wenig Kinder haben? Du dagegen bist wohltuend dürr wie eine getrocknete Pflaume. Aus denselben Gründen beschneiden übrigens die Bauern die Zweige ihrer Bäume, damit die Nahrung zu den Früchten kommt und nicht zu den Zweigen.«

Die Mutter sagte sehr zufrieden: »Ihr seid ein ebenso guter Arzt wie Euer verstorbener Bruder, Gott hab ihn selig. Was die Leute sich erzählen, stimmt nicht. Ich werde Euch die eine Hälfte des Honorars jetzt auszahlen, die zweite nach der Geburt des Stammhalters.« Sie wedelte verlangend mit der Hand und ließ sich von ihrer Tochter hochziehen, was eher eine Forderung des Respekts schien als eine Notwendigkeit des Alters.

Ibn Hamdus blieb als einziger sitzen und machte Ymme heftige Zeichen, sich verstärkt um die Kundinnen zu kümmern. Dann faltete er fromm die Hände und beugte sich vor. »Für meinen Ratschlag nehme ich keine Gebühr; jedoch wäre mir der Zeitaufwand zu ersetzen.«

»Den hat er jetzt gehabt«, warf Petronilla vernünftig ein und setzte ein triumphierendes Lächeln auf, als ihre Mutter trotz eines schiefen Blikkes widerspruchslos zum Beutel griff.

»Der Zeitaufwand eines Philosophen mit Gehilfin ist nicht gering zu veranschlagen«, fügte Hakim Isa ibn Hamdus al-Dschayyani hinzu und reckte erwartungsvoll den Hals, als Ymme resolut die Hand aufhielt. Die Kundin ließ eine Münze nach der anderen hineinträufeln.

Als sie – über die Lebensnotwendigkeit hinaus – schon für die Bequemlichkeit des Lebens ausreichend bezahlt hatte und allmählich beim Luxus anlangte, nickte Don Isa widerwillig. Der Münzenstrom versiegte.

»Das Leben eines Knaben kann nie zu teuer sein«, murmelte der Hakim und begleitete die Frauen persönlich durch den Hof bis ans Tor. »Geht mit Gott.«

Als er zurückkam, war Ymme dabei, die Kissen aufzuschütteln. Don Isa rieb sich die Hände und forschte dann nach dem Geld, das sie als Türmchen auf einem Buch aufgeschichtet hatte. »Prächtig!« sagte er während des Zählens und verschwand ohne ein weiteres Wort dorthin, wo seine Schüler keinen Zutritt hatten.

Ymme ging nach einer Weile ratlos hinaus. Noch immer wußte sie nicht, ob er wirklich verlangte, daß sie Tag und Nacht zur Verfügung stehe. Im Hof rannte der Zwerg sie fast um, der so eilig mit rückwärts gerichtetem Kopf dem Tor zustrebte, daß er nicht einmal das Ende der ihm von Isabella nachgebrüllten Anweisungen abwarten konnte.

»Heute gibt es ein Festessen«, trällerte er mit hoher Stimme, »Wein, ein Zicklein vielleicht, Rebhühnchen, einen Hecht, wenn ich einen auftreiben kann...« Danach schlug das Tor zu, und Ymme hörte nur noch den allgemeinen Lärm der Straßen, der wie eine Dunstglocke über der Stadt zu hängen schien.

Nicht lange danach schien der Wirbel, den der Zwerg auf die Straße hinausgetragen und wieder zurückgebracht hatte, den ganzen Haushalt zu erfassen. Beladen mit Gemüse und Obst von der Alcaná, Fleisch aus der Fleischhalle der Judería und Wein aus ganz Kastilien, stolperte er singend über den Hof.

Es wurde spät, bis herrliche Düfte den Hof durchzogen und Berenguela und Isabella das Essen auftrugen. Ymmes Nase machte Thymian, Knoblauch, Zitrone, Lorbeer und Oliven aus, und über allem lag der schwach beißende Geruch von Holzkohle.

»Du hast mir Glück gebracht, Doña Iume de Lubicensis«, lallte Ibn Hamdus, der zusammen mit dem Zwerg in einer Ecke saß, und trank ihr mit einem Gläschen einer glasklaren Flüssigkeit zu.

Ymme nippte gehorsam an dem Trank, den Berenguela ihr nach dem geschmorten Feldzicklein, dem Eintopf auf weißen Bohnen, Rüben und Golddisteln und dem Rebhühnchen mit Kohl sowie dem würzigen Schafkäse hingestellt hatte. Er verschlug ihr vor Schärfe den Atem. Nach dem ersten Schlückchen klärte er aber auch ihre Gedanken, denn endlich begriff sie, daß es ein armes Haus war, an das sie sich vertraglich gebunden hatte. Der Reichtum mußte vom verstorbenen Bruder stammen – und vielleicht bestand er nur aus dem prachtvollen Anwesen.

»Al-Barquq«, schwärmte der Meister mit träumerischem Blick, »die Pflaume ist die Frucht des Paradieses: saftiger als die Feige, köstlicher als die Naranja, süßer als asch-Schekkar. Und vergoren bringt sie himmlische Freuden.«

»Welch ein Segen, daß du dir die himmlischen Freuden nicht jeden Tag leisten kannst. Es könnte leicht sein, daß dann noch weniger Patienten deinen Rat suchen würden«, bemerkte Isabella säuerlich, aber nicht allzu laut.

Doch hatte Don Isa mit der hellhörigen Empfindlichkeit eines leicht Angetrunkenen sie sehr wohl verstanden. »Glaubst du, ich hätte noch nicht einmal den Verstand eines Schädelpolierers? Mäßige deine Zunge, Isabella«, brauste er auf. »Wenn ich mir auch kein zweites und drittes Weib nehmen werde wie ein Muslim, so kann ich mich doch leichter von dir trennen als ein Jude von seiner Frau.«

Statt aller Worte lachte Isabella meckernd. Hinter den falschen Tönen konnte Ymme unschwer ihre Angst heraushören, aber derzeit waren ihr die Sorgen anderer gleichgültig, sie kämpfte mit ihren eigenen: Wenn die ärztliche Praxis des Hakim so klein war, daß sie nicht jeden

Tag genug zum Leben einbrachte – wann würde sie dann ihre Lehre beenden? Worauf, um Gottes willen, hatte sie sich eingelassen?

Am nächsten Morgen war sie früher auf als alle anderen, und sie wäre, immer noch ratlos, stillschweigend auf den Markt gegangen, wenn der Zwerg ihr nicht im Innenhof entgegengetaumelt wäre. Sein Kopftuch war unordentlich gewickelt und sein fast dreieckiges Gesicht jämmerlich bleich. »Der verfluchte Pflaumenschnaps!« wimmerte er mit halbgeschlossenen Augenlidern. »Beim Barte meines elfenbeinfarbenen Ziegenbocks: Ich schwöre, ich rühre ihn nie wieder an!«

»Hast du Kopfschmerzen?« fragte Ymme.

»Wie kannst du fragen, blondes Weib!« Der Zwerg zog eine Grimasse und breitete dann seine dünnen Arme aus. »Dreimal so breit ist die Öffnung des Bab al-Mardum. Aber ob du's glaubst oder nicht: ich bin lieber in das Bad am Platz der Brunnen gegangen. Für meinen Kopf gibt es heute kein passendes Tor!«

»Soll ich dir eine Medizin machen?« fragte Ymme hilfsbereit, obwohl es weder ihr Haus noch ihre Kräuter waren.

Der Zwerg zog die Arme ein und starrte sie an. »War deine Frage zweifelhaftes Romanisch nach fränkischer Art, oder war dein Angebot echt?«

»Ich meinte einen Trank gegen deine Kopfschmerzen.«

Der Kleine schüttelte erstaunt den Kopf und rollte schmerzverzerrt mit den Augen. »Noch nie hat jemand eine Medizin für mich gemacht. Mein Kopf ist fast leer, aber ein Gedichtchen befindet sich noch darin, und das möchte ich dir zum Dank schenken. Es ist nicht von mir, aber fast so gut, als hätte ich's selber gemacht. Hör zu:

›Zertritt nicht die winzige Ameise,
die da ein Korn schleppt.
Sie hat ein Leben wie du
und will's nur in Frieden genießen.‹«

Ymme ging spontan auf ihn zu und umarmte ihn. »Danke! Mir hat noch nie jemand ein Gedicht geschenkt.«

Des Zwergs Gesichtszüge wechselten von Geniertheit über Verwunderung zu Freude. Er klatschte in die Hände und griff sich dann an den Kopf. »Tut mir leid«, murmelte er. »Vor allem, daß ich dir deine Freude trüben muß. Es wird keine Medizin geben.«

Ymme schob ihn vor sich her in den Kräuterraum. Er sperrte sich wie die widerstrebenden Kinder im Preetzer Kloster. Genau wie Schwester Gunhilde hätte sie ihn beinahe mit »papperlapapp« zu beruhigen versucht. »Natürlich wird es«, sagte sie statt dessen, »natürlich.«

An der Schwelle packte den Zwerg wirkliche Angst. »Er erlaubt es nicht«, zischelte er und sah sich besorgt um. Der lange Gang zwischen den geweißten Wänden war jedoch leer.

Solche kindischen Einwände kannte Ymme ebenfalls. Mit den Händen auf dem Rücken sah sie sich um, ob sie ein Mittel finden konnte, das sie kannte. Hirschzungenfarnpulver, Veilchensaft und Apfelknospenöl waren gute Mittel gegen Kopfschmerzen, jedes zu seiner Jahreszeit.

An zwei Seiten des Zimmerchens waren deckenhohe Regale angebracht, an der dritten befand sich unterhalb des winzigen Fensterausschnitts ein Arbeitstisch. Krümel und ein benutztes Messer lagen darauf. Der Meister pflegte offensichtlich nicht Staub zu wischen. Als sie mit der Nase einem seltsam stechenden Geruch nachging, stieß sie auf ein Tiegelchen Fett, wahrscheinlich Butter; daneben weißes, ranziges Fett, das nach Bock stank, Öle mit runzeliger Haut, eingedickte Flüssigkeiten mit grünlichem Pilzbefall und eine Menge undefinierbarer Dinge.

Ymme stieg die Röte ins Gesicht. Esclarmondes Auffassung von Arzneimitteln war eine durchaus andere als die des Meisters: eingestaubte Blätter und überalterte Fette hatten nicht dazugehört. Regungslos entschloß Ymme sich zum Handeln. Sie würde nicht davor zurückschrecken, hier sauberzumachen.

Lediglich an der Übersichtlichkeit hätte auch Esclarmonde nichts zu bemängeln gefunden. In großen schwarzen Buchstaben waren die Medikamentenbezeichnungen auf den Tiegeln und hölzernen Röhrchen verzeichnet. Aber die Zutaten für den Kopfschmerztrank würde sie hier nicht finden.

Als sie sich zu dem Zwerg umdrehte, hatte der sich aus dem Staub gemacht.

Vom Ende des langen Ganges waren die Stimmen des Meisters und Isabellas zu hören. Sie stritten sich in abgehackten, gezischten Worten.

205

Ymme konnte und wollte nichts verstehen und trat aus dem Medizinraum, damit ihre Anwesenheit bemerkt wurde.

Isabella schwieg abrupt, der Meister aber machte wütende lange Schritte, bis er vor Ymme stand. »Was machst du hier?« herrschte er sie an. Ymme ließ sich nicht einschüchtern. »Ich suchte eine Medizin«, erklärte sie, »aber bevor man hier etwas findet, muß man erst einmal saubermachen. Ich kann mir nicht denken, daß Ihr ranziges Fett und stinkende Exkremente für irgendeine Medizin benötigt, noch nicht einmal als Brechmittel.«

Die Wut des Meisters mäßigte sich. Seine schwarzen Augen verrieten argwöhnische Wachsamkeit, und doch stimmte er ihr unerwartet zu. »Wirf nichts fort, was noch brauchbar ist«, befahl er nörgelnd und setzte sich wieder in Bewegung.

Ymme nickte stumm hinter ihm her. Geizkragen, dachte sie.

Sie arbeitete den ganzen Vormittag.

Als sie kurz vor dem Beginn des Unterrichts fertig war, standen nun leere Töpfe, Tiegel, Schalen, Kästchen und Röhrchen auf dem gesäuberten Regal. Pulver, soweit sie trocken waren und ihren Eigengeruch aufwiesen, hatte sie nicht angerührt, genausowenig wie stark duftende Öle und Säfte in verschlossenen Glasgefäßen. Sie brachte den Kübel mit dem unappetitlichen Gemenge überalterter Flüssigkeiten, Pulver und Fette in den Brunnenhof und rannte dann mit einem vollbeschriebenen Blatt Papier in den Unterrichtsraum. Nun besaß sie eine eigene Aufstellung von Arzneimitteln – Bestandsliste einer kompletten Hausapotheke und Einkaufsliste zugleich.

Isa ibn Hamdus al-Dschayyani warf ihr einen bösen Blick zu, als gelte der Arzneischatz weniger als der philosophische Geistesschatz. Aber selbst daran störte sich Ymme nicht. Immer wieder betrachtete sie heimlich ihre Notizen und versuchte sich vorzustellen, was hinter den geheimnisvollen Namen stecken konnte: Karuba, Chamäleoneier, Amlag-Früchte, Askabira, al-Charschuf, Wasser von ar-Ruz, Galbanum, Qurraisch barri, Rhizinussamen.

Während der Meister an diesem Tage dozierte, ohne sich unterbrechen zu lassen, warf Urraca schnelle, neugierige Blicke auf Ymmes Papier. In der Pause studierten sie es ungestört gemeinsam im Schutz eines Hofwinkels. Die Sonne stand bereits hoch am Himmel, die weißgekalkten Wände reflektierten ihre Helligkeit unangenehm grell. Ymme kniff die Augen zusammen.

»Mußt du jemanden vergiften?« raunte Urraca ihr ins Ohr. »Tut es nicht auch ein Messer? Ich könnte dir ein scharfes leihen.«

»Urraca!«

Urraca schüttelte sich vor Lachen, als sie Ymme so entsetzt sah. »Sind alle, die am Rande des Eises wohnen, so unterkühlt wie du? Laß mich raten! Bestimmt hatte Gott alle heiße Materie schon für die kastilische Hölle aufgebraucht. Für euch blieb einfach nichts Feuriges mehr übrig. Ihr Ärmsten!«

»Nein, das glaube ich nicht«, widersprach Ymme und lachte mit.

»Hühnchen, die morgens gackern, werden mittags aus dem Tontopf geklopft«, warf ihnen hämisch Ibn Daud zu, der mit dem schmächtigen stillen Jüngling, auf den er unaufhörlich einredete, durch den Hof wandelte. Im Vorübergehen köpfte er eine der Geranien, die die Wände schmückten.

Urraca streckte ihm die Zungenspitze heraus.

»Ich kenne diese Bezeichnungen nicht«, bekannte Ymme. »Weißt du, worum es sich handelt?«

»Nur zum Teil. Ar-Ruz natürlich, der Reis; al-Charschuf ist die Artischocke, die anderen kenne ich nicht. Sie sind nicht gebräuchlich. Am besten fragst du einen Übersetzer; die haben schließlich täglich damit Umgang.«

»Was für Übersetzer?« fragte Ymme nach einer Weile. Sie mußte sich den fremden Begriff erst auf der Zunge zergehen lassen, bevor sie begriff, daß es Leute gab, die Worte von einer Sprache in die andere übertrugen.

»Es gibt eine bekannte Übersetzerschule am Platz der Brunnen«, sagte Urraca. »Aber in der Judería arbeiten auch welche. Vom Arabischen ins Kastilische, vom Syrischen ins Hebräische, von beiden ins Lateinische; Griechisch können auch einige: außer Lübeckisch kannst du bekommen, was du willst. Und bezahlst.«

Ymme stieß einen Seufzer aus. Das war der Haken. Die Bezahlung. Das Übersetzen war ein Beruf wie der Fischfang und das Kornmahlen. Der Käufer kaufte nicht den Fisch oder das Mehl, sondern das lateinische Wort.

Als die Unterrichtsstunde vorüber war, stellte Ymme beschämt fest, daß sie nicht einmal eine Ahnung vom heute abgehandelten Unterrichtsstoff hatte. Aber der Meister hatte nichts dagegen, daß Ymme am nächsten Tag auf den Markt ging, um Ersatz für die fortgeworfenen

Medikamente zu besorgen. Außerdem teilte er ihr mit, daß nach der Mittagsruhe die erste medizinische Lesung angesetzt sei.

Aufs höchste gespannt saß Ymme lange vor der verabredeten Zeit auf ihrem Kissen und wartete auf ihre Mitschüler. Daß es andere sein würden als während des philosophischen Unterrichts am Vormittag, war ihr klar.

Als der Meister kam, war sie immer noch allein. Ibn Hamdus äußerte sich dazu nicht, sondern schlug das Buch auf. Im Raum und auf dem Hof war es so still, daß Ymme die Buchblätter rascheln hörte. »Ich lese aus dem Buch ›Wiege der medizinischen Weisheit‹, das mein Bruder Juhannu ibn Hamdus al-Dschayyani für die Unterweisung seiner Schüler verfaßt hat. Als einzigem unter seinen Verwandten hat er mir die Lizenz erteilt, weiter daraus zu unterrichten. Es gibt nirgendwo jemanden, der dir diesen Unterricht bieten könnte, außer mir. Verstehst du?« Er blickte Ymme forschend an, und sie nickte überwältigt. Aber sie fragte sich, welche Rolle das spielen sollte.

»Ich beginne mit den Ursachen und dem Wesen der Krankheiten bei Frauen. Bekanntermaßen bedeutet Gesundheit eine harmonisch ausgeglichene Mischung der vier Kardinalflüssigkeiten, Blut und Schleim, gelbe und schwarze Galle. Krankheit entspricht infolgedessen einer fehlerhaften Säftemischung oder einer Veränderung dieser Säfte, man nennt es Dyskrasie. Das Gegenteil davon, die Eukrasie, ist der normale Stoffwechsel, die richtige Zufuhr, die ordentliche Ausfuhr. Vor allem bei der Frau ist die ungenügende Ausscheidung ein Hauptübel und die häufigste Ursache von Erkrankungen. Sie braucht in besonderem Maße die Reinigung, mehr als der Mann. Deshalb ist die Reinigung des Mannes unregelmäßig, zum Beispiel durch die Ausscheidung vermittels der Hämorrhoiden; und bedarf daher gelegentlich der Nachhilfe durch den Arzt oder den Bader mit Egeln oder Schnäpper.

Ist die Dyskrasie bei der Frau eingetreten, so kommt es nur in den seltensten Fällen zu einem Ausgleich der Primärqualitäten. In den meisten Fällen sammelt sich dagegen die Krankheitsmaterie an, bei Allgemeinkrankheiten im ganzen Körper, bei Lokalkrankheiten an bestimmten Stellen. Wenn die Natur den Kampf mit der Materie aufnimmt, so wird diese von der Naturheilkraft mit Hilfe der Körperwärme gekocht: der Mensch bekommt Fieber oder eine lokale Entzündung, und das Ergebnis dieses Stadiums ist die Ausscheidung von Stuhl, Harn, Milch, Schweiß und so weiter. Ja?« Ymme hatte fasziniert zugehört. Dies war endlich der Unterricht, auf den sie die ganze Zeit gewartet hatte. Da sie wußte, daß der Meister sich ganz gerne unterbrechen ließ, hob sie ohne Scheu die Hand. Er runzelte zwar die Stirn, aber davon ließ sie sich nicht abhalten. »Sind Männer und Frauen in dieser Beziehung gleich?«

»Ja, ja, gewiß«, bestätigte Ibn Hamdus und fuhr fort. »Das wichtigste Organ der Frauen ist die Gebärmutter. Sie ähnelt einem großen Schröpfkopf mit zwei Hörnern, die ihre Bewegungen weich abfangen sollen. Manche sagen, daß die Gebärmutter wie ein Tier unaufhörlich umherwandert und erst in der Schwangerschaft zur Ruhe kommt.«

Ymme meldete sich wieder. »Behauptet das auch Soranos, Hakim?« Sie war stolz auf ihre Kenntnisse über Soran; wenn es auch bitter wenig war, wollte sie doch gerne ihrem Lehrer zu verstehen geben, daß sie sich mit den Grundlagen der Medizin bereits befaßt hatte. Aber in diesem Fall kam der Umstand hinzu, daß sie Soran anders in Erinnerung hatte. Frau Cornela hatte zwar weniger über die Gebärmutter als über das Auge gesagt, aber nachdem sie beim Auge sogar die einzelnen Schichten und Häute unterschieden hatte, wäre es ihr bestimmt nie eingefallen, die Gebärmutter wie einen Frosch zu schildern. Ymme fürchtete fast: Soran auch nicht.

»Was auch immer Soranos sagt, ist gleichgültig. Mein Bruder, Gott habe ihn selig, sagt, und betroffene Frauen bestätigen, daß Hysterie entsteht, wenn das Tier in ihnen nicht zur Ruhe kommt. Die christlichen Kleriker empfehlen in solchem Fall klösterliche Abgeschiedenheit, um das Tier durch Gesang und Handarbeit zu beruhigen.« Doña Iume schwieg höflich, aber Ymme, die Urenkelin der ungezähmten Hodica, mußte sich auf die Lippen beißen, um die rebellischen Worte zurückzuhalten. Sie konnte nicht glauben, daß ein wesentlicher Teil ihres Körpers tat, wozu er Lust hatte, ohne ihren Willen zu berücksichtigen. Ymme senkte den Kopf und preßte die Nägel in die Handflächen.

»Kommt es aber zur Schwangerschaft und wächst der Fetus, das Kind also, ernährt es sich von den Kotyledonen, napfartigen Vertiefungen in der Gebärmutter, indem es an diesen saugt. So wird es an den Saugvorgang gewöhnt.«

Ymme beruhigte sich langsam wieder.»Meister?« fragte sie schüchtern,»würdet Ihr mir noch eine Frage zum Vorherigen erlauben?«
Er tat es widerwillig.
»Kann ein Arzt das Tier bei einer Untersuchung dingfest machen?«
Ibn Hamdus stöhnte laut.»Es ist eine üble Angewohnheit von euch jungen Leuten, die Weiseren beim Lehren zu unterbrechen. Der Stoff über die ›Praktischen Erfahrungen im Paradies des Weibes‹ wird in etwa sechs bis sieben Jahren gelesen werden, vorher nicht. Wenn du immer wieder unterbrichst, dauert es noch länger.«
Ymme nickte schreckerfüllt.»Gibt es denn auch beim Mann ein solches Tier?«
»Natürlich nicht«, widersprach der Hakim entrüstet.»Nie darf ein Mann es soweit kommen lassen, daß er das Gefühl hat, ein Tier herrsche in ihm! Die Frauen aber sind von ihrer Natur her schwächer, sie brauchen sich deswegen nicht zu schämen. Don Juhannu schreibt an anderer Stelle, daß Platon jungen Männern, die übermäßig in die Höhe schießenden Bäumen gleichen, empfiehlt, tüchtig zu koitieren. Sonst können sich melancholische Zustände einstellen.«
»Ist das nicht dasselbe wie Hysterie?«
»Das Gegenteil«, antwortete der Meister, nun allmählich aufgebracht.»Das Gegenteil. Deshalb sollen die Frauen ja ins Kloster, die Männer aber ins Hurenhaus.«
Ymme nickte.»Dann habe ich nun auch verstanden, warum der gute Gärtner das Aufschießen durch Verschneiden verhindern muß: damit die Nahrung zu den Ehefrauen und nicht zu den Huren kommt.«
Dem Meister traten die Augen aus den Höhlen. Vor Empörung wußte er nichts mehr zu sagen. Steifbeinig erhob er sich und verließ den Unterrichtsraum. Er hatte gleich geahnt, daß eine fremdländische Schülerin Probleme bereiten würde, selbst wenn es nur Sprachschwierigkeiten waren.
Ymme notierte beschwingt die letzten Worte des Meisters. Sie ahnte nicht, warum er die Stunde beendet hatte, aber vermutlich hatte ihn ein innerer Gong zum Essen oder Ähnlichem gerufen. Sie aber hatte endlich das Fadenende der medizinischen Wissenschaften in die Hände bekommen, und an ihm würde sie ziehen, bis sie alles vor sich ausbreiten konnte.
Ein Lied summend kehrte sie in ihren Schlafraum zurück.

Kurz nach dem Abendruf des Muezzins, an den sie sich nun schon gewöhnt hatte, wurde Ymme von der aufgeregten Berenguela geholt. Der Meister sei nicht im Hause, erklärte sie hastig, Isabella bei einer Nachbarin, und der Zwerg hocke vermutlich im Freudenhaus bei der üppigen Rothaarigen, die drei von seiner Sorte auf einmal bedienen könne.

Neben dem Tor stand ein kleiner Junge mit tränenüberströmtem Gesicht. Er umklammerte fest das Handgelenk der linken Hand, an der die zwei äußersten Finger in unnormalem Winkel abgespreizt waren.

»Er wußte sich keinen Rat, als zu uns zu kommen«, berichtete Berenguela. »Er ist der Sohn meines Vetters, aber Chaldun reist gerade über Land. Er besucht seine Lumpenaufkäufer.«

Ymme achtete nicht auf ihr Geschwatze. Sie setzte den Jungen auf den Brunnenrand und untersuchte die Finger behutsam. Sie waren eindeutig gebrochen und das Fleisch rund um die Bruchstelle teigig wie eine Pastete. »Warum bist du nicht gleich gekommen, als es passiert war?« fragte sie ihn liebevoll. »Jetzt muß ich dir Schmerzen bereiten, auch wenn ich es überhaupt nicht will.«

Er sah sie starr an, ohne zu antworten.

Berenguela redete auf ihn ein, und Ymme verstand kein Wort. »Er ist einverstanden«, sagte sie schließlich. »Er hält dich für eine Teufelin, aber es macht ihm nichts aus. Mut fehlt ihm nicht, und ein Krüppel will er nicht werden.«

»Warum soll ich eine Teufelin sein?« fragte Ymme abwesend, während sie darüber nachdachte, wie sie ohne den Zwerg eine hölzerne Schiene besorgen konnte. Der Kräuterraum enthielt fast nichts mehr, und Verbandmaterial war nie darin gewesen. Im Garten hinter dem Haus gab es keinen Baum und im Hof nur zwei Vogelkäfige – die allerdings aus lauter ebenmäßig runden, sauber geschälten Ästen zusammengebaut. Für zwei kleine Jungenfinger genau richtig.

»Weil du gemerkt hast, daß er nicht gleich herkam«, sagte Berenguela und schüttelte stellvertretend für die Mutter des Jungen den Kopf. »Die Finger stehen ab wie gebrochene Radspeichen, und der Racker geht angeln!«

»Als er angelte, standen sie noch nicht ab. Glaubst du, man kann die Finken in einen Käfig zusammensperren?«

»Soll der Junge in den anderen?« Berenguela war entsetzt, während der Kleine tapfer seine Hand in die Höhe hielt und auch nicht mehr weinte.

Ymme schüttelte den Kopf. »Ich brauche die Stäbe für seinen Verband.« Dann fiel ihr etwas Besseres ein. »Oder weißt du, wo der Hakim seine Schreibrohre aufbewahrt?«

Berenguela sah sie zweifelnd an, dann die Vogelkäfige, schließlich ihren Verwandten. Endlich entschied sie sich und rannte ins Haus. Nach einer Weile brachte sie mehrere noch nicht zugespitzte Schreibfedern zu Ymme. »Wenn die Finken sich grämen, hat keiner von uns gute Stunden«, sagte sie, nicht ohne den Vögeln einen bösen Blick zuzuwerfen. »Die Rohre wird er verschmerzen können.«

»Man kann ja auch wieder welche besorgen.«

Berenguela verzog die Mundwinkel geringschätzig nach unten. Als sie aber sah, wie sachkundig Ymme die Knochen in ihre richtige Lage versetzte, die Rohre abpolsterte und die ganze Hand schiente, stieg ihre Achtung ein wenig, gerade so viel, daß sie sich nicht mehr abfällig über sie äußern würde. Der Zwerg war schon nach wenigen Tagen ein Opfer dieser Franca rubia gewesen, aber sie war zum Glück kein Mann.

11. Die Übersetzerschule des Don Zag

Der Meister befahl dem Zwerg, Ymme beim Einkaufen der Arzneimittel zu begleiten, zum Weisen des Weges, zum Dolmetschen, zum
Tragen der Arzneimittel.»Eine Frau aus meinem Haushalt geht nicht
allein auf den Markt«, hatte er mit solcher Würde gesagt, daß sie
keinen Widerspruch gewagt hatte.

Der Zwerg, quirlig wie ein Lachs im Holzbottich, lief bald neben ihr,
bald vor ihr her, schob Leute beiseite und rief »Platz da!«, griff sich
eine Nuß oder eine Frucht von den Marktständen und ließ Ymme
probieren.

Nun kannte sie bereits manche Gesichter; die Verkäufer an den Stän-
den waren immer dieselben und die Käufer anscheinend auch. Der
junge dunkelblau gekleidete Gelehrte, der stets eine flüchtige Verbeugung andeutete, begegnete ihr fast jeden Tag.

Unwillkürlich schweiften ihre Augen zum Buchhändler hinüber; er
saß und blätterte in einem Buch, als sei er der Käufer und nicht der
Verkäufer. Hinter ihm strömten junge Leute aus dem umfriedeten
Moscheenbezirk heraus, Studenten, die in der Madrasa die Fächer
lernten, die der Hakim ihr am ersten Tag aufgezählt hatte, Muslime,
Juden, Christen, ohne Unterschied. Aber die meisten Lehrer lehrten
in arabischer Sprache. Ymme seufzte unwillkürlich.

Der Zwerg hüpfte jenseits eines Standes auf und nieder, um ihre
Aufmerksamkeit einzufangen, als Ymme von hinten angesprochen
wurde. Sie erkannte ihn sofort: Chaldun, der Papierhändler, in einem
prachtvollen weiten Gewand, das aus lauter bunten Leinen- und Seidenstreifen zusammengesetzt und auffällig wie eine Nuß im Klingel-
beutel war.

»Lebe tausend Jahre. Wir wußten nicht, daß es im Lande der Franken
Hakimas gibt, die sich der Finger kleiner unnützer Jungen annehmen«, sagte der junge Mann überschwenglich.»Das Geschrei, das er
anfangs machte, als er bei seiner Mutter angekommen war, schien
darauf hinzudeuten, daß du die Finger abgehackt hättest, aber heute
früh war er ganz zufrieden. Er kann sie schon ein wenig bewegen.«
»Aber das ist doch genau das, was er nicht soll!« Ymme war ärgerlich.
Sie hatte es ihm mehrmals gesagt.

»Die Helden seiner Geschichten und Märchen kennen auch keinen Schmerz!« Der Papierhändler lächelte sie an, aber Ymme war auf der Hut. In seinen Augen schimmerte Begehrlichkeit, und sie hatte keine Absicht, auf eine verfeinerte, arabische Version eines Everard Scharpenberg hereinzufallen.

»Vermutlich wollen die Helden seiner Geschichten sterben?« fragte Ymme. »Hat er das auch vor?«

»Nein! Wie kannst du das glauben, Doña Iume aus dem Frankenland? Er ist mein Ältester, ein sehr verständiger Junge. Er wird die erste Papiermühle in Tulaytula bauen!«

»Dann richte ihm aus: Für ein Handwerk benötigt er alle Finger, die Gott ihm gegeben hat. Er soll sich nicht darüber erhaben dünken. Sende ihn noch einmal zu uns, damit der Meister meinen Verband überprüfen kann.«

Chaldun sah einen Augenblick irritiert aus.

»Chaldun«, warf der Zwerg ein, der sich zwischen den Beinen von Menschen, Eseln und Verkaufstischen hindurchgeschlängelt hatte und nun plötzlich zwischen dem Papierhändler und Ymme auftauchte, »du störst uns beim Einkauf. Wir müssen unseren Kopf frei haben für Pflanzen und Medikamente, deren Namen du noch nicht einmal gehört hast.«

Ymme mußte lachen. Sie legte ihre Hand begütigend auf die Schulter des Zwerges und verabschiedete sich vom Papierhändler. Über den kleinen Patienten war alles gesagt.

Chaldun dünkte Ymme trotz des schirmenden Tuches über Kopf und Schultern blonder und begehrenswerter denn je. In seinen Lenden zuckte es begehrlich. Er schmunzelte und legte seine Hand über die verräterische Ausbuchtung, als er der jungen Frau nachblickte, für die der Zwerg nun wie eine Pflugschar eine Gasse pflügte. Sein Lächeln verschwand, während er die anwachsende Härte unter seinem Gewand spürte.

Unterhalb des Kastells lag über der Straße, die auf den Suq al-Dawabb mündete, ein höllischer Lärm. Der Zwerg machte einen freudigen Luftsprung, kreuzte die Beine in den weiten Pluderhosen wie eine Schere und schlug sie mit einem Knall zusammen. Dann machte er die Geste des Geldzählens zu Ymme hin. »In zwei Tagen ist das beste Rennen dieses Jahres angesetzt. Ich zeige dir meine Favoritin.«

Ymme hatte nicht das Herz abzulehnen, obwohl sie um die ausgestellten Windhunde am liebsten einen großen Bogen geschlagen hätte. Die Hunde waren in jämmerlich engen Käfigen untergebracht und diese dicht an dicht zusammengerückt worden. Der Gestank ihres Urins, das Knurren und Zähnefletschen, der gewaltsam unterdrückte Drang nach Rangkämpfen machten die Tiere wild und spornten ihre Kampfwut über ihren Selbsterhaltungstrieb hinaus an. Aber Ymme sah auch Hunde, die den Schwanz zwischen die Beine kniffen, die Augen verdrehten, die Ohren zurücklegten, bis sie flach auf dem Hals lagen, und deren Beine hölzernen Säulen glichen.

Der Zwerg hatte seine Favoritin gefunden: ihr Besitzer hatte sie aus dem hölzernen Verschlag geholt und präsentierte sie mit geflüsterten Worten einem Mann, der zu den kastilischen Stadtherren zu gehören schien. Überhaupt waren hier viele Kastilier, und die Franken aus dem Barrio de los Francos zwischen dem Alficén und Santa Magdalena drängten sich überall neugierig und zudringlich hinein. »Er hat sie erst vor zwei Wochen einem Engländer abgekauft«, raunte der Zwerg in Ymmes Ohr, nachdem er sie zu sich heruntergezogen hatte. »Auf der Bahn gehen ihre Füßchen wie Trommelschlegel, und sie trägt ihren Hals wie die stolzeste Huri. Ahh, schön! Sie wird gewinnen, glaub mir!«

»Der Hakim wartet auf seine Arzneimittel«, mahnte Ymme.

»Ja, ja«, stimmte der Zwerg mit listiger Miene zu, »aber was nützt ihm das schon?«

Ymme setzte sich resolut in Bewegung. »Pff«, fauchte der Zwerg und übernahm wieder die Führung.

Der Apotheker hatte sein Haus am Blutbogen, ein respektables zweistöckiges Haus, dessen der Straße zugewandter Teil seinem Gewerbe vorbehalten war. Hinter der blendendweißen Mauer seines Anwesens blühte ein Apfelbaum, und die filzigen Blätter eines Quittenstrauchs streuten graue Tupfer in die weiß-rosafarbene Pracht.

Der Zwerg stieß die Tür auf, die mit dem Klingen eines Glöckchens an die Wand schlug. Ein kleiner, eingeschrumpfter Mann unter dem grünen Turban des Sayyid wog an einem hochbeinigen Tischchen Pulver ab, notierte die Mengen und legte die gewogenen Teile getrennt von anderen in gläserne Schälchen. Endlich klappte der Apotheker die Arme der Waage zusammen und wandte sich ihnen zu.

Der Zwerg machte eine flüchtige Verbeugung. »Es gibt keinen Gott außer Gott, und Muhammad ist der Prophet Gottes«, murmelte er.

»Glück und Gesundheit dir selber, deinen drei Söhnen und fünf Enkeln, al-Qurtubi.«

»Allah hat mich überreich beschenkt«, bestätigte der Apotheker, ein alter Mann mit einem intelligenten, ernsten Gesicht. »Hast du dich hierher verirrt, Zwerg? Bist du sicher, daß du nicht Rosenöl beim ʿAttar holen solltest?«

Für Ymme klangen die Worte des Apothekers abweisend, aber am Zwerg perlten sie ab. Er sprang auf eine Tonne, breitete die Arme aus und deklamierte mit einschmeichelnder Stimme: »Es ist kein Geheimnis, daß deine Arzneimittel die besten in der Stadt, ja sogar im ganzen Dschibal Tulaytula sind. Die Stadt Kurtuba muß an Medizinen verarmt sein, seitdem du sie verlassen hast. Was den ʿAttar betrifft, nun, mein Meister hat beschlossen, nur noch das Beste vom Besten zu kaufen. Duftwässerchen für Sinnestäuschungen kommen nicht mehr in Frage.«

»Aha. Kann er meine Arzneien denn bezahlen?«

Wie ein Gaukler schlug der Zwerg vom Deckel der Tonne herunter ein Rad, zauberte einen Beutel aus dem Gewand und schüttelte klingende Münzen über dem Ladentisch aus. Zwei Darahim rollten über den Rand hinaus. Er verschränkte die Arme und sah den Apotheker mit einer Mischung aus Triumph und Genugtuung an.

»Nur ein reicher Mann kann sich Unhöflichkeit gestatten. Ich bin es nicht.« Der Apotheker bückte sich schwerfällig und tastete unter einem Schränkchen nach den Münzen. Als er sie gefunden hatte, strich er sich kaum sichtbaren Staub von den Knien. Er atmete angestrengt und brachte schnaufend heraus: »Und dein Herr muß jetzt sehr reich sein.«
Ymme war beschämt. Aber der Zwerg ließ sich nicht beirren. »Wir brauchen eine große Ausstattung«, erklärte er mit weit ausholender Geste über die Regale. »Eigentlich alles, was ein Arzt benötigt. Ich habe hier die neue Schülerin von Isa ibn Hamdus mitgebracht. Sie hat die medizinischen Fächer bereits bei berühmten Hakimen im Frankenland studiert und weiß auch ein bißchen über die bei uns gebräuchlichen Arzneimittel Bescheid.«

»Es gibt in Narbonne einen jüdischen Arzt«, merkte der Apotheker an, »einen weiteren bei den Hospitalitern in Saint-Gilles und einen bei den Benediktinern in Lyon. Berühmte Ärzte sind nicht bekannt.«

»Berühmte Ärzte haben es nicht nötig, einem kleinen Apotheker aus Tulaytula bekannt zu sein.«

Ymme legte dem Apotheker schnell ihre Liste vor. Dieser warf noch einen erbosten Blick auf den Zwerg und nahm dann Ymmes Papier zur Hand. Nach einer Weile richtete er seine Worte in kollegialem Respekt an Ymme.

»Der Zwerg hat nicht gelogen. Wer diese Medikamente zusammengestellt hat, ist Arzt. Ich entschuldige mich bei dir und ihm und hoffe, daß ich dich selbst mit meinem Mißtrauen nicht gekränkt habe.« Noch bevor Ymme den Irrtum richtigstellen konnte, eilte er in die nicht einsehbaren Räume seiner Apotheke davon.

Ymme warf einen fragenden Blick auf den Zwerg, und dieser winkte mit verächtlicher Gebärde ab.

Sie hörten den Apotheker auf der anderen Seite der Trennwand hin- und hergehen, eine Tür schlug auf und wieder zu, ein unsichtbarer Helfer stellte etwas Schweres auf dem Boden ab.

»Sayadilah, nun beeile dich«, murrte der Zwerg, aber er wagte nicht, den Apotheker noch mehr herauszufordern. Seine schnelle Verwandlung vom ungern gesehenen Schnorrer zum finanzkräftigen Kunden reichte für heute.

Nach langer Zeit kam der Apotheker mit einem ganzen Korb gefüllter Papiertütchen zurück, den er vor Ymme hinstellte. »Einige Grundstoffe fehlen mir leider«, bekannte er. »Früher wurden Medikamente dieser Zusammensetzung häufig aus dem Maristan geordert, aber das ist schon einige Zeit her, deshalb habe ich mir abgewöhnt, sie vorrätig zu halten. Ich werde versuchen, sie in Kurtuba besorgen zu lassen. Wenn du mir zehn Tage Zeit gibst, wird alles zu deiner Zufriedenheit hergestellt sein. Ich werde es ins Haus deines Meisters schicken lassen.«

Der Zwerg war hoch zufrieden mit der ehrerbietigen Behandlung, wie Ymme mit einem Seitenblick feststellte, dagegen war ihr selber höchst unbehaglich zumute. Aber jetzt war es zu spät für eine Erklärung.

Der Apotheker übergab dem Zwerg den Korb. »Die ›Hände der Götter‹ sollten einem alten Ziegenbock wie dir nicht anvertraut werden. Glaubst du, du schaffst es, sie unbeschädigt und unbeschmutzt nach Hause zu tragen, oder soll ich dir einen Träger mitgeben?« Sein Sarkasmus richtete sich ausschließlich gegen den Zwerg. Vor Ymme verbeugte er sich tief und ging ihr bis zur Tür voraus.

Erst als sie außer Sicht waren, kehrte er in die Apotheke zurück, und

Ymme befahl den Zwerg an ihre Seite. Dieser schleppte schwer an dem Korb, der fast auf dem Boden schleifte, und maulte, als Ymme ihn rief. »Warum warst du dem Apotheker gegenüber so respektlos?« fragte sie ungehalten. »Er kann deine Achtung erwarten, nicht nur, weil er die Wissenschaften studiert hat, sondern auch, weil er alt ist.« Bis in Sichtweite des Tors zu ihrem Darb hielt der Zwerg beleidigt den Mund. Dort aber klappte er ihn staunend auf: »Kundschaft.«

Vor dem Tor lag ein Mann auf dem Boden, und um ihn scharten sich diejenigen, die immer auf die Straße stürzen müssen, wenn Ungewöhnliches vor sich geht. Als Ymme die Blutlache sah, fing sie an zu laufen. »Warum tragt ihr ihn nicht hinein?« Ihr vorwurfsvoller Ton stieß auf Achselzucken.

Der Zwerg schaute neugierig auf den Mann hinunter. »Wer soll öffnen, wenn ich nicht da bin?«

Ymme sah, daß es dem Mann schlechtging; sein Blut floß auf der Straße statt durch seinen Körper.

»Kannst du ihm helfen?« fragten die Frauen drängend.

»Nein!« rief Ymme. »Wie soll ich das können? Ich bin ja Schülerin! Aber mein Meister wird wissen, was zu tun ist.«

»Dein Meister wird es nicht wissen«, sagte eine energische klare Stimme aus dem Hintergrund der Frauengruppe. »Dein Meister ist ein Philosoph – kein Arzt.«

Ymme drehte sich hastig zum Zwerg um. Sie schüttelte ungläubig den Kopf und stotterte beinahe. »Kein Philosoph, nicht wahr, Zwerg?« Einen Augenblick sah der Zwerg verlegen aus. »Doch«, bestätigte er leise. »Ein Philosoph.«

Zwei Tage später, an einem Sonntag, lud der Zwerg sie so eindringlich zum Hunderennen ein, daß sie nicht das Herz hatte abzulehnen. Sie nahmen den Weg durch die Judería zur Judenpforte auf dem kürzesten, aber wegen des Stadtteilmarkts und der Fleischhallen auch belebtesten Weg. Das Gedränge erwartungsvoller Menschen war schon am Stadttor groß; in der Ebene des Tajo, hinter dem Friedhof der Mozaraber, zwischen den königlichen Gemüsegärten und den Gärten von al-Hufra, zog eine nicht übersehbare Menschenmenge hinaus zur Rennarena. Der Zwerg schwatzte nach rechts und links, gab Wettips ab und machte hin und wieder Luftsprünge, um die Menschenmenge überblicken zu können.

Ymme folgte.

Hinter ihnen verklang schon das Klappern der Noria, und erste Landhäuser tauchten auf, als die Spitze des Zuges stockte und kleine Jungen zurückjagten: offensichtlich war man angekommen. Es dauerte lange, bis sich der Zwerg und Ymme durch das festgefügte Halbrund dichtgedrängter Männer gezwängt hatten, und weniger lange, bis der Zwerg ihnen in der vordersten Reihe einen Platz verschafft hatte. Die Toledaner wichen widerspruchslos zurück vor einem hellblonden weiblichen Gast mit einem Zwerg als Platzmacher – wie eine Sultana in einer der Taifas durfte sie beste Aussicht verlangen.

Während sie warteten, fingen die Wettmacher im Hintergrund an zu schreien, und der Zwerg verschwand vorübergehend. Als er zurückkam, hatte das erste Rennen schon begonnen. »Meine Huri ist in der dritten Runde dran«, berichtete er nervös.

Der Spurmacher mit dem blutigen Hasen an einem Seil hinter dem Pferd hatte die halbe Bahn schon überquert, als die ersten fünf Hunde nicht weit von Ymme losgelassen wurden.

Als sie an ihr vorbeikamen, kurz vor dem Ziel, hörte sie ihr Keuchen und fühlte einen warmen Luftstrom, dann waren sie schon vorüber. Bellen und Geschrei erfüllte die Luft, und Männer machten sich auf, ihre Gewinne einzufordern, während die Hundebesitzer die Tiere einfingen, bevor sie aufeinander losgingen.

Belustigt verfolgte Ymme die wirbelige Aufregung von Läufern und Zuschauern, bis die zweite Runde begann, in der zwei bekannte Sieger mitliefen. Viele Wetten, aber zu niedrige Gewinne, raunte der Zwerg in Ymmes Ohr und bekam recht, denn die Zuschauer kehrten mit mürrischen Mienen auf ihre Plätze zurück.

Der Favorit, ein häßlicher, langbeiniger Rüde mit wilden Augen, startete in der dritten Runde, zusammen mit der zierlichen Huri des Zwergs. Jeder Zuschauer wußte klar, welche vier Hunde unterliegen würden. Nur der Zwerg machte ein eigensinniges Gesicht. Als die Hunde anfingen zu laufen, kniff er trotzdem die Augen zu. »Verkünde du die Botschaft«, forderte er Ymme mit zitternder Stimme auf. Ymme bekam Mitleid mit ihm. Hoffentlich hatte er nicht zu hoch gesetzt.

Die Hündin des Zwergs war die kleinste. Als sie zurückblieb, wußte Ymme, daß der Zwerg sich verschätzt hatte. »Was ist? Sag doch!« quengelte er.

Ymme wurde selber vom Fieber der Zuschauer ergriffen. Sie beugte sich vor und sah mit atemloser Spannung, daß der große Knochige nach beiden Seiten schnappte, als er mit zwei anderen um die erste Kurve preschte. Einer jaulte auf und blieb zurück. Der zweite, auf der Innenseite der Kurve, wurde aus dem Tritt gebracht und rutschte dem Favoriten unter die Läufe.

Die Huri des Zwergs, inzwischen dichtauf, übersprang das Knäuel von liegenden Gegnern. Ymme murmelte hinter ihren Fäusten voller Begeisterung:»Sie wird siegen. Sie siegt!« Dann riß sie die Arme hoch und wurde vom Zwerg umarmt, der außer sich war vor Glück.

Das Jubeln der wenigen Wettgewinner wurde vom tosenden Lärm der Hunde verschluckt, die immer verrückter wurden. Am närrischsten benahmen sich die Hunde, die gerade ihren Lauf beendet hatten, obwohl sie ausgepumpt waren. Der Favorit fing unter dem strafenden Schlag seines Besitzers an, um sich zu schnappen, und riß sich los. Wie ein wilder Wolf stürzte er sich auf die Siegerin und verbiß sich in ihrem ungeschützten Bauch. Beide Hunde gingen zu Boden, aber der Rüde ließ nicht los. Sein Besitzer, ein Mozaraberl, konnte den Fang des Favoriten nur mit großer Mühe lösen und ihn am Nacken davonschleifen.

Der Kastilier starrte entgeistert auf seine Siegerin hinunter. Sie gab im Liegen ein schwächliches Jaulen von sich und schien zu wissen, daß ihre Eingeweide aus einem Loch im Fell quollen.

Der Zwerg sprang über die Abgrenzung und zog Ymme hinter sich her. Als sie bei der Hündin und ihrem Besitzer ankamen, die von vielen Zuschauern umringt waren, standen dem reglosen Kastilier die Tränen in den Augen. Er hatte große Hoffnungen in sie gesetzt, aber jetzt war sie so gut wie tot. Der Zwerg schob Ymme nach vorn. Ohne sich zu bedenken, kniete sie sich neben dem verletzten Tier nieder und untersuchte es. Mehrmals teilte sie die kurzen grauen Haare über der Bißstelle, bis sie sich sicher war.

Ymme sah zu dem Kastilier auf.»Es ist nur diese eine Stelle, an der der Fangzahn durchgegangen ist. Alles andere heilt rasch. Ich werde versuchen, die Wunde zu schließen. Vielleicht überlebt sie.«

Der Kastilier war ratlos. Er schnaufte und antwortete nicht. Daß jemand, noch dazu eine Frau, einem sterbenden Hund das Fell verschließen wollte, ging über seinen Verstand.

Der Zwerg hopste in die Höhe und tauchte vor dem Gesicht des

Kastiliers auf und nieder, bis er dessen unwillige Aufmerksamkeit einfing. »Du Flegel!« schrie er. »Die Hakima Doña Iume, Gelehrte zweier Länder, will deine Hündin retten, die schönste Huri von Kastilien, Siegerin über den berühmtesten aller berühmten Läufer. So sag wenigstens etwas, wenn du ihr schon nicht dankst!«

Durch den Kastilier ging ein Ruck. »Meinst du, du kannst sie wieder gesund machen?« fragte er ungläubig. »So daß sie wieder rennen und gewinnen kann?«

Ymme erschrak jetzt selber vor ihrer Kühnheit, aber es war zu spät, sich zurückzuziehen. »Ich will es versuchen.«

Während der Kastilier sich bedachte, schlossen die Zuschauer Wetten ab, ob die Hündin zu retten war oder nicht. Die meisten stimmten dagegen, bis ein alter Mann erbost schrie: »Was seid ihr alle für Schwätzer und Dummköpfe! Ibn Musqiq, der al-Baitar der königlichen Pferde auf dem Alficén ist, würde auch nie eins seiner Tiere aufgeben, ohne es versucht zu haben. Warum soll sie es nicht können?«

Der Zwerg, der anfänglich allein für Ymme gewettet hatte, sah seinen Wettgewinn nun bereits geschmälert, aber da es auch um die Ehre ging, machte er gute Miene zum bösen Spiel. Er begann die Einsätze anzunehmen.

»Gut«, sagte der Kastilier plötzlich. »Wer am Ertrinken ist, klammert sich an einen glühenden Nagel.«

Ymme fand keine Zeit, sich darüber zu ärgern, daß es für die Männer um eine Wette ging. Für sie handelte es sich um ein verletztes Lebewesen Gottes. Wer kranken Menschen half, mußte auch bereit sein, kranke Tiere zu behandeln. Es war keine Anmaßung, es war selbstverständliche Pflicht. Mit klopfendem Herzen begann sie ihre Arbeit.

Der Zwerg mußte helfen, was er halb geniert, halb stolz tat, während der Kastilier nur den Hund festzuhalten hatte. Schwungvoll goß der Zwerg Wasser aus einem Lederschlauch, das ein Zuschauer zu opfern bereit war, über die Darmschleife, die Ymme in ihrer hohlen Hand aufgefangen hatte. Sie war nicht lang und war außerdem unverletzt geblieben, eine wichtige Vorbedingung für die Heilung.

»Ist Wein zugemischt?« fragte Ymme erstaunt, weil das Wasser tief rosa war, obwohl sie kaum einen Tropfen Blut hatte entdecken können.«

»Na ja, etwas vielleicht«, gab der Mann zu und rief ein schallendes Gelächter der Umstehenden hervor. Jeder wußte, daß ein Mudéjar, der schon vor dem Mittagsgebet Wein trinkt, auch sonst damit nicht sparsam sein kann.

Ymme war sehr zufrieden mit der Mischung; sie war geradezu ein Glücksfall. Sorgfältig putzte sie auch noch die winzigsten Körnchen von Sand von der rosagelb schimmernden Oberfläche des Darms. Wie eine schlaffe Wurstpelle vor dem Befüllen lag er in ihrer Hand und war, genaugenommen, auch nichts anderes. Vermutlich sah der Darm eines Hundes wie der eines Schweins aus – und wie der eines Menschen. Schließlich schien er ihr sauber genug, um ihn vorsichtig durch das Loch zurückzuschieben, das der Fangzahn gerissen hatte. Dann entnahm sie dem unteren Ende ihres Kleids eine Nähnadel mit Faden, eine Vorsorge, die sie sich auf ihrer langen Wanderung angewöhnt hatte und die ihr schon mehrmals sehr nützlich gewesen war. Zum Nähen einer Haut allerdings noch nie. Sie schürzte die Haut der Bißstelle wie für einen Beutel, umwickelte sie mit dem Faden und stach schließlich mehrmals über den Kamm hin und her, bis sie den Faden gut verknotete und abriß.

Bevor der Zwerg sich erneut als Marktschreier betätigen konnte, legte sie ihm bittend die Hand auf den Arm. Er grollte nicht lange, daß er seine Hakima nicht anpreisen durfte.»Deine Huri ist so gut wie neu«, sagte er nur stolz zu ihrem Besitzer.

Der Kastilier glotzte ihn an, dann lockte er seine Hündin, und sie stakste ein wenig wackelig an seiner Seite davon. Die Zuschauer strömten wieder an ihre Plätze zurück, und das unterbrochene Rennen ging weiter.

Es dauerte noch einige Tage, bis Ymme sich entschloß, Urraca nach einem gelehrten Mann zu fragen, der ihr Rechtsauskunft geben konnte.

Urraca sah sie teilnahmsvoll an.»Ich hatte die ganze Zeit das Gefühl, daß du nicht auf dem schnurgeraden Wege warst. Allein, weil Philosophie ja auch zu den Studienfächern gelehrter Ärzte gehört...«

Ymme nickte grimmig. Der Meister hatte der Versuchung nicht widerstehen können, eine zahlungskräftige Schülerin aufzunehmen. Er hatte nicht davon gesprochen, was sie bei ihm nicht lernen würde – und sie hatte auch nicht gefragt. Der Irrtum war ganz allein ihre Schuld. Jetzt mußte sie zusehen, wie sie wieder herauskam.»Ich

könnte mir denken, daß Don Isa mich nicht freiwillig gehen-
läßt...«
Urraca schob die Lippen vor. Dann sagte sie:»Zu Recht. Der Zwerg
hat mir erzählt, daß neuerdings die Kranken in die Behandlungsstun-
de strömen...«
Wider Willen mußte Ymme lachen.»Das sieht ihm ähnlich. Davon
stimmt kein Wort. Und ich habe einen weiten Weg durch die halbe
Welt zurückgelegt, um mehr zu lernen als das, was ich bereits konnte...«
»Deshalb werde ich dir auch helfen«, sagte Urraca, hakte Ymme unter
und zog sie einfach während der Unterrichtspause auf die Straße.»Ich
finde dich großartig. Ich würde mich nie trauen, so mir nichts, dir
nichts nach Lübeck zu gehen...«
»Ich mich auch nicht mehr«, sagte Ymme bitter.
Urraca plauderte munter, aber Ymme hörte ihr weder zu, noch achtete sie auf den Weg. Erst als sie die besprengten Ziegelsteine unter
sich bemerkte, sah sie, daß sie sich am Platz der Brunnen mit dem
großen muslimischen Bad befand. Dort war sie schon gewesen, aber
nicht in den benachbarten Palästen der vor langer Zeit ausgewander-
ten Mudéjares; von hier erstreckten sie sich den Berg hinunter.
»Die Übersetzerschule des Markus. Er selber ist schon lange tot, aber
er hat natürlich Nachfolger.« Urraca deutete auf ein Gebäude mit
prachtvollem Tor, von dem der rote Putz in Fladen von den Ziegel-
und Feldsteinen der Mauer abgeplatzt war. Über einem Fenster waren
aufgemalte Arkaden erkennbar.»Sogar seine Eminenz Ximénez de
Rada ist ab und zu dort zu Gast. Er nimmt lebhaften Anteil an den
Übersetzungen, sagt er selber. Allerdings finde ich, daß seine Lebhaf-
tigkeit der eines Scheintoten gleicht. Für den alten Erzbischof war die
Übersetzung der arabisch geschriebenen Bücher wirklich ein Anliegen, und dafür flogen ihm die Herzen der Mozaraber entgegen.«
»Dann bist du wirklich Christin?« fragte Ymme überrascht.
Die Trauer in Urracas Gesicht verschwand.»Natürlich, was dachtest
du denn?« Sie schob das schwere Tor auf, dessen geschnitzte Kassetten
abgesplittert waren; die bronzene Klopfhand hing nur noch an einem
Nagel. Sie überquerten einen Innenhof und stiegen eine breite Trep-
pe hinauf.
Den jungen Mann, dem sie gleich darauf gegenüberstanden, erkannte
Ymme sofort. Er war der höfliche Mann von der Straße. Von nahem

schielte er ein wenig aus grauen Augen, und sein Lidschlag ging ungewöhnlich langsam, was ihm ein etwas starres Aussehen vermittelte. Er verbeugte sich tief. »Ich hatte nicht erwartet, die blonde Fränkin hier anzutreffen«, sagte er in einer sorgfältigen, altmodischen Sprache. »Ich fühle mich geehrt.«

»Und ich?« fragte Urraca schelmisch und drehte sich um die eigene Achse fast unterhalb seiner Nase. »Mich siehst du wohl gar nicht?«

»Ich sehe dich«, entgegnete der junge Übersetzer ruhig, »aber da ich dich jeden Morgen sehe, hielt ich es für überflüssig, dich darauf hinzuweisen, daß ich dich jetzt auch sehe.«

Urraca gab sich lachend geschlagen. »Don Zag«, sagte sie, »Doña Iume braucht rechtskundige Hilfe. Sie hat einen Vertrag geschlossen, der ihr nun leid tut.«

»Die Voraussetzungen haben sich als unrichtig erwiesen«, stellte Ymme richtig.

Don Zag wartete mit gerunzelter Stirn, bis Ymme das arabisch geschriebene Dokument auf einer großen, von Schriftstücken und Büchern übersäten Arbeitsplatte entrollt hatte. Wortlos vertiefte er sich darin.

Unauffällig betrachtete Ymme den Raum. Offensichtlich benötigten Übersetzer für ihre Arbeit zahllose Werke, auf die sie zum Nachschlagen zurückgreifen konnten. Oder hatten Don Zag und seine Kollegen sie womöglich alle übersetzt?

»Don Zag«, erklärte Urraca mit lauter Stimme, »ist der Sohn von Don Yahya, Sekretär und Schreiber beim Erzbischof. Er wird einmal der Nachfolger seines Vaters im Amt werden.«

Don Zag sah hoch und richtete seine Frage an Ymme, ohne sich um Urracas Geplauder zu kümmern. »Welches sind die Voraussetzungen?«

»Daß ich in den medizinischen Fächern unterrichtet werde.«

»Das steht hier. Mehr nicht? Keine stillschweigenden oder zusätzlich mündlich vereinbarten?«

Ymme schüttelte stumm den Kopf.

Don Zag sah erstaunt aus. »Worüber beklagt Ihr Euch dann?«

»Ich wollte zur Ärztin ausgebildet werden. Don Isa ist kein Arzt! Nur wußte ich das nicht.«

Don Zag schürzte bedauernd die Lippen. »Der Vertrag lautet über Lesungen aus dem nachgelassenen Werk von Don Juhannu. Der Notar hat ordnungsgemäß seine Urkunde mit den Worten ›Im Namen Gottes, des Barmherzigen, des Gnädigen...‹ begonnen, drei Zeugen haben unterschrieben, und es endet mit dem Datum. Formal und inhaltlich ist das Dokument korrekt.«

Ymme war entsetzt. Es stimmte ja alles...»Ich verliere zuviel Zeit, wenn Don Isa ein einziges Werk vorliest; ich erfahre weder etwas über die Anatomie der Organe noch über die Anzeichen der Krankheit, noch wie man sie unterscheidet, noch gar über deren Heilung. Bis jetzt weiß ich nur, daß der wichtigste Teil der Frau eine Froschnatur hat!« Sie fing an, sich in einen ungerechten Zorn hineinzusteigern, sie spürte es selber, aber ihre Enttäuschung war zu groß. Sie hatte sich alles anders vorgestellt, gleich am ersten Tag wollte sie mit ihrem Meister Kranke besuchen.

»Verlangt Ihr nicht etwas zuviel?« fragte Don Zag behutsam und schob Ymme unauffällig einen Hocker hin, auf den sie niedersank. »Von Euch selber und von Eurem Lehrer. Man muß erst die Buchstaben beherrschen, bevor man Worte daraus fügt, und noch viel später erst lernt man verstehen, daß dieselben Buchstaben in einer anderen Sprache eine ganz andere Bedeutung besitzen. Das alles erschließt sich niemandem sofort, und ich glaube, gerade einen Arzt darf man nicht verfrüht zu einem Kranken lassen. Hütet Euch davor, die medizinische Wissenschaft oberflächlich zu erlernen.«

»Ich will trotzdem versuchen zu erreichen, daß Don Isa den Vertrag löst«, erwiderte Ymme heftig und erhob sich.

Don Zag gefiel ihre Unbeirrbarkeit, aber viel Hoffnung hatte er nicht für sie. Vor allem ein Philosophielehrer lebte von seinen Schülern. »Sollte«, fügte er mit tonloser Stimme hinzu, denn sein Angebot an die junge Frau würde dem Leiter des Hauses nicht besonders willkommen sein, »Euch keine Besserung der Umstände möglich sein, so biete ich Euch an, die arabische medizinische Literatur in unserem Hause einzusehen. Die Stiftungssatzungen erlauben das.«

Ymme, die sich zur Tür gewandt hatte, fuhr herum. »In lateinischer Sprache?«

»In der Volkssprache. Aber die werdet Ihr leicht lesen lernen können.«

»Ich kann sie bereits«, sagte Ymme froh. »Ich habe einen Text von Soran auf kastilisch.«

»Ach? Welches Werk ist das? Und von wem ist es übersetzt?«

»Der Text heißt ›Naturwissenschaftliches über das Gebären‹. Den Übersetzer kenne ich nicht.«

Don Zag verlor plötzlich seinen Gleichmut. Er machte einen langen Schritt zu einem der Bücherregale und breitete die Arme aus. »Dies alles sind Sorans medizinische Schriften. Wir sind der Meinung, daß wir eine lückenlose Kenntnis seines Werks haben. Manche Schriften liegen vermutlich noch irgendwo zwischen Alexandria und Gundishapur und werden nicht mehr auftauchen. Von anderen kennen wir die arabischen Übersetzungen, wissen, wo sie aufbewahrt werden, und leihen sie uns zu gegebener Zeit aus. Viele sind bereits übersetzt, unter anderem nach unseren Unterlagen auch ›Naturwissenschaftliches über das Gebären‹. Nur ist es leider verschwunden. Und die arabische Originalschrift wurde in Zaragoza während der Reconquista verbrannt. Ihr werdet verstehen, daß ich ungeheuer interessiert bin, Einblick in das in Eurem Besitz befindliche Buch zu nehmen. Ihr wäret bei uns hoch willkommen.«

Ymmes Augen leuchteten auf. Nun hatte ihr Besuch doch zu etwas Gutem geführt, wenn auch das Ergebnis ganz anders war als erhofft. Sollte sie die Hilfe von Don Zag in Anspruch nehmen müssen, käme sie wenigstens nicht mit leeren Händen.

Draußen auf der Straße trennte sie sich von Urraca. Der Unterricht war gewiß längst beendet. Nachdenklich schlenderte sie am öffentlichen Bad vorbei. Vorher war ihr nie aufgefallen, daß die meisten seiner Besucher Mozaraber sein mußten. Wer ein schwarzes Käppchen auf dem Kopf trug, ging nicht hinein.

Als sie ins Haus von Don Isa zurückgekehrt war, war der Meister nicht zu sprechen. Erst am nächsten Mittag geruhte Don Isa, für Ymme Zeit zu haben, und dies war ohnehin ihre Unterrichtsstunde. Es kränkte sie, daß er sie derart mißachtete, zumal er ihr kurz vorher die Behandlung eines Verletzten aufgenötigt hatte.

Der Zwerg, der ihr den Mann brachte, hatte die Schultern gezuckt und mit dem Daumen dorthin gezeigt, wo sich der Meister inzwischen vermutlich in seiner Mittagsruhe befand. Da sie für den Schnitt in der Hand, den sich der Melonenverkäufer beim Zurichten einer Frucht zugezogen hatte, keine Sprachkenntnisse benötigte, überdies den Mann mit seinem schauerlichen Dialekt auch gar nicht verstand, hatte sie widerwillig zugestimmt. Diese Behandlung traute sie sich zu. Mit ihren wütenden Gedanken beim Meister, war Ymme an die Arbeit gegangen. Zuerst hatte sie die Wunde im fließenden Wasser am Brunnen auf dem Hof mit viel Seifenkrautpulver gesäubert und die Hand anschließend wie gewaschene Wolle trockengewalkt; schließlich hatte sie den klaffenden Schnitt mit einem frischgewaschenen Leinentüchlein überdeckt, das sie an beiden äußeren Enden mit Mastix verschmierte. An dieser Stelle ließ sich der Daumenballen zum Glück gut zusammenziehen, wodurch beide Wundränder aneinandergepreßt wurden. Sie wußte nicht, wozu der verstorbene Meister das Mastix in seiner Hausapotheke verwendet hatte, aber als Klebemittel ließ es sich ganz ausgezeichnet einsetzen. Heftig entwand sie ihre eigenen Finger seiner Klebekraft.

Der Melonenhändler hatte ihr zuerst mit aufgerissenen Augen zugesehen, denn eine solche Behandlung hatte er noch nicht erfahren. Ymme auch nicht. Aber ihr gefiel die neue Methode. Und ihre resolute Behandlungsweise mußte den Mann überzeugt haben. Gehorsam hatte er sich erhoben und die Hand mit abgespreiztem Daumen an eine Weinrebe geklammert, die am Spalier einen Teil des Hofes überdeckten. Ymme hatte ihn danach verlassen, um die blutigen Tücher fortzubringen und den Rand der Brunnenschale abzuspülen.

Als sie nach einer Weile zurückgekehrt war, hing er wie ein Affe immer noch zwischen den wintertrockenen Ranken und wagte erst auf ausdrücklichen Befehl den Arm herunterzunehmen. Da keine verräterischen Spuren auf ein neuerliches Einsetzen der Blutung hindeuteten, entließ Ymme den Mann.

Mit einer tiefen, höflichen Verbeugung übergab ihr der Patient zwei Darahim, die sie voller Genugtuung annahm. Sie bestellte ihn zur Nachkontrolle in drei Tagen.

Aber ihre ganze Freude verschwand, als sie mit ihrem Schreibzeug vor Don Isa erschien. Noch bevor sie ihm ihre Bitte vortragen konnte, hieß er sie mit einer knappen Handbewegung schweigen. »Habe ich dich nicht von der Straße aufgenommen?« fragte er mit erregter Stimme. »Ich, Isa ibn Hamdus al-Dschayyani, Hakim aller philosophischen Fächer, habe mich bereit erklärt, eine Fränkin, eine Frau ohne jede wissenschaftliche Vorbildung und mit dürftigen Sprachkenntnissen, zu unterweisen wie ein Lehrer seinen geliebten Schüler. Dafür darf ich lebenslange Achtung, unbedingte Treue und hingebungsvolles Dienen erwarten! Aber was erfahre ich von dir?«

Ymme erbleichte und schwieg.

Der Meister bestand nicht auf einer Antwort. Dem Unterricht konnte Ymme trotzdem kaum folgen. Ihre Notizen über die Diätetik des Hippokrates blieben unvollständig und dürftig.

»Meister«, sagte sie ehrerbietig, als Ibn Hamdus endlich sein Buch wieder zugeschlagen hatte, »es fehlt mir nicht an Achtung vor dem Lehrer, im Gegenteil. Ich habe jedoch das Gefühl, daß ich für Euch die falsche Schülerin bin. Ich bitte deshalb um Lösung des Vertrags.«

Ibn Hamdus lächelte dünn. »Die Verantwortung des Lehrers erstreckt sich auf seinen Lehrstoff und seine Schüler. Nicht auf die Fächer, die seine Schüler in ihrer grenzenlosen Beschränktheit nicht gewählt haben. Der Vertrag bleibt bestehen.«

»Aber...«

»Du bist die Schülerin der berühmten Hakime des Nordens, erinnerst du dich? Wer im Maristan würde dich noch unterrichten, wenn dein Schwindel bekannt würde?«

Ymme ballte ihre Fäuste. »Welcher Patient käme noch zu Euch, wenn ich trotz allem ginge? Und welcher Schüler würde sich für das medizinische Werk Eures Bruders interessieren, wenn ich über den Zustand der von Eurem Bruder hinterlassenen Arzneimittel plauderte? Beispielsweise in der Apotheke? Der Apotheker ist nicht gerade Euer Freund.«

In Don Isas Augen flackerte Unruhe auf. Er war nicht unverwundbar, sogar mehr gefährdet, als Ymme wußte.

»Ich will wenigstens eine Ergänzung des Vertrags«, forderte Ymme. »Ich will das Recht haben, mich außerhalb der Unterrichtsstunden in der Übersetzerschule Don Zags aufzuhalten.«

Ibn Hamdus lachte höhnisch. »Wenn du glaubst, daß Rodrigo Ximénez Frauen in seiner Schule duldet...« Er verließ das Zimmer.

Ymme sah ihm nach und tat dann einen tiefen Atemzug, um sich von ihrer Beklemmung zu befreien. Die Schule des Erzbischofs! Aber sie hatte ihren Kampf mit Ibn Hamdus immerhin nicht verloren, und das gab ihr den Mut, ihn notfalls auch mit dem Erzbischof aufzunehmen.

Am Nachmittag suchte sie Don Zag auf, um mit ihm abzusprechen, welche Werke sie studieren durfte. Es erwies sich, daß er wußte, welche medizinischen Schriften an der Madrasa gelehrt wurden, sogar in welcher Reihenfolge. Anhand seiner Ratschläge arbeitete Ymme bis zum späten Abend einen Lehrplan für sich selber aus.

Ihre Zielstrebigkeit machte auf Don Zag mehr Eindruck, als er wahrhaben wollte. Im Gegensatz zu seiner Base Urraca kokettierte Doña Iume weder mit Wissen noch mit Unkenntnis, auch nicht mit ihrer Weiblichkeit, sondern ging streng mit sich selber um wie ein jüdischer Talmudschüler.

Kurz nachdem er die Öllämpchen angezündet hatte, entschloß er sich, der stillen Studentin ein Geschenk zu machen. Er holte ein großformatiges, in Rindsleder gebundenes Buch aus einem mit einem Hängeschloß versehenen Schrank herbei. Wortlos legte er es Ymme vor und schlug es auf.

Sie blickte ihn verwundert an und las dann den in sorgfältigen großen lateinischen Buchstaben wie gemalten Text.

»Siehe, in der Schöpfung der Himmel und der Erde, und in dem Wechsel der Nacht und des Tages, und in den Schiffen, welche das Meer durcheilen mit dem, was den Menschen nützt, und was Allah vom Himmel niedersendet an Wasser, womit er die Erde belebt nach ihrem Tode, und was er auf ihr ausbreitete an allerlei Getier, und in dem Wechsel der Winde und der Wolken, die fronen müssen dem Himmel und der Erde, wahrlich, darinnen sind Zeichen für ein Volk von Verstand!« Ein Frösteln überlief sie. Zum erstenmal blickte sie in das heilige Buch der Muslime. Eine Weile blieb sie stumm. Dann überdeckte sie behutsam den Namen Allahs und sah zu Don Zag auf. »Ohne diese fünf Buchstaben hätte ich gedacht, in der Bibel zu lesen. Darf ich weiterlesen? Mit den fünf Buchstaben.«

Don Zag nickte und setzte sich neben sie, während er die Eingangstür im Auge behielt. Er sprach mit gedämpfter Stimme. »Es gibt zwei Exemplare der Koranübersetzung. Die eine befindet sich in einem Kloster der Cluniazenser, die zweite ist hier. Gebt gut darauf acht. Erwähnt bitte niemandem gegenüber, daß Ihr sie gesehen habt. Ich fürchte, Don Ximénez würde den Koran verbrennen lassen; ihm fehlt der Weitblick von Peter von Cluny.«

»Wenn ich Euch recht verstehe«, warf Ymme ein, »weiß der Erzbischof nicht, daß sich die Koranübersetzung hier befindet, obwohl er der Herr des Hauses ist?«

Don Zag seufzte und nickte. Schon oft hatte er überlegt, ob er das Buch in die Judería bringen sollte, aber in welcher Synagoge wäre es sicher? Die Gerechten aller Religionen pflegen kein heiliges Buch anderer Gerechter zu dulden.

»Warum zeigt Ihr es mir?«

»Ich habe das Gefühl, es könnte Euch nützlich sein. Wenn Ihr Euch dazu überwinden könntet, solltet Ihr den Koran stellenweise auswendig lernen.«

Ymme lachte glücklich. »Überwinden? Wenn Ihr wüßtet, Don Zag! Die Schrift war das Hindernis, sonst hätte ich längst angefangen. Aber nur aus Neugier – versteht mich nicht falsch. Ich kann mir nicht denken, daß eine Christin in einer christlichen Stadt den Koran kennen muß.«

»Aus Neugier, so. Das ist ein guter Grund. Dann fangt jetzt an«, empfahl Don Zag trocken und entfernte sich.

Als Ymme spät in der Nacht nach Hause zurückkehrte, trat eine kleine Gestalt aus dem Schatten eines Hauses in ihren Weg. Sie erschrak und duldete, daß ein Junge ihr ein Netz mit einem schweren Gegenstand in die Hand drückte. »Als Dank für die Heilung des Hundes«, murmelte er und verschwand wieder.

Am nächsten Morgen nahm der Zwerg den geräucherten Schweineschinken mit entsetztem Gesicht entgegen. Viel später erst merkte Ymme, daß sie niemals von ihm auch nur eine Schwärtchen zu essen bekam.

Eine harte Lehrzeit begann für Ymme. An den Anfang aller Bücher hatte Don Zag »De animalibus« von Aristoteles gestellt, das an den christlichen Schulen verboten war; danach folgte der »Canon medicinae« von Ibn Sina, der das große Gebäude der Medizin in Theorie und Praxis schied, die letzte in Chirurgie, Heilmittel und Diät unterteilt.

Ymme studierte heißhungrig, bis irgendwann aus Ölmangel das Lämpchen erlosch. Einige Bücher durfte sie in ihr Kämmerchen mitnehmen, aber es spielte keine Rolle, wo sie las.

Don Zag lernte sie gewissermaßen aus dem Augenwinkel näher kennen. Er war ein ruhiger Arbeiter; stundenlang folgte er den kleinen schwarzen Schleifen und Punkten des arabischen Textes und übertrug ihn ins Kastilische, ohne sich von seinem dreibeinigen Hocker zu rühren. Er war auch ein zuverlässiger, unermüdlicher Helfer, wenn sie nach einem bestimmten Buch suchte oder einem Textausschnitt, den sie ein zweites Mal lesen wollte. Aber er war immer nervös, wenn die kostbare Koranübersetzung auf dem Tisch lag. Manchmal dachte sie, daß er Angst hatte, sie könnte sie mitnehmen.

Wenige Wochen nachdem sie ihr Studium aufgenommen hatte, bemerkte sie, daß Don Zag sich nicht mehr wie vorher kleidete. Mit seinem neuerdings schwarzen knielangen Rock und dem kleinen Käppchen des jüdischen Gläubigen trug er einen Schwall Düsterkeit in den Arbeitsraum. Sie kannte den Grund nicht, aber eines Tages begriff sie von selbst die Zusammenhänge.

»Seine Exzellenz kommt!« Don Zag lauschte. Er konnte den Erzbischof bereits auf der Treppe von anderen Besuchern unterscheiden; sein Gewand ließ er stets schleifen, statt es zu schürzen, und das leise Rascheln zusammen mit dem Klacken der Stiefelabsätze war unverkennbar. Ihm stieg die Röte ins Gesicht. Die Fränkin Iume de Lubica saß ausgerechnet jetzt vor dem Koran, aber es blieb keine Zeit, ihn wegzuschließen. Hastig schob er einige Bücher darüber und legte den Finger über die Lippen, als sie protestieren wollte.

»Es beruhigt, dich noch bei der Arbeit vorzufinden, mein Sohn«, sagte Don Rodrigo Ximénez de Rada, während er ins Zimmer rauschte, und hielt Don Zag seine behandschuhte Hand zum Kuß hin. »Das kleinste, unscheinbarste Glied in der Kette muß seinen Dienst tun, genau wie das Schluß- und Anfangsglied, auf das sich aller Augen richten.«

Der Übersetzer verbeugte sich schweigend.

Über das schmale Gelehrtengesicht des Erzbischofs flog ein kühles Lächeln. »Ihr werdet deshalb auch verstanden haben, daß ich meine Forderung nach Erkennbarkeit des Glaubens zuerst innerhalb meines eigenen kirchlichen Bereichs durchzusetzen hatte. Ich gebe zu, daß Eure bunten Seidenstoffe dieses düstere Zimmer früher aufheiterten. Aber wie ich sehe, habt Ihr Euch bereits Ersatz verschafft.«

Ymme erhob sich. Sie hatte seinem eleganten Latein mühelos folgen können und doch nicht alles verstanden.

»Eine Tochter der Kirche zur Belustigung meines jüdischen Übersetzers? Wie ist das möglich? Oder irre ich mich, und Ihr seid wegen der arabischen Bücher hier?«

Ymme errötete heftig, während sie auf ein Knie sank und ihren Kopf über die erzbischöfliche Hand beugte. Sein Tonfall war so süffisant wie seine Worte, und ihr fiel es schwer, so ehrfürchtig zu antworten, wie er es erwarten konnte. »Ich bin römisch-katholisch erzogen, Exzellenz«, erwiderte sie, »und ich studiere hier die Übersetzungen der alten griechischen Ärzte. Die Satzungen des Hauses lassen Studenten zu, wurde mir gesagt. Ich bitte zu entschuldigen, wenn ich aus Unwissenheit einen Fehler begangen haben sollte.«

»Ohne Zweifel lassen sie Studenten zu, ohne Zweifel. Wenn es auch um der Ernsthaftigkeit des Studiums besser wäre, alle Studenten trügen die Tonsur.« Don Ximénez wanderte bedächtig um den Tisch herum und ließ seinen Blick von Ymmes blondem Haar bis zu ihren sommerlichen Schuhen wandern, bis er auf dem Arbeitstisch zur Ruhe kam. Mit purpurnem Zeigefinger stieß er die oberen Schriften beiseite. »Daß Muhammad zu den griechischen Ärzten zählt, müßt Ihr mir allerdings erst nachweisen.«

Don Zag knetete nervös seine Finger und setzte mehrmals zum Sprechen an, bis ihm der Erzbischof ungeduldig zunickte. »Es handelt sich um eine Neuerwerbung zusammen mit einem Konvolut arabischer Schriften. Ich habe Doña Iume dieses ungewöhnliche Werk gezeigt...«

»Ich bestand darauf, Eminenz«, warf Ymme entschlossen ein.

»Oh, gewiß. Eurem Aussehen nach zu schließen kommt Ihr von weit her, und da ist Neugier verständlich. Sofern Euer Glaube gefestigt ist, was ich voraussetze, braucht sich die Kirche darüber keine Sorgen zu machen.«

Ymme atmete auf. Der Erzbischof schien ein keineswegs sanftmütiger Hirte seiner Gläubigen zu sein; unter dem Habit vibrierte er vor Ungeduld. Er war kaum älter als Don Zag.

Als der Erzbischof sich dem Übersetzer wieder zuwandte, waren seine grünen Augen eisig geworden. »Die Kirche hat zur Zeit größere Sorgen, vor allem die kastilische und die aragonesische. Wir sind von allen Seiten von Ungläubigen umgeben, im Norden von provenzalischen Ketzern, im Süden... nun ja, es gibt hinreichend viele Rechtgläubige, die die Muslime als nichts anderes bezeichnen denn einen Auswuchs des arianischen Sektierertums. Mit anderen Worten: im Norden wie im Süden Häretiker.«

Don Zag hörte mit gesenktem Kopf zu. Wie ein unscheinbarer schwarzer Käfer hatte er sich seit einiger Zeit in diesem Hause vergraben, hoffend, daß man ihn übersehen würde. Aber natürlich war der Erzbischof nicht gekommen, um ihn zu übersehen.

Ximénez de Rada hob die Stimme. »Dazu in kirchlichen Einrichtungen Hebräer. Wie soll ich seine Heiligkeit Innozenz von einem

Kreuzzug gegen die Ungläubigen überzeugen, wenn er mich zu Recht auffordern kann – auffordern muß –, sie zuerst in meinem eigenen Hause zu bekämpfen?«

Don Zag wagte nicht zu antworten. Die Warnungen seines Vaters hatten sich eher bewahrheitet, als er hatte glauben wollen.

»Es würde mich daher sehr beruhigen«, fuhr der Erzbischof fort, »und auch meine Aufgabe erleichtern, wenn ich vor meiner Abreise nach Rom von Eurer bevorstehenden Bekehrung erführe. Ich ließe mein Haus gern gesäubert und wie für eine Braut geputzt zurück... Bereit zum Empfang der frommen Gläubigen und Pilger aus aller Welt, wenn sie sich – hoffentlich schon im nächsten Jahr – in heldenhafter Anstrengung auf die Ungläubigen in Andalusien werfen, um sie endgültig zu vernichten.« Don Rodrigo kräuselte die Lippen verächtlich. Er war nur selten hier. Er liebte zwar Bücher, aber nicht diejenigen, die nicht dem Schoß der heiligen Mutter Kirche entstammten, und vor allem nicht die, bei denen allein schon die Buchstaben suspekt waren. »Ihr habt eine Woche Zeit zum Überlegen. Ich werde Eure Entscheidung respektieren, wie immer sie ausfällt. Keiner wird von Rodrigo Ximénez de Rada behaupten können, er habe einen Juden zum Glaubenswechsel gezwungen. Aber Ihr werdet auch verstehen, wenn ich mich zu Konsequenzen genötigt sehen würde . . .«

Er deutete einen knappen Gruß an, während er mit gefalteten Händen das Zimmer verließ. Sie schwiegen, als sie den erzbischöflichen Schritten auf der Treppe lauschten, die nun nahezu im Dunkeln liegen mußte. Dennoch ging der Erzbischof seinen Weg ohne Unsicherheit, ohne Zögern, zielstrebig und stet.

Erst als die Pforte zugefallen war, wagte Ymme sich zu erkundigen: »Was meinte Seine Eminenz mit Konsequenzen?«

»Für Seine Eminenz gibt es nur eine Konsequenz«, antwortete Don Zag. Hinter den Fingern, die nervös seinen schwarzen strähnigen Bart kämmten, verzog er den Mund bitter. »Er schließt das Haus. Er wagt es, seinen erbärmlichen kleinen Glauben gegen das Wissen der Welt zu setzen, an dem seine Glaubensbrüder bis jetzt keinen Anteil haben. Aber welchen könnten sie haben! Araber und Juden mit ihrem uralten Wissen sind ein reiner Glücksfall für Spanien. Und jetzt?« Er riß die Augen auf und hob seine Hände in Hilflosigkeit. »Was ist jetzt?«

Ymme schwieg. Don Zags Frage konnte ebensogut ein Hader mit

seinem Gott wie die Klärung seiner Gedanken unter Ausschluß Dritter sein.

»Mein Vater hat es kommen sehen«, fuhr Don Zag fort. »Noch bevor es in der Kathedrale verkündet worden ist, wissen es die Juden in der Gemeinde schon. Nur die Muslime werden noch lange nicht begriffen haben, daß mit Ximénez de Rada in Toledo das tolerante Zusammenleben endgültig beendet wurde und ein anderes Zeitalter eingesetzt hat: das christliche.«

»Aber wenn Ihr konvertiert...«

»Mein jüdisches Seelenheil setzt ein kastilischer Christ gegen griechisches Wissen!« schnaubte Don Zag. »An mir, dem ungeliebten Juden, bleibt die Entscheidung, ob ich Kastilien mehr oder weniger Wissen schenke! Ihr habt recht. Wenn ich zum christlichen Glauben übertrete, wird der Erzbischof mich noch eine Weile gewähren lassen...«

»Und was werdet Ihr tun?« fragte Ymme.

»Das werde ich dem Entschluß des Unendlichen überlassen müssen. Er ist es, der dieses gigantische Schachspiel führt.«

»Das glaubt Ihr – obwohl er sich dabei einer kastilischen Hand bedient?« fragte Ymme. Es empörte sie, daß er sich zu beugen schien, obwohl anscheinend noch nicht feststand, wem.

Don Zag zuckte die Schultern und begann aufzuräumen. Nur aus Gewohnheit schloß er den Koran weg. Er war tief in Gedanken, als Ymme ihn verließ.

Ymme war noch nie so spät unterwegs gewesen. Die Rufe der Nachtvögel und unbekannte Geräusche aus den Durub machten sie hellhörig und vorsichtig. Zu ihrer Erleichterung fand sie die Straße, die vom Platz der Brunnen zur Moschee führte, erleuchtet vor. Im selben Augenblick, als sie in ihre eigene stockdunkle Gasse einbog, wurde ihr klar, daß die Schließung der Übersetzerschule für sie ein weit größeres Unglück bedeuten würde, als es das Ungemach eines einsamen Heimwegs je bedeuten konnte.

Exakt eine Woche später traf Ymme Don Zag ohne Käppchen und in der unauffälligen Kleidung eines christlichen Angehörigen des erzbischöflichen Stabes an.

Ymme sah ihm an, daß er litt. Am Abend, als er gegen seine Gewohnheit den Koran auf dem Tisch liegenließ und Ymme ihn auf das Versehen aufmerksam machte, sah er sie ruhig an und sagte: »Es ist gleichgültig, wo der Koran auf seine Vernichtung wartet. Ich kann ihn nicht mehr schützen. Als Jude konnte ich es, als neubekehrter Christ darf ich es nicht wagen.«

Ymme sah ihn betroffen an.»Wer hat das beschlossen? Und warum?«

Don Zag verzog die Lippen trotz der Trauer, die ihn wegen vieler Dinge befallen hatte – wegen seiner eigenen Ängstlichkeit, seiner Unfähigkeit, dem Erzbischof die Stirn zu bieten, wegen seiner Trennung von der jüdischen Gemeinde, aber auch wegen des Abgrunds, auf den er Kastilien zusteuern sah. Und nun saß diese Fränkin vor ihm und schien es mit allen aufnehmen zu wollen, die ihr den Koran entreißen wollten. Er wußte nicht genau, welcher christlichen Richtung sie angehörte. Aber dem Koran brachte sie Ehrfurcht entgegen. Seufzend schüttelte er den Kopf.»Niemand hat es beschlossen. Wer Augen im Kopf hat, kann es selber sehen.« Er legte die Hand mit den gespreizten Fingern über das Gesicht und fuhr mit geschlossenen Augen fort:»Es gab einmal einen gotischen König in diesem Land, der um der Einheit und der Stärke des Landes willen beschloß, den arianischen Glauben seiner Vorväter aufzugeben und mit seinem ganzen Volk zum katholischen Glauben überzutreten. Rodrigo Ximénez de Rada ist Historiker. Und von hohem Adel. Ich glaube, er will dasselbe wie damals der Gote Rekkared. Er will alle spanischen Länder einigen, unter einem Glauben und unter einem König.«

Ymme blickte ihn entsetzt an.»Und dazu muß er den Koran vernichten?«

Don Zag wiederholte tonlos:».. . den Koran, den Talmud, Muslime, Mozaraber, Juden, den Fortschritt . . . Ich fürchte, er hält Zerstörung um der hispanischen Einheit willen für nötig.«

Ymme wußte nur zu gut, was er mit dieser Art Zerstörung meinte, vielleicht sogar besser als er. Sie erhob sich.»Darf ich versuchen, den Koran zu retten? Bei mir wird ihn keiner vermuten.«

Der Übersetzer erwachte aus seiner Lethargie, als Ymme entschlossen anfing, den Koran in ein Tuch einzuschlagen. Er hatte eher von einem jahrzehntelangen Prozeß gesprochen, den der Erzbischof in Gang setzten wollte, die politische Absicht gesehen – sie aber schien an eine unmittelbar bevorstehende Vernichtungsaktion durch die Knechte des erzbischöflichen Palasts zu denken. Er hinderte sie nicht. Aber er wußte, wie gefährlich es war, was sie tat.

12. Das Mutterkorn

Rodrigo Ximénez de Rada, Erzbischof von Toledo, an seinen Bruder in Christo Jafia de Lerida, Bischof von Vich:

Jubelt mit mir, Bruder Jafia, mit mir und der ganzen Christenheit! Es ist vollbracht: es wird wieder einen gemeinsamen Kampf der Christen gegen die Ungläubigen geben.

Es war mir vergönnt, unseren Heiligen Vater Innozenz III. in diesem Sommer aufzusuchen und unsere besonderen kastilischen, leonesischen, katalonischen und aragonesischen, kurz: spanischen Schwierigkeiten, Gefährdungen, Versuchungen von Grund auf mit ihm zu erörtern. Er stimmt mit mir überein, daß viele gewonnene Schlachten noch keinen Sieg über die Ungläubigen darstellen, im übrigen die Schmach von Alarcos noch nicht vergessen ist. Um seinem Mitgefühl sichtbar Ausdruck zu verleihen, wird seit diesem denkwürdigen Gespräch jede Woche in der Capella Hispaniensis eine Messe für die tapferen spanischen Kämpfer gelesen, deren kleine Scharmützel den Feind bis zum großen, alles vernichtenden Sieg zermürben werden – Und dieser Sieg wird kommen! Wir werden zum Kreuzzug gegen die Ungläubigen aufrufen, die Briefe sind geschrieben, die Boten abgesandt. Ich werde im nächsten Jahr die Freude haben, im Namen Seiner Heiligkeit die weltlichen Herrscher der Christenheit persönlich aufzusuchen und zu überzeugen. Im Triumph werde ich zurückkehren – doch keine Angst, Bruder, es wird ein Triumph in Christo sein, kein persönlicher.

Mein persönlicher Triumph, ein ganz winziger – und Gott und unser Herr Jesus Christus werden ihn mir als Zeichen menschlicher Schwäche auslegen und verzeihen – wird der Bau der Kathedrale von Toledo sein, der nun endlich ermöglicht wird: Das eroberte mohammedanische Gold wird in das edelste Sinnbild christlichen Jubels umgemünzt werden, das sich denken läßt – in ein Bauwerk zu Ehren Gottes!

Es ist etwas Erhabenes um die Umwandlung eines spanischen Kampfes in einen Kampf der abendländischen Christen, Bruder, – und diesen Moment zu erleben erfüllt mich mit tiefer Freude.

Was Eure Klage bezüglich des Salomon Avinnerduth aus Huesca betrifft, muß ich Euch recht geben. Wenn das Beispiel der Könige Schule macht, Juden abgabenfrei zu verschenken, werden die jüdischen Gemeinden überall große Schäden erleiden, die sie nicht werden dulden wollen. Die Juden sind gemeinhin zu klug, um einer Aufspaltung ihrer gemeinsamen Interessen zuzustimmen. Sollte König Pedro bei seinem Vorsatz bleiben, wird dies zu großer Unruhe unter den jüdischen Gemeinden führen, sogar eine Auswanderung nach Frankreich bzw. – hier bei uns – zu den Sarazenen halte ich für möglich ... Das kann aus finanziellen und einigen anderen Gründen nicht in unserem Sinn sein. Ich hoffe, Ihr und andere Amtsbrüder werdet auf den König einwirken.

Eine ganz andere Seite derselben Angelegenheit sind die Templer. Dem Komtur von Monzon ist Pedro außerordentlich tief verpflichtet. Es wäre nicht gut, ihn just in diesem Moment zu verprellen. Wir benötigen die Ordensritter dringend als starke Stütze im Kampf gegen die Ungläubigen: als kluge Strategen, als mit den sarazenischen Taktiken Vertraute, als tapfere Krieger ... Pedro sollte also nicht Juden, sondern deren Besitzungen verschenken. Die Templer sind nicht weniger auf Häuser und Weingärten erpicht als die Johanniter. Im übrigen verunsichern mich die Tauschaktionen von Besitzungen Pedros gegen Juden der Johanniter in diesem Sommer nicht wenig. Ich kann mir nicht vorstellen, was außer Beunruhigung dabei herauskommen soll.

Aber – lieber Bruder in Christo: Diese Dinge, die Euch im Moment bekümmern, werden im Augenblick von Gottes Fanfarenstoß vor dem großen Kampf zerstieben, zerschmelzen wie Eis im Frühling. Und Gottes Frühling wird auch in Spanien anbrechen, der großen christlichen Nation der vier Königreiche – oder, wenn wir nur wollen: des einzigen, einigen Königreichs.

Rodrigo Ximénez de Rada, Erbischof von Toledo, gegeben am Tag des heiligen Martin im Jahre des Herrn 1210

Don Zag, Abtrünniger der jüdischen Gemeinde zu Tulaytula, Kaschtalla, an Benveniste de Portella, seinen Vetter, Dayan zu Almuhekar, al-Andalus ...

Vetter, ratlos, zerstört, muß ich mich jemandem anvertrauen, bevor ich in Versuchung gerate, mich die Felsen hinab in den Tajo zu stürzen. Zwischen meinen Lieben – ich nenne sie nur in diesem Brief so, im wirklichen Leben verwehren sie es mir seit meiner Taufe – und mir hat sich eine Kluft aufgetan, die niemals mehr zu überbrücken sein wird. Mit Urraca, dem nicht dummen, aber flatterhaften Gänschen, ist kaum eine Verständigung möglich, weil sie den Zustand der Konversion niemals am eigenen Leibe gespürt hat.

Wer bleibt also? Du.
Obwohl: wer weiß? Auch du hast den Zustand der Konversion niemals durchlitten, du Glücklicher! Winde die Gebetsriemen um den Arm und laß mich an einem winzigen Endchen daran teilhaben!
Meine persönlichen Bekümmernisse wären jedoch noch zu verschmerzen, wenn sich nicht alles, was ich sonst glaubte für meine Stadt und die Gemeinde tun zu müssen, als sinnlos erwiesen hätte.
Mein Opfer des Glaubenswechsels war sinnlos.
Meine Übersetzungsarbeit war sinnlos.
Mein Leben –
Rodrigo Ximénez de Rada, bisher mein Gönner, hat am vergangenen christlichen Sonntag – oh, wie christlich war er! – seine Bekanntmachungen verlauten lassen: zuerst aus seinem eigenen Mund im Gottesdienst den Römisch-Katholischen, Stunden später durch ihre eigenen Geistlichen den weniger geliebten mozarabischen Brüdern, der Aljama der Mudéjares durch ein Schreiben, den Juden gar nicht. Du siehst, Vetter, der Erzbischof wählt jeden Morgen die Waffen des Tages aus, wetzt sie eigenhändig und beginnt dann mit Umsicht sein Tagewerk.
Kurz und gut: Rodrigo Ximénez de Rada hat das Einverständnis seines römischen Bischofs zur Kenntlichmachung der Nichtchristen mitgebracht. Es hieß, um Mißverständnissen in Handel und Wandel vorzubeugen. Niemand hat sich je darum gekümmert, ob er seine Morabetinos oder Dinare an einen Christen, einen Juden oder Araber abgibt – der Verlust ist schmerzlich genug. Aber der Erzbischof will es wissen. Ab sofort müssen sich die Hebräer und Mudéjares seines Erzbistums nun kenntlich machen durch ihre Kleidung. Wenn sie dazu keine Neigung verspüren: durch Stoffflicken. Stell es dir vor, Vetter: Die gelehrtesten Männer dieser Stadt werden nun gebrandmarkt, sichtbar für jeden christlichen Dummkopf. Es wird nicht lange dauern, und sie geben jeden von ihnen zum Anspucken frei – oder zu noch Schlimmerem.
Allerdings glaube ich nicht, daß es soweit kommen wird. Wie so oft wird sich alles nur als eine neue Form der Sondersteuer herausstellen. Dies beschäftigt mich daher weniger als der Kreuzzug, den Ximénez endlich erreicht hat. Die Gefahren, die aus ihm für alle erwachsen werden, sind so groß, daß selbst die eingesessenen Franken sie begreifen. Aber nicht nur die: die kleinen und großen Hidalgos der Stadt fluchen gotterbärmlich und hocken abends zur Beratung in den winzigsten Kaschemmen zusammen. Gemunkelt wurde über einen Kreuzzug schon lange

*– aber was kümmerten Gerüchte bisher einen kastilischen Edelmann? Und
jetzt ist das Unglück da. Viel lieber würden sie weiterhin Raubzüge in die
Grenzgebiete unternehmen – aber ohne muslimische Taifas kein Grenzgebiet und ohne Grenzgebiet keine Beute! Und wie sollen sie ihre kleinen
Landhäuser zwischen dem Tajo und der Sierra de Guadarrama vor der
Flutwelle der Kreuzfahrer schützen? Wie ihre Schafherden vor den Provi-
antmeistern des Heeres und dem heimlich plündernden Lumpenpack des
Trosses? Niemand weiß besser als die Hidalgos selber, wie sich Truppen
benehmen, die durch ein Land ziehen. Die Hidalgos also murren. Aber:
diese Leute sind die Lieblinge des Erzbischofs!*

*Seine Stiefkinder dagegen, die Mozaraber, werden treu die Stadt verteidi-
gen, wenn es hart auf hart gegen die Muslime kommen sollte. Sie haben ihr
Leben zu verlieren, keine Schafherden.*

*Was die Judería unternehmen wird, ist mir unklar. Aber ich glaube nicht,
daß man ihr dieses Mal einen Abschnitt der Mauer anvertrauen wird.*

*Und die Mudéjares? Sie verkaufen bereits ihre Häuser, angeblich wegen des
Wohnungsedikts – aber das glaube ich nicht. Sie fürchten um ihr Leben.*

*Ja, Rodrigo Ximénez de Rada hat sich in einem einzigen Sonntagsgottes-
dienst viele Gegner zugezogen, soviel ist sicher.*

*Vetter, ich glaube, die Felswand ist zu steil, und der Sturz wird weh tun,
abgesehen davon, daß ich dabei mein Leben lassen muß. Ich werde mich
statt dessen auf einen weniger spektakulären Sturz vorbereiten – vom jüdischen Übersetzer zum christlichen Nachbeter.*

Don Zag, Toledo, am Tag von Christi Geburt, im Jahre des Herrn 1210

Toledo war nach dem Abebben der großen Sommerhitze endlich
erträglich geworden. Der Erzbischof hatte die ersten seiner Maßnahmen zum Schutz der Christenheit von der Kanzel verkünden lassen,
aber Ymme war es wichtiger, nachts wieder schlafen zu können, ohne
schweißgebadet aufzuwachen und das Kissen auf die kühle Seite drehen zu müssen.
Sie hatte Fortschritte gemacht, die sich sehen lassen konnten, wie
sie fand. Weiterhin übernahm sie zur Behandlung allerleichteste Fälle, meistens Verletzungen und Kümmernisse der Anwohner aus den
benachbarten Sackgassen. Sie achtete sorgsam darauf, Patienten mit
Erkrankungen, die über eine Bagatelle hinausgingen, ins Hospital

zu schicken. Die kleinen Handwerker waren dankbar für ihre Hilfe und zeigten sich mit ihren Produkten erkenntlich. Es war immerhin genug, um ihre Anwesenheit im Hause des Don Isa zu rechtfertigen.

Um so erstaunter war Ymme eines Nachmittags, als sich eine junge Frau mit pelzverbrämtem Wollumhang, die vor ihr in den Darb wankte, nicht als Konsultierende des Hakim, sondern als Patientin der Hakima erwies. Der Zwerg winkte die Frauen entschlossen herein, und die Dienerinnen trugen ihre Herrin fast über die Schwelle von Don Isas Haus. Ymme war danach jede Möglichkeit genommen, die Frau als Patientin abzulehnen, auch weil unter dem schmiegsamen Seidenkleid der Dame Blut auf die gelben Fliesen des Eingangsbereichs herabtropfte.

Als die Patientin ins Krankenzimmer getragen wurde, hatte Ymme bereits das Bett aufgeschlagen und den hölzernen Fensterladen geöffnet, um frische Luft hereinzulassen.

Die Frau war noch ein sehr junges Mädchen, und ihre Augen starrten Ymme blicklos an wie ein Mensch, der in sich hineinhorcht und im nächsten Moment in Panik ausbrechen wird. Ymme rief nach Berenguela, befahl kaltes Wasser aus dem Hahn, saubere Tücher in Mengen und schlug dann den langen Wickelrock von den Beinen der Patientin zurück.

Es war noch nicht sichtbar, daß sie schwanger war, aber ohne Zweifel handelte es sich um eine Fehlgeburt. »Isabella soll die Hebamme holen!« rief sie hinter Berenguela her.

Die Frau krümmte sich plötzlich vor Schmerzen. Ymme dachte an Esclarmonde zurück, setzte sich neben sie und nahm ihre Hand. Sie war verschwitzt, die Augenschminke verschmiert, genau wie das Lippenrot; aber jenseits dieser Äußerlichkeiten hatte sie ein schmales, vornehmes Gesicht mit olivbräunlicher Hautfarbe; die lockigen Haare ringelten sich naß auf den Schläfen. Ihr arabisches Gewand war aus weichstem Tiraz, die Unterkleidung aus fast durchsichtigem ägyptischem Leinen. Sie mußte aus gutem Hause stammen. Vermutlich hatten die Wehen sie beim Einkauf auf der Qaysariyya überfallen.

Ymmes Ruhe und ihr Lächeln wirkten Wunder. Das junge Mädchen, kaum älter als vierzehn oder fünfzehn Jahre, entspannte sich. Als sie sauber und trocken war und das blutige Waschwasser hinausgebracht worden war, gewann sie trotz der Schmerzen ihre Würde zurück und lächelte Ymme an, bevor sie ihre Blicke über die kahlen weißgekalkten Wände schweifen ließ.

Ymme öffnete ihr das Gewand am Hals, löste die Schleifen über der Körpermitte und entflocht sanft den dicken schwarzen Zopf. Meister Soran verbot alles Einengende für Gebärende.

»Bitte tut etwas«, flüsterte eine der Dienerinnen verängstigt in Ymmes Ohr. »Unsere Herrin ist die Herrin Idschaz, die Tochter von Ibn Hazm, Verwalter der königlichen Münzstätte, und Ehefrau des Edelmanns Guillelmus Raimundi Sarracin aus Burgos.«

Ymme wußte nicht, wer das war, aber die Namen klangen imponierend und nicht ungefährlich.

Sie beugte sich über Idschaz. »Ihr wißt, was mit Euch geschieht?« fragte sie behutsam. Als sie Idschaz' umherflatternde Aufmerksamkeit eingefangen hatte, fuhr sie fort: »Ihr werdet leider das Kind verlieren. Ich vermute, daß es Euer erstes ist?«

Idschaz stockte der Atem, und sie senkte voll Schmerz die Augenlider. Sie hat es nicht gewußt. Ymme erschrak. Dann blickte sie dem Mädchen beschwörend in die Augen. »Es liegt in Gottes weisem Ratschluß, uns Frauen das eine Kind austragen zu lassen, das andere nicht. Wir können es nur hinnehmen. Ich selber glaube, daß es so gut ist. Dürften wir wählen, würden wir den falschen Weg gehen.«

Die Wehen fingen erneut an, sie wurden sichtlich zu einer fast ununterbrochenen auf- und abschwellenden Welle von Schmerz. Idschaz schrie laut und schrill, und ihre Beine streckten sich im Krampf. Ymme massierte ihr die Waden mit einem parfümierten Öl.

Eine Weile rang Idschaz um eine Antwort, wie jemand, der sich neben sich selber stellt, wenn er das Unerträgliche erleiden muß. »So glaubt Ihr, daß es aus irgendeinem Grund gut ist, daß ich das Kind verliere?« Sie sprach die reine Sprache der Vornehmen.

Die beiden Dienerinnen kreischten empört auf, als Ymme bejahte und sie entschlossen hinauswinkte. Isabella war ausnahmsweise mit Ymme einverstanden und schloß sehr nachdrücklich die Tür. Das Klagen im Gang wurde von anderen Stimmen abgelöst; vermutlich kam die Hebamme.

»Herr im Himmel«, sagte Ymme angesichts der ältlichen Hebamme, die in einem schmutzstarrenden Kittel hereinschlurfte. Von den Mundwinkeln der Frau breitete sich ein dunkelroter, schuppiger Ausschlag über beide Wangen, auf ihren Lippen lagen gelbliche eingetrocknete Schaumspuren. Die lederartige Haut ihrer Hände war außen und innen bis zum Handgelenk wie in Wein getaucht. An Berenguelas Verstand mußte man wirklich zweifeln. »Wußtest du nicht, wen ich meinte?«

Berenguela war sich keiner Schuld bewußt. »Hätte ich vielleicht über alle Märkte rennen sollen?« fragte sie schnippisch. »Es eilte. Und eine ist so gut wie die andere.«

Das stimmte nicht, Berenguela wußte es. Aber die muslimische Hebamme wohnte in der Nähe der Moschee am Bab al-Mardum. Sie hätte bergauf und wieder bergab laufen müssen. Und das Ganze zurück.

Mit der christlichen Hebamme war ein Duft nach Knoblauch und ranzigem Fett ins Zimmer geweht. Angesichts der arabischen Kleidung rümpfte sie die Nase, aber die Gier in ihren Augen bewies, daß sie sofort erkannte, worauf man Ymme erst hatte aufmerksam machen müssen. »Dann wollen wir mal, Liebchen.« Sie streifte die Ärmel ihres Kleides nach oben und sah sich um. »Ich brauche Wasser und eine Schüssel.«

In diesem Augenblick krümmte sich Idschaz' Rücken, zwischen ihren Beinen glitt ein blutiger Klumpen hervor und blieb in der langsam versickernden Pfütze auf dem Laken liegen.

Schaudernd mußte Ymme an den Mann Everard denken. Diese Hebamme sah auf ihre Weise genauso rabiat aus. »Nein!« widersprach sie scharf. »Es war ein Versehen, wir brauchen Euch nicht mehr.«

Die alte Hebamme zuckte die Schultern und hielt die Hand auf. Berenguela kicherte laut. Ymme brach ihre Erheiterung mit einer verärgerten Handbewegung ab und befahl ihr, der Hebamme zwei Dinare für die Mühe zu geben. Dann wies sie ihr resolut den Weg. In den Türspalt murmelte die Hebamme noch hinein: »Wenn ich Ihr wäre, ich würde wenigstens ein Amulett besorgen. Das Liebchen hat's nötig.«

Idschaz stand die Erleichterung in den Augen geschrieben, als die Tür sich geschlossen hatte. Im Augenblick ging es ihr etwas besser. »Warum ist es besser, daß ich dieses Kind verliere?«

Ymme fand Gefallen an dem Mädchen. Sie kämpfte so tapfer. »Es mag sein«, sagte sie, »daß dieses Kind keines war – eine faule Frucht, eine Fehlentwicklung oder bereits tot. Seinen Tod habt Ihr wahrscheinlich gar nicht bemerkt. Die Fehlgeburt ist nicht der Beginn des Kindstodes, sondern dessen Ende.«

»Warum sagt Ihr mir das?«

»Damit Ihr Vertrauen zur Zukunft faßt. Was geschehen ist, ist geschehen; aber es hat keinen Einfluß auf das, was morgen geschieht oder übermorgen. Vielleicht stellt Ihr mir im nächsten Jahr zum Herbstanfang schon Euren Sohn vor.«

»Ich hoffe«, murmelte Idschaz und schlief mit einem Lächeln auf den Lippen ein.

Ymme versuchte, so gut es ging, mit Hilfe der beiden Frauen, die sie wieder hereingeholt hatte und die nun willig alle Befehle ausführten, unter Doña Idschaz sauberzumachen und ihr frische Bettwäsche unterzuschieben. Danach beobachtete sie sie eine Weile. Idschaz' Atem ging ruhig, doch gefiel sie Ymme nicht. Völlige Erschöpfung rechtfertigte keineswegs die Hautfarbe, die ins Graue hineinspielte. Und unter ihren Augen schien Idschaz' gepflegte Haut faltig zu werden. Sie sank ein.

Ein solcher Verlauf von Geburt oder Fehlgeburt bedeutete nichts Gutes. Er lag weit jenseits der Kenntnisse von Ymme. Sie sandte sofort den Zwerg zum Maristan und Berenguela zu der erfahrenen und gut beleumdeten muslimischen Hebamme, mit der Bitte, unverzüglich zu kommen.

Als Ymme wieder ins Krankenzimmer zurückkehrte und die leichte Überdecke zurückschlug, die sie über Idschaz gebreitet hatte, weil diese vor Kälte gezittert hatte, entdeckte sie den Grund der Verschlechterung: Blut sickerte unaufhörlich aus dem Schamspalt.

Ymme überlief es kalt. Soran hatte zu einer solchen Komplikation nicht Stellung genommen; und die schmierige Hebamme hatte anscheinend trotz ihres abstoßenden Äußeren Derartiges vorausgesehen. Sie selbst aber wußte nicht, was zu tun war.

Im Hof gab es erneuten Lärm, aber es konnten weder Arzt noch Hebamme sein. Die Boten waren sicherlich noch nicht einmal an ihren Zielen angelangt.

Berenguela schob den Kopf durch den Türspalt, um sich zu vergewissern, daß die junge Frau bedeckt war. »Der edle Ibn Hazm hat vom Unglück seiner Tochter gehört und ist bestürzt hierhergeeilt. Er möchte sie jetzt sehen!«

Schlimmeres hätte kaum geschehen können. Aber Ymme wagte nicht abzulehnen. Vielleicht blieben dem Vater nicht mehr viele Stunden, sich um die Tochter zu sorgen.

Der Verwalter der königlichen Münzstätte sah ganz anders aus, als sie ihn sich vorgestellt hatte: seinem Namen nach mußte er arabischer Herkunft sein, dem Aussehen nach war er ein kastilischer Adeliger, klein, drahtig und mit energischem Gesicht.

»Meine Tochter ist mein einziges Kind«, erklärte er grußlos, »ich liebe sie über alles, und ich werde nicht dulden, daß sie im Hause eines zweitklassigen Philosophen zu Tode behandelt wird.« Breitbeinig stand er vor Ymme, das kurze Schwert im Gehänge hatte er nicht einmal am Krankenbett seiner Tochter abgenommen.

Ymme biß sich auf die Lippen. Widersprechen konnte sie nicht. Trost hatte sie auch nicht. »Eure Tochter ist nicht transportfähig. Ich habe nach Hakim al-Walid geschickt.«

Er sah sie zornig an, als ob die Fehlgeburt ihre Schuld sei. Beim Anblick des bleichen Gesichts von Idschaz mäßigte er sich vorübergehend. »Beten wir«, sagte er rauh, und es klang wie ein Befehl. »Gott und al-Walid sind die einzigen, die hier noch helfen können. Gott verzeihe mir, daß ich ihr den falschen Mann aufgezwungen habe – der Arzt rette sie mir!«

Ymme wurde hellhörig. »Ihr Ehemann ist Don Guillelmus, hörte ich. Was ist mit ihm?«

Der Münzmeister fuhr in namenloser Wut herum. »Er steckt in alles seinen Schwanz hinein, was ein Loch hat; ob Eselin oder seine Frau, ist ihm gleich. Er macht mich lächerlich! O Gott, der du die Sonne über den Eichenwäldern aufgehen und über den roten Segeln der Biskaya untergehen läßt, warum hast du mich nicht vor diesen ehrlosen Kaufleuten des Nordens gewarnt?«

»Kann es sein, daß er zu rauh mit ihr umgeht?«

Ibn Hazm warf ihr einen verärgerten Blick zu. Die meisten anderen Hebammen hätten sich ihm zu Füßen geworfen, ihre Unschuld beteuert und wären froh gewesen, wenn er sie ohne Strafe hätte laufenlassen. Diese Person fing an, ihn zu stören. »Er übt sein eheliches Recht aus. Warum?« fragte er absichtlich barsch.

»Die Fehlgeburt wurde durch einen Umstand verursacht, den wir nicht kennen.«

Jetzt begriff er. Diese Fränkin wollte anscheinend ihr eigenes Spiel spielen. »Und der Umstand könnte also mein wenig wählerischer Schwiegersohn gewesen sein? Lächerlich!«

Ymme betrachtete den Münzmeister forschend. Er war offensichtlich in seinem Stolz getroffen, weil Guillelmus Raimundi Sarracin ihn, Ibn Hazm, herabsetzte, indem er sich des ehemaligen Eigentums von Ibn Hazm bediente, wie es ihm in den Sinn kam. Der Mann brachte es beim Anblick seiner kalkweißen Tochter fertig, von eigenen Gefühlen zu sprechen! Himmel, was gab es für Männer!»Was wißt Ihr denn von Frauen? Man kann sie nicht benutzen wie eine Eselin oder einen Eimer!«

Ibn Hazm interessierte sich nicht für die Gründe einer Fehlgeburt. Das war Frauensache. Fügen mußte er sich auch, was den Transport seiner Tochter betraf. Aber er konnte sehen, daß es Umm Idschaz schlechtging. Und es ärgerte ihn mehr als angebracht, daß diese Fränkin ihn dafür verantwortlich zu machen schien. Erregt wanderte er mit kurzen, schnellen Schritten zum Fenster und kehrte wieder zur Tür zurück. Seine Hacken verursachten harte, dumpfe Geräusche auf dem gestampften Lehmfußboden, aber ihm selber verschaffte es Erleichterung in der Tatenlosigkeit. Er war gewohnt, rasche Entscheidungen zu fällen.»Sobald ich und Idschaz das Haus verlassen haben, wird sich der Muhtasib um Euch zu kümmern haben«, erklärte er.

Ymme brauchte eine Weile, um sich an den Marktaufseher zu erinnern, der auf dem Markt für Sauberkeit und vorschriftsmäßige Warenqualität zu sorgen hatte.

Zu seinem Verdruß konnte Ibn Hazm in ihrem hellhäutigen Gesicht keine Angst ausmachen. Diese Fränkinnen waren kalt wie die eisigen Berge, zwischen denen sie vegetierten. Er zuckte die Schultern und wandte sich seiner Tochter zu. Wenn man es genaunahm, so war die Fränkin nichts anderes als eine Art Aufpasserin und Pflegerin, bis al-Walid endlich eintraf.

Ymme saß mittlerweile wieder an Idschaz' Lager, hatte ihren Körper warm eingehüllt und wischte ihr den kalten Schweiß von der Stirn. Sie richtete ein stummes Gebet an den kastilischen Gott, der unter drei verschiedenen Namen angerufen wurde, – daß nur ja der Arzt bald kam. Idschaz würde nicht mehr lange durchhalten.

Endlich wurden Stimmen laut, mehrere Personen näherten sich mit hastigen Schritten, dann wurde die Tür ruckartig geöffnet. Im Eingang stand al-Walid, der berühmte leitende Arzt des Hospitals von Tulaytula.

Ymme erhob sich langsam, während er ans Krankenbett trat und die Decke zurückschlug. Einige Sekunden blieb er sinnend stehen, als ob er die Kranke als ganzen Menschen erfassen müsse, bevor er sie untersuchte.

Er überragte Ymme um Kopfeslänge, dabei war sie größer als die meisten der hiesigen Menschen. Sein langes Gewand aus gestreiftem Leinen war ärmellos, wie für Chirurgen üblich. »Du hast Kummer mit deiner Tochter, wie ich sehe, Ibn Hazm«, sagte er, ohne den Blick von ihr zu lassen. Er setzte sich ans Fußende des Bettes. »Wie lange geht das schon so?« fragte er, ohne sich an jemand Bestimmten zu richten. »Ungefähr seit dem Mittagsgebet«, antwortete Ymme. Der Meister nickte, als ob ihm ein Verdacht bestätigt worden sei. »Mir scheint, daß der Kummer groß genug wäre, auch Don Guillelmus' Anwesenheit zu rechtfertigen. Wir werden sehen.«

Ymme merkte erst jetzt, daß sich eine Frau in der Begleitung des Arztes befand, die einen verschlossenen Kasten auf einem Hocker abstellte. Al-Walid nickte der Frau zu, die sowohl eine Hebamme wie eine Ärztin sein konnte, und diese begann Idschaz' eingefallenen Bauch abzutasten. Sie ging sorgfältig und geschickt vor; sie untersuchte den Bauch zwischen Schambein und Rippen und von einem Hüftknochen zum anderen. Schließlich schüttelte sie den Kopf mit schmalen Lippen.

Als sie zurückgetreten war, ließ Al-Walid kurz seine Hand über dem Nabel von Idschaz federn. Danach blickte er sich nach Ibn Hazm um, der, zwischen Abscheu und Hoffnung schwankend, der Untersuchung beigewohnt hatte. »Ich kann nur mit Imran ben Hittan nach dem Tode von Mirdas sagen: ›Ich fürchte, daß ich im Bette sterben werde; dabei erhoffe ich den Tod unter den Speerspitzen.‹ Für die Frauen ist der Tod unter der Geburt oder im Kindsbett wie für den Mann der Tod im Glaubenskrieg. Ich weiß nicht, ob dich das tröstet...«

Ibn Hazm schlug die Augen nieder. »Ich weiß auch nicht, ob es mich trösten kann«, murmelte er. »Vor einiger Zeit hätte ich vielleicht im Glauben Trost finden können, aber einen Dschihad gibt es für mich nicht mehr.«

Ymme spürte die Trauer des Mannes, aber seltsamerweise schien sie nicht seiner Tochter, sondern ihm selber zu gelten. Das empörte sie. »Seid Ihr ganz sicher, Meister al-Walid?« fragte sie unbeherrscht. »Warum ist keine Hilfe möglich?«

Al-Walid nahm Ymme zum erstenmal zur Kenntnis. Aus ihrem

Tonfall hörte er Respektlosigkeit seinem Urteil gegenüber heraus. Ohnehin war er noch nie einem Franken begegnet, der umfassende Erziehung mit Rittertum verbunden hätte; fränkische Frauen kannte er überhaupt nicht. Abweisend betrachtete er sie, ohne zu antworten.

»Hakim, bitte!« Ymme fürchtete plötzlich um das Leben des Mädchens, nicht weil sie sein Urteil eingesehen hätte, sondern weil er sich nicht rührte. Es konnte doch nicht sein, daß er wegen seiner Hoffnungslosigkeit die Behandlung verweigerte! »Warum?«

Al-Walid runzelte die Stirn. Ihre Hartnäckigkeit erstaunte ihn, obwohl er sich ihr Interesse nicht erklären konnte. »Die Gebärmutter ist flach wie ein Fladenbrot und weich wie ungebackener Teig. Sie hat aufgehört zu arbeiten. Der Blutstrom wird fließen, bis nichts mehr da ist...«

»Könnt Ihr ihn nicht aufhalten?« Ymme schob die Helferin des Arztes beiseite und trat an Idschaz' Bett. »Rabban at-Tabari schreibt, daß gegen Blutungen kalte adstringierende Mittel helfen.« Sie ballte unbewußt ihre Fäuste, es eilte, sie fühlte es. Idschaz' Atmung war langsamer geworden.

Al-Walid preßte die Lippen aufeinander. Jetzt fiel ihm ein, daß er über eine Fränkin hatte sprechen hören, die gelegentlich Leute behandelte. Bis jetzt hatte sie ihn nicht gestört, deshalb hatte er auch keinen Wert auf Einzelheiten gelegt. »Ihr geht mit Worten um, deren Inhalt Ihr nicht kennt, Fränkin«, bemerkte er kühl und erhob sich. »Der Körper dieser Frau ist bereits im Übermaß kalt und feucht. Wenn Ihr sie jetzt gleich umbringen wollt, nehmt kaltes Wasser.«

»Und Kampfer?«

Es hatte keinen Zweck.

Al-Walid hatte Idschaz aufgegeben und beachtete Ymme nicht mehr. Er legte Ibn Hazm mitleidig die Hand auf die Schulter. »Es tut mir leid. Vielleicht wird der Prophet für sie Fürsprache einlegen, und die Gnade Allahs ist ohne Grenzen. Du mußt versuchen, Trost im Gebet zu finden. Auch dein neuer Gott kennt die Trauer um Angehörige.«

»Besteht gar keine Hoffnung?« fragte Ibn Hazm bittend.

Der Arzt wiegte den Kopf. »Eine ganz winzige Möglichkeit läge darin, daß der Blutfluß von selbst versiegt. Wir kennen Allahs Ratschlüsse nicht. Manchmal...« Er nickte seiner Helferin zu; sie nahm den Instrumentenkasten, der nicht benötigt worden war, und ging vor dem

Arzt hinaus. Draußen wechselte sie leise Worte mit den Dienerinnen, die daraufhin schluchzend das Krankenzimmer betraten. Ymme kannte die Ratschlüsse Allahs ebensowenig, aber sie faßte einen eigenen Entschluß. Während die sich entfernenden Stimmen der Männer im langen Gang zum Arkadenhof widerhallten, lief sie zu ihrem Zimmerchen. Mit zitternden Händen räumte sie Kleider aus ihrer Truhe, bis sie zuunterst das Röhrchen mit Frau Cornelas Mutterkornpulver fand.

Als der Muezzin zum Abendgebet rief, war Ymme ein wenig zuversichtlicher geworden. Sie hatte mit Berenguelas Hilfe Idschaz den Trank eingeflößt, was schwierig genug gewesen war, da diese bereits halb ohnmächtig war. Diese erste Klippe aber hatten sie geschafft und die zweite auch: die Medizin war im Körper geblieben. Seitdem hatte sich äußerlich nicht viel geändert – aber der Blutfluß hatte aufgehört, und Idschaz war noch am Leben. Und noch etwas hatte Ymme festgestellt, das sie fast mit Stolz erfüllte: Als sie nach dem Vorbild von al-Walids Helferin den Bauchraum von Idschaz abgetastet hatte, war ihr keineswegs ein flacher Fladen unter die Hand gekommen, sondern ein Knoten – fest wie ein Hühnermagen und etwas größer. Das mußte die Gebärmutter sein, und sie arbeitete wieder.

Die Frage war nun: Konnte Idschaz auch mit wenig Blut in den Adern leben? Besorgt beobachtete sie ihre Patientin. Sie war immer noch blaß, aber in ihre Glieder war mit den erhitzten Feldsteinen wieder Wärme gekommen, und sie atmete ruhig.

Ymme wagte nicht, sich auf das Lager zu legen, das Berenguela ihr bereitet hatte, sondern kauerte auf einem Haufen Kissen. Die beiden ratlosen Dienerinnen, die ihr nicht einmal die Frage beantworten konnten, warum der besorgte Vater nicht mehr zurückgekommen war, hatte sie draußen im Gang schlafen geschickt.

Aber der gleichmäßige Atem der Kranken gab die ganze unendlich lange Nacht keinen Anlaß, etwas zu unternehmen, und Ymme schlummerte im Morgengrauen erschöpft ein. Das Gezwitscher der Finken im Hof und im Käfig weckte beide Frauen zugleich. Ymme sah überwältigt, wie Idschaz sich auf dem Ellenbogen aufzurichten versuchte.

In ihrer frohen Aufregung befahl Ymme die Dienerinnen zu sich, scheuchte Berenguela in die Küche und stützte Idschaz. »Hast du

Schmerzen?« fragte sie sie wie eine ältere Schwester und vergaß ganz, daß sie eine vornehme Patientin betreute, der sie Respekt schuldete. Idschaz lächelte schwach und schüttelte den Kopf. »Ich habe Hunger.«

»Gott und Allah sei Dank«, brach Ymme aus. »Ich glaube, du hast es geschafft.«

Idschaz vertrug das Essen gut und forderte solche Mengen, daß gegen die Mittagszeit der Zwerg mit neugierigem Gesicht in der Tür erschien. »Wer ist der heißhungrige Löwe, der meine Vorräte schneller verzehrt, als ich sie ergänzen kann? Bist du es, Hakima?« Dabei lachte er so herzhaft zu seinem eigenen Scherz, daß die verblüffte Ymme mitlachte.

»Die Löwin liegt im Bett, Zwerg. Sei vorsichtig und behandele sie ehrerbietig, damit sie nicht aufspringt. Vielleicht bist du ihr als Bissen gerade recht.«

Fast konnte Ymme den Zwerg vor Behagen schnurren hören, als er sich tief vor der Herrin Idschaz verneigte. Sie wußte auch, warum. Allein die Gerüchte über diese Heilung würden den Ruf des Philosophen mehren, sei es auch nur, weil er die Klugheit besessen hatte, eine Helferin wie Ymme zu beschäftigen. Und wo ein guter Ruf war, kamen Klienten, Patienten, Ratsuchende aller Gattungen. Besonderen Lohn rechnete er sich natürlich auch aus. Wer kochte denn das Gemüsesüppchen, das Rebhühnchen, das Kürbispüreetörtchen?

»Noch habe ich keinen Appetit auf Zwerge«, warf Idschaz ein, und allein ihr Kopfschütteln war ein gutes Zeichen dafür, daß sie ihre Kräfte allmählich zurückgewann.

Am Spätnachmittag verflog die Freude jäh, die sich dem ganzen Haus mitgeteilt hatte. Ibn Hazm, zu dem man einen Boten gesandt hatte, war immer noch nicht erschienen. Statt dessen verlangte der Muhtasib mit fast gewalttätigem Klopfen am Tor Einlaß. Ymme bemerkte die fatale Entwicklung erst, als er bereits durch den Innenhof stampfte, den protestierenden und schimpfenden Zwerg neben sich. Wo der Polizeiinspektor einen Schritt machte, hüpfte der Zwerg zwei.

Der Muhtasib wischte ihn schließlich mit einer Handbewegung weg. »Ich will Isa ibn Hamdus al-Dschayyani sprechen. Was soll ich mit dir, Zwerg?«

»Aber so laßt Euch doch erklären, Euer Gnaden«, schrie der Zwerg in höchster Aufregung, »hier gibt es nichts, was beaufsichtigt werden müßte. Und nichts, was irgend jemand erklären müßte! Dies ist das Haus des ehrenwerten Philosophen Ibn Hamdus und die Arbeitsstätte der Hakima Doña Iume de Lubicensis in den Hospitalräumen des verschiedenen Hakim Juhannu ibn Hamdus al-Dschayyani!«

»Ja, eben! Deswegen bin ich hier. Es erging an die Hisba eine Anzeige.«

Der Zwerg war aufgebrachter denn je. »Hisba! Hisba! Wir haben schon lange keine Hisba mehr. Aber ein Beni irgendwas aus einem namenlosen Ort in Marokko bringt das nicht in seinen dicken Schädel! Auch wenn er ›Euer Ehren‹ genannt werden will. Und bei uns wird nicht einfach dscht-dscht gemacht!« Ymme, die, geschützt durch einen geschnitzten hölzernen Fenstereinsatz, in den Innenhof spähte, sah, wie der Zwerg mit einem imaginären Messer kreuzweise in die Luft schnitt, und sie meinte beinahe, wieder das Reißen des Seidenstoffs zu hören.

Der Marktaufseher griff sich den Zwerg am Gürtel und hob ihn mit Leichtigkeit in die Höhe. »Sprich du nicht über meine Sippe«, drohte er. »Dich hätte die deinige früher in den nächsten Wüstenbrunnen geworfen, du Gaukler, der von Muschriks abstammt!«

Der Zwerg kicherte in hohen Tönen, aber Ymme hörte heraus, daß ihm die Luft unter dem verrutschten Gewand knapp wurde. »Besser Muschrik als Converso!«

Mit einem Fluch warf der Muhtasib den kleinen Mann in das Wasserbecken, daß es spritzte, und knirschte hörbar mit den Zähnen. Er war königlicher Beauftragter, aber manchmal vergaß auch er sich. Am liebsten hätte er dieser halben Portion von Araber auf gut berberische Weise den Garaus gemacht.

Der Zwerg kletterte vorsichtshalber auf der gegenüberliegenden Seite aus dem Becken und war immer noch nicht geschlagen. Er hätte seine Schmähreden fortgesetzt, wenn nicht in diesem Moment der Hausherr erschienen wäre, durch den ungebührlichen Lärm in seinem Nachmittagsschlaf gestört und darum äußerst verärgert. Aber noch rechtzeitig gelang es ihm, seinen Ärger zu verbergen, als er des Polizeiinspektors ansichtig wurde. Er verbeugte sich respektvoller als üblich, tiefer als nötig.

»Salam, auch ich grüße dich, Isa ibn Hamdus al-Dschayyani«, schnarrte der Muhtasib, »und das hätte ich auch schon vor einigen Minuten tun können, wenn dein kleiner Skorpion nicht seinen Stachel ausgerollt hätte. Zweifellos nicht in deinem Auftrag... Der ehrenwerte Ibn Hazm hat sich über deine Schülerin beschwert, und dem habe ich nachzugehen.«

»Deine Anwesenheit ehrt mich tief. Meine Schülerin mag manchmal ein wenig unvorsichtig mit der Beurteilung der Krankheiten sein. Bagatellen, nichts für das Gericht...« Ibn Hamdus winkte ab und brachte es gleichzeitig fertig, seine Duldung einer zu behandlungsfreudigen Schülerin mit lauernder Aufmerksamkeit gegenüber den Schachzügen des Polizeiinspektors zu paaren. Ymme umklammerte zornig die Holzverzierung, während Isa die Stimme hob und mit geschmeidiger Glätte weitersprach. »Es gibt keinen Grund, daß sich ausgerechnet Ibn Hazm über sie beschwert. Gerade heute hat meine Schülerin seine Tochter vom Tode errettet. Der erhabene al-Walid hatte sie aufgegeben...«

Der Muhtasib legte seine Stirn in Falten und schob die dicke Unterlippe vor. Dann schüttelte er ausgiebig den Kopf. »Du mußt dich irren. Die Tochter ist tot, und die Franca rubia ist schuld. Sie muß vor Gericht.«

Ibn Hamdus knetete seine Hände unruhig hinter dem Rücken. Plötzlich streckte er sie starr nach hinten. »Wenn du meinst, Herr...«

Aber es stimmt doch nicht, wollte Ymme schreien und sah sich nach dem Zwerg um, der so tapfer Widerstand geleistet hatte. Jetzt war er fort. Auch die Frauen waren wie vom Erdboden verschluckt.

Hastig lief sie in ihr Zimmer, Flucht konnte es nicht geben, der Hof hatte nur den Ausgang, vor dem der Muhtasib stand. Was in uralten Zeiten zur Verteidigung gedient hatte, wurde ihr zur Falle. Dennoch fürchtete sie sich nicht ernstlich, der Irrtum würde sich aufklären; ihre größte Sorge waren im Augenblick das Mutterkorn, die Soranschrift und ihre Aufzeichnungen.

Don Isa und der Muhtasib sprachen draußen in gedämpftem Ton weiter, während sie sich mit ihren Kostbarkeiten wieder in das Zimmer stahl, wo Idschaz lag. Sie war wach, und ihre frisch mit al-Kuhl geschminkten Augen blickten Ymme aufmerksam und fragend an.

»Ich kann dir so schnell nicht alles erzählen«, flüsterte Ymme und setzte sich auf das Bett dicht neben Idschaz. »Der Muhtasib wird mich aufgrund einer Anzeige deines Vaters gleich mitnehmen. Bitte bewahre meine medizinischen Schriften auf. Sie sind für mich die Arbeit eines ganzen Jahres...«

251

Idschaz legte in namenlosem Entsetzen die Hand vor den Mund. »Der Muhtasib! Weißt du, was das bedeutet?«

»Er sprach von einem Gericht...«

Idschaz fing an zu beben. Sie verträgt noch keine Aufregung, dachte Ymme mitleidig und wickelte das Mädchen erneut warm ein. Ihre Schriften stopfte sie unter das Laken und zog es darüber straff. Niemand würde etwas Ungewöhnliches bemerken.

Harte Schritte näherten sich im Flur. Ymme wartete ergeben. So hörten sich nur Männer mit einem Auftrag an, mit königlichem oder mit kirchlichem... Es war gleich, wer sie schickte, sie verkörperten dann nur noch ihr Amt, den Menschen unter der Amtsrobe gab es nicht mehr. Beklommen fragte sie sich, was Idschaz gemeint hatte.

Der Polizeiinspektor wußte, wo er die gesuchte Person finden würde. Er riß die Tür auf und trat über die Schwelle, obwohl es sich um das Krankenzimmer einer Frau handelte, in dem er nichts zu suchen hatte. Idschaz stieß einen dünnen Angstschrei aus und fiel in Ohnmacht.

»Du weißt wohl inzwischen Bescheid, nehme ich an«, brummte der Muhtasib, packte Ymme und zog sie zu sich. Dann legte er ihr eine dünne Schnur um den Hals, deren Ende er um sein Handgelenk wickelte.

Ymme leistete keinen Widerstand. Verzweifelt wies sie auf Idschaz. »Dort liegt die Kranke, die angeblich tot sein soll. Überzeugt Euch doch selbst, daß sie atmet.«

Der Muhtasib sah nicht einmal hin. »Wenn Ibn Hazm sagt, daß seine Tochter tot ist, ist sie tot. Was weiß ich, wer dort im Bett liegt und auch nicht sehr lebendig ist?« Er ruckte an der Fessel. »Wir gehen!«

Niemand ließ sich im Hof sehen, als Ymme abgeführt wurde.

Dagegen war der Darb gefüllt mit Menschen, die gewartet zu haben schienen. Fast alle kannte Ymme mittlerweile: Da war der lange al-Hallâl, der Essigmacher, dessen Haut wie im eigenen Essig gegerbt schien und dem sie die Schrunden mit Wollfett heilte; Paulos, der Schröpfer; der Glasbläser Guillem, der immer wieder unter handtellergroßen Brandblasen litt; Abu Hassan, der Töpfer von Moras ollas aus Murcia, der in krankhafter Weise die Kugelform seiner Töpfe angenommen hatte und dem sie Abkochungen von Petersilienwurzel zu trinken gab, weil er sich weigerte, in den Maristan zu gehen; Octavio, der Korksohlenschneider, und Felipe Wasserträger. Ihre Frauen standen abseits mit feindseligen Gesichtern und drückten die Kinder an sich.

Am liebsten hätte Ymme ihren Tränen freien Lauf gelassen. Warum stellten ihre Nachbarn sich gegen sie? In ihr brannte unerträgliches Schamgefühl, und sie senkte den Kopf, um nichts mehr sehen zu müssen.

Plötzlich flogen Steine. Ymme hörte sie satt auf der brokatverzierten Amtskleidung des Muhtasib aufprallen und zu Boden fallen. Kein einziger verfehlte ihn. Aber sie wurde von keinem einzigen getroffen. Da erst verstand sie und blickte auf. Die braunen, schwarzen, grünen und blauen Augen, die ihr begegneten, sprachen ihr stumm Mut zu, bis eine wütende Stimme schrie:»Bring uns unsere Hakima wieder!«, der Muhtasib an der Fessel ruckte und seine Schritte beschleunigte. Ymme mußte den Kopf abwenden und auf den Weg schauen, um nicht zu stolpern.

Der Muhtasib zerrte sie ohne ein Wort der Erklärung durch die Stadt, durch das muslimische Stadtviertel in das christliche, das sie nicht so gut kannte. Gemeinsam war den muslimischen und christlichen Neugierigen, daß sie Ymme verstohlen beobachteten und sich schnell abwandten, wenn der Polizeiinspektor auf sie aufmerksam wurde.

Ihr Ziel war ein verwahrlostes Haus mit vergitterten Fensteröffnungen, das direkt an die Stadtmauer angebaut war.

Das Gefängnis.

Ymme dachte mit geschlossenen Augen an den lieblich angelegten muslimischen Friedhof, der unterhalb dieses Mauerabschnitts lag, mit seinen verstreuten Hügeln, den lichten Affenbrotbäumen, den knorrigen Olivenbäumen ...

Dann zerrte der Muhtasib sie brutal ins Haus, und Kälte und Modergeruch schlugen über ihr zusammen. Ein Wachmann hob den Kopf, als sein Vorgesetzter mit seiner Gefangenen eintrat, und händigte diesem einen großen Schlüssel aus. Er begleitete sie nicht nach unten.

Das Kellergeschoß war weitläufig und bei weitem größer als der Gefängnisbau darüber. Einzelne Männerstimmen wurden von den Wänden zurückgeworfen, und dazwischen ertönten Schreie von Menschen in Todesqualen. Ymme krampfte sich zusammen vor Angst. Die Rattenaugen, die am Ende des Gangs im Schein der Fackel aufleuchteten, schienen ihr weniger abschreckend als die kreischenden

Frauen in der übervollen Zelle, auf die der Muhtasib zustrebte. Doch der Polizeiinspektor zog die Gittertür um einen Spalt auf, der nur knapp ausreichte, um Ymme hineinzuschieben, und schlug sie wieder zu. Viele Arme streckten sich ihr entgegen, die sie hereinzerrten, und noch bevor des Muhtasibs schallendes Lachen verhallt war, war Ymme ihrer Kleidung verlustig gegangen. Die Frauen ließen sie erst in Ruhe, als Ymme nichts als ein dünnes Unterkleid und ein zerrissenes Hemd verblieben waren.

Ymme ließ sich in namenlosem Entsetzen an der feuchten Wand hinuntergleiten und verharrte reglos in einem Gemisch von menschlichem Kot, Strohresten und zersplitterten Rattenknochen.

13. Ibn Hazms Macht

Von den ersten wärmenden Sonnenstrahlen im Jahr des Herrn 1211 merkte Ymme nichts, sie spürte überhaupt nichts. Sie lag in tiefer Ohnmacht auf dem kalten Boden der Gefängniszelle, unbeachtet von den gleichgültigen Frauen, die alle dieselbe Behandlung wie Ymme hinter sich hatten bringen müssen. Seitdem Ymmes Haar nicht mehr blond, sondern schmutzverklebt, ihre glatte junge, helle Haut blau und schwarz von Tritten des Aufsehers bis hinunter zum Beschließer war und ihr Unterkörper von der Scham bis zum After aus vielen Schrunden und Wunden blutete, ließen die Wärter sie in Ruhe.

Ihre Bewußtlosigkeit währte schon viele Stunden, als die Frauen durch ungewöhnliche Geräusche im oberen Stockwerk aufmerksam wurden. Noch konnte das Heer mit seinem berechtigten Anspruch auf Huren nicht zur Stelle sein. Langsam zogen sie sich an die Zellenwände zurück, während die unterwürfige Stimme des Aufsehers sich näherte. Der Schall verzerrte die Worte, doch es wurde bald klar, daß sein Gesprächspartner jemanden suchte. Und auch, daß der Betreffende nicht davor zurückschrecken würde, den Aufseher zu enthäuten, falls der gesuchten Person etwas passiert sein sollte.

»Die Franca rubia«, flüsterte die Gefangene, die als einzige mit Ymme gesprochen hatte. Sie hatte schnell gemerkt, daß die Fremde ein Irrtum des Almotacé war, jedenfalls kein Weib, für das ein Ende im Tajo oder am Galgen normal gewesen wäre.

Keine von ihnen hatte jemals den Verwalter der königlichen Münzstätte gesehen, aber jede konnte eine hochgestellte Persönlichkeit von einem gewöhnlichen Aufseher unterscheiden. Die Wut des kastilischen Edlen konnte sich gegen jede einzelne von ihnen richten, und die des Wachpersonals würde sich auf jeden Fall später an ihnen austoben. Hastig zog die aufmerksame Gefangene ihre neuen Schuhe aus und warf sie auf Ymmes Leib, der, leblos wie eine Leiche, hingestreckt war.

Ibn Hazm verzog angeekelt das Gesicht und hielt sich die Nase zu, aber er schwieg. Die Männer seiner dreiköpfigen Leibwache wußten, was sie zu tun hatten. Einer riß die Gittertür auf und stapfte in die

Zelle. Während er Ymme mit einem weiten Mantel bedeckte und sie sich über die Schulter warf, winselte der Aufseher:»Euer Gnaden, wir haben nicht bemerkt, daß die Frauen über die Gefangene hergefallen sind, sie müssen ja über sie hergefallen sein, welche Schweine könnten es sonst gewesen sein...? Den Schlüssel gebe ich nicht aus der Hand...«, fügte er tonlos hinzu.

Ibn Hazm würdigte ihn keines Blicks.»Es wird von euch nicht viel übrigbleiben, wenn ich mit euch fertig bin«, äußerte er knapp und wandte sich zum Gehen. Er ließ Gefangene und Wachleute in tiefer Furcht zurück. In persönlichen Angelegenheiten war er nicht minder unbarmherzig als in seinem Amt des königlichen Verwalters.

Als Ymme wieder aufwachte, wußte sie vom ganzen Ausmaß ihrer Erniedrigung nichts; gewaschen, in blütenweißem Leinen, lag sie zwischen duftenden Bettüchern. Staunend erkannte sie die an den Wänden aufgeschichteten bunten Kissen, das Bücherregal und die Werke des Aristoteles. Don Isa hatte gestattet, daß man den Unterrichts-, Empfangs- und Untersuchungsraum zu ihrem Krankenzimmer machte.

Erst als Ymme viel später entdeckte, daß auch Idschaz' Krankenlager sich im Unterrichtsraum befand, daß sie beide von den Dienerinnen bedient und vom Zwerg bekocht wurden, verstand sie, daß Ibn Hazm Raum und Dienstleistungen gekauft haben mußte, den Ausgleich von Ibn Hamdus' Einnahmeverlusten inbegriffen.

Es war ihr recht. Die nächsten Stunden und Tage dämmerte sie vor sich hin, während ihr Körper sich langsam zu erholen begann. Sie wachte erst richtig auf, als Ibn Hazm zu Besuch kam, ehrfurchtgebietend trotz seiner geringen Größe, mit einer breiten goldenen Kette um den Hals.

»Wie soll ich Euch danken, Ibn Hazm«, sagte Ymme zu ihrem eigenen Erstaunen, fasziniert vom Funkeln des Schmucks auf der roten Jacke. Nur zu gut wußte sie, daß sie noch im Gefängnis hätte liegen können. Für den Münzstättenverwalter wäre es der unauffälligere Weg gewesen.

»Tut es nicht.« Ibn Hazm hatte nicht die Absicht, über Vergangenes zu reden. Derlei passierte jeden Tag, überall.»Meine Tochter bestand auf einer umfangreichen Erklärung. Bei ihrer wunderbaren Genesung hatte der Prophet nur insofern seine Hand im Spiel, als er Eure führte. Ihr werdet nicht erwarten, daß ein Ibn Hazm sich dafür nicht erkenntlich zeigt...«

Ymme wußte nicht, was sie erwartet hatte, eigentlich nichts Gutes nach dieser Probe seiner Macht.

»Nennt Eure Belohnung.«

Da Ymme geradezu hartnäckig schwieg, brummelte der Edelmann unzufrieden. Weshalb erwartete man von ihm, sich um unentschlossene Frauen zu kümmern? »Umm Idschaz hat mir erzählt, daß Ihr hergekommen seid, um an der Madrasa zu studieren, vor allem aber, um im Maristan zu lernen...«

Ymme lauschte mit zusammengepreßten Lippen, nickte und vergaß alle Schmerzen. Sie vergaß fast zu atmen.

»Ich werde dem Leiter des Krankenhauses empfehlen, Euch als Studentin zuzulassen.«

Ymme schwindelte es wieder wie in den ersten Stunden nach ihrer Befreiung. Der Leiter des Krankenhauses – al-Walid. »Glaubt Ihr nicht«, fragte sie endlich heiser, »daß er mich ablehnen wird?«

»Ich glaube es nicht im geringsten«, erwiderte Ibn Hazm, hochmütig wie immer und schon im Gehen. Er hatte keinen Anlaß, ihr mitzuteilen, daß das Hospital von Stiftungen und Schenkungen der Muslime und ihrer Freunde getragen wurde. Und er war ein sehr hochherziger Freund.

Als er draußen war, sank Ymme zurück, jetzt vor glückseliger Schwäche. Wie lange und unter welchen Opfern hatte sie kämpfen müssen, um ihr Ziel in greifbarer Nähe zu sehen!

Idschaz wurde nach einigen Tagen von Ymme von ihrem Krankenlager entlassen, was sie beide belustigte, war doch die Ärztin bei schlechterer Gesundheit als die Patientin. Ymme sah Idschaz nach, die von den beiden Dienerinnen und zwei Wachen begleitet wurde. Dann rief sie Berenguela herbei und zog mit ihrer Hilfe wieder in ihren eigenen Raum um. Der Unterricht wurde noch am selben Tag wiederaufgenommen – Don Isa konnte sich keine unnötigen finanziellen Verluste erlauben.

Darum traf der Schlag, den der Philosoph ihr versetzte, Ymme um so unerwarteter.

Nach der nachmittäglichen Lesung entließ er Ymme nicht, sondern kaute eine Weile auf Worten herum, und Ymme verstand schnell, daß es dem Sinn nach arabische Worte waren. »Ich kann es mir nicht leisten, weiterhin eine Christin im Haus zu haben.«

Ymme antwortete nicht.

Ibn Hamdus seufzte. Über das Wohnedikt bezüglich der Muslime und Hebräer war er nicht glücklich, aber auch nicht besonders unglücklich. Er besaß kein Haus, das er vermietet hatte. Die Christin hätte er gern für sich arbeiten lassen. Aber er konnte es sich in seiner gegenwärtigen Lage nicht erlauben, der christlichen Herrschaft aufzufallen. Seine Klientel war in erfreulicher Weise gewachsen, eine kleine Einschränkung der ärztlichen Praxis würde nicht schaden. »Der Erzbischof«, führte er ungeduldig aus, »hat Anordnungen bekanntgeben lassen. Christen dürfen nicht bei Muslimen oder Juden wohnen.« Don Isa war also Muslim, geschickt verborgen hinter philosophischen Theorien aller Richtungen. Aber die Erkenntnis verblaßte hinter der Tatsache, daß sie wieder ein Haus verloren hatte – vielleicht einen Studienplatz besaß, aber keinen Schlafplatz ...»Und mein Unterricht?« fragte Ymme erbittert.

Ibn Hamdus rieb sich nervös die Hände. Er hatte sich dieselbe Frage vorgelegt und sich entschlossen, vorsichtig zu sein. Der Erzbischof war erst seit zwei Jahren im Amt, aber noch niemals hatte er die Zügel lockerer gelassen, immer nur angezogen. In düsteren Farben malte sich der Philosoph aus, wie Ximénez mit der Kandare einen Kopf nach dem anderen beugte, die edlen arabischen zuerst, dann die jüdischen und irgendwann auch die mozarabischen.»Nein«, sagte er schrill vor Besorgnis.»Nein! Er ist beendet!«

Ymme ging mit gesenktem Kopf.»Zwerg, wo soll ich hin?« fragte sie traurig. Er wollte gerade zum Tor hinaus, als sie ihn abfing, mit dem Korb in der Hand wie üblich, aber der grüne, auf seiner Kleidung aufgenähte Fleck war neu an ihm.

»Weiß ich auch nicht«, knurrte der Zwerg verdrießlich.»Wahrscheinlich ins Frankenviertel. Dieser eiserne Bischof läßt ja keinen Menschen auf anständige Art grau werden. So viele Jahre lebe ich nun hier in Tulaytula und war in meinem Herzen immer grün, weil's die Lieblingsfarbe des Propheten ist. Aber bin ich denn ein Fink, daß ich sie auch auf dem Federkleid tragen muß?« Ehe Ymme sich's versah, katapultierte der Zwerg einen dicken Batzen Speichel quer über den Hof dem überrascht zwitschernden Vogel in den Käfig.

Der Zwerg zog das Tor auf und verschwand durch den Spalt hinaus.

Ymme stand immer noch unter dem Bogen und überlegte.

Das Viertel der Franken – die Hebamme fiel ihr ein. Und das Gefängnis. Nein, sie würde im Mozaraberviertel bleiben mit seinem schützenden Gewirr von unübersichtlichen Gassen. Aber sie kannte nur wenige Menschen so gut, daß sie sie um Hilfe bitten konnte – eigentlich nur Urraca...

Schon am nächsten Morgen, als sie entgegen ihrem besseren medizinischen Wissen zur Übersetzerschule hinübergeschlichen war, zerschlug sich auch diese Hoffnung.

Urraca stattete ihrem Vetter einen Besuch ab – wie üblich vor ihrem Unterricht. »Nein, Ymme«, sagte sie zögernd, »ich glaube, es geht nicht. Wir haben schon so viel zu leiden gehabt wegen unseres Glaubens. Die Familie hat deswegen ihre Heimat verloren und sich darüber gespalten. Die eine Hälfte sind Juden geblieben, die anderen sind Christen geworden – kurz bevor die Berber einzogen, was ein ganz und gar verkehrter Wechsel war... Wenn wir dich aufnehmen, richtet sich die Aufmerksamkeit wieder auf uns. Du bist nicht gerade die unauffälligste Christin, die ich mir denken könnte.«

Ymme nickte. Sie hatte es sich fast gedacht.

»Und der wichtigste Mann der Stadt kennt dich...«

Ibn Hazm, al-Walid? Ymme wußte nicht, wen Urraca meinte. Don Zag sah es ihr an: »Seine Eminenz.«

»Er hat nur ganz kurz mit mir gesprochen«, erinnerte ihn Ymme.

Der Übersetzer lächelte sein trauriges Lächeln, das jetzt immer häufiger auf seinen Lippen erschien. »Er hat dich und den Koran zugleich gesehen. Das reicht.«

Ymme hörte ihm gar nicht mehr zu, weil die Nennung des Korans ihr wieder die fürchterliche Entdeckung ins Gedächtnis zurückbrachte, die sie beim Packen ihrer wenigen Dinge gemacht hatte: er war spurlos verschwunden. Alle Dinge in Idschaz' Verwahrung hatte sie zurückerhalten – aber der Koran war fort. Nur die Männer des Muhtasib konnten ihn mitgenommen haben.

Zu der Zeit, zu der sie sonst ihren Nachmittagsunterricht gehabt hätte, ging Ymme an diesem Tag in den Hammam, um sich auf den Besuch bei al-Walid vorzubereiten, äußerlich wie innerlich. Chaldun, der Papierhändler, verbeugte sich von weitem, und sie winkte zurück. Papier benötigte sie heute nicht. Vor dem Eingang des Kuppelbaus besorgte sie sich Seife und eine parfümierte Salbe; wie alle Frauen wurde sie kontrolliert, ob sie aussätzig war, und dann stieg sie schon den Korridor hinunter in den großen An- und Auskleideraum.

Ymme mußte sich erst an das Dämmerlicht gewöhnen, das, durch die sternförmigen Öffnungen in der Kuppel sanft gefiltert, auf den Springbrunnen fiel. Kaum hatte sie ihre Wäsche abgelegt, war sie bereits von einer aufmerksamen Badefrau mit erschrockenen Augen in ein rosa Tuch gehüllt und in Pantoffeln gesteckt worden. Sie geleitete Ymme besonders fürsorglich zu einer Bank, auf der sie sich ausstrecken konnte. Der Raum war angenehm erwärmt.

Nur wenige Besucherinnen waren hier, aber aus dem benachbarten Raum hörte Ymme gedämpftes Schwatzen. Dort waren der Dampf und die Hitze. Sie fühlte sich todmüde, ausgelaugt, zerschlagen. Um nicht bereits hier einzuschlafen, winkte sie die Badefrau nachdrücklich wieder zu sich und ließ sich im »Haus der Hitze« eine der in Nischen versteckten Badewannen zuweisen. Dann glitt sie ins Wasser hinein. We-nig-stens heu-te, dachte sie im Rhythmus der Hände, die den nach dem Waschen verbliebenen Schmutz aus ihrer Haut herauskneteten. Die Frau ging außerordentlich vorsichtig mit ihrem geschundenen Körper um, aber weh tat es trotzdem. Das sanfte Einmassieren der parfümierten Salbe tat ihr wohl. Sie war froh, daß sie keine Erklärungen abgeben mußte. Bei geschlossenen Augen merkte sie, daß die Badefrau von einer anderen abgelöst wurde, die ihre Finger- und Fußnägel schnitt, die Nagelhäutchen entfernte, die Augenbrauen in Form zupfte. Als eine Stimme leise fragte: »Wie soll ich dich schminken? Wie für eine Hochzeit, wie für einen Liebhaber oder wie für ein Fest?« schrak Ymme auf.

»Nur die blauen Flecken unsichtbar machen«, antwortete sie ruhig. »Ich habe weder einen Ehemann noch einen Liebhaber.«

»Im Eismeer, wo Doña Iume herkommt, heiratet eine Frau erst im achtundvierzigsten Jahr, kurz bevor sie eintrocknet«, behauptete eine neue Stimme. Vor Ymme stand die lachende Idschaz und neben ihr die Badefrau mit offenem Mund.

»Ich dachte, dein Vater hat ein privates Bad«, sagte Ymme geniert und richtete sich auf. »Ich habe dich noch nie hier gesehen.«

»Das ist so langweilig. Ich habe Unterhaltung nötig.« Ihre Lippen verzogen sich zu einem erschrockenen Ausruf, als das Badetuch von Ymmes Schultern rutschte. »Du hast mir nicht erzählt, was sie mit dir gemacht haben . . .«

Ymme schüttelte den Kopf.

»Es stimmt also, was sie erzählen?«

Ymme nickte gequält. Sie plauderten eine Weile über Nebensächlichkeiten, während Ymme geschminkt wurde. Ungeduldig wartete sie darauf, daß die Badefrau Schere, Feilen und Schminkpalette zusammenpackte und sie sich endlich in eine der Nischen auf einen Diwan zurückziehen konnten.

Nach und nach gab Ymme preis, was sie in den letzten entscheidenden Stunden erlebt hatte, das namenlose Entsetzen, die Hoffnung und nun wieder der Verlust einer Hoffnung.

»Daß du überlebt hast, ist allein schon ein Wunder«, stellte Idschaz fest und streckte die Beine auf der lederbezogenen Liege aus. »Meinen hochverehrten Vater werde ich an seine Ehre erinnern, und eine Wohnung wird sich in einem seiner Häuser finden. Also, keine Sorge. Ich gebe dir Nachricht.«

Ymme sah Idschaz unschlüssig an. Sie hätte das junge Mädchen mit ihrem Kummer nicht belästigen sollen, aber nun war es zu spät. Sie schwieg, während sie beobachtete, wie in ihrer Nähe die Handinnenflächen und Fußsohlen eines kichernden jungen Mädchens mit Henna gefärbt wurden. Hier verflüchtigten sich die Sorgen mit dem Wasserdampf, und alles, was man zu tun hatte, war, sich den Badefrauen zu überlassen.

Aber al-Walid wartete.

Als die Putzfrauen in verborgenen Räumen mit ihren Eimern und Besen zu klappern begannen, um unauffällig auf das Ende der Frauenbadestunden hinzuweisen, zogen Ymme und Idschaz sich an und verließen das Badehaus. Draußen bereitete sich schon der Schädelpolierer auf die Ankunft der Männer vor.

Ymme verabschiedete sich und eilte in den Maristan. Der Abend war eine gute Zeit, um einen Arzt aufzusuchen, ohne ihn von seinen Pflichten gegenüber den Kranken abzuhalten. Aber trotz ihrer Eile umging sie das fränkische Viertel mit seinen rohen Knechten, deren nordfranzösische Dialekte zwischen den Mauern der Magdalenenkirche und den umfriedeten weiten Corrales widerhallten. Überall sonst in der Stadt fühlte sie sich sicher, nur hier nicht.

Nicht weit von der Apotheke lag das Hospital. Seine Front war nicht viel länger als das Haus von Ibn Hamdus, alt, aber besser instand gehalten: beide Stockwerke waren rot getüncht, die schmalen Fenster mit ockerfarbener Bemalung verziert und das Dach mit einem neuen hellroten Ziegeldach versehen. Es war das erste Mal, daß sie es betrat. Den Pförtner, der auf einer Bank hinter dem Tor saß, fragte sie nach Meister al-Walid.

Der alte Mann mit den Bartstoppeln im Gesicht und dem wollenen Mützchen auf dem Kopf betrachtete sie neugierig. »Um diese Zeit berät er sich mit den anderen Ärzten über schwierige Fälle. Jetzt kannst du nicht zu ihm. Komm morgen zur Sprechstunde wieder.«

»Nein, ich werde warten«, sagte Ymme bestimmt und trat ungehindert durch das Tor in den Garten innerhalb der viereckigen Anlage. Wasser plätscherte in einem Becken, irgendwoher erklang leise Musik, und unter den Orangenbäumen unterhielten sich die Rekonvaleszenten.

Ymme blieb unschlüssig stehen. Sie biß die Zähne aufeinander. Morgen würde ihr vielleicht der Mut fehlen.

Nach einer Weile kam eine Gruppe von Männern, mitten unter ihnen Meister al-Walid. Ihn behandelten sie respektvoll, dennoch war er ein Teil von ihnen, lachte mit ihnen. Zwei der Jüngeren riefen einem Kranken Scherzworte zu und verschwanden dann in dem Tordurchgang, durch den Ymme den Garten betreten hatte. Die anderen zerstreuten sich in den Arkaden, sprachen noch leise mit dem einen oder anderen Patienten. Einer fing gedankenverloren an, im Brunnen nach Lichtstrahlen zu fischen.

Ymme trat bescheiden auf al-Walid zu.

»Was wollt Ihr?« fragte er; die Ablehnung stand ihm deutlich im Gesicht. Freundliche Erinnerungen erweckte die Fränkin nicht in ihm. Mit den Händen auf dem Rücken starrte er in den Orangenbaum, der voller reifer Früchte war.

»Ich würde so gerne bei Euch studieren, Hakim al-Walid«, sagte Ymme, bereit, fluchtartig den Rückzug anzutreten. Der Mut hatte sie verlassen. Warum sollte er ausgerechnet sie als Studentin annehmen? Ihr Anspruch war zu hoch und ihre Fähigkeiten zu gering.

»Wozu?« fragte er abweisend und löste seine Blicke von den Apfelsinen. »Was wollt Ihr mit unserem Wissen? Und was wollt Ihr mit unserem medizinischen Wissen ohne unsere Bildung? Es paßt nicht zu euch Franken. Jedes Land hat sein eigenes Wissen...«

Ymme senkte den Kopf. Ibn Hazm hatte sein Versprechen nicht eingehalten. Sie hätte darauf nicht hoffen sollen. Aber daß al-Wadis Ablehnung sich auf ihre Herkunft gründete, wollte sie nicht gelten lassen. »Ich bin ein Mensch wie ihr...«, zitierte sie trotzig.

Der Arzt, der bereits im Gehen war, kehrte zurück. »Was meint Ihr damit?« fragte er scharf.

»Der Prophet hat niemals einem Dhimmi den Anspruch auf sein Leben nach seiner eigenen Art verwehrt, auch nicht auf seinen Glauben«, erklärte sie tapfer, obwohl sie sich vor seinem strengen Blick fürchtete.

»Richtig! Weiter!«

Ymme ballte die Fäuste. Wenn er sie hinauswarf, sollte er wenigstens hinreichend Grund dafür haben. »Der Gesandte spricht: ›Die Suche nach Wissen obliegt jedem muslimischen Mann und jeder muslimischen Frau.‹ Wenn er aber den Buchbesitzern ihr Leben zubilligt, muß er ihnen auch zubilligen, daß sie ihr Wissen vermehren wollen.«

Al-Walids Runzeln auf der Stirn verschwanden. Er schien sich plötzlich zu amüsieren wie beim Schachspiel oder Hunderennen. »Der Dichter aber spricht«, entgegnete er: »›Wer Wissen um des Nächsten Lebens willen anstrebt, rettet sich durch einen Zuwachs rechten Handelns. Doch wehe denen, die nach Wissen streben, um einen Vorteil über die Diener Gottes zu erlangen!‹«

Ymme schüttelte den Kopf. »Wie könnte ein Dhimmi durch muslimisches Wissen einen Vorteil über Muslime erlangen? Im Gegenteil: Wenn ich muslimisches Wissen in ein fremdes Land trage, werden die Muslime – ohne es zu wissen – einen Vorteil über die Nichtmuslime erlangen.«

»Wird es ihnen nützen, wenn sie es nicht wissen?«

»Es wird ihnen nützen. ›Wissen ermöglicht, das Erlaubte vom Verbotenen zu unterscheiden; es erhellt den Weg zum Paradies; es ist unser Freund in der Wüste, unsere Gesellschaft in der Einsamkeit, unser Gefährte, wenn wir allein sind; unser Kamerad in der Fremde.‹ Da der Prophet es sagt, muß ich annehmen«, fuhr Ymme fort, »daß muslimisches Wissen einen Ungläubigen ganz von selbst auf den Weg des Propheten führen wird. Das wird den Muslimen nützen, es wird sogar ein großer Sieg für den Propheten sein.«

Al-Walid verschränkte die Arme ineinander und blickte wiederum streng auf Ymme hinunter. »Muhammad, gelobt sei er, würde es wagen, wollt Ihr mir zu verstehen geben? Nun, so will ich es auch mit dir versuchen. Wer bin ich denn, daß ich weniger Gottvertrauen als der Prophet haben könnte? Aber ich rate dir, beim nächsten Mal Zitate mit der Formel ›Im Namen Gottes, des Gnädigen, des Barmherzigen‹ zu beginnen, und zwar in der Sprache des heiligen Koran: ›Bismillah ir-Rahman ir-Rahim‹. Etwas mehr Fleiß erwarte ich von dir!«

Ymme blieb stocksteif stehen. Eine Botschaft – ein Tadel, eine Forderung. Vorher Ihr – jetzt du. Was um Himmels willen meinte er?

Al-Walid lächelte kaum sichtbar. Nicht jeder, der sich bewarb, konnte als Student angenommen werden. Er hatte Bittsteller mit den unterschiedlichsten Methoden erlebt, aber noch nie war es vorgekommen, daß eine fränkische Christin mit dem Koran um einen Studienplatz kämpfte. Er hob den Arm und deutete in eine Ecke, in der Ymme wegen der einbrechenden Dunkelheit keine Einzelheiten erkennen konnte. »Dort melde dich morgen früh. Man wird sich um dich kümmern.«

Ymme nickte, vergaß zu danken und fand irgendwie den Weg zu Ibn Hamdus' Haus zurück. Diese Nacht durfte sie zwar noch bleiben, aber die Gemeinschaft mit ihr war aufgehoben. Niemand rief sie zum Nachtessen. Es machte ihr nichts aus.

Am frühen Morgen wurde Ymme auf ein leises Scharren an ihrer Tür aufmerksam, das sie nur hörte, weil sie vor Aufregung bereits wach war. »Zweierlei, Doña Iume«, flüsterte der Zwerg durch den Türspalt. »Erstens: Du sollst deine Wohnung in Ibn Hazms Haus am Bab al-Mardum nehmen, die kleine Herrin Idschaz hat eine Botschaft geschickt. Zweitens: Dein Koran ist bei Chaldun in Sicherheit, dem Papierhändler.«

Ymme öffnete weit die Tür und fiel ihm vor Freude und Erleichterung um den Hals. »Ich dachte, der Muhtasib hätte ihn.«

Der Zwerg starrte sie erschrocken an. »Dann wärst du längst zum Tode befördert worden, und kein Mensch hätte dich retten können. Für den Almotacén wäre das ein Sakrileg.«

»Ich denke, er ist zum Christentum übergetreten?« Ymme erinnerte sich genau an die Schimpfworte, die zwischen beiden geflogen waren.

»Ja, das wohl.« Der Zwerg konnte seine Verachtung kaum verbergen. »Aber nur zum Schein. In Wahrheit ist er strenggläubiger Muslim. Sein Alim erlaubt ihm Finten um des Propheten willen.«

»Und dir nicht?«

»Nein, ganz gewiß nicht. Ich gehöre nicht seiner Glaubensrichtung an«, sagte der Zwerg gekränkt. »Lieber trage ich grüne Flicken.« Er blinzelte ihr zu. Da bemerkte sie endlich, daß er auf seine eigene Weise versuchte, den Erzbischof zu überlisten. Sein grünes Gewand war an verschiedenen Stellen mit Applikationen besetzt, mit hellgrünen Damastmondsicheln, grasgrünen Seidenpfauen, piniengrünen Tirazrauten…

Aber Ymme war nicht in der Lage, darauf einzugehen. »Danke, daß du nicht auch böse darüber warst, daß ich euer heiliges Buch lese«, fügte sie hinzu.

»Nicht nötig«, sagte der Zwerg leichthin. »Den einen überzeugt man im Dschihad, der andere muß es selbst lesen…«

Später, als Ymme die letzten Habseligkeiten in ihren Sack packte, mußte sie über den listigen Zwerg lachen. Aber als er sie dann hinausließ und sie ein letztes Mal durch das Tor des Darb ging, kamen ihr die Tränen. Auch dieses Haus war eine Zeitlang eine Heimat gewesen.

Während Ymme eine aufregende Anfangszeit im Maristan verbrachte, in der sie von jeder Wahrnehmung außerhalb ihrer Arbeit wie abgeschnitten war, wurde eines Morgens der Gefängnisaufseher unterhalb der Stadtmauer aufgefunden. Auf seinem zerfleischten Rücken waren nur noch Reste von Haut vorhanden.

Da niemand Wert auf seine Leiche legte, wurde er als Demonstrationsobjekt in den Maristan eingeliefert. »Nilpferdpeitsche«, sagte al-Walid einsilbig, der die anatomische Unterrichtsstunde selbst leitete. Daß eine solche nicht alltäglich war, merkte Ymme daran, daß er es für nötig befand, am Anfang seines Unterrichts ein mahnendes Wort an die Studenten zu richten: »Die Anatomie steht im Einklang mit dem Koran«, sagte er nachdrücklich und wartete auf die Zustimmung seiner acht Studenten. Nur einer, mit dem Ymme noch kein einziges Wort gewechselt hatte, weil er jedem gegenüber beleidigend abweisend war, nickte nicht. »Abu Bakr?« erkundigte sich al-Walid knurrig.

Der Student mit der hageren Gestalt und dem sparsamen Wortschatz bequemte sich nach einigem Überlegen widerwillig zu einem halben Zugeständnis: »Ist er ein Ungläubiger?«

»Meister!« rief Sisnando Albanna, einer von Ymmes Mitstudenten, in gequältem Ton. »Doña Iume! Soll sie etwa…?«

Ymmes Blick traf auf den eines nachdenklichen al-Walid, der ihr offenbar selber die Entscheidung ließ, sich zu entfernen oder auch nicht, während er dem Knecht ein Zeichen gab. Dieser rollte den Toten um seine Längsachse, und noch bevor er damit zu Ende gekommen war, hatte der fürsorgliche Sisnando errötend ein Tuch über den Unterkörper der Leiche geworfen.

»Ich kann dich beruhigen, Abu Bakr«, antwortete Ymme ohne äußerlich sichtbare Gemütsbewegung. »Er ist unbeschnitten. Er hat mich mindestens fünfmal vergewaltigt.«

Während sich die vorwurfsvollen Blicke der Studenten auf Ymme sammelten, zog der Anatomieknecht das Tuch vom Unterkörper des Getöteten. Ein gewaltiges Glied ruhte unverletzt in der Weiche.

»Nachdem wir Abu Bakr nun beruhigt hätten«, fuhr al-Walid fort, während er sich ein Messer von dem Knecht reichen ließ und die Bauchhaut des Toten vorsichtig aufschnitt, anfangs allein mit dem Instrument, dann indem er zwei Finger unter die Haut schob, um die Därme zu schonen, »müssen wir ihn nur noch davon überzeugen, daß die Anatomie nützlich ist, ich möchte sogar behaupten: Sie ist die Mutter der Chirurgie. Welcher Chirurg würde zwei Knochen zusammenfügen können, ohne zu wissen, wie ihr Gefüge aussehen muß? Umgekehrt: Wie kann ein Bein entfernt werden, ohne daß der Chirurg weiß, welche Blutgefäße er abbinden muß? Sogar der Aderlasser kann seinen Schnäpper nur an einer bestimmten Stelle ansetzen.«

Fasziniert sah Ymme zu, wie der große Chirurg die Bauchdecke aufklappte und die inneren Organe freilegte. Zum erstenmal blickte sie in einen Menschen hinein.

»Wir werden diese Leiche Stück um Stück zerlegen«, fuhr al-Walid fort, »beginnend im Inneren, weil dieses sich zuerst zersetzt. Unter Lufteinwirkung findet eine Kochung statt, die das natürliche Gefüge verändert, bis es für unsere Nase nicht mehr erträglich ist. Das Gedärm werden wir deshalb entfernen. Wenn wir anschließend jeden Muskel, jeden Knochen betrachtet haben, werden wir den Menschen in unseren Köpfen Stück um Stück wieder zusammensetzen können ...«

Abu Bakr, der steif abseits stand, die Hände in den Ärmeln verborgen, leistete stummen Widerstand.

Der Meister schien ihn zu spüren. »Auch Abu Bakr mit seiner bekannten Vorliebe für das schriftliche Wort«, fuhr er fort, »wird dann gelernt haben, daß nicht alles, was geschrieben wurde, stimmen muß. Mein verehrter Lehrer, Abu Muhammad ʿAbd al-Latif al-Bagdadi hat manchen Irrtum geklärt, unter anderem, daß der Unterkiefer des Menschen aus zwei Knochen bestehe. Wir werden es zu gegebener Zeit selber überprüfen. Es kostet Überwindung, Fehler zuzugeben, besonders Fehler der Meister, ich weiß, aber wir werden es tun.«

Ymme beobachtete Abu Bakr verstohlen. In ihm arbeitete es gewaltig. Seine Ehrfurcht vor seinem Lehrer stand offenbar im Widerstreit zu seiner Meinung. Plötzlich riß er die Hand aus dem Ärmel und deutete in die Höhe. »Al-Walid, erhabener Lehrer! Dein Tadel berührt mich nicht, ja, ich verstehe ihn nicht einmal. Der verehrte Meister Abu Bakr Muhammad ben Zakkariya ar-Razi, dessen Anatomie ich auf dein Anraten hin sorgfältig durchgearbeitet habe, beweist die Weisheit des Schöpfers aus der Anatomie. Wie kann ein Chirurg, und sei er der größte, die Weisheit Allahs anzweifeln!«

Al-Walid ließ das Messer ruhen und sah auf. »Das ist eine gefährliche Behauptung, Abu Bakr, und du solltest gründlich über sie nachdenken. Keiner zweifelt die Weisheit des Erhabenen an – den Menschen fehlt es zuweilen daran.«

»Ja!« sagte Abu Bakr hochfahrend. »Es fehlt an Weisheit. Aber nicht den Lehrern Aristoteles, Platon, Galen und ar-Razi!«

Die Studenten Sisnando und Ibn Martin sahen bestürzt von ihrem Lehrer zu Abu Bakr. Eine solche Kontroverse mußte den Ausschluß aus der Gemeinschaft der Studierenden zur Folge haben. Noch nie hatte man gehört, daß ein Student seinem Lehrer indirekt fehlendes Wissen vorgeworfen hatte.

Abu Bakr war augenscheinlich selbst der Meinung. Er ging und war schon an der Tür, als al-Walid ihn zurückrief.

»Du hast kein Recht, dich unentschuldigt aus der Unterrichtsstunde zu entfernen«, tadelte er Abu Bakr sanft. »Glaubst du, ich würde euch zum Ungehorsam den verehrten Lehrern gegenüber aufrufen, ohne ebendiesen Ungehorsam selber ertragen zu können?«

Verblüffung stand in Abu Bakrs dunklen Augen, aber er widersprach nicht und kehrte zögernd an seinen Platz zurück. Doch blieb er die ganze Stunde reserviert. Zuweilen, wenn ihm der Anblick des menschlichen Inneren unerträglich schien, schloß er die Augen und bewegte die Lippen wie im Gebet.

Ymme fand ihn mutig, denn er hatte unerschrocken seine Meinung gegen die Mehrheit geäußert. Dennoch blieb er ihr unangenehm, vor allem wenn er hinter ihrem Rücken stand. Seine Augen schienen Brandlöcher zu hinterlassen, wo immer er hinblickte.

Al-Walid breitete die Organe vor seinen Studenten aus, erklärte die Leberlappen, die einzelnen Abschnitte des Darms, die Milz. Mit ihren Gedanken war Ymme beim Darm, der tatsächlich ganz wie der des Hundes Huri aussah, als al-Walid sie unerwartet ansprach.

»Es wird schwierig für dich werden ohne Lehrbuch, Doña Iume. Du solltest dir vielleicht Aufzeichnungen von der Lage all dessen machen, was ich demonstriere...«

»Das will ich gern tun«, sagte Ymme bereitwillig. »Trotzdem möchte ich dich darauf aufmerksam machen, daß ich die Anatomie des Meisters Abu'l-Qasim sehr genau durchgearbeitet habe.«

Al-Walid stutzte kaum merklich. »Warum findet man heutzutage keine geschickten Chirurgen mehr?‹«

»›Weil die scientia anatomiae im argen liegt‹«, antwortete Ymme prompt.

»Ist der Beweis erbracht, Abu Bakr?« erkundigte sich der Meister knapp.

»O ja. Beide Zitate sind korrekt«, bestätigte Abu Bakr widerwillig, »wenn ich auch nicht weiß, woher sie es hat...«

»Es spielt keine Rolle«, brummte al-Walid nachdenklich. »Wichtiger ist die Frage, ob es wirklich klug ist, Übersetzungen zuzulassen.«

Außer Ymme verstand keiner, was der Meister meinte.

Al-Walid beeilte sich sichtlich, denn ein Anatom befindet sich immer im Wettlauf mit der Zeit. Sie arbeiteten ungewöhnlich lange an diesem Nachmittag, und es wurde schon dunkel, als der Hospitalleiter dem Helfer befahl, aufzuräumen und sauberzumachen. Ymme stellte noch die letzte ihrer Zeichnungen fertig, bevor auch sie ihr Schreibmaterial einpacken konnte.

»Weißt du, wer ihn getötet hat?« fragte al-Walid, während sie zusammen auf der oberen Galerie zur Treppe gingen.

»Nein«, sagte Ymme. Aber sie ahnte, daß ein Mann, der wie al-Walid mit dem Messer kleinste Bausteine des Körpers freilegte, sich damit nicht begnügen würde.

»Weißt du denn, warum?«

»Ja.« Dankbar dachte sie daran, daß Ibn Hazm in gewisser Weise ihr

Beschützer geworden war. Wenn auch die Rache nicht ihre, sondern seine gewesen war.

Al-Walid blieb einen Moment an der Treppe stehen. »In diesen Zeiten ist es sehr gesundheitsfördernd, mächtige Gönner zu haben. Du hast sehr schnell eine arabische Sitte gelernt. Wir nennen einen Menschen, der sich beschützen läßt, einen Mawla, einen Klienten. In aller Regel muß für diese Leistung bezahlt werden.« Er ging grußlos.

Verständnislos sah sie ihm nach. Erst als sie viel später im Garten von Ibn Hazms kleiner Moschee unter dem Feigenbaum stand und fröstelnd über die nördliche Vorstadt blickte, fiel ihr die Erklärung ein. Die Röte stieg ihr jäh in die Wangen. Er hatte die Rache gemeint – sie die Wohnung. Und natürlich kam für das Geschenk einer blutigen Rache nur eine einzige Leistung in Frage, sofern der Bittsteller eine Frau war ... Die Entdeckung, daß ausgerechnet ihr wichtigster Lehrer so schlecht von ihr denken könnte, war bitter.

Er war nicht der einzige. Einige Tage danach bekam Ymme abends Besuch von Chaldun, dem Papierhändler. Sie hatte ihn schon lange nicht mehr gesehen, weil sie bei Tage kaum aus dem Maristan herauskam, sich andererseits einen ausreichend großen Papiervorrat zugelegt hatte.

Das Mietshaus, in dem sie wohnte, grenzte an seiner Rückseite an Ibn Hazms Garten. Ymmes Zimmerchen war nicht groß, besaß aber einen Zugang zu diesem Garten, in dem sich die schöne alte Moschee vom Bab al-Mardum befand. Sie wurde von den Gläubigen heutzutage nicht benutzt, aber die tiefen Rillen in der Brunnenumfassung bewiesen, daß sie in früheren Zeiten ständig besucht worden war. Ymme war immer ganz allein im Moscheegarten, nur selten traf sie den Gärtner.

Die offiziellen Eingänge zu den Wohnungen befanden sich auf der Vorderseite des Hauses und öffneten sich zum Innenhof, der seinerseits auf eine schmale Gasse führte.

Ymme öffnete Chaldun die Tür und sah sofort, daß er sich verändert hatte. Seine Augen. Es waren seine Augen. Früher hatte er sie voll Sehnsucht betrachtet, vermischt mit der Traurigkeit eines Hundes, der sich an einen Knochen nicht heranwagt. Jetzt sah er den Knochen in erreichbarer Nähe.

Und der Knochen war sie.

Er hatte getrunken. Obwohl kein Mann Mut brauchen sollte, um sich einer Frau zu nähern, die – weit davon entfernt, des reichen Mannes Konkubine zu sein – nur geholt wird, wenn es Ibn Hazm gelüstet. Es machte ihn wütend. Ganz gleich, ob Muslim oder Christ – wer das Geld hatte, konnte sich jede Frau leisten.

Er war nicht so betrunken, daß auch seine Gefühle eingeschlafen waren. Allein beim Anblick des blonden Haars, das im Lauf der Tagesarbeit aus dem Zopf herausgerutscht war und sich um Ymmes schmales Gesicht legte, stockte sein Blut.

Er zog Ymme an sich. »Ich werde dir eine passendere Wohnung verschaffen«, flüsterte er, als sei er seiner Stimme nicht ganz sicher. »Er zählt dich ja noch nicht einmal zu seinem Gesinde!«

Ymme entzog sich seinem Griff und plazierte ihn geschickt auf die Sitzkissen. »Ihr braucht Euch nicht um mich zu sorgen, ehrenwerter Chaldun. Es geht mir gut hier. Ihr seid gewiß gekommen, um mir den Koran zu bringen.«

Chaldun wachte einen Moment aus seinen schwankenden Gefühlen auf, und ihm fiel ein, worauf sie anspielte. »Diesen Koran«, sagte er undeutlich, »würde ich gern noch eine Weile behalten. Es könnte ja sein, daß der Erzbischof ihn sehen möchte. Nicht wahr, christliche Würdenträger legen manchmal Wert auf das heilige Buch der Muslime?«

Zutiefst erschrocken, starrte sie ihn an. Sie weigerte sich, an die Bedeutung seiner Worte zu glauben.

Erst als er sich mühsam hochgearbeitet hatte und auf sie zukam, wußte sie, daß er es ernst meinte.

Ymme spannte ihre Kräfte an. Seitdem ihr der Jude unter Frau Cornelas Augen die Anfangsgründe der Verteidigung gezeigt hatte, hatte sie dazugelernt. Sie trat dem Mann mit aller Wucht zwischen die Beine und riß die Tür auf. Das gurgelnde Japsen, mit dem Chaldun auf die Kissen zurücksank, hörte sie im abendlich belebten Innenhof nicht.

Der Pförtner des Krankenhauses ließ sie gutmütig ein. Die Studenten hatten genau wie die Ärzte zuweilen nächtlichen Dienst, und sie hatte sich verspätet. Er grinste hinter ihr her.

Seit diesem Tag spielte sich Ymmes Leben hauptsächlich im Maristan ab. Sie wagte sich nur bei Tag in ihr Zimmer, das sie wenigstens nichts kostete. Als Aufbewahrungsraum war es großzügig bemessen. Ihr Schlafplatz in einem unbenutzten Verschlag des Hospitals war dagegen mehr als eng, und kalt war er auch. Sie lief jeden Nachmittag ins benachbarte kleine Bad hinüber, um sich umzuziehen, aufzuwärmen oder tatsächlich zu baden. Das trug ihr den Ruf ein, unfränkisch sauber zu sein.

Noch intensiver befaßte sie sich mit ihren Studien. Der Vormittag war den Patienten gewidmet. Im Wechsel praktizierten drei Gruppen von Studierenden bei den drei Ärzten des Hospitals; nur Ymme wurde zusätzlich von Frau Nuria, der Frauenärztin, zu praktischen Übungen an den Frauenbetten gerufen. Ymme war seit dem ersten Tag mit dem finsteren Abu Bakr zusammengespannt, sie als jüngste mit ihm, dem ältesten Studierenden. Wenn jemand etwas nicht wußte, dann Ymme, und wenn einer alles wußte, dann Abu Bakr. Aber er konnte kaum eine einzige Krankheit erkennen, wenn er sie vor sich sah, und darin überholte Ymme ihn schnell. Sie hätte den finsteren Mann gern gegen jeden anderen Studenten eingetauscht.

Ymme sah mit einem Anflug von Neid al-Walid und seinen drei Schülern nach, während sie oben auf der Galerie der Frauen stand und wartete. Die übrigen Studenten diskutierten bereits seit dem frühen Morgengrauen zusammen mit dem noch jungen Arzt der inneren Krankheiten und einem der Köche Diätpläne für die verschiedensten Krankheitsbilder. Vermutlich hielten sie sich im Küchenflügel des rückwärtigen Trakts auf; im anderen Flügel waren die Bibliothek, die »Das kleine Haus der Gelehrsamkeit« genannt wurde, und der Raum der Verwaltung sowie die Arzneiausgabe untergebracht, die seit einiger Zeit ein zum Krankenhaus gehöriger Apotheker betreute.

Im Garten sah sie immer noch Abu Bakr mit rhythmischen Schritten wie ein Storch hin- und hergehen und aus einem Buch repetieren. An ihm vorbei eilte Umm Nuria und rief ihn so energisch an, daß er sofort gehorsam das Buch zuschlug und ihr folgte. Ein eiliger Fall offensichtlich, aber Ymme kannte die Patientin noch nicht.

Die Frau wimmerte mit geschlossenen Augen, während sie das Zimmer betraten. Umm Nuria fragte die Wärterin flüsternd nach auffälligen Vorkommnissen. Nein, nichts Neues, zuweilen Bewußtlosigkeit, im Zustand des Wachens Kopfschmerzen und Erbrechen. Die Ärztin bat Ymme, die Qualität des Pulses festzustellen, während sie die Frau vorsichtig aufdeckte.

Mit drei Fingern suchte Ymme die Ader in der Verlängerung des Daumenballens der Patientin. Deren Leib war aufgetrieben, und als Umm Nuria ihn abtastete, stieß sie hohe Schreie aus.

»Klein und sehr schnell«, befundete Ymme, »fast fadenförmig.«

Frau Nuria nickte, ohne überrascht zu wirken. Sie band der Frau seufzend eine Schnur mit anhängendem schwarzem Stein vom Leib. »Immer wieder kommen sie mit diesen Amuletten an. Es wird sich nie herumsprechen, daß sie einengen und nicht helfen.« Die Frau lag schwer und bewegungslos im Bett und schlug die Augen erst auf, als die Ärztin ihr an die Schulter griff und sie sachte rüttelte. »Wie lange trägst du den schwarzen Stein?«

»Seitdem ich auf die Geburt meines Sohnes wartete.«

»Wie alt ist er?«

»Ein halbes Jahr.«

»Hast du danach gewöhnliche Abgänge gehabt?« Als die Frau träge nickte, wie im Schlaf, sagte Umm Nuria: »Ich werde dich jetzt auf die Seite drehen. Erschrick nicht. Es passiert dir nichts.«

»Nein. Laßt mich sterben.«

»Nicht, solange es Allah nicht gefällt.«

»Im Namen Gottes, des Gnädigen, des Barmherzigen«, betete Abu Bakr und richtete seinen Blick zur Decke.

Ymme verzog das Gesicht und begegnete unausgesprochenem Tadel in Frau Nurias Augen, ohne ihn einsehen zu können. Abu Bakr rührte keine Hand, während sie selber Umm Nuria half, die Frau auf die Seite zu drehen, ihre Handgriffe beobachtete und versuchte, die Erklärung zu verstehen.

»Es ist eine akute Entzündung, deren Lokalisation unbedingt festgestellt werden muß: es kann sich um den Oberbauch handeln, um die Gebärmutter und dort wieder um den Hals oder die verschiedensten Orten der Höhlung. Hat sich der Schmerz jetzt verändert?«

»Ja«, keuchte die Frau. »Jetzt ist er nur unten, aber stärker.«

Abu Bakrs wurde lauter, aber Ymme vernahm keine einzelnen Worte. Wahrscheinlich wollte er die Schmerzensschreie der Frau von seinen Ohren fernhalten. Als Umm Nuria mit dem Finger durch die Öffnung des Anus den Bauchraum von innen abtastete, drehte er sich zur Wand. In sein anschwellendes Beten sagte die Ärztin mit mildem Vorwurf: »Abu Bakr! Allah hört auch ein leises Gebet.«

Ymme sah von der Seite Abu Bakrs galligbittere Miene und dachte ketzerisch, daß ein Gebet, ob laut oder leise, anstelle einer Untersuchung gar nicht helfen würde. Aber damit hätte sie die beiden nur beleidigt.

»So«, sagte Umm Nuria begütigend zur Patientin, »ich habe mir nun ein Bild deiner Krankheit gemacht. Versuche ein wenig zu schlafen, während ich das Arzneimittel für dich anfertigen lasse. Mit Gottes Hilfe wird dir bald besser werden.«

Schnell verließ sie das Krankenzimmer und marschierte auf der offenen Galerie bis zur Treppe. Ymme machte Laufschritte, um ihr folgen zu können. Liebend gerne hätte sie sich an einen der Pfeiler des vorgebauten Gangs angelehnt und sich erholt. Das Krankenzimmer wurde zwar über ein kleines Fenster belüftet, aber trotzdem war es stickig und voll von üblen Gerüchen gewesen, die dem Darm der Frau entwichen waren.

»Es sieht nicht gut aus«, stellte Umm Nuria fest. »Die Entzündung befindet sich an der Gebärmutter selber, im vorderen Teil des Gebärmutterkörpers. Falls eine Kochung eintritt, kann sie den Schaden begrenzen; bestenfalls bricht der Herd später auf und entleert seinen Inhalt auf natürlichem Weg. Aber Kinder kann sie ohnehin nicht mehr bekommen. Für ihren Mann wäre ihr Tod das beste.«

»Besteht keine Möglichkeit der Heilung?« wollte Ymme wissen, ratlos, warum der gesunde Mann angesichts der todkranken Frau so erwähnenswert war.

»Ich glaube nicht. Ibn Sina sagt zu solch einem Fall, daß der Tod näher ist, je häufiger das Erbrechen und je höher das Fieber ist.«

»Und was sagt Ihr selber?« erkundigte sich Ymme.

Die Ärztin drehte sich auf der Treppe um und sah zu Ymme hoch, eine Mischung aus Verwunderung und Tadel in den Augen. »Ich sage gar nichts. Es gibt eine große Anzahl von Ärzten, bei denen ich alles nachlesen kann, was ich wissen muß. Wer bin ich, gemessen an solchen Meistern?«

Ymme preßte die Lippen zusammen. Jetzt wußte sie, warum Umm Nuria Abu Bakr gegenüber Nachsicht zeigte. Auch für sie war das schriftliche Wort wichtiger als die Schlußfolgerung aus der eigenen Beobachtung.

In dieser Nacht, in der oben eine Frau mit dem Tod kämpfte, unterstützt durch ein wirkungsloses Arzneimittel, das Umm Nuria ihr verabreichte, weil es ein wirksames nicht gab, ließ sich Ymme vom Pfört-

273

ner die Grundzüge des königlichen Schachspiels zeigen. Schnell begriff sie die Kampfregeln der zwei Heere mit König und Wesir an der Spitze, mit Elefanten, Schlachtwagen und leichten Truppen. Als der hagere ʿAbdallah ihr mit leichter Hand asch-Schah mat, Schachmatt dem König, bot, überkam sie eine Ahnung, daß die Menschen ganz genauso geschoben wurden: geschoben von einer riesenhaften Hand, die niemand kannte.

Vielleicht würde sie wissen, wessen Hand schob, wenn sie die Züge selber beherrschte.

Die meiste Zeit praktizierten die Ärzte im Hospital. Selten einmal kam es vor, daß al-Walid ins Kastell gerufen wurde, wenn der König dort weilte; dann hauptsächlich, um eine zusätzliche Meinung abzugeben, eine Gegenmeinung gegen die Diagnose des jüdischen Arztes von Don Alfonso. Der königliche Arzt benötigte eigentlich keine Gegenmeinung – es handelte sich meistens um eine kollegiale Disputation, die bei einem Essen fortgesetzt wurde, um einen Akt der Geselligkeit, den al-Walid immer gern wahrnahm.

Wenn aber Umm Nuria gerufen wurde, wie an einem kalten Februarmorgen, so früh, daß der Hahn noch Flattern und Krähen mischte, eilte es grundsätzlich. Der Junge, der Bescheid gesagt hatte, rannte vorweg, die Ärztin, Ymme und der Hospitaldiener mit dem Instrumentenkasten hinterher.

Schließlich erreichten sie das armselige Häuschen zwischen einem Weinfeld und den Bauhütten der zukünftigen Kirche Santa Leocadia. Wagenräder, angefangene neue und zerbrochene alte, lagen verstreut vor dem Eingang, in dem ein rothaariger Mann mit unruhigen Augen sie erwartete. Der christlichen Hebamme, der Roldana, die sich bei ihrer Ankunft aus dem Haus stahl, blickte er mit mahlenden Kiefern nach. Umm Nuria und Ymme brauchten nicht zu fragen, was das zu bedeuten hatte.

Dumpfe und muffige Luft schlug ihnen entgegen. Neben dem Bett der Frau kauerte ein murmelnder Mönch, die Ellenbogen auf der dünnen Decke aufgestützt, den Kopf zwischen den gefalteten Händen.

»Verkürze dein Gebet«, bat Umm Nuria.

Erzürnt blickte der Mann in der Kutte der Cluniazenser auf. »Dieser Frau hilft nur noch Gebet, was störst du mich, Weib?«

»Ich wurde gerufen, um mich ihrer anzunehmen.«

Der Mönch warf einen kurzen, verächtlichen Blick auf den Radmacher. »Du wirst nicht gebraucht. Der Aragonese weiß nicht, wann Gott ruft. Er sperrt sich gegen Gott.«

Der Hausherr trat mit geballten Fäusten vor das blutige, zerwühlte Lager. »Du und die Hebamme habt ihr eingeredet, es wäre alles in Ordnung. Aber ich kenne die Anzeichen bei einer Muttersau, und ich konnte sie auch an meinem Weib sehen.«

Umm Nuria schob den Mönch fort und ließ den Mann mit seinem späten Hader stehen. Die Frau im Kindbett war bleich wie eine Wachspuppe und hatte die Augen geschlossen. Ymme stieß unauffällig den Bottich, in dem ein toter Säugling mit verrenkten Gliedern lag, hinter einen Vorhang. Umm Nuria nickte ihr zu, sie hatte ihn gesehen. Sie benötigte nur kurze Zeit für ihre Untersuchung, vor der der Mönch protestierend floh.

Wie ein Alptraum tauchte vor Ymmes Augen derselbe Befund auf, den sie mit Idschaz durchgekämpft hatte. Sie flüsterte der Ärztin ins Ohr. Umm Nuria nickte zögernd. Ymme erklärte dem Hospitaldiener in aller Hast, was benötigt wurde. Er rannte los, den Jungen mit sich nehmend. Er würde das Medikament am schnellsten zurückbringen können.

Umm Nuria und Ymme säuberten unterdessen die Frau und das Lager, so gut es ging. Streifenförmig, wie Jahresringe eines Baumes, hatte sich das Blut an der Unterlage abgesetzt. Die Frau mußte sich schon Stunden gequält haben, nur betreut von den gierigen Fingern von La Roldana und einem Mönch. Der Aragonese war hilflos. Mit hängenden Schultern, unbeweglich wie ein umgekippter Karren, stand er im Raum und sah zu. Nur die empörten Augen bewiesen, daß ihm nicht gleichgültig war, was geschah.

»Sie hat dem Kloster zwei Räder für die Gebeine des heiligen Domenikus versprochen«, sagte er plötzlich. »Gott verdamme den Mönch. Er wird sie einfordern, auch wenn die Frau stirbt.«

Gesang ertönte neben der Hütte. Der Mönch sorgte dafür, daß seine Anwesenheit nicht vergessen wurde.

Die Frau gab kein Lebenszeichen von sich, außer daß ihr Herz hart schlug und sie leise und angestrengt atmete. Die Wartezeit wurde ihnen lang. Ymme lauschte immer wieder, ob sie die Schritte des Jungen nicht schon hören konnte.

Endlich flog die Tür an die Wand, und er stand im Haus, mit dem gut verpackten Röhrchen und allem, was sie benötigte. Ymme fiel ein Stein vom Herzen.

Gemeinsam und unter Schwierigkeiten flößten sie der Frau das aufgelöste Pulver ein. Dann begann erneutes Warten, während der Mann stumm auf seine Frau schaute, der Mönch monoton betete und der Junge wie besessen auf dem Hof rumorte.

Ymme hatte in ihrer Besorgnis der Frau mehr Pulver gegeben als Idschaz. Umm Nurias feinfühlige, erfahrene Hand konnte schon bald ertasten, daß sich die schlaffe Gebärmutter zusammenzuziehen begann, noch bevor die Blutung aufhörte.

Aber um das Leben der Frau zu retten, war es zu spät. In ihr floß kaum noch Blut. Sie krampfte sich zusammen, streckte sich und lag still mit offenen Augen.

Umm Nuria wandte sich zu dem Vorhang um, der den Raum teilte, und begann in arabischer Sprache zu beten. Als Ymme mit gefalteten Händen aufstand, hetzte der Mönch herein, warf seine schwarze Kutte über die Tote und übertönte mit einem lauten lateinischen Choral das arabische Gebet.

Sie ließen den Mann in seinem Schmerz und den Sohn in seiner verzweifelten Unruhe zurück. Im Augenblick konnte niemand ihnen helfen als Gott allein und die vertrauten Nachbarn. Weder der Mönch noch sie als Ärztinnen waren dazu berufen. Umm Nuria sagte in einem Haus Bescheid, das als benachbart gelten mochte. Die Frau nickte resolut und legte sich ein Kopftuch über. Als Umm Nuria und Ymme Santa Leocadia erreicht hatten, strebte die Nachbarin bereits dem Totenhaus zu.

Als Ymme einige Nächte später wieder mit ʿAbdallah Schach spielte, war sie sich ganz sicher, daß sie in der Hand des Schöpfers nichts als eine Schachfigur war. Denn obwohl die Arznei wirkte, hatte Gott doch beschlossen, daß die Frau sterben mußte.

Der Pförtner schien ihre Gedanken zu ahnen. »Es ist ein lehrreiches Spiel«, sagte er, als er die Figuren liebevoll und sorgfältig auspackte und aufstellte, »es lehrt, Begierden zu zügeln. Begierden, die jeder hat, ganz gleich, ob er sie in seinem Darb oder im Palast zu verwirklichen strebt. Im Schachspiel lernt er, daß er seinen Platz hat und daß sein Tun wichtig und notwendig ist, daß er bei einem falschen Zug sogar den Untergang des ganzen Heeres verursachen kann. Das macht bedächtig und schärft die Sinne für das Handeln anderer Menschen.« Mit pfiffigem Gesicht forschte er in Ymmes jungem nach, ob sie verstanden hatte. Junge Leute benötigen Zeit, bis sie die Weisheit der Alten lernen, und beim einen geht es schneller, beim anderen langsamer.

Ymme sah ihn mit großen Augen an. Plötzlich begriff sie Umm Nuria von einer anderen Seite. So, wie der leichte Reiter niemals über das Schachbrett wie ein Wezir eilen wird, verstand die Ärztin sich als Fußsoldat, der zum Wohl des Ganzen handelt, wie es ihm zukommt. Ihr Wezir und ihr König waren Ibn Sina und Razes, und ihre Weigerung, sie anzuzweifeln, war Bescheidung, nicht Unfähigkeit.

Ymme nickte und beobachtete ʿAbdallah still, der einem Elefanten vorsichtig den Rüssel polierte. Nachts war er immer hier, aber sie wußte nicht, was er tagsüber machte oder wo er wohnte. Auch er fügte sich lautlos in die abgeschlossene Welt des Hospitals. Nur sie selber stellte gewissermaßen eine Störung dar, sie wollte springen, obwohl ihr nach den Regeln des Schachspiels nur ein Schritt nach dem anderen zustand. Nach ʿAbdallahs Auffassung war das eine Anmaßung. Nie würde er ihr es unverblümt sagen, aber sie hatte ihn verstanden.

Und doch... Warum hatte al-Walid sie zum Studium zugelassen? Vielleicht, weil er selber in der Tiefe seiner Seele ein Springer war?

14. Die hitzigen Fieber

Federigo Bordeto, militärischer Führer des kleinen normannischen Fähnleins, setzte seinen runden Helm mit dem glattflächigen Gesichtsschutz und dem Kreuz über den Augen ab und sah sich um. Es war selbst für einen Sizilianer schon heiß, der Schweiß lief ihm in Strömen über das Gesicht und sickerte unter das Kettenhemd.

Dennoch war er hoch zufrieden. Weit hinter ihnen war die Stadt Valencia, die sie umgangen hatten, im Dunst verschwunden; die Ansiedlung, die sie nicht umgangen hatten, lag in Sichtweite. Immer noch schwebte der schwarze Rauchpilz der Brände über den Hügeln.

Hinter ihm verhielten die zwölf Edelleute ihre Pferde, und die Knappen zügelten ihre eigenen leichten Araber und die hochbeladenen Packmaultiere.

Der Edelmann wußte nicht, ob das Gebiet, das sie aufgrund ihres Schiffsverlustes notgedrungen hatten betreten müssen, sarazenisch war oder nicht. Es spielte keine Rolle. Jeder, auch der Heilige Vater, in dessen Diensten sie sich fühlten, wußte von dem Zwang, in dem Kreuzfahrer im fremden Land stehen. Ablaß für Härten war den Soldaten Christi sicher.

Notgedrungen auch hatte sich ihr Trupp seit der Plünderung des Städtchens um einige Sklaven vermehrt, die die Beute schleppten, sowie um Frauen, die anderen Zwecken dienten. Sie verlangsamten die Marschgeschwindigkeit der Reiter, aber das spielte keine Rolle. Erst im Herbst würden sich die Kreuzfahrer allmählich bei Toledo versammeln. Bis dahin blieb ihnen ein halbes Jahr, das sie gewinnbringend verleben würden.

Die Kundschafter, die Federigo ausgesandt hatte, kehrten auf ihren schnellen kleinen Pferden zurück. Er besprach sich leise mit ihnen und gab dann den Befehl zum Absitzen. Außer zwei Schafhirten mit ihren Hunden und der Herde hatten sie niemanden gesehen. Die Hirten lagen nun am Grund einer Schlucht, ihre Schafe waren in einer steinigen Einfriedung eingesperrt. Man brauchte nur zuzugreifen.

Wie jeder gute Leiter einer militärischen Einheit machte Federigo Bordeto am späten Abend die Runde durch sein kleines Feldlager. Die Wachen waren aufgestellt, die Pferde von zwei Knappen bewacht, die männlichen Sklaven aneinandergekettet. Gesättigt mit allem, was die städtischen Weinkeller, die Huertas und das Weideland heute hergegeben hatten, amüsierten sich die meisten Kreuzfahrer träge mit den Frauen, Schild und Lanze griffbereit und niemals gänzlich ohne Wachsamkeit. Nur drei von ihnen hatten sich schon niedergelegt, alle drei rotblonde Recken, gut ernährt, durchtrainiert und in den besten Jahren. Sie wälzten sich mit verklebten Haaren und hochroten Gesichtern stöhnend auf dem steinigen Boden. Federigo betrachtete sie nachdenklich. Am nächsten Morgen wurde der Aufbruch der Kreuzfahrer verzögert, weil drei Gräber ausgehoben und Gedenkgebete gesprochen werden mußten.

Die Atmosphäre in Toledo war im ganzen Winter gespannt gewesen, und das lag nicht nur an der ungewöhnlichen Kälte, sondern vor allem am Zorn verschiedener Bevölkerungsgruppen über die entwürdigenden Maßnahmen des Erzbischofs. Don Zag erzählte Ymme bekümmert, daß eine Abordnung der Juden unter der Leitung des Nasi der jüdischen Gemeinde, Abu ᶜAmr Yussuf ibn Sosan, und unter der verstohlenen, aber wirksamen Unterstützung seines Vaters Don Yahya ibn Yunez bei Rodrigo Ximénez de Rada vorstellig geworden war und mit ihm ein langes, erbittertes Gespräch geführt hatte.

Für die Gemeinde unterschied sich die Ablösung der Kennzeichnungspflicht mit Hilfe finanzieller Zuwendung nicht von den zahllosen Zahlungen früherer Zeiten, die unter dem Begriff Steuer, Schenkung, Rechtsverleihung, Abgabenfreiheit, Immunität vertraglich festgehalten worden waren, bis ein erweiternder Vertrag notwendig wurde. Der Erzbischof hatte es ähnlich gesehen, war aber unerbittlich geblieben – bis zum Angebot einer schwindelerregenden Summe. Nun würde man später auf den betreffenden Kirchturm der Kathedrale deuten können, den die jüdische Gemeinde bezahlt hatte.

»Und die Mudéjares?« hatte Ymme gefragt. »Wie wehren die sich?«

Die Aljama der Mudéjares waren nicht vorstellig geworden; weder waren sie sich einig über die beste Vorgehensweise, noch waren sie in der Lage, sich finanziell entsprechend entgegenkommend zu zeigen. Sie waren eine kleine und in ihrer Zahl schwankende Gruppe. »Sie hatten nur einen Tag ihre Geschäfte in der Qaysariyya geschlossen«, berichtete Don Zag, zuckte die Schultern und ging wieder an die Arbeit.

Ymme beobachtete ihn verstohlen. Ohne das Käppchen fielen ihm die schwarzen Haare über die Augen, und sie waren jetzt glatt abgeschnitten wie bei einem Ritter. Aber er würde im Herzen immer ein

279

Jude bleiben, bestimmt war das auch dem Erzbischof nicht entgangen. Für einen Moment bekam sie Angst um ihn. Aber man konnte ihm nicht helfen. Es gab so viele, denen man nicht helfen konnte.

Kurz vor der Abreise des Erzbischofs an den Hof des französischen Königs wurde die Kennzeichnungspflicht der Juden aufgehoben, wie Don Zag vorausgesagt hatte. Ymme bemerkte die Veränderung der städtischen Stimmung am schnellsten durch die Ärzte der jüdischen Gemeinde. Kaum war der letzte Mann von Don Rodrigos berittener Eskorte jenseits der Puerta Bisagra entschwunden, schritt ein Jude in schwarzem Kaftan durch den Innenhof des Maristans. Ymme wußte von ihm, daß er Don Abrahen hieß und vermutlich über einen Fall plaudern wollte, den er zwei Wochen vorher in das Hospital einge-wiesen hatte.

Al-Walid kam ihm mit offenen Armen über den Hof entgegen und begrüßte ihn herzlich. Dann waren sie schnell beim Fachgespräch über den Fäkalienhändler mit den Kopfschmerzen, den Ohnmachts-anfällen und der zuweilen aussetzenden Atmung angelangt.

»Alle Ursachen, die wir sonst kennen, haben wir ausgeschieden«, sagte al-Walid bekümmert. »Weder Rücken noch Beine, noch Zähne scheinen beteiligt zu sein. Don Enrique und ich sind zu dem Schluß gekommen, daß er eine Geschwulst im Kopf haben muß. Entweder dies, oder die Krankheit hängt mit dem Beruf des Mannes zusam-men.«

Don Abrahen preßte so plötzlich in einem Aufruhr von Begeisterung al-Walids Schultern zusammen, daß dieser erschrak. »Ich auch, ich auch«, beteuerte er. »Ich glaube, es sind die Senkgruben. Inzwischen habe ich mich bei seinem Nachbarn erkundigt, der darüber sehr gut Bescheid weiß, weil er in früheren Zeiten am Geschäft beteiligt war. Er berichtete mir, daß sein Vater beim Ausräumen einer Grube um-gekommen ist. Deswegen war er vorsichtig und hat sie immer verlas-sen, wenn ihm schwindelig war, dummerweise meistens kurz bevor sie leer war.«

»Warum hat er sein Gewerbe überhaupt aufgegeben?« fragte al-Wa-lid, denn es war äußerst einträglich, die Fäkalien an die Gemüsebau-ern zu verkaufen.

»Aus Angst. Seitdem so viele Mudéjares die Stadt verlassen haben, werden die Bedürfnisanstalten an den Moscheen nur noch von einem Mann betreut: Astrug de Porta.« Don Abrahen kicherte ein hohes

Altmännerlachen. »Der Nachbar fürchtete weniger Ohnmacht und Tod als die zunehmende Trägheit seines Darms.« Ymme verstand sofort, daß sein Lachen den Unverstand des Menschen gegenüber seinen Schwächen betraf. »Zurückgeblieben sind seltene Anfälle von Kopfschmerzen und die Vorliebe für Pflaumen«, fügte Don Abrahen hinzu.

Al-Walid lächelte. »Nachdem du nun offensichtlich den Fall gelöst hast – möchtest du deinen Patienten zurückhaben? Ich glaube nicht, daß wir ihm eine andere Behandlung geben können als du selber.«

Don Abrahen wehrte bescheiden ab. »O nein, al-Walid, ich gönne euch von Herzen, daß Ihr es es seid, der den Mann zur Grube zurückschickt.«

»Ja, aber zu welcher?« fragte al-Walid, ohne auf den hintergründigen Humor seines Kollegen einzugehen. Der Mann würde seiner Meinung nach bald sterben. Er hatte anscheinend den Punkt überschritten, an welchem die Schäden rückgängig zu machen waren.

Don Abrahen verabschiedete sich, kam aber zu Ymmes Erstaunen am nächsten Abend bereits wieder und minderte die Freude im Hospital über die sichtliche Entspannung erheblich durch seine Vermutung, daß bei zwei Kindern in der Judería die gefürchtete Spätwinterkrankheit ausgebrochen sei.

»Wenn sie es ist«, fügte Don Abrahen nach seinem Bericht düster hinzu, »werden in kurzer Zeit die meisten Kinder erkranken. Der Erhabene gebe uns die Stärke, auch diese Prüfung zu überstehen.«

Don Enrique, der Arzt für innere Krankheiten im Hospital, wiegte den Kopf und strich seinen Bart. Da er trotz seiner Jugend eine Kapazität auf seinem Gebiet war, richtete sich Don Abrahens unvoreingenommene Aufmerksamkeit sofort auf ihn. »Ich habe«, sagte er, »unter meinen Patienten den Vater des Leinenlumpensammlers Chaldun sowie seinen Sohn, beide mit Symptomen, die mich noch nicht erkennen lassen, ob es sich um Masern oder Pocken handelt, aber mit den üblichen Erscheinungen wie hohes Fieber, rasender Kopfschmerz, Lichtscheu... Der Greis ist derart mager und trocken, daß ich beides für unwahrscheinlich halte – es andererseits mit meinen eigenen Augen in typischer Form sehe. Ich weiß nicht, was ich davon halten soll. Nichts Gutes«, fügte er knapp hinzu.

Ymme dachte an den Jungen zurück, der sie für eine Teufelin gehalten hatte. Für einen Augenblick sah sie ihn vor sich, verheult anfangs, später dann von Berenguela trockengerieben und sauber.«Der Junge hatte Pockennarben«, versetzte sie.»Nicht besonders auffallend und nur wenige.«

Die Ärzte und Studenten konzentrierten sich plötzlich auf Ymme. Sie errötete leicht. Aber niemand zweifelte daran, daß sie meinte, was sie sagte, und um die Bedeutung ihrer Erkenntnis wußte.

»Gegenwärtig ist er im Gesicht etwas verschwollen. Von Narben war nichts zu sehen.« Don Enrique nagte an seiner Unterlippe. Hatte er genau genug untersucht? Er meinte, ja.»Ich glaube, wir sollten es nochmals prüfen. Doña Iume, ich lade dich ein mitzugehen, auch wenn du gegenwärtig bei meinem verehrten Kollegen praktizierst.« Er sprang auf, wie immer neugierig auf neue Facetten einer Krankheit. In diesem Punkt dachte er ganz ähnlich wie der Hospitalleiter.

Al-Walid trommelte mit den Fingerspitzen den Rhythmus eines Liedes auf den Boden, das nur er hörte. Als Ymme schon fast an der Tür war, hob er die Hand, um sie aufzuhalten.»Enrique, überlege, was du tust.« Seine Stimme hatte einen warnenden Unterton, obwohl er sachlich blieb, überhaupt sich nicht gern einmischte.»Denk daran, daß Menschen in Ländern außerhalb ihrer Heimat viel schwerer von Krankheiten befallen werden als zu Hause. Wir sollten Doña Iume dieser Gefahr nicht aussetzen.«

Ymme trat sofort von der Tür zurück, aus Respekt vor der Empfehlung des Chirurgen. Seine Fürsorge erstreckte sich nicht nur auf Patienten, sondern auch auf die Ärzte und Pfleger, bis hinunter zu den Pförtnern. Sie stand nicht im Widerspruch zu seinem Argwohn gegen sie, der immer noch nicht ausgeräumt war.

»Er hat recht. Ich werde mitgehen«, bot Don Abrahen an.»An einem Greis wie mir haben Pocken und Masern keine Freude.«

Als der alte Arzt der Judería mit dem jungen christlichen Internisten des muslimischen Hospitals davonging, gefolgt von drei Studenten, schwiegen die Zurückgebliebenen. Ihre gemeinsame Sorge war groß; wenn der Verdacht stimmte, würden in diesem Frühjahr viele Menschen sterben.

Al-Walid hielt seine Hände über die große Kohlenpfanne, in der die glühende Kohle leise knackte, und rieb sie. Er seufzte leise. Als er Ymmes fragendem Blick begegnete, verzog er den Mund zu einem wehmütigen Lächeln.»Ein Chirurg muß seine Hände geschmeidig halten. Der Prophet halte zum Vorteil der Kranken Kälte und Gicht von mir fern!«

»Im Namen Gottes, des Gnädigen, des Barmherzigen«, fügte Ymme in arabischer Sprache hinzu.

»Noch fühle ich, was ich sehe, noch kann ich greifen, was ich fühle«, fuhr der Klinikleiter nachdenklich fort, »dennoch wäre mir wohler, wenn ich meinen Nachfolger im chirurgischen Fach bereits anlernen könnte.« Ymmes Protest schnitt er mit einer Handbewegung ab. »Verantwortung drückt sich auch darin aus, daß ein Kranker sich bei allen Ärzten in guter Hut weiß. Wer mir nachfolgt, darf nicht weniger Kenntnisse haben als ich. Keiner darf weniger wissen als die anderen.«

»Aber einer muß mehr wissen!«

»Ja, allerdings«, bestätigte al-Walid knapp und fing an, mit dem Schürhaken die Glut aufzurühren. »Auch das macht mir Sorge, auch ihn sehe ich noch nicht.«

Ymme zog ihr langes arabisches Gewand dichter über die Beine. Sie fröstelte. Toledo bestand nicht nur aus Hölle, wie die hier Geborenen behaupteten. Sie hatte sich noch nie bewußtgemacht, daß das Hospital ein wesentlich komplizierteres Gebilde war als die Summe von Kranken und Ärzten. In seinem Dienst standen auch der Apotheker, ein Arzneigehilfe, der Koch, der Diätkoch, der Bibliothekar, ein Musikant, der Krückenmacher, die Gärtner, Wäscher, Reiniger, Pförtner... Al-Walid mußte vermutlich einen wesentlichen Teil seiner Arbeitskraft opfern, um für das exakte Ineinandergreifen aller Rädchen zu sorgen. »Wie bei der Noria am Tajo«, sagte sie spontan. »Aus Wasser werden Pfirsiche – aber nur, wenn zur richtigen Zeit geschöpft wird, wenn die Schaufeln und Zahnräder die genau abgemessene Menge Wasser aufnehmen und wenn die Schieber rechtzeitig geöffnet werden. Aber das wichtigste ist die Sonne. Ohne sie wächst kein einziger Pfirsich.« Al-Walid blickte seine Schülerin erstaunt an, ohne sie zu unterbrechen. Ymme atmete tief ein, bevor sie fortfuhr. »Der leitende Arzt eines Hospitals ist wie die Sonne innerhalb seines Hauses. Aber würde die Sonne sich denn um die Schaufelräder, die Esel und die Treiber kümmern? Nein«, sagte sie bestimmt, »dafür ist der Gartenbesitzer zuständig. Al-Walid, warum suchst du nicht einen Mann, der sich um alle Rädchen im Hospital kümmern kann? Einen Verwalter der Räder. Arzt darf er nicht sein, damit er nicht nach den Kranken schielt. Er soll nur die Rädchen betreiben. Und du gewinnst Zeit, deinen Nachfolger auszusuchen und auszubilden.«

Al-Walids helle braune Augen betrachteten Ymme so intensiv, daß sie unruhig wurde. Sie biß die Zähne zusammen. Wahrscheinlich hatte sie ihn verärgert. Wie kam sie dazu, ihm Ratschläge geben zu wollen? Sie hatte das alles gar nicht beabsichtigt. Verlegen senkte sie den Blick. Plötzlich warf al-Walid den Schürhaken auf die Fliesen und lachte schallend. »Auf die Idee, ein Hospital mit einer Noria zu vergleichen, kann nur eine Fränkin kommen«, sagte er und wischte sich die Tränen aus den Augenwinkeln. »Du hast den Vorteil des unbekümmerten Umgangs, mit frommen Stiftungen und landwirtschaftlichen Notwendigkeiten gleichermaßen. Du würdest sicherlich auch die Kuppel der Moschee als Ort zum Trocknen von nasser Wäsche vorschlagen, wenn eine solche Frage auftauchte. Der Erhabene verzeihe den Gedanken. Aber ich muß dir recht geben. Vielleicht ist das ein brauchbarer Ausweg, für das Hospital, für mich...«

Ymme wagte ihren Ohren kaum zu trauen. Er hatte sie nicht ausgelacht.

»Ich werde darüber nachdenken«, sagte al-Walid. »Auch ein wenig mehr Schlaf könnte ich gebrauchen.« Er lächelte flüchtig. »Al-Mansur, der ruhmreiche Reichsverweser, hat gesagt: ›Der Wächter der Welt schläft nicht, wenn die Herde schläft.‹ Nun, so geht es mir in manchen Nächten, wenn auch mein Reich viel kleiner ist als das von al-Mansur.«

Die Tür flog auf. Al-Walid sah seinen Kollegen entgegen, die ihre Untersuchung des Jungen beendet hatten. Gemessen an einer gewöhnlichen abendlichen kollegialen Diskussion nahmen sie außerordentlich schweigsam Platz.

Don Enrique ließ dem Arzt aus der Judería den Vortritt. Er war es, der auf die mögliche Gefahr aufmerksam gemacht hatte, und wie es schien, schwebten die jüdischen Kinder gegenwärtig in der größeren Gefahr.

»Es sind Pockennarben«, bestätigte Don Abrahen tonlos. »Und es sind genau dieselben Hauteffloration wie bei meinen kleinen Patienten.«

»Also Masern.«

Diese Erkenntnis drückte ihre Stimmung nieder. Es gab mehrere ähnliche Krankheiten, aber kaum eine war so gefährlich wie Masern, vor allem für die jüngsten Kinder, weil ihre Säftebildung am stärksten ist.

Trotz ihrer Freude über das Gespräch mit al-Walid kroch Ymme an diesem Abend voller Befürchtungen unter ihre Decken.

Vorübergehend wurde der gewöhnliche Tagesablauf der Studenten außer Kraft gesetzt, damit alle Gelegenheit bekamen, das tägliche Fortschreiten der Masernerkrankung zu beobachten. Zum Vergleich mit dem Jungen diente der Greis, der mit seinem Enkel zusammen in einen Raum gelegt worden war.

Während sich Ärzte und Studierende um das Bett des kleinen Ibn Chaldun scharten, stand Ymme draußen im Freien auf einem Hocker und sah und hörte über die Köpfe der anderen hinweg den Erklärungen von Don Enrique zu. Der Junge schlummerte mit hochrotem Kopf, aber als das Geräusch der vielen Füße ihn aufweckte, richtete er seine Augen still und wachsam auf den Arzt.

Don Enrique lächelte ihn an und befreite dann den sehnigen Körper des Jungen von der dünnen Decke und dem Hemd. Auch Ymme konnte aus ihrer Entfernung erkennen, daß die Haut noch die schwache Bräune des vergangenen Sommers aufwies, daß sie glänzte von Schweiß, im übrigen aber nicht rot war wie das Gesicht.

»Es spricht alles für Masern«, sagte Don Enrique. »Der Kopf ist zuerst von der Rötung befallen worden, der Körper ist noch blaß. Ihr mögt alle nacheinander hinter seinen Ohren nachschauen, dort enthalten die erhabenen Bläschen bereits Wasser. Wenn die roten Flecke blaß bleiben – ob großflächig oder kleinflächig, spielt keine Rolle –, wird der Verlauf gutartig sein. Werden sie jedoch schmutzig oder gar grünlich oder veilchenfarben, so sind sie bösartig.«

»Dann ist der Tod ihr nächster Geselle«, ergänzte Abu Bakr.

Ymme mußte sich das Lachen verkneifen. Abu Bakr schien Suren des Korans zu zitieren, was auch immer er sagte, aber dieser Satz entstammte ar-Razis Abhandlung über die Pocken.

Der Arzt des Inneren nickte ernsthaft. »Wir wollen trotz des Anscheins der Gutartigkeit sorgfältig überprüfen, ob die Befunde mit allem im Einklang stehen, was wir wissen – was wir zu erwarten haben ... Es ist zwar jeder Fall anders, dennoch dürfen wir uns niemals von den Symptomen überraschen lassen. Wir müssen vorausahnen, was eintreten wird. Das ist für den Arzt der inneren Krankheiten oberstes Gebot. Ein Chirurg und ein Augenarzt können sich erlauben, anders vorzugehen, denn wenn sie ihr Handwerk verstehen, sind sie es selber, die die Voraussetzungen schaffen. Mit Gottes Hilfe«, setzte Don Enrique hinzu, als wolle er Abu Bakr entgegenkommen. Dann wandte er sich an den kleinen Kranken selber. »Tut dir etwas weh?« fragte er freundlich.

Der Kleine antwortete nicht. Ymme erinnerte sich, wie er ihr gegenüber geschwiegen hatte. Sie hatte es damals auf ihr unvollkommenes Kastilisch zurückgeführt, jetzt stellte sie beschämt fest, daß sie über sein Schweigen fast froh war.

Don Enrique klopfte dem Jungen leicht auf die Schulter. »Was hat sich geändert zwischen uns? Du hast mir vor drei Tagen doch soviel erzählt. Tut dir etwas weh?« wiederholte er energischer.

»Nein«, antwortete Ibn Chaldun.

»Wirklich nicht?« beharrte der Arzt und wandte sich auf das Kopfschütteln des Jungen hin zufrieden an seine Zuhörer. »Bei der Pokkenerkrankung können wir – abgesehen von allen anderen Anzeichen – als Leitsymptom die Schmerzen im Rücken ansehen, die außerordentlich stark sind. Wenn der Junge aber gar keine hat, spricht es gegen Pocken und für eine nur leichte Masernerkrankung. Da die Ausschwitzung bereits eingesetzt hat, können wir uns in diesem Fall darauf beschränken, die geeignete Kost zu verordnen und den Darm vor verderblicher Entleerung zu bewahren. Ein sehr zufriedenstellender Fall, bei einigem Glück ganz ohne Komplikation. So wird der Verlauf leider nicht bei allen Kindern zu erwarten sein.«

Eine Warnglocke setzte in Ymme ein. »Meister Don Enrique!« rief sie leise. Da sich alle umdrehten, sah sie sich zu ihrer Pein gezwungen, wie von der Kanzel herab zu sprechen. Aber es gab kein Zurück. »Meister Don Enrique. Ibn Chaldun ist ein junger Held wie aus den alten Märchen. Er kennt keinen Schmerz. Jedenfalls wird er ihn nie zugeben. Deshalb glaube ich nicht...«, sagte sie und hörte mitten im Satz auf. Sie biß sich auf die Lippen.

»...daß seine eigene Aussage ausreicht«, ergänzte der Arzt und drehte sich betroffen zu dem Jungen um, der nun teilnahmslos auf seinen Bauch starrte. »Ibn Chaldun?« fragte er leise.

Er reagierte nicht.

»Er hört auch nicht!« rief Ymme überrascht.

Don Enrique setzte sich und zog Ibn Chalduns Kopf mit beiden Händen sanft vom Kopfkissen. Als er von außen leicht auf die Gehörgänge drückte, schrie der Patient laut auf.

»Ihr habt heute«, sagte Don Enrique sehr ernst, während er den Jungen zurückgleiten ließ, »etwas gelernt, was man als Arzt leicht vergißt: Nicht jeder Kranke hat das Bestreben, behandelt zu werden. Wenn man allerdings auch außer acht läßt, daß ein Kind den Zusammenhang zwischen Schmerzen und Behandlung gar nicht immer ermessen kann, wäre es vielleicht besser, man würde sich als Dichter sein Brot verdienen.«

Während nun der Arzt Ibn Chalduns Ohren sorgfältig untersuchte, verstummte das sonst übliche Flüstern unter den Studierenden ganz. Ymme wußte mit einemmal, daß es die Stärke dieses Mannes war, Fehler zugeben zu können. Sie kannte sonst keinen, der dazu fähig war.

Endlich beendete Don Enrique seine Untersuchung und stand auf. »Er hat in der Tat eine schwere Entzündung der Ohren beiderseits. Dieses wird seine Behandlung sein: Nach jedem Rufen des Muezzins sollen seine Ohren mit warmem Rosenöl ausgegossen und mit Baumwolle abgedeckt werden. Wir werden ihm Kürbiswasser zu trinken geben – wenn die Schmerzen stark sind, versetzt mit Mohnsaft. Später erhält er Gerstenwasser, wenn der Stuhlgang gegen Ende der Erkrankung nicht zu weich wird, mit Kandiszucker. Dazu darf er entrahmten sauren Quark mit sehr gut durchgebackenem Zwieback essen. Im übrigen gilt, wie für alle Krankheiten, daß er nicht zu warm und nicht zu kalt liegen soll; verboten sind ihm in nächster Zeit heiße Bäder, Reisen zu Fuß oder auf dem Esel, der Aufenthalt in der Sonne und der Genuß von stehendem Wasser und schmutzigen Früchten. Und so werden wir ihn mit Gottes Hilfe seinem Vater gesund zurücksenden.«

Ymme war erleichtert, daß Don Enrique trotz der Komplikation keine Gefahr sah. Ibn Chaldun würde bald Erleichterung erfahren, denn sein Pfleger machte sich bereits auf den Weg in Apotheke und Küche, um die Anweisungen weiterzugeben.

Don Enrique wandte sich dem Großvater des Jungen zu. »Abu Chaldun«, sagte er höflich zu dem alten Mann, »dein Enkel wird gesund werden, du hast es gehört. Du aber hast keine Masern. Wir sind sicher, daß du an den Pocken erkrankt bist, wenn wir uns auch wundern, wie das möglich ist. Denn bei Greisen wie dir bricht diese Krankheit nur bei einem besonders verseuchten, verfaulten Zustand der Luft aus. Davon aber kann man zur Zeit in Toledo nicht reden.«

»Nein«, keuchte der Alte, der sich trotz seines schlechten Zustands sichtlich Mühe gab, zuzuhören und zu antworten, »hier ist es bitter kalt.« In mehreren langen Wellen überkam ihn ein Zittern, wobei ihm die Zähne aufeinanderschlugen. »Mein Sohn hat mich hierhergeholt. Hätte er mich doch in Torrente gelassen. Im Namen Gottes, des Gnädigen, Barmherzigen.« Sein Murmeln wurde leiser und wäre in Bewußtlosigkeit übergegangen, hätte ihn der Griff des Arztes an seiner knochigen Schulter nicht wieder zurückgeholt.

»Gab es dort Pockenerkrankungen?«

Der Greis schüttelte müde den Kopf. Don Enrique ließ ihn nicht in Ruhe. Ymme ballte die Fäuste vor Mitleid mit dem Kranken, aber sie spürte genau, daß der Arzt jetzt nicht aufhören konnte.

»Was hast du dort gemacht?«

»Ich bin Wassermühlenbauer.«

Das sollte wohl heißen, daß er im Zusammenhang mit seinem Gewerbe im Süden gewesen war, aber damit war sonst nichts erklärt. Doch der Alte hatte nur Luft geschöpft, um einen langen Satz hervorzustoßen, der ihm wichtig schien. »Mein Sohnessohn wird Papiermühlen bauen. Deswegen habe ich den Normannen die geraubten Stoffballen weggenommen.«

»Er phantasiert.«

Abu Bakr, natürlich, der sich auf das schriftliche Wort verließ und dem es gleichgültig war, daß der Alte sich aus irgendeinem Grund zu rechtfertigen suchte. Ymme sah grimmig auf seine Kopfbedeckung hinunter, während der Atem des Kranken hörbar schwächer wurde. Don Enrique beugte sich über ihn. »Der Prophet wird Fürsprache für dich einlegen. Wie konntest du normannischen Kriegern denn etwas fortnehmen? Gab es einen Kampf zwischen dir und ihnen?«

Der Alte verzog die Lippen, und es konnte die Atemnot sein, die ihn dazu zwang, aber Ymme hatte eher das Gefühl, daß seine Augen aufleuchteten und er zu lächeln versuchte. Irgend etwas beschäftigte ihn, und seine letzten Atemzüge sparte er sich nicht für ein Gebet zu seinem Gott auf, obwohl er ohne Zweifel im Sterben lag. Und Don Enrique fragte ihn hartnäckig aus, statt ihn in irgendeiner Weise zu behandeln. Vielleicht war das die Behandlung.

Endlich hatte der Kranke genügend Kraft gesammelt. »Wie die Pferdeäpfel lagen sie auf der Straße aufgereiht, sieben Mann, junge und alte. Ein Pferd hatte sich in einem Busch verfangen, die anderen hatten sich davongemacht. Ich habe den Ungläubigen alles weggenommen und mit einem normannischen Schwert in der Hand die ganze Nacht und den halben Tag auf der Beute gesessen und gewacht, bis mein Ältester kam! Im Namen Gottes, des Gnädigen, des Barmherzigen.« Mit diesem Triumph auf den Lippen starb er, und da sein Triumph auch der seines Propheten war, durfte er damit zufrieden sein.

Während Abu Bakr mit lauter Stimme eine Sure des Korans anstimmte, zogen Don Enrique und die anderen Studenten sich aus dem Sterbezimmer zurück. Kurze Zeit später wurde das Bett des Enkels abgeholt.

Ymme wußte nicht, ob der Junge verstanden hatte, daß sein Großvater gestorben war. Sein Gehör war eingeschränkt und seine Aufnahmefähigkeit durch das Fieber und die Untersuchung geschwächt. Aber als er an ihr vorbeigetragen wurde, glänzten seine Augen auf, und er drehte den Kopf nach ihr trotz der Ohrenschmerzen.

»Hakima«, rief er leise, während sich sein Bett schaukelnd entfernte. Seine offene Hand blieb in der Luft hängen, als ob er nach ihr zu greifen versuche.

»Ich möchte bei ihm bleiben«, sagte Ymme entschlossen zu Don Enrique, der dem Umzug mit den Augen folgte. »Jetzt, wo sein Großvater tot ist, wird es ihm helfen.«

»Ihm wird es helfen«, bestätigte der Arzt ruhig. »Aber uns nicht. Wir haben ja schon darüber gesprochen.«

»Ich bin jetzt so lange hier in Tulaytula«, entgegnete Ymme, »ich bin nicht mehr fremd. Ich verspreche, mich jeden Tag nur ganz kurz bei Ibn Chaldun aufzuhalten – für die Länge einer Heldengeschichte.«

Don Enrique schüttelte zweifelnd den Kopf. »Leichtsinn gehört nicht zu den Tugenden eines Arztes. Ich glaube nicht, daß du es wagen solltest. Es sind genügend andere hier, die Märchen erzählen können. Manche haben nachweislich Masern und Pocken gehabt, und es ist ganz und gar unwahrscheinlich, daß sie dafür sehr anfällig sind.«

»Wäre ich kleinmütig«, sagte Ymme stolz, »wäre ich überhaupt nicht hier.«

»Frage al-Walid!«

Ymme war schon am Davoneilen. »Ibn Chaldun braucht mich jetzt, nicht nachher«, rief sie und verschwand in der neuen Krankenstube des Jungen. »Nachher werde ich al-Walid fragen!«

Hier waren drei andere Männer untergebracht, und Ymme war noch nicht bei ihnen gewesen, da sie zu den Patienten von Don Enrique gehörten. Es dauerte eine Weile, bis sie ihnen erklärt hatte, daß sie nicht als Ärztin, sondern als Märchenerzählerin kam, und dann noch viel länger, bis sie dem Jungen, der nach dem Verstopfen seiner Ohren mit Baumwolle noch schlechter hörte, die Geschichte erzählt hatte. Er freute sich, und das war für sie Rechtfertigung genug.

Trotzdem trat Ymme nachher mit schlechtem Gewissen in den Hospitalgarten. Al-Walid wartete mit bitterbösem Gesicht auf sie. Er ließ keine Erklärung und keine Ausrede zu. »Ich erwarte von den Studierenden«, grollte er, »daß sie sich mit der gleichen Umsicht zwischen den Kranken bewegen wie Ärzte. Dir hatte ich wegen deiner hellen Haut den Umgang mit dem Jungen und seinem Großvater verboten.« Ymme schämte sich ehrlich. Im Überschwang hatte sie die berechtigten Einwände Don Enriques beiseitegeschoben. Und al-Walids Sorge hatte sie in Unkenntnis der Schwere der Krankheit wohl unterschätzt. Sie blickte zu Boden und nickte.

»Deine Reue beruhigt mich nicht«, sagte al-Walid unversöhnt. »Du wirst immer deine Meinung über die der Älteren und Weiseren setzen; eine Anleitung zum Zweifeln brauchst du gewiß nicht. Dein fränkischer Kopf arbeitet anders als unsere Köpfe. Welcher Kastilier wäre wohl auf die Idee gekommen, einen Hund zu retten! Es wäre mir lieb, du würdest im Hause Ibn Hazms wohnen, bis die Spätwinterkrankheit sich gibt. Vielleicht ist die schlechte Luft bei Nacht noch gefährlicher als bei Tage.«

»Nein!« rief Ymme entsetzt und legte dann die Hände über den Mund. »Bitte, laß mich weiterhin im Hospital schlafen.«

»Ich dachte, du hättest verstanden?« Al-Walid empörte ihre Anmaßung. Er beabsichtigte nicht zu dulden, daß die Fränkin mit zerknirschtem Gesicht bereits wieder ihren Willen durchsetzte.

Ymme merkte es. Ihr blieb nichts übrig, als die Wahrheit zu bekennen. »Ich habe Angst, dorthin zu gehen.«

»Warum?«

»Ich wurde überfallen«, gestand Ymme. »Der Papierhändler Chaldun begehrt mich. Weil er betrunken war, konnte ich entkommen, aber ich vermute, daß er beim nächstenmal ausreichend nüchtern sein wird.«

Der Arzt war vorübergehend verblüfft. »Ich war der Meinung, daß Ibn Hazm dich beschützt, in welcher Weise auch immer . . .«

»Nein, das hat er nie getan! Er gab mir auf Bitte seiner Tochter Idschjaz eine Unterkunft, weil meine Arznei sie gerettet hat, aber sonst kümmert er sich um mich nicht... Bitte, al-Walid.«

Al-Walid sah die Gestalt des kleinen Ibn Hazm vor sich, den Mann, der handelte, bevor ein anderer sich bedachte, den Mann, der in aller Öffentlichkeit nacheinander unzählige Geliebte neben seiner katholischen Frau favorisierte. Und ausgerechnet er sollte auf eine Frau wie Ymme verzichtet haben? Sein Lächeln blieb Ymme unverständlich, aber seine Anweisung war glasklar. »Bitte halte dich in nächster Zeit nicht unnötig oft in der Nähe von Kranken mit hitzigen Fiebern auf. Ich werde ʿAbdallah mitteilen, daß du vorläufig von Nachtwachen befreit bist. Über die Arznei werden wir gelegentlich sprechen.«

Eine größere Mißtrauenserklärung hätte der Hospitalleiter ihr gar nicht geben können. Aber dieses Mal biß sich Ymme auf die Wangenhaut, bis sie schmerzte. Sie wollte nicht ihren Studienplatz wegen Ungehorsams verlieren. Sie nickte in seinen unnachgiebigen Blick hinein und ging hocherhobenen Hauptes. Von der Galerie aus grinste Abu Bakr zu ihr herab.

Zwei Stunden später war es schon so dunkel, daß sie kaum die Hand vor Augen sah, als sie das Hospital verließ. Der Wächter ʿAbdallah starrte ihr über die bereits aufgestellten Schachfiguren verwundert nach. Zu dieser Zeit war das Bad längst für Männer geöffnet, und die Markthändler schlossen spätestens jetzt ihre Stände. Was wollte sie jetzt im fränkischen Viertel?

Ymme lief im Schatten der Häuser um den Suq al-Dawabb und tauchte dann in die Gassen dahinter ein. San Nicholas war hell erleuchtet, und der Gesang darin brach sich an der Mauer des kleinen Vorplatzes. Aber in dieser Gegend mußte sie sich vor Chaldun nicht fürchten. Auch in Ibn Hazms Mietshaus war alles beim alten geblieben. Die Männer und Frauen nickten ihr nachbarschaftlich zu, und niemand schien etwas Besonderes darin zu sehen, daß sie am Abend nach Hause zurückkehrte.

Beruhigt öffnete Ymme ihre Wohnungstür. Sie hatte sich unnötige Sorgen gemacht.

Als wenige Tage später al-Walid vom abendlichen Freitagsgebet in das Hospital zurückkam, war Ymme noch anwesend. Bevor er seinem Zornesausbruch freien Lauf lassen konnte, winkte Ymme ihn zu sich auf die Galerie der Frauen. Umm Nuria, die Nachtdienst gehabt hätte, war plötzlich bewußtlos zusammengebrochen, und sie selber hatte die Ärztin mit Hilfe einer Pflegerin ins Bett gebracht. Inzwischen war Umm Nuria wieder zu sich gekommen, warf sich aber zwischen Fieberschüben und Frostschauern im Bett hin und her, ohne ansprechbar zu sein. Derzeit war die Decke beiseite gelegt, und ihre Waden waren mit kalten Wickeln eingehüllt. Auf einem Hocker stand eine Schüssel mit Wasser.

Al-Walid seufzte. »Nicht einmal jeder, der immer hier gelebt hat, ist gefeit. Nun, es ist nicht zu ändern. Du kannst jetzt gehen.«

»Aber die Abteilung...«, wandte Ymme überrascht ein. Die Frauen würden sich von einem Mann nicht behandeln lassen.

»Wir werden morgen den Dienstplan ändern«, versprach al-Walid. »Heute nacht bleibe ich hier.« Danach schickte er sie mit einer unmißverständlichen Handbewegung aus dem Zimmer.

Ymme machte sich verdrossen auf den Weg nach Hause. Selbst in einer solchen Situation blieb er unnachgiebig. Es ärgerte sie.

Ihre Gedanken flogen an diesem Abend wie kleine Stechmücken von einem Unbehagen zum anderen. Seltsamerweise ärgerte sie sich jetzt auch, daß sie die Prüfungen in den medizinischen Fächern wegen ihrer Unkenntnis der arabischen Sprache nicht ablegen konnte. Und die bevorstehende Prüfung von Abu Bakr machte ihr mehr zu schaffen, als sie wahrhaben wollte: sie konnte ihre Neidgefühle nicht unterdrücken. Erst spät gelang es ihr einzuschlafen.

Am nächsten Tag übernahm sie erstmals die Abteilung der Frauen und der Säuglinge in eigener Verantwortung. Innerlich bebte sie, aber äußerlich war sie ganz ruhig. Jedoch hätte sie jederzeit Don Enrique zu Hilfe holen können, während al-Walid mit der Prüfung von Abu Bakr befaßt war. Genaugenommen tat sie kaum etwas anderes als in den letzten Wochen, in denen ihr Umm Nuria überraschend früh sehr verantwortliche Arbeit übertragen hatte. Aber plötzlich zweifelte sie an allem, was sie gelernt hatte, alle ihre Anweisungen kamen ihr falsch vor. Im Verlauf dieses einen Vormittags wurde ihr vor Sorge elend zumute.

Noch schlimmer wurde es, als die anderen Studierenden Abu Bakr jubelnd auf den Schultern durch den Hof trugen: den allgemeinen Teil der theoretischen Medizin hatte er nun hinter sich. Der spezielle Teil würde am übernächsten Tag, die praktische Medizin, wiederum unterschieden in allgemeine und spezielle Kenntnisse, in den nächsten Wochen folgen, ebenso wie der Nachweis über die Kenntnis der Herstellung und Anwendung von Drogen. Das Lachen der Studierenden war bis in den Instrumentenraum zu hören, in dem Ymme für eine notwendige Untersuchung einer jungen unfruchtbaren Frau einige Sonden und ein Spekulum in einer Schale bereitlegte. Bitter verzog sie die Mundwinkel.

»An diesem Tag soll man fröhlich sein«, sagte al-Walid, der in diesem Moment den Raum betrat. »Jeder künftige Arzt ist eine Freude für den Propheten und ein Vorbild für die Mitstudierenden.«

Ymme nickte wortlos. Sie war, genaugenommen, keine künftige Ärztin.

»Seit wann hast du keine abweichende oder zumindest nicht eine eigene Meinung?« fragte al-Walid und betrachtete sie forschend. »Du bist blaß. Nun, das kann bei Frauen vorkommen.«

Ymme biß sich verärgert auf die Lippen.

»Oder ist es die Tatsache, daß Abu Bakr geprüft wird?«

Ymme wandte sich heftig um. »Nein, es ist die Tatsache, daß ich nicht geprüft werde.«

»Aber es war dein eigener Wunsch.«

»Ja«, gab Ymme widerwillig zu. Wütend starrte sie ihm nach, als er mit seinen Kathetern den Raum verließ.

Sie war nicht unzufrieden mit sich, als am späten Nachmittag ihre Arbeit beendet war, aber auch nicht glücklich. Sie fühlte sich nur ungewohnt matt.

Trotzdem machte sie, zum erstenmal seit drei Wochen, einen Besuch bei Don Zag, zu dieser Stunde nicht mehr, um zu arbeiten. Aber er hatte als neuer Christ so viele Sorgen, die niemand mit ihm teilte – nur sie, die gut katholische Fremde mit der in Jesu Christo widerspenstigen Mutter und der ungläubigen Urgroßmutter. Während sie den Zocodover-Platz hinter sich ließ und die Marktstraße entlanglief, in der die Händler ihre geschäftigsten Stunden mit allgemeinem Kaffeetrinken einleiteten, fragte sie sich unwillkürlich, ob es überhaupt stimmte, daß sie noch gut katholisch war. Mozaraber, Juden, Mudéjares waren diejenigen, mit denen sie umging, sonntags besuchte sie den mozarabischen Gottesdienst von San Lucas, aus Neugier hatte sie schon hinter der Abtrennung in der kleinen Synagoge von Benzizá gestanden, und sie lernte aus arabischen Büchern. Sie verzog ihr Gesicht. Beim besten Willen konnte man aus alldem nicht die treue Anhänglichkeit an die römische Kirche nachweisen, die der Erzbischof ihr vor langer Zeit geglaubt hatte. Nur: Welches Unrecht beging sie?

Von der Marktstraße an ging es unaufhörlich abwärts. Aber Ymmes Schienbeine und Waden hatten schon lange aufgehört, auf Toledos Berg-und-Tal-Straßen zu schmerzen. Sie lächelte. Es stimmte, was sie Don Enrique gesagt hatte.

Sie traf Don Zag so ernst an, wie sie selber den ganzen Tag gewesen war. Wortlos öffnete er ihr die Tür und ging bis zu seinem Arbeitstisch vor ihr her. »Don Zag!«

»Ja, Doña Iume«, sagte er und legte in charakteristischer Weise die Hand über seine Augen. »Entschuldigt, aber ich zermartere mir den Kopf und weiß keinen Ausweg.«

»Was ist?« fragte Ymme.

»Ihr wißt nicht?« fragte der Übersetzer und drehte sich heftig um. »Wißt nicht, daß Urraca sich seit zwei Wochen im Gewahrsam der erzbischöflichen Knechte befindet und auf ihre Bestrafung wartet?« Sein ersticktes Schluchzen hörte sich wie Weinen an.

Ymme erbleichte. Urraca mit ihrer durch einen liebevollen Vater und eine zärtliche Mutter außerordentlich behüteten Jugendzeit würde einen Aufenthalt in diesem Gefängnis nicht durchhalten. Sie wollte Don Zag ihren Verdacht ersparen, aber sie mußte laut vor sich hin gesprochen haben, denn er antwortete ihr genau darauf.

»Glaubt Ihr etwa, gewalttätige Wärter könnten es noch schlimmer machen? Ich glaube, seit dem Zeitpunkt, an dem man ihr verkündet hat, daß man an ihr ein Exempel statuieren wird, wünscht sie sich, daß sie nur im gewöhnlichen Gefängnis inhaftiert wäre.«

Ymme nickte, aber sie verstand noch nicht.

»Sie ist zum Feuertod verurteilt. Wegen unerlaubter Unzucht mit einem Juden!«

Vorübergehend wurde Ymme von einem heftigen Schwindel befallen. Sie setzte sich. In namenlosem Entsetzen schüttelte sie den Kopf.

»Sie ist so leichtsinnig«, fuhr Don Zag tonlos fort. »Hätte sie ihrem Vater nur gehorcht oder meine Anträge angenommen! Jetzt ist es zu spät.«

Ymme ballte die Fäuste. »Kann die Judería sie nicht freikaufen? Ein Mensch ist wichtiger als ein Kirchturm!«

Don Zag hob die Schultern, wo sie verweilten, bis er sie nach unendlich langer Zeit wieder sinken ließ und weitersprach. »Was hat Urraca mit der Judería zu tun? Sie gehört schon lange nicht mehr zu ihr. Genaugenommen gehört unsereins überhaupt nirgends hin. Wir jüdischen Neuchristen haben hinter uns weder die ererbte Macht der Stellung und des Geldes unserer Vätern noch die erworbene der Hidalgos. Wir sind die ungeliebtesten Söhne und Töchter Toledos. Und die schutzlosesten. Der Erzbischof weiß das...«

»Ihr meint..?« fragte Ymme. »Er würde keine Gnade gewähren?«

Don Zag schüttelte langsam den Kopf. »Er braucht einen Fall wie den von Urraca. Die römischen Christen wird er dadurch zusammenschmieden – die Mozaraber auch, aber zudem werden die sich als die besseren gegenüber uns Neuchristen fühlen –, und beide Gruppen werden sich erkennbar hinter den Erzbischof stellen. Die Judería wird aus Angst stillhalten. Ja, jetzt, kurz vor dem Eintreffen der ersten Kreuzzugstruppen, braucht der Erzbischof eine Urraca, um jedem Christen bis in die letzten Fasern seines Gehirns einzubleuen, wo sein Platz ist.«

Jeglicher Trostversuch wäre Schwindel gewesen. Ymme versuchte es erst gar nicht. Aber sie blieb so lange in der Übersetzerschule, bis Don Zag selber sie mahnte, sich auf den Weg zu machen. Ymme merkte, daß sie ihn nun allein lassen konnte.

Der warme Abend und ihre Gedanken, in denen sich viele Sorgen abwechselten, trieben Ymme nach einer hastigen Mahlzeit in den Garten von Ibn Hazms Moschee.

In der Krone des Feigenbaums, in dem sonst die Finken schlugen, war es heute still, aber der Brunnen plätscherte laut wie immer. Sein Wasser floß durch eine Rinne aus Ziegelsteinen zu einem flachen Wasserbecken im Zentrum des Gartens. Zwei steinerne Ruhebänke luden die Gläubigen ein, nach dem Gebet inmitten der anderen Geschöpfe Gottes zu verweilen, ohne den Wunsch nach anderem als Beschaulichkeit.

Die friedliche Stimmung teilte sich Ymme ganz allmählich mit. Sie setzte sich auf die Mauer. Unten in der Vorstadt, auf die noch der letzte Schein der untergehenden Sonne fiel, befanden sich die Bewohner in abendlicher Geschäftigkeit; in den Wohnhäusern flackerten Lichter auf, die Kochfeuer wurden geschürt, und aus den Öfen der Töpfer quollen rosa Rauchschwaden. Über manchen Öfen lösten die Wolken sich auf, bis nur noch ein fadenförmiger Strick in den Himmel zu führen schien. Dort wurde der Brand gelöscht, am nächsten Tag würde der Töpfer die Tonware ausräumen, blau und gelb glasierte Schalen, Töpfe, Kannen...

Ymme sah auf ihre leeren Hände hinunter. War ein Töpfer glücklicher als eine Ärztin? Ihre Tätigkeit beschränkte sich darauf, das Menschenleben zu erhalten; nicht immer gelang es, den Kranken so wiederherzustellen, wie sein Schöpfer ihn erschaffen hatte. Ein Töpfer aber erschuf aus eigener Macht etwas Neues, aus Ton machte er Toledaner Schönheit, die in ganz Kastilien berühmt war: er war selber ein Schöpfer.

Der Erzbischof hätte solche Gedanken nicht geschätzt, aber selbst Ymme quälten sie. Sie erhob sich und ging langsam auf den Hinterausgang des Moscheegartens zu, wo die unscheinbare Pforte zu Ibn Hazms Mietshaus führte. Jetzt stand sie weit offen, obwohl Ymme sie wie immer geschlossen hatte, und Lichtstreifen aus den Wohnungen fielen auf den gepflasterten Weg.

Alarmiert blieb Ymme stehen.

Noch ehe sie sich besonnen hatte, ertönte aus dem Baum über ihr ein entsetzliches Geschrei, und dicke schwärzliche Tropfen fielen vor ihren Augen auf die hellroten Ziegelsteine. In einem Wirbel herabsegelnder Federn stürzte ein flatternder Hahn vor ihre Füße. Er war klein, aber mit kräftigen Sporen ausgestattet. Ein Kampfhahn.

Und ihm fehlte der Kopf.

Ymme sank besinnungslos auf die Steine.

15. Dschihad

Als Ymme wieder zu sich kam, schimmerte kein Stern durch den Schirm des Feigenbaums; unten in der Vorstadt waren die meisten Lichter ausgegangen. Sie erhob sich mit zitternden Beinen, aber erst als sie sich mit klebrigen Händen den Schmutz vom Rock klopfen wollte, fiel ihr jäh ein, was geschehen war.

Hastig richtete sie sich auf und lauschte.

Diesmal war die Stille die der Ruhe, in der nur der Erdboden zu atmen scheint und die Nachttiere auf Beutesuche verstohlen rascheln. Die Feigenbaumblätter über ihr bewegten sich sacht, und sie klammerte sich an einen jungen glatten Ast, der sich neben dem alten Stamm in die Höhe wand.

Der Fremde war nicht mehr da.

Schwankend und mit halb geschlossenen Augen schleppte Ymme sich zum Pförtchen. Jetzt war es zugezogen.

Die Nacht verbrachte sie auf dem Boden, quer vor ihrer eigenen Tür liegend, um einem Angreifer den unmittelbaren Zugang zu ihrem Zimmer zu verwehren. Aber je länger sie sich verstört und schlaflos auf dem harten Lager wälzte, desto klarer wurde ihr, daß keine unmittelbare Gefahr bestand. Wahrscheinlich hatten Jungen aus dem Mietshaus ihr einen groben Streich spielen wollen, und sie hatte ihn viel zu ernst genommen.

Wie gerädert schlich Ymme am nächsten Morgen ins Hospital. Al-Walid runzelte nur die Stirn, als er sie im Vorübergehen zu Gesicht bekam; später sprach er sie im Aufenthaltsraum an.

Ymme brach in Tränen aus. Unter Schluchzen erzählte sie, was geschehen war.

Der Klinikleiter betrachtete sie verwundert, bemerkte ihr fleckiges Gesicht mit den ungewohnt verschwommenen Konturen und legte seine Hand auf ihre Stirn. »Ich kann mir nicht vorstellen«, sagte er, unbeeindruckt von ihrem Tränenausbruch, »daß ein totes Hähnchen für eine solche trockene Hitze deines Körpers verantwortlich sein kann, mag es auch blutig und kalt gewesen sein. Ich denke eher, daß du jetzt büßen mußt, weil du unsere Warnungen in den Wind geschlagen hast. Wir werden dich zu Umm Nuria ins Zimmer legen.«

Ymme fand keine Kraft, ihm zu widersprechen. Bebend zog sie sich wenig später mit Hilfe einer Hospitaldienerin aus und sank auf das Bett.

Die nächsten Tage und Nächte verschwammen ineinander, sie unterschied nur Zeiten, in denen jemand ihren erhitzten Körper abwusch, ihr eine kühlende Salbe auf die Lippen strich und sie aufrichtete, um ihr einen säuerlichen Saft einzuflößen – und die anderen, in denen man sie in Ruhe ließ.

Als die Tür und das Nachbarbett eines Morgens endlich wieder vernünftige Ausmaße hatten und auch ihre gewohnten Positionen einnahmen, bemerkte sie zum erstenmal die roten Flecken auf ihren Armen. Wie sie es gelernt hatte, betastete sie behutsam ihre Haut, stellte fest, daß die Flecken nicht schmerzten, sich ein wenig erhaben und körnig anfühlten, jedoch kein Wasser enthielten.

Gleich darauf betrat al-Walid mit seinen drei Studenten im Gefolge den Raum.

»Ich habe Masern«, verkündete Ymme.

»Wir sind zu einem ganz ähnlichen Ergebnis gekommen«, stimmte al-Walid schmunzelnd zu und wandte sich dann an die Studenten. »Ihr wißt, daß wir um eure Ausbildung eifrig bemüht sind. Jedoch kommt es nur selten vor, daß sich ein Arzt gezwungen sieht, die Demonstration eines klassischen Krankheitsbildes mit Hilfe des eigenen Körpers durchzuführen. Unserer Doña Iume danken wir dafür sehr herzlich und hoffen, daß sie sich entschließt, nunmehr unverzüglich gesund zu werden.«

Unter dem freundlichen Gelächter der drei jungen Männer errötete Ymme heftig und zog die Decke bis zum Kinn.

»Mit Umm Nuria steht es leider nicht so gut.« Al-Walids schmales männliches Gesicht befand sich in Ymmes Blickfeld, während die Studenten sich verstohlen an das Bett der Frauenärztin heranschoben. Es war sehr ernst geworden. Al-Walid erklärte jedoch nichts, und die Rücken der jungen Männer versperrten Ymme die Sicht.

Sie schloß daraus, daß der Zustand von Umm Nuria bereits besprochen war und sich seitdem unverändert hielt. Er hielt sich auch weiterhin, während es Ymme nun von Tag zu Tag besserging. Sie war sich des glücklichen Umstands bewußt, daß sie von Komplikationen verschont blieb, und bestand nach einigen Tagen darauf, ohne Hilfe aufzustehen.

Al-Walid machte eine resignierende Handbewegung und trat dicht an Umm Nurias Bett, um ihr Platz zu machen. »Versuch es.«
Ymmes Knie gaben beim dritten Schritt nach.
Al-Walid legte die Fingerspitzen aneinander, während die Pflegerin auf sein Nicken hin Ymme schnell auf und wieder ins Bett half. »Die Schwäche im Gefolge von hitzigen Fiebern machen wir dafür verantwortlich, daß der Körper in diesem Stadium widerstandslos ist gegen Folgeerkrankungen wie Taubheit, Blindheit, Verwirrtheit des Geistes, beim Mann gegen den Verlust der Zeugungskraft...«, dozierte er, den Blick zur Zimmerdecke gewandt. »Wir raten deshalb grundsätzlich zu einer ausreichenden Erholungszeit, in der der Rekonvaleszent keinerlei Anstrengungen auf sich nehmen, sich nicht lange in der Sonne aufhalten darf...«
»Al-Walid, bitte höre auf«, murmelte Ymme verlegen. »Ich habe verstanden.«
»Meine Zweifel wachsen zu Bergeshöhe«, sagte der Arzt freundlich und verließ das Zimmer.
Tagelang lag Ymme nun wieder im Bett, wälzte sich ruhelos hin und her und wünschte, wenigstens kräftig genug zu sein, um sich an der Pflege von Umm Nuria zu beteiligen. Denn die Ärztin verharrte auch bei gesunkenem Fieber in einer dumpfen, erschreckenden Teilnahmslosigkeit. Und obwohl die Ärzte nach dem Ausbruch der Pocken hofften, daß Umm Nuria jetzt das Schlimmste überstanden hätte, stieg das Fieber wieder höher als zuvor, fing die Ärztin zu murmeln und später zu schreien an, warf die Decke von sich und wurde so ungebärdig, daß man sie zuweilen festhalten mußte aus Angst, sie könnte sich selber verletzen. Al-Walid und Don Enrique hielten jetzt längere Zwiegespräche an ihrem Lager in arabischer Sprache. Ymme verstand mittlerweile ein wenig; sie merkte, daß al-Walid und Don Enrique sich in der Behandlung der Pocken nicht einig waren. Don Enrique bestand darauf, alles zu versuchen, um die Krankheit zum Reifen zu bringen, al-Walid erklärte es für nutzlos, weil sie seiner Meinung nach zu den unheilbaren gehörte.
Ymme hoffte zitternd, daß Don Enrique recht behielt. Eine Pflegerin kümmerte sich nun ständig um Umm Nuria. Vor und nach dem Rufen des Muezzins tupfte sie die pockenbefallenen Hautstellen mit warmem Weizenwasser ab, träufelte Rosenwasser in die Augenwinkel, goß die Gehörgänge mit einer Mischung aus lauem rotem Essig und

Hornmohnsalbe aus und spülte ihr die Mundhöhle mit Maulbeersaft. Umm Nuria war zu schwach und zu abwesend, um selber gurgeln zu können, und deshalb half Ymme der Pflegerin beim Aufrichten der Kranken und stützte ihren Kopf.

Umm Nuria hatte auch eine starke Halsentzündung; ihre Stimme wurde heiser, und sie litt unter Atemnot. All dies und die Tatsache, daß die Pocken weder reiften noch zurückgingen, ließen al-Walid zunehmend hoffnungslos den Kopf schütteln. Don Enrique gab nicht auf, obwohl auch seine Hoffnung sank.

Danach aber erlebte Ymme eine große Freude: nacheinander kamen alle ihre Patienten aus dem Darb sie besuchen, an jedem Tag ein anderer, mit derart pünktlicher Verläßlichkeit, als ob al-Walid erst jetzt die Erlaubnis dazu erteilt hätte. Auf Ymmes Bett breiteten sie frühe Importpfirsiche, späte Feigen, winzige Apfelsinen und große Granatäpfel, Artischocken und anderes Gemüse aus. Manches wurde nach der Besichtigung und der Billigung durch Ymme in die Krankenhausküche gebracht, anderes mußte sie sofort und unter den Augen des oder der Besucher essen – man hatte sich vorsorglich bereits die Erlaubnis geben lassen. Ymme lachte und aß.

In der Mitte von Ymmes zweiter Krankheitswoche betrat eine verschleierte Frau das Krankenzimmer, einige Zeit nach der Runde des Gehilfen, der Wasser und Zitronengetränk austeilte, lange vor dem Rufen des Muezzins und gerade, als die Pflegerin den Raum für kurze Zeit verlassen hatte. Ymme kannte keine strenggläubige muslimische Frau, deshalb dachte sie, der Besuch gälte Umm Nuria.

»Ich habe den Auftrag«, sagte die Frau, »dir einige Bücher zu bringen, die du für dein Studium benötigst.« Unter Ymmes erstauntem Blick winkte sie einer Sklavin, die einen großen Weidenkorb hereinschleppte. Er war randvoll mit lose gehefteten Werken; Ymme erkannte sofort die Übersetzungsexemplare – auf Schönheit wurde in diesen Fällen der rohen ersten Übersetzung kein Wert gelegt. Es gab weder Verzierungen von Anfangsbuchstaben noch Goldbelag auf dem A von Allah, die Schrift war kleiner und die Bücher dünner.

Ymme fieberte vor Gier, sie in die Hand nehmen zu dürfen. Zuoberst lag das »Rezeptbuch für Krankenhäuser« von Ibn Abi al-Bayan, in dem sie als erstes viele Seiten über Arzneien für die Zahnbehandlung fand; das nächste war ein alchemistisches Manuskript mit Abbildungen von Destillationsapparaten, ähnlich, wie sie ihr bei Esclarmonde begegnet waren. Es folgte ein Taqwim, ein Tabellenwerk, in dem Krankheitsbilder anhand astronomischer Gesetzmäßigkeiten aufgelistet waren. Ymme sah auf. »Ich danke dir«, stammelte sie bewegt. »Wer gab dir den Auftrag? Wem soll ich sie zurückbringen?«

Die Frau schüttelte den Kopf. »Sie gehören dir, im Namen des Propheten. Dein Gönner möchte nicht genannt werden.« Sie zog sich so schnell zurück, daß Ymme ihr nur nachstarren konnte. Als die Tür zugefallen war, mußte sie sich durch einen Blick auf den Korb überzeugen, daß die Bücher kein Spuk waren.

Al-Walid fand Ymme später inmitten ihrer auf dem ganzen Bett ausgebreiteten Manuskripte vor. Er hob die Augenbrauen und starrte auf sie hinunter.

»Es ist alles da, was ich jemals brauchen könnte«, sagte Ymme überwältigt. »Und noch mehr. Derjenige, der sie sammelte, war kein Arzt. Wer mag sie mir nur geschenkt haben?«

»Dein Beschützer?« schlug al-Walid vor.

»Ich...« Ymme hielt ihren scharfen Protest zurück. Al-Walid wollte sie nicht ärgern, das wurde ihr sofort klar. Es hätte sich nicht mit seinem Verständnis der Behandlung eines Rekonvaleszenten vertragen. »Nein«, sagte sie.

Al-Walid war zufrieden mit dem Ausmaß ihrer Geistesgegenwart. Ymme gesundete sichtlich. »Dann frage einen Buchhändler. Am besten Ibn Mahmud, er hat nach Ibn Sura in Kairo die größte Erfahrung mit antiquarischen Büchern aus aller Welt.«

Das leuchtete Ymme ein. Während al-Walid sich Umm Nuria zuwandte, strich sie mit den Händen über die Einbände und suchte sich dann zum Lesen als erstes ein Buch über Augenkrankheiten heraus.

Wenige Tage später durfte Ymme zum erstenmal aufstehen. Ihr wurden Spaziergänge empfohlen, anfangs nur im Hospitalgarten, aber Don Enrique hatte nichts dagegen, daß sie sie langsam und stetig erweiterte, bis ihre Kräfte vollkommen wiederhergestellt waren. Mit Absicht suchte Ymme bald den Garten Ibn Hazms auf, um zu prüfen, ob das schreckliche Bild des geköpften Hahns ihr noch etwas anhaben konnte. Sie machte einen Bogen um den Feigenbaum, aber das Wispern seiner dunkelgrünen gelappten Blätter verströmte eine Friedfertigkeit, der sie sich nicht entziehen konnte.

Kein Vogelkadaver moderte in den Büschen, keine Federn hatten sich in den niedrigen beschnittenen Buchsbaumhecken gefangen; das Ziegelpflaster wurde vor jedem Freitaggebet sauber geschrubbt, wie Ymme wußte. Allmählich schien ihr, daß ihre ganze Furcht auf Einbildung beruhte, heraufbeschworen von den beginnenden Fieberschüben der Masernerkrankung, die sie verkannt hatte.

Erleichtert trat sie an die Mauer, von der aus sie den Arrabal überblicken konnte und die Schleife des dort noch behäbig breiten Tajo, bevor er die Ebene verließ und sich zwischen die Hügel drängte, die Toledo im Süden schützten.

Das Schwemmland des Flusses unterhalb der Palastanlage der Galiana war schwarz von Menschen, aber eine Bewegung war nicht auszumachen. Truppen konnten es nicht sein. Im selben Moment hörte sie fernen Singsang, eigentlich eher ein auf- und abschwellendes Summen; es kam aus der Vorstadt. Als plötzlich die Glocken von Santiago del Arrabal ihr dünnes Geklingel ertönen ließen, wußte sie jäh, was es war. Mönche und Nonnen aus den vielen Klöstern der Stadt wanderten in einer unendlich langen Prozession hinaus, den Menschen im Schwemmland entgegen. Ymme wußte nichts von einer Prozession der Christen zu Ehren dieses Tages. Erst morgen war Sonntag; heute war der Feiertag der Juden.

Ymme zog die Luft so scharf ein, daß ihre Brust schmerzte, dann sank sie auf die kalten Mauersteine nieder. Auf den Tag genau waren heute vier Wochen vergangen, seit Don Zag ihr die schreckliche Mitteilung über Urraca gemacht hatte. Sofern ihre Angehörigen oder einflußreiche städtische Juden keine Begnadigung erreicht hatten, würde heute das Urteil an Urraca vollstreckt werden, vollstreckt nach einer seit uralten Zeiten bestehenden Bestimmung, an die sich nie jemand gehalten hatte.

Wie gebannt sah Ymme dem Aufmarsch zu. An der Puerta de Bisagra scherte ein Trupp kastilischer Reiter des Königs in den Zug der Nonnen und Mönche ein, der jenseits der Westmauer zwischen dem Circo Romano und dem Graben entlanggekommen sein mußte. Die Ritter auf schweren, wuchtigen Kampfrossen waren voll gerüstet mit Schild und Schwert, ihre Knappen führten bunte Standarten und Wimpel mit sich, als ob alle wichtigen Familien ihr Einverständnis zu diesem Strafvollzug mit dem Familienwappen bestätigen müßten.

Noch bevor die ersten Mönche das Feld erreicht hatten, sprengten unterhalb von Ymme leichte Reiter, einer hinter dem anderen, die

Straße hinab, die vom königlichen Schloß an der alten Mauer vorbei in den Arrabal führte. Die zierlichen Pferde, die bestickten Satteldecken, die tuchumwickelten Helme: die arabischen Söldner des Königs, eine Elitetruppe. Ymme hielt den Atem an.

In verhaltenem Galopp schlossen sie zu den übrigen auf, dann, auf ein unsichtbares Zeichen hin, streckten sich die Pferdeleiber, flogen wie ein unendlich langer Drache an den Knappen, den Rittern und den Mönchen vorbei, bis in die Mitte der wartenden Menge.

Die Reiter formierten sich zu einem Stern, die Pferdeköpfe dem Zentrum zugewandt, danach ließen sie ihre Pferde um die Hinterhand kreiseln. Die Mäuler kauten sich langsam am Mundstück ab, die Hälse streckten sich, die Reiter versammelten ihre Pferde wieder und ließen sie Schritt für Schritt nach hinten treten. Die Schaulustigen wichen respektvoll vor den Hufen zurück, bis den nachfolgenden Klerikern ein ansehnlicher Kreis geöffnet worden war.

Die nächste Stunde verging damit, daß Mönche und Nonnen in grauen, braunen und weißen Kutten ihre Plätze einnahmen. Ymme schlug die Hände vor die Augen und nahm sie nach einiger Zeit wieder herunter. Was, um Gottes willen, wollte sie hier? Sie fühlte sich zu geschwächt, um aufzustehen, aber nicht schwach genug, um dem Schrecken ausweichen zu dürfen.

Die weltlichen Geistlichen im schwarzen Habit trafen nun ein, und ihre festen Schritte und ihr rhythmischer Gesang gaben den eher leisen Tönen der Mönche eine neue Härte. Ein Teil von ihnen war zu Pferde, und sie hielten geschlossen zusammen.

Guiraude, Esclarmonde und nun auch Urraca. Ymme zwang sich, jede Einzelheit in sich aufzunehmen.

Sie würde es bis zum Ende durchstehen.

Der Aufmarsch dauerte bis in die hereinbrechende Dämmerung. Ein Kreis von flackernden Fackeln leuchtete außerhalb der arabischen Reiter auf, in der äußeren Kette von kastilischen Soldaten zu Fuß. Noch konnte Ymme alles sehen, aber die von unten rot angestrahlten Wolken warfen ein gespenstisches Licht auf die Szene. Als hätte sich jemand ein gigantisches Schauspiel ausgedacht, eine Krönung oder eine andere Festlichkeit. Vielleicht hatten die Römer oder die Goten etwas Derartiges als Volksbelustigung gekannt.

Ymme brach in ein klägliches Weinen aus. Nein, es war keine Krönung und auch kein Wagenrennen.

Als sie die Hände herunternahm, stiegen die Rauchschwaden bereits in die Höhe, wirbelten den rosagrauen Wolken entgegen wie schwärzlicher Höllenqualm dem Licht. Ymme konnte Urraca nicht erkennen, aber sie fiel auf die Knie und betete laut, bis der Qualm in hellrote Flammen umschlug. Viel später erst, als alles vorbei sein mußte, fragte sie sich, ob sie überhaupt zum richtigen Herrn gebetet hatte. Oder sah der Herr mit den Namen Allah, Gott und Jahwe sich dieses alles genauso bestürzt an wie sie?

Am nächsten Tag hatte Ymme wieder Fieber. Als die Ärzte zur Visite bei Umm Nuria kamen, deren Zustand seit Wochen unverändert war, lag Ymme in ihrem Bett und versuchte, ihr Zittern zu unterdrücken. Al-Walid sprach sie erst an, nachdem Don Enrique seine Anweisungen an die Pflegerin von Umm Nuria erneuert hatte.

In al-Walids Stimme konnte Ymme erstmals Ungeduld hören. »Alle unvernünftigen Menschen dieser Stadt waren gestern auf dem Nordfeld.«

Ymme nickte gequält. »Ich nicht«, widersprach sie leise. »Aber ich sah von oben zu.« Sie zog die Decke fester um sich und setzte sich auf. »Al-Walid, kann man vor Gott eine Schuld auf sich laden, indem man sich mit Menschen anfreundet, die an einen anderen Gott glauben?«

Der Arzt gab Don Enrique ein Handzeichen, mit der Visite fortzufahren. Während dieser das Zimmer verließ und zu Ymmes großer Erleichterung Abu Bakr mit sich nahm, rückte al-Walid sich ein Kissen zurecht und ließ sich darauf niedersinken. »An den gleichen Gott, aber an ein anderes Buch«, verbesserte er sie. »Nein, das kann man nicht. Nur die Menschen sehen die Unterschiede. Ich bin sicher, Gott achtet nicht auf die Buchstaben zwischen den Buchdeckeln.«

»Drei junge Frauen, die ich gut kannte«, berichtete Ymme leise, »sind im Namen Gottes getötet worden, obwohl sie sich alle zum christlichen Glauben bekannten. Es ist fast wie eine Warnung für mich selber... Al-Walid, ich habe Angst.«

Al-Walid atmete ganz flach. »Wäre es dann nicht an der Zeit, den Glauben der Toleranz anzunehmen?« fragte er mit sanfter Stimme. »Die Muslime kennen den Dschihad nur gegen Ungläubige, gegen glaubenslose Barbaren, jedoch nicht gegen die Völker der Bücher – und der Gläubige hat die Freiheit, das Ausmaß seines Glaubens selber zu bestimmen. Es ist nicht wie im Christentum, wo jeder Bischof seinen Dschihad gegen die eigene Gemeinde führt, bis er sie wie ein feindlicher Fürst unterworfen hat.«

Ymme schwindelte es. Da war er, der Versucher. Er wollte sie vom schmalen Grat herunterziehen, auf dem sie seit langem wandelte. Sie hatte sich für stark genug gehalten, ihm zu widerstehen. Aber es wurde mit jedem Tag schwieriger. Mit jedem Tag, an dem der christliche Dschihad härter wurde.

Al-Walid war ein kluger Mann. Er erhob sich, um Ymme nicht zu einer Antwort zu drängen, die sie vielleicht bereuen würde, und verließ das Zimmer.

Ein Wirbel von Lärm und Bewegung auf der Galerie hinderte ihn daran, die Tür hinter sich zu schließen. Vor ihm stand ein Zwerg, in seinem Gefolge zwei baumlange Männer mit ineinandergestellten Schüsseln und dampfenden Schalen auf den flach ausgestreckten Händen, und sie drängten alle zugleich in das Krankenzimmer hinein.

»Zwerg!« rief Ymme in einer Mischung von Jubel und Erleichterung. »Was machst du hier?«

»Ich, werte Hakima«, sagte der Zwerg mit einer Verbeugung, die so tief war, daß er sich die Kopfbedeckung festhalten mußte, »lege dir heute nicht ein Gedicht zu Füßen, sondern ein Gericht. Ach, was sage ich, viele Gerichte, nach tagelanger Vorbesprechung mit meinem mißgünstigen Kollegen dieser Hospitalküche, nach einer Planung, die eines Königs würdig wäre! Nicht alle denkbaren Gerichte der andalusischen Küche eignen sich für dich – sagt er –, und nicht alle denkbaren Gerichte der kastilischen Küche eignen sich für mich, wie du weißt.«

»Wie viele Gäste hast du denn eingeladen?« wollte Ymme nach einem erschrockenen Blick auf den Umfang des mitgebrachten Geschirrs wissen.

»Gäste?« rief der Zwerg empört. »Gäste! Du allein wirst Gast sein, und wenn du wie der ›Vater der Zärtlichkeit‹ an meinen Speisen nippst, werden wir die Reste an die Armen verteilen, wie der Prophet es vorschreibt. Sogar an christliche Arme, für die er nichts vorschreibt. Wenn du möchtest. Im Namen des Gnädigen, des Barmherzigen.«

Al-Walid schüttelte belustigt den Kopf und ging.

Während Ymme sich bemühte, zu des Zwergs Zufriedenheit dem Essen zuzusprechen, setzte er sich mit gekreuzten Beinen neben ihr Lager, legte ihr vor und achtete darauf, daß sie von allem probierte.

Geschmeichelt hörte er ihre Lobessprüche an. Dann entdeckte Ymme eine Speise, die man ihr im Haus am Bitteren Brunnen nie vorgesetzt hatte, denn Ibn Hamdus hätte kein Gericht der katholischen Fastenzeit geduldet.

»Käsehonig! Daß du dich daran noch erinnern konntest.«

Obwohl schwerer verdaulich als alles andere, nahm Ymme von dem geschmolzenen, mit Honig verrührten und über gebratene Brotscheiben gegossenen Käse mehr, als ihr zuträglich sein konnte. Der Zwerg klatschte vor Freude in die Hände. Wehmütig dachte Ymme daran zurück, wie Ritter Cornelius und sie während ihrer Wanderung im Bergland von Hirten zu ihrem einfachen, aber köstlichen Essen eingeladen worden waren. Irgendwann hatte sie es dem Zwerg gegenüber erwähnt.

Erst als Ymme sich nur noch in großen Abständen hie und da einen Bissen in den Mund steckte, fing der Zwerg an zu erzählen, wie es dem Haus Ibn Hamdus ergangen war. Der Philosoph jedenfalls war durchaus auf seine Füße gefallen – Plattfüße, wie sich der Zwerg mit mißbilligendem Naserümpfen ausdrückte. Seine Beratungspraxis für Probleme aller Art hatte einen großen Aufschwung erlebt. Nur die Nachbarn im Darb kamen nicht mehr.

»Ach, überhaupt«, sagte er, während seine aufgeblähte Fröhlichkeit in sich zusammenfiel, »hat sich dort alles geändert. Die meisten unserer christlichen Nachbarn und Freunde – der Prophet strafe Rodrigo Ximénez für seinen römischen Starrkopf – haben den Darb verlassen: Paulos ist bei den Schröpfern der Freitagsmoschee untergetaucht und trägt ein Tuch um den Kopf, um sich zu tarnen; Guillem ist nach Valencia ausgewandert, wo der Sultan seinem neuen Christen eine Werkstatt eingerichtet hat; und Octavio ist zu den Franken ins Viertel des Königs umgezogen – denen verkauft er die Korksohlen als arabisches Wunderwerk.«

»Ich dachte, es seien alle Verordnungen wieder zurückgenommen«, sagte Ymme erschrocken.

Der Zwerg warf den Kopf zurück. »Pfff!« fauchte er erbost. »Verordnungen! Verordnungen gibt es immer. Um die muß man sich nicht kümmern! Man muß nur wissen, wie gut kontrolliert wird. Die Flekken haben wir stillschweigend fallenlassen, nachdem die Juden ihre nicht mehr trugen. Aber die armen Römischen werden in der Beichte peinlich gefragt, wo sie wohnen ... Ihnen zwinkert kein Prophet zu, und als Buße reicht auch keine dicke Kerze. Was sollen sie also machen? Sie verlassen den Bitteren Brunnen. Aber seit Paulos fort ist, weiß niemand mehr, wer das Säubern befehlen, wer den Frauen das Streiten verbieten und wer den Kindern die Ohren langziehen soll...«

»Wie schrecklich«, sagte Ymme entsetzt.

»Ja«, stimmte der Zwerg so kurz und bündig zu, daß Ymme zutiefst beunruhigt war. Und nach muslimischer Art verabschiedete er sich mit so wenigen Worten, wie Ymme es zum erstenmal bei Cornelius gehört und für Unhöflichkeit gehalten hatte. Mittlerweile wußte sie es besser. Dennoch – glücklich hatte er sich nicht angehört. Sie starrte ihm noch nach, als die Tür bereits ins Schloß gefallen war.

Das Essen und der unerwartete Besuch hatten Ymme wieder auf die Beine gebracht, und am nächsten Morgen stand sie endgültig auf. Als sei sie gar nicht krank gewesen, wurden ihr die Frauen wieder zur Betreuung überlassen. Gegen das Mittagsgebet trat ihr kalter Schweiß auf die Stirn, und daran merkte Ymme, daß sie noch nicht ganz wiederhergestellt war, aber sie war so froh und dankbar für al-Walids Vertrauen in ihre Fähigkeiten, daß sie auf sich selber keine Rücksicht nahm.

Mit Umm Nuria dagegen stand es immer noch nicht besser. Sie war nur noch zuweilen bei Bewußtsein. Man mußte jeden Tag mit ihrem Ableben rechnen.

Ansonsten waren momentan nicht viele Kranke in ihrer Abteilung, was Ymme Zeit gab, sich erneut in alles hineinzufinden. Der junge Mann, der ihr nachmittags die Wäsche in die Frauenabteilung brachte, plauderte von diesem und jenem, und Ymme war dankbar, ihre Beine für kurze Zeit ausruhen zu können. Während sie die Bettücher zählte, bestätigte er ihr einiges von dem, was der Zwerg berichtet hatte. Er selber sei Mozaraber, er brauche keine Angst zu haben, sagte er, ihnen sehe der Erzbischof nicht sehr genau auf die Finger, aber die römischen Katholiken, holá, die hätten es jetzt schwer.

»Aber«, wandte Ymme ein und hielt mit spitzen Fingern ein zwar sauberes, jedoch zerknittertes Bettuch in die Höhe, worauf der junge Mann es beschämt unter den Arm klemmte, »Seine Eminenz kann doch nicht beabsichtigt haben, ausgerechnet die römischen Christen mit seinen Maßnahmen zu treffen.«

Der Wäschereigehilfe zuckte mit den Schultern. »Es trifft mal diesen, mal jenen. Der Erzbischof hat vor seiner Abreise angeordnet, daß die Altspanischen von San Torquato jetzt auf Santa Justa und San Lucas aufgeteilt werden, damit die umgezogenen römischen Katholiken eine eigene Pfarrkirche bekommen; mir ist es gleich, ich gehöre zu San Sebastián. Und den Muslimen will er die Moschee in der Torneria wegnehmen. So ist das Leben.«

So ist das Leben, ging Ymme am nächsten Tag im Kopf herum, als ein einziger Patient das ganze Haus in Aufregung versetzte. Gebracht wurde er von seinem Bruder, einem schmächtigen, dünnen Kerl mit verschlagenen Augen und einer kurzen, stark gebogenen Nase. Seinen Namen wollte er nicht sagen, nur den seines Bruders, Domingo, genannt Domingo Rojo. Domingo selbst war nicht in der Lage zu sprechen. Ihm lief das Blut aus beiden Nasenlöchern: tiefen, klaffenden Öffnungen. Den Kopf hatte er in den Nacken gelegt, und den Mund sperrte er weit auf, während die Blutrinnsale verschiedene Bahnen zogen; bereits angetrocknete, verkrustete dehnten sich bis zum linken Ohr, später hatte die Blutung anscheinend von neuem eingesetzt, als er sich erhoben hatte, denn die Blutspuren neben den Mundwinkeln glänzten frisch wie Lack.

»Wer hat ihm die Nase abgeschnitten?« fragte al-Walid finster.

»Ich weiß nicht«, antwortete der Bruder abweisend. »Ich habe damit nichts zu tun!«

Aus ihm würde nichts herauszuholen sein. Al-Walid entließ ihn mit einer uninteressierten Handbewegung. »Wir werden uns um ihn kümmern«, murmelte er, faßte dabei das spitze Kinn des Verletzten und hob und schob den Kopf wie den einer Puppe in verschiedene Richtungen. Domingo war auf dem Brunnenrand niedergesunken, und einer der Pfleger mußte ihn stützen, damit er nicht rücklings ins Wasser stürzte.

Mit vorläufig tamponierten Nasenlöchern ließ al-Walid den Verletzten in ein Krankenzimmer bringen. Der Klinikleiter knetete wieder seine Hände – das tat er in letzter Zeit häufig, wie Ymme auffiel. »Wir werden versuchen, Domingo eine neue Nase zu verschaffen, vielleicht nicht ganz so schön wie die seines Bruders, aber doch als Nase erkennbar. In seinem jetzigen Zustand würde er auf ewig wie ein Aussätziger behandelt werden, dabei ist er doch nur ein Dieb, ein gesunder dazu.«

»Meister, kannst du das alles am Zustand seines Blutes ablesen?« fragte vorwitzig ein Student, der gerade erst sein Studium aufgenommen hatte. Er starrte al-Walid verblüfft an.

Al-Walid drehte sich lächelnd zu ihm um. Er schien nun sehr zuversichtlich und hatte aufgehört, die Finger zu krümmen und zu strekken. »Leider nicht, Juan ben Omar. Es ist ein Märchen für Leichtgläubige, daß der Arzt aus dem Blut weissagen kann. Laß deinen eigenen Verstand spielen; er wird selber darauf kommen, daß der Mann von einem Muslim oder einem Mozaraber bestraft worden sein muß, weil römisch-christliche Strafen anders aussehen. Vermutlich hat er nicht wirklich gestohlen, sondern seine Nase in Dinge gesteckt, die ihn nichts angehen. Wäre es anders, wäre er vor den Toledaner Alcaldén gekommen.«

Ymme preßte ihre Fingernägel in die Handflächen. Je länger sie in Toledo lebte, desto intensiver spürte sie die verschiedensten Strömungen. Nach außen hin war alles ruhig und geordnet, aber im Untergrund brodelten Fehden, die privat ausgetragen wurden und weder dem Alcaldén noch den jüdischen Dayannim angezeigt wurden: Mudéjares untereinander, Mudéjares gegen Mozaraber, Christen gegen Mozaraber ... Vielleicht war der Hahn im Moscheegarten doch nicht so harmlos gewesen.

»Ich werde«, fuhr al-Walid nun ernst fort, »eine chirurgische Behandlung vornehmen, die nur glücken wird, wenn Allah es will. Ein Chirurg hat in seinem Leben höchstens zwei- oder dreimal die Möglichkeit, sie durchzuführen, und so bleibt es ein Experiment, abhängig von vielerlei, vor allem von der Jugend des Patienten und von der Sauberkeit, mit der der Chirurg arbeitet. Das eine bringt der Patient – das andere wir Ärzte.«

Er eilte mit wehendem Mantel in den Instrumentenraum, seine erstaunten Studenten hinter sich lassend. Nachdem al-Walid einem Helfer befohlen hatte, genügend heißes Wasser zu bereiten, suchte er eine Vielzahl von Messern, Spatelsonden, Wundhaken, Pinzetten und Scheren aus dem Bestand heraus und fing eigenhändig an, sie mit einer scharfen Bürste zu bearbeiten. Die Studenten begannen leise zu tuscheln. Die Werkzeuge waren sauber weggelegt worden, warum also wusch sie al-Walid erneut? Nur Ymme wußte, daß ihm für diese schwierige Operation die einmalige Säuberung nicht ausreichte. Endlich sah sie Esclarmondes Leitgedanken auf so klare Weise durch den besten Chirurgen ihrer eigenen Welt bestätigt. Ihr Herz flog al-Walid plötzlich entgegen. Errötend senkte sie den Kopf, als sein in sich gekehrter Blick zufällig auf sie fiel.

Al-Walids Anweisungen an die zwei Helfer waren kurz und bündig. Am frühen Nachmittag waren die Vorbereitungen beendet. Es war keine Zeit zu verlieren; der Chirurg wollte sich die frische Wundfläche zunutze machen. Er hatte einen Raum freimachen lassen, der sonst nicht für Eingriffe benutzt wurde; er benötigte das Licht der schon sinkenden Sonne auf dem Gesicht des Patienten. Nichts, was geschnitten oder genäht werden sollte, durfte im Schatten liegen.

In al-Walids Gesicht spiegelte sich höchste Konzentration, und erneut lockerte er seine Finger. Stumm sah er dem Gehilfen zu, der dem Patienten einen Mandragoratrank einflößte. Die Studenten wagten längst nicht mehr zu flüstern. Die Sonne hatte inzwischen das Fenster des Operationsraums erreicht; ihre Strahlen wurden durch ein dünnes Gazetuch in diffuses helles Licht zerteilt. Plötzlich wußte Ymme, was al-Walid dazu brachte, eine solche Operation zu wagen, obwohl weder Domingo Rojo noch sein Bruder in der Lage schienen, dem Hospital eine angemessene Spende zu überreichen. Es mußte mit seinem Alter zu tun haben und seinen Gelenken, die vielleicht anfingen, ihm Schwierigkeiten zu bereiten. Vielleicht war das Risiko für al-Walid größer als für Domingo. Der Arzt konnte sein Zutrauen zu sich selbst verlieren, Domingo hatte nichts zu verlieren.

Und dann forderte al-Walid Ymme auf, sich die Hände zu waschen. In Ymmes Ohren rauschte das Blut, als sie begriff, daß ihr die Ehre zufallen sollte, dem Hospitalleiter zu assistieren. Sie hastete in den Vorbereitungsraum, schrubbte sich die Hände, bis sie feuerrot waren, und rannte wieder zurück.

Der verletzte junge Mann atmete nun schneller, und seine Muskeln schienen zu erschlaffen. Al-Walid griff zu einem der vielen bereitliegenden gebleichten Tücher und begann die Wundfläche und die Umgebung der Nasenöffnungen auf das sorgfältigste zu säubern. Er hob den Blick nicht, er hielt nur die offene Hand hin, und Ymme reichte ihm ein neues, sobald sich das benutzte vollgesogen hatte, als hätte sie nie etwas anderes getan.

Endlich waren alle Blutspuren beseitigt.

Unter den erstaunt aufgerissenen Augen der Umstehenden ließ al-Walid nun durch seinen zweiten Helfer den linken Oberarm des

Patienten fixieren, schnitt an drei Seiten eines Vierecks die Haut ein und schälte sie von ihrem Untergrund dünn ab. Während der Helfer den Arm über das Gesicht des Mannes zog, Ymme zwei Röhrchen aus Holunderholz auf der Wundfläche festhielt, nähte al-Walid die freien Kanten der Oberarmhaut auf beiden Wangenseiten fest. Endlich saß die Haut über dem Holunderholz wie ein Nasenrücken fest. Sie blieb jedoch mit einem Stiel am Arm befestigt.

Anschließend band al-Walid den Arm des jungen Mannes mit Hilfe eines hölzernen Gestells an seinem Körper und am Bett fest. Er atmete tief ein, als er sich endlich erhob und auf seinen Patienten hinunterblickte.

Die Studenten klatschten begeistert in die Hände.

»Die Methode des Antyllos«, sagte al-Walid, als ob er ihr Lob von sich ablenken wollte. Aber Ymme sah Freude und Erleichterung hinter seiner lächelnden Miene.

Zu diesem Zeitpunkt wußte sie noch nicht, daß der Eingriff zwar handwerkliche Fertigkeit erforderte, jedoch die folgenden Wochen viel schwieriger zu bewältigen waren als das erste Verlagern der Haut. Es begann die Sorge um das Anwachsen der Haut auf der Unterlage, dann die Sorge um die Wundränder, die ihren Anschluß nicht fanden und sich einzurollen schienen, dann das Mitleid mit dem jungen Mann, der regungslos wie ein Toter liegen mußte und sich immer wieder bewegen wollte, selbst um den Preis, daß alles vergebens war. Die Helfer begannen am dritten Tag, den Patienten mit fest eingerollten Handtüchern von der Unterlage hochzustemmen, seinen Rücken zu massieren, mit Wein abzureiben oder mit parfümiertem Öl zu salben. Domingo wurde jede Minute des Tages und der Nacht bewacht.

Ymme lief al-Walid zur und von der Visite bei Domingo nach wie ein Fächerwedler seinem Fürsten, und der Chirurg gewöhnte sich daran, seine Besuche auf die Zeit außerhalb von Ymmes eigener Krankenbehandlung zu legen. Sie versäumte keine einzige Visite, während es den anderen Studenten freigestellt war, ob sie nachmittags erscheinen oder lieber wie üblich die Bücher studieren wollten. Abu Bakr zog es offenbar vor, für seine letzten Prüfungen zu lernen, er kam nie.

Endlich war der Tag gekommen, an dem al-Walid den Stiel abschneiden und den Arm von seiner Verbindung zur Nase befreien wollte.

Domingo war so gleichgültig gegen den Ausgang des Experiments geworden, daß er mit einem ungewohnt nasalen Ton zustimmte und sich dann nicht weiter darum kümmerte.

Seine Lebensgeister erwachten erst wieder, als er sich wenige Tage später im Bett aufsetzen durfte. Da erst schien er zu bemerken, daß der Arm frei war, daß er den Kopf wenden durfte, wie er wollte, daß er durch eine neue Nase atmen konnte. Stehend durfte er schon zusehen, wie die jungen Studierenden al-Walid im Triumph über den Hof und zum Tor hinaustrugen. Ymme lief jauchzend mit, über den Suq al-Dawabb, vorbei an den edlen Pferden, die wie immer dienstags zum Verkauf standen und vor dem ungewohnten Lärm scheuten.

Al-Walid ließ sich die Huldigung gefallen; Ymme freute sich von Herzen mit ihm. Sie ahnte, daß es für ihn um mehr ging als um einen chirurgischen Erfolg. Er hatte für eine Weile das Altern seines Körpers besiegt.

Als sie wieder ins Hospital zurückkehrten, war Umm Nuria tot.

Es war eine Helferin bei ihr gewesen, aber Ymme schämte sich. Umm Nuria hätte erwarten dürfen, daß ein Mensch ihre Hand gehalten hätte, der nicht wegen einer Anordnung blieb, sondern aus Zuneigung. Bei der Mitteilung, die durch die Helferin selbst überbracht wurde, sah Ymme al-Walid mit verzweifelter Miene an.

Al-Walid verzog die Lippen zu einem schmerzlichen Lächeln. »Höhen und Tiefen erleben wir oft dicht hintereinander. Manchesmal sind es sowohl die Höhen als auch die Tiefen anderer Menschen. Wir können nichts dagegen tun: wir sind alle in Allahs Hand.«

Ymme nickte still und stieg die Treppe zu den Frauenräumen hinauf. Umm Nuria hatte in arabischer Sprache gebetet, aber nach welchem Buch? Sie nahm sich vor, die Helferin zu fragen, welchen Geistlichen man geholt hatte.

Domingo erwies sich als ein geradezu schwatzhafter Mann, als endlich feststand, daß die Heilung die erwarteten Fortschritte machte. Ymme hatte nun weniger mit ihm zu tun, weil al-Walid für die rein pflegerischen Aufgaben die Studierenden heranzog. Trotzdem fiel ihr auf, daß Domingo niemals von sich sprach, und wenn doch, wollte er sich nie festlegen; er räumte jeweils viele Möglichkeiten ein und stritt nicht ab, was man ihm auf den Kopf zusagte.

Ganz und gar unangemessen benahm er sich, wenn er sich allein glaubte: er öffnete verstohlen Türen und schlüpfte in Räume, in denen er nichts zu suchen hatte. Als Ymme ihn eines Abends in einem leerstehenden Frauenraum auf der Galerie erwischte, beschwerte sie sich bei al-Walid.

»Du hast ihm eine lebenslange Schande erspart, wir alle hüten ihn seit Wochen wie den Stirnreif eines Gotenkönigs – und er läuft herum, als sei er ein Agent des Sultans«, sagte Ymme erzürnt. »Glaubt er, unser Hospital sei feindliches Gebiet?«

Wider Erwarten nahm al-Walid ihre Frage ernst. Er saß auf seinem roten Polsterkissen, in der Hand ein neuerworbenes Buch, in dem er jedoch gar nicht gelesen hatte, als Ymme den Raum betrat. »Seltsam, daß du mich das jetzt fragst«, meinte er. »Ich dachte auch gerade über unseren Domingo Rojo nach. Ich habe mich nach ihm erkundigt. Er und sein Bruder sind noch nicht lange in Toledo. Möglicherweise könnte man sie als Vorhut der Vorhut des Kreuzfahrerheers betrachten. Fest steht, daß wir allerhand zwielichtiges Volk zu erwarten haben.«

Ymme erschrak. Über dem Lernen, ihrer eigenen Krankheit, der großen Verantwortung, die sie trug, hatte sie so vieles aus den Augen verloren.

Al-Walid schlug sein Buch endgültig zu. »In wenigen Wochen werden die Pyrenäen verschneit sein. Dann kommt niemand mehr. Die ersten Soldaten eures Gottes Christus aber sind bereits aus Zaragossa und Burgos gemeldet worden. Allah...« Den Rest verschluckte er und ballte unter dem Buch die Fäuste. Ymme sah es genau.

»Und was werden sie hier machen?« fragte sie atemlos.

Das eine Augenlid des Arztes zuckte nervös. »Ich weiß es nicht. Ohne Zweifel werden die kleineren Kontingente von Pilgern sich in Tulaytula breitmachen. Die organisierten Truppenteile sollen zwar nach Montalbán geführt werden, um dort in der Obhut der Templer auf den Beginn der Kämpfe zu warten, aber erfahrungsgemäß zieht immer ein Teil von ihnen auf eigene Faust los. Natürlich werden auch sie sich hier umsehen wollen. Gegen ihre eigenen schäbigen Dörfer und Ansiedlungen ist Toledo wahrscheinlich schon eine Vorstadt von Cordoba oder Sevilla.«

Ymme wußte nicht, was sie davon halten sollte. »Wird das irgendwie gefährlich für uns?«

Al-Walid hob die Schultern. »Das kommt darauf an, ob Kreuzfahrer imstande sind, ein christliches Land von einem muslimischen zu unterscheiden. Es gibt Beispiele dafür, daß sie dies nicht können. Don Abrahen hat mir vor ein paar Tagen erzählt, daß der Nasi und der Albedin der Aljama eine Begehung ihrer Stadtteilmauer beschlossen haben. Die Maurer warten schon auf ihre Befehle. Die Judería wittert Gefahr immer ein wenig früher als andere.«

»Aber ein Hospital?« Kaum hatte Ymme es ausgesprochen, schämte sie sich tief.

Al-Walid lächelte ein trübes Lächeln. »Ist dir bewußt, daß über dem Tor in kufischer Schrift eine Anrufung an Allah steht?« Er erhob sich. »Nein, entweder sie respektieren die Stadt als Ganzes, oder sie wird insgesamt zur Beute. Ein Heer im Rausch ist nicht in der Lage, Freund und Feind zu unterscheiden.« Im Hinausgehen setzte er hinzu: »Ausnahmsweise setze ich in diesem Fall meine ganzen Hoffnungen auf Ximénez de Rada. Wenn ihm seine Stadt zerstört würde, könnte er keine Kathedrale bauen. Ich glaube, wir können darauf vertrauen, daß er dies klar erkennt. Er ist einer der klügsten Köpfe von Toledo.« Damit verschwand der Arzt.

Al-Walid würde jetzt noch eine Runde im Krankensaal der Männer und durch die kleineren Krankenräume machen, danach würde er nach Hause gehen, wie Ymme wußte. Sie selber hatte in dieser Nacht Aufsicht bei den Frauen und war im Notfall bei den männlichen Patienten dafür verantwortlich, daß Don Enrique geholt wurde. Sie machte es sich auf dem Kissenlager an der Wand bequem und zog die Beine an. Aber auch sie ließ ihr Lehrbuch zugeschlagen und starrte in die Lampe an der Wand.

Al-Walid hatte mit Don Abrahen gesprochen. Das war vermutlich in der Stadt gewesen, hier im Hospital waren die jüdischen Ärzte seit Urracas Tod nicht mehr gewesen. Und da die Masernepidemie abgeebbt war und die Pocken verschwunden schienen, hätten sie Gründe genug und auch die notwendige Zeit gehabt zu kommen.

Ymme nagte nachdenklich an ihrer Unterlippe. Das freie Leben in Toledo mit seiner unbekümmerten Vermischung verschiedener Religionen, Sprachen und Völker schien seinem Ende entgegenzugehen. Gegenwärtig strebten sie auseinander wie in Wasser aufgeschüttelte Öltröpfchen.

Und dann fiel Ymme endlich auf, wie wenig sie sich selber noch zu den römischen Christen zählte. Diese Entdeckung beunruhigte sie am allermeisten.

16. Die Kindeszerlegung

Mit verschränkten Armen stand Guido, der Templer mit den diplomatischen Aufgaben unbestimmter Natur, auf dem Ostturm der Burg Montalbán, blickte über den Hang mit den uralten Steineichen hin und sinnierte. Jenseits der Berge und jenseits des Tajo lag Toledo – nicht mehr als fünf Reiterstunden entfernt und doch in einer anderen Welt. Er mußte sich eingestehen: gern hätte er seinen weißen Umhang mit dem roten Kreuz gegen den ärmellosen arabischen Umhang getauscht, seine Beinschienen gegen die leichten syrischen Hosen.

Aber es war nicht möglich, natürlich nicht. Den Kreuzfahrern, die im Begriff standen, sich für die entscheidende Schlacht gegen die Ungläubigen zu sammeln, durfte man nicht die Annehmlichkeiten ebendieser arabischen Zivilisation vorführen. Seufzend senkte er den Blick. Noch war das Plateau, das vom Fuß der Burgmauer und der Kapelle langsam bis zum Vorwerk anstieg, leer. Nur auf der gepflasterten Kuppe waren unter den spärlichen Eichen bereits Zelte von kleineren französischen Rittern aufgeschlagen, unbedeutenden Männern, bei denen auch zu Hause die Grenze zwischen Rittertum und Raubrittertum fließend war.

Seit Wochen waren sie unterwegs, unternahmen Cabalgadas in das Bergland im Süden und schleppten fleißig Raubgut herbei. Guido war erst ein einziges Mal bei ihnen gewesen; die Gesellschaft dieser rohen, ungebildeten Kerle behagte ihm nicht, mochten sie sich auch Christen nennen. Aber als Futter für die ersten Salven sarazenischer Pfeile würden sie gut sein; gut auch, um durch ihr undiszipliniertes Kämpfen Verwirrung in die geschulten Reihen der Araber zu tragen. Guido gab sich über den Nutzen der verschiedenen Arten christlicher Truppenteile keinen Illusionen hin, deren Spektrum vom nahezu unbewaffneten Pilger bis zum vollständig eingerüsteten Ritter auf schwerem Kampfroß reichte. Die Befehlshaber der Heere verstanden durchweg, ihre Kreuzfahrer in der richtigen Weise einzusetzen.

Hinter seinem Rücken war leises Waffenklirren zu hören. Im weiten Innenhof der Burg übten die ganz jungen Tempelritter mit stumpfen Schwertern, andere ritten gegen aufgehängte Sandsäcke. In die hitzeflirrende Luft erhoben sich Staubwolken. Hier war Platz genug, seitdem die Stammbesatzung verkleinert worden war, weil die Grenze zwischen den christlichen Königreichen und den muslimischen Taifas nach Süden gerückt war.

315

Guido beugte sich zwischen den Zinnen vor und erschrak. Zwei dienende Brüder trugen eben eine Bahre mit einem verhüllten Toten durch das kleine Pförtchen der Ostmauer. Über ihnen kreisten die Geier in immer engeren Spiralen, begleitet wie stets von den pfeilschnellen Habichten. Er sah ihnen nach, bis sie aus seinem Blickfeld hinter der Apsis der Kapelle verschwanden und den Abstieg ins Tal begannen.

Es war der fünfte Tote innerhalb der letzten drei Wochen. Begonnen hatte es, nachdem ein Lumpenhändler bei den Franzosen gewesen war. Er hatte Leinen gegen Seide getauscht, und die Nordfranzosen waren sich bei dem günstigen Tausch mächtig schlau vorgekommen. Guido verzog trotz seiner Sorgen den Mund. Im Gegensatz zu den Franzosen wußte er, daß Leinen für Chaldun, den Papierhändler aus Toledo, kostbarer war als die Seide, die er dafür gegeben hatte. Ohne Zweifel stammte diese aus al-Andalus und war vielleicht ebenso geraubt wie das Leinen der Franzosen.

Chaldun war weitergezogen, und kurz danach waren im Zeltlager die Pocken ausgebrochen.

Für seine eigene Person hatte Guido keine Angst. Er war in der Nähe von Akko im Heiligen Land fast auf den Tod an Pocken erkrankt gewesen, und nach allem, was die Ärzte behaupteten, bekam man sie danach nur in leichter Form. Den übrigen älteren Tempelrittern erging es ähnlich; für die jungen mußte man fürchten. In seiner Sorge hatte Guido mit dem Marschall gesprochen und erreicht, daß alle, die noch nicht im Heiligen Land gewesen waren, einem Besuchsverbot bei den Franzosen unterlagen. Man hatte hoffen können, daß sie auf diese Weise verschont blieben.

Er wünschte plötzlich sehnlichst einen der Ärzte von den Johanniterbrüdern herbei. Der Tempel hatte als reine Kampfgemeinschaft weder in der Pflege noch im Heilen erfahrene Brüder, denn im Heiligen Land konnten sie sich immer auf das Hospital verlassen.

Aber hier in der Einöde nicht.

Und der Tote, den die dienenden Brüder eben zum Friedhof trugen, war ein Templer. Das rote Kreuz auf der Totenbahre war nicht zu übersehen gewesen.

Ymme fühlte sich in ihren Aufgaben immer sicherer. Allmählich erst merkte sie, wie gut ihre Schulung bei Umm Nuria gewesen war. Diese hatte zwar nie viel erklärt, dafür aber unermüdlich mit Ymme die Praxis an den Patientinnen geübt: die Lagerung bei der Untersuchung, diagnostische Handgriffe, Therapie durch Massage, durch Einrenken von Gelenken oder gebrochenen Knochen, das Auffinden der richtigen Schnittstelle bei Harnsteinen und vor allem die geburtshilfliche Praxis. Da die Frauen der Umgebung viel Zutrauen zu der Ärztin hatten, was ihre technischen Fertigkeiten betraf, waren sie mit komplizierten Angelegenheiten immer ins Hospital gekommen. Sie übertrugen ihr Vertrauen ohne weiteres auf Ymme, und da diese zudem noch beliebter war als Umm Nuria, gewöhnten sie sich an, auch mit Kleinigkeiten zu kommen, wie früher die Nachbarn im Darb. Manche Frau schaute auch nur einmal vorbei, um ein Hühnchen oder einen Flußfisch abzuliefern.

»Sagt es der Hakima«, hieß es dann in der Küche, und die Küchenjungen rannten mit der Botschaft herum, bis Ymme Bescheid wußte.

»Das Vertrauen des Patienten ist manchmal wichtiger als das Skalpell des Arztes«, sagte al-Walid lächelnd und freute sich uneingeschränkt, denn die Spenden und Schenkungen nahmen wieder zu, was auch darauf zurückzuführen war, daß das aufziehende Kreuzfahrerheer bis zum Herbst noch keine Veranlassung für beunruhigende Gerüchte oder Ängste in Toledos Bevölkerung gab.

An dem Tag, an dem Idschaz das Hospital aufsuchte, hätte kein Küchenjunge Ymme holen müssen. An dem überraschten Pförtner vorbei, der wie üblich im Torbogen auf seiner Steinbank saß, ritten zwei leichte arabische Reiter in den Hof und ließen ihre Pferde hörbar auf den Fliesen tänzeln. Ein kleiner Negersklave schlüpfte mit ihnen zugleich hinein, sprang auf die Brunnenumfassung und begann vehement, Trommelwirbel in komplizierten Rhythmen zu schlagen. Wer von den Patienten auf den Beinen stehen konnte, stürzte ans Fenster oder hinaus in den Hof.

Als die Sänfte von den dunkelhäutigen Trägern abgesetzt wurde, stand Ymme oben auf der Galerie und ahnte an den Farben der Kleidung der Sklaven und der Seidenbespannung der Sänftentüren, wer da kam. Sie flog die Treppe hinunter und umarmte Idschaz, die steif aus ihrer Sänfte geklettert war. Kaum aber war Ymme zurückgetreten, um der jungen Frau ins Gesicht zu sehen, erschrak sie.

Idschaz kam nicht als Besucherin, sie war krank.

Wie ernstlich krank stellte sie erst nach einer zweiten, gründlichen Untersuchung fest. Sie bat danach um eine Unterredung mit al-Walid.

»Ich bin ganz sicher«, sagte Ymme wie versteinert, »daß das Kind tot ist. Damals habe ich ihr gesagt, daß sie um diese Zeit schon einen gesunden Jungen haben könnte. Ich glaubte, daß ihr Ehemann wie ein brünstiger Hengst über sie hergefallen war und das erste Kind getötet hatte. Wie es scheint, liegt es jedoch an ihr selber.«

»Hast du es ihr gesagt?« fragte al-Walid mit schmalen Augen. Er wußte besser als Ymme, wie gefährlich Ibn Hazm war: nur ein tollkühner oder dummer Mensch würde wagen, seine Interessen zu durchkreuzen. Und gewiß lag es in seinem Interesse, daß seine Tochter ihrem adeligen Ehemann Erben gebar.

»Noch nicht. Ich müßte ihr gleichzeitig erklären, was ich tun werde. Sie weiß nicht, daß eine Totgeburt etwas anderes ist als eine gewöhnliche Geburt. Sie weiß auch nicht, daß der Fetus jetzt kein Bedürfnis mehr hat, sich von ihr zu befreien...«

Al-Walid wurde um eine Spur blasser.

»Würdest du, zur Sicherheit...« Ymme verstummte, und al-Walid nickte.

Zusammen stiegen sie die Treppe hoch. Vor dem letzten Zimmer, in dem Idschaz allein lag, kauerte eine ihrer Dienerinnen, die zweite hockte neben dem Bett, bereit, auf den kleinsten Wink ihrer Herrin aufzuspringen. Aber Idschaz war zu krank, um Befehle zu geben. Sie richtete ihre matten Augen auf Ymme. Noch war Hoffnung in ihnen, und Ymme bestätigte sie ihr unter Beklemmungen. Es stand nicht gut. Al-Walid untersuchte Idschaz, ohne sich zu erklären, und die junge Frau mit dem verhärmten Gesicht fragte nicht. »Wir müssen abwarten.« Seufzend kam al-Walid zu demselben Schluß wie Ymme, wie er auch nicht anders erwartet hatte. Ihre Erfahrung auf diesem Gebiet war mittlerweile größer als seine eigene. »Du bist in den besten Händen«, tröstete er Idschaz und gab Ymme ein Zeichen, ihm unverzüglich nach draußen zu folgen.

»Ich habe dich nie nach deinem Wundermittel gefragt«, begann er. »Aber mit jedem Tag, an dem ich dich besser kennenlerne, merke ich, daß du weder Marktschreier noch Gaukler bist. Umm Nuria berichtete, daß dies eins der stärksten Mittel sei, die sie jemals kennengelernt habe. Kann das Mittel Idschaz helfen?«

Ymme hätte gerne mit ja geantwortet. Aber es schien ihr ausgeschlossen. »Mutterkorn zieht die Gebärmutter zusammen. Ich fürchte, das Kind könnte in ihr eingeschlossen werden. Ich wage es nicht.«

Al-Walid nickte düster. Auch er verließ sich manchmal auf sein Gefühl mehr als auf die Bücher. Trotzdem zog er sich in die Bibliothek zurück in der Hoffnung, irgendeinen Hinweis bei den alten Meistern zu finden.

Ymme saß in der Zwischenzeit bei Idschaz wie schon einmal. Damals hatten sie beide gekämpft. Diesmal war es anders. Idschaz war ohne Mut. Ymme erschrak, als ihr bewußt wurde, daß die junge Frau möglicherweise eine Stimmung wiedergab, die von ihr selber ausging. Soran fiel ihr ein und seine Abneigung gegen Zaubersteine. Erstmals wünschte sie von Herzen, daß sie wenigstens daran glauben könnte.

Gegen Abend betrat Ibn Hazm, wie üblich rücksichtslos und unter großer Lärmentfaltung, den Hof. Ymme hatte ihn schon erwartet. Sie sprang auf und trat hinaus auf die Galerie.

Unten hatte al-Walid sich des Münzmeisters bereits angenommen. Mit gespanntem Gesicht hörte Ibn Hazm ihn an, während Ymme die Treppe hinunterstieg. Wegen der neugierigen Patienten im Hof, die die letzten warmen Strahlen der Oktobersonne einfingen, führten sie das Gespräch leise. »Wir müssen warten«, war das einzige, was Ymme hörte.

Der Münzmeister deutete eine knappe Verbeugung in ihre Richtung an. »Wir sehen uns, wie es scheint, nur unter besonders unglücklichen Umständen. Wenigstens habe ich sie nicht immer verschuldet.«

»Oh, Ibn Hazm«, sagte Ymme warmherzig, »niemand spricht von einer Schuld. Wenn es überhaupt eine gäbe, so hättet Ihr sie längst gutgemacht.«

»Ja«, stimmte al-Walid unerwartet zu, »wir verdanken dir einige unserer interessantesten Fälle.«

Ibn Hazm fuhr zu ihm herum. »Was das betrifft«, sagte er mit nicht überhörbarem Hohn, »bist du zu den Feinden übergegangen?«

Die Augen des Hospitalleiters wurden wachsam. »Wenn Gott einen Plan gefaßt hat, führt er ihn auch aus«, sagte er nach kurzer Pause.

Ibn Hazm beruhigte sich so schnell, wie er sich aufgeregt hatte. Er lächelte sogar ein wenig. »Das ist richtig. Aber ich kann mir nicht denken, daß Allah sich um Nasen von Männern kümmert, die mit Teufeln paktieren.«

Al-Walid zog an den Fingern der rechten Hand, bis die Gelenke knackten. Mit gedämpfter Stimme sagte er: »Ich vermute, daß du mit einem der Teufel Ximénez de Rada meinst. Er gestattet mir nicht, an seinen Gefangenen meine Methoden zu erproben – nun, so müssen eben seine Anhänger dran glauben.«

Ibn Hazm brach in Lachen aus, und Ymme starrte ihn entsetzt an.

»Der Erzbischof verbietet es wahrlich nicht aus Barmherzigkeit«, ergänzte al-Walid. »Er ist grundsätzlich gegen die medizinische Kunst eingestellt, weil er sie für eine arabische Erfindung hält.«

»Ich erkläre mich unter diesen Umständen mit deinem Experiment einverstanden. Deine Erkenntnisse werden hoffentlich auch Anhängern des Propheten zugute kommen.«

»Das wird wohl von der Zukunft der Stadt abhängen«, entgegnete al-Walid säuerlich. »Was hat deinen Zorn gegen Domingo Rojo hervorgerufen?«

»Er hat mich als Wendehals beschimpft. Als Spion des Erzbischofs sollte er etwas vorsichtiger sein. Allein dafür gebührte ihm eine Strafe; ich nehme an, in diesem Punkt stimmt Ximénez de Rada sogar mit mir überein.«

Al-Walid war zu vorsichtig, um sich über den Spott lustig zu machen. Es entbehrte jedoch nicht einer gewissen Komik, daß der römisch-katholische Kastilier, der in seinem Herzen das Grün des Propheten trug, einen Mann bestrafte, der zwar in gewisser Weise die Wahrheit gesprochen, damit aber gegen einen Erlaß des Erzbischofs verstoßen hatte. Aber das war nur eine Feststellung am Rande. Sorge machte ihm etwas anderes, und das konnte er nicht verschweigen. »Du müßtest doch wissen, daß in jeder Kaschemme abends Wetten darüber abgeschlossen werden, wer den Kampf gewinnt: der Münzmeister des Königs oder der Erzbischof des Königs. Hältst du es für gut, euren Machtkampf ausgerechnet jetzt auf die Spitze zu treiben?«

»Wenn er der Erzbischof des Königs wäre«, entgegnete Ibn Hazm scharf, »gäbe es schwerlich einen Machtkampf. Dann hätten wir beide unseren Platz an der Seite Don Alfonsos. Aber er ist eben nicht Erzbischof des kastilischen Königs, sondern eines machtbewußten Römers! Solange ich Einfluß habe, werde ich verhindern, daß unsere Krone einem italienischen Papst hörig wird!«

Ymme, die bedrückt neben den Männern stand, hielt ihre Anwesenheit an Idschaz' Krankenlager für wichtiger als männliche Spekulationen über die Zukunft des Landes. Sie nickte ihnen zu und ging wieder nach oben. Flüchtig fuhr ihr durch den Sinn, daß Don Zag den Erzbischof milder beurteilt hatte als Ibn Hazm.

Als sie leise den Krankenraum betreten hatte, fiel ihr erstmals ein unangenehmer Geruch auf, ein Hauch von Verwesung lag in der Luft, obwohl der hölzerne Laden offenstand. Die Frau, die an Idschaz' Bett wachte, hatte von Wehen nichts bemerkt und auch sonst keine Veränderung. Idschaz lag auf dem Rücken und starrte an die Zimmerdecke, regungslos, trostlos, aufgegeben von sich selber.

Am nächsten Morgen war der Himmel schwarz und trüb wie Ymmes Gedanken. Aber wie so oft im Oktober klärte er sich nach einigen spärlichen Regentropfen auf, bis die Sonne schräg über die Dächer der Galiana strahlend in den Innenhof des Hospitals schien. Ausnahmsweise rennend, suchte Ymme treppauf, treppab nach al-Walid und fand ihn in der Bibliothek vor einer alten Pergamentrolle.

Sie atmete heftig. »Al-Walid! Das Kind ist tot. Wehen hat Idschaz noch immer nicht gehabt, trotz der Wehenmittel und obwohl das Fruchtwasser abgegangen ist. Ich habe mich entschlossen, das Kind im Mutterleib zu zerlegen.«

Al-Walid wurde blaß. »Es gibt die Methode, ich kenne sie aus den Schriften. Aber hier hat niemand sie je angewandt. Die Christen verbieten sie.«

Ymme nickte ungeduldig. »Ich weiß, ich weiß. Aber wenn wir nichts tun, stirbt Idschaz. Es gibt keine andere Möglichkeit, als es wenigstens zu versuchen. Idschaz selbst ist einverstanden, ich habe ihr alles erklärt, auch die Gefahr.«

Al-Walid schüttelte zutiefst beunruhigt den Kopf. »Möge uns Gott ein gutes Ende bestimmen«, sagte er. »Aber nicht ein solches!«

Ymme fuhr zurück. »Traust du mir nicht zu, daß ich es schaffe?« fragte sie betroffen.

Der Arzt blickte sie unschlüssig an, er öffnete und schloß die Lippen wieder. Es dauerte lange, bis er eine Antwort fand. »Ich weiß es nicht, Iume. Aber es scheint mir, als wolltest du Allah in die Hand fallen. Das kann nicht gut ausgehen.«

Ymme hob die offenen Hände und hielt sie ihm entschlossen vor die Augen. »Allah hat mir diese Werkzeuge gegeben, und er hat mir dich und Umm Nuria als Lehrer gegeben! Glaubst du, er will nun, daß ich aus Furcht alles fortwerfe und davonrenne? Vielleicht braucht er Idschaz für eine besondere Aufgabe und hat mich nur dafür ausgebildet, daß ich sie ihm erhalte! Vielleicht will er, daß ich springe und dem Tod asch-Schah mat biete!«

Al-Walid ließ sich ächzend neben dem Lesepult auf den Boden sinken. Er starrte sie sprachlos an. Gegen diese Mischung aus Hochmut, Zuversicht und Glauben war er machtlos. Ymme wurde von einem inneren Feuer getrieben, gegen das es nichts zu argumentieren gab. Und auch nichts zu verbieten.

Aber er war kein Feigling. Er würde die Verantwortung übernehmen. Er nickte.

Ymme hastete zurück in den Krankenraum, ließ Idschaz von zwei Krankenwärterinnen in den Untersuchungsraum hinunterbringen und sorgte selbst für den Transport ihrer Instrumente. Sie waren, ebenso wie al-Walids chirurgische Instrumente, frisch geschrubbt und in saubere und geglättete Leintücher eingeschlagen. Sie öffnete das Paket erst, als Idschaz gelagert war und sie selbst, angetan mit einem schlohweißen Wickelkleid, mit geschrubbten Händen und Armen bereit war.

Idschaz warf ihr einen verzweifelten Blick zu, bevor ihr das Schwämmchen mit einer Mischung aus Mandragorasaft, Opium und Bilsenkraut auf den Mund gelegt wurde. Ymme ließ außerdem ein Tuch vor ihr Gesicht spannen, damit sie nicht sehen konnte, was um sie herum geschah.

Dann ging sie bedächtig an den Eingriff, der blutig war und unschön, der aber das Leben Idschaz' retten würde, wenn Allah ihr beistand. Ymme war entschlossen, ihn zu zwingen, ihr beizustehen. Auch die beiden Helferinnen herrschte sie an. Sie gehorchten nur unwillig, und eine blieb mit den blutigen Tüchern, die sie hinauszubefördern hatte, fort.

Nachdem Ymme das Schwämmchen zweimal hatte auswechseln lassen, lagen alle Teile der zerstückelten Kindesleiche auf dem Boden. Ymme zwang sich, dem klugen Rat des griechischen Arztes Philemonos zu folgen und zu überprüfen, ob alle Teile vorhanden waren und nichts in der Gebärmutter zurückgeblieben war. Sie atmete auf, als die Nachgeburt, fast schon mürbe, von selbst folgte. Dann entfernte sie das Betäubungsschwämmchen; gern hätte sie Idschaz den Dämmerschlaf gegönnt, aber wichtiger war, daß sie eine geringe Dosis des Mutterkorns schluckte.

Danach war alles wie ein Jahr zuvor: das Zittern und Warten, das

Hoffen. Von der atemlosen Stille im Krankenhaus fühlte Ymme sich wie erdrückt. Der Sänger, der die Geistesverwirrten und alten Kranken zu unterhalten hatte, schwieg; die Schreie der Vögel hoch über dem Hospital waren verstummt; selbst die Kurierpferde in den königlichen Ställen wieherten nicht.

Bei beginnender Dämmerung kam al-Walid zu Ymme, die seit Stunden regungslos an Idschaz' Bett saß und der Verzweiflung nahe war. Idschaz rührte sich nicht, sie lag mit geschlossenen Augen, ihre Brust hob sich kaum beim Atmen.

Aber Idschaz mußte gehört haben, wie die Tür ins Schloß fiel. Sie schlug die Augen auf. Al-Walid betrachtete sie, dann beugte er sich über sie und berührte sacht ihre Hand. »Morgen wird es dir bessergehen«, flüsterte er, als ob er Angst hätte, daß bereits ein Laut ihr Unbehagen verursachen würde. »Die Schmerzen werden morgen schlimmer werden, aber sie sind besser als die, die du gestern nicht hattest.«

Idschaz verstand seine komplizierte ärztliche Aussage gar nicht, aber sie verzog getröstet die Lippen und schloß die Augen wieder. Al-Walid winkte Ymme mit sich und zog sich auf Zehenspitzen auf die Galerie zurück.

»Sie ist nicht über den Berg, aber es geht ihr besser«, sagte er verhalten. »Preis ihm, dem einzigen Gott.«

Ymme schüttelte den Kopf. »Nein, ich glaube nicht, daß es ihr schon bessergeht«, widersprach sie mit gepreßter Stimme. »Ihr Zustand ist unverändert.«

Al-Walid legte ihr die Hand auf die Schulter, eine vertrauliche Geste, die er sich bisher nicht gestattet hatte. Ymme erschrak so sehr, daß sie ihm anfangs gar nicht zuhörte. »Umm Iume! Glaube einem alten Mann seine Erfahrung. Ich habe euch Studierenden gegenüber nie meine Erfahrung hervorgekehrt, wie du bemerkt haben dürftest. Ich tue es jetzt nur, um dich aus deiner ungläubigen Trostlosigkeit zu befreien: Idschaz wird gesund werden.« Er nickte ihr zu und stieg die Treppe hinunter.

Alter Mann, dachte Ymme, als sie ihm nachsah. Erstmals bemerkte sie, daß al-Walid sich steif und schwunglos bewegte. Und dann versuchte sie, ihm zu glauben. Aus Barmherzigkeit würde er sie nicht anlügen, das wußte sie. Aber sie war beim besten Willen nicht in der Lage, an Idschaz' Gesichtszügen zu erkennen, warum er so zuversichtlich war.

Bis zum Abend des nächsten Tages dauerte es; dann wußte auch Ymme, daß al-Walid recht hatte. Als Idschaz mehrere Löffel stärkender Brühe bei sich behielt, lief Ymme zu al-Walid hinüber, der mit gefurchter Stirn über ungeliebten Rechen- und Verwaltungsaufgaben saß.

»Sie hat gegessen!« rief Ymme und warf sich ungestüm auf ein Kissen. Al-Walid nickte lächelnd. Dann holte er aus einem Nebenzimmer eine Glaskaraffe mit Wein und zwei Gläser. Er schenkte ein und brachte Ymme ein Glas. Nachdenklich schwenkte er sein eigenes, bis die rote Flüssigkeit kreiselnd an den Rand stieg. »Ich würde gerne wissen, woher du den Mut hattest, diesen Eingriff vorzunehmen – ohne ihn zu kennen, ihn wenigstens einmal gesehen zu haben?«

Ymme wurde langsam so rot wie der Wein. Dann setzte sie sich kerzengerade hin. »Ich habe ihn mit Umm Nuria geübt. An Schweinen.«

Al-Walid ließ beinahe sein Glas fallen. »Das glaube ich nicht! Nicht mit Schweinen!«

»Warum nicht? Umm Nuria sagte, daß Ferkel in mancher Beziehung eine gewisse Ähnlichkeit mit... mit...« Ymme stockte. Wie sollte sie es denn aussprechen? Sie wollte den Muslim al-Walid nicht beleidigen. »Jawohl: mit Menschen haben«, brachte sie ihren Satz zu Ende. »Vor allem ihre Haut und die Zähne, der Darm und ihre Größe.«

»Umm Iume! Doña Nuria hat dir etwas geschenkt, dessen Größe du vielleicht gar nicht ermessen kannst. Wahrscheinlich hat sie es dir mit Absicht verschwiegen: Sie glaubte an Allah und seinen Propheten Muhammad!«

Draußen zupfte der Sänger leise auf seinem Instrument, und die Geräusche der hereinbrechenden Nacht umfingen das Hospital wie Allahs Liebe; Allah, der eine Christin dazu bestimmt hatte, das Leben von Idschaz zu retten, indem eine muslimische Frau ihren Abscheu vor einem unreinen Tier überwand.

Dazu war nichts weiter zu sagen. Der Klinikleiter und seine Ärztin Umm Iume verstanden sich auch ohne Worte. Und Ymme fühlte sich geborgen in der Vorsehung, die Allah und Gott hieß. Nach einer Weile stand sie auf, dankte al-Walid mit den Augen und verließ das Zimmer.

Am nächsten Morgen schickte Ymme eine Botschaft an den Zwerg, die lautete: Wo bleiben die Süppchen, die Püreechen...?

Schneller als der Wüstenwind erschien der Zwerg selber im Hospital.

»Ist die Kleine Herrin wieder da?« vergewisserte er sich mit vor Freude überschnappender Stimme.

Von diesem Tag an begann ein steter Strom von köstlichen Gerichten vom Darb des Philosophen in der Straße des Bitteren Brunnens zur Frauengalerie des Hospitals zu fließen. Auf einen Wink Ibn Hazms hätten sein eigener Koch und der des Hospitals alles zubereitet, was Idschaz' Herz begehrte, aber Idschaz wollte nur den Zwerg, und er durfte kochen, was ihm einfiel. Sie und Ymme lachten herzlich, als er darüber merklich eitel wurde.

Als auch Idschaz selber an das Wunder ihrer Genesung zu glauben begann, schickte sie Botschaften in alle Richtungen der Stadt, und einige Tage war das Hospital von Frauen belagert wie ein Bienenkorb von Bienen. Sie behandelten Ymme mit einer seltsamen Mischung aus Bewunderung und Entsetzen. Ymme bekam zu spüren, daß nicht jedermann es uneingeschränkt für richtig hielt, ein Menschenleben zu retten – auch wenn Kenntnisse und Hilfsmittel dies ermöglichten. Al-Walid aber änderte seine Einstellung zu Ymme nicht, und Idschaz war uneingeschränkt dankbar. Ein wenig Angst entwickelte Ymme insgeheim gegenüber Ibn Hazm. Er war noch nicht erschienen, und sie wagte sich nicht auszudenken, was geschehen würde, wenn er erfuhr, welche Mittel sie hatte anwenden müssen. Sie konnte nur hoffen, daß Idschaz zu einer geschickten Verteidigung in der Lage war.

Am dritten Tag kam Ibn Hazm, ausnahmsweise leise, denn er kam in einer Sänfte, und ihr entstieg außerdem eine nach arabischer Art verschleierte Frau. Der Münzmeister deutete verstohlen auf Ymme, die sich zufällig im Innenhof befand. Dann kam Ymme eine Weile nicht mehr zur Besinnung, denn die Frau rannte auf sie zu, umarmte sie und küßte sie auf beide Wangen. Ohne ihr schnelles Arabisch mit eingemischten kastilischen Worten zu verstehen, brachte Ymme sie zu Idschaz hinauf. Ibn Hazm folgte in angemessenem Abstand.

Die Frau war Idschaz' Mutter. Die Familie entwickelte eine derart überschäumende Freude – ihr Lachen scholl bis in den Hof –, daß Ymme sich zurückzog. Ihr Platz war nicht dort.

Ibn Hazm suchte die Retterin seiner Tochter nach einer Weile und fand sie mit al-Walid und Don Enrique im Gespräch. Nur der Internist sah dem Münzmeister neugierig entgegen.

Ibn Hazm hob die Augenbrauen, schließlich zuckte er verlegen lächelnd die Achseln. »Als Betroffener weiß man, daß Lehrmeinung und Wirklichkeit sehr voneinander abweichen können. Wäre Idschaz gestorben, hätte ich Allah gepriesen – mit den Lippen nur, fürchte ich. Jetzt preise ich Allah mit dem Herzen und bedanke mich bei der mutigen Frau, die die Arbeit geleistet und das Risiko getragen hat. Außerdem auch bei dem Hospital, dessen Ärzte solche Entscheidungen ermöglichen. Al-Walid, ich möchte dem Hospital eine Schenkung machen, von der es sich lohnt, sie als solche zu bezeichnen. Ich erwarte nicht von dir, daß du mir jetzt schon etwas nennen kannst – nimm dir die Zeit, die du brauchst.« Er wandte sich an Ymme. »Ibn Mahmud hat alle Bücher aufgekauft, von denen er meinte, daß du sie benötigst. Es wäre sinnlos, ihn endlos damit fortfahren zu lassen. Mir ist andererseits zu Ohren gekommen, daß du einer religiösen Gemeinschaft ein Dorn im Auge bist, die dich zu belästigen beliebt. Diesen Leuten gegenüber sind mir gegenwärtig die Hände gebunden, aber ich möchte etwas anderes für dich tun. Mir gehörte bisher das Haus in der Gasse des Bitteren Brunnens, das dem Brunnen gegenüberliegt. Seit heute früh gehört es dir, die Urkunde ist ausgefertigt und liegt beim Notar. Dazu gehört eine Frau, die dir das Essen und die Wäsche besorgen wird, sowie ein zuverlässiger, kräftiger Hausknecht. Sie warten auf deine Befehle.«

Während Ymme so überwältigt war, daß sie nichts zu sagen vermochte, war al-Walid zu einem Entschluß gekommen. Bevor er ihn bereuen konnte, sprach er ihn aus: »Ibn Hazm. Du lobst unser freies Klima. Ich gebe dir recht. Es könnte jedoch noch viel freier werden, wenn ich von der Beaufsichtigung und Organisation des Hauses befreit würde und mich ausschließlich den Kranken und der Ausbildung der Studierenden widmen könnte.«

Der Münzmeister nickte. Das verstand er gut. Er selber würde auch nie die Goldtransporte begleiten, solange es mit dem Schwert erfahrene Männer gab.

»Ich hätte gerne einen Verwalter meiner Rädchen.«

Al-Walid hatte sich so oft Gedanken um Ymmes Erneuerungsvorschlag gemacht, daß es ihm überhaupt nicht komisch vorkam, was er gesagt hatte. Ibn Hazm aber brach in Gelächter aus, und Ymme gab dem Druck der verschiedenen Gefühle der letzten Tage endlich nach und lachte, bis ihr die Tränen über die Wangen liefen. Auch weil sie nun endgültig wußte, daß al-Walid zu den Springern unter den Schachfiguren gehörte. Wie sie.

»Du sollst den Verwalter deiner Rädchen haben«, versprach Ibn Hazm und ging.

Abu Bakr sprach in den folgenden Wochen mit Ymme überhaupt nicht; wenn er ihr zufällig begegnete, erntete sie eiskalte, verächtliche Blicke. Sie litt darunter, denn die Harmonie und die freundliche Atmosphäre des Hospitals liebte sie über alles. Aus demselben Grund aber wollte sie sich nicht beschweren: das hätte bedeutet, al-Walid einzubeziehen, vermutlich ohne eine Verbesserung zu erreichen. Sie ging Abu Bakr deshalb aus dem Wege, so gut es sich machen ließ. Ohnehin sah sie ihn weniger häufig, als der letzte Teil seiner Prüfungen in greifbare Nähe rückte. Darüber war sie erleichtert; weniger, als sie merkte, daß al-Walid über Abu Bakr bekümmert schien. Sie verstand es nicht, denn von Abu Bakr hörte sie von allen Seiten nur Gutes: seine Belesenheit hatte sich zur Besessenheit gesteigert, und es gab kaum eine akademische Frage, die er nicht beantworten konnte.

Am Morgen von Abu Bakrs Prüfung in Augenheilkunde kam zufällig ein fränkischer Ratsuchender. Ymme, die den Franken in die Pförtnerstube eintreten sah und seine barsche Frage nach dem Arzt hörte, wunderte sich nicht, daß bereits eine Stunde später das Prüfungsthema gewechselt worden war: von einem Starstich bei einem Mozaraber auf den Franken, von dem sie nicht wußte, was ihn ins Hospital führte. Aber das Stechen eines Stars war schwierig, und um des verschrumpelten alten Mannes mit der übergroßen Angst willen war es besser, wenn der erfahrene al-Walid den Eingriff selber vornahm.

Die zwei Studenten sowie Ymme, die in bezug auf Augenkrankheiten ebenfalls noch als Lernende galt, waren bereits anwesend, als al-Walid Abu Bakr feierlich hereinführte. Der künftige Arzt trug schon die schwarze Tracht des Gelehrten, und seine schmale Körpermitte schien des Gelehrtengürtels geradezu auffällig zu entbehren. Ymme erhaschte die Blicke, die sich ihre Mitstudenten beziehungsvoll zuwarfen. Nicht alle waren Freunde des ehrgeizigen Abu Bakr, obwohl seine umfangreichen Kenntnisse neidlos anerkannt wurden.

Der Franke, ein Klotz von einem Mann, der ohne das Pferd, auf dem er sonst wohl seinen Herrn auf Kriegszügen begleitete, schwerfällig wirkte, wurde von einem der Hospitaldiener in den Untersuchungsraum gebracht. Ihm war nicht wohl in seiner Haut, was Ymme lächelnd registrierte. Ihr wäre es als fränkischer Patientin in dieser orientalischen Umgebung genauso gegangen.

Der Haussklave deutete auf eine Liege, und der Patient legte sich gehorsam hin, während Studenten und Prüfer näher rückten. Der Geruch von Lagerfeuer und Pferd stieg in Ymmes Nase, aber sie stellte sofort fest, daß jemand die Kleidung des Soldaten instand hielt.

Al-Walid verbeugte sich höflich vor dem Franken. »Dein Arzt wird Abu Bakr gerufen«, sagte er. »Habe Vertrauen zu ihm und gehorche ihm, so wirst du mit Gottes Hilfe geheilt werden.« Dann übergab er den Mann mit der Geste seiner flachen ausgestreckten Hand an Abu Bakr. »Der ehrenwerte Kranke ist zu dir gekommen. Untersuche ihn, stelle die Diagnose, überlege dir die Differentialdiagnosen, mache einen Vorschlag zur Behandlung, behandle ihn und gib ihm Ratschläge, die ihn davor bewahren werden, ein weiteres Mal von dieser Krankheit belästigt zu werden.«

Im Gesicht des Prüflings stand heimliche Genugtuung, als er auf seinen Patienten hinunterblickte, aber darein mischte sich eine Spur Verachtung. Ymme fand dies zwar ärgerniserregend, aber sie verstand ihn. Auch auf sie wirkte heutzutage ein solcher Mann wie ein wilder ungeformter Bergriese. Gleich darauf konnte sie Abu Bakr ihre Bewunderung bei der Diagnose der Erkrankung nicht versagen.

Ohne es nötig zu haben, sich zu bücken, hatte er sofort erkannt, was den Mann plagte. Mit halb geschlossenen Augen konzentrierte er sich kurz und begann dann seinen Vortrag. »Es gibt nach Abi'l-Qasim ʿAmmar ben ʿAli al-Mausili dreizehn Krankheiten der Augenlider. Es sind die folgenden: Krätze, Hagelkorn, Steinbildung, Verwachsung, Blase, Lidrandentzündung, Verkürzung, Läuse, Wimpernausfall, überschüssiges und eingestülptes Haar, Gerstenkorn, Grind. Dieser Mann leidet vermutlich unter der dritten der vier Arten von Krätze.« Abu Bakr wandte sich abrupt dem Patienten zu und sprach ihn so harsch in romanischer Sprache an, daß dieser zusammenzuckte. »Spürst du unter dem oberen Lid ein Stechen wie von Dornen? Röte, Brennen und Tränenfluß?«

Der Mann nickte gehorsam, und Ymme wunderte sich nur vorübergehend, daß er selbst die Röte bestätigte, die er doch gar nicht sehen konnte. Sie war jedoch sehr einverstanden mit Abu Bakrs vorläufiger Diagnose; das eine Augenlid des Patienten war geschwollen und lastete schwer auf dem Augapfel, dabei war der untere Rand unregelmäßig geformt, als sei er eingerissen.

Al-Walid stimmte mit einer kurzen Kopfbewegung zu.

»Die Behandlung«, fuhr Abu Bakr fort, und al-Walid runzelte die Stirn, was den Prüfling unter plötzlicher Hast fortfahren ließ: »Nach dem Aderlaß an der Kephalica und Abführen mit Pillen muß das Augenlid mit einem Messerchen geschabt werden, bis nichts mehr von den Rauhigkeiten übrigbleibt. Danach streue ein wenig Safranpulver auf die gereinigte Lidfläche und träufle ins Auge Eigelb mit Veilchenöl. Lege einen Bausch Baumwolle auf das Auge und verbinde es für die Zeit von vier Stunden. Träufle morgens und abends, und wiederhole den Verband für einen Tag, nicht länger.« Abu Bakr schloß, und er machte ein Gesicht wie eine Katze, die Milch geschleckt hat. Al-Walid schien nicht restlos zufriedengestellt. Aber bevor er einen Kommentar abgeben konnte, richtete sich der Mann auf der Untersuchungsliege auf. »Nein!« stieß er hervor wie einer, der kurz vor der Beinamputation steht. »Ich will keinen Aderlaß! Ich will nur die Augenbehandlung! Und die Pillen könnt ihr mir mitgeben!«

Die Studenten, der Arzt und der Hospitalgehilfe betrachteten den Mann erstaunt. Gewöhnlich pflegten die Ratsuchenden dem Rat zu folgen, den man ihnen gab. Ymme sah zu al-Walid hinüber. Augenscheinlich wollte er sich mit diesem unberechenbaren nordischen Berserker nicht auf eine Diskussion einlassen. Er nickte Abu Bakr zu. Der Prüfling schürzte sein langes Kleid, streckte die Hand nach einem Skalpell aus und ging dann neben dem Kranken in die Knie, nachdem Ymme ihm unaufgefordert aus mehreren Messern verschiedener Art und Größe ein kleines mit krummer Schneide herausgesucht hatte.

Der Gehilfe hielt den Patienten fest, der wehleidige Laute von sich gab, während Abu Bakr sich abmühte, mit dem Messer unter das Augenlid zu gelangen.

Ymme verschränkte ihre Hände fest auf dem Rücken, damit sie sich nicht selbständig machten. Was tat Abu Bakr nur?

Als der Mann sich in seiner Angst aufzubäumen begann, nickte al-Walid Ymme zu. Dankbar, weil nun die Quälerei ein Ende haben würde, rutschte sie neben Abu Bakr auf die Knie und schob seine Hände fort, während sie mit einem Holzstäbchen geschickt das Augenlid nach außen wendete. Dann stieß sie ihn mit dem Ellenbogen an, damit er anfing.

Abu Bakr führte die Behandlung nicht elegant, aber doch zu al-Walids Zufriedenheit zu Ende. Der Klinikleiter hörte sich ebenfalls mit großer Geduld die Nachbehandlung des kleinen Eingriffs mit grünem Kollyrium an, obwohl er gar keine Zweifel hatte, daß Abu Bakr auch diese auswendig wußte.

Während der Diener den Baumwollbausch zurechtzupfte und der Patient immer noch wie erstarrt lag, als hoffte er, auf diese Weise weiterer Aufmerksamkeit zu entgehen, fragte al-Walid in abschließendem Ton: »So ist dieser Mann zu deiner Zufriedenheit behandelt, Abu Bakr, und kann nach Hause geschickt werden?«

»Ja«, antwortete Abu Bakr erwartungsvoll, denn mit der Entlassung dieses Patienten war seine Prüfung beendet.

Al-Walid richtete seine Augen fragend auf die Studenten. Die jungen Männer nickten. Desto eher konnte die Feier beginnen.

»Nein«, sagte Ymme leise.

Al-Walid wartete mit hochgezogenen Augenbrauen auf die Begründung ihres Einwands.

»Der Mann hat erwachsene Läuse in den Kopfhaaren und an den Wurzeln der Wimpern junge Läuse. Sie haben die Krankheit verschärft. Ich glaube, er badet sehr selten«, schloß Ymme, »und das andere Auge ist schon gefährdet.«

Der Patient drehte seinen Kopf zu Ymme und sperrte den Mund auf. Für ihn gab es keinen Zusammenhang zwischen der Erkrankung seines Augenlids und dem Läusebefall, und ihre Bemerkung beleidigte ihn.

Abu Bakr aber, der die Literatur kannte, wurde rot vor Ärger. »Es hat keinen Sinn, den Mann gegen Läuse zu behandeln, deswegen bin ich darauf nicht eingegangen! In den fränkischen Lagern suhlen sie sich wie Schweine, statt zu baden.«

Das war nicht von der Hand zu weisen – aber gegenwärtig kam der Mann nicht aus einem Kriegerlager, sondern wohnte irgendwo im fränkischen Viertel und konnte jederzeit ein städtisches Bad erreichen.

Doch wollte al-Walid aus bestimmten Gründen seinen Prüfling nicht das Gesicht verlieren lassen. »Ihr habt beide recht«, entschied er diplomatisch. »Dennoch schlage ich dringlich vor, ihn auch gegen die Läuse zu behandeln, damit ihm künftige Geschwüre erspart bleiben. Wir werden ihm eine Alaun-Natron-Lösung mitgeben, die er anwen-

330

den mag, wenn die Lidwunde verheilt ist, und ausreichende Anweisungen dazu.«

Der Franke sprang mitten in al-Walids Rede auf wie ein Wildschwein im Dickicht und jagte durch die Tür, durch die er mit dem Diener hereingekommen war. Dieser rannte ihm nach, kürzte den Weg ab und stellte ihn im nächsten Gang. Man müsse das Medikament erst zubereiten, das würde einige Zeit dauern und darauf habe der Soldat zu warten, machte er ihm klar. Der Patient brauchte lange, bis er beruhigt war, und während er dem Diener zuhörte, warf er mißtrauische Blicke auf Abu Bakr und Ymme, die ihm ebenfalls nachgelaufen waren.

Al-Walid gratulierte Abu Bakr und entschwand dann eilig über den Hof. Er hatte zu tun, noch war der Verwalter nicht gefunden. Auch Ymme würde nicht mitfeiern können, ihre Frauen warteten auf die tägliche Visite.

Im Instrumentenraum traf Ymme den Hospitalleiter später wieder an. Mürrisch machte er sich an einem Schränkchen zu schaffen, und Ymme wagte nicht, ihn anzusprechen. Plötzlich drehte al-Walid sich um. »Warum bleiben mir solche Männer nicht erspart?« klagte er erbittert. »Warum bestehen Väter auf bestimmten Berufen ihrer Söhne, auch wenn diese dazu so untauglich sind wie ein Sieb zum Wasserholen? Was macht Väter so blind?«

»Wahrscheinlich zwingen sie ihren Söhnen ihren eigenen lebenslangen Wunschtraum auf«, vermutete Ymme, die erst jetzt das Ausmaß von al-Walids Verdruß verstand. Abu Bakrs offensichtliche Schwächen rührten weder von mangelnder Erfahrung noch von ungenügend gereifter Sicherheit her: al-Walid hielt ihn einfach für unbegabt.

»Ja«, knurrte al-Walid. »Das Schlimme ist: dem Vater ist es gleichgültig, daß sein Sohn unglücklich werden wird.«

»Warum wehrt Abu Bakr sich nicht?« fragte Ymme. Frauen hatten nie eine Wahl – aber ein junger Mann aus guter Toledaner Familie? Ihm mußte die Welt doch offenstehen, vom kastilischen Königshof bis zu einem der Sultanspaläste in den Taifas.

»Er möchte seinem Großvater nacheifern. Der hat das Hospital gestiftet. Er war ein frommer Mann.«

»Dann würde es vielleicht reichen, wenn auch Abu Bakr fromm wäre und ein Hospital stiften würde«, schlug Ymme nüchtern vor.

Al-Walids Laune besserte sich schnell. Er lachte in sich hinein. »Aber wer soll es ihm sagen?«

»Du, al-Walid. Denk an Galens Schrift über Scharlatane.«

Al-Walid konnte sich ihrer Aufrichtigkeit nicht entziehen, fast war er versucht, die Augen niederzuschlagen. Sie hatte recht. Eigentlich war es seine Aufgabe, sowohl den Vater als auch den Sohn darauf hinzuweisen. Er atmete tief ein und sagte dann: »Es gibt Zwänge, Umm Iume, von denen du nichts weißt, und dafür solltest du Allah danken. Die Hospitäler erfreuen sich unter muslimischer Herrschaft stets der Gunst hoher Herren – ja, man kann sagen, sie wetteifern darum, dem Hospital eine Küche, ein Bad, eine Bibliothek zu stiften. Die römischen Christen sind aus ebendiesem Grund mißtrauisch gegen die noch bestehenden Krankenhäuser; lieber sehen sie die Kranken unter der Obhut der Mönche und Nonnen, damit die Gläubigen – ob tot oder lebendig – ihre Schenkungen den Klöstern überschreiben. Wir sind deshalb mehr denn je auf das Wohlwollen einiger weniger angewiesen. Es werden immer weniger.«

Ymme sah al-Walid betroffen an. Mit dem zugesagten Verwalter hatten seine Sorgen also keineswegs aufgehört. Offenbar wurden sie immer größer.

Zwei Tage nachdem für Abu Bakr die Zeremonie des feierlichen Stuhlaufstellens in der Halle der Untersuchungen stattgefunden hatte, entdeckte Ymme, daß ihre anatomischen Zeichnungen verschwunden waren. Sie hatte getreulich fast vom ersten Tag in der Klinik an diese zeichnerischen Befunde angelegt, viele aus der vorhandenen Literatur abgemalt, sogar aus den arabisch geschriebenen der Bibliothek in der Madrasa; wann immer sich eine Gelegenheit ergeben hatte, eigene Beobachtungen an aufgerissenen Muskeln, abgetrennten Gliedmaßen oder verrenkten Knochen zu machen, hatte sie sie ergänzt.

Das dicke Bündel loser Papiere hatte fest verschnürt oberhalb ihres kargen Lagers in der Klinik an einem Haken gehangen. Mit hastigen Bewegungen verstreute Ymme Bettücher und Kissen hinter sich, aber sie blieben verschwunden. Sie sank auf die Bettrolle. Wer mochte die Papiere an sich genommen haben? Chaldun fiel ihr ein. Ihr Koran war immer noch in seinem Besitz. Er verkaufte Papier, und offensichtlich stahl er es auch. Wütend nahm sie sich vor, mit ihrem neuen Knecht zu ihm zu gehen und ihn zur Rede zu stellen.

Al-Walid, dem sie im Vorübergehen zornig erzählte, was geschehen war, zupfte nachdenklich an seiner Unterlippe. »Denke lieber noch zwei Tage nach, bevor du etwas Unkluges tust«, warnte er sie. »Und daß du eine Koranübersetzung vermißt, solltest du überhaupt niemandem gegenüber erwähnen. Ich verstehe dich – aber nach unserem Glauben ist eine Übersetzung Blasphemie, weil die Worte Allahs unübersetzbar sind...«

Ymme biß sich auf die Lippen. Don Zag hatte sie damals gewarnt, aber sie hatte über dem medizinischen Alltag die Fragen der Religionen vergessen. Und auch, daß ihr Seelenheil für die meisten Menschen wichtiger war als körperliches Wohlbefinden. In dieser Hinsicht hatte sie bereits eine Menge Illusionen aufgegeben. Er hatte recht, es war gefährlich.

Es war ohnehin nicht nötig, etwas zu unternehmen.

Am nächsten Morgen schwammen ihre anatomischen Zeichnungen im Zierbecken des Hospitalgartens. Der Pförtner ʿAbdallah stand daneben und hieb mit der flachen Hand in ungezügelter Wut auf die Marmorumrandung. Sein erbostes Geschrei lockte Patienten und Ärzte heran.

Still verfolgten sie, wie er das Papier wie große welke Feigenblätter herausfischte. Abermals richteten sich Blicke auf Ymme, als ob sie durch ihre Darstellungen, mit ihren Greueln von Satans Werk, Allahs Zorn aus den Himmeln herabgerufen hätte.

Der Unrat aber blieb zurück: der Kot und die Urinreste, mit denen die Zeichnungen verunreinigt worden waren, sackten auf den Grund des Beckens. Man mußte das ganze Wasser auslassen, das Becken reinigen und neu füllen.

17. Auf dem Stuhl der Weisheit

Die Wachen des Erzbischofs kannten Domingo Rojo. Sie hatten Befehl, ihn einzulassen, wann immer er den Erzbischof zu sprechen wünschte.

Domingo bedeckte seine Nase mit der Hand, eine Geste, die er sich in letzter Zeit angewöhnt hatte, und knurrte den bewaffneten Mann vor dem erzbischöflichen Palast an. Der trat erschrocken beiseite.

Ungehindert schlug der Mann aus Burgos den Weg zu den Wirtschaftsräumen ein, von wo er auf einer Hintertreppe zu den Privaträumen des Erzbischofs gelangen würde. Er betastete die Nase. In seiner schmalen Hand fand sie leicht Platz, und er hatte das beklemmende Gefühl, daß bald noch eine zweite Nase darin Platz finden könnte. Sie schien zu schrumpfen.

Mit glühenden Augen dachte er über Ibn Hazm nach, während er den nur notdürftig beleuchteten leeren Gang entlanghuschte. Der hätte ihn leicht töten lassen können, aber er hatte es nicht getan. Mit Absicht. Die abgeschnittene Nase war dem Erzbischof durch einen Sklavenjungen zugestellt worden. Er konnte froh sein, daß sein Kopf nicht noch an der Nase gehangen hatte.

Er mußte auch froh sein, daß man ihn nicht bei einer der Frauen oder richtiger: Nebenfrauen Ibn Hazms erwischt hatte. Dann würde ihm heute nicht die Nase, sondern etwas anderes fehlen. Aber Grund zur Dankbarkeit hatte er nicht. Er haßte Ibn Hazm von ganzem Herzen.

Das war auch der Grund, weshalb er in jüngster Zeit sogar das Hospital in die von ihm beobachteten Häuser und Menschen einbezogen hatte. Es gehörte zum Einflußbereich des königlichen Münzmeisters.

Er war an der Tür angelangt, wo der private Bereich des Erzbischofs begann, eine schwere geschnitzte Tür nach arabischer Art, die notfalls durch einen einzigen Bewaffneten verteidigt werden konnte, bis der Palastinhaber auf anderem Wege entkommen war. Solche Kniffe und Geheimnisse der Araber wußte auch Domingo Rojo zu schätzen. Überhaupt hatte er nichts gegen die Bauweise der Häuser einzuwenden, die in seiner Heimat unbekannt war. Ganz im Gegenteil zu den Mozarabern und den Juden. Auch dieser Christusmörder Yahya ibn Yunez, der Schreiber des Erzbischofs, stand auf seiner Liste weit oben. Der schwatzte zuviel.

Domingo Rojo klopfte mit dem vereinbarten Signal.

An einem kalten, windigen Abend, nach dem christlichen Kalender kurz vor Jahreswechsel, gab al-Walid den Ärzten und Studierenden des Hospitals die Neuregelung der Organisation bekannt. Die wichtigste Neuerung betraf ihn selbst: er würde sich ab dem morgigen Tag ausschließlich den Kranken und dem Unterricht widmen. Der neue Verwalter, den er als al-Dschamyadisch aus Tarragona vorstellte, auf kastilisch genannt Juan Diaz, war bereits da: ein kleiner Mann mit abschätzenden Augen und flinken Fingern. Er verbeugte sich höflich vor jedem einzelnen in der Runde, zuletzt vor Ymme. Ihre Abneigung gegen den Mann war spontan.

Die zweite Regelung betraf die Frauenabteilung. Ymme merkte erstaunt auf. Al-Walid hatte ihr mit keiner Andeutung zu verstehen gegeben, daß er unzufrieden mit ihr war.

Der Leiter des Hospitals blätterte flüchtig in den Papieren, die ihm Juan Diaz schon als erstes Ergebnis seiner neu aufgenommenen Tätigkeit überreicht hatte. »Abu Bakr wird zum Leiter der Frauenbetten ernannt«, sagte al-Walid wie nebenher und ohne aufzublicken.

Die Studierenden drängten sich um Abu Bakr und gratulierten ihm neidlos. Don Enrique klopfte ihm kollegial auf die Schulter, und Juan Diaz verdrehte entzückt die Hände wie eine Frau, die sie mit Henna färben will. Anscheinend hatten alle außer Ymme mit Abu Bakrs Ernennung gerechnet, auch er selbst.

Ymme saß wie versteinert auf dem Kissen. Sie brachte es beim besten Willen nicht fertig, Freude zu heucheln. Wie durch Baumwollbäusche in den Ohren hörte sie, daß Juan Diaz dem Internisten erläuterte, wo er bisher tätig gewesen war: zunächst als Hilfsschreiber des Schreibers beim Baile des aragonesischen Königs; dort habe er auch Rechnungen der Bauleute zu überprüfen gehabt. Aber nun habe König Pedro seinen Juden und dessen Vertraute durch römisch-katholische und über jeden Verdacht erhabene Männer ersetzt.

Und mich hat man auch ersetzt, dachte Ymme und stahl sich aus dem Zimmer, danach aus dem Hospital.

Ziellos lief sie zwischen den Mauern der Häuser in der Oberstadt umher, die düstere Kälte ausstrahlten. Erst als sie jenseits des Zocodover in das fränkische Stadtviertel kam, wurde es belebter, aus den Corrales fiel sogar Lichtschein zwischen nur halb geschlossenen Torflügeln auf die Straße. Männer an Lagerfeuern grölten Trinklieder, und Pferde stampften.

Ymme kehrte um. Solche betrunkenen Stimmen kannte sie, Kreuzfahrer, Soldaten. Die waren gefährlich, wo immer sie in Horden auftraten. Seit kurz vor dem Weihnachtsfest vermehrten sie sich wie die Flöhe. Wahrscheinlich hatte eine milde Wetterlage im Norden die Überquerung der Pyrenäen ermöglicht.

Ohne sich zu besinnen, betrat sie die Kirche Santa Magdalena und tappte leise zum Altar, wo Kerzen ein flackerndes Licht verbreiteten. Der Länge nach warf sie sich auf den Boden. Erst als die Kälte sie bis ins Innerste durchdrang, erhob sie sich widerwillig. Gebetet hatte sie nicht, sie hatte es nicht vermocht. Statt dessen hatte eine Art Betäubung von ihr Besitz ergriffen, die bittere Erkenntnis, wie abhängig sie war, hin- und hergeworfen vom Willen der Männer, die sich mehr oder minder zufällig in ihrer Nähe befanden. Waren Männer in ihren eigenen Augen nur etwas wert, wenn sie ihren Willen durchsetzten, notfalls mit dem Schwert? Nie hatte sie selbst versucht, anderen ihren Willen aufzuzwingen – außer bei der Behandlung von Krankheiten, aber das war etwas anderes –, und andere Frauen taten es ebenfalls nicht. Die Männer waren immer die Überlegenen; Frauen mußten nachgeben oder sterben.

War eine ungerechte Welt nach dem Willen Gottes?

Mit einem Hauch von Trotz betrachtete sie Christus am Kreuz. Ein Jude in einer römischen Kirche mit einem muslimischen Minarett. Und in allen drei Religionen galt Gott als männlich. Die Frauen, wie die heilige Magdalena am Seitenaltar, waren nur Beigabe, ein oberflächlicher Trost...

Bevor ihr Trotz sich zur Auflehnung auswuchs, schlich Ymme auf Zehenspitzen wieder hinaus. Der Gesang in der Ferne war leiser geworden und klang nicht mehr so wild.

Mit der Heftigkeit einer Sturmbö überkam sie die Sehnsucht nach Ritter Cornelius. Sie hatte sich lange Zeit jeden Gedanken an ihn verboten, aber nun war er plötzlich da und nistete sich in ihrem Kopf ein. Cornelius hatte Wege, Richtung und Tagesstrecken vorgegeben – nicht anders als sie selber die Art der Behandlung von Erkrankungen; aber nie hatte er die Berechtigung ihres Wunsches, Medizin zu erlernen, angezweifelt, nicht einmal die Stadt, wo sie dies tun wollte. Cornelius hatte ihr statt dessen unter Gefahren für das eigene Leben geholfen, Toledo zu erreichen, und sich erst zurückgezogen, als er für sie nichts mehr tun konnte.

Ymme wünschte verzweifelt, sie wüßte wenigstens, wo er war. Auf einer der seitlich gelegenen Marktstraßen, die jetzt alle in tiefem Dunkel lagen, eilte sie in Richtung der Großen Moschee, bog zum Bitteren Brunnen ab und war bald zu Hause. Während sie wartete, daß der Knecht ihr öffnete, wuchsen Zweifel und Unzufriedenheit in ihr. Das Tor zum Darb, den sie eine Zeitlang ebenso als ihr Heim empfunden hatte, lag in Sichtweite. Es war geschlossen. Aber es wohnten andere Menschen darin als zu ihrer Zeit. Es ging so schnell – plötzlich war jemand verschwunden... Ymme seufzte ungeduldig. Wann kam der Mann denn endlich? Wahrscheinlich war dieser Kreislauf einfach das Leben.

Die Frau öffnete ihr; der Knecht sei gegenwärtig nicht im Haus, sagte sie und verzog die Lippen. Ymme lächelte ihr verständnisvoll zu. Männer!

Am nächsten Morgen wäre es beinahe zum ersten Streit mit Abu Bakr gekommen. Auslöser war die ziemlich unwesentliche Frage, wann bei einer alten Frau, die heftigen Schüttelfrost hatte, Fieber zu erwarten sei. Ymme gab einer Helferin die Anweisung, die Frau warm einzupacken und sich bis zum Mittagsrufen des Muezzins mindestens dreimal zu vergewissern, ob fiebersenkende Mittel angebracht seien.

»Überflüssig«, merkte Abu Bakr außer Hörweite der Pflegerin an. »Frauen neigen, wie du weißt, wegen ihrer natürlichen Kälte mehr zu Schüttelfrösten. Diokles aus Karystos, den du wahrscheinlich nicht gelesen hast, wie überhaupt alle Vertreter der hippokratischen Schule sind sich einig, daß es eine Reihe von Symptomen bei Frauen gibt, die aus ihrer schleimigen Konstitution resultieren.«

»Ich neige mehr den Alexandrinern zu«, entgegnete Ymme in aller Ruhe, »die auf dem Standpunkt stehen, daß bei gewöhnlichen Krankheiten kein Unterschied zwischen Frauen und Männern besteht. Ich werde darum ein beginnendes Fieber bei einer Frau genauso sorgfältig beobachten, wie ich es bei einem Mann tun würde.«

»Ich gestatte es dir, solange nichts Dringenderes vorliegt«, sagte Abu Bakr, bevor er würdevoll davonschritt.

Wie ein Hahn auf dem Misthaufen, dachte Ymme wütend, kehrte um und verordnete der Kranken ab sofort in zweistündigem Abstand einen Meßlöffel voll eines Essig-Rhabarber-Trunks, der gegen Halsentzündung und Seuchen aller Art nützlich und und überdies fiebersenkend war.

Er würde zunächst einmal, hatte Abu Bakr ihr erklärt, im Unterrichtsraum neben der Bibliothek seine zweistündige Vorlesung halten. Das gebe ihr Zeit, die Kranken zu behandeln. Danach würde er die Studenten nach oben führen, und sie würden ein gemeinsames Kolloquium am Krankenbett abhalten, wobei ihm die theoretischen Erörterungen zukämen, ihr die praktischen Demonstrationen.

Wie auch immer, Ymme war froh, daß er sich anscheinend nicht in die Behandlung einzumischen gedachte. Als sie die Medizin in den Arzneiraum zurückgebracht hatte, traf sie auf al-Walid, der mit fröhlichem Gesicht Skalpelle schärfte, eine Tätigkeit, die er noch nie ausgeübt hatte, solange sie im Hospital war. Er betrachtete das Messer liebevoll mit zusammengekniffenen Augen, prüfte mit der Daumenkuppe die Schneide, nickte und griff nach dem nächsten.

»Auch das gehört zum Beruf des Arztes«, sagte er, ohne aufzusehen. »Nicht nur der Empfang des Ehrenkleids für die Heilung der Lieblingsgattin des Sultans. Seit meiner Zeit in Jaén habe ich es nicht mehr tun können. Ich bin froh, daß ich jetzt für die geringen Dinge wieder Zeit habe. Manche geringen Dinge stellen sich als die nützlichsten heraus.«

»Ehrenkleider werden mir ohnehin in Zukunft versagt sein.« Ymme setzte ihren Weg an ihm vorbei fort.

»Mir war, als hättest du gerade eine Kleinigkeit erhalten. Oder irre ich mich?«

»Ich bin Ibn Hazm sehr dankbar für das Haus. Aber es hat mit der Leitung der Frauenbetten nichts zu tun«, erwiderte Ymme heftig.

»Warum diskutierst du mit mir die Unfähigkeit von Abu Bakr, um ihm gleich danach die Verantwortung für die Frauenabteilung zu übertragen? Habe ich etwas falsch gemacht?«

Al-Walid nahm ein krummes Messerchen auf und schüttelte mißbilligend den Kopf. »Unbrauchbar! Wer hat denn damit Kamelklauen gereinigt? Das Haus und die Frauenbetten haben sehr wohl miteinander zu tun. Wenn man bedenkt, wessen Hand die Gnade hat, beides zu verleihen...«

»Aber es ist nicht gerecht!«

»Ibn Hazm verteilt Belohnungen oder Bestechungen, keine Gerechtigkeit. Gerecht ist nur Gott.« Al-Walid entschloß sich endgültig, das schartige Instrument fortzuwerfen. Dann setzte er das nächste am Ölstein an.

Ymmes Zorn gegen al-Walid mäßigte sich. Daß Ibn Hazm Abu Bakrs Ernennung verfügt hatte, war leichter zu ertragen, wenn sie auch nicht verstand, weshalb sein Einfluß so groß war. Aber natürlich konnte sie keine Rechenschaft vom Hospitalleiter verlangen. »Aha«, sagte sie sarkastisch und setzte ihren Weg demonstrativ fort. »Der gute Christ Ibn Hazm.«

»Er ist in der Tat ein guter Christ«, rief al-Walid ihr nach, »er hat gerade zweihundert Miscales für ein Begräbnis in der Kathedrale und dreihundert für eine Kaplanei gestiftet. Ein guter Muslim würde nur die Armen beschenken...«

Aber Ymme wollte nicht mit ihm rechten. Innigst wünschte sie, daß sie die Prüfungen bereits abgelegt hätte. Vielleicht wäre es dann anders gekommen.

In ihrem Zorn beobachtete Ymme den neuen Leiter der Frauenbetten nun besonders genau. Sie wunderte sich nicht, als er für jede weibliche Person die Vorschrift erließ, an den Krankenbetten den Schleier zu tragen. In der Stadt benutzten ihn die Frauen nach Belieben, er war nicht einmal ausschließlich vom Bekenntnis abhängig. Aber hier mußten sie ihn nun tragen. Al-Dschamyadisch gab die Schleier an die Wärterinnen aus. »Nein, für dich nicht, ehrenwerte Iume«, sagte er, und Ymme las an seinem spöttischen Grinsen ab, daß seine Weigerung nicht eine Begünstigung der Ärztin, sondern eine Herabsetzung der Christin war.

Aber am selben Abend noch bekam sie Hilfe von al-Walid, der allerdings nicht wußte, daß sie sich während seines Gesprächs mit Abu Bakr auf der Galerie befand.

Al-Walid hielt seinen jungen Kollegen auf, als dieser mit einem Buch unter dem Arm aus dem »Kleinen Haus der Weisheit« zurückkehrte. »Der Umfang deiner Kenntnisse gereicht dem Hospital zur Ehre, Abu Bakr«, sagte er freundlich. »Aber auch du mußt einige Stunden der Nacht schlafen. Und da wir uns des großen Gespürs unserer Doña Iume für Krankheitsursachen erfreuen dürfen, gibt es keinen Grund für übermäßiges nächtliches Studieren. Vertraue ihr so, wie ich ihr vertraue.«

Als Ymme merkte, worum es ging, war es zu spät zum Gehen. Rot vor Scham blieb sie wie eine heimliche Lauscherin hinter einer Säule stehen.

Abu Bakr, der sonst dazu neigte, mit krummen Schultern dem Gras beim Wachsen zuzusehen, richtete sich energisch auf. »Doña Iume traue ich nicht einmal soweit, daß ich ihr nachts das Losungswort für ein Tor mitgeben würde«, erwiderte er heftig. »Ein Student des ersten Jahres weiß mehr als sie.«

»Du bist ungerecht, Abu Bakr. Sie weiß nicht den Wortlaut, den du kennst, und das liegt ohne Zweifel daran, daß die Texte übersetzt worden sind. Und wenn sie von den Vorschriften für die Heilung abweicht, so deshalb, weil sie ihre Erfahrungen einfließen läßt. Sie tut das, was ich euch Studenten stets auf den Weg gebe: vergleichen mit dem, was geschrieben steht, und abändern, wenn es vernünftig scheint.«

»Ich werde mich auf ihre Vernunft nicht verlassen, ehrenwerter Meister«, sagte Abu Bakr trotzig. Nur die Ehrfurcht vor seinem Lehrer verhinderte, daß er weiterging. Al-Walid bemerkte es bekümmert und beendete das Gespräch von sich aus.

Ymme nahm sich fest vor, besonnen zu bleiben, um al-Walid nicht zu enttäuschen. Vielleicht wollte Abu Bakr nur erproben, wie weit er gehen konnte. Sie widersprach deshalb Abu Bakr nicht, als er sich eines Morgens selber einer Kranken annahm, die ein junger Mann brachte, das heißt, Ymme fand, daß er sie eher wie eine abzuliefernde Ware mitten auf den Hof stellte. Er selber kam zu Pferde, die Frau hinter ihm zu Fuß. Der Mann trug die Berbertracht und schien begütert zu sein, denn seine rote Schärpe war reich bestickt. Die Frau war nicht verschleiert; Ymme bemerkte, daß sie krampfhaft die Zähne zusammenbiß und schwer atmete.

Der Ehemann wandte sich unmittelbar an Abu Bakr: »Sie hat sich mir heute nacht verweigert, als ich das Laken mit ihr teilen wollte. Erst heute früh sagte sie mir, daß sie sich sehr krank fühlt.« Er warf ihr einen wütenden Blick zu. »Ich habe sie nun drei Jahre, und sie hat mir keinen einzigen Sohn geboren. Meine geehrte Mutter empfiehlt mir, Hatox zu verstoßen.«

Abu Bakr, der sich trotz seiner Jugend zwei Frauen leisten konnte, nickte verständnisvoll. »Du bist also nicht sicher, ob sie nicht wollte oder nicht konnte?«

Der Berber war nicht sicher, was er antworten sollte. Dann fiel ihm ein listiger Ausweg ein. »Entscheide du. Laß mich wissen, wann ich sie wieder abholen soll.«

»Ich werde mich selbst um sie kümmern«, versprach Abu Bakr.

Ymme führte die junge Frau vorsichtig ins Zimmer der Konsultationen und ließ sie sich auf dem Ruhebett hinter dem Schirm niederlegen. Als Abu Bakr nach einer Weile kam und sich auf seinem Stuhl niederließ wie einer, der die Gunst persönlicher Audienz gewährt, saß sie neben Hatox und umfaßte beruhigend ihre Hand.

»Überkommen dich diese Zustände der Unlust öfter?« fragte Abu Bakr.

»Nein«, flüsterte die Kranke, und Ymme gab es weiter. Die Frau sah matt aus, ihre Temperatur war nicht erhöht, aber der Puls ging hart. Ymme hütete sich jedoch, Abu Bakr Mitteilungen zu machen, die er nicht hören wollte.

Er gab sich mit der ausführlichen Befragung über die Familie der Kranken und ihre bisherigen Indispositionen viel Mühe. Die Frau erduldete sie widerspruchslos, aber sie wurde immer schwächer, so daß Ymme schließlich sagte: »Abu Bakr, es ist jetzt eine Pause notwendig, wenn du erlaubst.«

Das gleitende Geräusch des Stuhls signalisierte Ymme, daß Abu Bakr aufgestanden war. »Nicht nötig«, sagte er im Hinausgehen. »Es deutet alles darauf hin, daß ihre Unlust, dem Manne beizuliegen, aus einer gewissen Enge des Gehirns herrührt. Aufgrund der Gleichartigkeit des nervösen Baus des Gehirns und der Gebärmutter mögen die Geburtswege verschlossen sein, so daß sie deshalb noch nicht empfangen hat. Wir werden unverzüglich die Durchgängigkeit mit Hilfe von Räucherwerk überprüfen.«

Ymme brauchte ihre Verachtung über seine Diagnose nicht zu verbergen, denn die Kranke hatte die Augen geschlossen. Erst nach längerer Zeit hatte sie sich soweit erholt, daß Ymme sie behutsam aufrichten und zum Behandlungszimmer führen konnte.

Mit hörbarem Nachdruck hatte Abu Bakr alles in die Wege geleitet. Die Hospitalknechte rannten, als ginge es um ihr Leben. Die Kohlenpfanne stand bereits unter einem Hocker mit durchlöcherter Sitzfläche, angefüllt mit glühender Asche. Als der Knecht Wasser darüber ausgoß, zischte Dampf in Schwaden unter dem Hocker heraus.

Zwei Wärterinnen setzten die zitternde Frau auf den Hocker, zogen ihren Rocksaum sorgfältig ringsum bis auf den Boden herunter und legten ihr überdies noch eine schwere Kamelhaardecke über die Knie. Ymme hielt ihre Hand und sprach ihr ermunternd zu, fragte, ob sie die Hitze aushalte, und versprach, daß es nicht sehr lange dauern würde.

Nachdem zum zweitenmal Dampfschwaden erzeugt worden waren, kam Abu Bakr. Nachdenklich zog er an seinem Bart. »Spürst du Hitze auf der Zunge, oder schmeckst du Rauch?« fragte er eindringlich, und Ymme verstärkte ihren Handdruck, damit die Frau fügsam antwortete und schneller erlöst wäre.

»Nein«, sagte Hatox.

Statt die umstrittene Methode nun zu beenden, befahl Abu Bakr dem Knecht, die in süßem Wein angesetzte Kräutermischung auf die Glut zu gießen. Während der Vorbereitungen lief er im Raum umher und dozierte den angetretenen Studenten mit seiner neuerworbenen Würde, die außer Ymme niemand komisch zu finden wagte.

»Das Fehlen von Rauchspuren im Mundraum beweist nach der hippokratischen Schule zweifelsfrei den Verschluß des Uterus. Gleichzeitig spricht insbesondere die schwere Atmung der Kranken dafür, daß die Gebärmutter sich auf den Magen gelegt hat. Ich will versuchen, sie mit angenehmen Dämpfen herunterzulocken. Sobald sie ihre gewöhnliche Position eingenommen hat, wird sich die Atmung normalisieren.«

Die Frau sank allmählich in sich zusammen, aber Abu Bakr beobachtete nur gespannt die erneute Dampfentwicklung und kräuselte die Nase, als die Diener trotz ihrer Schnelligkeit nicht verhindern konnten, daß ein aromatischer Duft von Wein, Fenchel und Rosen sich im Zimmer ausbreitete.

»Soran verwirft Lageveränderungen des Uterus«, sagte Ymme viel lauter und entschiedener, als sie beabsichtigt hatte. »Die Gebärmutter ist kein Tier. Sie kann sich nicht bewegen, ihre Bänder halten sie fest. Sie kann auch den Magen nicht beengen, es sei denn bei Schwangerschaft.«

Beabsichtigt hatte sie lediglich, Abu Bakr umzustimmen, damit er die Kranke endlich von der Quälerei erlöste – sie mußte flach gelagert werden! –, aber Abu Bakr vernahm die Kritik an seiner Methode, den unangebrachten Tadel seitens einer Frau, die nicht einmal als Ärztin approbiert war. Ymme sah in seinen Augen die flackernde Unsicherheit, aber äußerlich sichtbar wurde nur das kalte Lächeln, mit dem er sie streifte, ohne ihr zu antworten.

Auf die übrigen Studenten machte er den Eindruck eines fähigen, souveränen Lehrers. Sie lauschten konzentriert und lernbegierig.

»Mit Räucherungen dieser Art bekämpfen wir auch Muttermund-

und Gebärmutterverhärtungen sowie Gebärmutterschmerzen. Was diese Patientin betrifft, so wird die Therapie um so länger dauern, je länger der Zustand bereits angehalten hat. Nach ihrer eigenen Aussage ist sie seit drei Jahren verheiratet und ebenso lange kinderlos geblieben. Wir werden durch die einmalige Räucherung daher vermutlich noch keinen Erfolg haben. Wir werden in der Behandlung eine Pause von drei Tagen einlegen und danach mit Spülungen arbeiten und später – sofern nötig – ein erwärmend wirkendes Leinwandpessar einlegen. Es ist jetzt genug.« Die letzte Bemerkung galt den Wärterinnen, die die Patientin flink aus der Decke schälten und vom Hokker herunterhoben.

Die Frau war so geschwächt, daß sie nicht allein stehen konnte, sondern auf einer Trage nach oben gebracht werden mußte, wo Ymme sie in den großen Frauenraum legen ließ. Ihrer Meinung nach lag es im Bereich des Möglichen, daß Hatox an Hysterie litt. Es war dann besser, ihr Gesellschaft zu verschaffen, am besten zwischen den zwei schwatzhaften, munteren Frauen, die zwar in den nächsten Tagen nach Hause geschickt werden, aber bis dahin Fröhlichkeit verbreiten würden.

Am späten Abend ging Ymme nach Hause, nachdem sie sich vergewissert hatte, daß der Atem der Frau ruhig ging und der Puls regelmäßig war. Al-Walid hatte dafür gesorgt, daß Abu Bakr mit seiner Amtsübernahme in die Routine des alleinverantwortlichen Nachtdiensts einbezogen wurde, und er hatte sich ausnahmsweise sogar energisch bei ihm vergewissert, daß er den Nachtdienst einhalten würde, wie man es von allen Ärzten gewohnt war. Unter diesen Umständen konnte sie Abu Bakr nicht anbieten, am Bett der Hysteriekranken zu wachen. Das Verhältnis zwischen ihr und ihm war so schwierig geworden, daß sie gar nicht gewagt hätte, ihm zu erklären, warum eine Bettwache notwendig war.

Ymme war andererseits froh, nach Hause gehen zu dürfen. Es war ein Privileg, ein Haus zu betreten, in dem Licht brannte, in dem Kohlenbecken Wärme verbreiteten, in dem Düfte von Gebratenem und Gesottenem den Innenhof durchzogen und man nur auf ihre Heimkehr wartete. Es war nicht zuletzt auch eine Frage der Sicherheit. Und der Sauberkeit. Das Bad, das sie früher immer aufgesucht hatte, war ganz in der Nähe. Ymme fing an, sich hier glücklich zu fühlen. Es war ihr erstes eigenes Heim – fast eigenes Heim...

Entspannt aß sie in Gesellschaft der Frau, die Maria Illan hieß und Mozaraberin war, lernte noch ein wenig und ging dann zu Bett.

Am nächsten Morgen kam sie in aller Frühe gerade rechtzeitig, um zu sehen, wie die Hausknechte, begleitet vom muslimischen Totenwäscher, ein längliches weißes Bündel auf einer Trage die Treppe heruntertrugen.

»Wer ist das?« fragte sie erschrocken und griff nach dem Tuchzipfel, um ihn zurückzuschlagen. Sie hatte keine einzige Patientin gehabt, die gefährdet gewesen war. Außer Hatox natürlich.

Es war die Berberin. Mit verdrehten Augen, eingetrockneten Speichelspuren am Kinn und der blau angelaufenen, zerbissenen Zungenspitze zwischen den Zähnen hing sie mit aufgetriebenem Leib zwischen den Knechten. Es sah ganz nach einem hysterischen Anfall aus.

»Es ist gut«, sagte Ymme leise. »Ihr könnt gehen.«

Im Frauenraum setzte sie sich auf das Bett zwischen den beiden fast gesunden Frauen. Diese standen immer noch unter dem Eindruck der letzten Stunden. Einander ins Wort fallend, berichteten sie Ymme, was geschehen war. Die Berberin hatte also mitten in der Nacht geschrien, daß sie verbrenne, danach habe sie nichts mehr gesagt, sondern mit den Zähnen geknirscht, mit den Armen und Beinen gezuckt und den Rücken zur Brücke gewölbt wie einen guten arabischen Leimbogen. Auf ihr Rufen sei Abu Bakr nicht bereit gewesen zu kommen, und die Berberin sei einige Zeit später zurückgesackt, habe gurgelnde Laute ausgestoßen und sei verschieden.

Ymme seufzte und stand auf. »Versucht ein wenig zu schlafen«, meinte sie, »solche Aufregungen sind nicht gut für die Heilung.«

»Ach«, widersprach die eine von ihnen, »als Abwechslung zu persischem Gesang war es ganz brauchbar, jedenfalls zu der Zeit, als wir an nichts Böses dachten und den ehrenwerten Abu Bakr einzufangen versuchten.«

»Heißt das, er wollte nicht kommen?« fragte Ymme alarmiert.

Beide Frauen nickten mit funkelnden Augen, aber mehr wollten sie nicht sagen. Ymme nickte und ging. Mehr wollte sie auch nicht hören. Soran schrieb, daß Schaumspuren für Epilepsie typisch seien. Die und die Beschreibung der Frauen ergaben, daß die Berberin nicht unter Hysterie, sondern unter Epilepsie gelitten hatte.

Inmitten eines Krampfanfalls war Hatox im besten Hospital von Kastilien gestorben, ohne daß ein Arzt zugegen gewesen wäre, der sie wenigstens vor dem Tod des Erstickens hätte bewahren können.

Ymme behielt ihre Entdeckung und ihre Zweifel an Abu Bakr zunächst für sich; danach war es zu spät.

Kurz vor der zweiten Morgenmahlzeit kamen bewaffnete Knechte in den Farben des Erzbischofs, um Doña Iume de Lubicensis, genannt Umm Iume, abzuholen, und das Erschrecken des frühen Morgens wurde durch andere Schrecken abgelöst.

Die Männer trugen kuttenähnliche Umhänge, waren aber nicht tonsuriert. Auf ihren hohen Pferden sitzend, nahmen sie Ymme zwischen sich. Mit hochrotem Gesicht, zutiefst empört lief sie mit. Auf dem Zocodover-Platz und am Rande der Alcaicería begehrten die Knechte laut Platz für sich, und die Aufmerksamkeit flog ihnen zu.

Am Palasteingang wurden die Knechte durch einen Geistlichen abgelöst, der Ymme schweigend durch das Haus bis vor eine hohe Doppeltür führte. Ein kleiner verhutzelter Mann nahm sie mit in einen weiten Saal, in dem sich viele Menschen aufhielten, vorwiegend Geistliche, die sich in kleinen Gruppen unterhielten, andere spazierten mit den Händen auf dem Rücken einsam und nachdenklich umher. Alle warteten auf etwas.

»Ich bin Don Yahya ibn Yunez«, raunte ihr Führer und drückte Ymmes Ellenbogen sacht. Sie warf ihm einen dankbaren Blick zu. Er mußte der Vater von Don Zag sein. Sie war also nicht ganz allein. Er brachte sie zur Stirnwand des Saals und hieß sie sich auf eine Bank setzen.

Die Marmorbank gehörte nicht hierher, Ymme fühlte mit Unbehagen die Seitenwangen unter sich knirschen. Der polierte kahle Steinboden war stellenweise stumpf geworden von harten Stiefeln und Lederschuhen. Vermutlich hatten ihn früher dicke weiche Teppiche bedeckt. Vielleicht waren die Frauen eines Wesirs zwischen den grauen Marmorsäulen unter den Bogen mit weißen Ranken und Blättern auf rotem Grund einhergeschritten... Ihre Gedanken verloren sich in der erdachten Vergangenheit eines Palastes. Aber sie beruhigten.

Währenddessen schrieb Don Yahya an seinem Stehpult, die Feder fuhr schwungvoll auf dem raschelnden Papier hin und her; die Geräusche im Saal schwollen an und ab, unaufhörlich drängten schwarz- oder buntberockte Neuankömmlinge herein, und andere verließen wieder den Raum.

Dann rauschte plötzlich Seine Eminenz Rodrigo Ximénez de Rada durch eine schmale, brokatbespannte Tür in den Raum. Die Absätze seiner Reitstiefel hallten so laut, daß Ymme aufschreckte. Der Erzbischof wirkte noch energischer als bei ihrer ersten Begegnung. Er überflog die Anwesenden kurz und trat dann zu Don Yahya.

Nach einer Weile deutete Don Yahya verstohlen mit der Feder auf Ymme.

Ximénez de Rada drehte sich um. »Ach ja. Die Person, die Gott ins Handwerk pfuscht.« Während er auf Ymme zukam, schienen sich seine glühenden Augen an ihr festzusaugen.

Wie unter Zwang erhob sich Ymme von der Bank. Gerade noch rechtzeitig fiel ihr ein, daß sie dem Erzbischof einen Kniefall schuldete, und sie glitt mit gesenktem Kopf vor den Saum seines roten Gewandes. Die Stiefel waren aus weichstem Leder, schon abgenutzt, aber gut poliert. Die erzbischöflichen Finger streckten sich ihr dieses Mal nicht entgegen.

»Mir ist zu Ohren gekommen, daß du inzwischen Anerkennung im Hospital gefunden hast«, begann der Erzbischof hoch über ihr und erhob dann seine Stimme zu allseits vernehmbarer Lautstärke, während die Gespräche ringsum verstummten. Ymme stand auf und fühlte ihre Angst in der Magengrube wachsen. »Aber mir ist auch zu Ohren gekommen, wie nah du am Abgrund wandelst. Die kanonischen Rechtsverfügungen der Kirche gestatten im Einklang mit dem fünften Gebot keine Zerlegung des Kindes im Mutterleib!«

Jäh wußte Ymme, weshalb sie geholt worden war. »Es lebte nicht«, verteidigte sie sich unsicher. »Es ging um das Leben der Mutter.«

»Die Entscheidung lag nicht bei dir! Unser aller Leben und Sterben liegt in Gottes Hand.«

Die erzbischöflichen Worte hallten im Raum, und Ymme sah aus dem Augenwinkel, wie die Audienzbesucher zusammenrückten und einen dichten Halbkreis bildeten. Sie wußte mit Bestimmtheit, daß der Fetus abgestorben gewesen war, bereits auf dem Weg zur Erde zurück, noch vor seiner Aufnahme in die christliche Kirche. Aber ihre Kiefer krampften sich zusammen, und sie vermochte kaum den Mund zu öffnen, um sich so laut und energisch zu verteidigen, wie es notwendig war. »Es war bereits mazeriert«, murmelte sie. »Zerfallen.«

»Die Seele«, erinnerte Ximénez de Rada mit seinem unendlichen

Hochmut, den er hinter geschlossenen Augenlidern verbarg, wobei er dennoch bis in die Fingerspitzen die Stimmung im Saal erspürte, »die Seele. Sie wäre gemeinsam mit der Seele von Idschaz, verstorbener Ehefrau des Guillelmus Raimundi Sarracin aus Burgos, in Sein Reich eingegangen. Gott zieht zwei gerettete Seelen einer verlorenen vor.«

»Ich befand mich im Einklang mit den Lehren von Soran«, stammelte Ymme, das Gesicht unter den blonden Haaren fast weiß vor Angst.

»Aber nicht im Einklang mit Gott!« Ximénez öffnete die Augen mit quälender Langsamkeit. Unter denen, die an diesem Morgen zur Audienz erschienen waren, waren kastilische Edelleute und einige begüterte Mozaraber mit ihren Frauen. Seine Macht kannten sie; es war zweckmäßig, ihnen auch seine Gnade vor Augen zu führen. »Muhammad und Soran, so, so«, setzte er gedankenvoll hinzu.

Einer der Priester in schwarzer Soutane, der auf ein zustimmendes Nicken des Erzbischofs hinzugetreten war, flüsterte diesem eine Weile ins Ohr.

Die Stirn von Ximénez de Rada furchte sich. »Ich höre, du entrichtest deinen Zehnten an Santa Magdalena, aber nicht die sonntägliche Oblatio. Wie ist das möglich?«

»Ich bin zu Santa Magdalena eingepfarrt, aber zum Gottesdienst gehe ich zu San Lucas«, bekannte Ymme, die am Übergang der Befragung von den Seelen zum Zehnten den Stimmungsumschwung der geistlichen Herren bemerkt hatte. Sie spürte, daß er nicht zu ihren Gunsten war, das Thema sich aber auf eine andere Ebene verlagert hatte, auf der sie kämpfen konnte.

Der Geistliche in der Soutane fuhr mit einem kaum unterdrückten Aufschrei der Wut zurück, während der Erzbischof erstarrte und sich eine lähmende Stille im Saal ausbreitete.

»Wer hat dich dazu verführt?« fragte de Rada knapp. »Die mozarabischen Gemeinden haben kein Recht, römische Christen aufzunehmen.«

Ymme verstand nicht, was er meinte, und schüttelte hilflos den Kopf.

Don Yahya, der scheinbar unberührt weitergeschrieben hatte, wußte, wie die geistlichen Herren das Kopfschütteln deuten würden, vor allem der Archidiakon: Verstocktheit, Widerspenstigkeit, Widerstand gegen die römische Kirche. Dazu die Kindeszerlegung, eine Todsünde, gewissermaßen unter den Augen der Öffentlichkeit. Er legte das Rohr auf die Schreibplatte. Leise erklärte er:»Die meisten Mozaraber des Bitteren Brunnens sind erbrechtlich an einen Kirchenstuhl in San Lucas gebunden. Doña Iume de Lubicensis ist aufrichtigen Herzens mit ihnen gegangen, wie ich vermute. An der Baltischen See, wo sie zu Hause ist, gibt es keinen altspanischen Kirchenritus, und als Frau ist sie selbstverständlich in kirchenrechtlichen Fragen unerfahren.«

»Ihr glaubt es wohl um so mehr zu sein, Don Yahya ben Yunez«, hackte der Archidiakon giftig auf ihn ein, aber es war zu spät. Die Erklärung des Schreibers war nicht von der Hand zu weisen.

Die Zuhörer zerstreuten sich wieder in den Hintergrund des Saales, und die ausgetauschten Neuigkeiten und Tratschereien schwollen in Kürze zum gewohnten Geräuschpegel an, während Ximénez de Rada seine Augen unverwandt auf Ymme ruhen ließ. Den Archidiakon, der wiederum auf ihn einreden wollte, wehrte er ab. Endlich trat der Geistliche mit betretenem Gesicht in den Halbkreis der verbliebenen ersten Reihe zurück.

Seine Eminenz hatte in Sekundenbruchteilen eine kirchenrechtliche Entscheidung zu treffen, von der Ymme nichts ahnte und für die sich die meisten der Anwesenden nicht interessierten.

Nur Don Yahya, alt und listig geworden in den Diensten verschiedener christlicher Herren, wußte, daß Referenzentscheidungen meistens anhand scheinbar unwichtiger Ereignisse fallen und am Leib unbekannter Personen erprobt werden. Hinter seinen buschigen schwarzen Augenbrauen glommen winzige Lichter, während er abwartete.

»Doña Iume de Lubicensis ist ohne Zweifel eine ungewöhnliche Frau«, verkündete der Erzbischof mit weit tragender Stimme, »und wir gehen immer noch davon aus, daß sie eine gläubige Tochter der römischen Kirche ist. Die Torheiten, deren sie sich schuldig gemacht hat, wird sie in Santa Magdalena beichten und dafür die gehörige private Buße üben. Sollten wir aber jemals zur Überzeugung kommen, daß das Gift der Ungläubigen Doña Iumes Blut überschwemmt, wird kein Gericht und kein Jude sie vor schärfster Bestrafung retten können ...«

Mit einem unhörbaren Seufzer nahm Don Yahya sein Rohr wieder auf.

Ymme war entlassen.

Fragend blickte sie Don Yahya an, aber dieser schüttelte wie zur Warnung verstohlen den Kopf und bedeutete ihr, allein ihren Weg hinauszufinden. Er konnte es sich nicht leisten, sie jetzt zu begleiten, mehr um ihretwillen als seinetwillen. Sie verstand.

Mit zitternden Knien bahnte Ymme sich ihren Weg und fand irgendwie durch das Haus zur Eingangspforte. Die Soldaten, die mit einem Spieß in den Händen breitbeinig beiderseits des Tors Wache hielten, kümmerten sich nicht um sie. Trotzdem eilte sie, so schnell ihre Beine sie trugen, in einen der angrenzenden Gänge der Qaysariyya, wo sie in der Menge untertauchen konnte.

Der Papierhändler Chaldun sah sie. Grübelnd blickte er ihr nach. Er hatte alles gesehen: Iume zwischen den Knechten zu Pferde, Iume blaß wie gebleichtes Leinen in der Pforte zum Palast... Ihre Gunst schien gesunken.

Als Ymme ins Hospital zurückkehrte, rannte al-Dschamyadisch mit flatterndem Mantel durch den Außengarten des Hospitals und suchte sie. Zum erstenmal erfuhr sie, wie sehr al-Walid Seele und Antriebskraft des Hauses war. Er war schon in der Nacht an das Lager seines sterbenden Vaters gerufen worden, und niemand wußte, wann er aus Jaén zurückkehren würde.

Don Enrique gestand ihr mit verlegenem Lächeln, daß seine Finger für eine saubere Gefäßunterbindung von Arterien zu sehr aus der Übung gekommen waren. Neben ihm hockte ein Messerschleifer, dem er über einem ausgerissenen Mittelfinger einen Druckverband angelegt hatte. Erleichtert bat er Ymme, die Naht zu übernehmen. Abu Bakr hatte er nicht gefragt. Von ihm wußte man inzwischen, daß er die Theorie höher schätzte als die Praxis.

Ymme hatte kaum Zeit, sich den Besitzer der Hand anzusehen. Sie hinterstach das Blutgefäß, schlang es an, zog es heraus und unterband es. Sie war froh, einen dringenden Fall versorgen zu müssen. Als sie fertig war und die blutige Nadel und die Schere wusch, wich die aufgekommene Erleichterung erneuter Beklemmung. Der Erzbischof hatte über alles genau Bescheid gewußt; was er von ihr wissen wollte, war keine spontane Befragung aufgrund eines Gerüchts gewesen. Und doch hatte er sich zur Milde entschlossen. Warum war er bei Urraca ausgesprochen scharf vorgegangen und bei ihr nicht? Sollte sie als Beispiel für Milde herhalten, so wie Urraca für Härte? Eins schien sicher: Was auch immer geschah – es waren Schachzüge, keine persönliche Feindschaft oder christliche Milde. Aber auch er war ein Springer.

Plötzlich begriff sie, welche Angst al-Walid bei ihrer Kindeszerlegung auszustehen gehabt hatte. Die unberechenbaren Schachspieler waren die gefährlichen.

Ymmes Geburtstag jährte sich an dem Tag zum einundzwanzigsten Male, als ein junger Tempelritter, verdreckt und erschöpft, zum Tor hereintaumelte. Al-Walid war noch nicht zurückgekehrt, und so verwies Ymme ihn an Don Enrique und brachte ihn gleich selbst in den hinteren Anbau, wo sich die Diätküche befand und der Internist Speisefolgen für einen nierenkranken Patienten besprach.

Der Templer überreichte Don Enrique schwer atmend ein Schreiben; der Arzt überflog es und lud dann den Gast ein, sich im Zimmer der Disputation auszuruhen oder zu baden, ganz wie es ihm beliebe. Der junge Mann wollte nur ausruhen und vielleicht ein Glas Wein trinken... Don Enrique ließ Abu Bakr holen und bat auch Ymme zu der Besprechung hinzu.

»Seid Ihr sicher, daß es sich um Pocken handelt?« fragte Don Enrique, als sie alle Platz genommen hatten.

»Der Marschall hat es sich von Guido von Köln versichern lassen, der damit Erfahrung hat«, antwortete der Templer. »Mehrere von uns waren eigentlich sicher, aber Guido versteht ein wenig mehr davon...«

Ymme durchfuhr ein freudiger Schrecken. Guido, der Diplomat, der Araber...

»Guido schreibt, daß zwei Ärzte ausreichen sollten. Ihr habt dort derzeit etwa einhundert Kranke...«

»Aber es gab jeden Tag mindestens zehn neue Fälle«, unterbrach der Bote den Arzt. »Und fünfzig Neuankömmlinge aus dem Norden.«

Don Enrique verfiel in Schweigen, und Ymme wußte, daß er überschlug, wie viele Medikamente mitgenommen werden mußten und wie viele Lasttiere dazu nötig waren. Aber welcher Arzt würde gehen? Zwei konnten sie nicht entbehren. »Würdest du mich gehen lassen, Don Enrique?« fragte sie hoffnungsvoll.

Der Templer schüttelte so energisch seinen Kopf, daß einige Weintropfen aus seinem Glas flogen. »O nein, Doña«, sagte er. »Das Soldatenlager ist nichts für Euch. Sie sind rauhe Männer, diese Pilger. Wegen nichts fallen sie übereinander her, und ohne die scharfen Strafen würden sie sich gegenseitig erschlagen. Unsere eigenen Knappen dürfen bei Nacht nicht aus der Burg, die Pilger würden sie zu Tode reiten... Verzeihung, Doña«, fügte er hinzu und mußte einen Schluckauf unterdrücken.

Ymme lächelte. Er war jünger als sie, und sie fühlte sich plötzlich wie seine ältere Schwester. Der Wein auf nüchternen Magen war ihm nicht bekommen. Sanft löste sie das Glas aus seinen Fingern und rückte ihm ein Kissen unter den Kopf, der an der Wand heruntergeglitten war.

»Ich werde selber hinreiten«, entschied Don Enrique.

Abu Bakr entblößte die Zähne wie ein Pferd, das Witterung aufnimmt. Ihm paßte das alles sichtlich nicht. Er wäre mich gern losgeworden, dachte Ymme klarsichtig. Don Enrique – als stellvertretender Leiter des Hospitals – würde sich in die Frauenbehandlung nicht einmischen, und ich könnte ihm nicht über die Schulter schauen.

Aber es war beschlossene Sache. In aller Eile wurden drei Maultierlasten mit Arzneimitteln gepackt. Don Enrique widmete sich den ganzen Tag zusammen mit Sisnando Albanna den Vorbereitungen, versorgte zwischenzeitlich Umm Iume mit mündlichen Informationen über seine Patienten, die sie übernehmen würde, und war gegen Abend fertig. Er und der Student wollten am nächsten Morgen kurz nach dem Morgengebet aufbrechen.

Don Enrique, Sisnando und der Templer entkamen nur knapp dem Kreuzfahrerkontingent, das in den Morgenstunden die Stadt umzingelte und eindrang. Unmittelbar nachdem sie mit fünf Packmaultieren das Bab al-Yahud an der Westmauer passiert hatten, wurde auch dieses Tor besetzt. In scharfem Galopp und mit Unruhe im Herzen ließen sie Toledo hinter sich.

Die Soldaten waren tatsächlich so brutal und ungestüm, wie der Templer sie beschrieben hatte. In kleinen Horden durchstreiften sie die Stadt, betrachteten begehrlich Paläste und Innenhöfe und hatten angeblich eine Frau erschlagen, die ihre Tochter schützen wollte. Niemand wußte, wer die Männer waren und mit wem man in Verhandlung treten konnte. Aber es sprach sich schnell herum, daß die Aljama der Judería ihre eigenen Stadttore schloß und unter Bewachung hielt, weil die Fremden sich vorwiegend vor ihren Mauern sammelten.

Ymme wagte sich nicht aus dem Hospital, aber sie konnte ausreichend Erkundigungen einziehen. Das Haus schwirrte von Informationen, Gerüchten und Vermutungen, und jederzeit wurden völlig gegensätzliche Behauptungen als wahr beschworen.

Gegen Abend endlich wurden die Nachrichten konkreter. Ibn Hazms Knechte, die der Münzverwalter zur Bewachung des Hospitals geschickt hatte, wußten zu berichten, daß ein Don Lope aus Aragon und ein gewisser Peire Drut, ein kleiner Landadeliger aus dem mittleren Frankreich, sich mit ihren ungefähr hundert Hörigen zusammengetan hatten, um auf eigene Faust Juden und Muslime aus den christlichen Ländern zu vertreiben und dabei ein wenig Beute zu machen. Gegenwärtig war eine Abordnung von ihnen in den erzbischöflichen Palast zu Verhandlungen eingeladen worden.

In dieser Nacht konnte Ymme nicht schlafen, obwohl sie sich nach alter Gewohnheit auf ihr Hospitallager gelegt hatte. Es beunruhigte sie, daß sie nicht wußte, was mit ihrem Haus am Bitteren Brunnen geschah, und auch, daß sie keine Nachricht hatte hinschicken können. Außerdem verbrüderten sich, dem Lärm nach zu urteilen, die fremden Soldaten mit denjenigen, die immer noch in den fränkischen Corrales gastierten, und die Mischung aus Gesang und Gebrüll in der Nachbarschaft des Hospitals schwoll zu bedrohlicher Lautstärke an.

»Christen!« troff es am nächsten Morgen verächtlich von Abu Bakrs schmalen Lippen, als der Tag Toledo in sein plötzliches Licht tauchte und weder Teile der Stadt eingeäschert waren noch Leichen auf den Straßen sichtbar herumlagen.

Ymme mochte ihm nicht widersprechen. Überhaupt sprach an diesem zweiten Tag niemand viel. Die Kreuzfahrer hatten Kopfschmerzen, die Straßen waren ruhig, und die Verhandlungen zogen sich in die Länge.

Erst abends belebte sich der Kampfplatz wieder, insbesondere vor dem jüdischen Tor bei Santo Tomé, so berichtete einer der zehn Knechte Ibn Hazms, der sich hingeschlichen hatte und wieder zurückgekommen war, als seine Sensationslust für eine Weile befriedigt war. Dort hatten die Männer unter Gelächter von der Mauer herab einen Juden mit dem Seil eingefangen und herausgeholt, einfach hochgehoben. Der Platz vor dem Tor war menschenleer gewesen, und der Mann hatte ihn mit gesenktem Kopf überquert. Niemand aus den benachbarten Häusern hatte Widerstand zu leisten gewagt, außer einem Mann, der mit dem Tallith auf dem Kopf und einem winzigen Messerchen in der Hand aus einer Tür gestürzt sei. Unter Gejohle hätten die Kreuzfahrer beide an einem Feigenbaum aufgehängt. »Ihre Füße waren nur eine Handbreit über der Erde, aber sie haben sich totgezappelt«, sagte der Mozaraber, und in seinem Bericht schwang so deutliche Bewunderung mit, daß Ymme, die von der Galerie mithörte, ein Schauder über den Rücken lief. Die Männer waren alle gleich.

Ymme überlegte, ob die jüdische Gemeinde bei allem Unglück nicht noch einigermaßen glücklich davongekommen war: die Juden hätten sich an ihrem Sabbat womöglich nicht verteidigt, wenn es den Kreuzfahrern heute in den Sinn gekommen wäre, sie zu überfallen. Leise stahl sie sich in einen der Frauenräume.

Am nächsten Morgen zogen die Kreuzfahrer ab. Niemand wußte, was der Erzbischof ihnen als Entschädigung versprochen hatte; aber natürlich würden die Juden einen Großteil des Lösegelds übernehmen, schließlich waren sie die Hauptbetroffenen.

Eine Lehre zogen der Erzbischof, der Nasi und der Almocarife aus den Ereignissen: Toledos Tore wurden nun auch bei Tag verschlossen gehalten und durch starke Aufgebote bewacht.

Der Kreuzzug gegen die Ungläubigen hatte begonnen. Leider konnten die Pilger zwischen Ungläubigen und Gläubigen nicht deutlich unterscheiden.

18. Der Verführer

Chaldun liebte seinen Sohn über alles. Daß Doña Iume ihn zweimal gerettet hatte, machte ihn dankbar ihr gegenüber. Deshalb und aus Vorsicht angesichts der politischen Konstellation innerhalb der Stadt hatte er sich damit begnügt, ihr kleine Nadelstiche beizubringen, die sie unruhig machen mußten, bei denen sie sich in Gedanken mit ihm befassen würde... Er dachte oft an sie. Eine Rache für die Zurückweisung waren die Nadelstiche nicht gewesen. Die hätte anders ausgesehen. Chaldun lachte mitten auf dem Marktplatz laut auf und bemerkte nicht, wie ihn die Männer der Nachbarstände befremdet musterten. Sein merkwürdiges Lachen bestätigte ihnen, daß der Papierhändler sich seit geraumer Zeit geändert hatte – aus einem lustigen Zechkumpan war ein in sich gekehrter Mann geworden, der einen Schmerz mit sich herumschleppte, über den er nicht sprechen wollte.

Die Tatsache, daß Chaldun Ymme mehrmals an einem Tag zu Gesicht bekommen hatte, hatte seinen Gedanken wieder Nahrung gegeben. Schon lange trug er sich mit einem Plan; jetzt würde er ihn wahrmachen.

Al-Walid, Umm Iume und Abu Bakr hatten ein erstes Kolloquium über Pocken einberufen. Don Enriques Brief, den er nach ungefähr drei Wochen geschrieben hatte und der gespickt war mit neuen Erfahrungen, lag vor ihnen, und für medizinische Neuigkeiten dieses Umfangs und dieser Qualität hatte sich sogar Don Abrahen aus der Judería herausgewagt.

Ärzte, Studierende sowie einige Pflegerinnen und die städtische muslimische Hebamme waren erschienen. Trotz des ernsten Themas wurde gelacht, man saß vor Schalen mit Obst und Nüssen und gefüllten Weingläsern. Es war wie ein Atemholen vor dem drohenden Krieg.

Nachdem al-Walid den Brief vorgelesen und mit einem Augenzwinkern den besonderen Gruß von Guido dem Templer an Doña Iume, Hakima zu Toledo, weitergeleitet hatte, blieben sie eine Weile still.

»Wie ich immer vermutet habe«, sagte endlich der Klinikleiter, »sind Fremde empfindlicher als Einheimische gegen hitzige Krankheiten. Die Kastilier werden kaum befallen; die Männer aus Toulouse schon

354

eher; die größten Verluste gab es unter einer Schar Engländer, von der nur ein einziger übrigblieb, der schon eine Wallfahrt nach Jerusalem – Preis Ihm, dem einzigen Gott – hinter sich hat.«

»Deswegen ist auch die Brieftaube gesund geblieben«, scherzte der junge Juan ben Omar. »Sie ist sehr einheimisch, viel einheimischer als ein Franke.«

Al-Walid schien mit gerunzelter Stirn durch den Studenten hindurchzublicken, der sich unbehaglich rührte, als hätte er eine unpassende Bemerkung gemacht. »Auch das fragte ich mich öfter schon: Können Tiere Pocken haben?« Die Rätsel, die Pocken und Masern aufgaben, hätte er gern noch gelöst. Aber al-Walid wußte, daß Don Enrique ein fähiger Arzt und guter Beobachter war. Vermutlich würden sie, wenn er wieder zurück war, sehr viel mehr wissen als vorher.

»Razes äußert sich zu solchen Fragen nicht«, bemerkte Abu Bakr, was bei ihm natürlich heißen sollte, daß ihnen keinerlei Gewicht beizumessen war.

Ymmes und al-Walids Augen begegneten sich.

»Ich glaube es«, bekannte Ymme fest. »Unsere Kuh bekam an der hellen Haut ihrer Zitze, die unserer Haut ähnelt, ebenfalls Pocken.« Ohne Abu Bakrs Gewohnheit, spielerische Überlegungen über Krankheitsursachen im Keim zu ersticken, hätte sie nie davon zu sprechen gewagt. Aber er reizte sie immer mehr zum Widerspruch, je mehr er das Gehabe des erfahrenen Arztes annahm.

Don Abrahen beugte sich interessiert vor. Er spürte die unterschwelligen Strömungen; aber die Kinder der Judería hatten keine Pocken gehabt – er konnte den Beobachtungen anderer nichts Neues hinzufügen.

Al-Walid unterdrückte ein Lächeln. Er mochte die junge Frau sehr gern, nachdem er sich, fast widerwillig, davon überzeugt hatte, daß ihre Absichten rein wie Bergwasser waren. Er spürte auch die Verwandtschaft zwischen ihnen: ihr brennender Wille, die Medizin zu erlernen, hatte sie Hindernisse überwinden lassen, mit denen die meisten der Anwesenden nicht fertig geworden wären. Vor allem Abu Bakr nicht, dem nicht die Medizin als Sehnsucht und Erbe mitgegeben worden war, sondern eine ehrgeizige Sippe und Geld sowie ein erheblicher Mangel an Phantasie. »Was hast du außerdem festgestellt?« Umm Iume errötete wie immer, wenn sich die allgemeine Aufmerksamkeit auf sie richtete. »Man konnte die Borken ablösen, genau wie bei pockenkranken Menschen.«

Jetzt funkelten al-Walids Augen vergnügt, und er machte kein Hehl mehr daraus. Er hatte geahnt, daß sie auch früher schon diesen Dingen nachgegangen war. Sie hatte einen Schatz seltsamer Beobachtungen über Symptome von Krankheiten und Unpäßlichkeiten aus ihrem fremdartigen Land mitgebracht, damals unreflektiert und undiskutiert – auch das war zu erkennen gewesen. Aber sie fügten sich nach und nach in die Kenntnisse ein, die sie hier gewonnen hatte, und aus diesem Grund wurde Umm Iume zu einer Fundgrube an Wissen, die sie selber noch gar nicht ausgelotet hatte. »Hast du eigentlich eine Erklärung gefunden, weshalb du die Pocken nicht bekommen hast, wohl aber die Masern?« fragte er herausfordernd und durchaus mit dem Ziel, seinen jüngsten und, wie er fand, eine Spur lächerlichen Arzt ein wenig zu reizen. Er selber hatte sich darüber längst Gedanken gemacht – und Umm Iume vermutlich ebenfalls.

Ymme kümmerte sich nicht mehr um Abu Bakr. Sie wußte sich nun endgültig im Gleichklang mit al-Walid, und das gab ihr Mut. »Ich muß die Pocken bereits gehabt haben«, sagte sie einfach. »Vermutlich hat man sie nur ein einziges Mal im Leben, sofern man sie überlebt.«

Al-Walid nickte verblüfft, dann brach er in ein schallendes Gelächter aus. »Und ich dachte, daß sich unsere Ansichten auf ewig wie Feuer und Wasser verhalten würden!«

Don Abrahen ließ sich, was selten vorkam, aus seiner stillen Zurückhaltung reißen und fragte schmunzelnd: »Ist das Feuer nun gelöscht, oder ist das Wasser erhitzt?«

Al-Walid, der sich behaglich an die Wand zurückgelehnt und die Hände gefaltet hatte, zuckte mit den Schultern und drehte die Daumen nach außen. Ymme aber durchdachte die Frage ernsthaft. »Beides«, sagte sie. »Beides muß geschehen. Erst muß die Materie gekocht werden, damit sie reift; wenn sie wieder abgekühlt ist, werden die Schlacken ausgeschieden. Was zurückbleibt, sind klare Gedanken, Gesundheit...«

»Eine vollkommene Übersetzung der Krankheitslehre in eine Gedankenlehre«, erklärte Don Abrahen feierlich und verbeugte sich, gegen Ymme gewandt, im Sitzen.

Abu Bakr schob die Lippen vor und schwieg hartnäckig. Juan ben Omar aber wollte beim Austausch noch nicht ausgesprochener Gedanken nicht zurückstehen. »Don Enrique schreibt, daß Chaldun vor Beginn der Erkrankungen in der Templerburg gewesen sei. Warum hält er diese Feststellung für nötig?«

»Ich kann dir seinen Gedankengang erklären, nicht aber Schlußfolgerungen daraus ziehen. Noch nicht. Die Sache verhält sich folgendermaßen«, begann al-Walid. »Im vergangenen Herbst wurden die Pokken für uns zuerst sichtbar, weil Chalduns Vater daran starb, und zwar kurz nachdem er normannischen Kriegern Beute abgenommen hatte. Es war keine Heldentat, sie lagen tot auf der Straße. Offensichtlich hat nun Chaldun die geraubte Ballenseide in Montalbán an die Kreuzfahrer gegen Leinen getauscht. Er braucht Leinen als Rohmaterial, und sie sind wild auf Seide. Aber Chaldun erkrankte nicht, weder vorher noch nachher.«

Juan ben Omar legte den Kopf schief und sagte tollkühn: »Die Fußspur des Kamels führt trotzdem schnurgerade von den pockenkranken Normannen zu den pockenkranken Franken. Die Pocken waren kein Zufall, sie kamen in den Satteltaschen.«

Abu Bakr stand auf. »Ich werde mir das Geschwätz eines Kamels nicht anhören«, blaffte er unhöflich und verließ das Zimmer.

Al-Walid schüttelte den Kopf, und Ymme konnte nicht unterscheiden, ob er das Benehmen des Arztes oder die Theorie des Studenten meinte. »Wir müßten den Fußspuren des Kamels nach dem Verlassen von Montalbán folgen. Vielleicht hast du recht.« Der Gedanke gefiel ihm gut, und den jungen Mann würde er im Auge behalten. »Ja. Wir werden es tun.«

Juan ben Omar strahlte. Kühn hatte er eine Vermutung hingeworfen, und al-Walid hatte sie für bedenkenswert gehalten. Ymme freute sich still mit ihm. Sie wußte, wie ihm zumute war.

Wenig später brach Don Abrahen auf; sein Weg war weit. Ymme ging mit ihm, bis zur Großen Moschee hatten sie den gleichen Weg, und danach waren es nur noch einige Schritte bis zu ihrem Haus.

Draußen war es still und sternenklar. Ihre Schritte hallten unangenehm laut unter dem Blutbogen, und Ymme sagte: »Es riecht nach Frühling. Wie schön!«

»Meine Enkeltochter Cethor möchte gerne bei dir studieren«, brummelte Don Abrahen unzufrieden. In zweierlei Hinsicht war er unzufrieden: Er war der Meinung, daß er ihr selber genug beibringen konnte; aber es gab noch etwas anderes, und das ging weit über Unzufriedenheit hinaus. Don Yahya hatte nur Gutes über die Fränkin berichtet, und sein eigener Eindruck stimmte damit überein. Deshalb entschloß er sich, mehr zu sagen. »Laue Luft macht zuweilen glücklich und blind für Gefahren. Wenn du auch, wie ich hörte, derselben Glaubensgemeinschaft anhängst wie Rodrigo Ximénez, sei auf der Hut vor ihm. Und vor Ibn Hazm. Beide kämpfen um die Gunst des Königs, und in einem gnadenlosen Spiel wie dem ihren kann leicht ein Mensch wie du zum Faustpfand werden. Wenn ich auf irgend jemanden in dieser großen Stadt Tulaytula deuten sollte, den ich für gefährdet halte, so wärst du es.«

»Ich?« fragte Ymme ungläubig und blieb stehen. Die frohe Erkenntnis, daß sie von einem jungen Mädchen als Lehrerin für würdig befunden wurde, mußte einstweilen zurückstehen. »Was könnte ich so wichtigen Männern denn überhaupt bedeuten?«

Der jüdische Arzt lächelte schmerzlich. Er deutete mit der Hand zum Bauzwitter einer christlichen Freitagsmoschee und dann zur anderen Seite, wo sich, im Dunkeln unsichtbar, zwischen den jüdischen Geschäften eine Synagoge befand. »Hier, in diesem Gewimmel von christlichen Kirchen, muslimischen Moscheen und jüdischen Synagogen, zieht niemand die Aufmerksamkeit in besonderem Maße an sich – außer dem Nasi, dem Erzbischof und dem Münzstättenverwalter. Die ganze jüdische Gemeinde ißt nach dem Tod ihrer zwei Mitglieder sieben Tage lang nur Eier und Fisch, aber die Mozaraber und Mudéjares regt ihr Tod nicht auf, wie du bemerkt haben dürftest. Aber es bleibt ja noch eine Doña Iume de Lubicensis, stadtbekannt als Hakima Umm Iume. Wenn es um sie geht, merkt jeder auf, sie läßt keinen kalt...

Man könnte sie Don Alfonso von Kastilien präsentieren als fränkische Christin, die arabisches, jüdisches und mozarabisches Wissen aufs wunderbarste erlernt und in römisch-christliche Ärztekunst verwandelt hat; aber auch als römische Christin, die mit der mozarabischen Häresie liebäugelt; sogar als römische Christin, die den Einflüsterungen der Ungläubigen im Bunde mit dem Teufel erlegen ist und eine Gefahr für das Seelenheil der Bevölkerung darstellt. Für dich bliebe keine der Versionen ohne Auswirkungen; für Mozaraber, Muslime und Juden würden die Folgen je nach Ausgangslage unterschiedlich sein.«

»Danke für deine Warnung«, murmelte Ymme spröde. »Ich werde es überdenken.«

»Tu das, tu das«, bekräftigte Don Abrahen leise und sah ihr besorgt nach. Noch bevor sie in die Gasse zum Bitteren Brunnen einbog, war sie von der Dunkelheit verschluckt. In Gedanken versunken, setzte er seinen Weg zum Nordtor des alten jüdischen Viertels fort.

Er wußte nicht, daß leichte Schritte auf weichen Ledersohlen sich exakt in Ymmes Takt einfügten, und auch Ymme selber hörte sie nicht.

Sie spürte nur den Schlag gegen ihren Kopf, der dröhnte, als sei ein Baugerüst auf sie herabgefallen. Erst als ihr ein Lappen in den Mund gestopft wurde, bekam sie einen Schrecken und wußte mit eisiger Klarheit, daß Don Abrahens Warnung zu spät gekommen war oder vielmehr, daß sie sich zu spät darauf eingestellt hatte.

Dann wurde ihr schwarz vor Augen; die Luft wurde knapp, und sie tauchte in die schwarze Tiefe des Tajo, wo kein Mensch leben und atmen kann.

Die Wasserpflanzen und Farne, zwischen denen Ymme auf dem Grund des Flusses lag, bewegten ihre Blätter sacht im Strom. Sie wunderte sich nicht, daß sie wieder Luft bekam, vielleicht waren ihre Vorstellungen vom Tod ganz falsch. Sie schloß die Augen erleichtert, sog die kühle Luft tief ein und lauschte dem Zwitschern der Fische.

Erschrocken schlug sie nach einer Weile die Augen auf und richtete sich auf. Durch eine kleine Öffnung weit oberhalb von ihr fiel ein kalter Luftstrom in das Zimmer. Die Wände waren grün bemalt, sie sah sich von Farnen und Schlingpflanzen umgeben und lag auf einer Fülle von Kissen.

Sie lag nicht im Tajo. Sie befand sich in einem ihr völlig unbekannten Zimmer für Frauen. Es war verschlossen, und sie war gefangen.

Der Tag verging, die folgende Nacht und wieder die Hälfte des nächsten Tages. Niemand sprach mit Ymme, niemand erklärte ihr, warum sie gefangengenommen worden war, auch nicht die Frau, die ihr das Essen brachte und den Eimer für die Notdurft leerte.

Nachdem Ymme sich mit ihrer Lage wohl oder übel abgefunden hatte, vermißte sie am meisten das Baden und die täglich frischen Kleider. Sie lag dösend auf dem Rücken und hörte stundenlang den Finken zu.

Ihre Gedanken wanderten zu ihrem Haus. Was hatte die Frau unternommen, als ihre Herrin nicht nach Hause gekommen war? Oder hatte sie gar nichts unternommen, weil sie sich an Ymmes ungeplante Nachtdienste gewöhnt hatte? Die Frau kochte viel mit Schweineschmalz, kastilische Gerichte eben; auch hier war das Essen ausgezeichnet, aber auf der Basis von Olivenöl. So hatte der Zwerg gekocht.

Am nächsten Tag lag auf dem niedrigen Tisch mit den Frühstückshäppchen ein Buch. Ymme griff gierig danach und staunte, daß es sich um ein ihr völlig unbekanntes Werk von Soran in kastilischer Sprache handelte. Trotz der Unruhe in ihrem Inneren brachte sie es fertig, sich darin zu vertiefen.

Vor der Stadt zog der erste große Teil des Kreuzfahrerheers heran, eine unendliche schwarze Masse von Soldaten, Geistlichen, Wallfahrern, Frauen, Pferden, Ziegen, Schafen, Wagen und Kriegsmaschinen – schweres Gerät und schwerfällige Truppenteile. Alfonso, König von Kastilien, hielt sich noch in Burgos auf, und viele Edle des Landes waren bei ihm. Bis zum Ende des siebzehnjährigen Waffenstillstands zwischen Muselmanen und Christen waren noch zwei Monate Zeit, und so lange dachte Alfonso gar nicht daran, sich zu rühren.

Arnold Almaric, Abt von Citeaux, zu Beginn der Eroberungskriege in der Languedoc Legat des Papstes, inzwischen aus eigener Ermächtigung Herzog von Narbonne, hatte Grund genug gehabt, sein neues Herzogtum für eine Weile zu verlassen. Während er in Andalusien für Christus zu streiten beabsichtigte, würde im Herzogtum Narbonne die Zeit manche Untat überdecken, mancher Zeuge sterben...

Mit missionarischem Eifer stand Arnold an der Spitze der Kolonnen. Das Heer würde sich vor Toledo teilen: Der größere Teil sollte den Tajo abwärts und dann in die Hügel hinauf nach Montalbán ziehen. Ein kleinerer Teil mit dem Herzog und Erzbischof von Narbonne, mit dem Erzbischof von Bordeaux und dem Bischof von Nantes würde der Einladung durch Rodrigo Ximénez de Rada folgen und in Toledo Quartier nehmen, bis die glaubensträgen Kastilier und Aragonesen nachkamen.

Arnolds Stab, der aus Geistlichen und bewaffneten Knechten bestand, hatte sich Ritter Cornelius von Fischbach angeschlossen. Seitdem Toledo in Sichtweite war, hatte er sich langsam bis hierher vorgearbeitet. Einen Ritter des Johanniterordens im Gefolge des streitbaren Zisterziensers würde man nicht scharf kontrollieren.

Die Wachen an der Puerta Bisagra hatten sich zurückgezogen, aber wie Cornelius vermutet hatte, schickten sie die einfachen Soldaten zurück, außerdem ein Troßweib, das sich trotz des Verbotes einzuschmuggeln versuchte. Er aber gelangte ungehindert in die Stadt.

Cornelius von Fischbach hatte nie aufgehört, an Ymme zu denken. In seiner Vorstellung war sie eine angesehene Ärztin des Maristan von Toledo geworden. Aber er wußte nicht, ob sie sich überhaupt noch deutlich an ihn erinnerte, ihren Begleiter für eine kurze Strecke des Lebens, die nur eine Wegstrecke gewesen war. Als er durch die von Soldaten und Pilgern übervolle Stadt seinen Weg zum Hospital suchte, klopfte sein Herz mehr als vor einer Schlacht.

Im Hospital sprach er den älteren Mann an, der sein Gesicht betrachtete wie einer, der nach Anzeichen von Krankheit sucht. Cornelius verbeugte sich leicht und fragte, ob hier eine Doña Iume bekannt sei.

»Ja«, sagte al-Walid kummervoll. »Durchaus. Und wer seid Ihr? Ihr Bruder? Pocken habt Ihr jedenfalls nicht.«

Cornelius, der spürte, daß etwas nicht stimmte, gab hastig Auskunft. Al-Walid sah den bestürzten Ausdruck in den Augen des Johanniters. Er entsprach seinen eigenen Ängsten, und diese glichen den bangen Gedanken eines arabischen Ritters an eine unerreichbare Geliebte, genauer: an eine, die er nicht erreichen will. »Wir wissen nicht, wo sie ist«, gab er zu. »Seit drei Tagen ist sie spurlos verschwunden. Mir schwant Übles. Als letzter hat Don Abrahen sie gesehen, ein Arzt der Judería. In ihrem Haus, in dessen Nähe er Umm Iume verließ, kam sie nie an.«

»Ich werde sie finden«, versprach Cornelius mit überraschender Härte in der Stimme. »Gebt mir ein paar Anhaltspunkte. Ihr spracht von ihrem Haus?«

Al-Walid hatte immer wieder sein Gedächtnis gemartert. Zu einer schlüssigen Möglichkeit war er bisher nicht gekommen.

Und gerade jetzt, wo Don Enrique fort war und dazu die ersten kranken Kreuzfahrer das Hospital in Anspruch nahmen, hatte es keine Möglichkeit für eine ausgedehnte Suchaktion gegeben. Er war erleichtert, dieses Problem in die Hände eines energischen Mannes zu legen, der noch dazu anscheinend große Zuneigung zu der jungen Frau hatte. »Vor langer Zeit erwähnte Umm Iume, daß der Papierhändler Chaldun sie begehrte; sie hatte Angst vor ihm ... Und Ibn Hazm machte eine Bemerkung über eine religiöse Gruppe, die mir angst macht ...«

Cornelius atmete scharf ein. »Und weiter?«

»Ich habe Ymme gezwungen, sich der Gefahr auszusetzen, glaube ich«, gab al-Walid betreten zu. Er hatte erst viel später verstanden, daß Ymme nicht zum Klagen neigte – und wenn doch, war sie ernsthaft krank. »Möglicherweise waren der geköpfte Hahn, der ihr vor die Füße fiel, und die verunreinigten Zeichnungen Warnungen... Aber sie hat nie gesagt, wovor.« Verunsichert brach er ab. Zusammengenommen ergaben die Geschehnisse tatsächlich etwas wie ein Spur. Nur: wohin? Aber das alles war einem Fremden nicht zu erklären. »Ich wünsche dir Glück«, sagte er bewegt. »Und bring sie uns wieder! Sie ist meine beste Ärztin.«

Cornelius lächelte, als er die Sorge des Arztes sah. Es gab ihm die Gewißheit, daß Ymme den Unterricht und die Zuwendung erhalten hatte, die sie gesucht hatte. Aber im Inneren war er zutiefst beunruhigt. »Ich lasse dich wissen, was ich erfahre«, sagte er kurz.

Al-Walid seufzte tief, während er ihm nachsah. Umm Iume mußte Feinde gehabt haben, aber er hatte es nicht einmal bemerkt. Wie hatte ihm das nur passieren können? Als er sich umwandte, sah er den Rücken von Abu Bakr entschwinden. Als hätte er gelauscht, fuhr ihm unwillkürlich durch den Sinn. Aber gleich darauf tadelte er sich selber, weil seine Gedanken mit ihm durchgegangen waren wie ein scheuendes Pferd.

Cornelius von Fischbach fragte sich auf dem Markt zum Stand des Papierhändlers Chaldun durch. Aber dort stand nur ein halbwüchsiger Junge, der angab, seinen Vater mehrere Tage nicht gesehen zu haben. Nein, auf Geschäftsreise sei er nicht, vielleicht bei Verwandten auf dem Land.

Cornelius erkundigte sich auch im Haus beim Bitteren Brunnen. Aber die Frau war mißtrauisch und gab ihm überhaupt keine Auskunft. Der Knecht schlug ihm die Tür vor der Nase zu.

Bis zum Abend hatte Cornelius keine Spur von Ymme entdeckt. Alle wußten, wer sie war, aber niemand hatte sie gesehen. Nur der jüdische Arzt machte eine vorsichtige Andeutung, daß auch die städtische Ranküne beachtet sein wollte. Damit war nichts gesagt, aber alles viel komplizierter geworden.

Cornelius fand mit Mühe einen Platz für sein Pferd im Funduq am Bab al-Yahud, für sich selber aber nur eine Schlafstelle auf dem Stroh des Wirtes. Aber es spielte keine Rolle, denn er schlief ohnehin nicht, sondern wälzte sich schlaflos bis zum Morgengrauen hin und her. Dann machte er sich erneut auf die Suche in der noch schlafenden Stadt.

Der Papierhändler Chaldun war den ganzen Morgen über im Bad gewesen, hatte sich Haare und Nägel kürzen und den Bart stutzen lassen und sich schließlich mit Wolken von Ambra, Aloe und Blüten parfümiert. Seine Vorbereitungen waren umfangreich und sorgfältig gewesen. Nichts hatte er dem Zufall überlassen. Denn noch nie hatte er einer einzelnen Frau soviel Aufmerksamkeit gewidmet, daß er für sie eine Singsklavin gedungen oder einen slawischen Pagen Rosen hätte streuen lassen.

Als er durch die engen Gassen zu Doña Iume schwebte, ohne die Soldaten überhaupt wahrzunehmen, sah er aus wie eine Katze, die den Löwen vertritt. Seine Gedanken weilten bei der Christin Iume. Er hatte auch den Auftrag gegeben, Iume einen Badezuber zu verschaffen. Nach anfänglichem Mißtrauen war sie hineingestiegen, denn sie sagte sich, daß sie sich in schmutzigem Zustand auch nicht besser wehren konnte als in sauberem. Eine junge Sklavin hatte sie wie einen willkommenen Gast umsorgt, ihr Leckereien hingestellt, sie gebadet, parfümiert, in frische, duftende Kleider gehüllt...

Danach lag Ymme dösend auf den Kissen und hörte den Finken zu. Eine sonderbare Friedfertigkeit hatte sie erfaßt. Sie blickte hinauf zu dem kleinen Fensterchen, das zu hoch war, um es zu erreichen, zu klein, um hinauszuschlüpfen. Sie wußte genau, daß sie dennoch mit allen Mitteln hätte versuchen müssen, hinaufzugelangen und das Verbrechen hinauszubrüllen...

Ymme schmunzelte. Ein Verbrechen? Eigentlich war es gar keins. Ihr ging es hier gut. Träge richtete sie sich auf und lehnte sich an die Wand. Jemand kam zu Besuch.

Chaldun trat mit Gefolge ein wie ein Fürst, und so prachtvoll sah er auch aus. Ymme hatte keine Angst vor ihm. Liebhaber bringen kein Personal mit.

Unter Ymmes staunenden Augen wurde ihr Raum rasch zum Speisesaal umgestaltet, niedrige Tischchen, kupferne Platten und glasierte Schüsseln wurden hereingetragen, Krüge und Karaffen. Chaldun ließ sich nieder, nahm einen Schluck des tiefroten, fast öligen Weines und suchte nach Worten, und Ymme verstand allmählich, daß er für sie ein arabisches Gedicht in kastilische Worte übersetzte:

363

»Das ist besser als Wachen vor der Tür
und zwei Fesseln
und ein kneifendes Halsband.«

Als Ymme verständnislos nickte, fuhr er mit feurigem Blick fort:

»Zerstreue die geheimen Sorgen durch Musik
und genieße immerfort
die Tochter der Rebe!
Wende dich dem Leben in seiner Fülle zu,
und folge nicht den Spuren dessen,
der zum Schluß Reue empfindet!‹

Solche Worte verstehen nur arabische Dichter zu setzen!« fügte er hinzu.

Ymme hatte keinen Grund, ihm zu widersprechen. Sie nickte und vernahm erst jetzt, daß die Sklavin verhalten sang und sich dazu auf einer Laute begleitete.

Als der Herr, der sie gemietet hatte, schwieg, erhob die Sklavin ihre Stimme zu einem Lied, dessen leidenschaftliches Klagen und Schluchzen Ymme auch ohne Worte verstand. Chaldun war hingerissen, hielt die Augen geschlossen und öffnete sie nur, wenn er Ymme wortlos zum Mittrinken aufforderte. Gedankenlos tat sie es ihm nach. Für die Dauer des ersten Weinglases lauschten sie gemeinsam der Sängerin.

In den Duft der Speisen mischten sich die Gerüche der Parfüme zu einer wabernden, schweren Dunstglocke, die drückend im Zimmer lag. Ymme verspürte weder Hunger noch Appetit, aber aus Höflichkeit mochte sie nicht ablehnen. Ihr fuhr durch den Sinn, daß Chaldun sich in hohe Kosten gestürzt hatte, und dann, als sie diesem Gedanken weiter nachgehen wollte, verlor sie plötzlich den Faden. Aber es war etwas Wichtiges gewesen, das wußte sie.

Abwesend formte sie nach Chalduns Beispiel kleine Bällchen aus Reis und steckte sie in den Mund, während sie die übrigen Speisen betrachtete. In Öl gebackenen Fisch, mit Sesamsoße übergossen und mit Granatapfelkernen und Walnußsplittern gefüllt, hatte sie vor langer, langer Zeit gegessen. Das war ausgerechnet an dem Tag gewesen, als sie entdeckt hatte, daß der Philosoph sonst nicht viel zu beißen hatte.

Ymme lachte leise und zupfte sich aus dem festen weißen Fischfleisch einen Bissen heraus.

Sie griff auch wahllos nach dem zerteilten Rebhühnchen und den kleinen Fleischbällchen. Die letzte süße Speise, die Chaldun ihr aufmerksam hinschob, verweigerte sie. Ihr fiel das Käsegericht am Rand einer Platte auf.

Honigkäse der Berghirten.

Für einen Augenblick verflog der Nebel in Ymmes Kopf: den Honigkäse hatte der Zwerg von Isa ibn Hamdus al-Dschayyanni für sie zubereitet, für sie allein...

Er gab ihr ein Zeichen.

Sie war in Isa al-Dschayyannis Haus gefangen und aß seit mehreren Tagen die Speisen, die sein Zwerg zubereitete, und es waren seine Finken, deren frühlingshaftem Gezwitscher sie lauschte.

Verstohlen betrachtete sie Chaldun, und unter Aufbietung all ihrer Willenskraft gelang es ihr, den verlorenen Faden wiederzufinden. Chaldun paßte nicht in diesen Raum. Was tat er überhaupt im Hause des Philosophen? Warum gab er ihr ein Festessen? Bevor sie zum Ende ihres trägen Gedankengangs gekommen war, spürte sie, daß sich etwas verändert hatte.

Die Singsklavin hatte ihren Gesang eingestellt und packte ihre Laute ein, der kleine Page war bereits verschwunden.

Chaldun rückte näher, und in Ymmes Nase stiegen die mit Wein angereicherten süßlichen Düfte seines Parfüms. Einer Frau hätte sie die Mischung verziehen, nicht aber einem Mann. Sie schloß die Augen, um ihn nicht ansehen zu müssen.

»Ich bin nicht grausam wie al-Mu'tadid, der täglich von den Schädeln seiner erschlagenen Feinde die Namensschilder ablas, oder wie ein Herrscher, der aufgespießte Köpfe bei der Siegesparade mitführt. Ich bin ein sanfter Mann, wenn ich bei einer Frau liege«, flüsterte der Papierhändler in Ymmes Ohr. Sein Bart kitzelte sie, und sie rieb ihre Wange an seiner seidenbekleideten Schulter, während sie lauschte. Seine Stimme lullte sie angenehm ein, wie ein Dichter, dessen Sprache man nicht versteht und von dem man trotzdem ahnt, daß er die Geheimnisse der Welt in Worte kleidet. »Und du wirst zugeben, daß ich geduldig gewartet habe«, hauchte Chaldun.

Ymme nickte. Er hatte wirklich lange gewartet.

»Aber nun habe ich genug gewartet!« Mit geschickten Händen fing Chaldun an, Ymmes Kleider zu lösen.

Den ganzen Morgen war Cornelius unermüdlich auf den Beinen gewesen, um sich durchzufragen. Ymme blieb verschwunden.
Ratlos schob er sich durch das Gewühl von Einheimischen, Fremden und den immer noch eintreffenden Neuankömmlingen im Gefolge weiterer geistlicher Herren. Zwischen der Großen Moschee und dem erzbischöflichen Palast stockte der Verkehr, hier war kein Durchkommen mehr. Über die Köpfe der Menschen hinweg sah er Gaukler und Possenreißer mit ihren Tieren; die Zuschauer drängten zurück, um den Spaßmachern Platz zu verschaffen. Ritter Cornelius stemmte sich wie ein Zweikämpfer mit vorgeschobenen Schultern gegen die Leute und hatte bald eine Position, von der aus er die Darbietungen von Säbelschluckern, von Männern mit rechnenden Ziegen und tanzenden Bären gut verfolgen konnte.
Eingekeilt in der Menge war auch der Zwerg, den es im Hause Ibn Hamdus', nicht hielt, nicht an diesem Tag. Er brachte es nicht fertig, sich Wand an Wand mit der Hakima das Lustgestöhn des Papierhändlers und Doña Iumes ergebenes Seufzen oder ihre gequälten Schreie anzuhören. Ohne lange zu überlegen, stürzte er sich zwischen die professionellen Gaukler, sprang in die Höhe, schlug ein Rad, lief auf den Händen, hüpfte auf einer Hand – führte lange vergessene Bewegungen aus, als hätte er nicht viele Jahre im Hause eines geachteten Philosophen gekocht. Die Franken riefen »Ah« und »Oh« und warfen zuweilen kleine Münzen zwischen die wirbelnden Glieder der Gaukler. Wie einst sammelte der Zwerg sie im Mund. Cornelius schüttelte belustigt den Kopf. Er meinte, den Mann schon einmal gesehen zu haben. Aber wahrscheinlich lag es daran, daß Zwerge alle einen zu großen Kopf haben.
Als dem Zwerg nach einer Weile schwindelig wurde, fiel ihm ein, daß sein Mund wesentlich nützlicher sein konnte, wenn er sich wie früher als Mudahhik bei Hofe betätigte, als Witzbold. Aus seinem unendlich großen Schatz von Sprüchen, Versen und Gedichten suchte er sich passende aus, machte einen hohen Luftsprung und landete vor demjenigen, den er je nach seinem geistigen und finanziellen Vermögen bedenken wollte. Wer arm wirkte, bekam einen gepfefferten Spruch, über den er sich ärgern durfte, zur Schadenfreude der Umstehenden,

die ihn gehörig auslachten. Fränkischen Hackklötzen gönnte der Zwerg noch nicht einmal eine so langsame Aussprache, daß sie den Spott wenigstens verstehen konnten. Aber vor den lachenden Mozarabern und Juden hielt er die Hand auf. Sie gaben reichlich. Da konnten auch seine Bekannten mit der Belohnung nicht zurückstehen und vor allem nicht die Toledaner Kastilier, denen er den Honig eimerweise um den Mund schmierte.

Plötzlich erblickte er den Ritter, der Doña Iume gebracht hatte. Endlich wußte er, welcher fränkische Mann sich so hartnäckig in der Stadt nach ihr erkundigte.

Der Zwerg überlegte fieberhaft. Es wäre einen Versuch wert. Wenn er klappte, war der Ritter der Hakima würdig, sonst ohnehin nicht.

Mit einem tadellosen Salto landete er vor den Füßen des Ritters, der ihn neugierig und forschend anblickte.

> »Das Täubchen hockt verängstigt im Verschlag,
> der gier'ge Falke jagt ihm nach«,

deklamierte der Zwerg, bevor er sich mit einem Rückwärtssalto entfernte.

Cornelius blinzelte verblüfft. Zuerst war er enttäuscht, dann verärgert. Der Zwerg wußte klassische Gedichte alter arabischer Dichtkunst herzusagen; der wilde Falke kam in Jagdgedichten vor, zu ihm paßten Bilder von edlen Pferden, Trappen und Hasen. Die Taube, als Bestandteil der Liebespoesie, gehörte nicht dazu. Der Zwerg hatte ihn mit einem lächerlichen Zwitter abgespeist, geeignet für jedermann ohne Erziehung, besonders natürlich für einen Franken. Er hatte ihn regelrecht verhöhnt. Das Kichern der Umstehenden bewies, daß sie den Spott verstanden hatten.

Cornelius blieb mit gesenktem Kopf stehen und achtete nicht auf die Possenreißer, die sich langsam die Straße hinunterbewegten. Die Zuschauer vor der Moschee waren abgeschöpft.

In diesem Gedicht paßte überhaupt nichts zusammen. Auch der Zwerg paßte nicht zu den anderen Gauklern. Er war weder bunt noch irgendwie auffällig angezogen. Dann wußte er, wo er ihn gesehen hatte: im Hause von Juhannu und Isa al-Dschayyanni.

Cornelius sprach das Gedicht leise vor sich hin. Bei der Wiederholung begriff er: Es war kein Gedicht, es war eine Botschaft! Ymme war gefangen, und jemand machte Jagd auf sie. Aus irgendeinem Grund hatte ihm der Zwerg genausowenig wie alle anderen offen mitteilen wollen, wo sie war. Wenigstens gab es keinen Zweifel, wo sie sich befand. Wäre sie nicht in Ibn Hamdus' Haus, hätte der Zwerg noch eine Zeile angefügt.

Cornelius begann zu laufen, dann zwang er sich zur Schrittgeschwindigkeit, die freilich so schnell war, daß er das Schwert an seiner Seite festhalten mußte.

Der Darb des Philosophen war menschenleer, als er anlangte, und die Tür zu seinem Haus verschlossen. Niemand öffnete auf sein Klopfen.

Ymme war willenlos. Das zumindest merkte sie, mit zunehmendem Entsetzen; aber es gelang ihr nicht, Chaldun abzuwehren, denn ihre Glieder wollten ihr nicht gehorchen. Arme und Beine ruhten schlaff an ihrer Seite, als gehörten sie nicht zu ihr.

Chalduns liebevolle schmale Hände streichelten und kneteten Ymmes Brust, sein Mund umfing die Brustwarzen und leckte an ihnen. Ymme stöhnte. Sie spürte jede seiner zarten Berührungen wie das Fächeln von Engelsflügeln auf ihrer Haut, aber sein Obergewand scheuerte wie Reibsand. Trotzdem drängte ihr Rücken seinem Bauch entgegen. Die Stimme der Singsklavin setzte wieder ein, anscheinend draußen im Garten.

Chaldun richtete sich plötzlich auf und lauschte, und seine eckige Bewegung brachte Ymme zu sich. Nicht die Sklavin sang vor dem Fenster, sondern eine Männerstimme.

> »Mi gallo se murió ayer
> mi gallo se murió ayer
> Ya no cantará cocodi cocodá.
> Ya no cantará cocodi cocodá.
> Coco – coco – coco – cocodí – cocodá.
> coco – coco – coco – cocodí – cocodá.«

Der Hahn ist tot, der Hahn ist tot... »Cornelius!« rief Ymme. Die Erleichterung, die sie empfand, sprengte ihr fast die Brust, und ihr eigener Ruf dröhnte ihr wie Gebrüll in den Ohren. Im Garten war nur ein zaghafter Laut zu vernehmen, aber Cornelius hatte genug gehört.

Mit einem Satz sprang er über die Mauer des Gärtchens und stürmte wieder an die Tür, bereit, sie mit dem Schwert in Stücke zu hauen. Aber es war nicht nötig. Sie schwang von selbst auf.

Im Innenhof war niemand. Die Finken erstarrten beim Anblick des gerüsteten Kämpfers und schwiegen. Mit dem Orientierungssinn des in den Burgen von Outremer erfahrenen Ritters fand Cornelius umweglos Ymmes Gefängnis und stieß die Tür mit dem Fuß auf.

Die Gesetze der Ritterlichkeit und des Gastrechts hinderten ihn, den nackten Mann mit dem Schwert zu durchbohren, der sich in die Ecke des Raums drückte. Ohne sich um ihn zu kümmern, hüllte er Ymme in die Gewänder, die verstreut auf dem Boden lagen, und trug sie aus dem Haus. Aus den Augenwinkeln sah er die Finken mit verdrehten Köpfen und gesträubtem Gefieder im Wasserbecken treiben.

Hinter ihm fiel die Tür leise ins Schloß.

Ritter Cornelius brachte Ymme auf dem schnellsten Weg ins Hospital, weil sie weder stehen noch reden wollte. Als er ankam, war er so sehr außer Atem, daß er al-Walid keine ausführliche Erklärung geben konnte.

Dafür erklärte der Arzt um so mehr, nachdem er Ymmes Augenlider gehoben und die Schleimhäute betrachtet hatte. »Man hat ihr etwas eingeflößt, das sie willenlos machte, vermutlich Haschisch. Es gibt auch bei uns Haschischiyun, Haschischesser. Wer war es?«

»Ein beschnittener, nackter Mann.« Mehr wußte Cornelius nicht.

Aber während sie gemeinsam über Ymme wachten, die in einen unruhigen Schlaf fiel, stellte sich heraus, daß Cornelius noch eine ganze Menge mehr wußte: Der Hausherr war es nicht gewesen, denn den kannte der Ritter. Und zu den guten Bekannten des Philosophen gehörte zufällig der Papierhändler, vor dem Ymme Angst hatte. Seine Verwandte lebte sogar im Haus.

»Der Zwerg hat mich mit einem Rätselgedicht hingeschickt«, berichtete Cornelius. »Warum aber hat er mir nicht offen mitgeteilt, wo Ymme gefangengehalten wird?«

»Er gehört zum Haushalt des Philosophen«, sagte al-Walid kopfschüttelnd. »Er kann sich nicht gegen ihn stellen! Das verstieße gegen den Willen und die Ordnung Allahs.«

Cornelius runzelte die Stirn. »Dann hat vermutlich er den Finken des Hausherrn den Kragen umgedreht. Merkwürdig war auch, daß die

Tür anfangs verschlossen, dann aber offen war. Der Zwerg muß mich eingelassen haben – alles aus Protest gegen seinen Herrn.«

»So ist es wohl gewesen.« Al-Walids Gedanken befaßten sich bereits mit der nächsten Aufgabe. »Wir werden Umm Iume bewachen müssen«, schlug er vor und hoffte auf die Zustimmung des Ritters. Denn wie sollten sie dies im Hospital bewerkstelligen können, überlastet, wie sie waren, in einem Hause, das gegenwärtig einem Taubenschlag ähnelte? Und es waren hauptsächlich fremde Tauben – an eine Kontrolle war überhaupt nicht zu denken.

Cornelius von Fischbach nickte grimmig und blieb an Ymmes Bett sitzen, bis sie am nächsten Morgen erwachte.

Ymmes Kopf war schwer und schmerzte. Lichtscheu kniff sie die Augen wieder zu und lauschte den Stimmen, die sich über ihr unterhielten wie Ärzte und Studenten über einem Patienten.

»Du führst einen lockeren Lebenswandel, wenn man dich aus den Augen läßt, Umm Iume«, tadelte al-Walid, den sie gut erkannte, mit erträglicher Lautstärke. »Rauschmittel und Wein zugleich! Hat dir dein ärztlicher Lehrer denn nicht beigebracht, daß diese beiden Arzneimittel nicht zusammen genommen werden dürfen?«

»Ich glaube gar, sie hat hier nicht fleißig gelernt«, spottete eine andere Stimme freundlich, bei der ihr mehrmals der Name Cornelius in den Sinn kam, sie sich aber beim besten Willen nicht darauf besinnen konnte, welchem Arzt sie gehörte.

»Ach, doch, ich habe keine Klagen. Du hast mir die beste aller Ärztinnen zurückgebracht.«

Ymme spürte, wie al-Walid ihr sanft über die Wange strich. Ohne die Augen aufzuschlagen, wußte sie plötzlich, daß Cornelius gekommen war. Sie rollte sich zusammen und fiel in einen tiefen und erholsamen Schlaf.

Zwei Tage später nahm Ymme ihren Dienst auf, als sei nichts geschehen. Cornelius hatte in ihrem Haus Quartier bezogen und begleitete sie nahezu auf Schritt und Tritt, allerdings nicht zu den Betten der Pockenkranken. Ärzte und Studierende teilten sich den Dienst an den Krankenbetten ungeachtet der früheren Trennung in eine innere, eine chirurgische und eine Frauenabteilung; Unterricht gab es derzeit nicht.

Die Kranken hatten keinen Anspruch darauf, von einem männlichen

Arzt behandelt zu werden, und die Franken hätten auch keine eigenen Wünsche zu äußern gewagt. Die Klügeren unter ihnen waren ausnahmslos überwältigt von der Tatsache, daß ihre Krankheiten hier mit Buchwissen bekämpft wurden; bei den Mönchen wären sie barmherzig zu Tode gepflegt worden oder dank der Kraft ihrer eigenen Natur von selbst genesen. Mancher aber hatte Angst wie jener Franke mit der Augenkrankheit. Ymme wußte jetzt besser als früher, welcher klaffende Unterschied zwischen der christlichen und der arabischen Gesundheitspflege bestand, aber auch welcher Unterschied im Anspruch an die Behandelnden. Fränkische Kranke verlangten häufig nichts als geistlichen Trost, toledanische Kranke hingegen Heilung.

Noch kopfschüttelnd betrat Umm Iume den großen Raum, in dem die Verletzten versammelt waren; sie wurden hauptsächlich von al-Walid behandelt, der sich jetzt aber einige Stunden auf einem Hospitalbett ausruhen mußte. Sie ging von Matratze zu Matratze, lächelte ermunternd, tupfte einem Mann den Schweiß von der Stirn, einem anderen Wasser auf die Lippen. Manche kannte sie schon. Die Belegung wechselte täglich, es waren so viele, daß man alle zum Heer zurückschickte, die dort weiterbehandelt werden konnten. Die Patienten hatten durchweg keine tödlichen Verletzungen: komplizierte Knochenbrüche, schwere Quetschungen von Kriegsmaschinen, versehentliche Pfeilschüsse und Lanzenstiche. Bei einer Quetschung, die brandig geworden war, hatte al-Walid allerdings ein Bein abnehmen müssen. Der Mann würde überleben.

Hinter einer spanischen Wand lag ein Mann, über den al-Walid in der abendlichen Diskussionsstunde einen Bericht abgegeben hatte. Der Mann sei Nordfranzose und habe eine überaus merkwürdige Wunde, derentwegen ihn die Soldaten den »Hockpisser« zu nennen pflegten. Al-Walid hatte sein Mitleid mit einem Mann nicht verbergen können, der seine Notdurft wie eine Frau verrichten mußte, weil ihm die Geschlechtsteile bis auf einen Stumpf amputiert worden waren. Gegenwärtig lag er jedoch im Sterben und würde vom Spott der Kameraden bald erlöst sein.

Ymme schlug einen Flügel der Wand beiseite und trat zu dem Soldaten. Entsetzt fuhr sie zurück. Sie blickte in Everards Gesicht, ein Gesicht, das nur noch Haut und Knochen war.

Everard war wach. Er zog die Oberlippe von seinen überlangen Zähnen zurück, was ein Lächeln andeuten sollte, aber es war nicht menschlicher als früher. »So lebst du also doch noch«, krächzte er. »Und besser als ich. Den Zisterzienser wird es freuen. Der verbrennt gern Ketzer, je jünger und gesünder, desto zufriedenstellender für seinen Gott.«

»Für seinen Gott?« Ymme war entsetzt über seine rohe Sprache, aber noch mehr darüber, daß er sich von seinem Gott abgewendet zu haben schien – er, der christliche Ritter.

»Für seinen«, bestätigte Everard und ließ die Augen nicht von der Frau, die er einmal begehrt hatte. Längst hatte er vergessen, daß er ihre Mitgift noch viel intensiver begehrt hatte. »Ich habe keinen mehr. Ich will nicht mit dem Gott auf den Lippen sterben, für den ich gelebt habe. Einmal muß er satt sein.« Er stieß ein dünnes Lachen aus und krümmte sich, als ihn die Schmerzen erneut wie ein Schwertstreich durchfuhren. Ymme bückte sich und hielt ihm nach Abklingen des Krampfes den bereitstehenden Trank aus Mandragora und Opium an die Lippen. Es gab nichts, was sie sonst für den Mann tun konnten. Al-Walid vermutete, daß der Dickdarm, der aus einer Leistenwunde herausgetreten war und sich in einem narbigen Sack verfangen hatte, allmählich mit diesem verwachsen war. Everard konnte kaum etwas essen. Er verhungerte buchstäblich.

Bevor er einschlief, warf Everard ihr einen Blick zu, der so mörderisch und voller Haß war, daß sie erschrak und zurücktrat. Bei der Berührung eines schwarzen Mantels merkte sie, daß Ritter Cornelius hinter ihr stand und seine Augen nicht von Everard ließ. Der Kranke gurgelte unverständliche Worte, die Cornelius galten, aber die Kraft, seine Wut zu zeigen, hatte er noch.

»Wenn du wissen willst, warum unsere Wege sich immer wieder kreuzen«, antwortete Cornelius auf die Frage, die er erraten konnte und die er beantworten wollte, solange der Mann noch fähig war, die Antwort zu hören, »so ist wohl unser Schicksal verknüpft durch die Bluttaten, die du begingst, als ich das Schwert zur Verteidigung Unschuldiger noch nicht heben konnte. Ephraim bar Jekuthiel starb durch deine Hand und seine Tochter Cornela war nahe dran. Und das Mädchen, das so gut Frau Cornelas Ziehtochter wurde, wie ich ihr Ziehsohn war, hast du ebenso geschändet wie vor meinen kindlichen Augen Cornela. Der Knappe Cornelius legte bald darauf vor Gott das Gelübde ab, den Schutzlosen gegen Männer deinesgleichen beizustehen. Bis heute hat der Ritter Cornelius es gehalten...«

Ymme schüttelte ungläubig den Kopf. Sie hatte versucht, diese Ereignisse, so gut es ging, zu vergessen. Aber die Kräfte des Schicksals waren stärker als sie.

»Daß du jetzt an den Wunden stirbst, die Doña Iume dir schlug«, fuhr Ritter Cornelius ohne Mitleid fort, »gibt mir die Sicherheit, daß es einen gerechten und guten Gott gibt. Wärst du durch meine Hand gestorben, hätte ich allein an meine Kraft glauben müssen.«

»Du bist kein Richter, Cornelius«, murmelte Ymme angstvoll. »Versündige dich nicht!«

Cornelius hielt ihre Hand fest. »Nein, das will ich auch nicht. Aber auch Gott soll sich die Klagen der Menschen anhören müssen, die in seinem Namen erschlagen oder ermordet werden. Was gibt ihm das Recht, solche Greuel zu gestatten? Es ist genug! Genug!«

»Gott kümmert sich darum nicht. Er ist der Erhabene.« Al-Walid, den Ymme nicht hatte kommen hören, stand unversehens neben ihnen. »Der glücklichste Mensch ist der, der ohne Vorbehalte glaubt. Am schlimmsten trifft es den, der seinen Glauben ablegt.« Ohne Zweifel meinte er Everard, aber der hörte ihn nicht mehr. Er würde einsam sterben, ohne priesterlichen Beistand.

Ymme fiel auf die Knie. »Beichte«, flüsterte sie ihm ins Ohr. Und gehorsam sprach Everard die Worte nach, die sie ihm vorsagte. Dann war er tot, gestorben als Christ, und seine Sünden waren ihm vergeben.

Al-Walid seufzte tief und wechselte einen Blick mit Cornelius. »Umm Iume, du wirst es immer schwer haben. Du bist wie ein Lachs, der stromaufwärts schwimmen muß. Man kann sich darauf verlassen, daß du dich tollkühn in alle Gefahren stürzt, die sich dir bieten. Ich fürchte, du wirst immer wieder dein und das Leben anderer durch deinen Mut und deine Unabhängigkeit in Gefahr bringen. Aber deswegen bin ich nicht gekommen. Ich bin gekommen, weil beim Pförtner zwei Knechte des Erzbischofs stehen, die den Auftrag haben, dich zu ihm zu bringen. Es steht dir frei abzulehnen. Ich werde ihnen dann sagen, du hättest Hals über Kopf Toledo verlassen, um Don Enrique in Montalbán zu unterstützen.«

Ymme brauchte nicht lange zu überlegen. Sie war sich keiner Handlung bewußt, die Rodrigo Ximénez de Rada als neue Übertretung hätte werten können. Überdies würde Cornelius bestimmt mit ihr gehen, wenn sie ihn darum bat. »Ich bin bereit«, sagte sie.

Al-Walid sah den beiden besorgt nach. Zum Erzbischof hatte er nicht das geringste Vertrauen. Und seitdem das Heer in der Stadt war, hatten sich manche Voraussetzungen und manche Absprachen geändert.

Die Anwesenheit von Ritter Cornelius ließ die barschen Befehle der erzbischöflichen Knechte im Nu zu einer höflichen Bitte werden. Die Knechte wußten mit Sicherheit nur, daß Seine Eminenz mit Doña Iume zu sprechen wünsche. Vielleicht sei er sogar krank und brauche den Rat einer christlichen Ärztin eher als eines muslimischen Arztes...

Geleitet von den Knechten, gelangten sie schnell durch das Marktgebiet. Auf dem Platz der Großen Moschee drängten sich Pilger, Soldaten und Mönche.

»Cornelius, bist du gekommen, um am Kampf gegen die Andalusier teilzunehmen?« fragte Ymme.

In diesem Moment ertönten aus der Richtung von San Tomé Geschrei und Hufschlag. Die flanierenden Menschen drückten sich verschreckt an die Hauswände, während die heransprengende Reiterschar am unteren Ende der Straße sichtbar wurde. Cornelius zog Ymme auf die oberste Treppenstufe des Palastes.

»Sie kommen in der Tracht der Abbasiden«, rief der Ritter erregt, zog sein Schwert und schob Ymme hinter sich. »Das bedeutet Dschihad, heiligen Krieg!«

19. Asch-Schah mat, Schachmatt

Sie waren nicht viele. Die sechs Krieger im knielangen Panzerhemd, darüber kurze schwarze Jacken, über der Metallhaube ein schwarzes Stirnband, zügelten vor dem erzbischöflichen Palast ihre Pferde; der linke Flügelmann mit einem schwarzen Banner statt des Schildes schwenkte ein, während der rechte seinem Schimmel die Sporen gab, bis sie alle zugleich vor der Treppe anhielten.

Ymme klammerte sich vor Angst an Cornelius' Umhang, aber die Sarazenen kümmerten sich nicht um die Menschen, die auf der Treppe Schutz suchten. Sie blickten wild und stolz auf die Fenster über ihnen, wo wahrscheinlich in diesem Moment der Erzbischof und seine geistlichen Berater, der päpstliche Legat und die französischen Bischöfe erschienen waren.

»Sie wollen sterben«, flüsterte Cornelius tonlos über die Schulter und behielt das Schwert lediglich zur Sicherheit in der Hand. »Sie haben sich an den Sätteln festgebunden. Ich glaube, sie kommen als Märtyrer.«

»Im Namen Gottes, des Gnädigen, des Barmherzigen«, rief der Krieger in der Mitte, der als einziger Schwert und Speer statt Lanze und Rundschild führte. »Ihr Ungläubigen sollt den Krieg haben, den ihr angefangen habt! Gott wird unser Schild sein!«

»Er wird unsere Nacken vor dem Joch bewahren«, brüllte der rechte Flügelmann und rückte einen Schritt vor. Als er sicher sein konnte, daß aller Augen auf ihn gerichtet waren, hielt er ein gewickeltes Bündel in die Höhe, riß das schwarze Tuch herunter und schwenkte einen bluttriefenden Kopf an den verklebten Haaren. »Ihr aber werdet fliehen wie das Straußenjunge vor dem Jäger! Sonst endet ihr alle schimpflich wie dieser da!« Mit dem letzten Wort schleuderte er den Kopf seines Feindes wie eine Wurfschlinge im Kreis und ließ los. Er prallte zwischen den oberen Fenstern an die Wand.

Ymme grauste es. Sie drückte ihr Gesicht mit geschlossenen Augen an Cornelius' Umhang. Aber das Bild des Kopfes, dem sie in stundenlanger Mühe eine neue Nase gegeben hatten, war nicht auszulöschen. Hinter Cornelius und Ymme ertönte im Palast Waffenlärm, gleich darauf flogen die Tore auf, kaum daß sie sich in Sicherheit bringen konnten. Knechte im Lederpanzer und mit runden Topfhelmen stürzten sich mit entliehenen Lanzen auf die Sarazenen, während zwei von ihnen stehenblieben und Pfeile verschossen.

Der Anführer blickte fast mitleidig auf sie hinab wendete ohne Hast seinen Schimmel und galoppierte aus dem Stand an. Bis auf einen folgten ihm alle; das eine Pferd aber brach unter dem unverletzten Reiter zusammen und begrub ihn unter sich. Er stach mit der Lanze erbittert um sich und versuchte sich vor den Schwertstreichen der herbeieilenden Hidalgos zu schützen, die auf ihn einschlugen, bis sie ihn zerhackt hatten.

Cornelius legte seinen Mantel um Ymme und führte sie durch die herbeidrängenden Zuschauer davon. Er hatte nicht die Absicht, sich am Abschlachten der verblendeten Mudéjares zu beteiligen. Er sah, wie die fünf sarazenischen Reiter von fanatisch brüllenden Mönchen und erbitterten Kreuzfahrern eingekeilt wurden und schließlich zwischen ihnen verschwanden. Noch einige Zeit konnte er ihre freudigen Rufe hören: »Es gibt keinen Sieger außer Gott!«, bis ihre Stimmen verstummten und sie, die Große Moschee vor Augen, aus zahllosen Stichwunden blutend, im Namen desselben Gottes zertrampelt worden waren.

Ein Joglar, der aus dem Nichts aufgetaucht schien, fing die Aufmerksamkeit der aufgewiegelten Männer mit dem Ruf ein: »Hört, ihr Männer, eine Weise!« Als sie ruhig geworden waren, stimmte er das Heldenlied des Cid an, dramatisch zuerst, ließ sich beim Refrain willig von den einfallenden kastilischen und leonesischen Soldaten und Pilgern begleiten, um endlich jubelnd in der Tonhöhe zu enden, die seiner Stimmlage am meisten schmeichelte. Als der letzte Lautenton verklungen war, erhob die Menge ein ohrenbetäubendes Geschrei.

Cornelius bebte vor Ohnmacht und Zorn. Der Joglar war gut, zu gut. Die Männer würden nun erst recht nach Blut dürsten. Während es ihm gelang, Ymme und sich in einer winzigen Seitenstraße in Sicherheit zu bringen, flüsterte er ihr zu: »Nein, Ymme, ganz sicher bin ich nicht gekommen, um gegen die Spanier von al-Andalus zu kämpfen. Dich wollte ich in Sicherheit bringen vor der Hölle, die Toledo bald sein wird.«

Aber Ymme hörte ihn nicht, und er war ganz froh darum.

Wenige Minuten später hatte Cornelius ganz andere Sorgen. Der Platz, auf den die Gasse mündete, war voller Bewaffneter. Gott mochte wissen, woher sie kamen und wer sie in die Stadt eingelassen hatte. Der Weg zum Hospital war abgeschnitten.

Cornelius wandte sich in westliche Richtung, in das Viertel der neueren Kirchen und Klöster, in der Hoffnung, sich im Bogen um die ganze Medina zu schlagen und das Hospital von der anderen Seite zu erreichen. Als er beim Friedhof anlangte, war Ymme endlich wieder zu sich gekommen.

»Wir gehen quer durch die Judería und verlassen sie durch die Puerta Albocha oder am Bab al-Portiel«, bestimmte er nach kurzem Überlegen. »Das dürfte das sicherste sein.« Ymme stimmte ihm zu.

Auch die Aljama der Juden war beunruhigt und hatte bereits reagiert. Hinter Ymme und Cornelius ratterte das schwere hölzerne Gitter des Tors zur Madinat al-Yahud zu Boden. Die ledergepanzerten Jünglinge, die die kleine Nebenpforte auf Begehren öffnen würden, nahmen mit teils stolzem, teils verlegenem Grinsen auf der Bank im Tordurchgang Platz. Der Größere von beiden versuchte, die harte Lederkante am Hals zu lockern. Ymme lächelte ihn verständnisvoll an, und er grüßte die fränkische Hakima höflich.

Am Fleischmarkt vor dem Schlachthof herrschte die übliche Betriebsamkeit, aber im Vorhof der Großen Synagoge standen die Männer und besprachen sich laut und besorgt. Ymme fiel ein, daß die Läden in der Alcana zum Teil schon geschlossen gewesen waren. Irgend etwas lag in der Luft...

Cornelius wurde noch aufmerksamer und änderte seine Richtung an der Synagoge, ohne sich über die Gründe zu äußern, und Ymme fragte nicht. In unruhigen Zeiten hatte ein kriegserfahrener Mann wie er den besseren Instinkt. Als sie die Hyazinthengasse überquerten, hörten sie vom Tor bei San Tomé Hilfeschreie. Über ihnen wurden mit lautem Knall die Fensterläden der Wohnhäuser zugeschlagen, auch an den schattigen Nordseiten.

»Bring dich in einem Haus in Sicherheit«, sagte Cornelius hastig zu Ymme, »ich muß hin, ich wurde auf die Hilfsbedürftigen verpflichtet...«

»Ich auch«, erwiderte Ymme und hielt eigensinnig mit ihm Schritt, obwohl sie gegen einen Strom von fliehenden Hausfrauen, Jungen mit Marktkörben und Händlern mit Eseln ankämpfen mußten.

Der kleine Platz vor dem Tor von San Tomé war leer bis auf zurückgelassene Körbe mit Obst und Gemüse. Das Tor war geschlossen worden, und um die offengebliebene Pforte kämpfte ein nur mit einem kurzen Schwert bewaffneter Jude gegen einen eindringenden Franken. Einige Männer und Frauen drückten sich starr vor Angst an die Hausmauern.

Im Laufen löste Cornelius den Umhang mit dem Kreuz und zog sein Schwert.

Der Franke im Kettenhemd, ohne Kopfschutz, jedoch mit Schild und Schwert, sah ihn kommen. Auf seinem Gesicht spiegelte sich Verärgerung, weil er nun so frühzeitig die Beute mit einem anderen würde teilen müssen, aber dann zuckte er die Achseln und holte zu einem entscheidenden Schlag gegen den Juden aus.

Cornelius fand gerade noch Zeit, den Schlag, der den Mann in der Mitte spalten sollte, abzufangen. »Ich lasse dir die Möglichkeit, dich zurückzuziehen«, bot er dem verblüfften Franken in französischer Sprache an und stieß ihm die Schwertspitze unters Kinn. Der Jude stützte sich mit hängendem Kopf schwer atmend auf seinen Schwertgriff.

»Das sind Ungläubige!« schrie der Franke empört zurück, der allmählich begriff, daß Cornelius nicht ihm zu Hilfe geeilt war. »Wir wurden gerufen, um die Ungläubigen zu vernichten.«

»Nicht diese hier«, erwiderte Cornelius kalt, »diese gehören dem König oder dem Erzbischof. Weißt du, welche Strafe in Kastilien auf Raub von königlichem Eigentum steht?«

Der Franke wurde unsicher.

»Am Hals aufgehängt zu werden ist überall tödlich«, erklärte ihm Cornelius in kameradschaftlichem Ton, steckte das Schwert in die Scheide und begleitete den Mann zum Tor. Der Franke zögerte; immer noch wußte er nicht genau, ob der andere ihn nur übers Ohr hauen wollte, um die Schätze selber an sich zu reißen.

Erst als Cornelius die Pforte hinter ihm zuwarf, wußte er, daß er betrogen worden war, und stieß ein wütendes Gebrüll aus.

Der Jude warf unsichere Seitenblicke auf Cornelius, während er in aller Hast die Innenflügel des Tors verriegelte und dann das Fallgitter herunterließ. Als der Ritter auf ihn zutrat, griff er zum Messer.

»Laßt stecken«, sagte Cornelius und wechselte ins Romanische. »Wo sind Eure waffenfähigen Männer?«

Der Jude stieß einen Seufzer der Erleichterung aus. »Sie kommen«, beteuerte er eifrig, »sie kommen! Es gab keinen Grund anzunehmen, daß es ausgerechnet heute losgehen würde. Aber jeder ist bereit.«

»Es wird jede Minute losgehen«, sagte Cornelius grimmig und lauschte. Hinter dem Tor hatte der Franke eine laute und aufgeregte Diskussion entfacht, an der sich mehrere Männer in fränkischen Mundarten beteiligten.

In diesem Augenblick liefen die ersten Bewaffneten auf den Platz zurück. Eigentlich war es weniger ein Platz als eine um höchstens zwei Esellängen zurückgesetzte Hausfront, deshalb füllte er sich schnell mit den Männern. Ymme wich in einen Hauseingang zurück. Ihr Blick blieb für die Länge eines Atemzugs an der Höhlung für die Mesusa hängen. Damals, im Wagen des Arzneimittelhändlers, hatte sie die schrecklichen Stunden hinter sich: jetzt konnte noch mehr und Schlimmeres vor ihnen liegen.

Die bewaffneten jüdischen Weinbauern, Händler und Geldwechsler sammelten sich wie von selbst um Cornelius und hörten seine Vorschläge zur Verteidigung an. In Windeseile hatte sich herumgesprochen, daß ein Kreuzritter in Begleitung der blonden Hakima des muslimischen Hospitals gekommen war, und das verschaffte ihm ein gewisses Vertrauen. Außerdem nickten der Nasi und der Rab, die unbewaffnet den Männern Beistand leisteten, nachdrücklich zu seinen Worten.

»Wer von euch kann mit dem Bogen umgehen?« rief Cornelius und wies den Schützen ihre Plätze auf der zinnenbewehrten Plattform des Tors an. »Schießt auf jeden, der dem Tor auf eine Pferdelänge nahe kommt. Schießt auch auf alle, die Haken über die Mauer werfen oder Leitern anstellen. Aber schießt nicht auf eure Nachbarn von drüben.« Während ein widerspenstiger Esel, der mit Schwertern und Schilden bepackt war, auf den Platz gezerrt wurde, verschossen die Schützen bereits die ersten Pfeile. Im Tordurchgang hallten Axthiebe, die abrupt endeten. Ein Triumphschrei kam vom Tor.

Aber die Mauer war lang und nicht sehr hoch, und ihr fehlte der Wehrgang, denn sie war nicht für die Verteidigung, sondern für eine Scheidung zwischen muslimischem und jüdischem Glaubensleben gebaut worden. Die größte Gefahr würde nach Cornelius' Überlegung vom al-Aqaba, dem Hügel in der jüdischen Vorstadt, kommen, in der einige reiche Handelsherren wohnten. Ihre Häuser zogen die fränkischen Pilger an, die tagtäglich dort herumlungerten in der Hoffnung, einen Blick in die Innenhöfe werfen zu können, oder auch nur, um die prachtvoll gekleideten Türsteher oder das kostbare

Zaumzeug der angebundenen Esel zu bewundern. Es würde nicht lange dauern, bis sie durch den Lärm herbeigelockt wurden.

Und es gab nicht genügend erfahrene Bogenschützen.

Jeder wußte es. Der Rab stimmte ein klagendes Gebet an, dessen Melodie hinter Cornelius zurückblieb, während er die enge Treppe auf den Turm hochstieg. Im Vorübereilen fielen ihm die wassergefüllten Bottiche und Eimer auf, die Frauen und Kinder der Judería vorsorglich gegen Brand anschleppten, dann stand er selber oben.

Das Torhaus war nicht hoch und der Rundblick nicht weit. Aber er reichte aus, um zu erkennen, daß auf der Straße zur Großen Moschee bewaffnete Pilger unterwegs waren, in ihrer Mitte auch Reiter. Die Männer auf dem Turm sahen sich stumm an und legten die Pfeile bereit.

Zwei Stunden leisteten die Männer der Judería erbitterten Widerstand. Als es den Kreuzfahrern gelungen war, das Tor aufzubrechen und in die Medina einzufallen, verließ Cornelius den Turm.

Auf dem Platz unterhalb des Tors hatte die Gegenwehr längst aufgehört. Die Einwohner waren geflohen, und die Kämpfer setzten ihnen nach. Durch das Tor drängten bereits Pilger, die am Kampf gar nicht teilgenommen hatten, die nur dem allgemeinen Sog gefolgt waren. Cornelius stürzte in das Haus, in dessen Eingang er Ymme zuletzt gesehen hatte. Die Tür stand offen, und er blickte in den Innenhof, in dem ein Wasserstrahl ein muschelförmiges Becken füllte – unberührt von den Untaten, die sich hier abgespielt hatten. Der Boden wies eine Schleifspur von Blut auf.

Ungetrübt wie das Wasser kam von oben Ymmes Stimme: »Ich bin hier, Cornelius.«

Der Ritter blickte erleichtert nach oben, wo Ymme neben einer liegenden Gestalt kniete und ihr den Kopf stützte. In wenigen Sätzen nahm er die Treppe im Inneren des Hauses, ohne jemandem zu begegnen. Er sah einen Toten vor einer Wohnungstür. Möglicherweise hatte Ymme seit Béziers einen Schutzschild um sich herum errichtet, der ihr gegen Taten dieser Art bestehen half.

Ymme beendete ihr kurzes Gebet für die Tote, als Cornelius bei ihr anlangte. Es gab nichts mehr für sie zu tun, auch im übrigen Haus nicht. Sie hatte sich umgesehen, nachdem die Pilger wieder abgezogen waren.

Der Lärm, der von der Straßenschlucht heraufbrandete, schien jetzt mehr aus der Gegend der Großen Synagoge zu kommen. Ritter Cornelius zog Ymme entschlossen durch das halb zerstörte Tor in die jüdische Neustadt. Auch hier waren Spuren von Tod und Zerstörung zu sehen, jedoch gab es keine Kämpfe mehr. Neugierige Pilger öffneten Häuser und betraten sie ungehindert.

Cornelius riet ab, aber Ymme bestand darauf, zum Erzbischof zu gehen – jetzt erst recht. Vielleicht konnte man ihn durch einen Augenzeugenbericht veranlassen, die Übergriffe einzudämmen. Je näher sie dem Palast des Erzbischofs kamen, desto fester glaubte Ymme, daß die Aussagen eines christlichen Ritters und einer christlichen Ärztin genug Gewicht haben sollten, um den Erzbischof zu überzeugen.

Die geistlichen Herren, die sonst die Treppen und Vorräume zu bevölkern pflegten, waren nicht im Haus. Aber die Wache meldete den Ritter und die Frau ordnungsgemäß beim Erzbischof.

Vor der großen Saaltür trafen sie Don Yahya, dessen Augen sich bei Ymmes Anblick entsetzt weiteten. Er hatte sie gewarnt, Don Abrahen hatte sie gewarnt, und jetzt erschien sie hier wieder mit dem Ausdruck des Vertrauens in ihren blauen Augen. Aber es war zu spät. Stumm führte er sie und den Ritter in den Saal. Auch er war leer bis auf den Erzbischof, der sich am Fenster mit einem Mönch unterhielt. Als der Mönch sich umdrehte, blieb Ymme verstört stehen. »Bruder Berthold!« murmelte sie.

Auf dem Gesicht des Zisterziensermönchs spiegelte sich Triumph. Ymmes leibliches Erscheinen bestätigte den Verdacht, den er so lange gehegt hatte: die Frau war nicht in den Wirren des Katharerkriegs gestorben, sondern mit des Teufels Hilfe entwischt. Er hatte dem Erzbischof die Verfehlungen und Verbrechen der Lübeckerin gegen den christlichen Glauben aufgezählt, und dieser war nur zu bereit gewesen, seinem Wunsch zu entsprechen.

»Wir werden dich, Ymme aus Lübeck, hier genannt Doña Iume de Lubicensis oder auch Hakima Umm Iume, nach dem Kirchenrecht exkommunizieren«, sagte Berthold, jeglichem einleitenden Wort des Erzbischofs zuvorkommend. »Wir werden ein Offizialverfahren gegen dich wegen des Mordes an einem ungeborenen Kind eröffnen.« Ritter Cornelius mußte Ymme stützen, damit sie nicht zu Boden sank.

Rodrigo Ximénez de Rada stand mit gefalteten Händen und innerer

Genugtuung neben dem Zisterziensermönch: Berthold der Deutsche löste das Problem, das Doña Iume ihm als Kastilier aufgebürdet hatte. Es würde wahrscheinlich einer kleinen Nachhilfe bedürfen, um alles zu seiner Zufriedenheit zu lenken, jedoch konnte er es sich leisten abzuwarten.

Auch Berthold konnte es sich jetzt leisten, christliche Demut an den Tag zu legen. Fesseln, härenes Gewand, Wachen – all dies war nicht nötig. Ymme von Lübeck würde ihrer Strafe nicht entgehen, nicht hier, im gläubigen Zentrum von Kastilien. Er wechselte mit dem Erzbischof einen Blick des Einverständnisses und übernahm dann die weiteren Formalien. »Außer dem Mord an besagtem Kind werfen wir dir vor, Häretikerin zu sein und einen christlichen Ritter auf grausame Art ums Leben gebracht zu haben. Wegen der Schwere und der Offenkundigkeit deiner Vergehen wirst du auf Lebenszeit aus der Kirche ausgestoßen«, setzte Berthold seine Ankündigung fort, die auch sein eigenes, persönliches Strafgericht für Ymme war. Am sichersten für die Kirche wäre der Verbrennungstod gewesen. Vermutlich würde die Frau Lügen über Béziers verbreiten, wo immer sie Gehör fand.

Ymme hatte sich rasch gefaßt. Aber den Zorn, den sie all die Jahre gegen diesen und andere Mönche genährt hatte, konnte und wollte sie jetzt nicht verbergen. Sie löste sich aus Cornelius' hilfreichem Griff, trat einen Schritt vor und sprach furchtlos Berthold direkt in sein asketisches Gesicht, das sie mittlerweile haßte. »Ihr habt Guiraude, Esclarmonde und Urraca umgebracht! Ich klage euch Kirchenmänner an, daß ihr vorsätzlich Frauen beseitigt, die sich eurem Diktat nicht beugen wollen, ob christlich oder nicht. Ferner laßt Ihr geschehen, daß in der Judería Menschen im Namen von Christus umgebracht werden. Das sind die wahren schweren und offenkundigen Verbrechen, die hier geschehen!«

Der Erzbischof erbleichte. Bevor Berthold die Knechte rufen konnte oder einen ähnlich unüberlegten Schritt beging, hob er seine beringte Hand. Diese Frau würde ihren eigenen Tod herbeireden, wenn er nicht eingriff. Aber das durfte nicht sein, nicht in Toledo. Er brauchte sich nur auszumalen, wie die Bevölkerung reagieren würde, wenn er ausgerechnet zu diesem Zeitpunkt eine beliebte und hochgeachtete Frau wie Doña Iume, noch dazu römische Katholikin, mit dem Verbrennungstod bestrafte. Die Folgen für die Moral vor allem der Mozaraber während des kommenden Kreuzzugs wären unabsehbar. Die von Berthold vorgeschlagene Strafe deckte sich daher leider nicht im entferntesten mit seinen eigenen Erfordernissen und denen der spanischen Kirche. »Es ist anzunehmen, daß Ihr mit der Großen Exkommunikation die Poenitentiatin in die Arme von Häretikern und Ungläubigen treibt, Bruder Berthold. Doña Iumes freiwilliger Hinweis, daß sie mit Urraca, einer ehemaligen Jüdin, bekannt war, beweist aufs neue, daß solche Leute wie Juden, Muslime, Mozaraber und innerlich widerspenstige Christen sich immer wieder zusammenfinden, um der heiligen Mutter Kirche Schaden zuzufügen. Für eine Häretikerin aber halte ich sie nicht. Ihr ganzer Lebenswandel spricht nicht dafür.«

Ximénez de Rada wandte sich mit ernstem Gesicht an Ymme, und sie hatte jetzt schon oft genug mit ihm gesprochen, um die Eindringlichkeit seiner Worte zu spüren. Er wollte etwas von ihr, und es würde nicht zu ihrem Nachteil sein...

»Schwört, daß Ihr keine Häretikerin seid, Doña Iume!«

Ymme hörte wie aus weiter Ferne die Stimme Guidos im Zelt vor Foix. »Ich schwöre bei den heiligen Gebeinen des Absalon von Lübeck«, sprach sie mit fester Stimme und christlicher Aufrichtigkeit.

Der Erzbischof nickte und übersah mit Absicht Bertholds Stirnrunzeln. »Auch eine Mörderin ist sie nicht, zumindest läßt sich der Nachweis nicht erbringen. Ich meine deshalb, man sollte Doña Iume aus Toledo entfernen; wenn sie bliebe, wäre sie ein schlechtes Beispiel für die toledanischen Frauen. Ich glaube auch, wir sollten den augustinischen Grundsatz vom Character indelebilis der Taufe nicht aus dem Auge verlieren. Für Doña Iumes Seelenheil bleiben wir – trotz aller ihrer Untaten – verantwortlich. Ich möchte nicht dereinst vor Gott bekennen müssen, daß ich eine gut römisch getaufte Seele verlor. Ich schlage Euch deshalb vor, Ihr belaßt es beim Verlust der kirchlichen Rechte und der aktiven Gerichtsfähigkeit im Rahmen der Kleinen Exkommunikation. Meinetwegen verschärft sie noch durch die Zwangsbuße, beispielsweise durch gute Taten. Wie wäre es mit diesem Gebiet der Ungläubigen am Baltischen Meer, das Ihr erwähntet...«

Ximénez ließ seine Stimme ausklingen in der Hoffnung, daß der Köder für Berthold den Deutschen ausreichend gewürzt war.

Berthold schnappte gierig wie ein Wolf danach. Er konnte sich leicht auf die augenblicklichen Gegebenheiten einstellen, und die Änderung seiner Pläne bot sogar Vorteile, an die er vorher gar nicht gedacht hatte. »Livland! Alles, wie Ihr vorgeschlagen habt, Eminenz. Dazu werden wir sie mit der Buße belegen, fünf Jahre lang im Dienste der Kirche in Livland den Neubekehrten ihr ärztliches Können zur Verfügung zu stellen. Damit sollen für die Kirche ihre Straftaten abgebüßt sein. Vor Gottes Richterstuhl mag sie sich selber verteidigen.«

Ymme machte ihm nicht das Vergnügen, unter der Last der ihr aufgeladenen Pflichten zusammenzubrechen. Wie erstarrt schloß sie die Augen. Sie hatte die Wahl: ihr weiteres Leben in Toledo unter dem Schutz al-Walids und Ibn Hazms zu verbringen – um vielleicht auf der anderen Seite des Grates anzukommen – oder in absehbarer Zeit in ihre Heimat zurückkehren zu dürfen.

Ymme entschied sich für Lübeck. »Ich nehme die Strafe an«, sagte sie und spielte ihren, wenn auch nur winzigen Triumph aus, »obwohl ich mir bewußt bin, daß Ihr die medizinischen Wissenschaften für ein zutiefst unchristliches Werk haltet. Nur Muslime und Juden wissen, daß die Medizin zu den Gaben Gottes gehört, deren man sich nach Kräften bedienen darf. Im tiefsten Inneren wollt Ihr die Medizin nicht... Und darüber hinaus nehme ich nur an unter der Bedingung, daß Ihr das Morden in der Judería einstellen laßt!«

Don Yahya ibn Yunez zerbrach unter der Kraft seiner nervös angespannten Finger das Schreibrohr mit einem knackenden Geräusch. Doña Iume wagte zuviel! Ihr Mut näherte sich bedenklich der Tollkühnheit, und man mußte Zweifel haben, ob der Erzbischof ihm nicht ein gewaltsames Ende setzen würde. Halb bewundernd, halb erschrocken starrte er sie an und begegnete dabei dem Blick des für einen Moment aus seinem Gleichmut gebrachten Ximénez de Rada. Der Erzbischof aber beendete die unklugen Einwürfe Doña Iumes mit einer entschiedenen Handbewegung. »Genug! Ihre Strafe sei beschlossen. Was die Judería betrifft, so ist selbstverständlich für sie gesorgt, auch ohne daß sich eine Doña Iume für sie verwenden muß.« Er nahm den Arm von Berthold und geleitete ihn zu der Tür, die zu seinen Privatgemächern führte. »Ich habe einen vorzüglichen Wein, den Ihr probieren sollt«, schlug er vor. Plaudernd entfernten sie sich.

Als sie fort waren, ließ Don Yahya hörbar die angehaltene Luft ausströmen. Er wünschte innig, sein Sohn hätte nur einen Teil des Mutes dieser Frau. Vielleicht wäre dann die Aljama nicht ganz so schutzlos. »Das war knapp«, sagte er, geschwätzig vor Aufregung, zu Ritter Cornelius. »Mein Herr war im letzten Moment noch versucht, Doña Iume dem Ketzergericht vorzuwerfen. Ich kenne ihn. Aber glückli-

cherweise kann man sich darauf verlassen, daß seine politische Klugheit siegt. Wenn auch manchmal sehr spät«, fügte er bitter hinzu. Mehr Anteilnahme für die Judería aufzubringen, sah er sich nicht mehr in der Lage. Seine Bindungen an die Judería hatten sich durch Don Zags Konvertierung und durch Urracas Verfehlung, durch die zunehmende Angst in der Gemeinde und durch seine eigene selbstgewählte Abkapselung zusehends gelockert. Er war besorgt um die Judería, aber er ließ sich durch ihre Angelegenheiten nicht mehr auffressen. Er hatte gelernt, daß er gegen die großen Veränderungen machtlos war. Kleine persönliche Angelegenheiten beschäftigten ihn seit einigen Wochen viel mehr. Er wandte sich an Ymme und nahm ihre kräftigen Hände in seine alten. »Dir wünsche ich alles Gute, meine Tochter«, sagte er mit zitternder Stimme. »Das Leben wird immer schwieriger, aber du bist ein erfreulicher Lichtblick gewesen. Es wird hier dunkler sein, wenn du fort bist. Geh in Frieden...«
Ymme starrte den ergrauten Schreiber aus tränenblinden Augen an. Jetzt erst wurde ihr bewußt, daß seine Verabschiedung ihr Scheiden aus Toledo bedeutete. Es handelte sich nicht um eine Drohung, die in ferner Zukunft wahrgemacht werden würde. Jetzt mußte sie gehen, jetzt sofort! Tränen rollten ihre Wangen hinunter. »Gelobt sei Er!« flüsterte sie.

Als Ymme und Cornelius wieder draußen vor dem bischöflichen Palais standen, war Ymme sich zum erstenmal nicht mehr sicher, ob sie Ihn wirklich loben wollte. Es fiel ihr immer schwerer. Vielleicht kümmerte Er sich weder um das Lob, das Ihm galt, noch um den Kampf, der in Seinem Namen geführt wurde. Vielleicht hatte al-Walid recht. Wer konnte mit Sicherheit behaupten, daß die Soldaten Christi, die gegenwärtig in der Judería plünderten und in wenigen Wochen vielleicht schon Tausende von Muslimen erschlagen haben würden, Seinen Segen besaßen? Und fand Er es wirklich besser, daß sie in einem fernen Land Krankheiten heilte statt in Toledo oder Lübeck? Mußte Er sich nicht sagen, daß ihr Tun innerhalb eines Stabes von Kollegen, in der Nähe von Bibliotheken, von gesammelter Weisheit und Erfahrung größere Wirkung hatte als in den finstern Wäldern des Nordens? Sie spürte erneut Widerstand in sich wachsen, der erstmals vor dem Altar von Santa Magdalena gekeimt war. Sie kam nicht dagegen an... Cornelius mußte am Krankenlager von Everard ähnliche Gedanken wie sie gehabt haben.

Schweigend und eilig durchquerten sie nun ungehindert die Qaysariyya und gelangten zum Hospital. Dort erfuhren sie auch erste Nachrichten über das Ausmaß der Schlacht in der Judería. Fünfundzwanzig Schwerverletzte waren bereits eingeliefert worden, und die Juden, die sie gebracht hatten, wußten von vielen Toten. Cornelius berichtete seinerseits al-Walid vom Beginn der Ausschreitungen am Palast des Erzbischofs.

Plötzlich wurde Ymme bleich und mußte sich setzen. »Al-Walid«, schluchzte sie haltlos, »der Muhtasib war der Anführer der Männer, die Cornelius als muslimische Märtyrer bezeichnet. Und Abu Bakr seine rechte Hand. Er hat Domingo Rojo den Kopf abgeschlagen...«

»Das ist üblich gegenüber Feinden«, bestätigte der Arzt traurig, »und Domingo gehörte zu denen, die unermüdlich hetzen. Mehr bekümmert mich der Tod von Abu Bakr. Obwohl ich nun weiß, daß er sich in seiner Verblendung dazu hinreißen ließ, deine Zeichnungen zu beschmutzen und zu zerstören. Das hätte er – auch aus Respekt mir gegenüber – nicht tun dürfen.«

»Der Muhtasib war der Berber?« fragte Cornelius, während Ymme trotz aller Abneigung gegen Abu Bakr die beiläufige Feststellung von al-Walid fast nicht glauben mochte.

»Ja. Aber ihr gemeinsamer Kampf für den Glauben führt Araber und Berber natürlich wieder zusammen«, sagte al-Walid. »Das Schlimme ist, daß die Grausamkeiten von Christen und Sarazenen sich gegenseitig aufschaukeln. Gestern früh sprach sich in Windeseile herum, daß zwei Hidalgos einen städtischen Juden mit ihren Hunden draußen in den Gärten zu Tode gehetzt haben. Die Hidalgos waren Toledaner. Vor wenigen Wochen wäre eine solche Tat undenkbar gewesen. Wer weiß, in welchem Ausmaß sie sich heute in der Judería beteiligen...«

»Ja«, stimmte Cornelius mit harter Stimme zu, »der Mensch ist zu allem fähig, wenn er glaubt, Befehle zu erfüllen, auch wenn sie noch nicht und vielleicht niemals gegeben werden. Es ist das Denken, das gefährlich ist, nicht die Worte; und wenn viele von solchem Denken erfaßt werden, ist es an der Zeit, sich und seine Lieben zu retten. Ich bin deshalb gekommen, um Ymme zu holen.«

Ymme sah ihn regungslos an. Nach diesen niederschmetternden Erlebnissen hätte sie nun plötzlich mit den Vögeln im Hospitalgarten jubeln mögen. Aber heute war nicht der Tag des Jubelns, sondern der

Trauer. Noch mußte sie außerdem al-Walid eröffnen, daß sie Toledo zu verlassen hatte – auf Befehl der Erzbischofs; man konnte auch Gnade sagen, wenn man Don Yahya glaubte, der ihn gut kannte.

Al-Walid bat Ymme, den Glauben des Propheten anzunehmen und in Toledo zu bleiben, aber Ymme schüttelte den Kopf. Auf Abfall vom Glauben stand der Tod, er wußte es so gut wie sie. Als gehorsame Christin durfte sie nicht bleiben – als Konvertierte konnte sie es nicht. Ungesagt blieb, daß Everards Tod im Hospital es Ymme unmöglich machte, weiterhin dort zu arbeiten. Sobald sie den Saal betrat, in dem er gelegen hatte, trat ihr der Hautsack vor Augen, den sie verursacht und der Everard zum qualvollen Sterben während mehrerer Jahre verurteilt hatte. Ihr ärztlicher Blick war geschärft, und ihre Gewissensbisse waren nicht zum Schweigen zu bringen – trotz allem.
Al-Walid spürte ihren Kummer, der alles das umfaßte, was Umm Iume in den letzten Tagen erlebt hatte. Er drängte nicht mehr. »Ich weiß«, sagte er mit einem wehmütigen Lächeln, »daß bei euch Leuten des Nordens der Wandel das Ziel ist. Bei uns Muslimen ist es das Gleichmaß, das Ruhen in der Welt. Deswegen wußte ich von Anfang an, daß Umm Iume eines Tages zurückgeht. Und nun ist dieser Tag gekommen.«
Ymme nickte.
Kurz bevor Cornelius und Doña Iume am nächsten Tag aufbrachen, kam ein erzbischöflicher Bote. Ymme setzte bereits zum Protest an, als sich herausstellte, daß er ihr lediglich eine schriftliche Botschaft von Rodrigo Ximénez de Rada mitsamt einem eingewickelten Päckchen zu übergeben hatte.
Erst nachdem sie ihn ohne Antwort losgeworden war, wagte sie es zu öffnen und zu lesen. Es war der Koran, ihre Koranabschrift, die Chaldun vor dem Muhtasib hatte retten sollen. Der Brief lautete:

Rodrigo Ximénez de Rada, Erzbischof von Toledo, an Doña Iume de Lubicensis, gehorsame Tochter der römischen Kirche:
Das beigefügte Werk – vermutlich dasselbe, auf das mein Übersetzer Don Zag als Beispiel einer kastilischen Übersetzung einer griechischen medizinischen Schrift in Eurer und meiner Gegenwart verwies – sende ich Euch, da Ihr es vermutlich besser anwenden könnt als ich. Zur Erklärung füge ich hinzu, daß es mir vor wenigen

Stunden vom Papierhändler Chaldun mit dem Hinweis, es gehöre Euch, ausgehändigt wurde. Er schien hieraus eine schuldhafte Handlung ableiten zu wollen, in Unkenntnis der Tatsache, daß die Übersetzung medizinischer Schriften durchaus in unserem Sinne ist.

Gott sei mit Euch auf allen Euren Wegen.

Rodrigo Ximénez de Rada, Erzbischof von Toledo, gegeben am dreiundzwanzigsten Mai im Jahre des Herrn 1212.

Toledo lag weit hinter ihnen, verschluckt vom gleißenden Licht der Mittagssonne, als Ritter Cornelius auf den Brief des Erzbischofs zurückkam. »Er hat gewußt, daß es sich um die Koranübersetzung handelt, soviel steht fest, du sagst es selbst. Aber er erwähnt sie nicht, was dir die Möglichkeit gibt, seinen Brief zu verwenden: als Ausweis, als Legitimation, als Beweis dafür, daß du eine gute Katholikin bist. Du hältst nicht viel von ihm, aber ich glaube, er wollte dir mit diesem Brief helfen.«

Ymme trieb ihr Pferd mit den Hacken energisch an. »Ja«, sagte sie. »Er kann nicht nur aus politischer Klugheit bestehen. Ich glaube, er ist auch ein Mensch, der mir zum Abschied ein Zeichen der Versöhnung geben wollte.« Sie seufzte. »Das macht mir den Abschied leichter. Toledo bedeutet nun einen Abschnitt meines Lebens, den ich aus eigener Wahl hinter mir lasse. Vielleicht hätte ich ohne Berthold den Zeitpunkt anders gewählt – vielleicht aber auch nicht. Ich glaube, ich hatte manchmal in den letzten Wochen Sehnsucht nach Lübeck. Und ich bin froh, daß al-Walid nun so große Hoffnung auf Juan ben Omar setzen kann. Ganz zum Schluß teilte er mir glücklich mit, daß Juan die Spur des Kamels verfolgt hat... Ich meine«, verbesserte sie lächelnd, »natürlich war es kein richtiges Kamel. Ben Omar fand jedenfalls heraus, daß die Pocken tatsächlich mit Chaldun weitergewandert sind. Vielleicht hilft uns dieses Wissen in Zukunft, ihnen zu entgehen...«

Cornelius nickte, insgeheim dankbar, daß Ymme trotz all der schrecklichen Ereignisse wieder in der Lage war, sich medizinischen Problemen zu widmen.

Bei sonnigem und warmem Sommerwetter erreichten Ymme und Cornelius Lübeck. Ymmes Unruhe hatte sich in den letzten Tagen

zur Angst gesteigert. Sie wußte nicht, ob sie in den Augen der Ratsherren als schuldig am Tod von Everard Scharpenberg galt, und wenn,
ob man diese Angelegenheit noch verfolgte. Noch zweifelhafter war,
ob sie ihren Bruder vorfinden würde...

Als sie das solide Steinhaus von weitem erblickte, das auf dem elter-
lichen Grundstück wie eine kleine trotzige Burganlage erbaut worden war, hätte sie sich nicht gewundert, einen der Ratsherren im
Garten wandelnd vorzufinden. Aber statt dessen lief ein kleines blondes Mädchen darin umher, nicht anders als sie selber vor vielen Jahren,
und auf der Steintreppe stand ihr Bruder Volrad Emeken, anscheinend
kaum älter geworden, zufrieden wirkend, ohne die Behäbigkeit eines
gesättigten Mannes.

Noch Stunden später konnte Volrad die Augen nicht von seiner auf-
erstandenen Schwester lassen. Die Wiedersehensfreude wurde nur
unwesentlich durch die Tatsache getrübt, daß Ymme für fünf weitere
Jahre fortbleiben würde. »Gebannt!« sagte Volrad grimmig und begann insgeheim nach einem Ausweg zu suchen.

Da wagten Ymme und Cornelius Volrad und seiner Frau die ganze
Geschichte zu erzählen.

Volrad nahm Ymmes Rehabilitierung vor den Ratsherren in seine
tatkräftigen Hände. Er war längst zu einem mächtigen Kaufmann in
Lübeck geworden, während Everard Scharpenbergs Familie wenig
Ansehen genoß. Und da der Ritter vor aller Augen Lübeck lebend
verlassen hatte, konnte von einem Totschlag nicht die Rede sein. Außerdem gab es da noch den fast schon herzlichen Briefwechsel zwischen dem Erzbischof in Toledo und der allseits anerkannten Hakima
Umm Iume, was auf deutsch bedeutete: Ärztin der Medizinwissen-
schaften, so hatte Ritter Cornelius übersetzt... Die Ratsherren erhoben sich von ihren Sitzen und beglückwünschten Kaufmann Volrad
Emeken zu seiner Schwester. Man war sich ganz und gar einig, daß
ein solch glanzvoller Aufstieg einer Frau zu Ruhm und Ehre nur in
einer aufstrebenden und der Welt zugewandten Stadt wie Lübeck
denkbar sei.

Volrad brachte noch eine andere erfreuliche Nachricht mit zurück in
das Steinhaus: Im Hafen werde gerade das Schiff beladen, das mit
Weinen, Gewürzen, den wundertätigen Gebeinen des Heiligen Vice-
lin und anderen dringend benötigten Waren für das Bistum Riga
bestimmt sei. Unter Leitung eines Zisterziensermönchs, der Nachfol-

ger des schwer erkrankten Albert von Riga werden sollte, werde das Schiff in See stechen, sobald dieser eingetroffen sei. Wenn Ymme darauf bestehe, ihr neuartiges Wissen den Heiden zur Verfügung zu stellen, dürfe sie gerne an Bord gehen. Allerdings bitte man sie von Herzen, in Lübeck zu bleiben.

»Die Pfeffersäcke wollen dir sogar ein Haus zur Verfügung stellen«, sagte Volrad und lachte aus vollem Halse. »Ist das nicht gut?« Dann wurde er ernst. »Sie wollen außerdem nicht sehr gern Ärger mit Erzbischof Absalon von Dänemark. Und du könntest natürlich der Funke sein, der den Brand auslöst. Absalon ist Legat von Livland, und Livland ist sein Gebiet. Es liegt bei ihm, ob er Händler oder bewaffnete Pilger ruft, sagt er, und so sagt auch unser König Waldemar. Und die Lübecker Kaufleute halten es selbstverständlich mit ihrem König. Bischof Albert von Riga aber kann weder den dänischen König noch seinen Erzbischof leiden – er hält es mit dem Papst, der zum Kreuzzug nach Livland aufruft, und mit verschiedenen deutschen Fürsten, die Livland ebenfalls zu ihrem Interessengebiet erklärt haben. Die Kaufleute würden am liebsten verhindern, daß von Lübeck aus Jahr für Jahr deutsche Kreuzfahrer nach Livland aufbrechen, und Waldemar hat schon mit der Sperrung des Hafens gedroht.«

»Ich hätte es gern angenommen«, sagte Ymme mit einem Seufzer. Ein eigenes Haus: das bedeutete – ein kleines Hospital! Vielleicht würden die Ratsherren in fünf Jahren auch noch so großzügig sein. Und dann wurde ihr jäh etwas anderes klar: sie würde auch in Livland in politische und kirchliche Streitereien verwickelt werden. Sie war ja bereits auf dem besten Weg dazu... Statt daß die Männer mich nun heilen lassen – was allen zugute kommen würde –, glauben sie schon wieder, aus mir persönliche Vorteile pressen zu können, dachte sie verächtlich. Aber ihrem Bruder gegenüber verschwieg sie ihren Zorn. Er hätte ihn nicht verstanden, diesen nicht...

Ungeduldig wartete sie dennoch auf das Eintreffen des Mönchs. Je eher er kam, desto eher würde ihre Verbannung zu Ende sein. Aber er ließ bis Ende August auf sich warten.

Zu Ymmes Überraschung wurde sie bereits am nächsten Tag zu ihm gerufen. Ein verhutzelter kleiner Mönch brachte ihr die Vorladung und erklärte ihr nuschelnd in einem süddeutschen Dialekt, daß er den Weg weisen werde. Schon lag ihr die Antwort auf der Zunge, daß sie sehr wohl noch den Weg zum Domkapitel wisse, aber dann beschloß sie weise, die Bekanntschaft mit dem Nachfolger von Bischof Albert von Riga nicht sofort mit Widerspruch zu beginnen.

Der Mönch huschte vor ihr her, und sie folgte ihm, so rasch sie konnte. Cornelius flüsterte sie zu: »Ich verstehe gar nicht, wo er hinwill. Wir gehen in die falsche Richtung.«

Cornelius nickte wachsam und überprüfte sein Schwertgehänge.

Als sie den Burgberg hinaufstiegen, begriff Ymme. Der Mönch hatte sie auf die Baustelle geführt, die sich dort befand, wo in früheren Zeiten einmal die Burg Alt-Lubika gestanden hatte. In einer Zeit, in der ihre Urgroßmutter Hodica vermutlich auch hier oben gewesen war. Ymme hatte Hodica nicht gekannt, aber sie fühlte plötzlich sehr stark das Band, das sie mit ihr verband.

Am Fuß des wehrhaften Turms angekommen, der ebenso wie mehrere andere Gebäude noch im Bau war, pfiff der Mönch durchdringend. Dann wies er ihnen mürrisch die Treppe. Der Zisterzienser warte oben. Cornelius lockerte das Schwert und blieb Ymme dicht auf den Fersen.

Die Turmtreppe war eng und gewunden; die sich nach außen öffnenden Ausguckfenster waren zum Teil noch nicht fertiggestellt. Noch nicht abgebundener Mörtel zeigte, daß die Maurer an der Arbeit waren, zur Zeit war jedoch keiner von ihnen im Neubau anwesend. Nur von oben forderte eine hallende Stimme Ymme auf, bis zur Plattform hinaufzusteigen.

Cornelius mußte Ymme, die wie ein störrischer Esel stehengeblieben war, beiseiteschieben, um den letzten Schritt hinaus ins Freie tun zu können. Vor ihnen stand mit einem in sich gekehrten, bösen Lächeln der Zisterziensermönch Berthold, designierter Bischof von Riga.

Einen Augenblick weidete er sich an ihrer Überraschung. »Die Heiden wurden bei Navas de Tolosa geschlagen«, sagte er dann mit leuchtenden Augen. »Das ist der Beginn ihrer endgültigen Vertreibung aus Spanien. Die Judería von Toledo wäre auch längst dem Erdboden gleichgemacht, wenn sich nicht der unberechenbare Ximénez vor sie geworfen hätte – aber es werden Zeiten kommen, wo es keinen Ximénez gibt... Die übrige Christenheit aber wird sich jetzt um die Heiden des Ostens kümmern!«

Ymme gab einen gequälten Laut von sich. Jetzt verstand sie erst das volle Ausmaß seiner kleinlichen Rache.

Berthold kehrte nur widerwillig aus seiner Erinnerung an die blutige

Schlacht an »den Hängen« zurück, bei der sechshunderttausend heidnische Barbaren tot liegengeblieben waren – auch ohne Hilfe der französischen Truppenteile, die nach der freiwilligen Übergabe von Calatrava vom kastilischen König gehindert wurden, die Muslime totzuschlagen, und daraufhin endgültig beschlossen abzuziehen. Er seufzte. Mit eigenen Augen war er Zeuge eines Ereignisses gewesen, das einen Wendepunkt in der christlichen Geschichte darstellte. Die Schiffsreise war zu schnell gewesen, um ihm den Übergang von einem Paradies wie Spanien in diesen erbärmlichen Landstrich mit armer, verkommener Bevölkerung erträglich zu machen.

Endgültig wandte er seine Aufmerksamkeit der Frau zu, die vor ihm stand. »Die Lübecker mochte ich noch nie«, sagte er mit unverhohlenem Haß in der Stimme, »und dich am allerwenigsten, Ymme Emeken. Vom ersten Augenblick an, an dem ich dich auf dem Stiftskirchenberg von Frankfurt sah. Aber wir werden schon miteinander auskommen. Fünf Jahre. Erinnerst du dich?«

Ymme nickte verstört.

»Und willst du auch wissen, warum ich die Lübecker nicht leiden kann?« fuhr Berthold leidenschaftlich fort. »Weil sie meinen Vater Luder, Prediger des Herzogs Heinrich, erschlagen haben und weil sie nicht verhindert haben, daß mein Oheim Berthold von Loccum in Livland erschlagen wurde. Das ist Grund genug, findest du nicht auch?«

Ymme geriet in Zorn, wie schon so oft, weil sie die ungeheure Entstellung von Tatsachen nicht hinnehmen konnte, die Ungerechtigkeit, die daraus sprach und die sie soeben erst begriffen hatte. Und endlich begriff sie auch, daß sie vor diesem kleinen, erbärmlichen Mönch weder ihre Mutter noch sich selber, noch die Lübecker verteidigen mußte. Er gehörte zu den Männern, die sich hinter jemandem verstecken müssen, um Machtgelüste zu befriedigen. Anfangs waren es Luder und Berthold von Loccum gewesen, später Gott persönlich. Für mehr hatten seine Fähigkeiten nicht ausgereicht. »Was deinem Oheim geschah, weiß ich nicht, wohl aber, daß du lügst, was deinen Vater betrifft. Luder hat meine Urgroßmutter gequält, und bevor sie durch ihn starb, hat sie ihn verflucht.«

Berthold sah sie aus tiefliegenden aufgerissenen Augen an. Jetzt wurde ihm klar, warum er diese Frau so unaussprechlich haßte. Er fühlte sich unfähig, ihr Einhalt zu gebieten, als sie wie ein Richter mit ihrem unversöhnlichen Strafgericht fortfuhr.

»Urgroßmutter Hodica hat auch seine Nachkommen bis ins zehnte Glied verflucht... Du wirst in Livland täglich daran denken, sobald du mich siehst, Mönch Berthold. Und auch beim Anblick von Ritter Cornelius, der mich begleitet, wird dir keine Ruhe vor deiner Vergangenheit gegönnt sein: er ist der Mann des Gastmahls von Saint-Gilles, dessen Namen du nie erfuhrst. Damals schlug er nur einem Hahn mit Tiara den Kopf ab...«

Ymme wußte, was sie ihm antat, und auch, daß sie sich später dafür schämen würde, aber jetzt wollte sie sich selber nicht Einhalt gebieten. Es war das mindeste, was sie dem Andenken ihrer Urgroßmutter schuldig war. Bertholds Bestrafung würde Gott übernehmen müssen – oder es gab ihn nicht.

Der Mönch gab ein häßliches Geräusch von sich, ein Geräusch, das einem erstickten Gurgeln näher als einem Lachen war. Dann machte er einige unsichere Schritte, um in die Nähe der Treppe zu gelangen. Ymme konnte seine Angst heraushören. Wie viele fanatische Menschen war er anscheinend abergläubisch und zog die Wirksamkeit des Fluchs nicht in Zweifel. Sie war erleichtert, daß er das Gespräch für beendet ansah. Sie wagte sich nicht auszudenken, wie zermürbend die Jahre in Livland werden würden.

Berthold hatte durchaus vor, nach unten zu gehen – hinter dem Ritter. So viel Klarsicht, daß er ihm nicht traute und ohne Unterlaß auf sein Schwert achtete, hatte er sich noch bewahrt, ansonsten war er zutiefst verstört.

»Du brauchst keine Angst zu haben, daß ich einen wehrlosen Mann erschlage«, warf Cornelius voll Verachtung ein. »Du bist kein Jude und ich kein Wanderprediger. In Gegenwart von deinesgleichen brauchen Menschen Schutz – das ist alles.«

Berthold schien zu versteinern. Schon öfter hatte er unwillkommene Hinweise auf Gottes Allmacht erhalten, aber in seiner grenzenlosen Überheblichkeit hatte er sie zurückgewiesen. Und jetzt dünkte ihn, daß ein ihm ganz unbekannter Mann ihm eine längst verjährte und vergessene Tat seiner Jugend vor Augen hielt. Er streckte den beiden Menschen, die der Satan hinter ihm hergeschickt hatte, die gespreizten Finger abwehrend entgegen. »Jetzt weiß ich, wer du bist!« stammelte er. »Der Mann, der die Katharerin schützte! Du bist mit dem Teufel im Bunde!« In panischer Angst versuchte er, dem Turm zu entfliehen.

Mit seinem ersten Schritt in die Sicherheit rutschte Berthold auf dem Mörtel aus, mit dem die Maurer vor kurzem die oberste Steinschicht gefügt hatten, und schlitterte über den Rand in die Leere. Ymme und Cornelius hörten seinen letzten, gräßlichen Schrei, bevor er aufschlug.

Als sie unten ankamen, stand der mürrische Mönch bereits neben dem Leichnam Bertholds des Deutschen und starrte untätig auf ihn hinunter. »Ich habe ihn gewarnt«, seufzte er, »und die Maurer auch. Aber er wußte alles besser. Noch nicht in Riga, und schon plante er eine Festung.«

Ymme wagte sich nicht näher heran und blieb am Fuße der Treppe stehen. Die weiße Tracht der Zisterzienser hatte sich im Flug barmherzig über den Mönch gebreitet. Nur seine blutigen schlanken Finger waren zu sehen, dann aber sog das fleckenlose Gewand sich an seiner rechten Seite wie ein Schwamm voll Blut und schmiegte sich an eine gräßliche Wunde. Sie blickte in die Höhe. Das Gerüst, das zur Sicherheit der Maurer aufgebaut worden war, hatte Berthold vermutlich noch in der Luft das Leben gekostet.

Cornelius, der zusammen mit dem alten Mönch Berthold auf ein Schalbrett geladen hatte, holte Ymme kurze Zeit später an der Treppe ab.

»Hakima Iume de Lubicensis, Ärztin des künftigen Hospitals von Lübeck«, sagte Cornelius von Fischbach mit soviel Zuversicht in der Stimme wie schon lange nicht mehr, und sie hatte das Gefühl, daß er die Zukunft meinte, obwohl er auch von Vergangenem zu sprechen schien. »Die Sarazenen sagen auch: ›Jeder Anfang muß ja einmal enden. Preis dem, der ewig bleibt!‹«

Ymme nickte und nahm seinen Arm an. Das Ende des Mönchs Berthold bedeutete den Anfang eines Hospitals in Lübeck, dessen Räder Cornelius in Gang halten, dessen Kranke sie betreuen und dessen Unterhalt die Kaufleute bezahlen würden. Die Pfeffersäcke von Lübeck würden lernen müssen, daß beim Kampf gegen Krankheiten ein steter Strom klingender Münze nötig war. Schlau, wie sie nun einmal waren, konnten sie ihr barmherziges Werk als Ausrede verwenden, wenn Innozenz seinen Kreuzzugsaufruf gegen die Livländer wiederholte.

»Deus lo vult‹, Gott will es!« bekräftigte Ymme. »Er ist das Licht.«

Nachwort

Die Geschichte ist frei erfunden, basierend auf einem Hintergrund, der sich unterschiedlich eng an die Geschichtsschreibung hält.
Historische Personen sind Papst Innozenz III.; Erzbischof Rodrigo Ximénez de Rada von Toledo; Raimond Roger, Vicomte von Albi, Béziers und Carcassonne; Raymond, Graf von Toulouse; Simon de Montfort; Arnold Almaric, Abt von Citeaux; sowie Ibn Sura, bedeutendster Buchhändler Kairos im 13. Jahrhundert.
Historisch ist auch der Kampf in der Languedoc, wenn auch nur eine entscheidende Phase von dem jahrzehntelangen Krieg in das Romangeschehen einbezogen wurde; die Zahl der in Béziers ermordeten Menschen ist unbekannt. Den Ausspruch des Legaten Arnold vor der Kathedrale von Béziers habe ich zitiert; es ist ebenfalls unbekannt, ob er tatsächlich getan oder nur im Sinne des Geschehens »gut erfunden« wurde.
Ob es in Toledo ein muslimisches Hospital gab, ist unbekannt, jedoch meines Erachtens wahrscheinlich. Toledo war als ehemalige Hauptstadt der Westgoten auch für die Muslime eine wichtige Stadt, und es entspräche damaligen Gepflogenheiten, neben der Freitagsmoschee auch eine Lehranstalt und ein Hospital zu errichten. Lokalisiert habe ich das Hospital am selben Ort, an dem 1504 u. Z. das Spital Santa Cruz erbaut wurde.
Die in der Karte eingezeichneten Gebäude, Mauern, Tore und Brücken sind historisch; erfunden sind die als solche ausgewiesenen. Der Bittere Brunnen existiert heute noch an der angegebenen Stelle als Straßenname: *Bajada Pozo Amargo*; mit ihm verknüpft sich eine hübsche Legende.
Die medizinischen Details sind ausgerichtet an der damaligen Praxis, den Möglichkeiten und Kenntnissen. Die Technik der Nasenplastik beispielsweise wurde in Süditalien aus Arabien eingeführt und dort lange tradiert.
Beeinflußt wird das Romangeschehen in Toledo vom stark von der Reconquista geprägten historischen Hintergrund. Toledo, das 1085 von den Christen zurückerobert wurde, blieb danach nur wenige Jahre (oder sogar nur Monate) in bezug auf die Religionsausübung

tolerant. Zug um Zug wurden trotz gegenteiliger Vereinbarungen Moscheen und Synagogen in christliche Kirchen umgewandelt. Die Akzeptanz der arabischen Wissenschaften war abhängig von der jeweiligen persönlichen Einstellung der weltlichen und kirchlichen Obrigkeit. Im 12. Jahrhundert entstanden zahlreiche Übersetzungen aus dem Arabischen ins Kastilische und weiter ins Lateinische vor allem in der Zeit des Erzbischofs Juan (1152–1166), im 13. Jahrhundert unter Alfons dem Weisen, König von Kastilien (1221–1284). In den Zeiten dazwischen zeichnete sich Toledo keineswegs durch Übersetzungen aus; wie überhaupt die »Übersetzerschule« ein eingängiger, aber heute nicht mehr zu haltender Begriff ist. Übersetzt wurde in Spanien an vielen Orten.

Erzbischof Rodrigo Ximénez de Rada, der eine Neuübersetzung des Korans in Auftrag gab, tat dies keineswegs im Rahmen einer Übersetzungspolitik, sondern ausschließlich zur geschickteren Bekämpfung der »Ungläubigen«. Hinsichtlich seiner Person habe ich aus wenigen Informationen ein Charakterbild zu schaffen versucht, das vielleicht stimmen mag. Fest steht, daß er bei Papst Honorius für Kastilien die Aufhebung des 1215 beim Vierten Laterankonzil festgelegten Beschlusses der Kennzeichnungspflicht von Juden auf Kleidungsstücken erwirkte. Gegen Zahlung einer jährlichen Quote stellte er ab 1219 die toledanischen Juden unter seinen Schutz. Der Grundstein zur Kathedrale wurde 1226 gelegt.

Ausschreitungen gegen Juden fanden in den Jahren der Kreuzzüge immer wieder statt, in den Ausmaßen vermutlich abhängig von der Sprachgewalt der jeweiligen Kreuzzugprediger. Wie viele Menschen in der Judería von Toledo getötet wurden, bleibt unklar; fest steht, daß einige ausländische Kontingente, zum größten Teil französische, sich dem Morden widmeten. Aus Verärgerung – die Toledaner selbst, Ximénez de Rada und Alfons VIII. von Kastilien verhinderten weitere Morde an Juden und Muslimen sowie Plünderungen – zogen sie sich vor Beginn der eigentlichen Kämpfe gegen die muslimischen Truppen zurück.

Die erwähnte Schlacht von Navas de Tolosa ist historisch; sie signalisierte das Ende mohammedanisch regierter Gebiete in Spanien.

Kari Köster-Lösche

Worterklärungen

Abbasiden:	eine arabisch-islamische Dynastie, die 749/50 n. Chr. den Omaijaden das Kalifat entriß und diese Würde bis 1258 innehatte
Albedim:	Polizeichef
Alcaicería / Qaysariyya:	ständiger, bedeckter Markt
Alcana:	Handelszone der Stadt
Alficén:	Palastzone (damals Kastell/später Alcázar und Paläste der Galiana)
Alim, Pl. *Ulama:*	Gelehrter muslimischen religiösen Wissens
Aljama:	Mauren- oder Judenviertel: nichtchristliche Gemeinde im christlichen Spanien
Almocarife:	Vorsteher der muslimischen Gemeinde
al-Andalus:	die Iberische Halbinsel: Bezeichnung der muslimischen Herrscher, der Omaijaden von Cordoba, für Spanien
Almotacén:	Marktaufseher, s. a. Muhtasib
Almuerzo:	Morgenmahl
Antoniusfeuer:	Erkrankung durch Mutterkornvergiftung
al-Aqaba:	Hügel
Arrabal:	Vorstadt
ʿ*Attar:*	Gewürzhändler
Bab:	Tor
al-Baitar:	Tierarzt
Banu Marin:	marokkanische Berber; führten Merinoschafe in Europa ein
al-Barquq:	Pflaume
Bedika:	Fleischbeschau
Besy:	slawischer Dämon
»Buchbesitzer«:	Ahl al-Kitab – Juden und Christen, die beide eine heilige Schrift besitzen (im Unterschied zu den Muschrikun, den Heiden)
Cabalgada:	Raubzug von Christen in muslimisch regiertes Gebiet
al-Charschuf:	Artischocke

Corral:	(Wirtschafts-)Hof
Converso:	zum Christentum konvertierter Muslim
Darb, Pl. *Durub:*	abgeschlossene kurze Gasse, Sackgasse
Dayan, Pl. *Dayanim:*	Richter
Dhimmi:	»Schutzgenossen«: andersgläubige Minderheiten (u. a. Christen, Juden, Nestorianer, Kopten, Chasaren, Parsen, Buddhisten)
Dirham, Pl. *Darahim:*	Silbermünze
Dschibal Tulaytula:	Bezirk Toledo
Dschihad:	heiliger Krieg
Franco, Franca:	Franke, d. h. in Spanien Europäer von jenseits der Pyrenäen
Franca rubia:	blonde Fränkin
Gemara:	Erklärung, Kommentar zur Mischna
Hakim, Hakima:	der Weise, der Arzt; die Weise, die Ärztin
Hammam:	Warmbad
Hidalgo:	spanischer Adeliger
Hisba:	Aufsichtsbehörde; niedere Gerichtsbarkeit
Hudiden:	Berberdynastie in Zaragoza ab 1040 n. Chr.
Huertas:	künstlich bewässertes Gemüseland
Huri:	Jungfrauen im islamischen Paradies
Joglar:	Spaßmacher, Gaukler
Kafir:	Ungläubiger, Gottloser
Kaplanei:	eine tägliche Messe für einen Verstorbenen
Kitaba:	Kunst der Staatsverwaltung
al-Kuhl:	Antimon-Kollyrium zum Schwärzen der Augenlider
Kurtuba:	Cordoba
Madrasa:	Schule
Maristan:	Hospital
Mawla:	Klient, Abhängiger eines islamischen Clans
Medina; Madinat al-Yahud:	Stadt; Stadtteil der Juden
Mesusa:	kleine Schriftrolle in einer Kapsel am Türpfosten jüdischer Häuser mit Textstellen aus dem 5. Buch Mose
Mischna:	Sammlung der jüdischen Gesetzeslehre, Grundlage des Talmuds

Morabetino:	erste eigengeprägte Münze von Kastilien
Moras ollas:	maurische Töpferware
Mozaraber:	christliche Spanier, die die arabische Kultur während der muslimischen Herrschaft annahmen und nach der Rückeroberung beibehielten, aber stets eine eigene Kirche hatten
Mudahhik:	Witzbold
Mudéjares:	Muslime im Bereich von Toledo (unter christlicher Herrschaft)
Muezzin:	Gebetsrufer, der die gläubigen Muslime vom Minarett herab zu den fünf täglichen Gebeten auffordert
Muhtasib:	Marktaufseher, Zensor, Gewerbe- und Polizeiinspektor
Muschrik:	Heide, Polytheist – im Unterschied zum *Kafir*, dem Ungläubigen (Nichtmuslim oder muslimischer Renegat)
Naranja:	Orange
Nasi:	Fürst, Vorsteher der jüdischen Gemeinde
Noria:	Wasserrad, betrieben durch Tiere
Patrinos:	Schimpfwort für Katharer
porschen:	Fleisch koscher machen
Rab:	Rabbi
Rusalken:	slawische Dämonen
ar-Ruz:	Reis
asch-Schekkar:	Zucker
asch-Schah mat:	beim Schachspiel: »Der König ist tot«
Suq al-Dawabb:	Viehmarkt, heute Zocodover-Platz in Toledo
Svantevit:	Feuergott der Oderslawen
Taifas:	unabhängige muslimische Kleinstaaten nach dem Zerfall des Kalifats (1031 n. Chr.)
Tallith:	Gebetsmantel
Thora sche-be-Ktaw:	schriftlicher Teil des Gesetzes
Tiraz:	persischer Brokat, in Spanien kopiert
»Vater der Zärtlichkeit«:	Schmetterling

Anmerkungen

Die abgedruckten Lieder bzw. Gedichte wurden folgenden Werken entnommen:

Seite 98: Das Lied von Peire Cardenal, in: *Die Trobadors*, hrsg. von H. G. Tuchel, Leipzig 1985.

Seite 206: »Zertritt nicht...«, Firdusi, in: *So lebten die Muselmanen im Mittelalter*, Aly Mazaheri, Stuttgart 1957.

Seite 366: »Das ist besser...«, ᶜAdi b. Zaid, in: *Grundzüge der klassischen arabischen Dichtung*, Ewald Wagner, Darmstadt 1988.

Seite 366: »Zerstreue die geheimen...«, al-Walid, in: *Grundzüge der klassischen arabischen Dichtung*, a. a. O.

Unter den unzähligen für die Entstehung dieses Romans notwendigen einschlägigen Büchern seien stellvertretend zwei erwähnt:

Louis Cardaillac, Hrsg.: *Toledo, siglos XII–XIII. Musulmanes, cristianos y judíos: La sabiduría y la tolerancia.* Madrid 1992.

A. M. López Alvarez, R. Izquierdo Benito, S. Palomero Plaza: *Guia del Toledo Judío.* Toledo 1990.

Beide Werke wurden im Hinblick auf den vorliegenden Roman aus dem Spanischen von meinem Mann Karl-Heinz Lösche übersetzt, dem ich an dieser Stelle herzlich dafür danken möchte.

Friedhof der Mudéjares

Friedhof der Mozaraber

1

Va

3

26

2

Ponton-
Brücke

neues
jüdisches
Viertel

10

19

17

8   ○ 22

11

Juderia

15

9

24

5

Go
zum E

6

Tajo